10|18
12, avenue d'Italie — Paris XIIIe

Sur l'auteur

Edith Wharton (1862-1937) est issue d'une vieille famille de la grande bourgeoisie new-yorkaise. À partir de 1907, elle choisit la France pour patrie d'adoption et partage sa vie entre son appartement de la rue de Varenne à Paris, sa maison de campagne de Saint-Brice-sous-Forêt (Val-d'Oise) et sa villa d'Hyères. Après l'échec de son mariage, elle publie en 1905 son premier roman, *Chez les heureux du monde*, et reçoit quinze ans plus tard le prix Pulitzer pour *Le Temps de l'innocence*. Amie d'Henry James, d'André Gide et de Paul Bourget, elle devient bientôt le peintre averti et plein d'ironie d'une aristocratie américaine moribonde en proie à la montée de l'affairisme. Edith Wharton meurt en laissant pour testament une quarantaine de romans et de nombreux recueils de nouvelles et de poèmes, dont notamment *Ethan Frome*, *Été* et *Les Metteurs en scène*.

LE FRUIT DE L'ARBRE

PAR

EDITH WHARTON

Traduit de l'américain
par Marthe GAUTHIER

10 18

« Domaine étranger »
dirigé par Jean-Claude Zylberstein

FLAMMARION

Du même auteur
aux Éditions 10/18

Titre original :
The Fruit of the Tree

ISBN 2-264-03232-4

I

1

Dans le service de chirurgie de l'hôpital Hope, à Hanaford, une infirmière, penchée sur le lit d'un homme jeune au bras droit immobilisé jusqu'aux doigts par des bandages, arrangeait ses oreillers avec une précision toute professionnelle.

« C'est mieux ainsi ? » demanda-t-elle.

Il leva vers elle des yeux hébétés, anxieux, noyés dans une grimace de souffrance.

« J'ai l'impression que c'est terminé pour ce bras-là, hein ? » fit-il en indiquant de sa main libre — une main rugueuse de travailleur — la masse inerte sur le drap.

L'infirmière ne répondit pas tout de suite mais se mit à lui essuyer le front. Au bout d'un moment, elle dit :

« Nous en parlerons demain.

— Pourquoi pas maintenant ?

— Parce que le docteur Disbrow ne peut se prononcer tant que l'inflammation n'aura pas diminué.

— Elle aura diminué d'ici demain ?

— Sûrement un peu si vous restez calme au lieu d'entretenir votre fièvre.

— Rester calme ? Y en a quatre à la maison...

— Eh bien, voilà quatre bonnes raisons de ne pas vous agiter », répliqua-t-elle.

Elle n'adoptait pas le ton rassurant propre à son métier, dédaignant, semblait-il, de dorloter ou de duper le patient. Sa voix jeune et pleine avait une certaine froideur qui en imposait, et sa compassion ne s'exprimait que par la légèreté de ses mains et le regard constamment vigilant de ses yeux noirs. Mais cette vigilance se transforma en pitié quand le blessé détourna la tête en gémissant. Sa main gauche libre se déplaçait perpétuellement sur le drap, s'ouvrant et se refermant spasmodiquement. C'était comme si toute l'angoisse de sa mutilation trouvait son expression dans cette seule main, condamnée à ne plus servir, maintenant que sa partenaire était devenue inutile.

L'infirmière sentit qu'on lui touchait l'épaule et se redressa ; c'était l'infirmière en chef, une femme aux traits anguleux, qui annonça d'un ton douceâtre :

« Miss Brent, voici Mr. Amherst, le sous-directeur des filatures. Il voudrait voir Mr. Dillon. »

Le pas de John Amherst était singulièrement silencieux. L'infirmière, que sa nature et son métier rendaient sensible à toutes les particularités physiques, fut frappée d'emblée par le contraste entre sa personne alerte et la manière discrète dont il se déplaçait. Elle remarqua aussi que la même opposition se retrouvait dans le visage : le profil maigre et énergique, au nez aquilin, aux lèvres minces du meneur d'hommes, était curieusement modifié par le regard pensif et voilé que ses yeux gris posèrent sur elle. Dans sa vie solitaire, quoique remplie, Justine Brent se plaisait à classer mentalement les personnes qu'elle rencontrait ; mais ce visage contradictoire la déconcertait. « Difficile de savoir », se dit-elle tout en s'écartant pour le laisser approcher du lit. Il se tenait près d'elle, sans parler, les mains jointes derrière son dos, les yeux fixés sur l'homme blessé qui gisait, inerte, comme en léthargie. L'infirmière en chef, appelée ailleurs, s'était éclipsée en confiant du regard Amherst à Miss Brent, et ils restèrent tous deux seuls au chevet du malade.

Amherst se dirigea vers la fenêtre, au-delà du lit vide voisin de celui de Dillon. Un écran blanc destiné à isoler les mourants avait été placé contre ce lit, et l'espace ainsi ménagé permettait d'échanger quelques paroles discrètes.

« Il dort ? » demanda Amherst, comme Miss Brent le rejoignait.

Celle-ci l'examina de nouveau. La voix du sous-directeur ne révélait pas seulement son éducation, mais quelque chose de différent, de plus profond — l'habitude familière de s'exprimer avec douceur. Il portait avec distinction — à nouveau ce même paradoxe — des vêtements usagés, élimés aux coutures, mal coupés, mais soigneusement brossés.

« La morphine l'a assoupi, répondit-elle. J'ai refait ses pansements il y a une heure environ, et le docteur lui a fait une piqûre.

— *Ses* pansements ? Il a beaucoup de blessures ?

— En plus de la main, le bras est sérieusement déchiré jusqu'à l'épaule. »

Amherst l'écoutait la tête penchée et les sourcils froncés.

« Qu'en pensez-vous ? » demanda-t-il.

Elle hésita.

« Le docteur Disbrow n'a rien dit et...

— Et ce n'est pas à vous d'en parler, n'est-ce pas ? » Il esquissa un sourire. « Je connais les usages de l'hôpital. Mais j'ai mes raisons pour vous poser la question. » Il s'interrompit et se mit à l'observer. Le regard voilé devenait attentif. « Vous ne faites pas partie de ce service, n'est-ce pas? Votre blouse me semble d'une autre couleur. »

Elle sourit à ce « semble », qui dénotait un désintérêt nonchalant pour la différence entre une toile bleu marine et une blanche.

« En effet : je me trouvais à Hanaford et j'ai entendu dire qu'on demandait une infirmière pour le service de chirurgie. Alors je me suis présentée. »

Amherst hocha la tête.

« Tant mieux. Y a-t-il un endroit où je puisse échanger quelques mots avec vous?

— Il m'est difficile de quitter le service maintenant, à moins que Mrs. Ogan ne revienne.

— Je ne tiens pas à ce que vous appeliez Mrs. Ogan, l'interrompit-il. A quelle heure êtes-vous libre ? »

Elle le considéra avec surprise.

« Si ce que vous voulez savoir concerne le service, vous savez bien qu'il nous est interdit de parler de nos malades hors de l'hôpital.

— Je sais. Mais je vais vous demander de faire une entorse au règlement — dans l'intérêt de ce pauvre diable. »

Elle ébaucha une protestation, mais il soutint fermement son regard, d'un air déterminé non dépourvu de malice.

« A quelle heure êtes-vous libre?

— A six heures.

— J'attendrai au coin de South Street et ferai quelques pas avec vous. Laissez-moi vous exposer mes arguments et, si je ne suis pas convaincant, vous pourrez toujours refuser de répondre.

— C'est entendu », dit-elle, sans hésitation cette fois, et Amherst prit congé d'elle avec un léger salut.

2

Lorsque Justine Brent sortit de l'hôpital Hope, le crépuscule d'octobre était tombé. L'avenue bordée d'érables était plongée dans une obscurité que trouaient de temps à autre les feux d'un tramway.

Elle traversa les rails et gagna la rue plus étroite où Amherst l'attendait. Il hésita un instant, et elle constata avec amusement qu'il n'avait pas immédiatement reconnu cette jeune fille élégante qui s'avançait vers lui, vêtue d'un uniforme sombre mais seyant, souriante sous son petit voile.

« Merci d'être venue, dit-il en la rejoignant. Est-ce là votre chemin ? »

— J'habite Oak Street. Mais c'est aussi court par Mapplewood Avenue.

— C'est vrai, et c'est plus calme. »

Ils marchèrent un moment en silence, d'un même pas, bien qu'Amherst fût beaucoup plus grand que sa compagne.

« Je suppose que vous ne savez rien du rapport qui existe entre l'hôpital Hope et les filatures Westmore ? demanda-t-il enfin.

— Je sais seulement que l'hôpital a été fondé par un membre de la famille Westmore.

— C'est cela : par une vieille Miss Hope, qui était une grand-tante des Westmore. Mais il y a plus que cela entre eux, toutes sortes de réseaux souterrains. » Il réfléchit, puis reprit : « Par exemple, le docteur Disbrow a épousé la sœur de la femme de notre directeur.

— Votre supérieur à la filature ?

— Oui, fit-il avec une légère grimace. Vous imaginez donc aisément que, si Truscomb — le directeur — a intérêt à ce que son ouvrier ne soit que légèrement blessé, il est bien naturel que son beau-frère, le docteur Disbrow, fasse preuve d'optimisme en se prononçant sur ce cas.

— Naturel ? Je ne sais pas...

— Ne trouvez-vous pas naturel qu'un homme soit influencé par sa femme ?

— Pas lorsque son honneur professionnel est en jeu. »

Amherst sourit :

« Voilà qui me paraît un peu naïf, si je puis me permettre de parler ainsi. Ecoutez, je ne veux pas insister davantage sur le fait que, Truscomb étant très en faveur chez les Westmore, et les Westmore ayant un droit de rétention sur l'hôpital, la position que Disbrow y occupe repose en grande partie sur sa complaisance à l'égard de Truscomb. »

Miss Brent s'arrêta brusquement sur le trottoir désert.

« Non, n'insistez pas — si vous ne voulez pas que je me méprenne sur votre compte », s'écria-t-elle.

Amherst ne s'offusqua pas. Ce qu'elle désapprouvait, de toute évidence, n'était pas tant son insinuation contre ses supérieurs que son allusion à la naïveté de ses sentiments. Elle était en effet — il s'en rendait compte à présent — assez jeune pour ne pas admettre qu'on pût l'excuser en vertu de sa jeunesse. Dans son uniforme sévère de toile bleue, son teint mat encore assombri par la coiffe d'infirmière et par les murs blafards de l'hôpital, elle lui avait paru plus mûre, plus compétente et expérimentée. Mais à présent il voyait la courbe fraîche de la joue pâle et la pureté du front entouré de crans soigneusement coiffés.

« J'ai commencé par le mauvais bout, reconnut-il. Mais laissez-moi vous parler du cas de Dillon avant de me quitter. »

Elle se radoucit :

« C'est uniquement mon intérêt pour ce malheureux qui m'a poussée à venir.

— Vous pensez donc qu'il a besoin d'aide ? Que vous pouvez l'aider ? »

De nouveau, elle fut sur ses gardes :

« Je vous en prie, parlez-moi de lui d'abord. »

Ils s'étaient remis à marcher. Amherst répliqua par une autre question :

« Je me demande ce que vous savez de la vie à la filature.

— Oh ! à peu près rien. Simplement ce que j'ai réussi à glaner pendant ces deux jours d'hôpital. »

Il considéra ce petit visage résolu sous son auréole de cheveux noirs et murmura comme pour lui-même :

« Je parierais que c'est déjà édifiant. »

Elle ne releva pas ce propos et il poursuivit :

« Eh bien, je passerai sur la situation générale, encore que l'accident de Dillon en découle directement. Il travaille à l'atelier de cardage et, le jour où cela lui est arrivé, sa carde s'est arrêtée brusquement. Il a voulu prendre un outil derrière lui et a allongé le bras un peu trop loin : la carde suivante lui a perforé la main de ses milliers de pointes métalliques. Truscomb et le contremaître soutiennent que l'accident est dû à sa négligence, mais les ouvriers disent que les cardes sont trop près les unes des autres. Selon eux, cela devait arriver tôt ou tard. »

Miss Brent retint sa respiration.

« Et vous, qu'en pensez-vous ? demanda-t-elle anxieusement.

— C'est certainement eux qui ont raison : l'atelier de cardage est honteusement bondé. Dillon a toujours travaillé à la filature : enfant, il était déjà au bobinage. Mais cela ne faisait pas longtemps qu'il était aux cardes, il n'avait pas encore appris combien il faut y être prudent. Les cardes sont si rapprochées que même les anciens courent un risque. Il faut un certain temps, même à l'ouvrier le plus chevronné, pour apprendre à mesurer chacun de ses gestes à deux centimètres près.

— Pourquoi remplir à ce point les salles ?

— Pour tirer le maximum de profit du minimum de place. Cela coûterait plus cher d'agrandir les locaux que de mutiler un ouvrier de temps à autre.

— Je vois, murmura-t-elle, avide d'en savoir davantage.

— Voilà pour le premier point. Le second, c'est que le docteur Disbrow a dit ce matin à Truscomb que la main de Dillon serait certainement sauvée, et qu'il pourra reprendre son travail d'ici à deux mois si la compagnie lui offre un ou deux doigts artificiels. »

Miss Brent se tourna vers lui, rouge d'indignation :

« Mr. Amherst, qui vous a donné cette version du rapport médical ?

— Le directeur lui-même.

— Vous a-t-il rapporté les propres mots du docteur ?

— Non, il m'a montré sa lettre. »

Ils avancèrent dans la rue silencieuse sans dire mot. Puis elle reprit, la voix vibrante d'émotion :

« Je vous l'ai dit cet après-midi : le docteur Disbrow ne s'est pas prononcé devant moi.

— Et Mrs. Ogan ?

— Oh ! Mrs. Ogan... » Ses yeux pétillaient de malice. « Mrs. Ogan, elle a dit : " Vraiment, ma chère, quelle chance nous avons de disposer, grâce à une mort ce matin même dans le service, d'un lit pour ce pauvre homme, moins de trois heures après l'accident ! " »

Abandonnant sa chaude voix de gorge, elle avait pris un ton haut perché qui imitait parfaitement les inflexions maniérées de l'infirmière en chef.

Amherst éclata d'un rire enfantin et communicatif. Un même sens de l'ironie les rapprocha.

Elle reprit son sérieux la première :

« Ces trois heures perdues n'ont pas arrangé les choses. Comment se fait-il qu'il n'y ait pas un dispensaire pour les urgences, à la filature ? »

Amherst se remit à rire, mais d'un ton différent.

« Ce n'est qu'un aspect d'un problème beaucoup plus vaste. Nous n'avons pas le temps d'en parler maintenant. » Il se tut un moment, puis ajouta : « Vous ne m'avez pas encore donné votre opinion sur le cas de Dillon.

— Je vais vous la donner, puisque vous avez vu cette lettre. Dillon perdra certainement sa main, et probablement tout le bras. »

En parlant ainsi, la frêle jeune fille tremblait de tout son corps : au calme professionnel avaient succédé la pitié et l'indignation.

Amherst se tenait, interdit, devant elle :

« Mon Dieu ! Toute sa vie, il ne sera plus qu'une charge ?

— Toute sa vie...

— Et il ne va pas mourir ?

— Malheureusement pas.

— Il a trois enfants et sa femme est tuberculeuse : elle s'est ruiné la santé à force d'avaler de la poussière de coton à l'usine, poursuivit Amherst.

— C'est ce qu'elle m'a dit hier.

— Vous lui avez parlé ? fit-il, surpris.

— Je suis allée à Westmore hier soir. J'étais hantée par son visage depuis sa visite à l'hôpital. Elle paraît plus de quarante ans bien qu'elle n'en ait que trente-six. » Miss Brent se tut un instant pour tenter de reprendre son calme. « L'assommant dans ce métier, c'est qu'on a toujours envie d'intervenir dans des histoires où l'on ne peut absolument rien. La vérité est que je ne suis pas faite pour être infirmière. Je ne serai jamais qu'une pauvre petite sentimentale. Incurable ! » conclut-elle en essuyant une larme et en rejetant son voile en arrière d'un coup sec.

Son compagnon poursuivit son chemin en silence jusqu'à ce qu'elle eût recouvré son sang-froid. Il dit enfin :

« Qu'avez-vous pensé de Westmore ?

— Je pense que c'est l'un des pires endroits que j'aie jamais vus — et j'ai déjà vu bien des quartiers sordides. Et cela paraît tellement mort ! Les bas quartiers des grandes villes sont beaucoup plus animés. »

Comme il ne disait rien, elle demanda :

« Est-ce que la poussière de coton attaque toujours les poumons ?

— Oui, dès qu'il y a chez l'individu un terrain favorable. Mais, bien sûr, le mal serait très réduit si l'on remplaçait les vieux planchers qui gardent la poussière, et si l'on installait un système de ventilation et de dépoussiérage.

— Que fait la compagnie dans de tels cas ? Quand une ouvrière tombe malade à vingt-cinq ans ?

— La compagnie dit qu'il y avait chez elle un terrain favorable.

— Ils ne donnent rien en compensation des deux vies qu'ils ont prises ?

— Ils paieront probablement pour les soins que Dillon a reçus à l'hôpital, et ils ont mis sa femme au nettoyage.

— Pour nettoyer ces planchers irrécupérables ? C'est beaucoup trop dur pour elle !

— Dur ou pas, elle a besoin de travailler, et il y a moins d'efforts à faire pour frotter un plancher que pour rester penchée sur un métier ou sur une carde. Le salaire est plus bas, évidemment, mais étant donné que lui ne sera plus ouvrier spécialisé, elle est très reconnaissante à la compagnie de la reprendre, à n'importe quelles conditions. »

Le petit visage de Miss Brent s'enflamma de colère :

« Il est impossible qu'elle tienne plus de deux ou trois mois sans tomber malade.

— Bien sûr. Mais, vous voyez bien, ils lui ont affirmé que son mari reprendrait le travail dans moins que cela.

— Et que fait la compagnie pour eux une fois que la femme est invalide sans espoir de guérison et le mari manchot ? »

Amherst fit de nouveau entendre le rire sec qu'il avait eu à sa suggestion d'un dispensaire pour les urgences.

« Je sais bien ce que je ferais, dit-il, si j'étais dans le service : je donnerais à Dillon une overdose de morphine. Sa femme toucherait son assurance et pourrait refaire sa vie. »

Elle lui lança un regard interrogateur :

« Vous feriez cela ? Je me le demande.

— Si je côtoyais la souffrance comme vous tout en sachant ce que je sais, j'ai l'impression que je m'y sentirais autorisé... » Il s'interrompit. « Dans votre travail, reprit-il, n'êtes-vous jamais tentée de libérer un de ces pauvres diables ? »

Elle réfléchit.

« C'est bien possible... mais le réflexe professionnel de sauver l'emporterait sans doute.

— De sauver... quoi ? Quand tout ce qu'il y a de bon dans la vie a disparu...

— Peut-être, soupira-t-elle, que le pauvre Dillon le ferait de lui-même s'il le pouvait. Quand il se rendra compte qu'il n'y a plus rien de bon à attendre de la vie.

— Oui, mais il ne pourrait le faire tout seul, et ses employeurs — quelle ironie ! —, après avoir ruiné sa vie, feront tout ce qu'ils pourront pour rafistoler les ruines.

— Mais cela au moins devrait compter en leur faveur.

— Peut-être ; à condition que... » Il se tut, craignant sans doute de s'exposer encore à la réprobation par sa sévérité, et elle s'écria en regardant autour d'elle :

« Je ne faisais pas attention et nous sommes descendus trop bas dans l'avenue ! »

Depuis quelques minutes, ils s'étaient engagés dans la large avenue animée qui ceinturait les hauteurs du quartier résidentiel d'Hanaford. Les vastes demeures, derrière leurs massifs et leurs pelouses, arboraient toutes les formes architecturales possibles — de la symétrie néo-coloniale, avec ses portiques classiques et ses angles droits, jusqu'à l'engouement récent pour les galets et les tuiles mauresques.

Amherst fut aussi surpris qu'elle.

« C'est vrai que nous sommes allés trop loin. J'oublie toujours où je suis quand je parle de quelque chose qui m'intéresse. »

Miss Brent consulta sa montre.

« Mes amis ne dînent pas avant sept heures et je peux arriver à temps en prenant le tramway de Grove Street, dit-elle.

— La ligne de Liberty Street est mieux desservie. Vous pourriez la prendre, si cela ne vous ennuie pas trop de marcher encore un peu. Vous arriveriez à peu près à la même heure. »

Elle acquiesça de la tête et ils poursuivirent leur chemin.

« Il faut que je vous explique pourquoi j'ai tant besoin d'entendre une opinion impartiale à propos de Dillon », reprit-il.

Elle le regarda, étonnée :

« Ce que vous m'avez dit au sujet du docteur Disbrow et de votre directeur suffit amplement.

— N'oubliez pas que je suis le subordonné de Truscomb. Je n'aurais pas enfreint les usages de ma profession et ne vous aurais pas demandé d'en faire autant pour la vôtre si je n'avais pas eu l'espoir d'améliorer les choses. Mais cet espoir, je l'ai — c'est d'ailleurs pourquoi j'ai tenu bon à Westmore pendant ces derniers mois, au lieu de donner ma démission.

— Je m'en réjouis, fit-elle rapidement.

— Le propriétaire de la filature, le jeune Richard Westmore, est mort l'hiver dernier, poursuivit-il, et j'espère — mais ce n'est qu'un espoir — que son successeur sera davantage à la hauteur.

— Qui est-ce ?

— Richard Westmore a tout laissé à sa femme, et elle vient ici demain, pour examiner la gestion de la filature.

— Elle vient ? Elle n'habite donc pas là ?

— A Hanaford? Qu'allez-vous imaginer! De nos jours, quel est l'employeur qui vit auprès de ses employés? Les Westmore ont toujours vécu à New York, et je crois qu'ils possèdent aussi une grande propriété à Long Island.

— Ah bon! En tout cas, elle vient, et cela devrait être bon signe. Manifestait-elle quelque intérêt pour la filature quand son mari était en vie?

— Pas que je sache. Cela fait trois ans que je suis à Westmore, et je ne l'y ai pas vue une seule fois. Elle est très jeune, et Westmore lui-même ne s'occupait de rien. Il avait hérité cette fortune. Il touchait ses dividendes, et Truscomb faisait le reste. »

Miss Brent réfléchit.

« Je ne sais pas grand-chose de l'administration d'une compagnie — mais je suppose que Mrs. Westmore ne réunit pas sur sa seule personne toutes les responsabilités. Il y a bien quelqu'un entre Truscomb et les ouvriers?

— La compagnie présente, sur le papier, la hiérarchie officielle habituelle. Richard Westmore était bien sûr le président-directeur général. Depuis sa mort, l'ancien trésorier — Halford Gaines — l'a remplacé, et son fils, Westmore Gaines, a été nommé trésorier. Vous pouvez voir d'après les noms que tout reste en famille. Halford Gaines a épousé une Miss Westmore et représente le clan à Hanaford — il dirige la société et maintient le prestige du nom. Tant qu'il a été trésorier, Halford Gaines s'en est uniquement tenu à ses attributions et a toujours refusé d'interférer entre Truscomb et les ouvriers. Comme président, il suivra probablement la même politique, d'autant plus que cela s'accorde parfaitement avec son respect inné du *statu quo* et son ignorance béate en matière d'économie.

— Et avec le nouveau trésorier? N'y a-t-il pas là un espoir de rompre avec la tradition familiale?

— Westy Gaines est plus doué que son père, mais il déteste Hanaford et la filature. Son objectif majeur dans la vie est d'être pris pour un New-Yorkais. Comme il n'a jamais séjourné ici — sauf pour les réunions trimestrielles — et que son travail courant est expédié par un autre cousin, vous voyez que Westmore est un repaire de népotisme. »

Le travail de Miss Brent dans les milieux pauvres avait développé son intérêt pour les questions sociales, aussi suivait-elle ces détails avec attention.

« Eh bien, la perspective n'est guère encourageante, mais la venue de Mrs. Westmore va peut-être changer les choses. J'imagine qu'elle a plus de pouvoir que tous les autres ?

— Bien sûr. C'est à elle de décider si elle veut en faire usage, car son mari représentait vraiment à lui seul toute la compagnie. Les cousins ne possèdent que quelques parts chacun.

— Alors, il faut espérer que sa visite lui ouvrira les yeux. Qui sait, le cas du pauvre Dillon va peut-être aider les autres ouvriers et se révéler un magnifique arrêt de la Providence, comme dirait Mrs. Ogan.

— En tout cas, il tombe vraiment à pic pour illustrer les abus contre lesquels j'essaie de lutter. La difficulté va être de se faire entendre de cette dame. Tiens, nous voici justement devant chez elle. »

Un lampadaire électrique illuminait les branches nues des arbres et les piliers du portail. Un parc s'étendait derrière la maison mais, par-devant, le portail donnant sur la rue n'était séparé de la façade que par quelques marches. La lumière brillait à toutes les fenêtres de cette somptueuse demeure à tourelles, dont le style toscan avait fait fureur au milieu du siècle précédent. Miss Brent et Amherst durent s'arrêter car un groupe de personnes descendait de deux voitures et leur barrait le passage.

Le lampadaire éclairait chaque détail de la scène. Il y avait deux messieurs, dont l'un, qui boitait légèrement, portait de longues moustaches blanches sous un nez distingué, et l'autre, petit et sec, s'affairait d'un air important. Deux dames, accompagnées de leurs valets de pied, complétaient la compagnie.

« Ce doit être le “ clan ” qui arrive ! » s'écria Miss Brent. Tandis qu'elle parlait, la plus jeune des dames exposa à la lumière, en se retournant vers son domestique, un visage pâle aux traits rendus flous par son voile de deuil.

« Est-ce que c'est Mrs. Westmore ? » demanda Miss Brent à voix basse. Et, comme Amherst répondait sur le même ton : « Je le suppose ; je ne l'ai jamais vue », elle poursuivit, excitée : « Elle ressemble étonnamment à... Savez-vous comment elle s'appelait avant son mariage ? »

Il fronça les sourcils, essayant vainement de s'en souvenir.

« Je ne sais pas — j'ai dû l'entendre, mais je ne me rappelle jamais le nom des gens.

— Ce n'est pas bien pour un meneur d'hommes ! remarqua-t-elle malicieusement, et il répondit, comme si elle avait touché un point sensible :

— Je veux dire des gens qui ne comptent pas. Je n'oublie jamais le nom ni la figure d'un ouvrier.

— Qui peut dire qui va compter ? » répliqua-t-elle sentencieusement.

Il réfléchit à cela en silence tandis qu'ils reprenaient leur chemin, jetant au passage un coup d'œil dans le hall couvert d'un tapis rouge, dont on refermait les portes vitrées. Il émergea enfin de ses pensées pour demander :

« Mrs. Westmore ressemble-t-elle à quelqu'un que vous connaissez ?

— J'en ai eu l'impression — à une jeune fille qui était avec moi au Sacré-Cœur, à Paris. Mais voilà mon tram ! » s'exclama-t-elle, comme ils tournaient le coin d'une rue qu'un tramway bondé descendait.

Ils n'eurent que le temps de se serrer la main, et, quand Miss Brent eut été aspirée dans la foule des voyageurs, son compagnon, selon une habitude à lui, resta un moment là où elle l'avait laissé, fixant son regard sur un point indéfini de l'espace ; puis, reprenant soudain conscience de la réalité, il repartit vers le centre de la ville.

A la jonction des deux rues du quartier des affaires, il sauta dans un tramway vide en direction de Westmore et alla s'asseoir dans un coin. Il tira un Shakespeare de sa poche et s'absorba dans sa lecture jusqu'à ce que le tram quittât les rues asphaltées et les magasins aux vitrines illuminées, pour pénétrer dans une morne région intermédiaire de boue et de macadam. Il remit alors le livre dans sa poche et regarda par la vitre dans l'obscurité.

Les maisons, de plus en plus clairsemées, se détachaient dans une nuit plus profonde, et les rares réverbères éclairaient des trottoirs fissurés, des poteaux télégraphiques penchés, des palissades constellées d'affiches publicitaires, en somme un faubourg industriel américain typique, dans toute sa lamentable désolation. Venaient ensuite un ou deux terrains vagues, puis une enfilade de logements ouvriers et les pignons criards de l'hôtel Eldorado — seul édifice de Westmore à avoir été repeint récemment —, puis les entrepôts de la compagnie, les ateliers d'usinage et autres dépendances, la masse rébarbative de l'usine surplombant sinistrement le coude de la rivière, enfin la netteté inattendue de la pelouse du directeur, avec sa haie de troènes.

Ce décor était si familier à Amherst qu'il avait perdu l'habitude de comparer, et ses réflexions sur les besoins spirituels et matériels des ouvriers lui faisaient souvent oublier le cadre extérieur où ils vivaient. Mais, ce soir-là, il se rappela ce que l'infirmière avait dit — « cela paraît tellement mort » — et ce commentaire éveilla en lui une perception différente de ce paysage. Avec un dégoût soudain, il en vit toute la misère sordide — les pauvres maisons uniformes, les talus d'herbe piétinée, les chiens efflanqués rôdant sur les tas d'ordures, le reflet d'un réverbère à gaz tordu dans un méandre stagnant de la rivière — et il se demanda s'il était possible d'introduire la beauté morale dans des existences à jamais limitées à l'horizon bas de l'usine. Il y a une laideur fortuite qui porte en elle vie et espoir : la laideur des rues surpeuplées des villes où les gens se pressent vers un but ; mais cet étalage de médiocrité banlieusarde, sans la pression d'un environnement animé, noyée dans l'acceptation aveugle de l'isolement, de la hideur et de la monotonie, sembla à Amherst la négation même de l'espoir et de la vie. « Elle a raison, songea-t-il, c'est mort, archi-mort ! Il ne reste plus un seul globule rouge là-dedans. »

La vallée de la Moosuc, où les Westmore avaient implanté leur filature, avait été à l'époque préindustrielle le faubourg le plus agréable de la ville. Par-delà une zone de vergers et de fermes, plusieurs citadins de marque avaient construit sur les berges de la rivière leurs résidences guindées avec leurs portiques et leurs pelouses en terrasses ; et c'était sur le plus grand de ces domaines, Hopewood — apporté à la famille Westmore par cette Miss Hope qui avait épousé un des premiers Westmore —, que le lugubre village de la filature s'était développé. Par la suite, les villas à colonnes s'étaient irrémédiablement délabrées, mais la vieille maison d'Hopewood avait survécu dans ses terres boisées, négligée mais intacte, de l'autre côté du premier coude de la rivière ; désertée en tant qu'habitation, elle était conservée en prévision d'une hausse des prix : le développement inéluctable de Westmore ne ferait qu'accroître la demande en petits lotissements. Chaque fois qu'Amherst s'imprégnait de fraîcheur à la vue de la végétation qui submergeait les toits d'Hopewood, il lui prenait l'envie de convertir le domaine abandonné en un parc et un terrain de jeux pour les ouvriers de la filature. Mais il savait que la compagnie comptait sur la vente morcelée d'Hopewood comme source de profit. La cité ouvrière, loin de s'embellir en s'agrandissant, obéirait à la sinistre loi de la prospérité industrielle : elle perdrait rapidement le seul charme qui lui restait et déploierait uniformément sa laideur ; champs verts et versants ombragés disparaîtraient, dévorés, dévastés comme par une nuée de sauterelles. Amherst n'était pas sans connaître cet enchaînement, et son implacabilité apparente rendait comiques les espoirs qu'il fondait sur l'arrivée de Mrs. Westmore.

« De ce jeu de construction stupide et égoïste, pensa-t-il en se levant pour descendre, comment retirer une seule pièce sans que le tout dégringole ? Ils sont aveugles sur tout le reste, mais cela ils ne le perdent jamais de vue. »

Il fit quelques mètres derrière la maison du directeur, puis tourna dans une rue latérale, bordée de cottages isolés les uns des autres. Au bout d'une allée de graviers se trouvait le sien. Il en poussa la porte et entra dans le salon où une lampe à abat-jour vert éclairait agréablement des rayons de livres et un bureau encombré.

Une petite femme vive, vêtue de noir, posa le journal du soir qu'elle était en train de lire et lui tendit les bras.

« Quoi de neuf, maman? demanda-t-il en se baissant pour l'embrasser.

— Tu rentres tard, John », répliqua-t-elle avec un sourire d'affection, sans l'ombre d'un reproche.

C'était une personne étonnamment bien faite, pleine de vivacité. Son visage semblait si jeune sous ses cheveux blancs qu'elle paraissait un peu irréelle, comme une mère de théâtre. Mais, en y regardant mieux, on distinguait certaines petites rides que l'expérience avait creusées près de la bouche et des yeux — des yeux noirs, incisifs, qui n'avaient rien de la profondeur voilée de ceux de son fils. Ils regardaient vers l'extérieur, sur un monde qui ne lui avait pas ménagé les coups durs, mais pour lequel elle conservait, intact, un intérêt aussi vif qu'amusé.

Amherst consulta sa montre :

« Cela ne fait rien : Duplain sera encore plus en retard que moi, dit-il. J'ai dû aller à Hanaford, et il me remplace au bureau.

— Tant mieux, mon chéri : nous aurons ainsi une minute à nous. Assieds-toi et dis-moi ce qui t'a retenu. »

Elle prit son tricot tout en parlant : elle possédait en effet de ces mains qui ne trouvent la paix que dans d'incessantes activités. Son fils ne pouvait se rappeler un seul moment où il n'ait vu ces petites mains en mouvement — que ce fût pour retoucher un vêtement, repriser un accroc, réparer un meuble, démonter une pendule. « Je fais un patchwork de mes moments perdus », avait-elle expliqué un jour à une amie qui s'étonnait de la voir revenir à ses travaux d'aiguilles entre deux tâches.

Amherst se laissa tomber avec lassitude sur une chaise.

« J'ai essayé de découvrir quelque chose au sujet de Dillon », dit-il.

Sa mère jeta un bref coup d'œil vers la porte, se leva pour aller la fermer, puis se rassit.

« Eh bien ?
— Je me suis arrangé pour avoir une conversation avec son infirmière, à sa sortie de l'hôpital.
— L'infirmière ? Cela n'a pas dû être facile de la faire parler ?
— Heureusement, elle n'était pas du service ; c'est une volontaire qui se trouve là provisoirement. J'ai eu tout de même quelque difficulté à la faire parler — jusqu'au moment où je lui ai dit deux mots de la lettre de Disbrow. »
Mrs. Amherst posa ses aiguilles et leva ses yeux vifs vers son fils :
« Alors ? Il va très mal ?
— Estropié pour le restant de ses jours. »
Elle eut un frisson et reprit son ouvrage :
« Crois-tu qu'elle soit vraiment au courant ?
— Elle m'a semblé tout à fait compétente.
— Une volontaire, dis-tu ? Comment s'appelle-t-elle ?
— Je n'ai même pas pensé à le lui demander », fit-il vaguement.
Mrs. Amherst rit :
« C'est bien toi ! T'a-t-elle dit chez qui elle est descendue ?
— Oak Street, je crois — mais elle n'a pas précisé davantage. »
Mrs. Amherst fronça pensivement les sourcils :
« Je me demande si ce n'est pas cette jeune fille mince et brune que j'ai vue l'autre jour en compagnie de Mrs. Harry Dressel. N'est-elle pas grande et très élégante ?
— Je ne sais pas », murmura Amherst avec indifférence. Il avait pour règle de se résigner avec humour à cette habitude qu'avait sa mère de délaisser le général pour le particulier : elle suivait son idée sans se soucier le moins du monde de l'objet principal de la conversation. Mais ce soir-là, obnubilé par son sujet — dont il ne pouvait concevoir que quelqu'un pût se désintéresser —, il ressentit cette inconscience comme un signe d'incurable frivolité.
« Comment peut-on côtoyer journellement de telles souffrances et ne pas les voir ! » fut sa première pensée. Mais il se la reprocha aussitôt, à l'idée que l'ouvrage qui avançait si vite entre les doigts de sa mère allait prendre la forme d'un vêtement destiné à un petit Dillon. « Elle extériorise sa compassion sous forme d'action, comme cette infirmière, si froide en apparence, jusqu'à ce qu'elle ait quitté son uniforme — et alors ? » Sa physionomie s'adoucit au souvenir de l'indignation de la jeune fille. S'il admirait, en théorie, une femme capable de garder son sang-froid en cas

d'urgence, cela ne l'empêchait pas d'éprouver le désir bien masculin de déceler l'émotion sous cette surface sans rides.

Mrs. Amherst s'était levée. Elle vint à lui et se pencha un instant pour écarter les boucles brunes qui tombaient sur son front.

« John, as-tu pensé à ce que tu feras après ? »

Relevant la tête, il la fixa d'un air interrogateur.

« Cette histoire de Dillon me tracasse, reprit-elle. Toutes ces investigations ne vont pas arranger tes affaires. »

Ils restèrent un moment les yeux dans les yeux.

« Vous avez peur que je ne perde ma place », dit-il froidement.

Elle rougit comme une petite fille et murmura :

« Ce n'était pas le genre de place dont je rêvais pour toi.

— Je sais, répliqua-t-il d'un ton plus doux, en pressant la main de sa mère sur le dossier de sa chaise. J'aurais dû suivre la même carrière que mon grand-père ; mais le sang de mon père l'a emporté en moi. Rien ne m'aurait jamais satisfait autant que d'être ouvrier.

— Comment peux-tu dire que ton père était un ouvrier ? Il était supérieurement doué pour la mécanique et, s'il avait vécu, il aurait été aussi influent dans son domaine que n'importe quel homme d'Etat ou de loi. »

Amherst sourit :

« Plus, même, j'en suis sûr. Mais il m'a transmis ses mains de travailleur, sans me donner son génie de créateur. Je regrette de ne pas avoir hérité davantage de lui, ou moins ; mais je dois tirer le meilleur parti de moi-même, plutôt que d'essayer d'être quelqu'un d'autre. » Il frotta sa joue contre la main de sa mère en un geste caressant. « C'est dur pour vous, maman, mais il vous faut m'accepter comme je suis.

— Je ne me suis jamais plainte, John ; mais maintenant que tu as choisi ton travail, il est bien naturel que je préfère que tu ne le perdes pas. »

Il se leva avec un geste d'impatience :

« N'ayez pas peur ; je trouverais facilement un autre travail s'il le fallait.

— Comment ? Si Truscomb te mettait sur la liste noire ? As-tu oublié ce contremaître écossais qui était là quand nous sommes arrivés ?

— Et que Truscomb a poursuivi inexorablement chez tous ses employeurs ? Je m'en souviens parfaitement, fit Amherst d'un air mécontent, mais j'ai idée que, cette fois, c'est moi qui serais le poursuivant. »

Sa mère soupira, mais elle n'eut pas le temps de répondre car la porte d'entrée s'ouvrit bruyamment. Amherst en parut soulagé.

« Voilà Duplain », dit-il en allant voir dans le couloir. Cependant, au lieu du jeune contremaître alsacien qui logeait chez eux, il vit un petit garçon essoufflé qui lui déclara :

« Mr. Truscomb veut que vous veniez tout de suite.

— Maintenant ? Au bureau ?

— Non, il est chez lui, malade. »

Amherst sentit le sang lui monter au visage et dut serrer les lèvres pour ne pas pousser un cri.

« Dis-lui que je viendrai dès que j'aurai dîné », dit-il. L'enfant disparut et Amherst revint au salon.

« Truscomb est malade, il vient de m'envoyer chercher ; et j'ai vu Mrs. Westmore arriver ce soir ! Dînons, maman, n'attendons pas Duplain. »

Son visage était rouge d'excitation et ses yeux gris se perdaient dans une vision intérieure.

« Oh ! John, John ! » soupira Mrs. Amherst en s'en allant à la cuisine.

3

Amherst fut introduit par la femme du directeur en personne. Mrs. Truscomb était une forte personne au visage couperosé ; elle portait une robe de chambre tachée et des boucles d'oreilles en diamant.

« Mon mari est au plus mal. Il ne devrait pas vous recevoir. Le docteur pense... », commença-t-elle.

Elle fut interrompue par le docteur Disbrow qui sortait du salon. Il avait le teint blafard, la barbe terne, ni grise ni beige, et la voix d'une nature tout aussi incertaine.

« Bonsoir, Mr. Amherst. Truscomb est assez souffrant — au bord de la pneumonie, j'en ai peur. Comme il me paraît très désireux de vous voir, je pense que le mieux est que vous montiez deux minutes — pas plus, je vous prie. » Il marqua un temps d'arrêt avant de poursuivre avec un sourire : « Ne l'agitez pas, bien sûr — pas de contrariété...

— Il s'est horriblement tourmenté au sujet de ce malheureux Dillon », intervint Mrs. Truscomb. Elle drapa majestueusement son peignoir autour d'une poitrine soulevée par l'indignation.

« C'est vrai, il prend ses responsabilités trop à cœur. Mais Dillon sera sur pied d'ici peu », déclara le docteur d'un air engageant.

Mrs. Truscomb, manifestement à contrecœur, conduisit Amherst à l'étage par un escalier recouvert d'un élégant tapis. Ils parvinrent à la chambre où son mari gisait, en proie aux soucis du bureau. Elle introduisit le jeune homme et se retira dans la pièce voisine, où elle se mit à tousser à intervalles réguliers pour lui rappeler qu'il était sous surveillance.

Le directeur des filatures Westmore n'était pas le type d'homme que laissaient entrevoir les commentaires d'Amherst sur son supérieur. Adossé à ses oreillers, les pommettes rouge brique, il semblait, à première vue, appartenir à cette innombrable cohorte d'hommes d'affaires américains — ces besogneux ternes, rabougris et jaunâtres qui n'ont jamais levé la tête du grand livre des comptes. Même ses yeux, à présent fiévreux, avaient d'ordinaire un regard morne et indifférent ; seule, peut-être, la forme de ses rides pouvait révéler les ambitions personnelles dont son âme portait les cicatrices.

« Bonsoir, Amherst. Ce rhume abominable m'a mis à plat. »

Amherst fit un effort sur lui-même :

« J'en suis désolé, fit-il.

— Cela m'empêche de respirer — c'est là le pire. » Truscomb s'arrêta pour reprendre son souffle. « Je viens juste d'apprendre que Mrs. Westmore est ici — et je voudrais que vous alliez faire un tour, demain matin... » Il dut s'interrompre une fois de plus.

« Oui, sir, répondit Amherst, le cœur tressaillant de joie.

— Vous n'avez pas besoin de la voir, elle. Demandez à voir son père, Mr. Langhope. Rapportez-lui ce qu'a dit le docteur — que je serai sur pied dans un jour ou deux, qu'ils veuillent bien prendre patience jusqu'à ce que je sois capable de les emmener à la filature. »

Il jeta un regard furtif à son adjoint et leva une main osseuse :

« Attendez une minute. En y allant, arrêtez-vous chez Mr. Gaines et avisez-le. Il devait les rencontrer ici. Vous comprenez ?

— Oui, sir », acquiesça Amherst.

Mrs. Truscomb apparut alors à la porte.

« Je dois vous demander de me suivre, maintenant, Mr. Amherst, commença-t-elle d'un air important, mais un regard de son mari la renvoya au néant, penaude et congestionnée.

— Restez, Amherst. J'apprends que vous avez été à Hanaford. Etes-vous passé à l'hôpital ?

— Ezra... », balbutia sa femme. Il la regarda comme si elle était transparente.

« Oui », dit Amherst.

Le visage de Truscomb sembla se momifier. Ses yeux se reportèrent de sa femme sur son adjoint :

« Bon. Tâchez seulement de ne pas oublier que c'est à Disbrow de parler de Dillon à Mrs. Westmore. Vous vous bornerez à transmettre mon message. Est-ce clair ?

— Parfaitement clair. Bonne nuit », répondit Amherst en emboîtant le pas à Mrs. Truscomb.

Ce même soir, dans la grande maison de Westmore, quatre personnes étaient assises sous le lustre en bronze du salon tendu de satin rouge. L'une d'elles — la jeune femme en deuil dont le visage avait frappé Miss Brent l'après-midi — abandonna le canapé pelucheux où elle se tenait pour se diriger nonchalamment vers son père, assis près de la cheminée.

« Je vous avais bien dit que c'était hideux, père ! » soupira-t-elle, s'appuyant avec découragement à la haute cheminée sculptée où trônait une pendule de bronze en forme d'obélisque.

Mr. Langhope fumait. Ses jambes croisées l'une sur l'autre offraient à la vue des plis de pantalon impeccables, et sa canne d'ébène était posée contre son fauteuil. Il leva vers sa fille des yeux clairs pleins d'ironie :

« D'un point de vue archéologique, dit-il en désignant la pièce d'un grand geste circulaire, je trouve cela très intéressant. J'aimerais bien venir faire des fouilles ici. »

Il n'y avait pas l'électricité dans le salon. Le lustre à gaz dispensait impartialement la lumière de ses innombrables becs aux lourdes tapisseries représentant la baie de Naples et l'Hudson en automne, aux bustes en marbre de Carrare et aux Indiens de bronze sur leurs socles drapés de velours.

« Tout ceci, murmura Mr. Langhope, est en train de devenir aussi rare que les séquoias géants. Dans cinquante ans, il y aura des collectionneurs qui se battront pour cette *Baie de Naples*. »

Bessy Westmore se détourna avec impatience. Lorsqu'un sujet lui tenait profondément à cœur, la désinvolture de son père l'agaçait.

« Vous, au moins, Maria, dit-elle en s'asseyant à côté de l'autre dame du groupe, vous voyez bien que je ne pourrais absolument pas vivre ici ! »

Mrs. Eustace Ansell, sitôt le repas achevé, s'était installée à un bureau recouvert d'un tapis de velours pour y faire la volumineuse correspondance dont elle était habituellement chargée. Elle s'était penchée avec grâce pour tremper sa plume dans l'encrier en chrysocale de Vienne, qui ne lui avait offert qu'un réservoir vide. Ayant prévu cette éventualité, elle avait apporté son écritoire de voyage, et celle-ci était maintenant ouverte devant elle, présentant dans son agencement un raffinement méticuleux. Mais, devant l'air suppliant de Bessy, elle essuya sa plume et jeta sur sa compagne un regard compréhensif.

Le visage de Mrs. Ansell tirait tout son charme d'une sorte de mimétisme. Elle montrait une physionomie différente à chacun de ses interlocuteurs : teintée d'ironie, ou affectueusement maternelle, ou encore absorbée dans ses pensées. Rares étaient ceux qui prenaient en lui parlant le temps de reconnaître qu'elle reflétait tout simplement leur propre point de vue.

« Tout cela a besoin d'être remis à neuf, admit-elle en suivant le regard mélancolique de la jeune veuve à travers la pièce. Mais vous vous conduisez en enfant gâtée : comment peut-on se plaindre quand on a comme vous une maison à soi, au lieu de devoir descendre à l'hôtel d'Hanaford ! »

Mrs. Westmore ne retint que la première partie de la réponse :

« Remettre à neuf ? Pourquoi diable le ferais-je ? Personne ne s'attend à me voir m'installer ici — n'est-ce pas, Mr. Tredegar ? » s'écria-t-elle, prenant cette fois à témoin le quatrième membre de cette réunion.

Mr. Tredegar, l'homme d'affaires de la famille, s'était fait un devoir d'accompagner la veuve dans sa tournée d'inspection. Il arpentait solennellement le salon à petits pas, un cigare aux lèvres, les mains dans le dos. Il dressa la tête, accusant ainsi sa ressemblance avec un moineau, examina la pièce, objet du délit, et acheva son tour d'horizon sur le charmant visage boudeur de Mrs. Westmore.

« Tout dépend, répondit-il avec suffisance, de l'importance des revenus qu'il vous faut. »

Mr. Tredegar laissa tomber cette évidence avec l'air de quelqu'un qui statue sur un point de droit crucial. La moindre de ses observations semblait un arrêt rendu du haut d'un tribunal — lieu qui lui était par ailleurs complètement étranger. Il tira à nouveau sur le cigare et guetta un signe d'approbation dans les yeux expressifs de Mrs. Ansell.

« Ah ! c'est vrai, Bessy. Il faut que vous teniez compte de cela », murmura la vieille dame, comme frappée par la profondeur de la remarque.

Mrs. Westmore eut un geste d'impatience :

« Nous avons toujours eu assez d'argent — Dick était pleinement satisfait. » Sa voix trembla un peu en prononçant le nom de son mari. « Et encore, vous n'avez pas vu à quoi cela ressemble à la lumière du jour — ni tous les gens qu'il nous faudra recevoir !

— Il est bien évident que vous n'avez à voir personne en ce moment, ma chérie, lui rappela Mrs. Ansell, à part Halford Gaines et sa femme.

— C'est déjà trop pour moi, j'en suis sûre. J'entends déjà ce que Juliana Gaines va me dire : " C'est donc ainsi, ma chère, que se porte le crêpe de veuve cet automne à New York ? " Et Halford va nous inviter de force à l'un de ces abominables dîners de famille avec soupe à la tortue et quatre-quarts au madère.

— C'est trop tôt pour la tortue », fit observer Mrs. Ansell avec un sourire qui se voulait réconfortant ; mais Bessy n'abandonnait pas son idée :

« D'ailleurs, je ne vois pas ce que ma présence ici changerait ? Je ne comprendrai jamais rien aux affaires », déclara-t-elle.

Mr. Tredegar réfléchit, puis ôta une fois de plus son cigare de sa bouche :

« La nécessité ne s'en est pas fait sentir jusqu'ici. Mais maintenant que vous voilà quasiment seule à la tête de biens considérables... »

Mr. Langhope eut un rire étouffé :

« Exerce-toi, Bessy. Mets ta superbe intelligence au service de l'industrie. »

Mrs. Ansell rangea l'attirail complexe de son écritoire et passa affectueusement son bras autour de l'épaule de Mrs. Westmore :

« Ne la taquinez pas. Elle est fatiguée, et le bébé lui manque.

— J'aurai une dépêche demain matin ! s'exclama la jeune mère, rayonnante à cette idée.

— Mais bien sûr que vous l'aurez. Cicely vient de manger deux œufs à la coque et un bol de porridge. Elle ne se laisse pas abattre. »

Maria Ansell essayait de la réconforter mais Bessy Westmore ne renonça pas à son obsession :

« Vous pensez tous que je jette l'argent par les fenêtres, que je suis inconsciente ! » éclata-t-elle. Serrée contre la vieille dame, elle les invectivait tous les trois. « Mais laissez-moi vous dire une chose : si j'agissais à ma guise, je commencerais par faire des économies en vendant cette affreuse maison, au lieu de la laisser fermée d'un bout de l'année à l'autre. »

Son père leva la tête : les plans d'épargne lui semblaient toujours efficaces lorsqu'ils n'affectaient pas son propre train de vie.

« Qu'en pensez-vous, hein, Tredegar ? »

L'éminent homme de loi aspira ses lèvres fines :

« Par principe, je suis contre », prononça-t-il.

En voyant l'effet pénible qu'avait sur Bessy cette réponse, Mrs. Ansell remarqua avec douceur :

« Ecoutez, il est trop tard pour faire des projets. N'oubliez pas, ma chérie, que nous devons être à la filature demain à dix heures. »

L'idée qu'elle devait se lever tôt le lendemain décida Mrs. Westmore à se retirer, et les deux dames laissèrent les messieurs à leurs cigares.

Mr. Langhope fut le premier à parler :

« Bessy a aussi peu le sens des affaires que moi, Tredegar. Comment Westmore a-t-il pu tout lui laisser ? Il est vrai que lui-même n'était qu'un étourdi.

— C'est vrai. Si l'on songe à sa nonchalance, il est même étonnant qu'il y ait eu quelque chose à laisser. Ce Truscomb doit être un type capable.

— Dévoué aux intérêts de Dick, d'après ce que j'ai toujours entendu dire.

— En tout cas, c'est grâce à lui si la filature est très rentable, ce qui n'est pas si facile par les temps qui courent. Mais, pour le principe, il est tout aussi bien qu'il sache que nous avons l'intention de tout examiner en détail. Halford Gaines ne sera évidemment jamais qu'un prête-nom commode, mais Truscomb doit se faire à l'idée que Mrs. Westmore a l'intention de s'intéresser personnellement à l'entreprise.

— Oh ! absolument — bien entendu ! » acquiesça Mr. Langhope. A cette seule idée, son fin sourire se mua en bâillement.

Il se leva avec effort en s'aidant de sa canne.

« Je crois que je vais aller me coucher, moi aussi, fit-il. Il n'y a pas un livre lisible dans cette malheureuse bibliothèque, et j'ai l'impression que Maria Ansell s'est emparée de mon Loti. »

Quand, le matin suivant, Amherst se présenta à la résidence Westmore, il était décidé à suivre à la lettre les instructions de son supérieur, aussi ne demanda-t-il à voir que Mr. Langhope. Cette décision lui avait beaucoup coûté car son cœur était plein d'un vaste projet, mais, tout en sachant qu'il lui faudrait bientôt se heurter à Truscomb, il reconnaissait la prudence de différer le plus possible la déclaration de guerre.

Dans sa tournée matinale à la filature, il s'était arrêté dans la salle où Mrs. Dillon était agenouillée avec sa brosse et son seau, et, à sa surprise, il l'avait trouvée relativement rassurée, gaie, même. Le docteur Disbrow, lui avait-elle confié, était venu la veille au soir et lui avait redonné courage à propos de Jim ; il lui avait même donné de l'argent, assez pour finir la semaine, ainsi qu'une merveilleuse potion contre la toux, qu'il avait mise au point spécialement pour elle. Amherst avait eu du mal à rester calme en l'écoutant : les paroles de l'infirmière résonnaient encore à ses oreilles et il avait sous les yeux les maigres omoplates de Mrs. Dillon qui montaient et descendaient péniblement au rythme des coups de brosse.

« Si cela a coûté dix dollars à Truscomb, c'est bien le bout du monde », se dit-il dans l'ascenseur qui le ramenait à la porte de l'usine, mais une autre voix lui soufflait qu'il n'avait pas le droit d'accuser Disbrow d'agir mandaté par son beau-frère quand ce don à Mrs. Dillon lui avait sans doute été dicté par sa propre bonté d'âme. « Mais pourquoi ce mensonge sur l'état de son mari ? Après tout, c'est peut-être un incurable optimiste », conclut-il en sautant dans le tramway d'Hanaford.

Quand il arriva à la résidence Westmore, sa colère était tombée et il se sentait tout à fait maître de lui. Il avait apporté un soin tout particulier à sa mise, ce matin-là — ou, plus exactement, sa mère qui, en apprenant la commission dont Truscomb l'avait chargé, avait sorti ses plus beaux vêtements et, de ses doigts experts, avait fait son nœud de cravate.

« Tu serais très élégant, Johnny, si seulement tu étais un peu plus vaniteux », dit-elle en reculant d'un pas pour examiner le résultat de ses soins ; et, comme il l'interrogeait du regard en répétant : « Vaniteux ? Je n'ai jamais entendu dire que la vanité rendait plus élégant », elle répondit gaiement :

« Mais si, dans une certaine mesure, car elle apprend à un homme l'art d'utiliser ce qu'il possède. Donc, souviens-toi, lui recommanda-t-elle tandis qu'il soulevait son chapeau pour la saluer en souriant, que tu vas voir une jolie femme, et que tu n'es pas un centenaire. »

Un domestique l'introduisit dans la bibliothèque et le pria de patienter ; là, il eut la surprise de trouver non pas le monsieur à moustaches blanches entrevu la veille, mais une jeune femme en noir qui se tourna vers lui avec un regard curieux et loin d'être hostile.

Il n'était guère dans les habitudes de Bessy de se lever tôt, mais son aversion pour tout ce qui l'entourait et l'impatience d'en avoir terminé avec la corvée qui l'attendait l'avaient poussée à descendre avant les autres. Sa vie exempte de toute obligation fastidieuse ne l'avait assurément pas rendue patiente, et déjà, après une nuit à Hanaford, elle avait hâte de retrouver le luxueux confort de son existence coutumière, la douce ornière de ses habitudes, le charmant babil de sa petite fille, les longues randonnées au galop sur son hunter irlandais à travers les plaines du Hempstead — tout ce qui valait la peine, autrement dit, de se lever le matin.

Le domestique qui avait introduit Amherst, croyant que la pièce était vide, ne l'avait pas annoncé et, pendant un moment, son hôtesse et lui s'examinèrent en silence. Bessy était intriguée par l'apparition de cet homme jeune et beau (l'avait-elle déjà rencontré ? puis oublié ?). Quant à Amherst, il se sentait basculer dans les profondeurs de deux yeux si bleus et bordés de cils si noirs qu'il ne lui restait que l'étonnement d'avoir été jusque-là indifférent aux yeux des femmes.

« Mrs. Westmore ? » demanda-t-il, rendu à lui-même par l'intuition qu'il tenait enfin l'occasion tant souhaitée ; et, comme la voix de cet homme confirmait ce que suggérait son apparence, Bessy lui répondit en souriant :

« Je suis bien Mrs. Westmore. Mais si c'est moi que vous êtes venu voir, je dois vous dire que je suis obligée de partir presque tout de suite pour visiter nos filatures. J'ai un rendez-vous d'affaires avec notre directeur, mais si... »

Elle s'interrompit, attendant qu'il s'explique.

« Je viens justement de la part du directeur ; je suis John Amherst... Votre sous-directeur », ajouta-t-il, voyant que son nom ne lui disait rien.

L'expression de Mrs. Westmore changea. Elle laissa échapper un murmure de surprise qui aurait certainement flatté la mère d'Amherst si elle avait pu l'entendre, mais qui produisit un effet différent sur le jeune homme. Il se reprocha d'avoir tenté de dissimuler sa condition en changeant de vêtements.

« Que je suis bête ! Je vous prenais pour — oh ! je ne sais pas... Je n'attendais pas Mr. Truscomb ici », balbutia-t-elle avec embarras ; puis leurs yeux se rencontrèrent et tous deux sourirent.

« Mr. Truscomb m'a envoyé vous prévenir qu'il est malade et dans l'incapacité de vous faire visiter la filature aujourd'hui. Je n'avais pas l'intention de vous déranger. On m'a dit de transmettre le message à Mr. Langhope », expliqua scrupuleusement Amherst, essayant de réprimer le tressaillement de joie qui soudain perçait dans sa voix.

Comme tous les hommes distraits, il avait parfois des visions fulgurantes et la beauté de cette femme agit sur lui comme un rayon lumineux frappant des yeux habitués à l'obscurité. Son regard passa du visage aux cheveux, et resta pris dans leurs rets. Il n'avait jamais vu pareille chevelure : elle ne semblait pas pousser de la façon habituelle, mais irradier en boucles libres et dorées, débordant sur le front, les tempes, la nuque, en vaguelettes impertinentes et en tourbillons de lumière, avec des creux d'ombre, douceur où la main pourrait plonger. Il suffit de la vibration d'un nerf pour transporter une impression aussi complexe de l'œil à l'esprit, mais celle qui l'avait provoquée en sentit peut-être le passage fugace, car elle rougit.

« Ah ! voilà mon père », dit-elle, comme vaguement soulagée, en entendant la canne de Mr. Langhope résonner sur le plancher du hall.

Quand celui-ci entra, accompagné de Mrs. Ansell, son regard de vive surprise à la vue du visiteur apprit à sa fille qu'il était aussi abusé qu'elle, et elle se sentit agréablement justifiée de sa méprise. « Si mon père lui-même pense que vous êtes un gentleman... », semblaient dire ses yeux brillants tandis qu'elle expliquait :

« C'est Mr. Amherst, père : il vient de la part de Mr. Truscomb.

— Mr. Amherst ? » répéta Langhope, la main tendue, d'un air affable mais vague ; et il devint clair que ni Mrs. Westmore ni son père n'avaient jamais entendu prononcer le nom de leur sous-directeur.

Cette découverte piqua Amherst d'un ressentiment quelque peu irraisonné. Il essayait de subordonner cette impression aux sentiments plus élevés qui l'habitaient quand il avait pénétré dans cette maison lorsque Mrs. Ansell dit d'une voix posée :

« Votre nom n'est pas courant. J'avais une amie qui s'appelait Lucy Warne et qui a épousé un homme remarquable, un génie de la mécanique. »

Le visage d'Amherst s'éclaira.

« Mon père *était* en effet un génie et ma mère est Lucy Warne, dit-il, cédant au regard clément et à la voix persuasive.

— Quelle délicieuse coïncidence ! Nous étions ensemble à

Albany quand nous étions petites. Vous devez vous souvenir du juge Warne ? » ajouta-t-elle en se tournant vers Mr. Langhope, qui, tortillant sa moustache, bredouilla d'un ton imperceptiblement moins cordial :

« Bien sûr, bien sûr — délicieuse coïncidence — très intéressant. »

Amherst ne sentit pas la nuance. Ses perceptions étaient déjà amorties par la caresse qui émanait de la voix et du sourire de Mrs. Ansell. Au milieu de cette brume, une seule question surnageait : était-il possible que cette femme charmante dans son automne ensoleillé fût réellement du même âge que sa mère ? Mais l'amertume de la réponse lui apparut instantanément : « De nos jours, c'est la pauvreté qui est seule responsable du vieillissement des individus », se dit-il, péniblement conscient de sa propre responsabilité dans les épreuves que sa mère avait traversées ; et, lorsque Mrs. Ansell poursuivit : « Il faut absolument que j'aille la voir — laissez-moi lui faire cette surprise », ce fut d'un ton froid qu'il répondit :

« Nous habitons près de la filature, assez loin d'ici.

— Oh ! nous y allons ce matin », répliqua-t-elle, sans être rebutée par ce qu'elle prit pour une simple maladresse, tandis que Mrs. Westmore s'interposait :

« Mais, Maria, Mr. Truscomb est malade ; il a envoyé Mr. Amherst pour nous dire de ne pas y aller.

— Oui : c'est ce que Gaines vient de téléphoner. C'est bien regrettable », grommela Mr. Langhope. Comme sa fille, il s'accommodait mal de cet exil à Hanaford et avait hâte d'expédier le pensum qui les attendait.

Entre-temps, Mr. Tredegar avait fait son apparition. Lorsque Amherst lui eut été présenté et eut été gratifié de son salut olympien, Bessy laissa paraître son anxiété :

« Mais à quel point est-il malade ? Pensez-vous qu'il puisse nous emmener à la filature dès demain ? demanda-t-elle à Amherst.

— Non, j'ai bien l'impression qu'il ne le pourra pas. Il a de la bronchite. »

Cette nouvelle fut accueillie par un tollé général, où la compassion pour le directeur n'était pas la note prédominante. Mrs. Ansell sauva la situation en soupirant avec conviction : « Pauvre homme ! » et, après avoir fait décemment écho à cette exclamation et jeté un regard incertain vers son père, Mrs. Westmore reprit :

« Si c'est une bronchite, cela peut durer plusieurs jours. Et, dans ce cas, que pouvons-nous faire ?

— Plier bagage et revenir plus tard », suggéra avec empressement Mr. Langhope ; mais, tandis que Bessy murmurait, découragée : « Oh ! cet horrible voyage ! » Mr. Tredegar intervint avec autorité :

« Un moment, je vous prie. Mr. Amherst, est-ce que Mrs. Westmore est attendue à la filature ?

— Oui, je crois qu'ils sont au courant.

— Alors je pense, ma chère, que de rentrer à New York sans nous montrer serait, étant donné les circonstances, euh..., une erreur de jugement.

— Grands dieux, Tredegar, vous n'espérez pas nous faire rester à nous morfondre ici pendant plusieurs jours ? se récria Mr. Langhope.

— Il n'en est pas question pour moi, ne serait-ce qu'une demi-journée, répliqua l'homme d'affaires, froissé que l'on pût imaginer qu'il avait un instant de libre. Cependant...

— Père, interrompit Bessy avec une impétuosité qui enflamma ses joues, ne voyez-vous pas que la seule chose à faire est d'aller à la filature maintenant — tout de suite — avec Mr. Amherst ? »

Mr. Langhope resta perplexe : autant il faisait preuve d'audace quand il s'agissait de démolir un plan, autant il redoutait d'avoir à le rebâtir.

« Hein ? Quoi ? Maintenant ? Tout de suite ? Mais Gaines devait venir avec nous, et comment diable ferons-nous pour le joindre ? Il m'a téléphoné qu'il partait à cheval voir sa ferme, puisque la tournée est remise.

— Oh ! peu importe — et même tant mieux ! répliqua vivement sa fille. Nous pouvons fort bien nous passer de lui, et notre visite de la filature n'en sera que plus brève.

— Bon, bon, qu'en dites-vous, Tredegar ? » murmura Mr. Langhope, séduit par ce dernier argument ; et Bessy, battant des mains, ajouta avec enthousiasme :

« Je comprendrai bien mieux sans un tas de gens qui me parleraient tous à la fois. »

Cette ardeur soudaine ne surprit personne car même Mrs. Ansell, d'ordinaire si experte dans l'interprétation des intonations, l'attribua au désir bien naturel d'en avoir terminé le plus tôt possible avec Hanaford.

« Mrs. Westmore a laissé sa petite fille chez elle », expliqua-t-elle à Amherst, avec un sourire destiné à atténuer la mauvaise impression éventuellement produite.

Mais Amherst ne voyait aucune offense dans la hâte qu'avaient ses employeurs de visiter Westmore. Il était dominé par la joie qui l'envahissait tandis qu'il prenait progressivement conscience de l'occasion exceptionnelle qui lui était offerte. Lui montrer lui-même la filature, la mettre face à face avec ses ouvriers, loin de Truscomb, de sa vigilance jalouse et de ses fausses explications, voir ces yeux insondables émus de compassion quand ils se poseraient pour la première fois sur une souffrance qu'ils pouvaient dissiper d'un sourire aussi aisément qu'ils avaient dissipé sa propre défiance — tout cela, ce merveilleux moment le lui avait apporté, et les mots se bousculaient dans sa tête, se pressaient sur ses lèvres, au point qu'il garda le silence, de crainte d'en dire trop.

4

John Amherst n'avait rien de l'idéaliste borné. Il ressentait profondément la complexité croissante des relations entre employeur et employé, l'impossibilité d'harmoniser durablement leurs droits respectifs, la nécessité périodique de compromis et d'ajustements nouveaux. Il haïssait les discours creux, la démagogie, la formulation inconsidérée de théories purement émotionnelles, et son mépris pour la fausse logique et les opinions subjectives le conduisait à se méfier des panacées en matière économique. Mais il avait le cœur serré devant les douleurs amères qui accompagnent la progression de la machine humaine. Il était sensible à la menace de la civilisation industrielle, à l'âpreté poignante de son expression dans les vies individuelles des ouvriers, dont il partageait la vie. Aussi nettement qu'il ressentît la nécessité d'une saisie globale de la question, il était persuadé que seule la sympathie, avec son côté personnel, humain, permettrait de parvenir à une solution. La disparition de l'ancienne familiarité entre le patron et ses ouvriers lui paraissait être l'un des grands torts de la nouvelle situation industrielle. Que l'écart dût être encore accentué par la substitution de la société anonyme à la personne de l'employeur — évolution évidente pour n'importe quel économiste — représentait pour Amherst l'un des problèmes les plus douloureux dans le domaine du rééquilibrage social. Mais ce qui était caractéristique chez lui, c'était qu'il s'attachait à résoudre les difficultés présentes plutôt que d'explorer l'avenir. Ainsi, puisqu'il fallait encore compter avec l'employeur individuel, le principal était à ses yeux de le rapprocher de ses ouvriers : tant qu'il n'entrait pas personnellement dans leurs épreuves et leurs aspirations, tant qu'il n'apprenait pas ce qu'ils voulaient et pourquoi ils le voulaient, Amherst était persuadé qu'aucune législation, quelque éclairée qu'elle fût, ne serait capable à elle seule de créer une relation saine entre eux et lui.

Cette certitude était au premier plan de ses pensées tandis qu'une voiture l'emmenait à la filature avec Mrs. Westmore près de lui. Il avait eu l'intention de prendre le tram mais Mr. Tredegar avait glissé un mot à l'oreille de Bessy et celle-ci lui avait offert une place à côté d'elle, laissant tous les autres suivre dans une autre voiture. La chance inespérée de passer une demi-heure tout seul avec elle mit le comble à son espoir, mais le laissa accablé devant l'inexorable fuite de l'instant. Il avait tant de choses à lui dire, tant de réalités auxquelles la préparer ! Mais par où commencer, quand il ignorait tout de son caractère et de ses opinions — quand, surtout, sa présence troublante lui ôtait tout moyen de percevoir autre chose que cette présence même ?

Mais il n'était guère habitué à être dominé par les sens, et bientôt il eut conscience des conditions qui avaient en quelque sorte contribué à créer la grâce et la perfection de cette femme : sa toilette aurait-elle épousé subtilement les courbes de son corps, son menton blanc se serait-il blotti dans le nid moelleux de cette somptueuse fourrure, l'ovale divin se serait-il reflété dans les perles de ses pendants d'oreilles si de maigres épaules sous leur blouse de vichy informe ne s'étaient, jour après jour, penchées sur les bobines et les cardes, et si des oreilles surmenées n'avaient résonné, même la nuit, du tumulte des métiers à tisser ? Pourtant Amherst n'était pas soulevé d'indignation à l'idée de ce contraste. Il avait trop vécu au milieu de la laideur et du dénuement pour ignorer le besoin permanent de leurs opposés dans la nature humaine. Il se réjouissait de ce qu'il y eût de la place au monde pour une telle beauté, dont la finalité — il en avait la certitude — était bienfaisante, pourvu qu'un bel esprit l'inspirât.

La voiture s'était engagée dans une de ces indescriptibles voies, mi-rue naissante, mi-ruelle en décadence, qui reliaient Hanaford à la petite cité ouvrière. Bessy regardait défiler, dans la lumière d'un octobre radieux, les ornières, les palissades de planches, les arbres étiolés d'où pendillaient des feuilles rachitiques. Elle soupira soudain :

« Quelle belle journée pour galoper à cheval ! »

Amherst eut froid tout à coup. Mais le naturel de ce cri de désir le désarma et fit surgir des souvenirs palpitants de collège, du temps où il avait monté les chevaux de son grand-père dans une chasse à la mode, à quelque cent cinquante kilomètres d'Hanaford...

Le sourire qu'ils échangèrent fut lourd de complicité :

« Vous aimez monter à cheval, vous aussi, n'est-ce pas ?

— Oui — avant. Mais cela fait des années que je n'ai pas été en selle. Les directeurs d'usine n'ont pas de hunters. » Il rit en disant cela mais le murmure d'embarras de Bessy montra qu'elle prenait ces mots pour une tentative de justification de sa condition modeste. Pour effacer cette impression, il ajouta précipitamment :

« Si je devais regretter quoi que ce fût de mon autre vie, ce serait certainement la liberté de galoper par une aussi belle journée, mais j'ai choisi mon métier délibérément et je ne me suis jamais repenti de mon choix. »

Il avait à peine fini de parler qu'il éprouvait l'incongruité de sa déclaration..Mais la prompte réplique de Bessy lui montra qu'après tout il avait pris la voie la plus courte en direction de son objectif :

« Vous trouvez ce travail intéressant ? Je suis sûre qu'il doit être passionnant. Vous allez me trouver bien ignorante : mon mari et moi sommes venus si rarement ici ! J'ai l'impression que je devrais en savoir bien davantage à ce sujet », expliqua-t-elle.

La note qu'il attendait avait enfin vibré.

« Ne voulez-vous pas essayer — maintenant que vous êtes là ? Cela en vaut vraiment la peine », l'interrompit-il impétueusement.

Mrs. Westmore s'empourpra, de surprise plutôt que de déplaisir.

« Je suis très sotte — je n'ai aucun sens des affaires — mais j'essaierai, promit-elle.

— Ce n'est pas de travail que je parle ; c'est de rapports personnels — c'est-à-dire de tout ce dont le travail ne tient pas compte. Financièrement parlant, je ne pense pas que vos filatures puissent être mieux dirigées, mais il y a plus de sept cents femmes qui y travaillent. Il y a énormément à faire, ne serait-ce que pour elles et leurs enfants. »

Il sentit qu'elle se rétractait imperceptiblement :

« J'ai toujours cru comprendre que Mr. Truscomb s'occupait de tout. »

Amherst rougit, mais il avait dépassé le stade où il aurait pu être sensible à cette remarque personnelle :

« Laissez-vous les bonnes de votre petite fille agir à leur guise à son égard ? » demanda-t-il.

La surprise de Mrs. Westmore sembla se muer en contrariété, et Amherst vit à son agitation qu'elle s'apprêtait à défendre sa dignité.

« Vraiment, je ne vois pas..., commença-t-elle avec une politesse distante, puis elle sembla rendre les armes et, de nouveau, sa rougeur parla pour elle. « Je suis heureuse que vous m'ayez dit cela, Mr. Amherst. Bien sûr, je suis prête à faire tout ce que je peux ! J'aimerais que vous me montriez ce qui...

En l'écoutant parler, Amherst prit d'emblée sa résolution : il lui montrerait tout. Il pousserait à fond l'occasion qui lui était offerte — jusqu'à l'extrême limite. Toute considération de prudence personnelle fut balayée en un instant : ce visage empourpré, cette voix émue lui indiquaient la route à suivre. Il déclarerait sur-le-champ la guerre à Truscomb, quitte à être renvoyé. Au moins, avant de partir, il aurait mis cette femme exquise en face des injustices sur lesquelles reposait son luxe et aurait fait appel aux élans régénérateurs de son indignation et de sa pitié. Il ne s'arrêta pas à soupeser les avantages permanents de cette décision. Sa seule idée était qu'il ne retrouverait jamais cette chance et que, s'il laissait Mrs. Westmore repartir vers son existence habituelle, les yeux bandés et le cœur froid, l'espoir de son retour serait à jamais effacé. Combien il valait mieux que ce fût lui qui s'en allât pour de bon et qu'elle revînt de plus en plus souvent ! A lui de l'amener à comprendre à quel point sa présence ici était nécessaire.

Mais par où commencer ? Comment lui donner ne fût-ce qu'un faible aperçu d'une situation si complexe ?

« Mrs. Westmore, dit-il, nous n'avons plus le temps de parler maintenant, mais, avant que nous arrivions à la filature, il faut que je vous demande une faveur : si, en visitant les ateliers, vous voyez quelque chose qui vous semble mériter une explication, permettez-moi de venir vous la donner ce soir... Je dis ce soir, ajouta-t-il devant son air perplexe, parce que plus tard — demain, même — je pourrais bien ne plus en avoir la possibilité. Il y a un certain nombre d'éléments, dans l'administration de la filature, que Mr. Truscomb ne voit pas du même œil que moi. Je ne parle pas des salaires ou des dividendes. Tout cela n'est pas de mon ressort. Je parle simplement de ce qui relève de ma compétence : en tant que responsable de la main-d'œuvre, je sais ce dont les ouvriers ont besoin mais qu'ils n'obtiennent pas dans le système actuel. Naturellement, si Mr. Truscomb n'était pas malade, je n'aurais pas eu l'occasion de vous en parler ; mais, à présent que j'ai cette chance, je dois la saisir et en accepter les conséquences. »

Alors même qu'il disait ces mots, ces conséquences lui sautèrent aux yeux dans toute leur gravité. Non seulement la perte de son poste, bien qu'il sût parfaitement que sa mère n'avait pas parlé à la légère en lui citant l'exemple du contremaître que Truscomb avait, par rancune personnelle, empêché pendant des mois de trouver du travail. Amherst avait des raisons spéciales de tenir compte de cette mise en garde : en adoptant un travail manuel au lieu d'une profession libérale comme le voulait la tradition familiale, il avait déçu l'attente de sa mère et en grande partie rejeté les bénéfices de l'éducation qu'il avait reçue grâce à l'abnégation de celle-ci. De plus, il avait bouleversé les habitudes de cette femme en la sortant de son milieu pour l'emmener dans l'exil déprimant d'une petite cité ouvrière. Cependant, s'il se blâmait d'avoir exigé ce sacrifice, celui-ci avait été consenti de si bon cœur qu'il ne venait jamais troubler leur vie. Il n'en avait que mieux conscience de ses propres obligations et, après avoir placé sa mère dans une situation difficile, il avait toujours pris soin de ne pas l'aggraver par une imprudence de conduite vis-à-vis de ses employeurs. Pourtant, si sérieuses que fussent ces considérations, elles étaient certainement moins puissantes que son désir personnel de rester à Westmore. En dépit de la légèreté avec laquelle il venait d'accepter le risque d'être renvoyé, tout son avenir était étroitement lié à ce poste. Ce qu'il voulait, en fait, c'était pouvoir parler librement, tout en échappant aux représailles : par un renversement miraculeux des probabilités, conserver son poste tout en obtenant le renvoi de Truscomb. Cette idée était si saugrenue qu'elle agissait comme un excitant, comme un formidable stimulant de sa volonté. Il n'avait pas de plan précis. Il ne voulait aucunement prendre la place du directeur mais son rêve était de voir Truscomb remplacé par un homme de la nouvelle école, en accord avec le mouvement social naissant — un homme assez pratique pour administrer efficacement l'usine, tout en ayant assez d'imagination pour considérer cette tâche comme le dernier de ses devoirs. Le contremaître qui logeait chez Mrs. Amherst, Louis Duplain, lui semblait convenir parfaitement à ce rôle : ce jeune homme d'origine alsacienne, cotonnier depuis l'enfance, avait exercé son métier en Europe et en Amérique ; il possédait une habileté manuelle supérieure ; il était plus près que lui des ouvriers et partageait son enthousiasme pour les expériences de progrès social en cours dans certaines usines d'Angleterre et du continent. C'était un homme de cette trempe qu'Amherst souhaitait voir à la direction de Westmore, afin d'avoir lui-même les coudées franches pour la vaste tâche que sa pratique de l'usine lui avait laissé entrevoir.

Toutes ces pensées le traversèrent pendant l'imperceptible pause qu'observa Mrs. Westmore avant de répondre avec une ferveur touchante :

« Oui, il faut que vous veniez ce soir ! Je veux entendre tout ce que vous avez à me dire — et, s'il y a des injustices, vous me montrerez comment les supprimer. »

« Je lui montrerai tout, et Truscomb ne pourra pas me renvoyer pour cela. » Il formulait passionnément ce vœu quand la voiture les déposa à l'entrée du bâtiment principal.

Comment parvenir à ce résultat incroyable, cela, il n'eut pas le temps d'y penser : les autres venaient de pénétrer avec eux dans l'usine et la conversation se poursuivit dans le vacarme des machines.

La vue de la filature au travail ravivait toujours le zèle d'Amherst pour sa cause. Il aimait ce métier autant qu'il haïssait les conditions dans lesquelles il était exercé, et il brûlait de voir sur les visages des ouvriers un peu de cette ardeur qui éclairait le sien quand il pénétrait dans les ateliers. A l'école, sa passion pour les machines l'avait détourné de ses livres ; plus tard, au collège, elle l'avait attiré aux cours les plus éloignés de la profession à laquelle il était normalement destiné ; désormais, elle s'emparait de lui chaque fois qu'il se trouvait devant les forces colossales de la filature. Ce n'était pas seulement la sensation de puissance qui le transportait. Il ressentait une émotion esthétique à contempler l'activité ordonnée de cet organisme complexe, la danse rythmée des bobines et la rotation des cardes, le débit rapide et continu des doubleuses et des étireuses, les métiers à filer au chuintement uniforme, le jeu grinçant des métiers à tisser. Tous ces mouvements combinés dont l'ensemble formait comme la pulsation d'un cœur immense alimentant les artères du géant, et gouverné à son tour par l'action invisible d'une pensée rapide et de mains dociles, déclenchaient toujours chez Amherst une sorte d'élan vital.

Il savait que cette sensation était trop spécifique pour toucher ses compagnons mais il s'attendait à ce que Mrs. Westmore fût d'autant plus sensible à l'autre face — la face obscure du labeur monotone, le festin de chair, de sang et de cervelle perpétuellement servi au monstre dont les mâchoires insatiables étaient symbolisées par les métiers. Truscomb, il le lui avait dit, était un bon directeur sur le plan financier : dans la mesure où il était profitable de tenir les machines en bon état de marche, il maintenait partout dans l'usine un haut niveau de contrôle technique, à quelques exceptions près (un ou deux contremaîtres privilégiés — car Truscomb pratiquait le favoritisme — n'étaient pas à la hauteur de leurs responsabilités). Mais la politique de Truscomb — et c'était cela surtout qui faisait de lui un directeur « rentable » — était d'économiser scrupuleusement chaque fois que la dépense ne se justifiait pas par un profit. Le nettoyage à la brosse des planchers, le balayage de la poussière de coton, le renouvellement du chaulage et l'aération correcte des ateliers, loin d'ajouter un sou aux bénéfices trimestriels, les auraient amputés du coût de ces travaux supplémentaires. Truscomb économisait donc sur les laveurs de sols et de carreaux, sur les balayeurs ainsi que sur toutes les dépenses liées à la ventilation et à toute autre mesure d'hygiène. L'usine était surpeuplée. Si les bâtiments les plus récents étaient conçus de manière plus fonctionnelle et pourvus d'équipements sanitaires, les anciens bâtiments, eux, avaient été laissés dans leur état d'origine. Au demeurant, même les constructions récentes étaient en train de se délabrer. Il n'y avait donc rien d'extraordinaire à ce que les ouvriers emprisonnés dans de tels murs reflétassent les longues heures de labeur abrutissant dans leurs yeux mornes, leur teint anémique et la lassitude désolée avec laquelle ils se penchaient sur leur travail.

Amherst était sûr que Mrs. Westmore serait sensible à cette détresse, d'autant plus qu'elle venait d'un milieu extrêmement différent, d'une existence où — il le percevait d'instinct — tout était en harmonie avec sa personne délicieuse. Mais une profonde déception l'attendait. Il était encore sous le charme de leurs derniers instants en voiture : son expression, sa voix avaient promis tant de choses quand elle avait paru émue par sa prière ! Pourtant, comme ils passaient d'un atelier assourdissant à l'autre — du vrombissement sourd de la salle des cardes, du gémissement des métiers à filer, du battage lancinant de l'ouvreuse au hurlement furieux des métiers à tisser —, la lumière disparut de ses yeux. Elle semblait abasourdie, comme assommée.

Amherst, habitué au vacarme de l'usine, était incapable d'en mesurer les effets sur des nerfs habitués aux sons amortis, aux espaces calmes qui sont le raffinement du luxe. L'accoutumance l'avait immunisé contre la nuisance d'un bruit à la fois multiplié et fractionné, qui faisait vibrer chaque point du système nerveux sur une note différente : un faisceau nerveux était tenaillé par le hurlement dominant des métiers, d'autres étaient respectivement soumis aux battements, sifflements, grincements de toutes sortes qui secouaient le vaste bâtiment. Pour Amherst, ce tumulte faisait partie de l'atmosphère de la filature. A des oreilles entraînées comme les siennes, il pouvait faire entendre sa voix sans difficulté, mais ses tentatives d'explication demeurèrent inintelligibles à Mrs. Westmore et à ses compagnons. Après avoir vainement essayé de communiquer avec lui par signes, ils accélèrent leur visite pour échapper aussi vite que possible à l'impitoyable tintamarre.

Amherst ne pouvait parer à l'effet déprimant de ce silence forcé : il ne voyait pas que, si Bessy avait pu le questionner, le courant de sympathie se serait rétabli entre eux, tandis que, contrainte de marcher en silence au milieu d'interminables rangées de machines incompréhensibles, dont les êtres humains semblaient de simples appendices automatiques, elle perdait toute perception de ce que la scène signifiait. Il ne tenait pas compte non plus de ce que l'intuition de la souffrance chez autrui demande autant d'habitude que la perception immédiate de la beauté. Ces deux facultés sont parfois innées, mais, si elles ne le sont pas, elles ne peuvent se développer que grâce à l'expérience.

« Cette fille de l'hôpital aurait tout vu », se dit-il, le petit profil incisif de Miss Brent s'imposant brusquement à lui. Mais l'instant d'après il était captivé par la lumière qui se jouait dans les cheveux de Mrs. Westmore, penchée sur une carde, et l'autre image, plus pâle, s'évanouit, lune tardive dans un lever de soleil.

Cependant Mrs. Ansell, voyant que cette inspection était aussi pénible pour la claudication de Mr. Langhope que pour les nerfs de sa fille, avait proposé qu'il rentrât tout de suite avec l'une des voitures. Elle-même partirait avec lui et se ferait déposer chez Mrs. Amherst, à qui elle voulait rendre visite. Les autres termineraient sans eux la tournée de l'usine. Mrs. Ansell avait le don de détecter les premiers symptômes d'ennui chez ses amis et d'y porter remède, comme ces vieilles dames qui sortent à propos un flacon de sels ou une pastille contre la toux. Le regard soulagé de Mr. Langhope montra l'opportunité de sa suggestion.

Amherst était trop préoccupé pour se demander comment sa mère prendrait la visite, mais il se réjouit du départ de Mr. Langhope dans l'espoir que la disparition de son sourire ironique rendrait sa fille à des influences plus douces. Pendant ce temps, Mr. Tredegar promenait son regard froid sur la scène, tout en essayant de converser par gestes avec les surveillants des différents ateliers et en s'arrêtant de temps à autre pour observer non pas tant les ouvriers que les tâches spéciales auxquelles ils se livraient.

Toute la sympathie d'Amherst pour ces hommes et ces femmes ne lui permit pas, cette fois, de deviner leurs réactions à l'apparition de Mrs. Westmore et de son “ clan ”. Ils savaient que c'était la nouvelle propriétaire : désormais, une part disproportionnée du produit de leur travail passerait entre ses mains, étendrait des tapis sous ses pieds, créerait de la beauté autour d'elle. Pourtant, savoir cela ne semblait pas leur donner envie de voir à quoi elle ressemblait. Ce n'était certes pas un changement d'employeur qui allait produire une quelconque amélioration de leur sort. Si bien-être il devait y avoir pour certains d'entre eux, ce serait toujours aux faveurs de Truscomb qu'ils le devraient. Les hommes levaient à peine la tête au passage de Mrs. Westmore; les femmes l'examinaient, plus par curiosité que par intérêt; Amherst n'aurait su dire si leur maussaderie réagissait sur Mrs. Westmore ou bien s'ils étaient inconsciemment refroidis par son indifférence. Quoi qu'il en soit, le résultat était le même : loin de s'amenuiser, la distance entre eux semblait se creuser. Il eut un vague sourire ironique à la pensée de la forme qu'il avait donnée à sa prière : « Si vous voyez quelque chose qui vous semble mériter une explication... » Quoi! elle ne voyait rien — rien que le sol graisseux sous ses pas, la poussière de coton dans ses yeux, les courroies et les roues innombrables dont le vrombissement insensé lui faisait tourner la tête! Une fois sortie de là, elle se hâterait d'oublier cette scène lugubre. Prendrait-elle seulement le temps de se renseigner sur les causes de cet accablement général?

Dans l'intensité de sa déception, il cherchait un prétexte pour couper court à la visite des bâtiments, afin de ne plus avoir sous les yeux ce visage pétrifié sur lequel il avait en vain guetté le moindre signe de vie. Puis, soudain, le changement se produisit.

Ils avaient pénétré dans le principal atelier de cardage et se trouvaient engagés à mi-chemin dans la longue allée centrale quand Mr. Tredegar, qui menait la procession, s'arrêta devant l'une des cardes.

« Qu'est-ce que cela? » demanda-t-il en désignant un morceau de tissu noir noué ostensiblement au châssis de la machine.

Le surveillant de la salle, un homme jeune, à la face rougeaude et aux yeux vicieux, qui s'était joint au groupe sur un signe d'Amherst, s'arrêta net et jeta un regard furibond aux ouvriers qui se trouvaient là.

« Que diable...? C'est le premier que je vois comme ça! », s'exclama-t-il. Il essaya, sans y parvenir, d'arracher cet emblème de deuil.

A ce moment même, la sirène de midi retentit dans l'usine. A ce signal, les machines s'arrêtèrent et le silence tomba sur la filature. Les ouvriers les plus éloignés quittèrent aussitôt leur place pour aller prendre leurs chapeaux et leurs manteaux jetés pêle-mêle dans les coins, mais ceux qui étaient plus proches, attirés par le mouvement qui se dessinait autour de la carde, restaient là, subjugués, fixant sur les visiteurs un regard lourd.

Amherst avait rougi jusqu'à la racine des cheveux. Il comprit immédiatement le symbole et en fut touché de compassion. Mais son sens aigu de la discipline fit qu'il se tourna sévèrement vers les ouvriers :

« Qu'est-ce que cela signifie ? »

Il y eut un bref silence, puis un homme maigre et voûté, à l'air mystique, releva la tête et dit :

« On a fait ça pour Dillon. »

Amherst balaya du regard les visages pressés les uns contre les autres.

« Mais Dillon n'a pas été tué ! s'écria-t-il, tandis que le surveillant arrachait le tissu à l'aide d'un canif et le jetait avec mépris sur un tas de déchets de coton, à ses pieds.

— Ça aurait mieux valu pour lui », reprit un autre ouvrier, aussitôt approuvé par un murmure général : « Ça, c'est bien vrai ! »

Amherst sentit qu'on effleurait son bras et rencontra le regard de Mrs. Westmore.

« Que s'est-il passé ? Que veulent-ils dire ? demanda-t-elle anxieusement.

— Il y a eu un accident ici, il y a deux jours : un homme a été agrippé par la carde qui se trouvait derrière lui. Il a eu la main droite broyée. »

Mr. Tredegar intervint alors d'un ton sec :

« C'est très grave ? Comment est-ce arrivé ? s'enquit-il.

— Par la faute de l'homme lui-même », répondit le surveillant avant qu'Amherst eût pu placer un mot.

Une protestation unanime parcourut le petit groupe, mais Amherst, sans tenir compte de la réponse du surveillant, dit à Mr. Tredegar :

« Il est à l'hôpital Hope. Il va perdre la main, et sans doute tout le bras. »

Il n'avait pas eu l'intention d'ajouter ces derniers mots. Bien que l'accident eût suscité en lui une compassion profonde, il était contre ses principes de tenir, en de telles circonstances, des propos de nature à enflammer les passions des ouvriers. Il avait voulu faire la lumière sur l'accident, puis disperser l'attroupement avec un mot de reproche bien senti. Mais le visage de Mrs. Westmore était tout près du sien. Il pouvait lire la pitié dans ses yeux et il eut peur, si elle ne pouvait l'exprimer maintenant, de ne jamais plus retrouver la chance de la provoquer.

« Son bras droit ? C'est affreux ! Mais alors, il ne pourra plus jamais travailler ! » s'exclama-t-elle, toute à l'horreur d'une première confrontation avec l'inexorable destin des pauvres.

Elle détourna son regard d'Amherst pour le reporter sur les faces qui se pressaient autour d'elle. Il y avait parmi elles des visages épuisés de femmes entre deux âges et des visages cireux de jeunes filles sédentaires. Mrs. Westmore sembla, pour la première fois, prendre conscience du lien de sang qui existait entre elle et ces obscures créatures des enfers : sous les yeux d'Amherst, le merveilleux miracle s'accomplissait. Sa pâleur céda à une brusque rougeur, ses yeux s'élargirent comme ceux d'une enfant épouvantée et deux larmes jaillirent, qui roulèrent lentement sur ses joues.

« Oh ! pourquoi ne me l'a-t-on pas dit ? Est-il marié ? A-t-il des enfants ? Qu'importe de savoir à qui la faute ? » sanglotait-elle. Ses questions déferlaient, entrecoupées, vague irrésistible de colère et de compassion.

« C'est pas sa faute — les cardes sont trop rapprochées — il a trois gosses ! » criaient les ouvriers, tous à la fois.

Une voix s'éleva : « Voilà sa femme ! » et le groupe s'écarta pour laisser passer Mrs. Dillon. Les ouvriers l'avaient vue traverser le fond de la salle et l'avaient arrêtée au passage pour la traîner vers le petit rassemblement.

Elle hésitait à aller de l'avant et eut même un mouvement de recul devant la machine meurtrière qu'elle voyait pour la première fois depuis l'accident. Elle aperçut alors Amherst, en déduisit l'identité de la dame à ses côtés, et son visage défait se couvrit de confusion. Dans sa prime jeunesse, Mrs. Dillon avait certainement été une très jolie femme, et ce qui restait de beauté sur ses joues creuses montrait éloquemment celle qu'avaient à jamais ravie la maladie et un travail malsain.

« Oh ! madame, madame, c'est pas la faute à Jim — y a pas d'homme au monde plus calme que lui. C'est les cardes qui sont trop rapprochées », dit-elle en sanglotant.

Quelques femmes se mirent à pleurer : une vague de sympathie parcourut le cercle et Mrs. Westmore vint à elle :

« Pauvre femme... Pauvre femme... »

Elle ouvrit ses bras à Mrs. Dillon, et la femme de ménage étouffa ses sanglots sur le cœur de son employeuse.

« J'irai à l'hôpital — je viendrai vous voir — j'exigerai qu'on fasse tout ce qui est possible, répétait Bessy. Mais pourquoi êtes-vous ici ? Comment se fait-il que vous ayez dû laisser vos enfants seuls ? » Elle se libéra pour se tourner vers Amherst avec un air de reproche : « Vous n'allez pas me dire que, dans un pareil moment, vous gardez cette pauvre femme au travail ?

— Mrs. Dillon n'est pas venue travailler ces jours-ci, répondit Amherst. Le directeur l'a reprise aujourd'hui sur sa propre demande, pour qu'elle gagne quelque argent pendant que son mari est à l'hôpital. »

Les yeux de Mrs. Westmore flamboyèrent d'indignation :

« Gagner quelque argent ? Mais enfin... »

Le regard de Mr. Tredegar lui imposa silence. Il avait fait un pas en avant pour s'interposer entre elle et Mrs. Dillon.

« Chère enfant, personne ne met en doute — personne parmi ces braves gens ne met en doute que vous examinerez le cas et ferez tout ce que vous pourrez pour l'adoucir, mais permettez-moi de vous rappeler que cet endroit n'est guère choisi. »

Elle se détourna et lança un regard pathétique à Amherst.

« Je pense, dit ce dernier, tandis que leurs regards se croisaient, qu'il serait préférable que vous me laissiez les disperser : ils n'ont qu'une heure à midi. »

Elle fit un signe d'assentiment, et il s'adressa calmement aux ouvriers :

« Vous avez entendu la promesse de Mrs. Westmore ; maintenant écartez-vous et laissez-la passer. »

Ils reculèrent et Mr. Tredegar prit le bras de Bessy sous le sien ; il était sur le point de l'entraîner quand elle se retourna et posa sa main sur l'épaule de Mrs. Dillon :

« Ne restez pas là, retournez auprès de vos enfants. J'arrangerai les choses avec Mr. Truscomb », murmura-t-elle d'un ton rassurant, puis elle sourit à travers ses larmes aux ouvriers qui restaient encore et suivit ses compagnons vers la sortie.

Ils descendirent sans un mot les nombreuses marches et traversèrent la pelouse clairsemée, non clôturée, qui séparait la filature du bureau du directeur. En arrivant devant la voiture, Mrs. Westmore se ressaisit :

« Mais Maria nous attend ! Nous devons passer la prendre ! » dit-elle ; et, comme Amherst lui ouvrait la portière, elle ajouta : « Vous allez nous montrer le chemin ? Vous venez avec nous, n'est-ce pas ? »

Pendant le trajet, Bessy resta silencieuse, apparemment encore plongée dans la vision de la scène déchirante à laquelle elle venait d'assister. Amherst était par conséquent tenu de répondre aux questions de Mr. Tredegar, alors que toute sa pensée était tournée vers les lèvres tremblantes et les grands yeux pleins de larmes de

Mrs. Westmore. Il avait été trop absorbé par la tournure qu'avait prise la visite pour se rappeler que celle-ci avait promis d'aller chercher Mrs. Ansell chez sa mère. Cependant, tandis qu'ils étaient en train de s'y rendre, il se surprit à regretter de n'avoir pu éviter cette rencontre. Il était trop fier de sa mère pour douter un seul instant de l'impression qu'elle produirait, mais qu'allait penser Mrs. Westmore de leur façon de vivre, de la simplicité insouciante de leur petite maison, des odeurs de cuisine qui se répandaient partout à travers les cloisons minces ? Sans compter Duplain, qui allait rentrer pour déjeuner ! Amherst, en dépit de son amitié pour le jeune contremaître, pensa avec appréhension à son comportement plein d'aplomb, à cette façon malséante de paraître à l'aise qu'affecte l'Américain dont la réussite est récente pour se mettre sur un pied d'égalité avec ses interlocuteurs. Toutes ces vétilles n'existaient pas d'ordinaire pour Amherst, ou bien lui étaient véritablement indifférentes. Elles prirent soudain une importance sous laquelle il décela son désir anxieux que Mrs. Westmore ne le crût pas d'une classe inférieure à celle à laquelle il appartenait par sa famille et son éducation. Dans un éclair, il comprit ce qu'il avait perdu en choisissant ce métier : ses rapports d'égalité avec le cercle étroit des gens qui donnaient à l'existence cette grâce et cette aisance suprêmes. Mais il rougit tout aussitôt de ce renversement de ses critères et se demanda avec quelque mépris quelle pouvait être la nature d'une femme dont la simple présence avait l'art de produire un tel changement.

Pourtant, il ne lutta pas contre son influence et, tout comme il avait, le soir précédent, regardé Westmore avec les yeux de l'infirmière, il considéra maintenant sa propre maison avec ceux qu'il supposait à Mrs. Westmore. Il remarqua la peinture jaune écaillée de la palissade, le jardin négligé des voisins, la lessive de la semaine suspendue, indécente, entre deux arbrisseaux dénudés, près de l'auvent de la cuisine, et, quand il fit entrer ses compagnons dans l'étroit couloir, il fut assailli par l'inévitable bouffée de ragoût, à laquelle se mêlait la vapeur des baquets.

Duplain était dans le couloir. Il sortait de la cuisine où il venait manifestement de se laver les mains sur l'évier : ses manches de chemise étaient roulées jusqu'aux coudes et les doigts qu'il passait dans son épaisse chevelure noire étaient rouge vif.

« Salut, John », dit-il de sa voix agressive, que la vue des compagnons d'Amherst avait fait monter d'un ton. Au même moment, la femme de ménage, négligée comme à son habitude, cramoisie d'être restée penchée sur ses fourneaux, passa la tête pour le rappeler : « Dites donc, Mr. Duplain, faudrait voir à pas laisser votre cravate traîner dans ma pâte. »

5

Mrs. Westmore resta juste le temps de ne pas interrompre le flux de souvenirs de son amie et de graver dans les yeux fascinés de Mrs. Amherst une image d'elle, faite de tact et de grâce. Elle promena un regard approbateur sur la petite pièce qui, avec ses livres, ses moulages, ses photographies de toiles célèbres, formait somme toute un cadre fort compatible avec sa charmante personne ; si bien que, lorsqu'elle se leva pour s'en aller, en disant à Amherst : « A ce soir, donc. Venez tout me raconter sur ces pauvres Dillon », il eut la sensation d'avoir pénétré si loin dans son intimité qu'une nouvelle administration de l'usine devait nécessairement résulter de leur prochaine rencontre.

« Dites-moi, John, le patron est un beau brin de fille », commenta Duplain pendant le déjeuner, avec la vulgarité qu'il affectait parfois ; Amherst laissa à sa mère le soin de prendre un air silencieusement offusqué, se sentant lui-même trop étranger à de telles familiarités pour en être choqué.

Il dut faire un effort sur lui-même pour saisir l'observation suivante du contremaître :

« Il y a eu une autre dame ce matin, au bureau, poursuivait en effet Duplain, tandis que les deux hommes allumaient leurs cigares sous l'auvent. C'est vous qu'elle voulait voir ; elle a essayé de me décider à lui faire visiter l'usine quand je lui ai dit que vous étiez occupé.

— Elle m'a demandé ? Comment était-elle ?

— Eh bien, elle avait une petite figure plutôt pâlotte, avec une masse impressionnante de cheveux noirs tout autour. Elle a dit qu'elle venait de l'hôpital Hope. »

Amherst leva la tête :

« Et vous lui avez fait visiter l'usine ? » demanda-t-il, mû par un intérêt soudain.

Duplain eut un rire gouailleur :

« Quoi ? Moi ? Pour que Truscomb l'apprenne et me fiche à la porte ? Est-ce que je savais si elle n'était pas envoyée par un journal à sensation ?

— Plût au ciel qu'un journaliste à sensation visite la filature et la fasse connaître en manchette d'un mètre de haut ! » s'écria impatiemment Amherst.

Il regrettait de ne pas avoir revu l'infirmière : il était certain qu'elle aurait été intéressée par le travail des différents ateliers et n'aurait pas mis longtemps à remarquer les symptômes de découragement et de délabrement physique sur les visages des ouvriers. Cependant, son regret ne dura pas plus d'une minute car le rappel de sa visite à Mrs. Westmore se chargea de le dissiper. Les heures de l'après-midi s'étirèrent lentement au bureau où il était obligé de rester à cause de l'absence de Truscomb. La sirène du soir finit tout de même par retentir, les employés prirent leurs chapeaux sur l'étagère de l'entrée, Duplain se présenta avec le rapport de la journée et les deux hommes furent libres de rentrer chez eux.

Deux heures après, Amherst gravissait les marches de la résidence Westmore ; son doigt était sur la sonnette quand la porte s'ouvrit pour laisser passer le docteur Disbrow. Le médecin recula, surpris ou légèrement décontenancé ; mais un sourire vint promptement effacer toute trace de contrariété et il tendit la main avec affabilité :

« Quelle belle soirée, Mr. Amherst ! Je suis heureux de vous annoncer que j'ai pu donner à Mrs. Westmore un excellent bulletin de santé concernant nos deux patients — Mr. Truscomb et ce pauvre Dillon. Ce temps clément ne peut que leur être bénéfique et j'espère que mon beau-frère sera sur pied dans un jour ou deux. » Et il sortit en saluant.

Amherst fut à nouveau introduit dans la bibliothèque où il avait trouvé Mrs. Westmore le matin même. Mais cette fois, ce fut Mr. Tredegar qui se leva pour l'accueillir et lui indiquer sèchement un siège à bonne distance du sien. Amherst perçut immédiatement un changement d'atmosphère : il n'était point besoin d'être grand clerc pour deviner que ce rafraîchissement de température était dû à la visite du docteur Disbrow.

Cette pensée éveilla les instincts combatifs du jeune homme et, tandis que Mr. Tredegar l'examinait attentivement du fond de son vaste fauteuil, il avança :

« J'ai cru comprendre que Mrs. Westmore souhaitait me voir ce soir ? »

C'était juste ce qu'il ne fallait pas dire et il le savait, mais il avait été incapable de dissimuler qu'il ressentait un courant d'hostilité.

« C'est exact : je sais qu'elle vous a demandé de venir », acquiesça Mr. Tredegar qui joignit les mains à la verticale sous son nez, tout en considérant Amherst par-dessus l'angle aigu formé par le bout de ses doigts parcheminés. Comme il se renversait en arrière, petit, sec, dictatorial, dans le négligé recherché de sa tenue de soirée, avec son plastron brodé de perles, son aspect mit la touche finale à l'exaspération d'Amherst. Il sentit l'incongruité de ses vêtements frustes dans cette ambiance bienséante de digestion paisible. Il vit ses brodequins crottés, la poussière de coton tenace qui semblait avoir pénétré jusque dans les pores de sa peau, et sa mauvaise humeur perça de nouveau dans sa voix :

« Peut-être suis-je venu trop tôt... », commença-t-il ; mais Mr. Tregedar, avec une aménité distante, ne le laissa pas poursuivre :

« Non, vous êtes parfaitement à l'heure ; mais Mrs. Westmore a eu un empêchement imprévu. En fait, Mr. et Mrs. Gaines dînent avec elle, et elle m'a confié la tâche d'écouter ce que vous avez à dire. »

Amherst hésita. Sa première réaction fut de se récrier : « Quelle tâche ? Vous n'avez aucune obligation envers moi ! » Un bref instant de réflexion lui montra cependant la folie d'abandonner ainsi la partie. Truscomb serait sur pied dans un jour ou deux et c'était vraisemblablement là sa dernière chance de se faire entendre de Mrs. Westmore. Force lui était donc de défendre sa cause pendant qu'il en avait encore la possibilité, en mettant de côté son amour-propre. Si grande était sa déception, pourtant, qu'il ne put s'empêcher de demander :

« Ne pourrais-je pas parler avec Mrs. Westmore plus tard ? »

De froid, l'œil de Mr. Tredegar se fit glacial. Vraiment, ce jeune homme outrepassait les limites de ses attributions.

« Mrs. Westmore m'a prié de la remplacer, répéta-t-il, de manière plus concise cette fois.

— Je ne la verrai donc pas du tout ? s'écria Amherst, à quoi l'homme d'affaires répondit imperturbablement :

— C'est probable, car elle part demain. »

Mr. Tredegar n'était jamais autant dans son élément que lorsqu'il refusait une faveur. Non point qu'il fût cruel de nature : il était fort capable de bonté à froid, mais refuser ce qu'il était en son pouvoir d'accorder était la façon la plus directe de proclamer son autorité — cette faculté de faire et de défaire qui lui permettait de se considérer en quelque sorte comme consacré à sa charge.

Ayant sacrifié à ce principe, il se sentit libre d'ajouter, concession gratuite à la courtoisie :

« Vous ignorez sans doute que je suis l'homme d'affaires de

Mrs. Westmore et l'un des exécuteurs testamentaires de son mari. »

Il laissa tomber ces mots négligemment, ouvertement conscient de l'absurdité de présenter ses références à un subordonné, mais cette façon de faire, loin d'irriter Amherst, ne fit que le fortifier dans sa résolution de subordonner toute vanité au suprême effort d'obtenir qu'on l'écoutât.

« Avec ce serin empaillé pour la conseiller, réfléchit-il, il n'y a aucun espoir de lui faire comprendre quoi que ce soit : tout est perdu si je ne parviens pas à faire valoir le bon droit maintenant. » Quelque chose l'avertissait dans son subconscient que Bessy Westmore avait davantage besoin d'assistance que ses ouvriers.

Néanmoins il hésitait encore, ne sachant par quoi commencer. Pour Mr. Tredegar, il n'était qu'un subalterne sans autorité pour parler au nom de son supérieur ; et l'absence de tout mandat officiel, qu'il aurait pu négliger s'il avait eu directement affaire à Mrs. Westmore, compliquait encore son entrée en matière, dans la mesure où il s'adressait à son représentant. Il voyait aussi, au silence prolongé de Mr. Tredegar, que celui-ci comptait sur l'effet de cet embarras et qu'il était bien résolu à ne pas l'aider en parlant le premier. Cela ne fit qu'accroître sa prudence.

Il leva les yeux, croisa le regard de l'homme d'affaires, puis se jeta à l'eau :

« Mrs. Westmore m'a demandé de lui parler un peu de la situation des ouvriers de la filature... »

Mr. Tredegar leva une main :

« Excusez-moi, coupa-t-il. D'après ce que Mrs. Westmore m'a dit, il m'a semblé que c'est vous qui lui avez demandé de venir ce soir lui exposer certaines doléances de la part des ouvriers. »

Amherst rougit :

« Je le lui ai demandé — c'est vrai. Mais je ne représente en aucune façon les ouvriers. Je voulais simplement lui dire un mot en leur faveur. »

Mr. Tredegar croisa de nouveau les mains et fit passer l'une de ses jambes maigrichonnes sur l'autre, ce qui amena dans son angle de vision le bout luisant de son escarpin verni. Il l'examina silencieusement un bon moment avant de demander :

« Mr. Truscomb est-il au courant de votre démarche ?

— Non, répondit énergiquement Amherst, réjoui d'avoir forcé l'homme d'affaires à sortir de sa réserve tactique. Je suis ici de mon propre chef — et en contradiction directe avec mon intérêt, poursuivit-il avec un mince sourire. Je n'ignore pas ce que mon procédé a d'irrégulier : je sais que j'ai personnellement tout à perdre en l'adoptant et très peu à gagner sans doute pour les autres. J'ai tout de même pensé qu'il fallait attirer l'attention de Mrs. Westmore sur certaines conditions de travail à la filature, et personne d'autre ne m'a paru mieux désigné pour le faire.

— Puis-je vous demander pourquoi vous supposez que Mr. Truscomb ne le fera pas quand il en aura l'occasion ? »

Amherst ne put réprimer un sourire :

« Parce que, si elles existent, c'est à cause de lui.

— Par conséquent, le véritable objet de votre visite, dit Mr. Tredegar en pesant ses mots, est, disons, une attaque sournoise des méthodes de votre directeur ? »

Le visage d'Amherst s'assombrit, mais il conserva son sang-froid.

« Je ne vois rien de spécialement sournois dans ma démarche.

— A part le fait, interrompit ironiquement son interlocuteur, que vous avez attendu pour parler que Mr. Truscomb ne soit pas en position de se défendre.

— Je n'en avais jamais eu l'occasion auparavant. C'est Mrs. Westmore elle-même qui m'a proposé de l'emmener à la filature, et, sentant les choses comme je les sens, j'aurais trouvé lâche de me dérober à la chance qui m'était offerte d'attirer son attention sur la situation de ses ouvriers. »

Mr. Tredegar prit un air songeur, les yeux toujours fixés sur son pied qu'il balançait doucement. Lorsqu'une pression suffisante de l'extérieur parvenait à percer le brouillard de sa suffisance, il faisait preuve d'un jugement plutôt perspicace sur les hommes et leurs motivations, et les accents vigoureux de la réponse d'Amherst possédaient sans doute ce pouvoir.

En tout cas, les mots qu'il prononça ensuite le furent sur un ton plus cordial :

« A quelle situation faites-vous allusion ?

— Aux conditions dans lesquelles les ouvriers travaillent et vivent, aux rapports de l'administration avec le personnel.

— C'est une question fort vaste. Pardonnez mon éventuelle ignorance... (Mr. Tredegar laissa à son interlocuteur le temps d'apprécier toute l'ironie du propos), mais il existe certainement dans cet Etat un code de protection sociale et une inspection du travail ?

— Cela existe, c'est vrai, mais en général ces dispositions restent lettre morte, ou on les tourne si aisément qu'aucun employeur n'a l'idée de les appliquer.

— Aucun employeur ? Votre plainte spécifique contre les Filatures Westmore s'inscrit donc dans une attaque générale contre tous les patrons ?

— Absolument pas. J'ai simplement voulu dire que, là où les ouvriers sont bien traités, cela est plutôt dû au bon-vouloir de l'employeur qu'à un quelconque respect de la loi.

— Et en quoi trouvez-vous que les ouvriers de Westmore sont maltraités ? »

Amherst prit le temps de mesurer ses paroles.

« La question, vous l'avez dit vous-même, est fort vaste. Elle a ses racines dans la manière dont le travail est organisé, dans l'attitude traditionnelle de la compagnie à l'égard du personnel. J'espérais que Mrs. Westmore pourrait retourner à la filature et rendre visite à quelques ouvriers chez eux. En voyant leurs conditions de vie, elle aurait sans doute voulu en connaître les causes — et une information en aurait entraîné une autre. Elle parlait ce matin d'aller voir Dillon à l'hôpital.

— Elle y est effectivement allée : j'y suis allé avec elle. Mais, comme Dillon dormait et que l'infirmière en chef nous a dit qu'il allait beaucoup mieux — ce que, par bonheur, le docteur Disbrow vient de confirmer —, elle n'est pas allée jusqu'à sa chambre. »

Amherst garda le silence et Mr. Tredegar poursuivit :

« Je crois comprendre que, si vous soulevez la question du cas Dillon, c'est parce que vous le trouvez typique des défauts que vous attribuez à l'administration de Mr. Truscomb. Essayons donc de laisser tomber les généralités et cantonnons-nous dans cet exemple précis. Quel tort, selon vous, a été fait aux Dillon ? »

Ce disant, il se tourna pour prendre un cigare dans un coffret, derrière lui.

« Laissez-moi vous en offrir un, Mr. Amherst : nous parlerons plus confortablement », suggéra-t-il avec une affabilité dépourvue de chaleur ; mais Amherst eut un geste de refus et se lança dans l'exposition du cas Dillon. Il s'efforça d'énoncer les faits succinctement en les présentant dans leur brutalité nue, sans commentaire sentimental. Il mit en avant la bonne réputation de l'homme quant à sa sobriété et ses capacités, insista sur le fait que la mauvaise santé de sa femme était due à l'insalubrité, bien entendu parfaitement remédiable, des locaux ; il donna ses raisons de croire que l'accident, loin d'avoir été provoqué par la négligence de Dillon, était dû au surpeuplement de l'atelier de cardage. Mr. Tredegar écoutait attentivement derrière le nuage de fumée qui cachait à Amherst ses éventuels changements d'expression. Lorsqu'il ôta son cigare de sa bouche, son visage parut rétréci, comme desséché par les exhalaisons de tabac.

« Avez-vous déjà attiré l'attention de Mr. Gaines sur ces questions ?

— Non : cela aurait été inutile. Il s'est toujours refusé à en parler avec tout autre que le directeur.

— Hum ! Cela semblerait prouver que Mr. Gaines, qui vit ici, voit autant de raisons de se fier au jugement de Truscomb qu'en voyait Mr. Westmore, qui lui déléguait son autorité à distance. »

Amherst ne releva pas ce propos et, après une pause, Mr. Tredegar reprit :

« Vous connaissez, bien sûr, les réponses que je pourrais donner à vos accusations. En tant qu'avocat, je pourrais attirer votre attention sur la renonciation au recours contre l'employeur, sur les fortes présomptions de faute professionnelle, etc. Mais, fort heureusement, dans le cas qui nous occupe, de tels arguments sont superflus. Vous ignorez apparemment que la blessure de Dillon est beaucoup plus légère qu'elle n'aurait dû l'être pour servir votre démonstration. Le docteur Disbrow vient juste de nous dire qu'il s'en tirera probablement avec la perte d'un doigt ; et je n'ai pas besoin de vous dire que, quelle qu'ait pu être la part de responsabilité de Dillon dans cet accident — et sur ce point, vous l'admettez, les opinions divergent —, Mrs. Westmore prendra à sa charge tous les frais de son hospitalisation. Elle fera en outre un don généreux à sa femme. » Ici, Mr. Tredegar posa son cigare et tira de sa poche un porte-billets à monture d'argent. « D'ailleurs, poursuivit-il, voici un chèque qu'elle m'a prié de vous remettre, et qui, je pense que vous serez de mon avis, devrait faire taire, de votre part et de celle de Mrs. Dillon, toute critique quant aux rapports que Mrs. Westmore entretient avec ses employés. »

Le sang monta au visage d'Amherst, et il se retint avec peine de ne pas repousser le chèque que Mr. Tredegar venait de poser sur la table, entre eux.

« Il n'est aucunement question de critiquer les rapports de Mrs. Westmore avec ses ouvriers : à ma connaissance, elle n'en a pas eu jusqu'à présent, riposta-t-il, incapable de contrôler sa voix aussi complètement que sa main, et la preuve en est l'impunité avec laquelle ses représentants la dupent — dans le cas, précisément, de la blessure de Dillon. Le docteur Disbrow, qui est le beau-frère de Mr. Truscomb et lui est tout acquis, vous assure que l'homme s'en tirera avec la perte d'un doigt ; or, quelqu'un de tout aussi compétent m'a dit hier soir qu'il allait perdre non seulement la main, mais le bras. »

La voix d'Amherst s'était enflée de colère et, avec ses cheveux en désordre et son regard noir sous des sourcils menaçants, sa mine de révolutionnaire ne fit qu'accentuer le dédain sur les lèvres de Mr. Tredegar.

« Quelqu'un de tout aussi compétent ? Seriez-vous prêt à nommer cette autorité anonyme ? »

Amherst hésita.

« Non — je dois vous prier de vous contenter de ma parole, répondit-il avec un léger embarras.

— Ah ! » murmura Mr. Tredegar, avec un accent de jubilation poussé jusqu'à la limite de la décence.

Cela fit à Amherst l'effet d'un coup de fouet et il éclata :

« Si c'est là tout ce que vous avez tiré du docteur Disbrow ! » Mais, à ces mots, Mr. Tredegar se leva.

« Mon cher, que vous ayez recours à de tels arguments me convainc que nous ne parviendrons à rien en prolongeant notre entretien. Je ne relèverai même pas vos insinuations contre deux des hommes les plus respectables d'Hanaford. De telles attaques ne font que traduire l'esprit de leurs auteurs. »

Amherst, dont la bouffée de colère était retombée dès qu'il avait pris conscience de son inutilité, écouta cela en silence et l'avocat, rassuré, poursuivit avec condescendance :

« Mrs. Westmore m'avait simplement chargé de vous remettre ce chèque, mais, en dépit de ce qui s'est passé, je prends sur moi d'ajouter, en son nom, que votre conduite d'aujourd'hui ne sera pas retenue contre vous dans votre dossier à la filature et que les charges que vous avez jugé bon de porter contre vos supérieurs seront — si vous ne les réitérez pas — simplement ignorées. »

Lorsque, le lendemain vers dix heures, Mrs. Eustace Ansell se joignit aux deux messieurs qui s'attardaient sur un petit déjeuner servi dans la salle à manger de la résidence Westmore, elle répondit à leurs salutations matinales avec moins de vivacité qu'à l'ordinaire.

Mrs. Ansell avait l'art d'apporter à la table du *breakfast* juste ce qu'il fallait d'entrain, une chaleur tempérée par la discrétion comme le soleil du matin l'est par un reste de fraîcheur nocturne. Elle était en somme aussi pimpante, aussi douce que l'heure, mais sans le froid qui l'accompagne trop souvent dans les rapports humains : son rayonnement discret dissipait au contraire les brumes matinales en ouvrant les esprits transis à la promesse de la chaleur de midi. Mais ce jour-là, un doute ombrageait son sourire et voilait le regard qu'elle posa successivement sur le contenu des plats en argent massif qui lui étaient présentés. Quand, cette cérémonie terminée, les domestiques se furent retirés, elle continua un moment à remuer silencieusement son thé, tout en considérant à tour de rôle Mr. Tredegar, plongé dans son courrier du matin, et Mr. Langhope, adossé à sa chaise et essayant, résigné, de se réconforter avec *La Bannière d'Hanaford,* jusqu'à ce que midi lui apporte les nouvelles de la presse métropolitaine.

« Je suppose que vous savez, dit-elle soudain, que Bessy a télégraphié qu'on lui amène Cicely et qu'elle a pris ses dispositions pour rester ici une semaine de plus. »

La canne de Mr. Langhope glissa par terre dans le mouvement brusque qu'il fit en émergeant de son apathie, et Mr. Tredegar ôta ses lunettes d'écaille pour les ranger précipitamment dans leur étui, comme s'il allait partir sur-le-champ.

« Chère Maria..., fit, suffoqué, Mr. Langhope, tandis qu'elle se levait pour ramasser sa canne.

— Elle considère donc qu'il est de son devoir d'attendre d'avoir vu Truscomb ? » demanda l'avocat ; et Mrs. Ansell se rassit en murmurant : « C'est ce qu'elle dit, oui.

— Chère Maria, répéta désespérément Mr. Langhope en repoussant son journal et en approchant sa chaise de la table.

— Il serait pourtant bien facile de revenir. Quel besoin d'attendre ici qu'il soit rétabli ? » poursuivit Mr. Tredegar. Il semblait avancer une idée neuve, que l'intelligence plus limitée de ses interlocuteurs n'aurait pu concevoir.

Mr. Langhope émit un rire bref et Mrs. Ansell répondit doucement : « Elle prétend qu'elle déteste ce long voyage. »

Mr. Tredegar, ostensiblement contrarié, se leva et rassembla ses lettres.

« Dans ce cas... » Il s'interrompit en jetant un regard réprobateur sur sa montre. « Si j'avais été avisé plus tôt de cette décision, j'aurais pu prendre le train du matin.

— Oh ! ne nous abandonnez pas, Tredegar, implora Mr. Langhope. Nous la raisonnerons — nous la persuaderons : nous prendrons celui de quinze heures quarante. »

Mrs. Ansell sourit.

« Elle a télégraphié à sept heures. Cicely et la gouvernante sont déjà en route.

— A sept heures ? Mais, ma chère amie, pourquoi diable ne pas nous l'avoir dit ?

— Je l'ignorais encore il y a quelques minutes. Bessy m'a appelée au moment où je descendais.

— Ah! » murmura Mr. Langhope, la regardant dans les yeux pendant une fraction de seconde, ce qui lui suffit pour comprendre qu'elle n'avait pas tout dit. Aussi dit-il plus calmement, en se penchant pour ramasser son journal :

« Mon cher Tredegar, si nous sommes dans une cage, il n'y a aucune raison pour que nous vous forcions à y rester avec nous. Sonnez Ropes, et nous nous renseignerons sur l'horaire d'un train pour vous. »

Mr. Tredegar fut un peu froissé par cette prompte acceptation de son départ :

« Bien entendu, si j'avais été prévenu d'avance, j'aurais pu m'arranger pour déplacer mes rendez-vous; en tout cas, il est absolument hors de question que je revienne dans une semaine — et tout à fait inutile, qui plus est, ajouta-t-il en faisant claquer ses lèvres comme s'il refermait sa dernière valise.

— Oh! tout à fait, tout à fait, acquiesça Mr. Langhope. En fait, il n'est pas le moins du monde nécessaire qu'aucun de nous reste maintenant ou revienne plus tard. Truscomb pourrait venir à Long Island dès qu'il sera remis et répondre à toutes nos questions; mais, si Bessy a demandé qu'on lui amène la petite, il nous faut évidemment renoncer à l'idée de partir aujourd'hui — du moins en ce qui me concerne, ajouta-t-il en soupirant, et, si je ne songe pas un instant à exiger de vous un tel sacrifice, je nourris le faible espoir que notre délicieuse amie ici présente, avec l'altruisme propre à son sexe...

— Avec plaisir! Ma bonne est en train de défaire les valises », affirma gaiement Mrs. Ansell; et Mr. Tredegar, haussant les épaules, dit sèchement : « Dans ce cas, je vais sonner pour qu'on m'apporte l'indicateur des chemins de fer. »

Quand il se fut retiré dans la bibliothèque pour le consulter et que Mrs. Ansell, affectant le désir soudain d'une seconde tasse de thé, se fut rassise pour attendre qu'on fît chauffer de l'eau, Mr. Langhope quitta sa chaise pour venir s'installer à côté d'elle.

« Et maintenant, dites-moi ce que tout cela signifie? » demanda-t-il, allumant une cigarette après qu'elle l'y eut autorisé d'un signe.

Le regard de Mrs. Ansell se perdit dans les profondeurs de la théière vide.

« Un certain nombre de choses — ou chacune d'elles en particulier, dit-elle enfin, tendant la main vers la boîte à thé.

— Par exemple ? » insista-t-il, en suivant d'un œil de connaisseur les gestes de ses longues mains fines.

Elle releva la tête et leurs regards se croisèrent.

« Par exemple : cela pourrait signifier — ne le prenez pas mal — que vous et Mr. Tredegar avez été plutôt mal inspirés de l'empêcher de voir Mr. Amherst hier soir. »

Mr. Langhope laissa échapper un cri de surprise.

« Mais, ma chère Maria, cela n'a aucun sens... Pourquoi, après la visite du docteur, après qu'il fut venu hier soir lui exposer les faits dans leur réalité, sur la demande de Truscomb, fallait-il qu'elle revienne encore sur toute cette histoire, avec ce garçon qui se mêle de ce qui ne le regarde pas ? Comment, d'ailleurs, aurait-elle pu le faire, ajouta-t-il après avoir vainement attendu une réaction, sans désavouer Truscomb, qui est, après tout, le seul habilité à parler avec autorité ? »

Mrs. Ansell resta muette, et le maître d'hôtel réapparut avec la bouilloire et les toasts frais, ce qui lui donna l'occasion de prolonger encore ce silence. Quand la porte se fut refermée sur lui, elle répondit enfin :

« Selon la logique, vos arguments sont irréfutables ; mais comme il est question de sentiment...

— Sentiment ? De quelle sorte ? Vous ne voulez pas dire que Bessy... Ce serait absurde ! »

Elle eut un geste de protestation souriante.

« J'avoue qu'il est peut-être regrettable que sa mère soit une femme du meilleur monde, et que lui ressemble si étonnamment (vous l'avez sûrement remarqué ?) au portrait du jeune Schiller. Mais je voulais seulement dire que la base des opinions de Bessy est toujours affective : elle a dû être profondément émue par la scène que nous a décrite Mr. Tredegar.

— Ah ! lança Mr. Langhope, répondant d'abord à sa parenthèse, comment une femme de bon sens comme vous a-t-elle pu avoir la riche idée d'aller dénicher la mère ! » Mais Mrs. Ansell répliqua avec une légère grimace :

« Mon cher Henry, si vous pouviez voir la maison où ils vivent, vous penseriez au contraire que c'est le ciel qui y a guidé mes pas ! » Aussi, revenant à l'essentiel de la conversation, reprit-il hâtivement : « Mais pourquoi, après avoir entendu la vraie version des faits, Bessy serait-elle encore influencée par cette scène à sensation ? Même si celle-ci n'était pas, comme le soupçonne Tredegar, montée de toutes pièces pour la tromper, elle doit bien voir que le médecin de l'hôpital est, après tout, aussi capable que n'importe qui de savoir comment l'accident est vraiment arrivé, et comment le blessé s'en sortira.

— Là est toute la question. Pourquoi Bessy se fierait-elle davantage au docteur Disbrow qu'à Mr. Amherst ?

— Pour la meilleure des raisons : parce que Disbrow n'a aucun intérêt à déformer les faits, tandis que ce jeune Amherst, comme Tredegar l'a fait remarquer, désire manifestement salir la réputation de Truscomb pour se faufiler à sa place. »

Mrs. Ansell jouait pensivement avec ses bagues.

« D'après ce que j'ai pu voir d'Amherst, j'incline à penser que, si tel est son but, il est beaucoup trop intelligent pour dévoiler si tôt son jeu. Mais, en admettant que vous soyez dans le vrai, n'était-ce pas là une raison de plus pour laisser Bessy le voir, afin qu'elle découvre au plus tôt ses véritables intentions ?

— A condition qu'elle les découvrît jamais : car vous attribuez à cette pauvre enfant plus de pénétration que je ne lui en connais.

— Peut-être ne l'avez-vous pas cherchée au bon moment, ni à propos des bons événements : Bessy a la pénétration du cœur.

— Le cœur ! Vous faites bondir le mien en employant de telles expressions !

— Oh ! je l'ai employée dans un sens général. Cela dit, je veux vous aider à l'empêcher de prendre une signification plus restreinte.

— Restreinte... au jeune homme lui-même ? »

Les mains expressives de Mrs. Ansell parurent remettre la question entre celles du destin.

« Tout ce que je vous demande pour le moment, c'est de comprendre que Bessy est complètement désœuvrée et qu'elle s'ennuie à mourir.

— Elle s'ennuie ? Mais enfin ! Elle a tout ce qu'elle peut désirer au monde !

— Situation idéale pour faire naître l'ennui et même la seule où il se développe réellement ! En outre — c'est illogique mais c'est humain —, il y a une chose qu'elle n'a pas.

— Ah oui ? Et laquelle ? gronda Mr. Langhope, cherchant à se rassurer avec une seconde cigarette.

— Une occupation pour ce petit organe rudimentaire dont la seule mention vous fait bondir.

— Voilà que vous recommencez ! Bonté divine, Maria, vous n'allez pas l'encourager à tomber amoureuse ?

— Pas d'un homme, pour l'instant ; mais d'un passe-temps,

oui, à tout prix. Sinon, l'homme prendra la place du violon d'Ingres. Il y a là un vide à remplir, et la nature humaine a horreur du vide. »

Mr. Langhope haussa les épaules :

« Je ne vous suis pas. Elle adorait son mari. »

Le fin sourire de son amie agit comme un verre grossissant sur l'énormité de sa remarque.

« Bon, je ne dis pas que c'était une grande passion, mais ils s'entendaient parfaitement, concéda-t-il.

— Si parfaitement que vous devez vous attendre à ce qu'elle s'offre une petite tempête bien tourmentée pour changer. Le seul fait que vous et Mr. Tredegar l'ayez empêchée de voir Mr. Amherst hier soir a éveillé son esprit de contradiction. Il y a un an, elle n'avait aucunement ce genre de caractère.

— A quoi se serait-elle opposée ? Ce pauvre Dick lui faisait une vie si ridiculement facile...

— Cher ingénu ! Vous pensez toujours qu'il faille quelque raison ? En fait, Bessy n'était pas éveillée, elle n'était même pas née alors... Elle l'est maintenant et vous savez que la première joie consciente de l'enfant est de briser des objets.

— Ce sera une joie plutôt chère si la filature est la première chose qu'elle casse.

— Oh ! la filature a les reins solides, j'imagine. Je n'aurais pas d'objection, pour ma part, à ce qu'elle s'y fasse les dents.

— Ce qui signifie, en termes de conduite pratique ?

— Que je vous conseille de ne pas désapprouver sa décision de rester ni son enquête liée aux accusations portées par ce jeune homme. Ne perdez pas de vue qu'une autre particularité de l'esprit enfantin est de se lasser très vite du jouet que personne n'essaie de lui enlever.

— Que diable ! Mais supposez que Truscomb prenne un coup de sang devant ce procédé si peu orthodoxe ? Peut-être ignorez-vous que la prospérité de la filature repose entièrement sur lui ?

— Raison de plus, s'entêta Mrs. Ansell, qui se leva en entendant Mr. Tredegar approcher. Car vous oubliez, pauvre ami distrait, que si Truscomb prend un coup de sang — et il le prendra immanquablement —, cela aura pour résultat inévitable le renvoi de son sous-directeur, et qu'après cela il y aura la paix dans Varsovie.

— Ah ! femme divinement rusée que vous êtes ! » s'écria Mr. Langhope, admiratif, et il s'empara de sa main qu'il pressa vivement dans les siennes avant que l'homme d'affaires fît son apparition dans l'embrasure de la porte.

6

Ce même jour, à l'aube, Amherst se préparait à la lueur du petit bec de gaz placé au-dessus de la table de toilette, en essayant de mettre un peu d'ordre dans les pensées que lui dictait son irritation.

Il était mortifié de sentir son projet livré sans gouvernail aux flots tumultueux de son émotion, mais tous ses efforts ne parvenaient pas à l'en rendre maître. Les événements inopinés des dernières vingt-quatre heures avaient été trop précipités et il n'avait pu conserver son assurance et sa lucidité coutumières ; de plus, il lui fallait compter avec la surprise de cette emprise nouvelle de ses sens. Sa façon de vivre l'avait tenu à l'écart de toute influence féminine subtile, et le côté primitif de la sexualité avait laissé intacte son imagination. Il n'en était donc que plus vulnérable aux formes raffinées de l'ancienne magie et à la délicatesse de sentiments que traduit le charme d'un visage. Il s'était volontairement coupé de toute possibilité d'une telle communion ; il avait accepté la frustration totale de cette partie de sa nature qui aurait pu l'aider à supporter sa tâche quotidienne. Mais son indifférence à l'égard de son environnement — délibérément servie par sa méfiance envers les attraits de l'existence à laquelle il avait renoncé — venait de se révéler sans défense contre cette séduction-là ; bien plus, la médiocrité de son cadre de vie s'était alliée à l'élégance innée de son goût pour approfondir l'effet produit sur lui par la beauté de Bessy.

Il passait en revue les incidents des dernières heures lorsque l'humour vint à son secours : cette occasion délicieuse dont il s'était lui-même coupé, quelle était donc sa nature ? Et, plus précisément, qu'avait donc dit ou fait Mrs. Westmore qui, venant d'une femme quelconque, eût accéléré son pouls une seule fraction de seconde ? Quoi ! ce n'était donc que cette vieille histoire du nez de Cléopâtre ! Parce que ses yeux irradiaient la compassion de façon céleste, parce que les tendres accents de sa voix faisaient vibrer les cordes les plus sensibles, il s'était laissé abuser, il avait cru qu'elle comprenait et répondait à son appel. Et ses émotions à elle étaient du même niveau : seul le côté spectaculaire, théâtral de l'incident l'avait touchée. Si la femme de Dillon avait été vieille et laide, l'aurait-elle serrée sur son cœur? S'il avait mieux connu le sexe féminin, Amherst aurait su qu'une sympathie aussi soudaine est presque toujours suivie d'une indifférence aussi prompte. Par bonheur, la conduite de Mrs. Westmore avait pallié son manque d'expérience ; cette femme avait même, semblait-il, tout mis en œuvre pour hâter le processus de désenchantement. Ce rappel à l'ordre opportun le fit rougir de sa mauvaise foi : il voyait maintenant qu'il avait risqué son avenir non pas poussé par son zèle pour les ouvriers, mais tout simplement parce que le regard de Mrs. Westmore s'était posé comme un rayon de soleil sur ses sens glacés et que, résolu à retenir son attention à tout prix, il avait voulu s'associer avec elle par les seuls moyens qui fussent en son pouvoir.

Avec une telle fin pour perspective, n'avait-il pas mérité d'échouer ? La futilité de son plan n'avait d'égale que la vanité de son objectif. Sous le froid éclairage de sa déception, il lui semblait avoir tenté de construire une forteresse imprenable à l'aide d'un jeu de cubes pour enfants. Comment n'avait-il pas prévu l'échec d'une entreprise aussi absurde ? Son infraction aux règles serait évidemment aussitôt rapportée à Mr. Gaines et à Truscomb ; et le directeur, déjà jaloux de la popularité de son assistant auprès des ouvriers — popularité qui était en elle-même une critique tacite de ses propres méthodes —, se hâterait de saisir ce prétexte pour se débarrasser de lui. Amherst savait fort bien que seuls sa compétence technique et son talent pour obtenir le maximum de travail des ouvriers l'avaient préservé de l'animosité de Truscomb. Dès le départ il y avait eu peu de sympathie entre eux, mais la pénurie d'assistants qualifiés et acharnés au travail avait forcé Truscomb à le supporter dans l'intérêt de l'usine. Mais, cette fois, sa stupidité mettrait le feu à l'aversion qui couvait chez le directeur : il se vit démis de ses fonctions, inscrit sur la liste noire, errant, des mois peut-être, à la recherche d'un travail. Il connaissait bien l'efficacité de ce système de diffamation à longue portée par lequel les employeurs poursuivent le subordonné qui s'est attiré leur mécontentement. Dans le cas d'un simple ouvrier, cette persécution sournoise apportait souvent la ruine complète, et même pour un homme de la valeur d'Amherst, c'était la perspective navrante d'une longue lutte pour la réhabilitation.

Tout au fond de lui, il souffrait beaucoup à la pensée que son coup d'audace altruiste avait fait long feu, mais en surface c'était surtout la manière dont il avait échoué qui l'exaspérait. Car elle semblait prouver qu'il était inapte à la tâche même pour laquelle il se sentait fait : ce besoin de contribuer au progrès de l'humanité qui impose, chez certains êtres, une limite à ne pas dépasser dans l'aventure individuelle. Amherst s'était jusque-là senti, grâce à sa perspicacité et à son sang-froid, à l'abri des erreurs que l'affectivité sème sur le chemin de l'enthousiaste ; et voilà qu'il était tombé dans le premier piège sentimental qui s'était présenté et qu'il avait leurré ses yeux par une vision digne d'un chromo de Noël : celle de la jolie dame dispensant charbon et couvertures ! Fort heureusement, il avait encore la ressource d'appliquer, sur ces blessures infligées à sa confiance en soi, le cautère d'un humour inépuisable ; et, avant qu'il eût fini de s'habiller, le tableau de ses vastes plans de réforme sociale réduits à la philanthropie aux yeux bleus, dispensatrice de chèques et de paquets de biscuits, avait déchaîné son hilarité. Sans doute ce rire venait-il trop tôt et sonnait-il trop haut pour venir réellement du fond du cœur, mais il cicatrisa les lèvres de sa plaie et lui rendit une apparence de sang-froid.

Cependant ce rire même ne parvint pas à chasser la pensée des épreuves auxquelles son manque de modération allait probablement exposer sa mère, et sa blessure se raviva quand, au petit déjeuner, Duplain une fois parti, celle-ci se répandit en louanges sur leur visiteuse :

« Quel visage, John ! Il est vrai que je ne vois plus guère de personnes de sa sorte maintenant (les mots lui venaient avec trop de naturel pour contenir un quelconque reproche et le cœur de son fils en fut serré), mais je suis sûre que cette douceur dans la beauté est rare n'importe où. On dirait le velours d'un matin d'été, voilé par une brume légère. Tu vois, les filles de Gaines, qui sont, selon moi, typiquement modernes et très élégantes, c'est certain, comme on en a vite fait le tour ! J'aime les histoires qui vous tiennent en haleine jusqu'au bout. C'était très gentil de la part de Maria Ansell, poursuivit joyeusement Mrs. Amherst en sautant du coq à l'âne, de venir me dénicher ici, hier. J'ai pris grand plaisir à parler tranquillement avec elle du bon vieux temps. Mais j'ai surtout été enchantée de voir Mrs. Westmore. Oh ! John, si elle venait vivre ici, quelle bénédiction ce serait pour la filature ! »

Amherst gardait le silence, ému par la fraîcheur d'âme de sa mère, qui pouvait ainsi renouer avec d'anciennes relations et livrer sa modeste vie aux visiteurs de marque, pleins de chic et de distinction, sans la moindre gêne, la moindre fausse honte. Il songeait qu'il n'aurait jamais cette simplicité et se rappela combien il avait souhaité que Mrs. Westmore sût qu'il venait du même monde qu'elle. Comme nos passions sont contradictoires ! Et comme il devrait être élastique le mot qui les recouvrirait toutes ! Celle d'Amherst était, en cet instant, ternie par son amour-propre blessé.

Son regard meurtri lui fit trouver la cité ouvrière encore plus morne et laide que d'habitude tandis qu'il se rendait à pied à son bureau. Au-dessus de la ligne sinistre des toits de l'usine, des rayons aveuglants sortant d'un amoncellement de nuages blancs faisaient lever la promesse d'un autre jour radieux et il se surprit à penser que Mrs. Westmore serait bientôt chez elle et pourrait, tout à loisir, galoper à travers la plaine.

La tâche qui l'attendait était bien différente. Il eut pourtant un pincement au cœur en pensant que c'était peut-être la dernière fois qu'il allait l'accomplir. En dépit des promesses de Mr. Tredegar, sa conduite avait certainement déjà été rapportée au président et transmise à Truscomb ; ce dernier allait mieux ce matin, il était hors de doute qu'il demanderait des comptes dès le lendemain à son adjoint insoumis. En attendant, Amherst reprit la routine, le cœur lourd. Même si l'on fermait les yeux sur son infraction, son métier présentait en soi bien peu d'avenir pour un homme dépourvu de fortune et de relations influentes. La fortune... Il en avait repoussé avec mépris la seule pensée quand il avait choisi ce travail ; mais il s'apercevait bien maintenant qu'il ne pourrait jamais, sans elle, atteindre le but auquel il avait sacrifié ses désirs personnels. Son amour pour son métier s'était progressivement fondu dans un amour plus large pour ses compagnons de travail et dans la soif qui en découlait d'élever leur niveau de vie. Il avait imaginé qu'il réaliserait cet objectif en réorganisant de fond en comble la direction des Filatures Westmore et qu'il ferait ainsi une démonstration suffisamment éloquente pour ouvrir la voie à une législation plus clairvoyante et à des rapports plus justes entre les classes. Mais l'expérience des dernières heures lui avait montré à quel point il était vain de monter seul à l'assaut des barrières qui se dressent entre le travail et l'argent. Sa propre percée dans les lignes ennemies n'avait fait que le renvoyer à l'arrière, dans les rangs obscurs des fantassins. La politique seule, en fait, lui eût permis de revenir à l'attaque avec quelque chance de succès, mais la condition nécessaire à une carrière politique était évidemment l'indépendance financière. S'il s'en était tenu à la règle, il aurait été actuellement plus près de son but ; mais alors, ce but, il l'aurait méconnu puisque c'était seulement en vivant parmi les ouvriers qu'il avait appris à se soucier de leur sort. C'est là qu'il avait acquis cette connaissance poignante du difficile progrès des masses. C'est là que s'était épanouie sa personnalité, parce qu'il avait partagé leurs espoirs et leurs peines. Plutôt que de renoncer à tout cela, il referait ce chemin, préférant l'initiation profonde à la réussite facile.

Mais cette vue philosophique de la situation n'était qu'une lueur à l'horizon : au-dessus de sa tête s'amoncelaient les nuages des soucis immédiats, dont les plus sombres étaient sa propre sottise et les souffrances qui en résulteraient pour sa mère. Ces considérations l'amenèrent à décider que, si l'on fermait les yeux sur son insubordination, il devrait avaler la couleuvre du pardon et poursuivre, pour le moment, l'accomplissement mécanique de ses tâches. Il en était arrivé à cette résignation qui pesait sur lui comme du plomb quand l'un des employés du bureau extérieur passa la tête pour dire : « Une dame vous demande... » Et, levant les yeux, Amherst aperçut Bessy Westmore.

Elle entra seule, d'un air très assuré qui contrastait avec l'indécision timide qu'elle avait montrée la veille. Amherst la trouva plus grande, plus majestueuse, tant il est vrai qu'une femme peut en imposer en redressant simplement le doux ovale de son menton, en affermissant une ligne de sourcils naturellement bienveillante. Elle lui parut si impérieuse qu'il pensa tout d'abord qu'elle venait le blâmer pour son manque de respect envers Mr. Tredegar ; mais il devint rapidement évident, même pour une perspicacité aussi inexpérimentée que la sienne, que ce n'était pas lui que visait cet air de défi.

Elle s'approcha du siège qu'il lui avait avancé mais, trop absorbée, elle oublia de s'asseoir et resta debout, les mains jointes posées sur le dossier.

« Je suis revenue car il faut que je vous parle, commença-t-elle de sa douce voix aux fugitives intonations de prière. Je savais qu'en l'absence de Mr. Truscomb il vous serait difficile de quitter l'usine, et il y a un ou deux points que je voudrais éclaircir avec vous avant mon départ — certaines choses, par exemple, que vous avez dites à Mr. Tredegar hier soir. »

Amherst retrouva instantanément son sentiment de malaise :

« J'ai peur de m'être mal exprimé : je l'ai peut-être contrarié... »

Elle écarta d'un sourire ce propos étranger à ses préoccupations :

« Il est possible que vous ne vous compreniez guère tous les deux — mais je suis sûre que moi, vous pouvez m'éclairer. » Elle se laissa tomber dans le fauteuil et posa un bras sur le bord du bureau derrière lequel il avait repris sa place. « C'est pour cela que je suis venue seule, poursuivit-elle. Je ne comprends rien quand un tas de gens essaient de me parler tous à la fois. Et je suppose que je ne suis pas aussi attentive au respect des formes que l'est un homme, un homme d'affaires, qui plus est. Tout ce que je veux, c'est découvrir ce qui ne va pas, et y remédier. »

Ses yeux bleus plongèrent dans ceux d'Amherst et ce regard déversa un flot de chaleur dans son cœur. Comment avait-il pu douter que sa sensibilité fût aussi exquise que sa manière de l'exprimer ? Son esprit brisait enfin les liens de la méfiance, et il rougit du scepticisme qui l'avait submergé au cours de la matinée. Chez une femme manifestement élevée dans le conformisme, dont les idées avaient été formées et les actions dirigées selon les principes les plus conventionnels, le simple fait de venir seule à Westmore, en défiant ouvertement ses conseillers, dénotait une telle résolution qu'il avait honte de ses doutes.

« Cela fera une grande différence pour les gens d'ici si vous vous intéressez vous-même à eux, répliqua-t-il. J'ai tenté d'expliquer à Mr. Tredegar que mon propos n'était pas de critiquer la direction de l'usine — encore que j'aurais eu bien des raisons de le faire —, mais que j'étais sûr que les conditions de travail des ouvriers pourraient être très améliorées, sans dommage durable pour le rendement, par quelqu'un qui s'intéresserait personnellement à eux. D'ailleurs, je suis persuadé que le travail qui en résulterait serait de meilleure qualité, ce qui, en fin de compte, profiterait à l'employeur. »

Elle l'écoutait, confiante, les yeux tendres, comme si elle lui livrait, avec la bonne foi d'une enfant, son ignorance, sa crédulité, ses quelques convictions rudimentaires et ses timides aspirations, s'en remettant à lui pour n'en pas abuser ni en faire mauvais usage, dans l'infinie supériorité de son intelligence masculine.

« C'est justement ce que je veux que vous m'expliquiez, fit-elle. Mais d'abord, j'aimerais en savoir davantage sur ce pauvre homme qui a été blessé. Je voulais voir sa femme hier, mais Mr. Gaines m'a dit qu'elle serait à son travail jusqu'à six heures, et qu'il serait difficile de la voir après. Je suis bien allée à l'hôpital mais l'homme dormait (il s'appelle Dillon, je crois ?) et l'infirmière en chef m'a dit qu'il allait beaucoup mieux. D'ailleurs, le docteur Disbrow est venu le soir et nous a affirmé la même chose : que c'était un faux renseignement, que sa blessure n'avait rien de dramatique et que Mr. Truscomb avait été très mécontent en apprenant que vous aviez dit que Dillon allait perdre son bras. »

Amherst sourit :

« Ah ! Mr. Truscomb a appris cela ? Eh bien, il a raison d'être mécontent. Ce n'était ni le lieu ni le moment de le dire. Malheureusement, je ne suis pas le seul à être puni. L'ouvrier qui a attaché le crêpe noir a été renvoyé ce matin. »

Mrs. Westmore ne put contenir son indignation :

« Renvoyé pour cela ? Comme c'est injuste ! Comme c'est cruel !

— Il faut que vous considériez les deux côtés de la question, dit Amherst, trouvant beaucoup plus commode de rester modéré dans le feu qu'il avait allumé que d'inoculer de force sa propre chaleur dans des veines glacées. Bien entendu, tout acte d'insubordination doit être sanctionné — mais je pense qu'une réprimande aurait suffi. »

Il éprouva un indéniable frisson de plaisir à découvrir que de tels arguments ne refroidissaient en rien l'ardeur de son interlocutrice :

« Mais on va le reprendre ! Je ne supporterai pas que l'on puisse être renvoyé pour une raison pareille ! Il faut que vous alliez tout de suite me le chercher — il faut que vous lui disiez... »

Cette fois encore, Amherst la calma :

« Je vous demande pardon, mais je crois qu'il vaut mieux lui laisser une chance de trouver du travail ailleurs. Si on le reprenait, on le lui ferait certainement payer cher. Les choses sont organisées de telle sorte ici que les ouvriers sont entièrement à la merci des surveillants et celui de cet atelier rendrait sûrement la vie intenable à un ouvrier qui l'a si ouvertement défié. »

Elle poussa un profond soupir et fronça les sourcils d'un air perplexe :

« Comme c'est compliqué ! Je me demande si j'arriverai jamais à comprendre. Mais vous, vous ne croyez pas que l'accident de Dillon soit arrivé par sa faute, alors ?

— Bien sûr que non ! Il y a trop de cardes dans cette salle. J'ai attiré l'attention de Mr. Truscomb là-dessus lorsque les nouvelles machines ont été montées, il y a trois ans. Un ouvrier peut très bien posséder une parfaite habileté manuelle, sans pour autant savoir mesurer ses gestes avec la précision d'un automate. Or, c'est ce qu'il doit faire s'il veut rester indemne dans cet atelier. »

Elle soupira de nouveau :

« Plus vous m'en dites, plus tout cela me paraît incompréhensible. Pourquoi cette salle est-elle si surpeuplée ?

— Pour qu'elle rapporte le plus possible », répondit Amherst sans ambages, et le visage sensible de Bessy se colora.

Il pensa qu'elle allait lui reprocher son franc-parler mais, après un moment de réflexion, elle reprit :

« Ce que vous dites est épouvantable. Chaque chose semble mener à une autre — et je me sens tellement ignorante dans tout cela ! » Elle hésita de nouveau puis dit, en posant sur lui le plus bleu de ses regards : « Je vais être tout à fait franche avec vous : Mr. Tredegar m'a répété ce que vous lui avez dit hier soir, et j'ai eu l'impression qu'il prenait fort mal le fait que vous refusiez de donner des preuves des attaques que vous formuliez.

— Des attaques? Ah! s'exclama Amherst dans un éclair de mémoire, il s'agit de mon refus de rapporter qui m'a prévenu que le docteur Disbrow mentait au sujet de Dillon?

— Oui. Il a dit que c'était là une grave accusation et que personne n'aurait dû la porter sans être capable de fournir des preuves.

— C'est parfaitement vrai, en théorie. Mais, dans ce cas précis, il vous est facile, à vous ou à Mr. Tredegar, de vérifier mes dires.

— Mais Mr. Tredegar a prétendu que vous refusiez de dévoiler qui vous a informé.

— Il se trouve que j'y étais tenu. Mais je ne le suis pas de vous empêcher d'essayer d'obtenir la même information.

— Ah! » murmura-t-elle, saisissant la nuance. Frappé par une idée subite, il ajouta, après avoir jeté un coup d'œil à la pendule :

« Si vous souhaitez réellement juger par vous-même, pourquoi ne pas aller à l'hôpital maintenant? Je serai libre dans cinq minutes et je pourrais vous y accompagner, si vous le désirez. »

Ahmerst venait de se rappeler l'exclamation de l'infirmière quand elle avait cru reconnaître le visage de Mrs. Westmore à la lumière du bec de gaz; et il lui était immédiatement apparu que, si les deux femmes se connaissaient réellement, Mrs. Westmore n'aurait aucune difficulté à obtenir l'information qu'elle voulait. Même si elles se rencontraient comme des étrangères, il avait la certitude que la perspicacité de cette fille aux yeux noirs lui viendrait en aide. Il ne restait plus qu'à attendre la réaction de Mrs. Westmore à sa suggestion, mais une sorte d'instinct l'avertissait déjà que la manière forte était vraiment celle qui lui convenait le mieux.

« A l'hôpital, maintenant? C'est une excellente idée! s'écria-t-elle en se levant avec une impétuosité enfantine. Bien sûr, c'est le meilleur moyen de se renseigner. J'aurais dû insister pour voir Dillon hier — mais je commence à croire que l'infirmière en chef n'y tenait pas. »

Pendant qu'ils roulaient vers Hanaford, Amherst laissa cette déduction faire son chemin dans l'esprit de la jeune femme, se contentant pour sa part de répondre à ses questions sur la famille de Dillon, l'âge de ses enfants, la santé de sa femme : ces questions, remarqua-t-il, ne s'élevaient pas du particulier au général, car la curiosité de Bessy, pour l'instant trop exclusivement personnelle et émotive, ne pouvait mener à des considérations sur l'ensemble de la situation. Mais qui savait si cette largeur de vues ne naîtrait pas de l'enquête sur Dillon ? En attendant, les visées d'Amherst étaient noyées dans le trouble délicieux de la sentir près de lui et de voir de si près le grain délicat de sa peau, la ligne sombre que formait l'implantation de ses cils sur le bord de ses paupières, la manière dont ses cheveux se glissaient en spirales de lumière du front à l'oreille pour se fondre dans un duvet de pêche à la naissance de la joue.

A l'hôpital, Mrs. Ogan les introduisit à contrecœur, à cette heure qui n'était point celle des visites officielles. Et soudain, au chevet du blessé, Amherst vit de nouveau éclore cette compassion qui semblait la clef de la beauté de sa compagne, comme si ses lèvres avaient été modelées pour la consolation, ses mains pour de tendres tâches. A voir Dillon prostré, secoué par les quintes d'une toux fiévreuse, il était évident qu'il n'était nullement sur la voie de la guérison et Mrs. Ogan en fut réduite à balbutier quelques explications techniques sur l'état de la blessure, tandis que Bessy, penchée sur l'homme, lui promettait à voix basse de s'occuper de sa femme et de ses enfants.

Amherst avait remarqué en entrant qu'une nouvelle infirmière — une jeune femme qui, bouche bée, s'était instantanément plongée dans l'examen de la toilette de Mrs. Westmore — avait remplacé la jeune fille aux yeux noirs de la veille. Il supposa que cette dernière était provisoirement absente et demanda à Mrs. Ogan où on pouvait la voir.

Les traits de l'infirmière en chef reflétèrent un embarras distingué.

« L'autre infirmière ? Notre infirmière chirurgicale régulière, Miss Golden, est malade. Miss Hibbs, que voici, la remplace pour le moment. » Elle désigna la jeune personne pétrifiée puis, comme Amherst insistait :

« Ah ? s'étonna-t-elle avec désinvolture, vous voulez parler de la jeune femme que vous avez vue ici hier ? Certainement — j'avais oublié : Miss Brent n'était qu'une..., euh..., suppléante temporaire. Je crois qu'elle avait été recommandée au docteur Disbrow par l'un de ses patients, mais nous avons trouvé qu'elle ne convenait absolument pas — qu'elle était incompétente en fait — et le docteur l'a congédiée ce matin. »

Mrs. Westmore s'était rapprochée et, tandis que l'infirmière en chef s'empêtrait dans des explications oiseuses, un bref signe d'intelligence passa entre ses interlocuteurs. « Vous voyez ? » disait le regard d'Amherst. « Je vois : ils l'ont renvoyée parce qu'elle vous a parlé », s'indigna, étincelant, celui de Bessy, et le sourire qu'il lui adressa en retour ne démentit pas cette conclusion.

« Savez-vous où elle est allée ? » demanda Amherst.

Se permettant un imperceptible haussement de sourcils, Mrs. Ogan répliqua qu'elle n'avait aucune idée des déplacements de Miss Brent. Elle avait entendu dire qu'elle avait l'intention de quitter immédiatement Hanaford.

Dans la voiture, Bessy s'écria :

« C'était l'infirmière, bien sûr ! Si seulement nous pouvions la trouver ! Brent — Mrs. Ogan a bien dit que son nom était Brent ?

— Vous connaissez ce nom ?

— Oui..., enfin, il ne peut évidemment s'agir de la jeune fille que je connaissais...

— Miss Brent vous a vue le soir de votre arrivée, et elle a cru vous reconnaître. Elle disait que vous aviez été ensemble à l'école ou au pensionnat.

— Au Sacré-Cœur ? C'est donc bien Justine Brent ! Le bruit a couru que les Brent avaient perdu leur fortune. Je ne l'ai pas vue depuis des années. Mais comme c'est bizarre qu'elle soit infirmière ! Et pourquoi est-elle à Hanaford ? Je me le demande.

— Elle n'était que de passage. Elle ne m'a pas dit où elle était logée. Elle avait entendu dire qu'on demandait une infirmière à l'hôpital et s'était proposée comme volontaire ; j'ai peur qu'elle n'en ait été bien mal récompensée.

— Vous pensez réellement qu'ils l'ont renvoyée pour vous avoir parlé ? Comment l'ont-ils appris, à votre avis ?

— Je l'ai attendue hier soir à sa sortie de l'hôpital. Mrs. Ogan nous aura vus, à moins que ce ne soit l'un des médecins. Quelle inconscience de ma part ! s'exclama Amherst, pris de remords.

— J'aurais tant voulu la voir, pauvre Justine ! Nous étions de grandes amies au pensionnat. Elle était la meneuse de notre petite bande, je n'ai jamais vu quelqu'un d'aussi éveillé, d'aussi intelligent. Sa gaieté doit être bien retombée à l'heure qu'il est. »

Mrs. Westmore laissa errer un instant son esprit parmi ses souvenirs puis elle en revint aux Dillon et à ce que l'on pouvait faire pour eux, si les craintes de Miss Brent s'avéraient justifiées.

Comme la voiture s'arrêtait devant son portail, elle se tourna vers son compagnon et lui tendit la main :

« Je vous remercie infiniment. Je me réjouis de ce que vous ayez suggéré à Mr. Truscomb de trouver du travail pour Dillon dans les bureaux. Mais il faut que nous parlions encore de tout cela. Pouvez-vous venir ce soir ? »

7

Amherst ne put jamais, par la suite, retrouver une impression détaillée des semaines qui suivirent. Elles vivaient dans sa mémoire surtout comme des symboles de l'imprévisible, car rien, en fait, ne s'était passé comme et quand il l'avait prévu. Toute cette série d'événements ressemblait au courant d'une rivière à midi, lorsque le miroitement des vagues singulières se fond en un seul scintillement aveuglant. Ses entrevues avec Mrs. Westmore formaient pour ainsi dire le petit grain de réalité autour duquel s'assemblaient des sensations qui se développaient avec la rapidité d'un fruit magique. Qu'elle ait décidé de rester pour s'occuper de l'organisation sociale de l'usine n'était pas tellement pour le surprendre car, après avoir douté d'elle un instant, il se sentait maintenant plein de confiance. Que la beauté de son visage et la tournure de son esprit correspondent et se complètent satisfaisait son goût de l'harmonie : tout naturellement, sans raisonnement moral, ses actes répondaient à son apparence, ses mots à la promesse de son sourire. Mais son immédiate confiance en lui, sa résolution de le soutenir dans son insubordination déclarée, d'ignorer avec la superbe désinvolture propre à son sexe les usages établis et de le prendre pour conseiller malgré la tempête de désapprobation qu'elle soulevait ainsi à la tête de la compagnie, cette impression qu'il avait d'être le gant qu'elle jetait à la face du conformisme — tout cela remplissait Amherst de trouble et d'étonnement. Il était comme un alpiniste qui, raidi dans l'effort d'une ascension pénible, voit tout à coup son chemin se couvrir de fleurs ou s'aplanir en une allée sablée offerte à ses pas.

Lors de sa seconde visite, il trouva les deux dames ensemble, et le sourire approbateur de Mrs. Ansell semblait classer cet épisode social parmi les événements usuels et sans importance. Il comprit que l'attitude de son amie mettait Bessy à l'aise en l'aidant à poser ses propres questions et à réfléchir sur ses suggestions à lui avec plus d'assurance. Mrs. Ansell avait le don de lui rendre la confiance en ses facultés intellectuelles que son père pouvait anéantir d'un seul monosyllabe.

La conversation, à cette occasion, avait principalement roulé sur l'avenir de la famille Dillon, sur les meilleurs moyens de la dédommager et, accessoirement, sur les soins à apporter aux enfants de la colonie ouvrière. Amherst n'était certes point tenté par les formes extrêmes du paternalisme industriel, mais il était convaincu que, là où l'on employait des femmes mariées, c'était à l'employeur de s'occuper de leurs enfants. Il avait été progressivement amené contre son gré à cette opinion par les multiples cas inévitables de négligence et de souffrance chez les enfants des ouvrières de Westmore et Bessy s'empara de ce projet avec toute l'ardeur de sa maternité récente, indignée à l'idée que des enfants souffraient de malnutrition et de manque de soins, tandis que sa Cicely, appuyant contre elle sa tête soyeuse, levait des yeux étonnés sur son visage.

Il était moins facile de fixer l'attention de Bessy sur des problèmes plus vastes ; mais Amherst, loin d'être de ces théoriciens extrémistes qui rejettent les solutions provisoires de peur qu'elles n'ajournent le renouveau général, considérait chaque acquis matériel des ouvriers de la filature comme un pas en avant dans leur croissance morale. Il avait presque envie de garder pour lui ses plans de réorganisation lorsqu'il discutait de la fondation d'une crèche ou d'une école du soir.

A sa troisième visite, il trouva aussi Mr. Langhope et Mr. Halford Gaines. Le président des Filatures Westmore était un homme soigné, de taille moyenne, dont le teint fleuri de bon vivant aurait viré au cramoisi s'il avait connu le point de vue de Mr. Langhope sur son plastron parsemé de breloques et les épaules rembourrées de sa veste. Fort heureusement, aucun soupçon à ce sujet ne l'effleurait, et une confiance à toute épreuve dans son apparence semblait lui conférer la haute main sur la situation. Quant à Mr. Langhope, discrètement retranché derrière la fumée de son cigare, il manifestait par la subtilité de son silence sa critique des diverses phases de la discussion.

Amherst fut surpris de se trouver en présence de Mr. Gaines. Le président, retiré dans la tour d'ivoire de ses hautes fonctions, visitait rarement l'usine et, quand il le faisait, personne n'existait pour lui : il ne voyait que Truscomb. La première pensée d'Amherst fut donc que, en l'absence forcée du directeur, le président de la compagnie allait lui demander des comptes. Mais Mr. Gaines lui réserva un accueil affable et montra ouvertement qu'il était venu pour écouter le point de vue d'Amherst sur la création d'une école du soir et d'une crèche. Il y fit allusion comme à des projets venant de Mrs. Westmore et fit sentir au jeune homme qu'on l'avait simplement fait venir comme conseiller provisoire en l'absence de Truscomb. C'était en fait la position qu'Amherst préférait adopter, et il se borna scrupuleusement à répondre aux questions, laissant Mrs. Westmore exposer ses propres plans comme s'ils émanaient d'elle. « Il vaut mieux, se dit-il, qu'ils en soient tous persuadés, et elle aussi, car Truscomb sera sur pied dans un jour ou deux, et alors mes heures seront comptées. »

Il fut toutefois étonné de trouver Mr. Gaines curieusement bien disposé à l'égard des projets d'innovation qui lui étaient soumis : il semblait les considérer comme une nouvelle mode à laquelle il fallait se plier pour les mêmes irrésistibles raisons qu'on adopte une nouvelle coupe de queue-de-pie.

« Evidemment, nous tenons à être à la page. Il n'y a aucune raison que notre filature ne soit pas aussi bien considérée par ses ouvriers que n'importe quelle autre filature du pays », affirmait-il sur le ton de l'hôte accoutumé à dire : « Je veux que ce soit fait avec chic. » Mais il paraissait encore moins conscient que Mrs. Westmore de ce que chacune des erreurs était imputable à un vice radical du système. Il semblait penser que ses murmures d'approbation aux propositions de Mrs. Westmore passaient l'éponge, une fois pour toutes, sur la difficulté examinée, comme si un problème d'algèbre se résolvait en l'effaçant du tableau.

« Ma chère Bessy, nous avons tous envers vous une dette de gratitude pour être venue ici et avoir apporté, si j'ose dire, un œil neuf sur ces affaires. Si j'ai, peut-être, été un peu trop exclusivement absorbé par le rendement de la filature, mon ami Langhope ne sera pas le premier, j'imagine, à..., euh..., me lancer la pierre. » Mr. Gaines, qui était la délicatesse même, tiqua un peu sur les associations gênantes qu'impliquait cette image et se hâta d'ajouter : « A cet égard, je pense pouvoir affirmer que nous soutenons la comparaison avec n'importe quelle usine de cet Etat, mais je suis tout prêt à admettre qu'il peut y avoir une autre face, une face qu'il appartenait à une femme — à une mère — d'apercevoir. Par exemple, fit-il facétieusement remarquer, je me flatte de savoir commander un bon dîner, mais je laisse toujours les fleurs à ma femme. Et si vous m'y autorisez, poursuivit-il, encouragé par le bonheur de cette comparaison, je pense qu'il sera du meilleur effet — non seulement sur les ouvriers, mais sur tout Hanaford, et sur notre petit clan particulièrement — que vous soyez venue en personne vous intéresser au..., euh..., côté philanthropique de l'entreprise. »

Les joues de Bessy se colorèrent. Elle rougissait facilement, et ne faisait sans doute guère preuve de discernement quant à la qualité des louanges qui lui étaient adressées ; mais sous cette vague superficielle de plaisir bougeait un sentiment plus violent et elle se hâta de dire :

« Je dois à la vérité d'avouer que je n'aurais jamais pensé à toutes ces choses si Mr. Amherst ne me les avait indiquées. »

Mr. Gaines encaissa le coup mielleusement :

« Très reconnaissant à Mr. Amherst de vous avoir mise sur la voie. Il va sans dire que nous apprécions tous ses précieux conseils. Truscomb en personne n'aurait pas été plus efficace, encore que son expérience plus vaste sera à coup sûr utile par la suite pour développer et..., euh..., amender vos projets. »

Il était malaisé de concilier cette vue généreuse avec l'existence d'abus qui donnaient à la direction de la filature une notoriété aussi déplaisante à une partie de la communauté qu'elle était agréable à l'autre. Mais Amherst était suffisamment impartial pour voir que Mr. Gaines était inconscient de ces contradictions. Il laissait la conciliation des contraires à Truscomb, avec la foi naïve du croyant s'en remettant à son créateur : c'était dans le cerveau du directeur que s'accomplissait l'alchimie obscure de l'harmonisation. Mr. Gaines partageait l'opinion répandue — et bien commode — qu'en ignorant les injustices on en est moins complice qu'en niant carrément leur existence. Pour se conformer à cette façon de voir, il s'abstenait dévotement de se pencher sur les problèmes sociaux de Westmore.

Une autre surprise attendait Amherst quand Truscomb réapparut à son bureau. Le directeur n'était jamais prolixe, et, les premiers jours, ses rapports avec son adjoint se bornèrent à lui poser des questions et à lui donner des ordres. Peu après, la nouvelle se répandit que Dillon allait être amputé de son bras et, l'après-midi même, Truscomb fut convoqué chez Mrs. Westmore. Dès qu'il en revint, il envoya chercher Amherst et le jeune homme fut certain que son heure était venue.

Il était en train de dîner lorsque le message lui parvint, et il vit aux lèvres pincées de sa mère qu'elle avait eu la même idée que lui. Il se réjouit que la présence de Duplain l'empêchât de lui communiquer ses craintes et, tout au fond de lui, la remercia pour le sourire avec lequel elle le regarda partir.

Quand il revint, le soir, le sourire était toujours là, mais il céda à un air de profonde lassitude quand il lui dit en posant les mains sur ses épaules : « Ne vous en faites pas, maman. Je ne sais pas au juste ce qui s'est passé, mais nous ne sommes pas encore sur la liste noire. »

Mrs. Amherst avait immédiatement repris son ouvrage pour

chasser, selon son habitude, sa tension nerveuse dans le bout de ses doigts. Mais ses aiguilles retombèrent bientôt et elle chercha son regard :

« Il se passe quelque chose, alors ? murmura-t-elle.

— Oh ! pas mal de choses, effectivement, mais, tout en étant la cible principale, je n'arrive pas encore à discerner comment elles vont m'atteindre.

— Il y a toujours une place à l'abri, au cœur de la tempête, remarqua-t-elle avec perspicacité, les yeux brillants.

— Eh bien, si c'est du cœur de Truscomb qu'il s'agit, je n'ai pas l'impression d'y être spécialement à l'abri ! répliqua Amherst en riant.

— Dis-moi exactement ce qu'il t'a dit, John », implora-t-elle, abandonnant le ton de la plaisanterie tout en gardant sur les lèvres un soupçon de sourire. Amherst lui raconta alors son entrevue avec le directeur.

Truscomb n'avait fait aucune allusion à Dillon. Il avait pris pour prétexte officiel à cette convocation l'examen des questions de la crèche et de l'école du soir. Mrs. Westmore, sur la suggestion d'Amherst, avait présenté ces projets comme venant d'elle mais, la question d'un emplacement s'étant posée, elle avait transmis au directeur la proposition de son adjoint de faire acheter à cette fin l'Eldorado par la compagnie. Le célèbre hôtel avait toujours exercé une influence néfaste sur la population de la cité ouvrière et Amherst avait déjà fait une ou deux tentatives indirectes pour obtenir l'affectation de cet immeuble à d'autres usages. Mais l'opposition persistante qu'il avait rencontrée avait étayé la rumeur selon laquelle le directeur touchait d'importants pots-de-vin de la part du patron de l'hôtel.

C'est pourquoi Amherst avait eu brusquement l'idée de suggérer à Mrs. Westmore d'acheter l'Eldorado. Il ne fut nullement surpris d'apprendre que l'opposition de Truscomb au projet portait sur le choix de cet immeuble. Cependant, même sur ce point précis, le directeur n'avait trahi aucune résistance ouverte ; il avait même paru admettre tacitement qu'Amherst examinât les plans proposés et fût consulté sur le choix d'un emplacement. Il tenait prêtes une douzaine de bonnes raisons contre l'acquisition de l'hôtel mais, là aussi, il avait procédé avec une discrétion bien inhabituelle chez lui dans ses rapports avec ses subordonnés. Tout en reconnaissant le mal fait par le « dancing », il avait objecté qu'en toute conscience il ne se sentait pas le droit de conseiller à la compagnie de payer le prix exorbitant auquel il était estimé et avait rappelé à Amherst que, si cette source de nuisance était supprimée, il ne manquerait pas d'en surgir d'autres pour la remplacer. Il n'avait négligé aucun des atermoiements ordinaires — tolérance, convenances — et les avait débités de sa voix habituelle jusqu'à ce que, tout à coup, au moment où l'entretien s'achevait, il adoptât un ton confidentiel pour demander à son adjoint s'il avait à se plaindre de la manière dont il était traité.

Amherst avait été véritablement pris au dépourvu. Il n'avait pas retrouvé ses esprits que Truscomb lui offrait, à mots couverts mais sans aucun doute possible — dans le style ambigu propre à ce genre de transaction, et dont il jouait en virtuose —, une « rémunération » substantielle pour abandonner l'idée de l'hôtel. Tout incroyable que ce fût, c'était bel et bien arrivé : le tout-puissant Truscomb, qui tenait Westmore dans le creux de sa main, s'était abaissé à une tentative de corruption sur son adjoint, dans sa peur d'avoir à traiter avec lui d'une manière beaucoup plus sommaire. La colère d'Amherst à cette offre avait été refrénée par l'intuition instantanée de sa cause. Il n'avait pas eu le temps de trouver une raison pour refuser. Il n'avait pu que se reprendre suffisamment pour affronter l'inconcevable avec une contenance aussi insondable que celle de Truscomb. Aussi sa voix était-elle encore sous le coup de la stupéfaction tandis qu'il relatait par le menu l'incident à sa mère.

« Pensez à ce que cela représente, mère, pour une jeune femme comme Mrs. Westmore, sans aucune expérience des responsabilités, de venir ici et d'être, dès son premier contact avec l'injustice, révoltée au point de trouver le courage et l'habileté de saisir de sa petite main le levier de commande et de renverser la vapeur — car c'est cela qu'elle a fait ! Oh ! je sais bien qu'il y aura une réaction — le balancier revient toujours sur lui-même : mais vous verrez qu'il n'ira pas aussi loin au retour. Bien sûr, je serai balayé, mais peut-être que Truscomb le sera aussi : bon sang, si je pouvais le faire s'écrouler sur moi, comme je ne sais trop qui avec les colonnes du Temple ! »

Il s'était levé et arpentait le petit salon à grandes enjambées, la tête rejetée en arrière, les yeux assombris par le regard que sa mère avait appris à redouter. Mais, en cet instant, le sien reflétait celui de son fils, et le tricot s'écoulait de ses doigts comme le fil du destin tandis qu'elle restait silencieuse, le laissant exhaler ses espoirs et son étonnement et se contentant de murmurer, lorsqu'il se laissa retomber dans le fauteuil, près d'elle : « Tu ne seras pas balayé, John, tu ne le seras pas. »

Mrs. Westmore resta plus de deux semaines au cours desquelles Amherst eut tout loisir de l'intéresser à de multiples projets en faveur de la main-d'œuvre de la filature. Le plan qu'il avait en tête comprenait une refonte totale des relations entre la compagnie et ses salariés : la suppression du magasin et des logements ouvriers hors d'usage appartenant à la compagnie et qui avaient si longtemps sapé les économies et les aspirations des ouvriers ; l'aménagement des terrains d'Hopewood en un parc public et un terrain de sports, ainsi que le morcellement de la surface restante en lotissements pour ces mêmes travailleurs ; la création d'une bibliothèque, d'un dispensaire pour les urgences et de divers autres centres d'inspiration humanitaire. Mais il ne lui laissait pas voir que chaque suggestion n'était qu'une part de ce vaste plan, par crainte de refroidir sa compassion croissante. Il avait en la personne de sa mère l'exemple d'un esprit uniquement accessible aux impressions concrètes : l'esprit de quelqu'un qui pourrait mourir pour un cas particulier, tout en restant sereinement indifférent à ses causes. Mrs. Amherst ne s'était intéressée au travail de son fils que dans la mesure où justement c'était le travail de son fils : John éloigné de Westmore, le problème industriel tout entier aurait eu pour elle autant d'importance qu'une poussière d'étoiles pour l'œil nu. Et, s'il pressentait en Bessy Westmore une nature analogue, il ne la critiquait plus. Ce pouvoir de concentration sur une question personnelle ne constituait-il pas chez une femme une charmante compensation ? Ne mettait-il pas une touche chaleureuse d'illogisme et d'humanité dans la représentation froidement schématique qu'il avait des masses ? Il plaisait pour l'instant à Amherst de se tenir pour un observateur froid de la classe ouvrière, alors qu'en fait son intérêt pour les questions sociales venait directement d'une imagination aussi ouverte que l'était celle de Bessy au pathétique individuel. Mais s'il avait la même sensibilité, comme ses moyens de l'exprimer étaient faibles à côté des siens ! Au cours de leurs conversations, l'impression qui s'était emparée de lui quand elle s'était penchée sur le lit de Dillon ne le quittait pas : il lui semblait toujours que ce visage ravissant était, par quelque opération mystique, la manifestation visible de sa nature profonde, qu'il tirait son apparence des mouvements cachés de son cœur.

Pour un jeune homme soumis aux enthousiasmes de l'idéal, il n'est pas d'aventure plus éblouissante que d'accomplir un miracle chez la tendre créature qui livre son esprit au sien ; d'assister, pour ainsi dire, à la floraison de sa semence spirituelle sous la forme de l'épanouissement de la beauté, du bleu plus intense des yeux, de la courbe plus pleine des lèvres — tous les courants vitaux stimulés par le souffle de ses idées enflammées. Il ne vint pas à l'esprit d'Amherst que le changement qu'il percevait pût provenir d'une autre émotion. Bessy Westmore possédait pleinement ce don d'hypocrisie inconsciente qui permet à une femme de persuader l'homme auquel elle s'intéresse qu'elle partage toutes ses idées. Mieux, elle avait le don de s'en persuader elle-même, bonheur suprême d'une nature impulsive, grâce auquel elle pouvait se croire captivée uniquement par les sujets dont ils discutaient et ne regarder Amherst que comme l'interprète d'idées essentielles, ce qui sauvait leurs rapports de toute contrainte présente et de toute prévision embarrassante. Ainsi jouaient les anciens sortilèges ; ces deux êtres se cherchaient à l'aveuglette et se trouvaient dans des régions apparemment si éloignées du domaine traditionnel de l'idylle qu'ils auraient été aussi surpris d'apprendre où ils s'étaient aventurés que de voir les rues arides de Westmore se couvrir de verdure.

Avec le départ de Mrs. Westmore, Amherst prit pour la première fois conscience d'une certaine monotonie dans son existence. Sa tâche quotidienne lui semblait morne, dénuée de sens ; il était excédé de la patience étudiée de Truscomb, sous laquelle il devinait une rapide accumulation d'animosité. Il en était venu à souhaiter qu'un heurt se produisît, pour libérer le ressentiment refoulé du directeur. En même temps, il redoutait de plus en plus l'incident qui le forcerait à quitter Westmore.

Les dimanches surtout, le loisir le livrait plus que jamais à ces impressions contradictoires. Il se réfugiait alors dans de longues promenades solitaires loin de la ville, qui se terminaient le plus souvent dans le parc désert d'Hopewood, magnifique dans l'or patiné d'octobre. Comme il s'asseyait sous les hêtres et regardait en bas les eaux brunes de la rivière lécher les racines des saules en bordure des berges, il songeait que le même courant, en quelques dizaines de mètres, passait de la solitude des bois au bruit et à la pollution de la filature. De même son existence était passée, en quelques semaines, du flot tumultueux de l'extase à son vieux canal de labeur sans joie. Mais d'autres pensées lui venaient aussi : la vision de la conversion de ce parc mélancolique en un lieu où les ouvriers pourraient se détendre de leur vie mesquine. Ces pelouses et ces allées envahies par les mauvaises herbes, il se les représentait livrées à leurs promenades et à leurs loisirs ; et ces pentes autour des bâtiments de l'usine : recouvertes de maisons et de jardins.

Un événement imprévu raviva ces espoirs. Quelques jours avant

Noël, le bruit courut à Hanaford que Mrs. Westmore allait revenir pour les vacances. Cicely s'étiolait en ville et Bessy avait convaincu Mr. Langhope que le froid tonique d'Hanaford serait moins débilitant pour l'enfant que le climat tempéré de Long Island. Ils réapparurent, apportant avec eux une bouffée joyeuse de vacances, inconnue jusque-là à Westmore. Il avait toujours été de règle à la filature de laisser les ouvriers prendre leur plaisir comme ils l'entendaient : l'Eldorado ainsi que les tavernes d'Hanaford tiraient leur prospérité de cette politique. Mais Mrs. Westmore arriva pleine de projets de réjouissances. Il y aurait un arbre de Noël géant pour les enfants de la filature, un dîner tout aussi gigantesque pour les ouvriers, un concours de patinage et de luge pour les adolescents — les gamins de l' « étirage » et du « bobinage », sur le sort desquels Amherst s'était toujours penché plus particulièrement. Les dames Gaines, soucieuses de se montrer à l'aise dans cette dernière mode philanthropique, secondèrent activement Bessy dans ses efforts et, pendant une semaine, Westmore jouit de cette brusque vague de chaleur bienfaisante.

Le temps était loin où Amherst se fût débarrassé au plus vite de semblables préparatifs. Avec Bessy Westmore souriante, les bras pleins de houx, le regardant du pied de l'échelle où elle le tenait perché, comment eût-il mis en doute la nécessité de garnir le hall de guirlandes de Noël ou de gaver les ouvriers de dinde et de parer leur progéniture de mitaines rouges ? Cela ressemblait à l'épilogue d'un roman édifiant et Amherst, grisé par tout ce clinquant, était à peu près dans l'état d'esprit du plus jeune bébé de la filature, que l'on tenait en l'air, bouche bée devant l'arbre.

Au Nouvel An, quand Mrs. Westmore partit, les négociations pour l'achat de l'Eldorado étaient bien avancées et il était entendu que, dès la signature, elle reviendrait pour inaugurer l'école du soir et la crèche. Or, on sut tout à coup que le propriétaire de l'hôtel avait décidé de ne pas vendre. Amherst apprit cette décision par Duplain et en prévit aussitôt la conséquence inévitable : étant donné la difficulté de trouver un autre emplacement, le projet de Mrs. Westmore tomberait à l'eau. Mr. Gaines et Truscomb s'étaient tous deux opposés à la construction d'un bâtiment spécial pour ce qui n'était, après tout, qu'une opération expérimentale, et comme, parmi les maisons à vendre dans Westmore, aucune ne convenait au projet, ils tenaient de bons prétextes pour conseiller à Bessy de remettre son expérience à plus tard.

Presque au même moment, cependant, un autre incident changea l'aspect des choses. Un événement scandaleux à l'Eldorado, dont les témoins étaient contre toute attente disposés à parler, mit Amherst en position de menacer le propriétaire d'une dénonciation s'il n'acceptait immédiatement l'offre de la compagnie et ne quittait Westmore. Amherst n'avait guère le temps d'envisager les meilleurs moyens de mettre cette menace à exécution. Il savait qu'il était vain de faire appel à Truscomb, et qu'il fallait absolument le tenir à l'écart jusqu'à ce que le contrat fût signé. Mais comment obtenir l'autorité nécessaire pour agir sans lui ? Ces difficultés apparemment insurmontables poussaient Amherst à souhaiter de plus en plus un affrontement. Il pensa d'abord à écrire à Mrs. Westmore ; mais, maintenant qu'il n'était plus sous le charme de sa présence, il sentait combien il eût été difficile de lui faire comprendre la nécessité d'une action prompte et secrète ; était-il par ailleurs vraisemblable qu'elle pût rassembler les fonds nécessaires en un laps de temps aussi court ? La prudence s'opposait à cette tentative et, après mûre réflexion, il décida de mettre Mr. Gaines au courant du scandale en espérant que ce délit patent tirerait le président de son indifférence coutumière.

Mr. Gaines en fut effectivement tiré, au point de manifester un profond ressentiment contre la cause de son dérangement. Il s'en sortit par quelques remarques didactiques sur les penchants au vice de la classe ouvrière et déclara, en guise de conclusion, que plus on en faisait pour elle, moins on en était remercié. Mais, lorsque Amherst fit entendre qu'il n'était pas disposé à clore le sujet sur ces banalités, le président se retrancha derrière des ambiguïtés, suggéra d'attendre le retour de Mrs. Westmore, lança quelques considérations générales de nature défaitiste qui se réduisirent, pour finir, à une appréciation météorologique des plus pessimistes.

« Seigneur, il faut que je lui écrive ! » s'exclama Amherst, comme le portail des Gaines se refermait derrière lui. Pendant tout le chemin du retour à Westmore, il fit le plan de sa lettre, affûtant ses arguments, précisant ses suggestions.

Il écrivit sa missive le soir même, mais ne la mit pas à la poste. Une méfiance inavouée le retint, méfiance non à l'égard du cœur de Bessy, mais de son intelligence. Il sentait que tout l'avenir de Westmore était en jeu et décida d'attendre l'évolution des prochaines vingt-quatre heures. Après déjeuner, la lettre était encore dans sa poche quand il fut convoqué au bureau de Truscomb.

De retour chez lui ce soir-là, il était d'humeur taciturne. Sa mère était seule, assise à sa place habituelle. Combien de soirs avait-il vu la lumière de la lampe tomber obliquement sur ce coin-là, éclairant sa joue fraîche et les fines rides autour de ses yeux ! Et voilà qu'il était sur le point de faire naître de nouvelles rides qui envahiraient bientôt ce visage lisse.

En levant les yeux, elle vit qu'il contemplait les étagères remplies de livres.

« Il doit bien y en avoir un millier, dit-il en rencontrant son regard.

— De livres ? Oui, avec ceux de ton père. Pourquoi ? Tu n'es pas en train de penser à... ? » Elle se leva brusquement et vint à lui.

« Il y a en a trop pour des voyageurs errants », poursuivit-il en prenant ses mains pour les poser sur son cœur. Puis, comme elle se serrait contre lui en étouffant quelques sanglots :

« Cela devait arriver, mère », dit-il. Il l'embrassa avec remords, là où les rides fines se mouraient vers la joue.

8

Le renvoi d'Amherst ne devait prendre effet qu'un mois plus tard ; il profita de ce laps de temps pour s'atteler fermement à la tâche. Il effectuait machinalement le travail de routine ; mais ses rapports avec les ouvriers touchaient à des sentiments profonds. Il avait toujours partagé, quand son travail le lui permettait, les préoccupations et les intérêts de leurs rares heures de liberté : ces heures pendant lesquelles ces appendices automatiques de la machine géante redevenaient des hommes et des femmes, avec leurs désirs et leurs passions. Sous l'influence d'Amherst, des clubs mixtes avaient vu le jour ; ses livres avaient servi de bibliothèque de prêt improvisée, il avait mis sur pied un orchestre rudimentaire et diverses autres formes de rapprochement entre les membres les plus actifs de la communauté. Avec les plus vieux, les tentations de l'Eldorado et d'autres séductions du même genre travaillaient souvent contre lui ; mais il avait sur les jeunes ouvriers un ascendant qu'il lui était amer de devoir abandonner.

C'est la coupure de ce cordon-là qui lui sembla le plus pénible pendant ses derniers jours à Westmore. Après avoir fait ce qu'il pouvait pour consoler sa mère et avoir commencé à chercher du travail ailleurs, il tenta de voir ce qui pouvait être sauvé de sa petite organisation. Il espérait que son influence persisterait au moins sous la forme d'un instinct de camaraderie vigilant et il employa chacune de ses heures libres à resserrer les liens qu'il avait essayé de créer. Il était sûr, en tout cas, que ces jeunes gens seraient vraiment tristes de le voir partir : non pas, évidemment, pour les raisons plus profondes qui l'affectaient, lui, mais à cause de tout ce qu'il faisait pour eux. Ne s'était-il pas constamment interposé entre les surveillants et eux ? N'avait-il pas fait valoir leur droit de se détendre après le travail, comme celui d'être protégés pendant le travail ?

Dans l'enthousiasme de la visite de Mrs. Westmore à Noël, un club sportif s'était formé et avait obtenu le libre usage du parc d'Hopewood pour les sports du samedi après-midi. Amherst continuait à y emmener les jeunes garçons après la fermeture de la filature pour le week-end. Ce jour-là était son dernier samedi : c'était un après-midi resplendissant de fin février, avec un coucher de soleil qui ensanglantait la rivière gelée et les pentes de neige intactes. Pendant plus d'une heure il avait entraîné sa jeune équipe dans les sports habituels : descente en luge de la piste raide allant de la maison à l'orée du bois ; patinage et hockey sur la rivière recouverte d'une couche accidentée de glace que des ouvriers s'empressaient de nettoyer après chaque tempête de neige. Il ressentait toujours la joyeuse contagion de ces sports : l'ardeur des mouvements, l'émoi des jeunes voix, la morsure de l'air hivernal réveillaient le petit garçon qu'il avait été. Mais ce jour-là il devait se forcer pour jouer son rôle. Jusqu'au dernier moment, il s'en rendait compte maintenant, il avait espéré un signe du ciel : non point l'annulation de la mesure qui le frappait (il savait bien que c'était impossible du point de vue strictement disciplinaire), mais le présage d'un changement à la direction des filatures, une preuve que l'intervention de Mrs. Westmore signifiait davantage qu'un accès passager de compassion. Elle n'accepterait pas d'abandonner son projet favori sans poser de question. Et si elle revenait ici la poser, la réponse dévoilerait toute la situation. C'était du moins ce dont Amherst avait cherché à se persuader jusqu'à ce que, la veille, il eût appris qu'elle était sur le point d'embarquer pour l'Europe. Cette rumeur, d'abord annoncée par les journaux, lui avait été confirmée par sa mère, au retour d'une visite à Hanaford : Mrs. Westmore allait partir incessamment pour une période indéterminée et la maison d'Hanaford allait être fermée. L'ironie eût été le meilleur remède pour panser sa blessure, mais Amherst, justement à cause de cela, la dédaigna. Il ne nuancerait pas son désenchantement de dérision, mais le laisserait à l'état pur, parmi les chagrins absolus de la vie.

Il se jetait à corps perdu dans les sports de ces adolescents, voulant à tout prix que leur dernier samedi fût le plus joyeux ; mais il jouait son rôle mécaniquement et fut heureux quand le soleil commença à s'enfoncer derrière les bois.

Il se tenait sur la glace, à l'endroit où la rivière s'élargissait juste en contrebas de la maison, lorsqu'un tintement de grelots retentit dans le silence : un traîneau remontait rapidement l'allée. Amherst le suivit d'un regard surpris. Qui pouvait, à cette heure, venir troubler la solitude hivernale d'Hopewood ? Le traîneau fit halte près de la maison fermée et une silhouette emmitouflée, après avoir mis pied à terre, entreprit de descendre la pente neigeuse en direction des patineurs.

En un instant il avait arraché ses patins et il escaladait le talus en bondissant. Cette silhouette, il l'aurait reconnue n'importe où, reconnu ce ravissant port de tête, cette démarche légère que même la neige ne pouvait entraver, où se mêlaient la hâte et l'hésitation. Ils se rencontrèrent à mi-chemin de la pente et Mrs. Westmore lui tendit la main. Son visage et ses lèvres étaient vivifiés par sa course dans l'air du soir et, dans le flamboiement du soleil couchant, elle semblait irradiée de lumière.

« Je suis venue pour vous voir, on m'a dit que vous étiez ici. Je suis arrivée ce matin, à l'improviste... »

Elle s'interrompit, comme si leur rencontre avait refréné son ardeur au lieu de l'enflammer, mais il n'en fut pas découragé.

« J'espérais que vous viendriez avant mon départ ; je savais que vous viendriez ! » s'écria-t-il. A ces derniers mots, un nuage d'anxiété passa sur le visage de la jeune femme :

« Jusqu'à hier, j'ignorais que vous quittiez Westmore. Avant-hier, j'ai reçu une lettre... »

De nouveau, elle se troubla et laissa voir son embarras de cette manière délicieuse qu'il s'était efforcé d'oublier.

« Le principal est que vous soyez ici », répondit-il, ayant retrouvé sa présence d'esprit.

Elle hocha la tête devant cet optimisme :

« Que voulez-vous que je fasse si vous vous en allez ?

— Vous pouvez me donner l'occasion de vous parler un peu de ces projets que j'abandonne.

— Mais pourquoi les abandonnez-vous ? Je ne comprends pas. Est-ce inévitable ?

— Inévitable », confirma-t-il avec un singulier entrain, comme si le mot le satisfaisait pleinement ; puis, comme ses yeux l'imploraient, il ajouta en souriant : « J'ai été congédié, voyez-vous, et, du point de vue du directeur, je pense l'avoir mérité. Mais la meilleure part de mon travail n'est pas tenue de disparaître avec moi. Je voudrais vous en parler. En tant que sous-directeur, je suis facile à remplacer. Je le suis déjà, d'ailleurs, je le sais; mais j'aimerais penser qu'un peu de moi restera auprès de ces enfants. Il peut en être ainsi si vous me laissez vous expliquer ce que j'ai entrepris. »

Elle cessa de le regarder pour contempler le groupe des jeunes patineurs rassemblés en haut du toboggan.

« Comme ils en profitent! murmura-t-elle. Quel dommage qu'ils n'aient eu tout cela que maintenant! Qui va s'en occuper quand vous serez parti?

— Vous », répondit-il en rencontrant à nouveau son regard; et, comme elle rougit légèrement, il ajouta vivement :

« Voulez-vous aller voir ce toboggan de près? C'est presque l'heure du dîner; encore une glissade et ils vont rentrer chez eux. »

Elle acquiesça d'un signe de tête et ils marchèrent en silence sur la pelouse blanche, sillonnée en tous sens d'empreintes joyeuses, jusqu'au rebord d'où les lugeurs prenaient le départ. Amherst avait détourné la conversation pour s'octroyer un moment de répit. Il ne supportait pas de gaspiller ce moment précieux en vaines explications; il tenait à éviter toute évocation de l'avenir. Le même sentiment semblait habiter sa compagne car elle demeura muette jusqu'à ce qu'ils fussent parvenus au tertre où étaient rassemblés les enfants.

Une luge bondée se tenait en équilibre sur le bord : accompagnée d'une dernière clameur, elle plongea dans la pente, décrivant une courbe semblable au long vol d'une hirondelle, fila à travers la vaste prairie au pied de la colline et, entraînée par son propre élan, se redressa pour se lancer à l'assaut de la hauteur opposée, où elle disparut à la lisière obscure du bois. Les garçons qui attendaient sur le tertre saluèrent cet exploit par une chanson joyeuse et Bessy, battant des mains, se joignit à eux.

« Comme c'est amusant! J'aurais vraiment dû amener Cicely! Voilà des années que je n'ai pas fait de luge! » s'exclama-t-elle en riant, tandis que le second détachement s'entassait sur une autre luge et s'abattait sur la pente.

Amherst, qui la regardait en souriant, comprit que, toute au plaisir de suivre ce spectacle, elle avait oublié l'objet de sa venue, son désarroi devant son licenciement — oublié tout ce qui n'était pas la fascination de la longue pente blanche et le picotement du froid dans ses veines.

« Allons-y, voulez-vous ? » demanda-t-il. Loin d'éprouver de la rancune, il sentait son cœur battre plus vite.

« Oh ! oui, prenez-moi avec vous ! J'adorerai cela ! »

Ses yeux brillaient comme ceux d'une enfant. On eût dit l'incarnation idéalisée de tous ces adolescents exubérants qui les entouraient.

Le premier groupe, ayant mis pied à terre, avait déjà couvert un tiers de la remontée vers la ligne de départ, mais Amherst n'eut pas la patience d'attendre et, dévalant la pente à sa rencontre, il attrapa la luge par sa corde et la ramena en courant, drainant dans son sillage la bande réjouie des petits lugeurs. L'escalade de cette côte abrupte lui donna la sensation d'avoir la poitrine en feu : tout son corps brûlait d'une vitalité incroyable. Comme il arrivait en haut, le son lointain d'une cloche lui parvint à travers champs depuis Westmore, et les enfants commencèrent à rassembler leurs affaires.

« Allez-y, je m'occuperai des luges ! » leur lança Amherst tandis qu'ils se dispersaient ; il se retourna un instant pour s'assurer que les patineurs, en bas, en faisaient autant.

Une pâleur froide recouvrait les berges de la rivière ainsi que la prairie au-dessous du tertre. En face, l'étendue boisée se profilait, obscure, sur un fond de vapeurs écarlates qui s'effilochaient jusqu'à devenir lumineuses dans un ciel cloué d'une lune glacée.

Amherst maintint fermement la luge pendant que Bessy, en s'asseyant, s'enroulait étroitement dans sa fourrure avec de brefs éclats de rire. Ensuite, il prit place devant elle.

« Prête ? cria-t-il par-dessus son épaule.

— Prête ! » lui fut-il répondu sur le même ton.

Leur embarcation frémit, suspendue un instant au-dessus de la longue piste neigeuse. Le soleil horizontal les aveuglait et le premier piqué sembla les précipiter dans les ténèbres. Amherst entendit un cri d'allégresse dans son dos ; puis tous les bruits se perdirent dans le sifflement de l'air qui vrombissait, comme traversé par un million de flèches. Ils étaient descendus au-dessous du soleil couchant et, sans rencontrer aucun obstacle, fendaient la pénombre ; alors, dans un sursaut, la luge toucha le terrain plat et fila à travers la prairie en direction de la hauteur opposée. Amherst eut l'impression d'avoir oublié son corps, et que seul son esprit chevauchait les courants impétueux de l'air bleu ; puis, comme la luge ralentissait son allure dans l'effort de la dernière ascension, il fut rappelé à lui-même par un souffle tiède dans son cou. Bessy étendit la main pour reprendre son équilibre et, lorsqu'elle se pencha en avant, étreignant son bras, un pan flottant de sa fourrure balaya son visage. Il fut ramené au réel par le choc de cette sensation exquise ; il en était encore tout rayonnant quand la luge s'arrêta et qu'il se remit d'un bond sur ses pieds. Emue, Bessy se taisait. Dans la demi-obscurité de la hêtraie où ils étaient descendus, il distinguait mal ses traits mais devina ses yeux brillants et, s'inclinant pour l'aider à se relever, il entendit sa respiration haletante.

« Oh ! c'était magnifique ! C'est la seule chose au monde qui soit meilleure que de galoper à cheval ! »

Essoufflée, elle s'adossa à un tronc d'arbre et se dégagea de sa fourrure.

« Dommage qu'il fasse trop noir pour recommencer ! soupira-t-elle en jetant un regard circulaire sur le sombre entrelacs des branches dépouillées.

— Il ne fait pas si noir à ciel découvert. Nous pourrions nous permettre un autre tour », proposa-t-il ; mais elle secoua la tête, en proie à un nouveau caprice :

« Que c'est tranquille, envoûtant là-dessous ! Avez-vous entendu tomber la neige quand l'écureuil a bondi dans l'arbre ? » Elle renversa la tête, plissant les paupières pour mieux voir : « Il est là ! On s'habitue à l'obscurité... Regardez : ses petits yeux luisants nous observent de là-haut ! »

Amherst avait à peine discerné le point qu'elle lui indiquait que, déjà, l'écureuil avait sauté sur une autre branche ; ils le suivirent à pas feutrés à travers le bois silencieux, guidés par ses éclairs gris dans le clair-obscur. Çà et là, dans une trouée de neige, ils marchaient sur une couche de feuilles mouillées qui révélait une vie cachée, et parfois une ramille de fenouil sauvage leur projetait en plein visage son parfum épicé. S'habituant peu à peu à la lueur du crépuscule, leurs yeux commencèrent à distinguer une infinité de teintes nuancées : froides diaprures des troncs gris-noir contre la neige ; bruns-roux humides des feuilles de hêtre amoncelées ; plus loin, un réseau de brindilles mauves se fondant dans la brume du sous-bois. Dans le silence, des nuances de sons tout aussi subtiles devenaient perceptibles : la chute ouatée de mottes de neige, le froissement d'ailes effarouchées, le craquement d'une branche morte quelque part, au loin, dans le noir.

Ils allaient de l'avant, toujours en silence, comme s'ils avaient pénétré dans la clairière de quelque forêt enchantée et se trouvaient privés du pouvoir de retourner sur leurs pas ou de briser cette paix par des mots. Ils avaient renoncé à poursuivre l'écureuil, qui s'était esquivé sur la cime d'un arbre d'où leur parvenaient ses petits cris moqueurs. Ce qu'éprouvait Amherst n'était pas un sentiment de plénitude suprême où l'esprit et le cœur se rejoignent dans le breuvage fort de la vie, mais plutôt une sorte de langueur qui se glissait subrepticement en lui. Cependant, après les défaites et les échecs de ces dernières semaines, cette sensation était trop exquise pour être analysée. Tout ce qu'il demandait à l'instant présent, c'était sa douceur immédiate.

Ils étaient parvenus au bord d'un ravin rocheux, du fond duquel un petit ruisseau émettait encore un léger bruit cristallin à travers les monceaux de glace et les branches entassées. Bessy s'arrêta, pencha la tête vers la fraîcheur du murmure, puis s'écarta :

« Il faut rentrer », dit-elle lentement.

Se détournant pour rebrousser chemin, ils virent un rai de lumière jaune à travers les troncs d'arbre : après tout, ils n'avaient pas pénétré si profondément dans la forêt; quelques minutes suffiraient à les rendre à la lueur du jour et, de l'autre côté de la prairie, attendait le traîneau qui devait ramener Bessy à Hanaford. La conscience aiguë de la fugacité du moment tira Amherst de son rêve. Avant que le jour achève de mourir, il se retrouverait encore parmi les laideurs de la réalité quotidienne. Mais elle, haïssait-elle autant que lui cette perspective ? Pourquoi, sinon, marchait-elle si lentement ? Pourquoi semblait-elle redouter, elle aussi, de rompre le silence qui les retenait dans son cercle magique ?

Une branche morte s'accrocha au bas de sa jupe et elle s'immobilisa tandis qu'Amherst se baissait pour la dégager. Comme elle se retournait pour l'aider, il leva les yeux vers elle en souriant :

« Vous voyez ? La forêt ne veut pas vous laisser partir. »

Elle ne répondit pas, et il ajouta en se relevant :

« Mais vous lui reviendrez... Vous reviendrez souvent, je l'espère. »

Il ne pouvait voir son visage dans l'obscurité mais il perçut le léger tremblement de sa voix lorsqu'elle répondit :

« Je ferai ce que vous me direz... Mais je serai seule, contre tous les autres : ils ne comprennent pas. »

Il ressentit la simplicité et l'abandon de cet aveu non comme une faiblesse mais comme une supplication. Il comprit ce qu'elle voulait vraiment dire : « Comment donc pouvez-vous m'abandonner ? Comment pouvez-vous me confier cette responsabilité et me laisser seule à en porter le poids ? » Vue sous cet angle, son attitude ressemblait à de la cruauté : pourquoi lui avait-il ouvert les yeux sur des torts qu'elle ne pourrait redresser sans son aide ?

Tandis qu'ils rejoignaient la lisière du bois, il ne put que répondre :

« Vous ne serez pas seule. Un jour viendra où les autres comprendront, grâce à vous. Un jour viendra où ils seront avec vous.

— Ah ! vous n'y croyez pas vous-même ! » s'écria-t-elle, s'arrêtant tout à coup de marcher. L'intensité du reproche que contenaient ces mots le remplit d'étonnement.

« Je l'espère, en tout cas, répliqua-t-il, s'arrêtant à son tour. Je suis sûr que si vous venez ici plus souvent, si vous vivez vraiment auprès de vos ouvriers...

— Comment pouvez-vous dire cela, quand c'est vous qui êtes en train de les abandonner ? coupa-t-elle avec un manque de logique bien féminin qui précipita les mots sur ses lèvres.

— Les abandonner ? Ne comprenez-vous pas que...

— Je comprends que vous avez mécontenté Mr. Truscomb et Mr. Gaines, ça oui, mais si j'insistais pour que vous restiez... »

Amherst sentit le sang affluer à son front.

« Non, non, c'est impossible ! s'écria-t-il avec une véhémence qui s'adressait davantage à lui-même qu'à elle.

— Alors, qu'adviendra-t-il de la filature ?

— Oh ! ils trouveront quelqu'un d'autre. Les nouvelles idées sont de plus en plus répandues. Il suffirait que vous reveniez ici et que vous aidiez mon successeur...

— Les croyez-vous capables de choisir quelqu'un qui ait vos idées ? » coupa-t-elle avec une perspicacité inattendue.

Il répondit après un bref silence :

« Pas tout de suite, peut-être, mais un jour viendra... Un jour, il y aura des améliorations...

— Comme si ces malheureux pouvaient attendre ! Que c'est cruel, cruel à vous de partir ! »

Sa voix avait pris un accent suppliant qui l'atteignit au plus profond de son être.

« Vous ne comprenez pas. Il m'est impossible, dans l'état actuel des choses, de faire quoi que ce soit de bon en restant.

— Alors, vous refusez ? Même si j'insistais pour qu'ils vous demandent de rester, vous refuseriez encore ? persista-t-elle.

— Oui, je refuserais encore. »

Elle ne dit plus rien, mais fit quelques pas en direction de l'orée du bois. La prairie était juste au-dessous d'eux, maintenant, et le traîneau bien visible, plus loin, sur la colline. Les congères détrempées étouffaient leurs pas et, dans le silence, il crut percevoir un sanglot. Ce fut assez pour qu'il laisse enfin déferler en lui l'émotion qu'il avait jusque-là contenue. Il s'immobilisa et pencha sa tête vers la sienne.

« Bessy ! » fit-il ardemment.

Elle restait silencieuse, sans mouvement, mais ses sens exacerbés l'avertirent qu'elle pleurait. L'ombre amassée sous les arbres les enveloppait, fondait sa silhouette dans l'arrière-plan obscur du bois d'où émergeait la tache timide et pâle de son visage. La même pénombre enroba les facultés d'Amherst, brouillant les dures réalités de la vie dans une brume de tendresse où l'impression la plus distincte était la touchante signification de ces larmes.

« Bessy ! » s'écria-t-il de nouveau ; et, comme il se rapprochait encore d'elle, il sentit qu'elle s'abandonnait et enfouissait ses sanglots contre sa poitrine.

II

1

« Voyons, Justine... »

Mrs. Harry Dressel était assise dans la fraîcheur printanière de son salon d'Oak Street, où sa blondeur oxygénée et ses traits accusés s'harmonisaient avec un mobilier moderne aux arêtes blanc et or. Elle jeta un regard de reproche à son amie, Miss Brent, qui arrangeait dans une coupe les quelques roses qu'elle ramenait à l'instant du jardin.

L'intonation de Mrs. Dressel donnait à entendre que l'entrée de Justine Brent au salon l'avait immédiatement induite à reprendre le fil d'une conversation que cette dernière avait peut-être fuie en quittant la pièce.

« Quand tu étais là il y a trois ans, Justine, je pouvais admettre ton refus de sortir : tu venais de perdre ta mère et, de plus, tu étais volontaire pour ce triste cas chirurgical à l'hôpital Hope. Mais maintenant que tu es revenue pour te reposer et changer d'air, je n'arrive pas à comprendre pourquoi tu persistes à te cloîtrer, à moins, évidemment, suggéra-t-elle sur un ton aigre-doux, que ce ne soit parce que tu méprises la société d'Hanaford... »

Justine Brent, qui disposait la dernière fleur, eut un geste de protestation.

« Ma chère Effie, de quel droit mépriserais-je une quelconque société, moi qui n'appartiens à aucune ? »

Elle mit la touche finale à son bouquet, puis effleura la main de son amie du même geste caressant. Mais Mrs. Dressel détourna inflexiblement ses épaules dodues :

« Oh ! si tu le prends sur ce ton ! » murmura-t-elle. Et sur la réponse joyeuse de Miss Brent : « N'est-ce pas mieux ainsi, plutôt que ce soient les autres qui le prennent pour moi ? » elle reprit, d'un air vexé qui s'exprimait dans un hérissement de toute sa coquette personne : « Pardon, Justine, tu oublies que le seul fait qu'on te voie avec moi suffirait à t'ouvrir toutes les portes d'Hanaford !

— J'en suis persuadée, chérie, au point que mon horrible orgueil s'insurge de me voir portée par des vagues de références aussi écrasantes. »

Mrs. Dressel leva un regard indécis vers le visage sombre qui riait au-dessus d'elle. Bien qu'elle fût présidente du Club du Livre de Mapplewood Avenue et qu'elle figurât dans les mondanités de *La Bannière* comme l'une des sommités intellectuelles d'Hanaford, il était des moments où son assurance vacillait sous l'ironie de Justine. C'était évidemment absurde étant donné leurs situations respectives et, dès que son amie avait le dos tourné, Mrs. Dressel se rassurait en songeant que Justine n'était après tout qu'une infirmière forcée de travailler pour vivre et qu'elle n'avait décidément jamais « été nulle part ». Mais, quand Miss Brent décochait ses traits d'esprit, on voyait immédiatement qu'elle avait reçu une excellente éducation et qu'elle vivait à New York. Personne ne plaçait plus haut l'esprit et l'humour que Mrs. Dressel : l'ennui était qu'elle ne savait jamais exactement quand les flèches de Justine avaient un sens caché, ou quand sa propre personne en était la cible, et, entre son désir de montrer qu'elle appréciait la plaisanterie et la crainte d'être ridiculisée sans le savoir, son joli minois offrait souvent un air perplexe intéressant à étudier. Cette fois, elle s'en tira en donnant à la conversation un tour personnel :

« Il est inimaginable, déclara-t-elle, que tu ne veuilles pas aller à la garden-party des Gaines. C'est toujours l'événement le plus brillant de la saison et, cette année, avec la présence de John Amherst, de sa femme et de leurs proches — cette fascinante Mrs. Ansell ainsi que le père de Mrs. Amherst, le vieux Mr. Langhope qui a autant d'esprit que toi —, tu ne pourras certes pas nous accuser d'être des provinciaux et des raseurs ! »

Miss Brent sourit.

« Si j'ai bonne mémoire, Effie, c'est toujours toi qui accuses les autres de porter un tel jugement sur Hanaford : pour ma part, je le connais trop peu pour m'en être formé une quelconque opinion, mais, quoi que puisse m'offrir sa bonne société, je suis terriblement consciente de n'avoir, pour le présent, rien d'autre que ton aimable recommandation à lui donner en retour. »

Mrs. Dressel se leva avec impatience.

« Tu dis vraiment des bêtises ! Tu es sans doute un peu plus mince que d'habitude, et je n'aime guère ces cernes sombres sous tes yeux ; mais, pas plus tard qu'hier, Westy Gaines m'a dit qu'il te trouvait plus belle que jamais, et qu'un air épuisé seyait énormément à certaines femmes.

— Il est heureux que je sois l'une d'elles, répliqua Miss Brent entre un soupir et un éclat de rire, et il y a tout lieu de croire que je vais embellir de jour en jour si quelqu'un n'interrompt pas bientôt la progression géométrique de ma belle apparence en me fournissant l'occasion de prendre une année de repos ! »

Tout en parlant, elle étirait les bras au-dessus de sa tête, et son geste révélait la souplesse de la jeune taille élancée, mais aussi la finesse de la charpente — la fragilité de la gorge, des épaules et du cou délicat. Justine Brent possédait un de ces corps impondérables qui semblent une simple pincée de matière traversée de lumières et de couleurs fugitives. Elle ne rougissait pas souvent, mais des reflets vermeils couraient sous sa peau claire, se perdaient dans ceux de sa chevelure sombre et venaient mourir dans ses yeux ; sa voix aussi semblait projeter de la lumière, comme si ses paroles répercutaient son sourire au fur et à mesure qu'elles tombaient de ses lèvres. Tous ses traits étaient si mobiles, si changeants que le seul élément stable de ce visage était la masse dense des cheveux noirs qui l'enchâssaient comme fait le métal noble de certains bustes antiques.

Mrs. Dressel s'adoucit, touchée par la lassitude qui perçait dans la voix de la jeune fille.

« Tu es très fatiguée, chérie ? demanda-t-elle en l'entraînant vers le canapé, où elles s'assirent toutes deux.

— Oui et non... Pas tant physiquement, peut-être, que mentalement. »

Justine Brent, les sourcils froncés, contemplait d'un air morose ses mains fines et brunes entrelacées aux doigts boudinés de Mrs. Dressel. Assise ainsi, les épaules affaissées et la tête basse, elle aurait pu figurer une jeune sibylle penchée sur quelque mystère du destin ; mais le moment d'après, affranchi de ses ombres, son visage s'inclina vers celui de son amie et retrouva le regard d'une enfant plaintive :

« Le pire est que j'envisage sans intérêt aucun l'idée de reprendre le collier. Bien sûr, ce manque d'enthousiasme peut être purement physique — c'est certainement ainsi que je le qualifierais chez un patient nerveux. Mais chez moi, c'est différent : cela semble toucher aux racines du monde. Tu sais, c'était toujours le côté imaginatif de mon travail qui m'aidait à en surmonter les laideurs — la compassion et la beauté qui désinfectaient l'horreur physique ; mais maintenant, cette sensation, je l'ai perdue. Il ne me reste qu'un dégoût mortel. Oh ! Effie, je ne veux plus être un ange de bienfaisance — je veux être capricieuse, coquette et difficile à satisfaire. Je veux que quelque chose d'éblouissant et d'imprévisible m'arrive — quelque chose de nouveau, de jamais vécu, d'ineffable ! »

Elle s'arracha en riant à Effie abasourdie et, jetant de nouveau ses bras en l'air, se mit à tournoyer d'un pied léger sur le plancher ciré.

« Eh bien alors, murmura avec douceur Mrs. Dressel, qui avait de la suite dans les idées, je ne vois pas pourquoi tu n'irais pas à la garden-party des Gaines ! » Et, prise dans le tourbillon de cette incompréhensible gaieté, tout en baissant vivement sa tête blonde pour l'esquiver, elle insista encore : « Si seulement tu me laissais te prêter ma robe en point d'Irlande, tu serais la plus élégante de toutes, cet après-midi... »

Une heure plus tard, Justine Brent semblait, devant sa psyché, accomplir la prédiction de Mrs. Dressel. Etant elle-même pareille à un miroir, elle ne pouvait pas plus s'empêcher de réfléchir l'effet heureux d'un ruban noué ou d'une plume que l'impression plus subtile d'un mot ou d'un regard ; et son visage ainsi que sa silhouette étaient si peu faits aux avantages de la toilette qu'à vingt-quatre ans elle paraissait encore une toute jeune fille dans sa première robe de bal. Dans les atours de fête de Mrs. Dressel, auxquels sa beauté brune donnait une élégante simplicité, elle était comme le cœur doré d'une rose pâle illuminant et parfumant ses pétales.

Trois ans de vie solitaire, succédant à une jeunesse passée dans l'étroite intimité de sa mère, avaient engendré chez elle l'étrange habitude de soliloquer à mi-voix. « Quelles belles plumes, Justine ! renvoyait-elle en riant à son image riante. Tu ressembles au phénix qui renaît de ses cendres. Mais glisse-toi de nouveau dans ton propre plumage, et tu ne seras plus qu'un petit oiseau brun et sans ramage ! »

Le luxe suggestif de sa toilette et la façon dont sa chaude jeunesse la mettait en valeur la ramenèrent à une enfance blottie dans le luxe et l'harmonie, avant la mort de son père si séduisant — et si prodigue —, avant que le visage de sa mère ne se fût rétréci sous l'effet quotidien de la pauvreté. Mais ces souvenirs étaient après tout moins chers à Justine que les années grises qui avaient suivi et au cours desquelles, en grandissant, elle était parvenue à débroussailler dans ces lieux hostiles un espace pour leur minuscule foyer, que ses efforts avaient maintenu allumé et préservé des intempéries. Une grande flamme, née de ce foyer, avait brûlé dans ses veines, lui faisant dévorer son travail, éclairant et réchauffant les longues journées glaciales et rougissant son horizon dans les moments sombres de révolte et d'échec. Elle n'en avait ressenti que plus profondément le froid qui s'était emparé d'elle à la mort de sa mère.

Elle pensait avoir choisi le métier d'infirmière dans un esprit hautement désintéressé mais, aux premières heures de son deuil, tout s'était passé comme si son ambition personnelle avait été son seul soutien. Il y avait eu ensuite une période pendant laquelle ses malades n'avaient plus été pour elle que des ballots de matière en désintégration. Elle se dérobait à toute cette laideur avec une répugnance d'autant plus profonde qu'elle ne pouvait s'empêcher de continuer à travailler mécaniquement pour l'atténuer. Puis, progressivement, sa nature saine l'emportant, elle était sortie de cette phase morbide et avait repris sa tâche, avec moins d'exaltation qu'auparavant, certes, mais avec un sens approfondi de la pitié. Tout en éprouvant une satisfaction indéniable à faire sa part du vaste labeur anonyme destiné à soulager la misère du monde, elle aspirait de toutes les forces vives et chaudes de sa jeunesse à une charge unique à porter, à une seule main où mettre la sienne.

Qu'il était donc cruel de vivre, d'être jeune, de bouillonner de bouffées de rire, de tendresse, de folie, et de vivre en contact perpétuel avec la décrépitude et la douleur — d'être constamment confrontée à la face grise de la mort, sans avoir soulevé un seul coin du voile de la vie ! De temps à autre, quand elle sentait sa jeunesse brûlante percer la gangue de nausée qui se refermait peu à peu sur elle, Justine s'insurgeait contre les conditions de vie qui enchaînaient un esprit comme le sien à une tâche ingrate, alors que d'autres, sans le moindre frémissement d'ailes dans leur triste dos, sans une note de musique au cœur, avaient à eux le vaste monde tout entier pour y vagabonder, mais n'y voyaient qu'un vide effrayant qu'ils se hâtaient d'emprisonner entre les murs étanches de l'habitude...

Un léger coup frappé à la porte annonça Mrs. Dressel, qui entra, parée pour la conquête et accordant à sa personne les dernières touches de l'artiste qui répugne à abandonner son chef-d'œuvre.

« Chérie, comme tu es belle ! Je savais bien que cette robe t'irait divinement ! » s'écria-t-elle, transférant généreusement son autosatisfaction sur Justine et ajoutant, comme cette dernière s'avançait vers elle : « Si seulement Westy Gaines pouvait te voir en ce moment !

— Eh bien, il va me voir sous peu », répliqua Miss Brent, ignorant la discrète insistance sur le nom.

Mrs. Dressel continuait à la couver d'un regard maternel :

« Justine — je voudrais bien savoir ! Tu prétends haïr la vie que tu mènes actuellement — mais n'y a-t-il pas quelqu'un qui pourrait... ?

— M'en offrir une autre, agrémentée de robes de dentelle ? » Le léger haussement d'épaules de Justine aurait pu sembler théâtral s'il n'avait fait partie de l'incessante pantomime de sa personne flexible. « Cela se pourrait — peut-être... Seulement, je ne suis pas sûre..., s'interrompit-elle énigmatiquement.

— Pas sûre de quoi ?

— Que cette sorte de robe ne soit pas toujours un peu juste aux épaules.

— Juste aux épaules? Que dis-tu là! Cette robe est tout simplement faite pour toi !

— Oh! Effie chérie, ne te souviens-tu pas de la fable des ailes sous la peau, qui poussent lorsqu'on rencontre une paire d'épaules sœur ? » Et, comme Mrs. Dressel la dévisageait avec perplexité, elle poursuivit : « Bon, cela ne fait rien : je voulais simplement dire que j'ai toujours redouté que des toilettes élégantes n'empêchent mes ailes de pousser ! » Elle se tourna vers le miroir, effleurant une dernière fois son visage du bout des doigts comme elle l'avait fait pour les roses. « Tiens, à propos, enchaîna-t-elle, comment vont les ailes de Mr. Amherst ?

— John Amherst ? » L'attention de Mrs. Dressel fut immédiatement en alerte. « Pourquoi ? Tu le connais ?

— Pas en tant que propriétaire des Filatures Westmore, mais j'ai eu l'occasion de le rencontrer il y a trois ans, quand il en était sous-directeur, et, à l'époque, il commençait à lui en pousser de très prometteuses. Je me demande si elles se développent aussi bien sous ses nouveaux habits. »

L'intérêt de Mrs. Dressel était un peu retombé :

« Je ne suis pas sûre de te comprendre quand tu fais de la poésie, dit-elle, mais, personnellement, je ne peux pas dire que John Amherst me plaise et il n'est certainement pas digne d'une femme aussi charmante que Mrs. Westmore. Bien entendu, elle ne voudrait pour rien au monde laisser voir qu'elle n'est pas parfaitement heureuse, mais on dit qu'il leur a donné du fil à retordre en s'immisçant dans l'administration des Filatures. Et puis, son abord est si froid, si sarcastique — je crois qu'au fond il n'a jamais été à l'aise dans le monde. Sa famille à elle n'a jamais véritablement accepté ce mariage et Westy Gaines dit...

— Cela ne m'étonne pas de Westy Gaines, interrompit Justine

avec désinvolture. Mais si Mrs. Amherst est bien la Bessy Langhope que j'ai connue, cela ne doit pas faciliter les choses pour les ailes ! »

L'intérêt faiblissant de Mrs. Dressel s'empara du seul détail palpable qu'elle entrevoyait dans cette déclaration :

« C'est une telle coïncidence que tu l'aies connue elle aussi ! A-t-elle toujours été aussi incroyablement fascinante ? Je donnerais cher pour savoir ce qu'elle fait pour avoir des cheveux pareils ! »

Justine ramassa l'ombrelle et les longs gants que son amie lui avait prêtés.

« Il n'y avait guère plus d'authenticité en elle — je veux dire qui vînt vraiment d'elle — qu'il n'y en a dans mon apparence en ce moment. Elle était en toute circonstance le plus délicieux petit caméléon du monde : elle prenait à chacun sa couleur de la manière la plus flatteuse, et je dois dire que le reflet qu'elle en renvoyait était toujours des plus séduisants — si tu veux bien me passer cette métaphore incohérente. Mais quand on l'avait toute seule, sans image à refléter, on découvrait qu'elle ne possédait aucune couleur qui lui fût personnelle. Une de nos camarades de classe disait qu'elle aurait dû porter une étiquette tant elle était facile à égarer... Et voilà, je suis prête ! »

Justine descendit l'escalier, suivie de Mrs. Dressel qui se disait, avec un contentement de soi bien légitime après tout, que l'un des inconvénients de l'intelligence chez une femme est que cela l'induit à médire de ses consœurs, ce qui constituait à ses yeux la pire des fautes de goût.

Dans la voiture qui les emmenait à la garden-party, les pensées de Justine, ramenées vers le passé par l'évocation du nom de Bessy Langhope, revinrent aux caprices bouffons de son propre sort — à ces contretemps qui avaient pu parfois lui suggérer de se comparer à une actrice qui jouerait toujours son rôle dans le décor d'une autre pièce.

N'était-il pas cocasse, par exemple, qu'un être aussi débordant de vie n'eût pour « déversoir » que l'excellent couple qui l'emmenait en ce moment à la garden-party des Gaines ? Toutes ses relations d'amitié étaient le résultat d'une parenté ou d'une fréquentation ancienne, et le destin l'avait maintenue prisonnière d'un cercle de médiocrité aisée, peuplé de personnalités ressemblant trait pour trait à ces braves Dressel. Effie Dressel, fille d'une cousine de Mrs. Brent, avait épousé, par une voie obscure mais sûre, le blond lourdaud qui devait succéder à son père à la tête de l'Union Bank, et dont les milieux d'affaires d'Hanaford disaient déjà qu'il avait tous les dons requis pour développer considérablement la fortune paternelle. Sa physionomie ouverte ne présentait pourtant aucun signe de finesse particulière et il était plutôt le produit de circonstances privilégiées que de dispositions irrésistibles. Il possédait le goût sain des Anglo-Saxons pour les sports, dont le plus intéressant qu'il eût jamais appris était la finance. C'était en fait un homme qui aimait sa famille et, conformément aux critères d'Hanaford, il considérait de son devoir le plus élémentaire d'enrichir sa femme et ses enfants. L'ambition secrète d'Harry Dressel était de devenir l'homme le plus respecté d'Hanaford, ce qui revenait à dire le plus riche. Effie embrassait sa foi avec un zèle encouragé par des preuves aussi tangibles que l'accroissement rapide de ses revenus et l'achat précoce d'un équipage. Sa belle-mère, une aimable vieille dame qui nourrissait un amour inconditionnel de l'argent, lui avait dit le jour de son mariage que le seul but d'Harry serait toujours de rendre sa famille fière de lui. L'acquisition récente de la victoria dans laquelle Justine et les Dressel avaient pris place était considérée par sa famille comme l'accomplissement de cette prophétie.

Dans son métier, Justine avait évidemment rencontré les gens les plus divers ; mais les nuances subtiles de tact qui civilisent les rapports humains l'avaient souvent empêchée d'approfondir les relations qui lui étaient ainsi offertes. Le monde où elle évoluait ne lui avait en somme proposé que la grossièreté ou le manque d'intérêt et, prise entre les deux, elle s'était créé un royaume intérieur où l'exigence exacerbée qu'elle devait éliminer de ses rapports extérieurs reprenait son plein empire. Il devait bien exister des êtres dignes d'être admis dans cette enceinte secrète, mais jusque-là ils n'avaient pas croisé son chemin, et l'intuition qu'ils se trouvaient quelque part, simplement encore hors d'atteinte, piquait sa curiosité juvénile à chaque nouvelle rencontre.

Il était peu vraisemblable que la garden-party de Mrs. Gaines offrît un champ propice à l'exercice de cette curiosité : les quelques aperçus que Justine avait de la société d'Hanaford la lui avaient révélée comme un corps lourd et terne dont la surface n'était stimulée que par des parodies dérisoires de la vie des grandes capitales ; et le concentré de la société d'Hanaford, c'était assurément aux réceptions des Gaines qu'on pouvait le trouver. Il se présentait toutefois, par ce magnifique après-midi de juin, sur les ombres allongées de la pelouse parfaitement entretenue et dans les allées de la roseraie, sous son aspect le plus aimable ; et Justine, saturée de laideur et de souffrances, fut délicieusement charmée par ce cadre de verdure et par l'harmonie des couleurs des toilettes claires qui y évoluaient. Si la compagnie était terne, elle était du moins décorative ; et la misère, la crasse en étaient bannies, tant par l'inconscience sereine des invités que par les haies bien taillées du jardin.

2

« Ah ! Mrs. Dressel, nous guettions votre arrivée ! Nous vous attendions pour le lever du rideau. Votre amie, Miss Brent ? Juliana, voici Miss Brent, l'amie de Mrs. Dressel... »

Près de la grande tente à rayures brillantes qui formait l'axe des garden-parties des Gaines, Mr. Halford Gaines se tenait à quelques pas de sa femme et de ses filles, rayonnant du royal accueil qu'il réservait à ses invités, dont le flot se déversait à travers la pelouse. Seuls des yeux pervertis par un horizon social différent eussent pu émettre un doute quant à l'importance des réceptions des Gaines. Pour Hanaford, elles faisaient date ; et quelque esprit mutin eût-il formulé une réserve à cet égard que la majesté officielle de la redingote de Mr. Gaines alliée à la cordialité de toute sa personne l'eussent anéantie.

Il y avait des moments où New York se profilait comme un nuage menaçant sur l'horizon social de Mrs. Gaines et de ses filles ; mais, pour Halford Gaines, Hanaford était ce qu'il y avait de mieux au monde. Comme tenant de la théorie bien connue : « Si-c'est-assez-bon-pour-moi... », il jouissait d'un haut prestige au Club d'Hanaford, où une image trop présente de la métropole était combattue alternativement par une allusion facile et une omission étudiée, et où l'imagination débridée de la jeunesse était refrénée et apaisée par cette simple réflexion : « Si notre ville est assez bonne pour Halford Gaines, c'est qu'elle offre un champ suffisant aux plus vastes ambitions. »

Ce que l'on pouvait extraire d'Hanaford, Mr. Gaines le montrait brillamment quand il le soumettait à la pression puissante de son hospitalité : le suc qui résultait de cette opération était si bouillonnant et si excitant — socialement parlant — que, pour son producteur en tout cas, ses ingrédients quelque peu mélangés se perdaient dans un seul effluve homogène et aristocratique. Dans les circonstances ordinaires, personne n'opérait une discrimination plus stricte que Mr. Gaines entre les différentes nuances de la hiérarchie sociale; mais tous ceux qui étaient reçus par lui se trouvaient momentanément anoblis. Aussi, toute la télégraphie anxieuse de sa femme et de ses filles ne parvint pas à lui rappeler que la jeune femme époustouflante que Mrs. Dressel entraînait dans son sillage n'était qu'une obscure protégée, que c'était de la part d'Effie une étrange idée de l'avoir amenée et qu'il était tout à fait inutile de faire remarquer sa présence.

« Juliana, Miss Brent me dit qu'elle n'a jamais vu nos roses. Oh! il y a d'autres roses à Hanaford, loin de moi l'idée de suggérer que personne d'autre ne s'y essaie! Mais ce n'est pas tout le monde qui peut se permettre de donner carte blanche à son jardinier — et il se trouve que le mien est un véritable spécialiste. Bref, si vous venez avec moi, je les laisserai parler d'elles-mêmes. Je dis toujours que si les gens veulent savoir ce que nous pouvons faire, ils doivent venir *voir* — ce n'est pas d'après moi qu'ils peuvent se faire une opinion! »

Un signe plus énergique de sa femme retint Mr. Gaines au moment où il s'apprêtait à entraîner Miss Brent.

« Hein? Que dites-vous? Les Amherst et Mrs. Ansell? Alors, vous allez devoir m'excuser — mais Westy va me remplacer. Westy, mon garçon, à quelque chose malheur est bon... Je voudrais que tu montres nos roses à cette jeune dame. » Et Mr. Gaines, avec un mélange de regret et de satisfaction, se retourna pour accueillir les hôtes les plus importants du jour.

L'injonction de son père était superflue : en fin connaisseur, Westy se rapprochait déjà de Miss Brent avec la nonchalance que lui avaient donnée ses succès cosmopolites, mais avec une détermination due à l'abondance des comparaisons que sa riche expérience lui offrait.

« Les roses feront l'affaire », commenta-t-il tout en lui frayant un passage à travers le cercle grandissant des invités qui entouraient sa mère; et, en réponse à la question qu'il lut dans le regard de Justine, il ajouta : « Pour vous sortir de là, je veux dire. Elles ne sont pas grand-chose en soi, vous savez, mais tout ce qui appartient au paternel commence toujours par une majuscule.

— Oh! mais ces roses le méritent! s'exclama Justine comme ils s'arrêtaient sous la voûte de verdure à l'autre bout de la pelouse.

— Je n'en sais trop rien..., pas si vous avez été en Angleterre », murmura Westy, examinant furtivement l'effet produit, sur quelqu'un qui n'y avait probablement jamais été, par les massifs dont le rouge intense se détachait sur le fond sombre des buis.

Justine sourit.

« J'y ai été — mais, depuis, j'ai été dans des taudis, dans des endroits horribles que la moindre de ces fleurs aurait éclairés comme une lampe. »

Westy oublia de se surveiller, et son regard s'adoucit imprudemment.

« Vous, avoir été obligée à ça ! C'est révoltant !

— Obligée ? riposta-t-elle, déconcertante. C'était mon choix, vous savez : il y a eu une époque où je ne pouvais vivre sans cela. La philanthropie est l'une des formes les plus subtiles du sybaritisme. »

Westy prit cela en riant jaune. Pour une fois qu'un type affranchi comme lui s'offrait le luxe de parler avec spontanéité à une fille aux yeux exceptionnels, il était plutôt vexant de ne découvrir dans ces yeux aucune conscience du risque qu'il avait pris !

« Mais maintenant, j'en ai vraiment assez », poursuivit-elle, et de nouveau il fut sur ses gardes. Après tout, elles étaient bien toutes les mêmes — sauf évidemment pour ce qui était des yeux. A cette évocation, il risqua un autre regard caressant, faillit se trahir et, au bord du gouffre, se sentit brusquement tiré en arrière, non par l'instinct masculin de conservation, mais par quelque diablotin moqueur tapi dans les profondeurs qui le fascinaient.

Il recouvra son équilibre et chercha refuge dans le registre de l'aisance mondaine.

« J'ai vu un type, l'autre jour, qui disait vous avoir connue à Sainte-Elisabeth — c'était bien le nom de votre hôpital, n'est-ce pas ? »

Justine acquiesça :

« L'un des docteurs, je suppose. Où l'avez-vous rencontré ? »

Ah ! maintenant elle allait voir ! Et, du ton le plus dégagé :

« A Long Island, la semaine dernière — je passais le dimanche chez les Amherst. »

Quand il eut dévoilé ce fait éblouissant, il guetta sa réaction : l'avait-il impressionnée ? Mais elle ne cilla pas. Cet aveu d'ignorance donnait un regrettable démenti aux insinuations de Mrs. Dressel : Miss Brent ne connaissait pas les Amherst. Eût-elle seulement été au courant de leur existence, jamais elle n'eût commis l'erreur de ne pas réagir.

« Long Island ? » Elle fronça les sourcils, à la recherche d'un nom possible. « Je me demande si ce n'était pas Stephen Wyant. J'ai entendu dire qu'il avait repris le cabinet de son père, quelque part dans les environs de New York.

— Wyant, c'est cela. Il est installé à Clifford, la ville la plus proche de chez les Amherst. La petite Cicely avait un rhume — Cicely Westmore, vous savez, une petite-cousine à moi. » Il écarta d'un geste protecteur une branche de rosier pour qu'elle pût passer, tout en lui expliquant que Cicely était la fille du premier mariage de Mrs. Amherst avec Richard Westmore.

« C'est ainsi que j'ai eu l'occasion de rencontrer le docteur Wyant. Bessy — Mrs. Amherst — lui a demandé de rester à déjeuner après avoir vu la petite. Ce type m'a paru plutôt aigri — toujours à se lamenter de ne pas avoir une clientèle new-yorkaise. J'ai tendance à imaginer qu'il a pourtant une planque confortable là-bas à Lynbrook, avec tout ces rupins à bourrer de médicaments. »

Justine sourit.

« Le docteur Wyant est ambitieux et les rupins n'ont pas des maladies aussi intéressantes que les pauvres gens. On finit par se lasser de leur donner des cachets pour des maux imaginaires. Mais le docteur Wyant n'est pas en très bonne santé lui-même et je suppose qu'un cabinet à la campagne lui convient mieux qu'un travail pénible en ville.

— Ah bon, alors vous pensez qu'il est compétent ? » s'enquit distraitement Westy. Il était déjà las de parler du médecin de Long Island, et vexé du manque d'intuition qui poussait sa compagne à s'intéresser davantage au sort d'un praticien de campagne qu'à sa réception par les Amherst ; mais le sujet était sans risque et il était agréable de voir comme son visage s'enflammait quand elle s'intéressait à la conversation.

Justine réfléchissait à sa question.

« Je pense qu'il fait des débuts très prometteurs, tout en étant à peu près certaine qu'il ne tiendra pas ces promesses, répondit-elle avec un soupir où l'oreille jalouse de Westy crut saisir quelque chose de plus qu'un intérêt professionnel pour ce personnage.

— Allons donc ! Comment cela ? Avec les Amherst pour le lancer... J'ai entendu mon cousin le recommander à un tas de gens, l'autre jour...

— Oh ! il peut évidemment devenir un médecin à la mode », acquiesça Justine avec indifférence ; ce à quoi son interlocuteur répliqua, déconcerté :

« C'est bien ce que je veux dire — avec Bessy derrière lui !

— Mrs. Amherst a donc à ce point le bras long, maintenant ? demanda Justine, abordant enfin le thème convoité au moment où il désespérait de l'y attirer.

— Ma cousine ? » Il étira au maximum les deux syllabes. « Eh bien, elle est rudement riche, vous savez ; et je n'ai jamais vu quelqu'un d'aussi élégant. Vous ne trouvez pas ?

— Je n'en sais rien : cela fait si longtemps que je ne l'ai vue ! »

Il rayonna.

« Alors, c'est vrai, vous l'avez connue ? (Mais cette découverte rendait son imperméabilité encore plus inexplicable !)

— Oh ! il y a des siècles : dans un autre monde.

— Des siècles..., comme vous y allez ! protesta-t-il galamment, enchanté de la voir aborder de nouveau un sujet où il était fort à l'aise. Et Amherst ? Vous le connaissez également, je suppose ? Sapristi, mais le voilà justement... »

Il fit signe à un homme de haute stature qui s'avançait lentement vers eux, la tête penchée, d'un air méditatif. Les yeux de Justine avaient conservé une image vivace du jeune homme avec lequel, tout juste trois ans auparavant, elle avait vécu un moment d'une intimité poignante, et elle reconnut d'emblée sa silhouette élancée et ses traits aigus adoucis par le même regard concentré. Elle nota, tandis qu'il se découvrait pour répondre au salut de Westy Gaines, que les lignes verticales s'étaient accentuées entre ses sourcils. Un moment plus tard, elle s'avisait que ce changement était la marque visible d'autres modifications qui allaient bien plus loin que la bonne coupe de ses vêtements ou cet air de bien-être et d'oisiveté. Ces modifications ne lui devinrent perceptibles qu'à travers la constatation saisissante que la prospérité l'avait vieilli.

« Hello, Amherst ! Vous cherchez un refuge ? » Westy l'accosta avec jovialité et désigna d'un geste significatif la foule qui peuplait la pelouse, d'où s'était manifestement enfui le nouveau venu. « Je disais justement à Miss Brent que cet endroit est le plus sûr dans ces pénibles occasions... Diable ! Il n'est pas aussi sûr que je le pensais ! Voilà une de mes sœurs qui arrive ! »

Il s'ensuivit une brève altercation, puis son faible pouvoir de résistance fut vaincu par la détermination de Miss Gaines qui, l'entraînant majestueusement vers la tente, cria à Amherst que sa mère le demandait également. Justine eut alors le temps d'observer que le compagnon qui lui restait n'avait aucunement l'intention de se rendre à l'appel de son hôtesse.

Dans ses présentations, Westy avait insisté sur le nom de Justine juste assez pour que celui-ci servît de rappel ou d'introduction, selon les circonstances, et elle vit qu'Amherst, tiré de sa méditation par l'indication ainsi offerte, avait un air indécis.

« Je crois que nous nous sommes rencontrés il y a quelques années », dit-il.

Justine sourit :

« J'ai une meilleure raison que vous de me rappeler la date exacte... » Et, devant son air surpris, elle ajouta : « Vous m'avez fait commettre une faute professionnelle, et je n'ai jamais su depuis si je devais m'en réjouir ou le regretter. »

Amherst maintenait sur elle un regard qui semblait trouver dans les détails extérieurs un obstacle plutôt qu'une aide pour la reconnaître ; soudain son visage s'éclaira.

« C'est vous qui m'avez dit la vérité sur ce malheureux Dillon ! Voilà pourquoi j'avais l'impression bizarre de vous situer dans un cadre bien différent !

— Oh ! je suis déguisée en dame cet après-midi, fit-elle en souriant. Mais je suis contente que vous ayez percé mon déguisement. »

Il sourit en retour :

« Contente ? Pourquoi ?

— C'est qu'il n'est pas trop malhonnête puisqu'il est si transparent », répondit-elle avec chaleur, mais elle s'interrompit, gênée de sa véhémence. Pourquoi chercher à s'expliquer, à se justifier devant cet étranger ? Allait-elle lui dire aussi qu'elle avait emprunté sa robe à Effie Dressel ? Pour cacher sa confusion, elle ajouta dans un éclat de rire :

« Mais vous ne m'avez pas dit !

— Qu'aurais-je dû vous dire ?

— Si je dois me réjouir ou regretter d'avoir trahi mon serment en vous disant la vérité sur Dillon. »

Ils se faisaient face dans une allée solitaire, oublieux de tout sauf du sentiment d'intimité immédiat qui avait empreint leur première brève rencontre. Justine avait levé vers Amherst un regard rieur, mais elle baissa les yeux devant le sérieux inattendu des siens.

« Pourquoi voulez-vous le savoir ? » demanda-t-il.

Elle fit un effort sur elle-même pour rester dans le ton de la plaisanterie.

« Eh bien, par exemple, cela pourrait déterminer ma conduite future. Je suis toujours infirmière, vous savez, et des situations analogues se représenteront fatalement.

— Ah ! alors ne le faites pas !

— Comment cela ?

— Je veux dire... » Il hésita un instant, levant la main pour briser une tige de rosier qui lui battait l'épaule. « Je songeais simplement aux risques que nous encourons lorsque nous nous précipitons dans le char des dieux pour essayer de le conduire à leur place. Soyez passive, soyez passive et vous serez plus heureuse !

— Oh ! quant à cela... ! » Elle balaya l'idée d'un geste désinvolte qui lui était coutumier. « Mais Dillon, lui, aurait-il été plus heureux si j'étais restée passive ? »

Amherst sembla peser le pour et le contre.

« Qui sait ?

— Et le risque ne vaut pas la peine d'être pris ?

— Non ! »

Elle se tut, puis plongea ses yeux dans les siens :

« Je me demande si vous pensez vraiment ce que vous dites ! Est-ce que vous...

— Est-ce que je mets moi-même cela en pratique ? Le ciel m'en préserve ! Les dieux conduisent si mal. Regardez ce malheureux Dillon : il s'est trouvé sur leur chemin, comme cela peut nous arriver à tous. » Il se ressaisit et poursuivit d'un ton neutre : « Dans le cas de Dillon, cependant, mes théories ne tiennent pas : quand ma femme a appris la vérité, elle a bien entendu été très généreuse avec lui et, sans vous, elle n'aurait jamais rien su. »

Justine sourit.

« J'imagine que vous vous seriez renseigné. Je n'ai été que le modeste instrument. Mais maintenant... (elle hésita), « maintenant, vous devez être à même de faire tellement plus... »

Amherst releva la tête, et elle vit le rouge lui monter au visage.

« A Westmore ? Vous n'y êtes pas retournée depuis ? Oui, ma femme a fait quelques améliorations ; mais tout est si problématique ! Et il faudrait vivre ici...

— Vous n'habitez pas ici, alors ? »

Il haussa légèrement les épaules :

« Bien sûr, je viens souvent et elle vient de temps à autre. Mais le trajet est assommant et il ne lui est pas toujours facile de s'absenter. »

Il n'alla pas plus loin, et Justine comprit qu'il prenait à son tour brusquement conscience de l'incongruité qu'il y avait à raconter sa vie privée à une étrangère comme pour tenter de la justifier. « Mais alors, c'est que nous ne sommes pas des étrangers ! » exulta une voix en elle quand il ajouta, tentant gauchement d'effacer et pourtant d'assumer son moment d'expansivité :

« Cela me rappelle une chose : je crois que vous connaissez ma femme. Je l'ai entendue questionner Mrs. Dressel à votre sujet. Elle a très envie de vous voir. »

La transition s'était opérée, aux dépens de l'intérêt dramatique, mais à l'avantage certain des convenances sociales ; et tandis que Justine rejoignait à ses côtés le groupe proche de la tente, son intérêt n'avait pas décru : il s'était plutôt déplacé sur la perspective non moins suggestive d'étudier son amie d'enfance sous les traits inattendus de la femme de John Amherst.

Cependant, au cours de la brève traversée de la pelouse des Gaines, ses pensées étaient encore tout occupées d'Amherst. Elle s'était immédiatement aperçue que la curieuse sensation d'intimité réveillée par leur rencontre s'était rafraîchie dès sa première allusion au sujet qui les avait jadis rapprochés : Amherst s'était dérobé dès qu'elle avait parlé de la filature. Quelle pouvait être la cause de sa répugnance ? La dernière fois qu'ils s'étaient rencontrés, ce sujet le passionnait : elle avait beau être une étrangère, cela n'avait pas été un obstacle à ses confidences. Maintenant qu'il était le maître de Westmore, il était évident qu'un autre ton lui convenait, que sa situation nécessitait une plus grande réserve ; mais elle n'avait pas eu la moindre intention d'être indiscrète : elle avait simplement voulu montrer qu'elle se souvenait de son intérêt ouvertement déclaré pour les ouvriers. Justine était stupéfaite qu'une allusion si naturelle l'eût mis sur la défensive. Elle ne supposa pas un instant que son intérêt pour la filature fût mort et que le fait de devenir propriétaire l'eût changé : elle refusait cette interprétation superficielle de sa personnalité. Le John Amherst avec qui elle avait parlé au chevet de Dillon était un homme dont les idées maîtresses étaient déjà formées et qui allait y conformer sa vie sous toutes ses formes. A ce point de son analyse, il lui apparut que la dérobade d'Amherst, loin de révéler de l'indifférence, semblait montrer une profonde préoccupation, réprimée pour une raison obscure, presque reniée, et d'autant plus vivace. Cette déduction la mena tout naturellement à penser qu'il fallait chercher la cause de ce changement hors de lui, dans quelque influence extérieure assez puissante pour modifier les lignes naturelles de son caractère. Et où chercher une telle influence avec le plus de vraisemblance sinon dans le mariage qui avait fait du sous-directeur des Filatures Westmore non pas, certes, leur propriétaire — ce qui aurait plutôt simplifié le problème —, mais le mari de Mrs. Westmore ? Après tout, l'usine appartenait à Bessy — et, pour y voir plus clair, il restait à découvrir quelle sorte de personne celle-ci était devenue.

La première impression de Justine, comme son amie lui faisait un accueil chaleureux, la serrant dans ses jolis bras — ce qui ne fut pas perdu pour le public féminin d'Hanaford —, son impression immédiate fut que Bessy avait gagné en relief, en personnalité, comme si la créature changeante dont elle avait gardé le souvenir s'était contre toute attente enfin coulée dans un moule bien défini. Oui, Bessy avait acquis un profil : et même très gracieux, conformément à ce qu'elle promettait jadis, peut-être un peu plus aigu que ne l'avaient laissé prévoir les arrondis moelleux de son enfance. Mais le visage qu'elle présenta à son amie était encore toute douceur — elle avait en elle un reste de l'ancienne malléabilité, du penchant à se blottir et à enlacer qui éveilla immédiatement chez Justine l'instinct correspondant de guider et de protéger, si bien que leur premier baiser, avant qu'aucune parole n'eût été prononcée, les ramena toutes deux précisément là où en étaient leurs rapports au pensionnat. Un retour au passé si facile ne laissait guère de place à l'appréciation des changements intervenus, qui rendent souvent les retrouvailles embarrassantes. La sympathie de Justine s'était instinctivement, presque d'emblée, rangée du côté de Bessy (omettant au passage de reconnaître qu'il y avait déjà des « côtés ») ; et Bessy avait absorbé Justine dans la sphère de son aimable égocentrisme qui ne la laissait que très vaguement consciente de tout trait distinctif chez ses amis, si ce n'était celui de leur affection à son égard, puisqu'elle demandait seulement, selon sa propre formule émouvante, qu'ils soient tous « fous d'elle ».

« Et je t'ai cherchée si souvent, Justine : tu es la seule personne intelligente qui ne me fasse pas peur, parce que ton intelligence rendait toujours les choses claires, au lieu de les embrouiller. J'ai demandé à tant de gens s'ils savaient ce que tu étais devenue, mais personne n'a pu me le dire..., jusqu'à l'autre jour — c'est curieux, n'est-ce pas ? — lorsque notre nouveau docteur nous a dit par hasard qu'il te connaissait. J'avais été assez mal en point depuis quelque temps — nerveuse et fatiguée, dormant mal — et il m'a conseillé de rester au calme et de me confier aux bons soins d'une infirmière qui saurait me faire faire ce qu'elle voudrait : une infirmière qui ressemblerait en somme à une merveilleuse Miss Brent qu'il avait connue à Sainte-Elisabeth et à qui les malades obéissaient comme si elle avait été le colonel d'un régiment. Sa description m'a fait rire, tant elle m'a rappelé la manière dont tu me faisais faire tout ce que tu voulais. Et puis, je me suis tout à coup souvenue d'avoir entendu dire que tu t'étais présentée à un examen pour être infirmière. Nous avons comparé nos éléments et je me suis rendu compte que c'était bien toi ! C'est drôle, n'est-ce pas, de se retrouver de cette façon ? Nous aurions pu nous croiser dans la rue sans le savoir. Je suis sûre d'avoir terriblement changé ! »

Ainsi bavardait Bessy, dans le demi-isolement où, sous le feuillage d'un hêtre penché, la discrétion de leur hôtesse avait permis aux deux amies de se retirer pour échanger librement leurs confidences. Il n'y avait à première vue rien dans l'apparence de Mrs. Amherst qui justifiât son allusion plaintive à sa santé, mais Justine, qui savait qu'elle avait perdu un bébé quelques mois auparavant, présuma que l'effet du choc subsistait encore, bien qu'apparemment atténué par un regain d'intérêt pour les toilettes et les autres accessoires ornementaux de l'existence. Bessy Amherst était parvenue à la pleine beauté que son enfance promettait. Elle avait cette sorte de grâce qui se déclare très tôt, se maintient pendant la transition difficile de l'adolescence et résiste à la pression des vicissitudes ultérieures, miraculeusement préservée dans un milieu limpide, imperméable à l'usure de la vie.

« Petite folle ! Tu n'as pas changé le moins du monde, sauf que tu as grandi ! s'écria Justine dans un éclat de rire, payant un tribut amusé à la soif enfantine de compliments qui se lisait toujours dans les yeux de Bessy.

— Mais toi si, tu as changé, Justine — tu es devenue extraordinairement chic !

— Ce qui est effectivement extraordinaire de ma part, acquiesça l'autre gaiement. Mais pense un peu à toute la place qu'il y avait pour une amélioration — et au temps que j'ai mis à m'améliorer !

— Cela fait longtemps, hein ? renchérit Bessy. Je me sens encore très intime avec la vieille Justine du pensionnat, et je ne connais pas du tout la nouvelle ! Songe un peu : j'ai une grande fille, presque aussi grande que nous quand nous sommes entrées au Sacré-Cœur. Mais sans doute ne sais-tu rien de moi non plus. Tu vois, je me suis remariée il y a deux ans, et mon pauvre bébé est mort en mars dernier. Je n'ai donc que Cicely. Cela a été un tel chagrin ! Je voulais farouchement un garçon, et je comprends les petits bébés tellement mieux qu'une grande fille comme Cicely… Oh ! mon Dieu, voilà Juliana Gaines qui introduit quelques raseurs de plus ! Ce que cela peut être ennuyeux, mais John dit que je dois tous les connaître. Enfin, heureusement, il ne nous reste plus qu'une journée à passer dans cet horrible trou — et bien sûr on se verra, chérie, avant mon départ. »

3

Après avoir conduit Miss Brent auprès de sa femme, John Amherst fit preuve d'une stratégie savante pour se détacher de la foule massée sur la pelouse et, s'étant faufilé par une allée ombreuse, il alla chercher refuge dans la véranda de la maison.

Là, sous la marquise, deux dames étaient assises dans un isolement agréablement tempéré par les accents lointains des cuivres de la fanfare d'Hanaford et par le spectacle ondoyant des groupes qui évoluaient au-dessous d'elles.

« Ah ! le voilà ! s'exclama la plus jeune, Mrs. Ansell, en lançant à Amherst le sourire complice qu'elle avait pour habitude de substituer aux préliminaires futiles de la conversation. Ce qui ne veut pas dire que nous parlions de vous, ajouta-t-elle tandis qu'Amherst prenait le siège que lui indiquait sa mère, nous causions de Bessy — ce qui, je suppose, est presque aussi indiscret. »

Elle ajouta ces derniers mots après une légère hésitation et avec une nuance de réprobation pour le froncement de sourcils qui, à la mention du nom de sa femme, avait accentué les rides sur le front d'Amherst.

« Indiscret de la part de sa propre mère et de l'amie de sa femme ? » protesta Mrs. Amherst, posant sa main gantée sur le bras de son fils ; et ce dernier, observant cette amie de sa femme, dit en pesant ses mots :

« Mrs. Ansell sait bien que l'indiscrétion est la dernière faute dont pourraient l'accuser ses amis.

— Raison de plus, voulez-vous dire ? rétorqua celle-ci, souriante, acceptant sans ciller l'assaut qui les dressait l'un contre l'autre sous le regard perplexe de Mrs. Amherst. Eh bien, si je tire avantage de ma réputation de femme discrète pour m'ingérer parfois dans la vie des autres, du moins est-ce pour une bonne cause. J'étais en fait en train de dire combien il me semble nécessaire que vous emmeniez Bessy en Europe ; et je suis, dans ce cas précis, tellement sûre de ma cause que je vais laisser à votre mère le soin de vous en donner les raisons. »

En achevant ces mots, elle se leva, sans hâte ni embarras

mais comme si elle reconnaissait avec tact le désir d'une mère et d'un fils d'être seuls ensemble. Cependant Amherst, se levant également, la retint.

« Personne ne saurait mieux que vous exposer vos raisons et les rendre convaincantes, déclara-t-il avec un léger sourire, et je suis sûr que ma mère préférerait de beaucoup en être dispensée. »

Mrs. Ansell accepta le sourire avec la même aisance que le défi.

« Chère Lucy, reprit-elle en caressant du bout des doigts, tout en se rasseyant, la main de Mrs. Amherst, je suis désolée d'être flattée à vos dépens, mais il n'est pas dans la nature humaine de résister à une sollicitation aussi pressante. Voyez, ajouta-t-elle en levant les yeux vers Amherst, comme je suis sûre de moi — et de *vous*, quand vous m'aurez entendue.

— Oh ! John est toujours prêt à entendre les gens, murmura innocemment sa mère.

— Mais je ne sais même pas si je vais lui en demander autant : je suis tellement sûre que ma suggestion contient en soi son explication ! »

Il y eut un moment de silence, pendant lequel Amherst laissa errer son regard absent sur les groupes dispersés à travers la pelouse.

« La suggestion que j'emmène Bessy en Europe ? » Il se tut de nouveau. « Quand, cet automne ?

— Non : maintenant, tout de suite. Pour une longue lune de miel. »

Il tiqua sur la deuxième phrase, mais l'ignora pour revenir à sa réponse directe :

« Tout de suite ? Non, je ne vois pas ce qu'il y a d'explicite dans cette suggestion. »

Mrs. Ansell le considéra, indécise. Elle était consciente du choix peu heureux de l'expression qui résonnait encore entre eux, et la sensation inaccoutumée d'avoir commis une bévue lui fit perdre un moment son assurance.

« Ah ! vous le verrez mieux bientôt... » Elle se leva et déploya son ombrelle de dentelle comme pour mettre un point final à son action. « Après tout, ce n'est pas, ajouta-t-elle avec douceur et sincérité, un cas dont on puisse discuter et encore moins où l'on puisse chercher à convaincre. Mes raisons sont excellentes — j'insisterais pour vous les exposer moi-même si elles ne l'étaient pas ! Mais elles sont si bonnes que je veux vous laisser les découvrir et les soutenir vous-même, ce qui sera sans aucun doute infiniment mieux. »

Elle conclut sur un léger salut de la tête qui s'adressait aussi bien à Amherst qu'à sa mère et, faisant demi-tour pour descendre les marches de la véranda, elle fit signe à Mr. Langhope, qui boitait désespérément en direction de la maison.

« Qu'était-elle en train de vous dire, mère ? » voulut savoir Amherst en revenant s'asseoir.

Mrs. Amherst hocha la tête et leva un index réprobateur :

« Ecoute, Johnny, je ne répondrai pas à une seule de tes questions tant que tu n'auras pas effacé ces plis entre tes sourcils. »

Son fils s'exécuta en lui souriant :

« Mais enfin, chère maman, il faut bien qu'il y ait une certaine quantité de rides dans chaque famille, et étant donné que vous refusez absolument d'en prendre votre part... » Ses yeux se posèrent affectueusement sur la blancheur scintillante de son cher vieux visage qui avait, dans ce cadre de prospérité retrouvée, la fraîcheur d'un matin d'hiver ensoleillé, quand la neige même procure une sensation de chaleur.

Il se remémora comment, le soir de son renvoi de la filature, il l'avait contemplée un instant à la lueur de la lampe et avait pensé avec un remords cuisant aux nouvelles rides qu'il allait ajouter au fin réseau autour de ses yeux. Les trois années qui avaient suivi avaient effacé celles-là, et avaient même estompé les autres dans un épanouissement dû à ce bien-être tardif. A partir du moment où elle avait quitté Westmore et s'était installée à Hanaford, dans la jolie petite maison que sa belle-fille avait mise à sa disposition, Mrs. Amherst avait effacé toute trace des années difficiles, et le fait que son mariage eût permis à Amherst de libérer, avant qu'il ne fût trop tard, les élans de jeunesse réprimés de sa mère lui semblait parfois le gain le plus certain dans la somme confuse des profits et pertes de sa propre vie. Ce fut en tout cas la conscience de la part prise par Bessy dans cette métamorphose qui adoucit sa voix quand il parla d'elle à sa mère.

« Et voilà : si vous trouvez que je présente une surface suffisamment lisse, revenons à Mrs. Ansell — car j'avoue que ses mystérieuses raisons me sont encore obscures. »

Mrs. Amherst jeta un regard désapprobateur à son fils :

« Maria Ansell t'est également dévouée, John...

— Mais comment donc ! C'est son rôle d'être dévouée à tout le monde — en particulier à ses ennemis.

— Ses ennemis ?

— Oh ! je ne parlais pas de moi. Mais pourquoi tient-elle à ce que j'emmène Bessy à l'étranger ?

— Elle pense, et Mr. Langhope aussi, que Bessy n'a pas l'air d'aller bien. »

Amherst ne broncha pas mais le pli entre ses sourcils refit son apparition.

« Et vous, qu'en pensez-vous, mère ?

— Je ne l'avais pas remarqué par moi-même : Bessy me semble plus ravissante que jamais. Mais elle est peut-être un peu plus pâle — et elle se plaint de ne pas dormir. Maria pense qu'elle se tourmente encore à propos du bébé. »

Amherst eut un geste d'impatience :

« L'Europe est-elle le seul remède ?

— Tu devrais considérer, John, que Bessy est habituée au changement et au divertissement. Je crois que tu oublies parfois que les autres ne possèdent pas la faculté que tu as de te fixer sur un seul pôle d'intérêt. Et Maria dit que le nouveau docteur de Clifton, dont ils ont l'air de penser grand bien, lui recommande vivement un voyage en Europe cet été même.

— Bien entendu, et tous les autres aussi : c'est-à-dire son père, et le vieux Tredegar — sans compter votre amie Mrs. Ansell. »

Mrs. Amherst leva vers lui ses yeux noirs brillants :

« Pourquoi pas ? S'ils pensent tous que c'est ce qu'il lui faut...

— Seigneur, comme si un voyage était ce qu'il lui faut ! Nous n'avons jamais cessé de voyager depuis que nous sommes mariés. Nous avons été dans tous les coins du globe, sauf à Hanaford... C'est sa seconde visite ici en trois ans ! » Il se leva, arpenta fiévreusement la véranda déserte et revint se planter devant sa mère : « Ce n'est pas du tout parce que sa santé l'exige, c'est pour m'éloigner de Westmore, pour que tout ce qu'il y a à faire ici ne soit jamais fait ! »

Mrs. Amherst pâlit, mais ses yeux gardèrent tout leur éclat.

« Pour que ce qu'il y a à faire ne soit pas fait ? Quel étrange langage !

— Je ne l'aurais pas tenu si je ne voyais que vous êtes en train de vous laisser intoxiquer par Mrs. Ansell. »

Sa mère eut un geste qui montrait de qui il avait hérité ses mouvements impulsifs.

« Vraiment, mon fils ! » Elle croisa les mains et ajouta après s'être ressaisie : « Si tu veux dire que j'aie jamais tenté de m'immiscer...

— Bien sûr que non ; mais quand je les vois si odieusement fausser les choses...

— John ! »

Il se laissa retomber dans son fauteuil et écarta en gémissant une mèche qui tombait sur son front.

« Bon, très bien — admettons qu'ils ont autant que moi le droit d'avoir leur opinion : mais il faut que vous sachiez ce qu'elle est ! Chaque fois que j'essaie de faire quelque chose à Westmore — de donner un départ réel aux travaux que Bessy et moi avons décidés *ensemble* —, on trouve n'importe quel prétexte pour les arrêter. On veut nous envoyer au bout de la terre ; on crie à la réduction de ses revenus ; on la pousse à quelque nouvelle extravagance, à laquelle doivent être sacrifiés les travaux ! »

Mrs. Amherst, toute pâle sous cette avalanche, s'assura en jetant un regard nerveux derrière elle qu'ils étaient toujours seuls, puis elle reporta les yeux sur son fils.

« John, es-tu sûr de ne pas être en train de sacrifier ta femme à la filature ? »

Il pâlit à son tour, et ils se regardèrent un moment en silence.

« Vous voyez les choses comme eux, alors ? soupira-t-il, découragé.

— Je les vois comme n'importe quelle vieille dame qui se référerait à son expérience passée les verrait.

— Maman ! » s'écria-t-il.

Elle eut un sourire tranquille.

« Tu crois que c'est un reproche ? C'est que les hommes ne comprendront jamais les femmes — et encore moins les fils leurs mères. Aucune mère digne de ce nom ne veut passer la première : elle met la carrière de son fils au-dessus de tout. Mais c'est différent avec une femme, et une femme aussi amoureuse que l'est Bessy. »

Amherst détourna les yeux :

« J'aurais plutôt pensé que c'eût été une raison...

— Pour lui faire admettre d'être laissée de côté, d'être reléguée au second plan de tes préoccupations ?

— C'étaient les siennes quand nous nous sommes mariés !

— Ah ! mon petit ! » Elle n'en dit pas plus, mais son bon regard perspicace et les fines rides que l'expérience avait creusées sur son visage en dirent aussi long que le commentaire circonstancié auquel conviait l'ineptie de son argument.

Il prit la pleine mesure de ce qu'elle voulait dire et demeura confondu, dans un silence qui se prolongea le temps qu'elle se levât et s'enveloppât dans sa cape de dentelle comme pour signifier que leurs confidences, dans une pareille circonstance, ne sauraient être poursuivies sans singularité. Alors il se leva, s'approcha d'elle et posa sa main sur la sienne tandis qu'elle s'appuyait à la balustrade de la véranda.

« Ma pauvre maman ! Je vous ai gardée pour moi tout ce temps-là, et j'ai gâché votre bon après-midi.

— Non, mon chéri : j'étais un peu fatiguée, et je m'étais éclipsée pour être tranquille. » Elle se tut un instant, puis reprit en pressant à son tour sa main avec chaleur : « Je sais combien tu es un homme de devoir, John, et je comprends ce que tu ressens ; mais maintenant que les choses sont arrangées si confortablement, n'est-il pas dommage de les déranger ? »

Amherst avait eu l'intention, en quittant sa mère, d'aller retrouver Bessy, qu'il pouvait encore apercevoir sur la pelouse, absorbée dans sa conversation avec Miss Brent. Mais, après ce qui s'était passé, il lui parut impossible pour le moment de reprendre le ton de la garden-party et il s'échappa en passant par la maison tandis qu'un trio de chanteurs cubains, qui devait être le clou de la fête, rassemblait autour de ses guitares un cercle serré d'auditeurs.

Tout en marchant sans but sous les épais ombrages de Mapplewood Avenue, les derniers mots de sa mère le hantaient et donnaient un tour ironique à ses pensées. « Maintenant que les choses sont arrangées si confortablement » : il savait si bien ce que cet adverbe élastique recouvrait ! Lui-même, par exemple, bien établi dans le cocon de son merveilleux mariage ; elle aussi (inconsciemment, la chère créature !), installée sereinement dans une fente de cette vie large, si nouvelle, et aussi incapable de concevoir pourquoi cet ordre établi devrait être dérangé que l'hirondelle sous son avant-toit de comprendre pourquoi la maison devrait être démolie. En tout cas, il avait enfin appris ce que son expérience auprès de sa pauvre mère si courageuse et si dépassée par les événements aurait dû lui enseigner : que l'on ne doit jamais demander à une femme d'adopter un point de vue autre que le sien, une ligne de conduite qui ne soit dictée par ses propres peines ou ses propres plaisirs. Sa mère avait certes bravement supporté leurs épreuves : mais elle l'avait fait simplement parce que — elle le disait elle-même — son instinct maternel l'avait poussée à sacrifier ses propres espoirs sur le grand autel dévorant des ambitions de son fils et non parce qu'elle avait le moins du monde compris et partagé ses vues.

Et Bessy ? Si leur petit garçon avait vécu, ne se serait-elle pas à son tour pliée à cette loi de nature : l'oubli de soi ? Mais maintenant ! Il se rappelait — avec quelle amertume ! — que, même dans la première surprise de sa passion, il ne s'était fait aucune illusion : Bessy Westmore ne faisait pas exception à la règle de son sexe. Il s'était plutôt persuadé que, n'étant que le ravissant produit d'un moule commun, elle devait être comblée de ces facultés d'adaptation et de souplesse que les seigneurs de la terre ont jugé bon de cultiver chez leurs compagnes. Elle s'intéresserait à ses préoccupations parce que c'étaient les siennes. Au cours de leurs brèves fiançailles et des premiers mois de leur mariage, cette théorie aussi profonde qu'originale s'était trouvée agréablement confirmée ; puis sa surface parfaite avait commencé à se craqueler. Amherst avait toujours commodément supposé que la morale féminine était conforme au vers du poète : *Lui pour Dieu en soi, elle pour Dieu en lui.* C'était assurément pour le dieu en lui qu'elle s'était mise à l'aimer : pour ce premier aperçu « d'un plus vaste éther, d'un air plus divin » qu'il avait apporté dans sa vie étroite et tamisée. Il lui était désormais impossible d'évoquer cette première déception sans voir sur sa surface toujours sensible le tranchant affilé du sourire de Mrs. Ansell. Celle-ci aurait pu lui dire à tout moment pourquoi Bessy l'avait épousé : c'était pour ses beaux yeux, dirait-elle, parce qu'il était jeune, beau, persécuté, amoureux ardent sinon subtil ; parce que Bessy l'avait rencontré au moment voulu, parce que sa famille s'était opposée à ce mariage ; bref, parce que les dieux étaient sans doute ce jour-là à court d'amusements. Eh bien, ils riaient bien maintenant ; il y avait des moments où la voûte céleste semblait retentir de leurs rires.

Ruminant ces pensées, Amherst avançait à grands pas, dépassé de temps à autre par les voitures des invités qui sortaient de la garden-party. Il savait, quand ils roulaient à sa hauteur, ce qui se passait dans leurs têtes : ils étaient jaloux de son succès, admiraient les capacités qui l'y avaient mené, éprouvaient une pitié légèrement méprisante pour sa femme qui, avec sa richesse et sa beauté, aurait pu « faire tellement mieux ». Il était certain, si l'on avait porté le cas devant l'Hanaford présent à cette réception, que tous ces gens auraient été unanimement du côté de Bessy : et n'était-ce pas justice ? Mais sa mère avait-elle raison d'insinuer qu'il sacrifiait Bessy à la filature ? La filature, c'était Bessy — du moins était-ce ce qu'il avait pensé quand il l'avait épousée ! La filature était le contact de Bessy avec la vie, l'expression de ses rapports avec ses semblables, son prétexte, sa chance, à moins qu'elle ne fût simplement une vaste bourse où puiser son argent de poche ! Il s'était figuré que ce serait à lui de déterminer le point de vue de Bessy sur Westmore et, au début, c'est avec enthousiasme qu'elle avait embrassé le sien. Dans cette adoption passionnée de ses idées, elle s'était toquée de la filature, mettant sur pied le club des mères, dessinant un terrain de jeux sur la propriété d'Hopewood, jouant avec des plans coquets pour le dispensaire et le bâtiment qui devait abriter les cours du soir, la bibliothèque et le gymnase. Mais même ces projets mineurs (qu'il lui avait conseillé de prendre en main, en espérant l'amener par ce biais à comprendre qu'ils dépendaient d'un vaste plan d'ensemble) durent eux-mêmes être rapidement écartés par des obstacles d'ordre matériel. Bessy voulait toujours de l'argent — pas énormément mais, comme elle disait, « assez ». Et qui était à blâmer si son père et Mr. Tredegar, chacun à un titre différent, se croyaient obligés de faire remarquer que toute dépense d'ordre philanthropique à Westmore entraînait obligatoirement une réduction correspondante de ses disponibilités ? Si elle avait résidé plus souvent à Hanaford, ces arguments auraient probablement été neutralisés car elle était sensible et toujours prête à soulager les souffrances quand elle les voyait autour d'elle ; mais son imagination peu active lui facilitait l'oubli des spectacles pénibles lorsqu'elle ne les avait plus sous les yeux. C'était peut-être, à demi inconsciemment, l'une des raisons pour lesquelles elle évitait Hanaford et, comme s'était écrié Amherst, pour lesquelles ils avaient été partout depuis leur mariage sauf là où les appelaient leurs obligations. Il y avait toujours eu, en tout cas, quelque bonne excuse pour ne pas y retourner et pour remettre à plus tard les travaux d'aménagement que son mari, pensait-on dans leur entourage, ne pouvait décemment entreprendre avant qu'elle-même ne fût revenue inspecter les lieux avec lui. Après leur mariage, surtout étant donné les commentaires engendrés par cet événement romantique, il était impossible de ne pas se rendre à son désir de voyager à l'étranger pendant quelques mois ; puis, avant ses couches, les médecins avaient prescrit de lui épargner toute fatigue et toute contrariété ; et, après la mort du bébé, Amherst avait trop participé à sa douleur pour tenter un retour immédiat à des problèmes importuns.

Car, à cette époque-là, il avait déjà parfaitement compris que ces questions lui étaient et lui seraient toujours importunes. Pour y échapper commodément, elle avait une fois de plus rattaché tout ce problème au domaine vague et ennuyeux des « affaires », d'où il avait réussi à la déloger pendant quelque temps, au début de leur union. Son premier mari — pauvre Westmore méconnu — lui avait toujours épargné la corvée des « affaires », et Halford Gaines ainsi que Mr. Tredegar étaient prêts à lui témoigner les mêmes égards : selon le code moderne de la chevalerie, une jolie femme ne devait pas être tracassée par les problèmes financiers. Mais Bessy était trop une épouse — et qui plus est une épouse amoureuse — pour consentir à ce que les idées de son mari sur l'organisation de la filature fussent totalement méprisées. C'était précisément parce que ses conseillers étaient défavorables à l'intervention d'Amherst qu'elle se sentait engagée — ne fût-ce que pour la défense de ses propres illusions — à la soutenir et à la faire valoir. La filature était en fait la plate-forme officielle sur laquelle elle s'était mariée : le *rôle*[1] dévoué d'Amherst à Westmore avait justifié le côté non conventionnel du pas qu'elle avait franchi. Du coup il lui fallait — et d'autant plus désespérément que son ignorance des deux côtés de la question était énorme — concilier diplomatiquement les parties opposées qui avaient si inconfortablement choisi de vider leur querelle sur le champ de sa pauvre petite existence : théoriquement du côté de son mari, mais subrepticement — Amherst le savait bien — prêtant aide et assistance à l'ennemi qui, en réalité, défendait sa cause.

Amherst voyait tout cela avec la pénétration impitoyable qui avait remplacé l'aveuglement du début. A la vérité, il était plus gêné de sa perspicacité que de son aveuglement : il lui semblait qu'analyser ainsi, après deux ans de mariage, les causes des inconséquences de sa femme était la preuve d'un détestable manque de sensibilité. Et c'était en partie pour cela qu'il avait repoussé de mois en mois les questions cruciales touchant la future direction et les changements radicaux à y opérer si son système prévalait. Mais, si Bessy devait retourner à Westmore pour justifier son mariage, il était encore plus urgent qu'il y retournât lui-même pour le même genre de « service ». Il ne l'avait certes pas épousée pour Westmore ; mais il n'aurait pu envisager un mariage avec une femme riche si la source de sa fortune ne lui avait offert l'occasion que lui offrait Westmore. Sa formation spéciale et le penchant naturel de son esprit le qualifiaient, d'une manière qui avait pu au début lui sembler prédestinée, pour aider Bessy à user noblement de son pouvoir, aussi bien pour sa propre élévation que pour celle de Westmore. L'usine devenait ainsi, assez curieusement, la planche de salut à laquelle tous deux se raccrochaient pour éviter le naufrage.

Non, certes, qu'Amherst redoutât d'être tenté par l'oisiveté, au cas où cet exutoire à son activité lui serait supprimé. Il avait depuis longtemps découvert que le luxe dont l'entourait sa femme ne

1. En français dans le texte. *N.d.T.*

faisait que renforcer son goût du travail et d'une vie difficile. Ce n'était pas sans un brin d'amertume qu'il se rappelait les regrets qu'il avait une fois éprouvés à l'idée de s'être coupé de la classe de sa mère, et combien cet autre genre d'existence avait pu lui paraître séduisant pour l'esprit comme pour les sens. Eh bien, il le connaissait maintenant, et il ne présentait pour lui pas plus de charmes que de danger. Capoue avait sans doute été un endroit bien peu exaltant pour celui qui avait eu l'occasion de goûter l'ivresse de la bataille. Ce qu'il appréhendait, ce n'était pas de se mettre à aimer cette existence de confort, mais plutôt à la détester irrémédiablement, en tant que symbole de son aliénation intellectuelle et spirituelle. Westmore était en fait sa soupape de sûreté, son refuge : s'il en était coupé, que lui resterait-il ? Il ne représentait pas seulement le travail qui s'était révélé fait pour lui, mais le seul travail pour lequel il était fait. C'était sa vie qu'il défendait en exigeant que dès maintenant, avant la conclusion de cette visite à Hanaford si longtemps remise, la question de la filature fût enfin affrontée et réglée. Il l'avait dit clairement à Bessy, dans une scène dont le souvenir le faisait encore frémir, car son tempérament intègre et intransigeant voulait qu'il ne la forçât pas à se rendre à l'influence personnelle qu'il possédait encore sur elle, mais qu'il la convainquît par le processus fastidieux de l'argumentation et de l'exposition des faits, contre lequel elle n'avait d'autres armes que les larmes et l'irascibilité. En fin de compte, il avait tout de même obtenu sa promesse de soutenir son point de vue au conseil d'administration qui devait avoir lieu le lendemain matin et il avait eu l'intention d'être, en attendant, extraordinairement patient et doux avec elle, jusqu'à ce que le conseil subtil de Mrs. Ansell eût fait naître en lui une réaction de défiance.

4

Ce soir-là, à la fin du repas, Mrs. Ansell ayant suggéré à Bessy en jetant un coup d'œil par les hautes portes-fenêtres de la salle à manger qu'il serait plus agréable de prendre le café sur la véranda, Amherst retint sa femme d'un regard.

« J'aimerais que Bessy reste », dit-il.

La salle à manger se trouvait dans la partie la plus fraîche de la maison, avec une vue reposante sur le jardin, et les messieurs préféraient fumer là plutôt que dans la pièce orientale tendue de draperies étouffantes qui était réservée à cet usage. Bessy Amherst s'enfonça avec un soupir résigné dans un fauteuil tandis que Mrs. Ansell sortait nonchalamment par l'une des portes-fenêtres.

Les messieurs assis autour de la table de Richard Westmore étaient ceux-là même qui étaient rassemblés dans sa maison trois ans auparavant, pour la même raison : l'examen des questions sociales de la filature. Le seul changement perceptible dans les rapports entre les personnages composant ce groupe était que John Amherst était maintenant l'hôte des deux autres, au lieu d'être un subordonné convoqué pour un contre-interrogatoire. Mais c'était un hôte indifférent, ou du moins insouciant — oublieux, par exemple, de la préférence de Mr. Tredegar pour les cigares blonds ou de la marotte de Mr. Langhope consistant à faire circuler le madère de Westmore dans le sens giratoire du soleil —, et le changement ne se manifestait que dans sa tenue de soirée et dans le fait qu'il présidait à table.

Si Amherst était conscient de ce changement, d'ailleurs, c'était uniquement pour l'entrave à sa liberté qu'il impliquait. Pour autant que le bien-être de Westmore était concerné, il aurait préféré siéger devant ses compagnons en tant que sous-directeur des Filatures plutôt que comme époux de leur propriétaire. Il lui semblait, s'il regardait en arrière, avoir fait bien peu de chose dans des circonstances qui paraissaient si propices en comparaison de ses limites actuelles. Ce qu'il avait fait de son poste — le profit qu'il en avait habilement tiré, disaient les mauvaises langues — l'avait ironiquement placé dans l'impasse déplaisante d'une situation dont il lui serait impossible de se sortir sans un véritable saccage de sentiments.

Ceux de sa femme, pour l'instant, étaient en train de s'exprimer dans le jeu impatient de son éventail, ce qui poussa son père à se pencher en avant pour suggérer :

« Si les messieurs doivent parler boutique, est-il nécessaire de garder Bessy enfermée dans cette pièce surchauffée ? »

Amherst se leva pour ouvrir la porte-fenêtre derrière sa femme.

« Il y a une brise qui vient de l'ouest, la pièce va se rafraîchir, observa-t-il en retournant s'asseoir.

— Oh ! cela m'est égal », murmura Bessy sur un ton destiné à donner à ses compagnons une idée de ce qu'elle était obligée d'endurer.

Mr. Tredegar toussota discrètement :

« Puis-je vous déranger pour cette autre boîte de cigares,

Amherst ? Non, de grâce, pas les cabañas. » Bessy se leva pour lui tendre le coffret auquel son regard était significativement attaché. « Ah ! merci, ma chère. Je voudrais savoir une chose, poursuivit-il, cherchant autour de lui l'allume-cigare qui flamboyait en vain à côté d'Amherst. A quoi va bien pouvoir servir une revue préliminaire des questions qui doivent être examinées demain ?

— Ah ! absolument, murmura Mr. Langhope. Le madère, mon cher John ? Non, ah ! je vous en prie, vers la gauche ! »

Amherst inversa avec impatience le sens dans lequel il s'était mis à manipuler le précieux flacon et se tourna vers Mr. Tredegar qui allumait ostensiblement son cigare à l'aide d'une allumette extraite de la poche de son gilet.

« Elle devrait servir à définir ma position ; et je préférerais que Bessy définisse la sienne avec votre collaboration plutôt qu'avec la mienne. »

Mr. Tredegar surveillait son cigare à travers ses paupières mi-closes, comme si la question avancée par Amherst était perchée à son extrémité.

« Votre position n'est-elle pas, comme il est naturel, liée à la sienne et déterminée par elle ? Vous m'excuserez de dire que — sur le plan technique, bien entendu — je ne vois pas bien comment elle pourrait s'en distinguer. »

Mr. Tredegar parlait avec cette bienveillance jouée qui passait pour être son arme la plus efficace, du fait qu'apparemment elle décontenançait ceux qui étaient trop intelligents pour être amadoués.

« Certes, ma position est liée à la sienne, acquiesça Amherst, mais dans quelle mesure cela la détermine-t-il ? Voilà justement ce que je n'ai encore pu tirer au clair. »

A ce point, Bessy rappela impatiemment sa présence par un changement de position de sa gracieuse personne, et son père, lui jetant un regard affectueux, intervint amicalement :

« Mais parbleu, si l'on s'en tient aux idées traditionnelles, elle implique une identité d'intérêts ?

— Oui ; mais les intérêts de qui ? demanda Amherst.

— Mais... ceux de votre femme, mon ami ! La filature lui appartient. »

Amherst hésita.

« J'aimerais mieux parler de l'intérêt de ma femme pour la filature que des intérêts qu'elle y possède ; mais nous nous en tiendrons au pluriel si vous le préférez. Personnellement, je pense que les termes devraient être interchangeables dans la conduite d'une telle entreprise.

— Ah ! je suis heureux de vous l'entendre dire, se hâta d'affirmer Mr. Tredegar, puisque c'est précisément le point de vue que nous partageons tous. »

Amherst rougit :

« Les définitions sont ambiguës, précisa-t-il. Avant que vous n'adoptiez la mienne, je ferais peut-être mieux de la développer davantage. Ce que je veux dire, c'est que les intérêts de Bessy dans l'usine devraient être tempérés par l'intérêt qu'elle lui porte — qu'elle porte à son bien-être en tant que corps social, à côté de son succès en tant qu'entreprise commerciale. Si nous sommes d'accord sur cette définition, nous sommes d'accord sur l'autre : c'est-à-dire que mon point de vue sur la question est déterminé par celui de Bessy. »

Il s'arrêta un moment, attendant de sa femme un signe d'assentiment et d'encouragement, mais elle garda un silence perplexe et il poursuivit : « Il n'y a rien de nouveau en cela. J'ai essayé de faire comprendre à Bessy, depuis le début, les obligations qu'impose à mon avis la possession de Westmore, et combien je souhaite l'aider à y faire face ; mais, depuis notre mariage, toute discussion précise sur ce sujet a été écartée pour une raison ou une autre et c'est pourquoi j'insiste pour qu'il soit à l'ordre du jour demain, au conseil d'administration. »

Il y eut un silence, pendant lequel Bessy jeta un coup d'œil timide à Mr. Tredegar avant de dire, en rougissant de manière délicieuse :

« Mais, John, j'ai parfois l'impression que tu as oublié tout ce qui a été fait à Westmore : le club des mères, le terrain de jeux et tout le reste — tout cela dans la ligne de tes idées. »

Mr. Tredegar abaissa discrètement le regard sur son cigare et Mr. Langhope ne put retenir un murmure d'approbation.

Amherst sourit :

« Non, je ne l'ai pas oublié, et je te suis reconnaissant d'avoir mis mes idées à l'essai. Mais ce qui a été fait jusqu'ici est purement superficiel. » Le regard de Bessy s'assombrit, et il se hâta d'ajouter : « Ne crois pas que je l'en sous-estime pour autant — Dieu sait que la surface de l'existence a besoin d'améliorations ! Mais c'est un peu comme si l'on cueillait des fleurs et qu'on les piquait dans la terre pour faire un jardin : tant que l'on n'aura pas transplanté les fleurs avec leurs racines et préparé le sol pour les recevoir, le jardin sera fané dès le lendemain. Aucun changement radical n'a encore été entrepris à Westmore, et c'est de changements radicaux que je veux parler. »

Bessy se rembrunit encore davantage et Mr. Langhope s'écria, sur un ton irascible qui ne lui était pas habituel :

« Grands dieux, Amherst, le ton que vous employez pour parler de ce que votre femme a fait ne l'encouragera certes pas à en faire davantage !

— Je ne désire pas l'encourager à en faire davantage sur de telles bases : plus vite elle en verra la futilité et mieux ce sera pour Westmore !

— La futilité ? » coupa Bessy d'une voix tremblante, proche des larmes ; mais, avant que son père n'intervînt, Mr. Tredegar leva la main d'un geste péremptoire :

« Ma chère enfant, je vois ce que veut dire Amherst et il vaudrait mieux, comme il le dit, que vous le voyiez aussi. Ce qu'il désire, si je comprends bien, c'est la refonte totale du présent état de choses à Westmore. Il a donc raison quand il dit que toutes vos bonnes œuvres laissent le problème intact. »

Un sourire fit frémir la moustache de Mr. Langhope. Il savait, et Amherst le savait aussi, que cette feinte consistant à reconnaître le bien-fondé des revendications de l'adversaire n'était qu'un premier pas dans le processus de leur anéantissement, mais Bessy ne comprenait jamais cela : elle se sentait toujours abandonnée et trahie quand on laissait parler une autre partie que la sienne.

« Je suis navrée que tout ce que j'ai fait à Westmore soit inutile, mais je suppose que je ne comprendrai jamais rien aux affaires, dit-elle faiblement, quêtant en vain une consolation dans les yeux de son père.

— Il ne s'agit pas des affaires, l'interrompit Amherst. Il s'agit de tes rapports personnels avec tes ouvriers : la dernière chose que prennent en considération les affaires ! »

Mr. Langhope laissa échapper un cri d'impatience :

« Comme je voudrais que le propriétaire de la filature eût spécifié quels devaient être ces rapports !

— Je pense qu'il l'a fait, monsieur, répondit fermement Amherst, en laissant à sa femme plein pouvoir sur tous ses biens. »

Il avait rougi sous la pointe de Mr. Langhope, mais sa voix ne trahissait aucune irritation et Bessy l'en remercia d'un sourire de sympathie inattendu. Dès qu'on le traitait en intrus, elle volait à son secours.

« Je suis sûre, père, dit-elle, toute frémissante, que ce pauvre

Richard, tout en sachant que je n'y comprenais rien, a senti qu'il pouvait se fier à moi pour prendre le meilleur avis...

— Ah ! c'est tout ce que nous attendons de toi, mon enfant ! soupira son père, tandis que Mr. Tredegar intervenait sèchement :

— Cette digression constitue une perte de temps pure et simple. Permettez-moi de suggérer qu'Amherst nous donne un aperçu des changements qu'il souhaite opérer à Westmore. »

Au moment de répondre, Amherst pensa à la folle confiance qu'il avait eue en sa force de persuasion lorsqu'il s'était plié à la même sollicitation, trois ans auparavant. Il croyait alors qu'il lui suffirait de plaider sa cause ! Il savait désormais que l'empressement de l'homme pratique à laisser parler l'idéaliste correspond à la permission d'aller « jouer dehors » que des parents occupés accordent à des enfants insupportables. Ils l'auraient laissé exposer ses projets aux quatre coins du globe, si seulement il n'avait pas attendu d'eux qu'ils les missent à exécution ! Leur politique était de le laisser s'épuiser en discussions et en conseils, de l'écouter si poliment et patiemment que, s'il échouait à faire valoir ses idées, ce ne serait pas faute d'avoir pu les développer... Mais l'autre terme de l'alternative lui paraissait encore plus redoutable : en supposant que l'incroyable arrive, que ses raisons l'emportent chez sa femme, et, à travers elle, chez les autres, à quel prix la victoire serait-elle remportée ? Bessy le lui pardonnerait-elle jamais ? Et quelle serait sa situation si, ayant obtenu les pleins pouvoirs sur Westmore, il était brouillé avec sa femme ?

Il se souvint brusquement d'une phrase qu'il avait utilisée tout à l'heure, à la garden-party, en parlant à cette fille aux yeux noirs : « Je songe aux risques que nous encourons lorsque nous nous précipitons dans le char des dieux ! » Il se remémora aussitôt la réplique de la jeune fille et revit son beau geste de défi. Comment avait-il jamais pu douter que l'expérience valût la peine d'être tentée à tout prix ? Quelque chose en lui — une faiblesse secrète, un vague instinct de dérobade — rétrécit jusqu'à s'évanouir au souvenir de sa question : « Est-ce que vous mettez vous-même cela en pratique ? » et du : « Le ciel m'en préserve » qu'il avait immédiatement rétorqué. Il se tourna vers Mr. Tredegar avec sa réponse.

Un exposé théorique détaillé aurait été perdu pour les deux messieurs comme pour sa femme, Amherst le savait. Pour faire triompher ses idées, il lui fallait avancer pas à pas. Le plus urgent à Westmore lui semblait être l'amélioration des conditions d'hygiène dans lesquelles les ouvriers travaillaient et vivaient. Pour y parvenir, deux changements d'importance s'imposaient : il fallait développer l'aire de la filature et la compagnie devait cesser de louer des logements aux ouvriers pour leur donner l'occasion d'acheter du terrain. Ces deux changements impliquaient à eux seuls le bouleversement de l'ordre établi. Les rares agrandissements qu'avait connus la filature étaient dus au seul appât du gain. Or, Amherst voulait maintenant que les bénéfices de la compagnie fussent, une fois pour toutes, véritablement réduits. Quant à la suppression des logements sociaux, elle frappait aux racines mêmes du paternalisme funeste qui étouffait dans l'œuf tout élan d'initiative chez les ouvriers.

Une fois que ces derniers auraient de la place pour travailler et l'espoir de posséder une maison à eux pour y rentrer après le travail, Amherst était disposé à faire confiance au temps pour la satisfaction de leurs autres besoins. Il pensait qu'une compréhension profonde de ces besoins ferait naître le moment où les employeurs prouveraient leur bonne foi par le sacrifice permanent d'un gain excessif en vue du bien-être de leurs employés ; et une fois que les deux parties auraient appris à se considérer mutuellement non comme des adversaires mais comme des collaborateurs, un grand pas serait fait en direction d'une révision des rapports de classes dans leur ensemble. Quant aux résultats lointains et généraux, Amherst essayait, même dans ses rêves, de ne pas être trop optimiste à leur égard. Son objectif était de réprimer les abus les plus criants dans l'espoir de se rapprocher progressivement du mal central ; et si son action n'avait été entravée, il aurait encore préféré le long chemin tortueux de l'expérimentation à l'adoption radicale d'un nouveau système industriel.

Mais ses prétentions, toutes modérées qu'elles fussent, supposaient chez ses interlocuteurs une exigence morale qui l'emportât sur l'impératif de posséder une affaire « rentable » ; et c'était la futilité de cette supposition qui gelait les mots sur ses lèvres, puisque dans le credo du monde des affaires, loin d'être une force, c'était une faiblesse que de se contenter de cinq pour cent là où l'on pouvait obtenir dix pour cent. Les affaires étaient une chose, la philanthropie une autre ; et les idéalistes qui essayaient de combiner les deux en étaient ordinairement réduits à payer, après un bref parcours, cinquante cents sur le dollar et à céder leur stock à un promoteur apparemment dépourvu d'idéaux humanitaires.

Amherst n'ignorait pas que telle serait la réponse à son plaidoyer ; mieux, il savait que ses juges consentaient à l'écouter uniquement parce qu'ils l'estimaient pitoyablement facile à réfuter.

Mais cette certitude, lorsqu'il eut commencé à parler, soutint son argumentation par une éloquence enflammée : avec la perspective aussi nette d'un échec, ce n'était vraiment pas la peine de faire la moindre concession. La logique serait perdue pour tous, mais l'éloquence l'emporterait au moins avec Bessy...

Quand, tard dans la nuit, il remonta après avoir longuement arpenté le jardin, il fut surpris de voir de la lumière dans la chambre de sa femme. Elle n'avait pas l'habitude de lire le soir et, craignant qu'elle ne fût malade, il frappa à sa porte. Il n'y eut pas de réponse et, après avoir attendu un court instant, il entra.

Dans le grand lit à baldaquin des Westmore, les bras relevés et les mains croisées derrière la tête, elle était étendue, fixant d'un air grognon le globe électrique suspendu au plafond à stucs dorés. Vue ainsi, les courbes douces de sa gorge et de ses bras dénudés, le visage nimbé de sa chevelure libre comme celle d'une enfant, elle paraissait du même âge que sa fille et, comme elle, de la même imperméabilité aux arguments des grandes personnes, à la logique de l'expérience.

Elle avait pour habitude, quand elle était de cette humeur, d'ignorer toute tentative faite pour attirer son attention ; et Amherst s'attendait bien à la voir rester immobile quand il s'arrêta sur le seuil, puis s'avança vers le milieu de la chambre. Il y avait eu un temps où il aurait été exaspéré qu'elle fît semblant de ne pas le voir, mais maintenant une profonde lassitude d'esprit le rendait insensible à ces brimades superficielles.

« J'ai eu peur que tu n'ailles pas bien quand j'ai vu la lumière allumée, commença-t-il.

— Merci, je vais très bien, répondit-elle d'une voix sans timbre et sans tourner la tête.

— Tu veux que j'éteigne, maintenant ? Tu ne peux pas dormir avec la lumière dans les yeux.

— Je ne pourrais pas dormir de toute façon, et j'ai horreur de rester éveillée dans le noir.

— Tu ne pourrais pas dormir ? » Il se rapprocha, regardant avec compassion son visage crispé, ses lèvres serrées.

Elle resta silencieuse un moment, puis elle dit d'une voix entrecoupée :

« P-parce que je suis trop malheureuse ! »

La prétendue indifférence fut balayée par un jaillissement de sanglots enfantins et elle se rejeta sur le côté en enfouissant son visage dans ses oreillers brodés.

Amherst, se penchant sur elle, posa une main apaisante sur son épaule : « Bessy... » Elle sanglota de plus belle.

Il s'assit sans dire un mot dans la bergère à côté du lit, tout en maintenant la pression calmante de sa main. Le temps était venu où il accomplissait ces rites aussi mécaniquement qu'une nurse tranquillisant un enfant bougon. Dire qu'il avait pu trouver attendrissante sa façon de pleurer ! Il examinait autour de lui la chambre spacieuse, avec ses lourdes tentures de soie damassée, l'épaisse moquette de velours qui étouffait les pas. Partout se voyaient les signes gracieux de sa présence — l'immense coiffeuse tendue de dentelle, parsemée d'objets d'argent et de cristal ; les coussins de mousseline brodée empilés sur la chaise longue ; les petites mules doublées de rose qu'elle venait d'ôter ; le déshabillé de dentelle dont les plis exhalaient un parfum de violette et qu'il avait écarté pour s'asseoir auprès d'elle. Il se rappela comme toutes ces choses lui avaient paru remplies d'un charme mystérieux et intime à la fois. Ces réminiscences accrurent sa patience à son égard : n'était-elle pas, qui sait, en train de pleurer sur l'échec qu'il venait de subir ?

« Ne sois pas malheureuse, dit-il, tu as décidé ce qui t'a paru le mieux. »

Elle pressa son mouchoir sur ses lèvres, en gardant toujours la tête tournée de l'autre côté :

« Mais je déteste ces discussions et ces disputes, fit-elle dans un chuchotement. Pourquoi veux-tu toujours tout déranger ? »

Les propres mots de sa mère ! Instinctivement, il retira la main de son épaule, mais il resta assis près du lit.

« Tu as raison. J'en vois bien l'inutilité », acquiesça-t-il avec une nuance d'ironie amère qu'il ne put maîtriser.

A ce ton, elle tourna la tête et le fixa de ses yeux embués de larmes :

« Tu es fâché contre moi !

— C'est cela qui te troublait ? » Il se pencha de nouveau vers elle, d'un air apitoyé. *Sancta simplicitas !* pensa-t-il en lui-même. « Je ne suis pas fâché. Sois raisonnable et essaie de dormir. »

Elle se redressa d'un seul coup et, dans la mousse blonde de ses cheveux éparpillés, son visage sembla flotter parmi des algues soyeuses au gré d'un courant invisible.

« Ne me parle pas comme cela ! Je ne peux pas supporter d'être cajolée comme un bébé. Si je suis malheureuse, c'est que je n'arrive pas à comprendre pourquoi toutes ces questions lamentables doivent à tout prix envahir notre vie. J'ai horreur de te voir sans cesse en désaccord avec Mr. Tredegar qui est si compétent et qui a tant d'expérience, et pourtant j'ai horreur de te voir lui céder, car c'est comme si... comme si...

— S'il se souciait comme d'une guigne de mes idées? acheva Amherst avec un sourire. Mais c'est la réalité — et je n'ai jamais imaginé que je pouvais l'amener à s'en soucier. Donc, ne t'en fais pas pour cela non plus.

— Comment cela : tu ne l'as jamais imaginé? Mais alors, pourquoi est-ce que tu...

— Pourquoi est-ce que je continue à les lui exposer en long et en large ? » Amherst sourit de nouveau. « Pour te convaincre, toi — c'est ma seule ambition. »

Elle le dévisagea, rejetant en arrière d'un mouvement de tête une boucle qui lui tombait sur les yeux. Une larme scintillante se détacha de ses cils et roula en frémissant le long de sa joue.

« Pour me convaincre, moi ? Mais tu sais bien que j'ignore tout de ces choses.

— La plupart des femmes sont dans ce cas.

— Je n'ai jamais prétendu comprendre quoi que ce soit à l'économie, ou je ne sais quel nom tu lui donnes.

— Non.

— Alors, comment... »

Il la considéra avec douceur :

« Je pensais que tu aurais pu commencer à me comprendre, moi.

— Toi ? » Une rougeur affleura légèrement sous la peau claire.

« Moi, ou du moins mes idées sur ce sujet, car tu aurais pu penser qu'elles ont une certaine valeur à en juger d'après ce que tu sais de moi sous d'autres aspects. » Il s'interrompit et son regard la quitta pour se fixer sur un point dans l'espace. « Eh bien, conclut-il posément, j'ai l'impression que j'ai eu ma réponse ce soir.

— Oh ! John ! »

Il se leva et déambula à travers la chambre, s'arrêtant un instant pour manipuler machinalement les flacons et les petits pots sur la table de toilette. Cela lui rappela avec une vivacité troublante certaines sensations de leurs premiers jours d'intimité, quand il examinait et jouait avec ces menus accessoires délicats de sa toilette, dans l'amusement ébloui de sa nouvelle existence. Il pouvait encore entendre son rire quand elle se penchait sur lui, surveillant dans le miroir son regard perplexe, jusqu'à ce que leurs yeux reflétés s'y rencontrent et amènent ses lèvres sur les siennes. Il reposa la houppette parfumée qu'il avait fait lentement tourner entre ses doigts et revint vers le lit. Dans l'intervalle, il avait pris une décision.

« Eh bien, n'est-il pas naturel que je pense ainsi ? reprit-il quand il se trouva près d'elle. Quand nous nous sommes mariés, je n'imaginais pas que tu t'y connaisses en économie, ni que tu t'y intéresses. Mais je me figurais — cela montre sans doute ma vanité — que, quand nous aurions vécu ensemble un an ou deux et que tu aurais découvert quel genre de type je suis dans d'autres domaines — des domaines accessibles à toutes les femmes —, je me figurais, dis-je, que tu adopterais avec confiance mes opinions quand il s'agirait de mon travail, où je passe généralement pour compétent. »

Il savait qu'il touchait là une corde sensible, car Bessy avait au plus haut point l'orgueil de la possession propre à son sexe ; son mari était humainement imparfait jusqu'au moment où les autres le critiquaient. Alors, il devenait un dieu. Mais, dans ce cas précis, une influence contraire l'empêchait de se rendre entièrement à son appel.

« Je suis absolument sûre que tu es compétent, à propos du traitement des ouvriers et tout ça ; mais tu as dit toi-même une fois — la première fois que nous avons parlé de Westmore — que, pour la partie des affaires, c'était différent... »

Et voilà que revenait l'ancienne croyance indéracinable en la séparation du corps et de l'âme ! Même un organisme industriel n'y échappait pas et Bessy était prête à coopérer avec son mari pour l'émancipation de la partie spirituelle de Westmore, à condition que le corps demeurât sous tutelle.

Amherst maîtrisa son impatience : il le faisait toujours facilement une fois qu'il s'était fixé une ligne de conduite.

« C'était ma situation qui était différente, non pas ce que tu appelles la partie des affaires. Celle-là est étroitement liée au traitement des ouvriers. Si j'ai désormais encore quelque chose à faire à la filature, ce n'est que comme ton représentant. Et, comme tel, je dois tout prendre en main. »

La physionomie de Bessy s'assombrit : allait-il se remettre à parler de tout cela ? Mais il lut son anxiété dans son regard et poursuivit, rassurant :

« C'est ce que je voulais dire quand j'ai souhaité que tu me fasses confiance. Si je veux le bien-être de Westmore, c'est surtout, je crois, parce que je veux que Westmore te voie comme je te vois — comme la dispensatrice du bonheur, celle qui ne pourrait supporter de tirer son propre bien-être du tort et de l'injustice faits aux autres.

— Bien sûr, bien sûr que je ne veux pas leur faire de tort !

— Eh bien, alors... »

Il s'était rassis à côté d'elle, emprisonnant dans la sienne la main avec laquelle elle chiffonnait son drap garni de dentelle. Il sentit peu à peu ses doigts s'abandonner et elle leva sur lui des yeux implorants :

« Mais moi aussi je me soucie de ce que les gens disent de toi ! Et tu sais — c'est horrible à dire, mais il faut y penser —, si on dit que tu dépenses mon argent imprudemment... » Son cou et son visage s'empourprèrent. « Je m'en moque pour moi — même si j'ai dû renoncer à tellement de choses que Père et Mr. Tredegar croient... Mais il y a Cicely — et si les gens disaient...

— Si les gens disaient que j'ai dépensé l'argent de Cicely pour améliorer le sort de ceux auxquels elle devra un jour toute sa fortune... » Amherst se tut un moment. « Eh bien, s'il est une seule chose que j'aimerais que l'on dise de moi, c'est bien celle-là — à part une.

— Laquelle ?

— Que je l'ai fait avec l'aide et l'approbation de sa mère. »

Elle poussa un long soupir frémissant : il savait que c'était toujours un soulagement pour elle de le voir s'affirmer avec autorité. Mais un reste de résistance obscurcissait encore son esprit.

« Je voudrais toujours t'aider, naturellement ; mais si Mr. Tredegar et Halford Gaines estiment que ton plan est trop utopique...

— Il va sans dire que Mr. Tredegar et Halford Gaines le trouvent ainsi. Et c'est pourquoi je viens de te dire qu'en fin de compte c'est à toi de choisir entre nous : c'est leurs expériences contre mes convictions. »

Elle le regarda mélancoliquement.

« Bien entendu, je devrais m'attendre à renoncer à des choses... Tu ne voudrais tout de même pas que je vive ici ?

— Je ne te le demanderais pas, dit-il dans un demi-sourire.

— Je suppose qu'il y aurait pas mal de choses que nous ne pourrions faire...

— Tu aurais certainement moins d'argent pendant plusieurs années ; après, je crois que tu en aurais plutôt plus que moins. Mais je ne voudrais pas que tu penses qu'au-delà d'une mesure raisonnable la prospérité de la filature doive jamais être évaluée en fonction de tes revenus.

— Non. » Elle était retombée avec lassitude parmi ses oreillers. « Je suppose, par exemple, qu'il nous faudra renoncer à l'Europe cet été ? »

Tel était donc, enfin, le fond de sa pensée ! C'était toujours au plaisir immédiat que s'accrochait son esprit : elle n'avait pas assez d'imagination pour regarder au-delà, même pour programmer ses désirs. Et c'était sur ce qu'il savait de cette limite qu'Amherst avait délibérément construit sa tactique.

« Je ne vois pas pourquoi tu irais en Europe, dit-il.

— Le docteur pense que j'en ai besoin, prononça-t-elle d'une voix hésitante.

— Dans ce cas, évidemment... » Il se leva, sans brusquerie ni aucun signe d'irritation, comme s'il prenait cela pour sa réponse finale. « En attendant, ce dont tu as le plus besoin, c'est de dormir un peu, dit-il. Je vais dire à ta femme de chambre de ne pas te déranger demain matin. » Il avait repris son ton lénifiant, semblant résigné une fois pour toutes à l'inutilité de poursuivre la discussion. « Et je vais te dire au revoir maintenant, reprit-il, car je prendrai probablement le train très tôt, avant ton réveil. »

Elle s'assit d'un bond :

« Le train très tôt ? Pourquoi, où vas-tu ?

— Je dois aller à Chicago ce mois-ci, et comme on n'aura pas besoin de moi demain, je pourrais aussi bien y faire un saut tout de suite et te rejoindre la semaine prochaine à Lynbrook. »

Bessy avait pâli.

« Mais je ne comprends pas... »

Leurs regards se croisèrent.

« Tu ne peux pas comprendre que je suis suffisamment sensible pour préférer, étant donné les circonstances, ne pas assister à la réunion de demain ? » précisa-t-il avec un rire sarcastique.

Elle se laissa retomber dans ses coussins en poussant un gémissement découragé, détournant son visage tandis qu'il se dirigeait vers sa propre chambre.

« Tu veux que j'éteigne ? demanda-t-il, posant le doigt sur l'interrupteur.

— Oui, s'il te plaît. »

Il poussa le bouton et continua d'avancer, guidé dans l'obscurité par le rai de lumière sous sa porte. Comme il atteignait le seuil, il entendit un petit cri étouffé :

« John — oh ! John ! »

Il s'arrêta.

« Je ne peux pas le supporter ! » Les sanglots s'intensifièrent.

« Supporter quoi ?

— Que tu me détestes...

— Ne dis pas de bêtises, dit-il, cherchant à tâtons la poignée de la porte.

— Mais si, tu me détestes... et je le mérite !

— C'est inepte, ma chérie. Essaie de dormir.

— Je ne pourrai pas dormir tant que tu ne m'auras pas pardonné. Dis que tu ne me détestes pas ! Je ferai tout ce que tu voudras... Dis seulement que tu ne me détestes pas ! »

Il réfléchit un moment, immobile, puis il revint sur ses pas. Quand il s'assit près d'elle, il sentit ses bras se jeter autour de son cou et son visage mouillé se presser contre sa joue.

« Je ferai tout ce que tu voudras... », sanglotait-elle. Alors, dans le noir, il la serra contre lui et hâta sa victoire.

5

Mrs. Ansell était occupée à « réunir les fils de l'écheveau », selon une expression à elle. Elle venait juste de rentrer de l'étranger, où elle avait passé tout l'été ; quelques heures seulement s'étaient écoulées entre le moment où son paquebot avait accosté et celui où elle était descendue à la petite gare de Lynbrook. Seule sur la terrasse de Lynbrook House, par ce bel après-midi de septembre, elle utilisait ce belvédère enchanteur comme un observatoire du haut duquel elle recueillait un à un les détails de l'histoire laissée en suspens par son départ.

Le spectacle qui se déroulait au-dessous d'elle eût pu sembler à première vue offrir peu d'éléments à ce propos — jardins en terrasses, courts de tennis, champs cultivés descendant jusqu'à se fondre dans le bleu chatoyant des plaines du Hempstead —, mais c'eût été leur accorder un œil trop superficiel. Le regard entraîné de Mrs. Ansell se trouvait pour sa part hautement éclairé par les groupes qui entouraient les courts pour assister avec indolence aux performances des joueurs ; puis, du côté de l'allée d'honneur, par la vue de la navette de la gare qui s'éloignait, suivie de sa remorque à bagages, ce qui annonçait qu'un surcroît d'invités allait encore s'ajouter à ceux qui avaient déjà mis à rude épreuve l'extensibilité de la table d'hôtes.

Bien que tout cela fût très suggestif pour l'œil averti, ce n'était encore rien en comparaison de l'approche de deux silhouettes qui, observées par la vieille dame, s'étaient détachées du groupe rassemblé près des terrains de tennis et prenaient la pelouse obliquement, sans hâte, en direction de la terrasse. Ces personnages — un frêle jeune homme aux épaules tombantes et une jeune femme svelte et droite — semblaient absorbés l'un par l'autre, comme inconscients de leur environnement et indécis sur le chemin à prendre ; en bordure du vaste terre-plein gazonné, juste au-dessous de leur observatrice, ils s'arrêtèrent et se firent face pour se parler de tout près. Ce bref échange dura toutefois assez longtemps pour apporter un brin intéressant à l'écheveau de Mrs. Ansell. Puis, sur un geste de la dame et sans autre formalité, le jeune homme prit l'allée principale tandis que sa compagne, pressant le pas, traversait le gazon et gravissait les larges marches de pierre qui menaient à la maison.

Parvenue au faîte de l'escalier, ellc se trouva à quelques mètres du poste de vigie de Mrs. Ansell et brutalement exposée au faisceau lumineux d'amabilité que l'avance rapide de cette dame braqua comme une torche électrique en travers de son chemin :

« Chère Miss Brent ! J'étais justement en train de me demander pourquoi je ne vous avais pas encore vue. »

Mrs. Ansell, tout en parlant, avait attiré la main de la jeune fille dans une longue étreinte molle qui lui servait à la maintenir en face d'elle pendant qu'elle tâtonnait à la recherche du genre de fil que cette rencontre était susceptible de lui fournir.

Justine n'essaya pas d'échapper à l'examen minutieux auquel elle était soumise ; elle se contenta de dégager sa main par un réflexe de fuite instinctif devant toute marque d'affection intempestive, expliquant, avec un sourire qui adoucissait le geste :

« J'étais dehors avec Cicely quand vous êtes arrivée : nous venons juste de rentrer.

— Cette chère enfant ! Je ne l'ai pas vue non plus. »

Mrs. Ansell continuait à scruter le visage au teint mat de son interlocutrice avec un intérêt où Cicely entrait pour très peu. « Il paraît que vous lui apprenez la botanique et toutes sortes de choses merveilleuses. »

Justine sourit de nouveau :

« J'essaie de lui apprendre l'émerveillement : c'est la faculté la plus difficile à cultiver chez l'enfant moderne.

— Oui, j'en ai bien l'impression », reconnut Mrs. Ansell qui, dans un épanchement chaleureux, ajouta : « Chez moi, je constate qu'il se développe avec l'âge. Le monde est un endroit remarquable. » Elle laissa tomber ces derniers mots distraitement, laissant à Miss Brent le soin de les appliquer soit aux phénomènes naturels dont Cicely était censée s'occuper, soit aux manifestations plus subtiles qui retenaient sa propre attention.

« Bessy a bien de la chance, poursuivit-elle, d'avoir eu votre aide pour Cicely, et aussi pour elle-même. Il y a tant de choses que vous devriez me dire sur elle. Comme vieille amie, je revendique le droit de bénéficier de votre œil neuf.

— Sur Bessy ? » Justine hésitait, laissant son regard dériver au loin, près des courts de tennis encore entourés de monde. « Ne trouvez-vous pas qu'elle a meilleure mine ?

— Que quand je suis partie ? Certainement. C'est au point que j'ai été excessivement troublée, à l'instant, en voyant ce petit docteur si compétent — c'était bien lui, n'est-ce pas, qui remontait la pelouse avec vous ?

— Le docteur Wyant ? Oui. » Miss Brent hésita encore. « Mais il avait simplement quelque chose à me dire.

— Ce n'était pas professionnel ? Allons, tant mieux ! A dire la vérité, je me faisais du souci pour Bessy quand je suis partie... J'avais dans l'idée qu'elle aurait dû faire un voyage à l'étranger pour se distraire. Mais à voir la façon dont cela se présente, sa petite excursion en votre compagnie lui a fait autant de bien.

— Je crois qu'elle avait tout simplement besoin de repos. Ces six semaines dans les Adirondacks ont sans doute été plus bénéfiques que l'Europe.

— Ah ! sous votre surveillance — c'est bien grâce à vous si elles ont été bénéfiques ! » Mrs. Ansell hésita à son tour : ses traits se mêlèrent et se disloquèrent, il y eut comme un changement de décor et, quand elle parla de nouveau, son visage était aussi ouvert qu'une place publique, mais en même temps aussi dépourvu de personnalité, aussi plat et lisse que le rideau peint tiré devant la scène réelle qu'il cache.

« J'ai toujours pensé que Bessy, tant pour sa santé que pour son activité, demande autant de soins que Cicely — le genre de soins que peut prodiguer une amie clairvoyante. Elle joue avec ses forces et ses nerfs, et ne veut jamais entendre raison. Le pauvre Dick Westmore veillait sur elle comme sur un bébé ; mais Mr. Amherst, qui doit avoir été habitué à un tout autre genre de femme, ne se rend certainement compte de rien. D'ailleurs, il est si peu ici... » Un sourire avait éclairé le rideau, qui n'en semblait que plus impénétrable. « En tant que vieille amie, je ne puis m'empêcher de vous dire combien je souhaite qu'elle vous ait avec elle longtemps, très très longtemps. »

Miss Brent fit un léger signe de tête en remerciement :

« Oh ! bientôt elle n'aura plus besoin de soins...

— Chère Miss Brent, elle en aura toujours besoin ! » Mrs. Ansell fit un geste qui invitait la jeune fille à partager le banc d'où elle s'était levée à l'approche de cette dernière. « Mais ce genre de vie n'est sans doute pas très satisfaisant pour votre énergie professionnelle. »

Elle s'assit et Justine, résignée, prit place à côté d'elle.

« Je suis très heureuse, précisément en ce moment, de donner des vacances à mon énergie, dit-elle en se laissant aller contre le dossier avec un petit soupir de lassitude rétrospective.

— Vous aussi, vous êtes fatiguée ? Selon une lettre de Bessy, un cas pénible vous a épuisée, après que nous vous avions vue à Hanaford. »

Miss Brent sourit :

« Une infirmière digne de ce nom appelle un cas pénible un cas " magnifique ".

— Mais en attendant ? » Mrs. Ansell l'enveloppait d'une sollicitude de grande sœur. « En attendant, pourquoi ne pas rester ici avec Cicely — et surtout avec Bessy ? Elle aussi est certainement un cas " magnifique ".

— N'est-ce pas ? approuva Justine en riant.

— Et si vous désirez être mise à l'épreuve (Mrs. Ansell haussa les épaules avec philosophie en indiquant les lieux environnants), vous découvrirez qu'il y en a l'occasion partout. »

Sa compagne se leva en jetant un regard à la petite montre qui pendait à son cou.

« L'une d'entre elles étant qu'il est déjà plus de quatre heures et que je dois veiller à ce qu'on descende le thé aux tennis et que l'on s'occupe des nouveaux arrivants.

— J'ai vu la navette qui partait pour la gare. On attend beaucoup de monde ?

— Cinq ou six personnes, je crois. La maison est toujours pleine le dimanche. »

Mrs. Ansell fit un geste discret pour la retenir :

« Et Mr. Amherst, quand doit-il venir ? »

Les joues pâles de Miss Brent se teintèrent d'une nuance d'ivoire plus foncée et son regard quitta le visage de son interlocutrice pour s'abaisser sur les jardins multicolores, à leurs pieds.

« Bessy ne me l'a pas dit.

— Ah ! » fit la vieille dame, regardant elle aussi en direction des jardins, comme pour intercepter au vol le regard de Miss Brent. Cette dernière resta là un moment, donnant l'impression de ne pas désirer se dérober à ce que sa compagne pouvait encore avoir à lui dire, puis elle se détourna et pénétra dans la maison par une porte-fenêtre au moment où Mr. Langhope en sortait par une autre.

Le son de sa canne martelant légèrement le sol tira Mrs. Ansell de sa rêverie, mais elle ne réagit à sa présence qu'en revenant au banc qu'elle venait de quitter : acceptant cette invitation muette, Mr. Langhope traversa la terrasse et s'assit à côté d'elle.

Après quoi, ils se regardèrent, toujours sans parler, à la manière de deux vieux amis possédant des moyens occultes de communication. Pour clore enfin ce dialogue tacite, Mr. Langhope demanda :

« Eh bien, qu'en pensez-vous ?

— Et vous-même ? » rétorqua-t-elle, tournant entièrement vers lui un visage si dénué de ses défenses et de ses masques habituels qu'il en semblait tout à coup plus vieux et plus simple que celui qu'elle présentait au monde.

Mr. Langhope eut un geste de dénégation :

« Je veux vos impressions fraîches.

— C'est exactement ce que je viens de dire à Miss Brent.

— Vous avez parlé avec Miss Brent ?

— Juste deux mots en passant car elle avait à s'occuper des nouveaux arrivants. »

Mr. Langhope redoubla d'attention :

« Alors, qu'est-ce que vous lui avez dit ?

— Vous n'aimeriez pas mieux savoir ce qu'elle m'a dit à moi ? »

Il sourit :

« Un bon enquêteur obtient toujours la réponse qu'il souhaite. Dites-moi vos propos et je saurai les siens.

— A mon avis, cela ne pourrait s'appliquer qu'à des enquêteurs stupides, ou à ceux qui ont affaire à des sujets stupides. Or Miss Brent n'est pas stupide, savez-vous ?

— Loin de là ! Qu'avez-vous découvert d'autre ?

— J'ai découvert qu'elle occupe les lieux.

— Ici ?

— Ne prenez pas cet air ahuri. Elle ne vous plaît pas ?

— Dieu m'en garde — avec ces yeux ! En outre, elle a une de ces personnalités ! Et puis, elle facilite les choses pour Bessy.

— Elle la protège soigneusement, en tout cas. Je n'ai rien pu découvrir.

— A propos de Bessy ?

— A propos de la situation générale.

— Y compris d'elle, Miss Brent ? »

Mrs. Ansell eut un petit sourire :

« J'ai fait une seule découverte à son sujet, et très minime.

— Oui ?

— Elle est intime avec le nouveau docteur.

— Wyant ? » L'intérêt de Mr. Langhope retomba. « Qu'y a-t-il d'étrange à cela ? Je crois qu'elle le connaissait avant.

— Sans doute. Ce n'est pas d'une importance primordiale, si ce n'est pour nous donner une indication possible sur son caractère. Elle me fascine : elle est intéressante et mystérieuse. »

Mr. Langhope sourit :

« Jusqu'où votre imagination ne vous entraîne-t-elle pas !

— Cette imagination m'aide en tout cas à voir que nous aurions tout intérêt à nous faire une amie de Miss Brent.

— Une amie ?

— Une alliée. » Elle s'interrompit, à la recherche du mot juste. « Elle peut restaurer l'équilibre. »

Le beau visage de Mr. Langhope s'assombrit :

« Ouvrir les yeux à Bessy au sujet d'Amherst ? Qu'il aille au diable ! » gronda-t-il sourdement.

Mrs. Ansell passa sur l'imprécation.

« Quand était-il là pour la dernière fois ? demanda-t-elle.

— Il y a cinq ou six semaines — pour une nuit. Sa seule visite depuis qu'elle est rentrée des Adirondacks !

— Qu'est-ce qui le pousse à agir ainsi, selon vous ? Il doit bien savoir les risques qu'il encourt en perdant son influence sur Bessy.

— Qu'est-ce qui le pousse ? Avec votre flair à leur sujet, comment pouvez-vous le demander ? Une ambition dévorante, pas moins ! N'avez-vous pas remarqué que chez tout le monde, sauf chez un esprit supérieur, l'ambition prend la forme du désir de commander là où l'on a eu à obéir ? Amherst a dû se plier à la discipline de Westmore, et maintenant il veut que Truscomb — oui, et Halford Gaines aussi ! — fasse de même. C'est là tout le secret du personnage “ serviteur-du-peuple ” qu'il affecte — sapristi, je suis même certain que c'est tout le secret de son mariage ! Il est en train d'absorber la substance de ma fille pour régler un vieux compte avec la filature. Il n'aura pas de repos que Truscomb n'ait été renvoyé, et qu'il n'ait mis à la direction une créature à lui — et alors, vogue la galère ! Si encore c'était pour les femmes, conclut Mr. Langhope au comble de l'exaspération, on pourrait le comprendre, à son âge, et avec cette fameuse tête romantique..., mais être négligée pour un tas d'ouvriers vaguement socialistes — ah ! ma pauvre petite fille, ma pauvre petite fille ! »

Mrs. Ansell réfléchit.

« Vous ne m'avez jamais écrit que les choses en étaient là. Il n'y a pas eu à proprement parler de querelle ? demanda-t-elle.

— Comment aurait-il pu y en avoir ? La pauvre enfant fait tout ce qu'il veut... Il est simplement trop occupé pour venir la remercier !

— Trop occupé à Hanaford ?

— C'est ce qu'il dit. Occupé à introduire l'âge d'or à Westmore : cela risque fort d'être l'âge de fer à Lynbrook. »

Mrs. Ansell soupira pensivement.

« J'étais en train de penser à cela. J'avais compris que Bessy aurait à faire des économies pendant la durée des rénovations à Westmore ?

— Eh bien, n'a-t-elle pas renoncé à l'Europe et câblé pour décommander sa nouvelle voiture ?

— Mais le pied sur lequel on vit ici ! Cette foule de gens ! Miss Brent me dit que la maison est pleine tous les week-ends.

— Voudriez-vous que ma fille soit coupée de tous ses amis ? »

Mrs. Ansell réagit sur-le-champ :

« De certains des nouveaux, en tout cas, assurément ! Savez-vous qui vient d'arriver ? »

L'hésitation de Mr. Langhope révéla une nuance d'embarras :

« Je ne sais pas exactement... Il y a toujours quelqu'un qui vient d'arriver.

— Bon, tout simplement, les Fenton Carbury. » Mrs. Ansell laissa au ton de sa voix le soin de traduire son opinion.

Mr. Langhope haussa légèrement les sourcils :

« Sont-ils censés représenter un plaisir exceptionnellement hors de prix ?

— Si vous êtes en train de vouloir prouver que je sors du sujet, je peux vous garantir que je suis en plein dedans !

— Mais puisque cette bonne Blanche a obtenu le divorce et a épousé Carbury, en quoi diffèrent-ils des autres automates des week-ends ?

— En ce que la plupart des femmes divorcées se remarient pour être respectables. »

Mr. Langhope sourit faiblement.

« Oui, c'est leur punition. Mais ce serait trop lugubre pour Blanche.

— Précisément. Elle s'est remariée pour voir Ned Bowfort !

— Ah ! ce sont ses affaires, après tout. »

Mrs. Ansell soupira devant son entêtement à la contredire.

« En attendant, elle l'a amené ici, et il n'est pas normal que Bessy se prête à de telles manœuvres.

— Vous vous laissez emporter par une vision vieux jeu de la société. Ici, Bowfort et Carbury ne sont que des partenaires au bridge.

— De vieux partenaires, pour cela, oui ! Et le bridge, parlons-en justement : Bessy n'avait jamais joué pour de l'argent.

— Eh bien, elle a le droit de faire quelque chose en compensation des prodigalités de son mari.

— Encore une fois, avec un tel train de vie, comment diable feront-ils pour mener de front ces deux...

— Westmore et Lynbrook ? » Mr. Langhope, soudain devenu grave, frappa violemment le sol de sa canne. « Mais je ne veux pas qu'ils les mènent de front — je veux une séparation de plus en plus nette ! »

Elle eut peur de comprendre :

« Vous voulez que Bessy continue à trop dépenser ?

— Qu'y puis-je si cela coûte cher ?

— Si quoi coûte cher ? C'est votre plan, alors ? »

Il haussa de nouveau les épaules :

« C'est une attitude passive...

— Ah ! les plans les plus concertés le sont ! » Mr. Langhope n'éleva aucune protestation et elle continua à rassembler ses conjectures. « Mais vous espérez que cela mènera à quelque chose d'actif. Vous voulez une rupture ? »

— Je veux qu'il reprenne ses esprits.

— Pensez-vous que cela va le ramener à Bessy ?

— Où diable irait-il ? »

Mrs. Ansell abaissa les yeux sur les jardins que sillonnaient des groupes disséminés, rentrant du tennis.

« Ah ! les voilà tous », dit-elle, se levant avec un léger soupir ; et, tandis qu'elle contemplait, immobile, tous ces gens vêtus de couleurs vives, elle ajouta en pesant ses mots : « C'est ingénieux, mais vous ne le connaissez pas. »

Mr. Langhope caressait sa moustache.

« Peut-être pas, acquiesça-t-il pensivement. Mais si nous rentrions avant qu'ils nous rejoignent ? Je veux vous montrer quelques Mings que j'ai découverts l'autre jour pour Bessy. En Mings, tout au moins, je me flatte de m'y connaître. »

6

Justine Brent, une fois libérée de ses devoirs d'hôtesse, était remontée dans sa chambre. C'était une petite pièce dans une tourelle qui surplombait la vaste terrasse d'où montait de plus en plus fort la rumeur d'une réception animée.

Bessy, elle le savait, aurait de beaucoup préféré qu'elle restât parmi ces joyeux invités. Mrs. Amherst s'était en effet habituée à se reposer sur son amie. Il lui était agréable de sentir que les mains et les yeux diligents de Justine étaient à l'affût de ses caprices, prompts à les interpréter et à les satisfaire sans qu'elle eût rien à demander. Bessy alliait à un grand zèle sportif — elle montait à cheval, pratiquait le golf, le tennis, et y était infatigable — une inertie quasi orientale à l'égard de son intérieur. Cette indolence du corps et de l'esprit lui rendait insupportable l'activité forcée de l'hospitalité : pourtant elle s'était accoutumée à dépendre de plus en plus des distractions offertes par une maison pleine.

Cependant Justine, bien que reconnaissante et désireuse de montrer sa gratitude, refusait d'ajouter à ses autres tâches celle de se joindre à ces divertissements. Elle n'affectait pas de s'effacer lorsque sa présence lui semblait utile mais, même si elle s'était intéressée aux distractions en faveur à Lynbrook, un orgueil secret l'aurait empêchée d'y participer sur le même pied que les hôtes de Bessy. Elle n'avait pas le moins du monde honte de sa position dans la maison, mais elle s'arrangeait pour que chacun la connût afin de ne pas être prise pour l'une de ces demoiselles nomades qui forment l'escorte de la grande armée du plaisir. Toutefois, même sur ce plan, sa susceptibilité n'avait rien d'exagéré. L'adversité est habile à rassembler les brins épars de l'instinct en une personnalité, et le contact précoce de Justine avec différentes sortes d'expériences lui avait donné une vue très claire de la vie, une connaissance « topographique », solide et efficace, de ses hauts et de ses bas. Elle ne redoutait pas vraiment d'être prise pour ce qu'elle n'était pas et elle craignait encore moins de devenir, à force de vivre dans ce milieu, le genre de personne pour laquelle on pouvait momentanément la prendre.

Quand, sur les instances de Bessy, elle avait rejoint cette dernière à son camp dans les Adirondacks, la transition entre un « cas » épuisant à Hanaford et une vie libre en plein air, harmonieusement combinée au luxe le plus raffiné, s'était présentée à elle comme un heureux délassement. Elle était alors saturée de laideur et de souffrances, harassée par son travail, et la vie lui sembla retrouver tout son sens au sein de ce séduisant farniente. Lynbrook, où elle s'était laissé entraîner par Bessy à la fin de leur cure sylvestre, l'avait également amusée et intéressée au début. La grande maison posée sur ses interminables terrasses, avec ses portes-fenêtres plongeant sur des jardins somptueux que prolongeait la plaine à perte de vue, semblait un havre de confort et de gaieté. Justine était sensible aux séductions subtiles d'un intérieur luxueux : tons chauds des vieux tableaux et des bronzes, mélanges onctueux des nuances des tentures fanées et des lambris de chêne patiné. L'existence qui se déroulait au sein de ce cadre semblait à première vue posséder les mêmes qualités ornementales. Quel plaisir de se trouver pour une fois parmi des gens dont la principale occupation était de présenter une belle apparence et de prendre la vie avec légèreté ! La gaieté naturelle de Justine lui permit d'être immédiatement adoptée par les aimables personnes qui peuplaient les week-ends de Bessy. Elle aurait succombé à leur charme si seulement elles avaient été fidèles à leurs propres valeurs. Mais il lui semblait qu'elles passaient à côté de la poésie de leur état et alignaient leurs plaisirs dans un grand livre comptable dont la tenue relevait d'un rituel morne et à courte vue. Et même cette vivacité de langage qui lui avait fait croire qu'elle était dans un monde de liberté intellectuelle se révéla bientôt n'être qu'une forme de fuite devant les idées, où c'était à qui courait le plus vite. Justine abandonna cette observation passive en retrouvant sa pleine activité mentale et physique. Son énergie, qui semblait identique à celle qui fait mouvoir le soleil et les étoiles, était stimulée au plus haut point par l'atmosphère étouffante de la vie à Lynbrook, tout comme un asphyxié développe une force anormale pour aller chercher de l'air.

Elle ne regrettait certes pas d'être venue. Elle était heureuse d'être avec Bessy, en partie à cause de l'amitié d'enfance qui avait laissé des traces profondes dans son cœur solitaire, et aussi parce que ce qu'elle avait vu de la situation de son amie éveillait son besoin de sympathie et d'altruisme. Mais sa conversation de l'après-midi avec Mrs. Ansell lui avait fait percevoir la possibilité de sombrer dans la semi-dépendance qu'une jeune fille adroite et séduisante peut toujours se créer dans le sillage d'une femme à la mode, chose qu'elle n'avait pas imaginée avant cette conversation et que sa nature profonde repoussait totalement. L'avenir la troublait, pas sous son aspect matériel (elle vivait comme l'oiseau sur la branche), mais parce qu'elle refusait les évidences qui l'avaient guidée jusque-là : le renouveau de sa vie physique ne l'empêchait pas de douter de son métier. Elle ne se sentait plus prédestinée à soigner les malades tout le restant de ses jours et, dans son inexpérience, elle se reprochait cette instabilité. La jeunesse et la féminité étaient en fait en train de réclamer leur dû à grands cris, mais un instinct profond la protégeait d'illusions, même fugitives. Elle désirait le bonheur, une vie à elle, autant que n'importe quel être jeune fait de chair et de sang, mais ils devaient venir nimbés de la lumière de l'imagination et pénétrés du sentiment des affinités électives. Elle ne pouvait concevoir de s'enfermer dans une petite citadelle de bien-être égoïste tandis que les grandes vagues de l'existence déferlaient sur un monde extérieur ignoré. Et ces vagues, qu'elles déposent un trésor à ses pieds ou qu'elles éparpillent sa vie parmi les épaves, faisaient sentir à Justine que sa place était là, sur le rivage, à l'écoute et au spectacle de la grande marée. Au fur et à mesure que le style de vie de Lynbrook la privait de cette large connaissance humaine, cette dernière parlait de plus en plus fort en elle.

Quelque part, elle le sentait — mais, hélas, encore hors de sa portée —, existait la vie dont elle rêvait, où les plus hautes possibilités d'action rivalisaient avec les formes les plus raffinées du plaisir. Mais à quel titre partagerait-elle une semblable existence ? A aucun : Justine avait seulement conscience de ce que cette vie méritait qu'on fît pour elle et du rôle important qu'elle jouait dans un monde qui utilisait toutes ses ressources pour se barricader contre toutes les occasions qu'elle offrait.

Elle savait qu'il y avait des jeunes filles qui cherchaient, par ce qu'on appelle un « bon » mariage, à s'introduire dans le monde de l'action et de la pensée en exploitant un cerveau vide et des poches pleines comme clef de ces domaines enviés. C'était ce genre de chances que la vie à Lynbrook paraissait offrir — on n'est, à l'âge de Justine et avec sa perspicacité, pas plus inconscient du port de sa tête que de la tournure de son esprit —, mais là les subtilités du goût et de l'orgueil y faisaient obstacle. Même les manœuvres transparentes de Bessy, le tendre souci qu'elle avait du bonheur de son amie, ne purent un seul instant affaiblir la résistance de Justine. Et si elle devait faire un mariage sans amour — car cela lui semblait de plus en plus probable —, qu'elle pût au moins fondre sa soif de bonheur dans une conception de l'existence en harmonie avec la sienne.

Un petit coup frappé à la porte la tira d'une songerie que l'entrée de Bessy Amherst sembla soudain matérialiser.

« Pourquoi t'es-tu sauvée, Justine ? Tu avais promis d'être en bas à mon retour du tennis.

— N'était-ce pas plutôt *jusqu'à* ton retour, chérie ? rectifia Justine avec un sourire, et, voyant que Bessy restait indécise sur le pas de la porte, elle lui avança un fauteuil. J'ai vérifié qu'il y avait bien une provision de thé frais au salon, et je savais que tu serais là avant que la navette revienne de la gare.

— Oh ! j'étais là, mais tout le monde te demandait...

— Tout le monde ? » Justine releva d'un air moqueur l'arc sombre de ses sourcils.

« Enfin, Westy Gaines en tout cas, à peine a-t-il eu posé le pied dans la maison ! » déclara Bessy dans un éclat de rire, en se laissant choir dans le fauteuil.

Justine fit écho à ce rire, mais la déclaration qui l'avait accompagné demeura sans commentaire. Les deux femmes restèrent silencieuses un moment ; Bessy laissa aller sa jolie tête mécontente contre le dossier du fauteuil et ses yeux se trouvèrent au niveau de ceux de son amie qui s'appuyait, près d'elle, au chambranle de la fenêtre.

« Je n'arrive pas à te comprendre, Justine. Tu sais fort bien pourquoi il est revenu.

— C'est pour éblouir Hanaford en racontant qu'il a passé le week-end à Lynbrook !

— Ne dis pas de bêtises — cela n'a plus rien de nouveau maintenant. Il est venu ici trois fois depuis que nous sommes rentrées.

— Tu reçois admirablement ta famille. »

Bessy eut un geste découragé de ses mains soignées et chargées de bagues :

« Qu'est-ce que tu lui trouves de pire qu'aux autres ? »

Les sourcils de Justine s'arquèrent de nouveau :

« Dans le même registre ? Tu parles comme si je disposais d'un éventail illimité de comparaisons.

— Mais... tu as le docteur Wyant ! » lui lança abruptement Mrs. Amherst.

Justine rougit sous cette botte imprévue, mais rencontra, sans détourner les siens, les yeux de son amie.

« Plutôt que Westy ? Pourquoi pas, si j'étais sur une île déserte — mais ce n'est pas le cas ! » conclut-elle avec un rire insouciant.

Bessy plissa le front et soupira :

« Tu ne veux pas dire que, des deux... ? » Elle s'arrêta puis reprit avec circonspection : « C'est parce qu'il est plus intelligent ?

— Que Westy ? » Justine sourit. « Le beau titre de gloire que voilà !

— Oh ! je sais bien que Westy n'est pas très brillant, mais les hommes stupides ne sont pas toujours les plus difficiles à vivre. » Elle soupira encore et posa sur Justine un regard qui en disait long sur ses expériences conjugales.

Justine s'était carrée sur la banquette, sous la fenêtre ; ses mains fines enserraient son genou, attitude qu'elle adoptait volontiers lorsqu'elle réfléchissait.

« Peut-être pas, acquiesça-t-elle, mais je ne crois pas que je pourrais m'intéresser à un homme qui me rendrait la vie facile ; je voudrais quelqu'un qui me la rende intéressante. »

Cette réponse arracha à Bessy une exclamation apitoyée :

« Ne va pas t'imaginer que tu as inventé cela ! N'importe quelle jeune fille pense ainsi. C'est par la suite qu'elle découvre qu'il est beaucoup plus agréable d'être trouvée, elle, intéressante. »

Elle parlait avec une amertume qui semblait bizarre sur ses lèvres. C'était cette amertume qui donnait à sa nature si douce le tranchant que Justine avait noté le jour de leurs retrouvailles à Hanaford.

La jeune fille avait tout d'abord essayé d'éviter ces confidences à peine voilées, déjà déplaisantes en soi et qui la mettaient en outre, si elle les écoutait, dans une position de déloyauté implicite envers l'homme sous le toit duquel elles parlaient. Mais son expérience précoce de la vie lui avait appris que les sentiments trop violents qui animent un être faible peuvent finir par empoisonner son cœur. Elle s'était donc résignée à servir d'exutoire à l'insatisfaction refoulée de Bessy. Non point qu'elle s'identifiât à sa doléante amie, car elle en savait trop sur la situation pour ne pas donner son approbation morale à l'autre partie, mais c'était bien de Justine d'avoir parfois le plus de pitié là où elle sympathisait le moins. Comme tous les esprits rapides, elle était souvent sans tolérance envers la pesanteur intellectuelle ; pourtant, une fois la première impression passée, restait en elle un peu de compassion pour cette incapacité même qui l'irritait tant. Il lui semblait que les crises tragiques de la vie conjugale mettaient généralement en lumière la sottise de l'un des conjoints, et voilà que, des deux victimes d'une telle catastrophe, c'était au malheur de celle qui par ses limites était probablement à l'origine de la situation qu'elle compatissait le plus. Après tout, il ne pouvait y avoir d'emprisonnement plus cruel que celui d'une petite nature ingrate, aveugle en tout aux lumières changeantes et sourde au grand chant délirant du monde : elle ne pouvait imaginer handicap physique plus gênant ! Combien une petite âme confinée à vie dans sa solitude doit languir et dépérir au sein de ce noyau d'aveuglement narcissique !

L'ouverture aux courants de la vie ne contribue pas toujours à la compréhension des natures plus étroites ; mais les émotions personnelles de Justine étaient enrichies et approfondies par un sentiment de participation à tout ce que le monde environnant faisait, souffrait, savourait, et ce sentiment trouvait son expression dans un instinct pastoral de consolatrice. Elle était par nature une redresseuse de torts, une réformatrice. Dans son travail — elle l'avait dit une fois à Amherst —, le désir d'aider et de guider, d'accélérer par son intervention personnelle le processus lent et maladroit du temps s'était souvent trouvé en conflit avec les restrictions imposées par sa profession. Mais elle n'éprouvait pas le besoin qu'ont les oisifs de sonder les profondeurs de la vie des autres et, quand il n'y avait aucun espoir de rendre service, elle se dérobait aux confidences arides. Elle commençait à sentir que tel était le cas avec Bessy Amherst. Toucher le roc ne semblait pas suffisant s'il ne contenait la moindre goutte. C'était pourtant dans cette stérilité que gisait le pathétique de la situation. Et, au fond, un ruisseau minuscule ne pouvait-il être alimenté par un torrent ?

« Je n'en suis pas sûre, répondit-elle aux derniers mots de son amie après avoir mûrement réfléchi. Qu'elle soit intéressante à force d'être trop plaisante, je veux dire. Je suis sûre que la partie passive est toujours dépourvue d'intérêt : la vie est devenue beaucoup plus palpitante du jour où nous avons découvert que nous tournons autour du soleil, au lieu de rester bien tranquilles pendant que toutes les planètes étaient aux petits soins pour nous ; en fin de compte, elles ne l'étaient pas du tout et c'est assez humiliant de penser que les étoiles du matin devaient bien se moquer de nous ! »

Il n'y avait aucune suffisance chez Justine dans son désir d'aider. Il lui était bien plus facile de l'exprimer par des actes que par des conseils, de chercher la voie en tâtonnant avec son amie que de lui indiquer la marche à suivre ; et, quand elle avait à formuler ses idées, elle préférait s'abriter derrière des images plutôt que de paraître conseiller. Mais ce n'était pas seulement à Mrs. Dressel que ses paraboles semblaient obscures, et le regard vide de Bessy la ramena bien vite sur terre.

« Je veux dire, poursuivit-elle, abandonnant sa métaphore avec un sourire, que la nature humaine est ainsi faite qu'elle doit trouver son moi authentique — celui auquel elle puisse s'intéresser — hors de ce que nous appelons conventionnellement " moi " : la Justine ou la Bessy particulière qui réclame sa parcelle personnelle de vie. Tu vois, le moi n'est pas quelque chose que l'on puisse garder dans une boîte — il s'en échappe toujours quelques fragments qui vont se loger dans toutes sortes de recoins improbables ; nous croisons des bribes de nous dans les endroits les plus inattendus — par exemple, je suis certaine que tu en rencontrerais à Westmore, si seulement tu y retournais les chercher ! »

Les lèvres de Bessy tremblaient et le sang lui monta au visage, mais ce fut d'un ton irrité qu'elle répondit :

« Pourquoi, lui, ne me cherche-t-il pas là-bas, alors ? S'il veut toujours me trouver...

— Ah ! c'est pour se chercher, lui, ici — pour se trouver *ici*, murmura Justine.

— Eh bien, jamais il ne vient ici ! La voilà sa réponse !

— Il viendra — il viendra ! Seulement, quand il le fera, fais qu'il te trouve.

— Qu'il me trouve ? Je ne comprends pas. Comment le pourrait-il puisqu'il ne me voit jamais ? Pour lui, que suis-je de plus que ce tapis sur le parquet ? »

Justine sourit de nouveau :

« Alors, sois le tapis ! Ce qu'il faut, c'est *être*.

— Sous ses pieds ? Merci bien ! C'est pour cela qu'on se marie, à ton avis ? Ce n'est pas ce que les maris admirent en vous, tu sais !

— Non. » Justine se leva avec une sensation furtive de découragement. « Mais je ne crois pas que je veuille être admirée.

— Ah ! c'est parce que tu sais que tu l'es ! » Ce cri amer sortait du fond du cœur.

Le ton frappa Justine, et elle se laissa tomber sur le siège à côté de son amie, posant doucement une main sur ses doigts crispés.

« Oh ! ne parlons pas de moi, gémit Bessy, qui n'abandonnait pourtant jamais bien longtemps ce sujet. Et ne va pas penser que je veuille que tu te maries, Justine : pas pour moi, je veux dire — j'aimerais tellement mieux te garder ici ! Je me sens bien moins seule quand tu es avec moi. Mais tu dis que tu ne veux pas rester et c'est si horrible de penser que tu retourneras à ce lugubre hôpital...

— Tu sais bien que l'hôpital n'a rien de lugubre pour moi, l'interrompit Justine, c'est l'endroit le plus intéressant que j'aie jamais connu. »

Mrs. Amherst sourit avec indulgence à cette extravagance.

« Une foule de gens passent par une phase de philanthropie..., commença-t-elle sur le ton docte de qui parle d'expérience, mais un éclat de rire vint l'interrompre :

— Philanthropie ? Je ne suis pas philanthrope. Je ne crois pas avoir jamais eu tendance à faire le bien dans l'abstrait — pas plus qu'à faire le mal ! Je ne me souviens pas d'avoir jamais planifié une ligne de conduite de ma vie. C'est seulement..., poursuivit-elle d'un air perplexe, essayant honnêtement d'analyser ses mobiles, c'est seulement que je m'intéresse tellement aux gens qu'avant de m'en apercevoir je me retrouve dans leur peau. Alors, tout naturellement, si quelque chose ne va pas pour eux, c'est exactement comme si cela n'allait pas pour moi et je ne peux m'empêcher de me secourir moi-même de leurs problèmes à eux ! Je suppose que tu appellerais cela " s'ingérer " — et moi aussi d'ailleurs, si seulement je pouvais me rappeler que les autres ne sont pas moi ! »

Bessy écouta cela avec tolérance et modération. Une fois sur le terrain éprouvé de l'autorité traditionnelle, elle se sentait toujours supérieure à Justine.

« Tout cela est très bien pour l'instant — tu en vois le côté romantique, plaisanta-t-elle, assurée que son amie divaguait. Mais, avec le temps, tu voudras quelque chose d'autre ; tu auras envie d'avoir un mari et des enfants — une vie à toi. Et puis, tu auras plus de sens pratique. C'est ridicule de prétendre que le confort et l'argent ne changent rien. D'ailleurs, si tu faisais un riche mariage, songe un peu à tout le bien que tu pourrais faire ! Westy sera très riche et je suis sûre qu'il te laisserait fonder des hôpitaux et tout ça. Imagine comme ce serait passionnant de créer un service à l'hôpital où tu as été infirmière ! J'ai lu dernièrement quelque chose de ce genre dans un roman — c'était magnifiquement décrit. Toutes les infirmières et tous les docteurs avec lesquels l'héroïne avait travaillé étaient là pour l'accueillir, et son petit garçon venait distribuer des jouets aux enfants infirmes... »

Si cet exemple final ne produisit pas l'effet escompté, ce fut peut-être parce que l'attention de Justine s'était arrêtée sur la première partie de ce discours. Il était étrange d'être poussée au mariage par une femme qui avait par deux fois échoué à y trouver le bonheur — étrange, et cependant cela montrait — avec quelle force ! — que, même chez une nature absorbée par ses propres exigences, le besoin essentiel n'est pas le bonheur, mais l'accomplissement. « Une vie à soi » : l'indécise Bessy, elle-même, était prête à souffrir pour la conquérir. Mais comment un esprit comme celui de Justine, palpitant de ferveur juvénile et de générosité, eût-il pu concevoir une vie d'isolement comme réponse à cette exigence? Une vie circonscrite par sa seule conscience serait-elle la vie? Il valait mieux, et de loin, tenter l'aventure du scaphandrier que de rester en frissonnant sur le rivage! Bessy, interprétant ce silence comme un encouragement, lui rendit affectueusement la pression de sa main.

« Tu aimerais cela, Justine? demanda-t-elle, secrètement fière d'avoir fait mouche grâce à l'argument convaincant.

— Fonder des hôpitaux avec l'argent de ton cousin? Non, je voudrais quelque chose de beaucoup plus exaltant. »

Bessy s'enflamma :

« Tu veux parler de voyages à l'étranger et de New York en hiver, je suppose? »

Justine éclata de rire.

« C'est de ton cousin que je parlais. » Et, à l'exclamation désappointée de Bessy : « Alors, c'est bien le docteur Wyant, en fin de compte? » elle répondit légèrement et sans se formaliser de la sommation : « Je ne sais pas. Si nous nous en remettions à l'oracle?

— L'oracle?

— Le temps. Son département questions-réponses est généralement très fiable sur une longue période. » Elle se leva et tira doucement Bessy pour la mettre debout. « Et pour l'instant, il me rappelle qu'il est près de six heures et que tu as promis à Cicely d'aller la voir avant de t'habiller pour le dîner. »

Bessy se leva docilement.

« Te rappelle-t-il aussi les tiennes, de promesses? Tu as dit que tu descendrais dîner, ce soir.

— J'ai dit cela? » Justine hésitait. « Bon, j'irai, alors », décida-t-elle en souriant et en embrassant son amie.

7

Restée seule, Justine s'assit à son secrétaire et, après un moment de rêverie, la plume en suspens, elle écrivit un bref message dont le contenu avait pris forme dans son esprit pendant sa conversation avec Bessy. Cette tâche expédiée, elle mit sa veste et son chapeau, et, son pli à la main, descendit dans le hall. Elle aurait pu mettre sa lettre dans la boîte réservée à cet usage, posée bien en évidence sur une table, près de la porte, mais cela en eût retardé la distribution et elle avait soudain hâte de la voir partir.

Le joyeux tintamarre s'était transféré de la terrasse à l'intérieur de la maison. En descendant l'escalier, Justine pouvait entendre le choc des queues de billard, les conversations et les rires des derniers joueurs de bridge, le va-et-vient des domestiques qui emportaient les tasses à thé et ranimaient les feux. Elle avait pensé trouver le hall vide, aussi, au dernier tournant de l'escalier, la silhouette de Westy Gaines faisant le guet sur le seuil du fumoir déclencha en elle l'amorce d'un mouvement d'impatience. Il voudrait savoir où elle allait, puis lui proposerait de l'accompagner, et il lui faudrait du temps et beaucoup d'éloquence pour lui faire comprendre que sa compagnie n'était pas désirée.

Telle fut la pensée de Justine lorsqu'elle atteignit le palier, mais l'instant suivant elle cédait la place à un sentiment contraire. Westy Gaines n'était pas seul dans le hall. De la cage de l'escalier lui parvenaient les voix d'un groupe qui s'était emparé de cette modeste retraite pour suivre une partie d'échecs, et, en se rapprochant du bas, Justine comprit que Mason Winch, jeune homme tout à fait sérieux qui professait des idées avancées en matière d'économie politique, était en train, au grand divertissement d'un cercle de convives, d'initier aux échecs les petites Telfer. Les efforts vainement déployés pour tenter de fixer l'attention de ces deux jeunes écervelées et l'inconscience totale de leur instructeur à ce sujet constituaient pour les spectateurs un divertissement de choix. Il était évidemment dans l'ordre des choses que le jeune Winch eût succombé dès son arrivée à Lynbrook aux charmes effervescents des petites Telfer, aussi attirantes pour les jeunes gens boutonneux que pour les messieurs mûrs et blasés ; mais qu'il n'eût point perçu l'imperméabilité de leur esprit à la stratégie du jeu d'échecs était, y compris pour les deux intéressées elles-mêmes, une source de gaieté sans mélange. Rien ne leur semblait plus drôle que le fait qu'on pût les créditer d'une quelconque capacité intellectuelle et elles avaient des façons inépuisables de mettre réciproquement en valeur leur ignorance.

Westy avait contemplé cette scène d'un œil goguenard jusqu'à ce que l'apparition de Justine eût détourné son attention. Il prononça joyeusement son nom et s'avança pour la saluer, mais, comme ils se serraient la main, elle comprit qu'il n'avait pas l'intention de lui imposer longuement sa compagnie. Sous les yeux du cercle de Lynbrook, il se montrait peu prodigue de démonstrations empressées et l'approbation de Mrs. Amherst elle-même ne pouvait combler le fossé qui le séparait de l'objet de ses attentions. Un Gaines était un Gaines une fois pour toutes, et les charmants hasards de la personnalité n'y pouvaient rien changer. Miss Brent n'était rien d'autre que le support de certaines grâces que la Providence avait créées pour la délectation du sexe fort.

Ces considérations expliquaient le peu de chaleur de Westy et sa façon de garder un œil sur l'échange muet autour de l'échiquier. A un autre moment, son embarras eût amusé Justine, mais la réflexion amorcée par sa conversation avec Bessy avait fait son chemin et elle reconnut, non sans quelque humiliation, la similitude entre sa propre vision des hôtes de Lynbrook et le jugement qu'ils portaient sur elle. Si les amis de Bessy lui semblaient quantité négligeable, elle-même était à peu près inexistante à leurs yeux et, contrairement à elle, ils étaient surabondamment pourvus de moyens tangibles de le manifester.

De telles pensées peuvent à un moment donné l'emporter de manière décisive chez une nature pourtant armée de perspicacité et d'ironie : le simple fait que Westy Gaines n'eût pas l'intention de se joindre à elle et en fût retenu par la pression tacite du qu'en-dira-t-on eut pour effet de hâter la décision de Justine, jusque-là flottante. Et, si besoin était encore, ses dernières hésitations furent balayées par un bruit de pas précipités qui, à une douzaine de mètres de la maison, lui apprirent que son admirateur la poursuivait, impétueusement certes, mais tardivement. Il lui suffit d'un mot prononcé en riant pour le congédier, mais sa blessure d'amour-propre était d'autant plus désagréable qu'elle ne voulait pas se l'avouer. Qu'elle eût pu accorder un instant de ressentiment à quelqu'un d'aussi insignifiant que ce pauvre Westy lui montra en un éclair la fausseté de sa position. Elle comprit qu'en dédaignant la vie de son entourage elle n'y avait cependant pas échappé, et cela ne fit qu'accroître son besoin de quelque expérience déstabilisante, de quelque frais courant d'émotion et d'activité.

Elle poursuivit son chemin d'un pas vif dans le clair crépuscule d'octobre encore saturé des derniers rougeoiements d'un somptueux coucher de soleil. Quelques minutes de marche seulement l'amenèrent au village qui s'étendait au-delà des clôtures de Lynbrook House. Le nouveau bureau de poste dominait une enfilade de pauvres masures et d'échoppes, disséminées sous le feuillage écarlate des érables, et, le soir, son porche voûté était le rendez-vous de Lynbrook. Justine, plongée dans ses pensées, en gravit rapidement les marches. Un homme se détacha alors du petit groupe de flâneurs et s'avança vers elle. Surprise, elle reconnut le docteur Wyant.

« Voulez-vous que je mette votre lettre à la boîte ? » lui demanda-t-il en soulevant son chapeau.

Son geste découvrit les courts cheveux bouclés d'une petite tête délicatement ciselée qui aurait pu sembler efféminée sans la touffe vigoureuse des épais sourcils se touchant au-dessus des yeux d'un gris profond. Ces yeux frappaient d'emblée par leur expression outrancière, ou par une expression trop purement superficielle pour un jeune médecin de campagne dont la clientèle croissante attestait le talent. Cette sensation était cependant corrigée par une surprenante brusquerie dans la voix et les manières de leur propriétaire. Un observateur attentif aurait sans doute conclu que les qualités contradictoires qui composaient cette personnalité n'avaient pas encore été équilibrées par la main du temps.

Justine avait reculé d'un pas et glissé sa lettre dans la poche de sa veste.

« Ce n'est plus la peine maintenant : elle était pour vous », répondit-elle avec un léger sourire, en faisant demi-tour.

Wyant, son chapeau encore à la main, la suivit en silence jusqu'à ce qu'ils ne fussent plus à portée de voix des badauds rassemblés sous le porche ; quand ils furent sous les érables, il s'arrêta et lui fit face.

« Vous m'avez écrit que je peux venir demain ? » Justine hésita.

« Oui, fit-elle enfin.

— Bon sang ! Vous faites royalement les choses ! » s'exclama-t-il en passant nerveusement la main dans les fines boucles noires de son front.

Justine eut un rire où perçait aussi un peu de nervosité :

« Et vous, vous parlez — disons, impérialement ! Ne craignez-vous pas de mettre en faillite le langage ?

— Que voulez-vous dire ? demanda-t-il, interloqué.

— Vous, plutôt, que voulez-vous dire ? Moi, j'ai simplement dit que je vous verrai demain.

— Eh bien, répliqua-t-il, c'est assez pour mon bonheur ! »

Elle fit de nouveau entendre son rire léger :

« Je suis heureuse que vous vous contentiez de si peu.

— Pas du tout ! Mais je sais que vous n'auriez pu faire une chose cruelle sans efforts ; or, vous êtes prête à me donner votre réponse dès demain : je sais donc qu'elle ne peut être cruelle. »

Ils s'étaient mis à marcher tout en parlant, mais à ces mots elle s'arrêta :

« Je vous en prie, ne prenez pas ce ton ! lui intima-t-elle, s'étonnant elle-même. J'ai horreur de la sentimentalité ! »

Ce n'était pas la première fois depuis le début de leur amitié qu'elle s'alarmait de cette partie d'elle-même qui manifestait une certaine résistance à son hommage et même le redoutait. Lorsqu'il n'était pas là, elle se souvenait seulement de la communauté d'intérêts et de sympathies qui les avait d'abord rapprochés. Comment se faisait-il alors que, chaque fois qu'ils s'étaient rencontrés ces derniers temps — et bien que l'apparence de Wyant fût de celles dont on pense généralement qu'elles servent un soupirant —, elle eût été sujette à ces obscurs élans d'hostilité, à une aversion mi-physique, mi-psychique, pour un élément indéfinissable dans la nature de cet homme, qui la forçait à se défendre par des plaisanteries ou des dérobades perpétuelles ?

Quoi qu'il en soit, la réponse de Wyant ne se fit pas attendre. Son visage blême reflétait le dédain quand il riposta ironiquement :

« Mille excuses ! Je sais que je ne suis pas toujours dans le ton.

— Quel ton ?

— Je n'ai pas encore acquis celui de Lynbrook. Il faut être indulgente si je manque aux convenances. »

Justine allait répliquer vertement mais elle y renonça, comme si ces mots avaient en fait apporté une réponse à la question qu'elle se posait intérieurement. Se pouvait-il qu'il eût raison — que sa répugnance pour Stephen Wyant fût le résultat d'une sensibilité accrue à l'égard des fautes de goût qu'elle se serait jadis méprisée d'avoir remarquées ? Quand elle avait fait sa connaissance trois ans auparavant à l'hôpital Sainte-Elisabeth, l'outrance de ses manières lui avait simplement paru être le signe juvénile d'une richesse de nature que l'expérience n'avait point encore domptée. Bien que Wyant fût légèrement plus âgé qu'elle, Justine avait toujours éprouvé pour lui un sentiment protecteur, qui était vraisemblablement à la base de sa sympathie. C'est en tout cas ce sentiment qui la poussa à atténuer l'ironie de sa réplique :

« Puisque vous êtes si sûr de ma réponse, je me demande bien pourquoi je vous verrais demain.

— Vous voulez dire que je peux la deviner tout de suite ? s'écria-t-il.

— Je ne veux pas que vous la deviniez du tout jusqu'à ce qu'elle vous soit donnée, et surtout pas que vous l'imaginiez comme allant de soi ! »

Ses sourcils saillants se touchèrent à nouveau.

« Ah ! il est inutile de couper les cheveux en quatre avec vous. Ne voulez-vous pas me tirer de mon supplice ? »

Elle sourit, mais sans méchanceté :

« Voulez-vous un anesthésique ?

— Non : un coup de couteau bien net !

— Vous oubliez que nous n'avons pas le droit d'achever les cas désespérés — ce qui est bien dommage ! »

Il rougit jusqu'à la racine des cheveux.

« Les cas désespérés ? C'est donc ça, hein ? C'est ma réponse ? »

Ils étaient parvenus au bout du village tout en longueur, là où le toit de tuiles de la gare faisait pendant à la coupole de la poste. Un coup de sifflet strident rappela à Justine que cet endroit ne se prêtait guère aux conversations privées. Elle réfléchit un instant avant de parler.

« Je ne peux rien vous dire de plus que ce que contenait ma lettre : je vous verrai demain.

— Mais si vous êtes sûre d'être fixée demain, vous devez être fixée maintenant ! »

Leurs regards s'affrontèrent, le sien plaidant avec éloquence, celui de Justine plein de prévenance mais toujours impénétrable.

« Si j'étais fixée maintenant, vous le seriez aussi. Je vous en prie, contentez-vous de cela, répondit-elle.

— Comment le pourrais-je, quand un jour fait une telle différence ? Quand je sais que tout ce qui vous entoure lutte contre moi ? »

Ces mots projetèrent instantanément une lumière réfractée sur les causes profondes de sa propre incertitude.

« Ah ! fit-elle, s'éloignant un peu de lui, je ne suis pas bien sûre de ne pas aimer la lutte !

— C'est pour cela que vous ne céderez pas ? » Il se tourna vers elle avec un geste de désespoir. « Si je vous laisse partir maintenant, vous êtes perdue pour moi ! »

Elle tint bon et releva vivement la tête pour le regarder dans les yeux :

« Je le suis certainement, si vous ne me laissez pas partir », dit-elle, et il s'écarta, comprenant tout à coup l'inutilité d'un affrontement. Cette soumission eut comme d'habitude un effet désarmant sur son irritation et elle lui tendit la main :

« Venez demain à trois heures. » Sa voix et son attitude semblèrent soudain lui rendre l'espoir qu'elle lui avait refusé.

Il saisit sa main en balbutiant quelques mots inaudibles ; mais, au même moment, un coup de sifflet plus fort et le grondement d'un train qui approchait rappelèrent à Justine l'impossibilité de prolonger la scène. Elle se souciait d'ordinaire fort peu des apparences, mais, tant qu'elle était chez Mrs. Amherst, elle n'avait aucune envie d'être surprise au crépuscule dans un tête-à-tête romantique avec Stephen Wyant, et elle se libéra sur un bref au revoir.

Après un dernier regard hésitant et implorant, il se plia à sa volonté et s'éloigna à grandes enjambées. Elle reprit alors le chemin de Lynbrook House, mais, au lieu de traverser le village dans toute sa longueur, elle passa par un tourniquet aménagé dans la clôture du parc afin d'emprunter un sentier détourné, moins fréquenté.

Elle avançait sans se presser dans le soir qui tombait. Elle voulait se donner le temps de réfléchir à sa conversation avec Wyant. Il lui semblait à présent qu'elle venait de faire preuve d'inconséquence et avait manqué de dignité. Quand elle avait écrit au jeune docteur qu'elle le verrait le lendemain, cela impliquait clairement qu'elle s'apprêtait à donner une réponse définitive à sa demande en mariage ; et, en parlant avec Bessy, elle avait soudain décidé, irrévocablement lui avait-il semblé, que cette réponse serait *oui*. Dès les premiers jours de sa rencontre avec Wyant, elle avait apprécié son intelligence et avait été stimulée par son zèle professionnel. Il n'était resté que six semaines à Sainte-Elisabeth et, bien que ses sentiments pour elle aient été dès ce moment-là manifestes, gêné par leurs rapports de travail et la voyant entièrement absorbée par sa tâche, il avait dû les taire. Elle-même n'avait commencé à ressentir un intérêt personnel pour lui que lorsqu'ils s'étaient retrouvés à Lynbrook. L'avenir prometteur de Stephen Wyant semblait alors plus proche de se réaliser qu'elle ne l'avait d'abord cru possible, et le contraste qu'il présentait par rapport aux jeunes gens qui fréquentaient chez Bessy plaidait réellement en sa faveur. Il avait gagné en solidité et en assurance, sans rien perdre de son enthousiasme juvénile, et bien que, même maintenant, elle ne fût point amoureuse de lui, elle s'était mise à sentir que l'union de leurs intérêts communs pourrait créer une vie suffisamment pleine et utile pour écarter l'éventualité de vagues regrets. De toute façon, cela la sortirait de l'enlisement de son existence présente et la rendrait au contact des énergies fécondes de la vie.

Tout cela lui avait semblé fort clair au moment où elle avait écrit sa lettre ; alors pourquoi, ce soir, n'avait-elle pas profité de cette rencontre fortuite pour lui donner sa réponse, au lieu de la remettre capricieusement à plus tard ? Cela eût été compréhensible de la part d'une adolescente timide, mais ce n'étaient ni l'inexpérience ni la coquetterie qui l'avaient poussée. Elle avait simplement cédé à l'esprit de résistance que la présence du docteur Wyant avait dernièrement éveillé en elle. Que cette résistance vînt de ce qu'elle fût choquée de son manque de savoir-vivre, de mesure et d'aisance, cette idée était si humiliante qu'elle s'arrêta au milieu du chemin, sur le point de revenir sur ses pas pour le rattraper.

Elle restait là, sans bouger, quand soudain elle entendit des pas derrière elle ; elle imagina immédiatement que c'était Wyant et cette pensée la remplit de nouveau de répulsion. De quel droit la poursuivait-il ainsi, jusque dans cette propriété privée ? Elle était certaine que ses marques d'attention avaient déjà été remarquées par les hôtes de Bessy ; et qu'il pût encore s'imposer après avoir été congédié lui sembla mettre véritablement le comble au ridicule de leurs rapports.

Elle se retourna pour le rabrouer et se trouva face à face avec John Amherst.

8

En descendant du train à Lynbrook, Amherst était resté indécis sur le quai désert. Il n'avait pas annoncé son retour et aucune voiture ne l'attendait, mais il aperçut le signal de la station de fiacres du village. Cependant, l'envie le prit de retarder le moment de son arrivée et il se contenta de confier sa valise au cocher, puis se dirigea vers le tourniquet par lequel était passée Justine. En empruntant ainsi le chemin le plus long pour arriver à la maison, il cédait pour la seconde fois à son manque d'enthousiasme : sachant qu'à cette heure-là les invités de sa femme étaient encore au salon, il voulait éviter d'arriver parmi eux sans être attendu.

Arriver ainsi à l'improviste le gênait. Il y avait quelque temps déjà qu'il avait décidé de revenir à Lynbrook, mais il n'avait pas su comment le dire à Bessy. Le manque d'habitude le rendait inhabile dans l'art des transitions faciles et sa maladresse à établir des rapprochements délicats le désavantageait souvent par rapport à sa femme et aux amis de celle-ci. Il n'avait pas vraiment saisi l'intérêt de se plier aux formes du rituel quotidien de leurs existences, et il y avait à présent entre Bessy et lui juste assez d'amertume pour lui rendre leur pratique encore plus pénible qu'à l'ordinaire.

Il n'y avait pas eu à proprement parler de séparation, mais la paix avait été préservée au prix d'une lente accumulation de griefs réciproques. Depuis qu'Amherst avait fait triompher ses vues au sujet de la filature, le danger qu'il avait entrevu s'était concrétisé : sa victoire à Westmore marquait une défaite à Lynbrook. Prétendre que sa femme lui avait fait payer ce qu'elle lui avait publiquement octroyé par le mépris de la vie privée qu'il souhaitait eût été trop rudimentaire ; et si quelque chose de ce genre avait bien eu lieu, son sens de la justice lui soufflait qu'il s'agissait de la réaction naturelle d'un tempérament faible à l'effort momentané du sacrifice. Au début il avait à peine noté cette contrepartie de son triomphe. La joie de pouvoir mettre à exécution ses projets à Westmore avait occulté tout le reste et son sentiment pour Bessy était depuis longtemps devenu l'une de ces flaques peu profondes qu'une marée soudaine eût pu remplir, mais il ne serait jamais plus la source vive, perpétuellement renouvelée, dont se nourrissait sa vie.

Amherst n'avait pu s'absenter d'Hanaford pendant le commencement des travaux, ce qui avait accru la tension de la situation. Il ne s'était jamais attendu à ce que Bessy s'y installât avec lui — peut-être, au fond, ne l'avait-il pas vraiment souhaité — et l'idée qu'elle avait eue d'aller dans les Adirondacks avec Miss Brent lui avait paru un substitut satisfaisant à ce voyage en Europe auquel elle avait renoncé. Il s'était senti soulagé comme si quelqu'un s'était chargé à sa place d'amuser un enfant turbulent, et il avait laissé partir sa femme sans soupçonner que ce moment pouvait être décisif pour eux. Mais Bessy n'avait pas un instant imaginé que l'on pût considérer six semaines dans les Adirondacks comme l'équivalent d'un été à l'étranger. Elle estimait que son sacrifice méritait une certaine reconnaissance — dont la seule forme propre à la satisfaire était la dévotion à sa personne. Elle s'était figuré qu'Amherst viendrait la rejoindre au camp mais il n'était pas venu ; aussi, en rentrant à Long Island, ne s'arrêta-t-elle pas pour le voir, bien qu'Hanaford fût sur sa route. Quant à lui, au moment du retour de sa femme, le travail à la filature lui rendait impossible tout éloignement. Ainsi passèrent les semaines, sans qu'ils se retrouvent.

Finalement, pressé par sa mère, il était descendu à Long Island pour une nuit. Mais, bien qu'il eût cette fois annoncé son arrivée, il avait trouvé la maison pleine et toute la compagnie, à l'exception de Mr. Langhope, s'apprêtant à aller dîner dans les environs. On s'était manifestement attendu à ce qu'il y allât aussi et Bessy avait paru blessée quand il avait déclaré être trop fatigué et préférer rester avec Mr. Langhope ; mais elle n'avait pas eu l'idée de rester elle-même à la maison et c'est avec une gaieté exubérante qu'elle était montée en voiture. Amherst avait été trop occupé toute sa vie pour savoir quelle somme de duplicité peut engendrer une blessure sentimentale chez un esprit oisif et il n'avait vu dans le comportement de Bessy qu'une marque d'indifférence. Le lendemain, elle s'était plainte à lui de difficultés financières, comme si c'était pour elle une surprise que ses revenus fussent soudain réduits ; et, quand il lui avait rappelé qu'elle avait consenti de son propre chef à cette réduction provisoire, elle avait éclaté en sanglots et l'avait accusé de ne s'intéresser qu'à Westmore.

Il était parti exaspéré de son inconséquence, et les factures n'avaient cessé d'affluer en provenance de Lynbrook. Les premiers jours de son mariage, Bessy lui avait confié l'administration de sa fortune, et elle était trop indolente — ou peut-être trop sensible ? — pour lui demander maintenant d'y renoncer. Il était donc bien placé pour constater combien elle observait peu l'esprit de leur convention et il s'inquiétait à l'idée des embarras financiers qu'il prévoyait. Il lui avait écrit une lettre de remontrances modérée mais elle n'en avait tenu aucun compte dans sa réponse et, là-dessus, le silence s'était installé entre eux.

La seule manière de le briser était de revenir à Lynbrook : mais maintenant qu'Amherst était revenu, il ne savait plus quel pas faire ensuite. Quelque chose dans l'atmosphère où vivait sa femme paralysait sa volonté. Quand tous autour d'elle parlaient un langage si différent du sien, comment pouvait-il espérer se faire entendre ? Il savait que la famille de Bessy et ses amis proches — Mr. Langhope, les Gaines, Mrs. Ansell et Mr. Tredegar —, loin d'être des médiateurs, étaient autant de sentinelles prêtes à relever le pont-levis et à faire tomber la herse à son approche. Ils étaient tous ligués pour étouffer les timides élans altruistes qu'il avait éveillés chez Bessy et pour la réintégrer dans l'ornière feutrée de sa vie passée : et il se pouvait bien que la seule voix qui parlât en sa faveur fût celle de Miss Brent.

C'était grâce à un « cas » confié par hasard à Justine à l'hôpital Hope, et qui l'avait retenue à Hanaford pendant le mois de juin, que s'était liée une amitié entre elle et Amherst. Ils ne se rencontraient pas souvent et n'avaient pas eu l'occasion de se connaître bien profondément ; mais il la voyait de temps à autre chez sa mère ou chez Mrs. Dressel et il l'avait emmenée une fois avec lui à Westmore pour avoir son opinion sur la conception de l'hôpital des urgences qui était parmi les premiers projets qu'il réalisait. Tous deux avaient gardé un souvenir inoubliable de cette journée ; deux semaines plus tard, Bessy lui écrivait qu'elle comptait partir avec Miss Brent dans les Adirondacks, et Amherst avait pensé que sa femme ne pouvait faire un meilleur choix.

Il était beaucoup trop occupé à l'époque pour prendre le temps d'analyser ses sentiments à l'endroit de Miss Brent ; il restait vaguement sur la sensation qu'elle était la plus « chic » fille qu'il eût jamais rencontrée et il était franchement heureux quand le hasard les mettait en contact. Cependant les graines déposées dans leurs deux esprits par ces rencontres occasionnelles n'avaient pas encore commencé de germer.

Leur intimité s'était graduellement développée, de manière si inconsciente que ce fut une surprise pour Amherst de se l'imaginer soudain comme son ambassadrice auprès de sa femme ; cette pensée lui procura un tel réconfort que, lorsqu'il aperçut Justine sur le chemin, devant lui, il vint à elle avec un empressement inaccoutumé.

Justine, de son côté, ressentit un plaisir égal. Elle savait que Bessy n'attendait pas son mari et que l'absence prolongée de celui-ci avait déjà suscité des commentaires malveillants à Lynbrook ; elle entrevit aussitôt l'espoir que ce retour imprévu améliorerait la situation.

« Oh ! comme je suis contente de vous voir ! » s'écria-t-elle ; et ce ton acheva de le réconforter, de lui donner l'agréable conviction qu'elle le comprenait et l'aiderait.

« Moi aussi je voulais vous voir », commença-t-il précipitamment ; puis, conscient de la familiarité de sa phrase, il ajouta avec un petit rire : « En fait, je suis un coupable en quête d'un conciliateur.

— Un coupable ?

— Je suis perpétuellement cloué à l'usine et j'ignorais jusqu'à hier quand je pourrais m'échapper... » Il s'interrompit encore, incapable de formuler à l'intention de la jeune fille qu'il avait devant lui les petits mensonges conventionnels qui étaient monnaie courante dans l'entourage de Bessy. Non que quelque scrupule d'honnêteté le retînt : sur les sujets insignifiants, il reconnaissait l'utilité de telles stratégies dans les échanges sociaux ; mais, quand il était avec Justine, il éprouvait toujours obscurément le besoin de laisser s'exprimer son moi réel.

« J'ai eu la sottise de ne pas télégraphier, expliqua-t-il, et j'ai peur que ma femme ne me trouve négligent : elle a souvent à me reprocher mes péchés par omission, et cette fois je sais qu'ils sont nombreux. »

La jeune fille garda le silence, moins par embarras que par surprise ; elle avait déjà deviné qu'il était aussi difficile à Amherst de parler, même superficiellement, de sa vie privée qu'il était instinctif chez sa femme de déverser ses doléances dans n'importe quelle oreille disponible. Le premier mouvement de Justine fut de satisfaction qu'il ait parlé, et de désir de lui en faciliter la tâche ; mais, avant qu'elle eût pu répondre, il reprit précipitamment :

« En fait, Bessy ne sait pas combien le travail est complexe à Westmore ; au moment où je vous ai aperçue, j'étais justement en train de penser que vous êtes la seule de ses amies qui puisse comprendre, techniquement parlant, ce que je tente de faire, et qui puisse donc l'aider à admettre qu'il m'est très difficile de quitter la charrue. »

Justine écoutait avec gravité, avide de lui manifester sa compréhension et sa sympathie, mais retenue par le sentiment que l'instant était critique : cette spontanéité ne devait pas s'aventurer trop loin. Il était tout à fait possible qu'une réaction d'orgueil fasse regretter à Amherst son aveu, pourtant si réservé : si tel était le cas, il ne lui pardonnerait peut-être jamais de l'avoir poussé à parler. Elle leva les yeux vers lui en souriant.

« Pourquoi ne pas le dire à Bessy vous-même ? Vous connaissez infiniment mieux la question que moi ou n'importe qui d'autre.

— Oh ! Bessy est fatiguée d'en entendre parler par moi. Et d'ailleurs... »

Elle perçut un léger désappointement dans le ton de sa voix et regretta de n'avoir rien dit pour l'encourager dans ses confidences. Elle se reprocha également d'avoir manqué de franchise en ne lui disant pas tout de suite qu'elle avait déjà été mise dans le secret de ses démêlés conjugaux : elle ressentait vis-à-vis d'Amherst le même besoin de franchise absolue que lui à son égard.

« Je sais, reprit-elle presque timidement, que Bessy n'était pas très contente ces derniers temps que vous consacriez une si grande part de votre temps à Westmore ; il est possible qu'elle-même pense que c'est parce que le travail là-bas ne l'intéresse pas, mais je crois que c'est pour une raison différente.

— Quelle raison ? voulut-il savoir, étonné.

— Parce que Westmore vous prend à elle ; parce qu'elle a l'impression que vous êtes plus heureux là-bas qu'à Lynbrook. »

La nuit était maintenant tombée, dissimulant à chacun les

traits de l'autre, et, dans l'obscurité, il leur devenait plus facile de communiquer.

« Mais, grands dieux, qu'est-ce qui l'empêche d'être là-bas, avec moi ? Elle y est aussi nécessaire que moi ! s'écria Amherst.

— C'est vrai. Cependant, vous oubliez que de mener ce genre de vie est contraire à toutes ses habitudes et à celles de tous ceux qui l'entourent. Et, en attendant...

— Oui ?

— En attendant, ne serait-il pas indiqué que vous meniez sa vie à elle, du moins un peu plus souvent ? »

Toujours la même réponse à son éternelle interrogation ! La réponse de sa mère, la réponse de Bessy et de ses amis. Il avait, pour une raison ou une autre, imaginé que cette jeune fille trouverait une solution neuve à son problème, et sa déception s'exhala en un cri d'amertume :

« Mais Westmore est ma vie — la sienne aussi, si elle le voulait ! Si je l'abandonnais maintenant, je serais déloyal aussi bien envers moi-même qu'envers Bessy ! »

Tout en parlant, il était une fois de plus frappé par l'inutilité d'essayer d'exposer clairement son cas. Comment Justine pourrait-elle, en dépit de toute sa finesse et de sa sympathie, comprendre une situation dont les éléments fondamentaux lui étaient nécessairement inconnus ? Le conseil qu'elle lui donnait était tout ce qu'il y avait de plus naturel, et, venant d'elle, c'était non pas une suggestion formelle et superficielle, mais un plaidoyer que dictaient la compassion et la compréhension. Elle ne savait rien de la longue lutte d'adaptation qui les avait menés à la crise actuelle, et elle ne pouvait donc voir que si, abandonnant ses projets, il se dessaisissait de sa tâche à Westmore, cette concession même, loin d'entraîner une renaissance, serait la ruine de leur couple. Il avait le sentiment qu'il détesterait Bessy s'il la reconquérait à ce prix ; et la violence de ce sentiment l'effrayait. C'était véritablement — il l'avait dit — pour sa vie qu'il se battait. S'il renonçait à Westmore, il ne trouverait aucune compensation dans les activités futiles de Lynbrook — si même le sort ne lui réservait pas une éventualité encore plus indigne. Il pouvait se fier à son énergie et à sa volonté tant que ses forces trouvaient normalement à s'employer, mais l'oisiveté et le confort auraient sur lui l'effet d'une drogue dangereuse.

Justine soutenait fermement son propre point de vue :

« Westmore l'emportera sûrement un jour sur tout le reste. Je ne vois guère comment l'un et l'autre vous y échapperiez. Mais c'est à vous de le faire comprendre à Bessy : c'est pourquoi il me semble que vous devriez être plus patient. Vous devriez même enterrer la question pendant un certain temps afin d'entrer un peu plus dans sa manière de vivre tandis qu'elle apprendra à comprendre la vôtre. » En achevant ces mots, il lui sembla que ce qu'elle venait de dire était plat et inefficace, et qu'elle avait cependant dépassé les limites de la discrétion ; déchirée entre ces deux doutes, elle se hâta d'ajouter : « Mais c'est exactement ce que vous avez fait en revenant aujourd'hui — vous tenez là la véritable solution du problème. »

Pendant qu'elle parlait, ils avaient quitté le sentier de sous-bois qu'ils avaient suivi jusque-là. Après avoir contourné un massif d'arbustes, ils émergèrent sur la terrasse gazonnée du bas. L'immense maison les surplombait, masse sombre contre la lueur persistante du couchant ; ses fenêtres brillamment éclairées soulignaient sa silhouette irrégulière. Cette vue fit naître chez Amherst et sa compagne un vague sentiment de malaise et d'impuissance. Comment poursuivre cette conversation avec la même liberté en présence de ce symbole massif de l'ordre établi qui paraissait les observer de là-haut, avec un mépris écrasant à l'égard des piteux efforts qu'ils faisaient pour dévier le cours des événements ? Et Amherst, sans revenir sur les derniers propos de Justine, lui demanda au bout d'un moment si sa femme avait beaucoup d'invités.

Il écouta sans mot dire la liste des noms qu'elle énuméra : les petites Telfer et leur frère, Mason Winch et Westy Gaines, un groupe de jeunes couples bridgeurs et, au dernier arrivage, les Fenton Carbury et Ned Bowfort. Ces noms étaient tous familiers à Amherst — il savait qu'ils représentaient la fine fleur des week-ends élégants — mais il n'avait pas souvenir d'avoir vu les Carbury figurer parmi les invités de sa femme et son esprit s'arrêta sur leur nom, cherchant à retrouver une impression perdue qui s'y rattachait. Mais ce nom ne faisait qu'évoquer comme les autres la sensation confuse de tapage et d'agitation qu'il avait emportée de son dernier passage à Lynbrook, et cette réminiscence le poussa à demander à Miss Brent, qui était venue à bout de sa liste, si elle ne pensait pas que ce défilé permanent de visiteurs était trop fatigant pour Bessy.

« J'ai parfois l'impression que cela la fatigue plus qu'elle ne le pense ; mais elle va sans doute prendre davantage soin d'elle maintenant que Mrs. Ansell est là pour la convaincre. »

Amherst stoppa brusquement.

« Mrs. Ansell est ici ?

— Elle est rentrée d'Europe aujourd'hui même.
— Et Mr. Langhope est là aussi, je suppose ?
— Oui. Il est arrivé de Newport il y a une dizaine de jours. »
Amherst se contint, conscient de ce que ses questions révélaient que sa femme et lui ne s'écrivaient plus. La même pensée sembla frapper Justine et ils traversèrent la pelouse sans ajouter un mot, hâtant instinctivement le pas comme pour échapper au poids accablant des paroles qui étaient passées entre eux. Mais Justine ne voulait pas que leur conversation s'achevât sur cette note stérile et, lorsqu'ils eurent atteint la terrasse supérieure, elle s'arrêta et se tourna avec élan vers Amherst. Au même moment, la lumière d'une fenêtre dont les rideaux n'avaient pas été tirés tomba sur son visage tout embrasé du feu intérieur qu'y avait allumé l'émotion.
« Je suis sûre d'une chose en tout cas : Bessy va être très très heureuse que vous soyez venu ! s'exclama-t-elle.
— Merci », répondit-il.
Leurs mains se rencontrèrent machinalement et elle fit volte-face pour entrer dans la maison.

9

Bessy n'avait pas vu sa fille de toute la journée et, prise de remords au rappel de Justine, elle se rendit directement à la salle d'études.
Dernièrement, et dans certaines dispositions d'esprit, sa tendresse maternelle s'était nuancée d'inquiétude en présence de l'enfant, du fait que Cicely était le sujet le plus efficacement utilisé par Mr. Langhope et Mr. Tredegar dans leurs efforts pour mettre un frein au triomphe des idées d'Amherst. Bessy, toujours incapable de formuler une opinion indépendante sur le problème harcelant de la filature, continuait à osciller entre les parties opposées : tantôt elle regardait Cicely comme une victime innocente, et elle-même comme une mère dénaturée qui sacrifiait l'avenir de son enfant à l'esprit entreprenant d'Amherst ; tantôt elle prenait conscience d'une vague animosité en elle à l'égard de la petite fille, qu'elle tenait pour principale responsable des dissensions qui avaient si tôt obscurci le ciel de son second mariage. Et puis, il y avait des moments où les joues roses et fraîches de Cicely lui rappelaient amèrement l'enfant qu'elle avait perdu — le fils sur

lequel s'étaient fixées ses ambitions. Il lui semblait maintenant que, si leur fils avait vécu, elle aurait pu conserver l'amour d'Amherst et jouer un rôle plus important dans sa vie. Ressassant la tragédie de l'enfant malade, elle s'indignait du contraste offert par l'éclat et la vigueur de Cicely. Ainsi, dans la façon dont elle traitait sa fille, elle passait par des phases de dévotion exacerbée et des jours de négligence, jamais durablement heureuse loin de l'enfant, cependant agitée et torturée en sa présence.

A la suite de sa conversation avec Justine, elle se sentait plus inquiète que d'habitude, comme toujours lorsque ses vains épanchements de confidences étaient retombés. L'esprit de Bessy n'était pas tourné vers l'introspection et le hasard l'avait accablé de problèmes inextricables. Elle se sentait victime de circonstances auxquelles son imagination attribuait la malveillance délibérée que les enfants imputent aux meubles contre lesquels ils se sont cognés en jouant. Cela lui permettait de cultiver un dangereux délire de la persécution et de repousser d'avance l'avis qu'elle sollicitait perpétuellement. Comme il était absurde, par exemple, de supposer qu'une jeune fille pouvait comprendre une femme mariée ! Le conseil que lui avait donné Justine de s'humilier encore plus devant Amherst laissait dans l'esprit de Bessy l'impression désagréable d'être incomprise et sous-estimée par ceux vers qui elle se tournait en toute extrémité, et elle se dit en une phrase qui lui parut joliment tournée, que « toute femme doit tôt ou tard apprendre à livrer seule ses batailles ».

C'est dans ces dispositions qu'elle entra dans la pièce où Cicely dînait avec sa gouvernante. Elle se jeta sur l'enfant qu'elle couvrit de caresses passionnées, mais Cicely avait hérité du tempérament posé des Westmore, et les transports d'affection intermittents de sa mère avaient toujours sur elle un effet réfrigérant. Elle rendit consciencieusement à Bessy une petite fraction de ses baisers, puis, l'air soulagé, revint à sa tartine de marmelade d'oranges.

« Tu ne parais pas bien contente de me voir ! » s'exclama Bessy tandis que la petite gouvernante feignait nerveusement de trouver fort amusant ce prodigieux paradoxe. Cicely reposa sa timbale d'argent et demanda judicieusement :

« Pourquoi est-ce que je serais plus contente que les autres jours ? Ce n'est pas mon anniversaire. »

Cette réponse digne de Cordelia piqua Bessy au vif.

« Méchante enfant ! Comment peux-tu dire des choses si

cruelles quant tu sais que je t'aime un peu plus chaque minute ! Mais tu ne te soucies plus de moi désormais, parce que Justine t'a détachée de moi ! »

Cette dernière charge avait jailli dans son esprit au moment même où elle la proférait, mais elle prit instantanément les proportions d'un fait réel et sembla fournir un autre prétexte à son infortune. Bessy n'était pas d'un naturel jaloux, mais son imagination était esclave des paroles prononcées et elle éprouva soudain un soulagement incompréhensible à associer Justine aux causes obscures de ses souffrances.

« Je sais qu'elle est plus intelligente que moi, et plus drôle, et qu'elle sait te parler des plantes, des animaux et tout ça... Je parie même qu'elle te raconte comme je suis ennuyeuse et bête... »

Elle se leva d'un bond, décontenancée par le regard ahuri de sa fille et par les efforts timides de la gouvernante pour faire entrer cette scène dans le cadre des plaisanteries les plus irrésistibles de « maman ».

« Ne faites pas attention à moi — j'ai une migraine atroce. Je crois que je ferais bien de monter un moment Impulse avant le dîner. Miss Dill, les ongles de Cicely offrent un triste spectacle — je suppose que c'est à force de déraciner les fleurs des champs. »

Sur cette flèche du Parthe destinée à Justine, elle effectua une sortie majestueuse, laissant élève et institutrice plongées dans un silence affligé dont Cicely finit par émerger pour dire, avec la candeur que Miss Dill redoutait plus que toute incartade punissable : « Maman est plus belle — mais j'aime mieux Justine. »

Il faisait presque nuit quand Bessy enfourcha la jument que l'on avait sellée à la hâte sur son ordre, mais elle avait l'habitude de monter seule à n'importe quelle heure et, ces derniers temps, rien n'apaisait autant ses nerfs que de galoper à bride abattue. Dans l'agitation et la dispersion de son existence, elle ressentait de plus en plus le besoin de s'occuper, et la nécessité de remplir chaque moment de la journée la poussait à des excès d'exercices physiques dans la mesure où elle ignorait toute autre forme d'activité.

Tandis qu'elle galopait dans le crépuscule, le vent frais de la mer qui lui fouettait le visage et l'effort déployé pour calmer son pur-sang nerveux l'emplirent d'un élan d'énergie d'où ses pensées émergèrent lavées de leur amertume.

Elle avait été odieuse envers la pauvre petite Cicely dont elle souhaita soudain la présence avec une nostalgie empreinte de remords qui lui fit presque faire demi-tour pour se précipiter auprès du lit de l'enfant. Et dire qu'elle avait pu accuser Justine de détacher d'elle Cicely ! D'avoir pu penser du mal de Justine lui faisait peur. Bessy, dont les perceptions étaient très vives dans certaines directions, savait que son second mariage avait modifié ses rapports avec tous ses anciens amis. Ils continuaient certes à se presser autour d'elle : l'habitude de ces relations familières était si commode ! Mais elle savait que leur opinion à son égard recelait désormais un élément de critique et de compassion. Elle avait pu imaginer que la beauté d'Amherst et les autres qualités qu'elle avait vues en lui l'auraient d'emblée mis à l'aise dans le cercle enchanté où elle évoluait ; mais elle était découragée par son mépris des chances qui s'ouvraient devant lui et surtout par leurs conceptions radicalement opposées de la vie. Il n'était jamais commun ou ridicule, mais elle voyait qu'il n'acquerrait jamais les nuances du savoir-vivre. Il aimait les sports mais cela l'ennuyait d'en parler. Les anecdotes de fumoir, entre hommes, ne l'amusaient pas ; il était insensible aux fluctuations de la Bourse ; il ne pouvait discerner une carte d'une autre ; et ses essais malheureux au billard avaient fait dire un jour à Mr. Langhope, dans un aparté destiné à sa fille : « Ah ! cela, c'est le signe qui ne trompe pas — je l'ai toujours dit ! »

Ainsi exclu de ce que Bessy considérait comme les points essentiels de contact avec la vie, Amherst pouvait-il espérer s'imposer à des esprits rompus aux usages du monde ? Au fur et à mesure qu'elle prenait conscience des lacunes de son mari dans ce domaine, Bessy devenait plus sensible à la critique latente de son mariage qui — pensée intolérable ! — impliquait un jugement sur elle-même. Elle recherchait toujours davantage l'approbation et les applaudissements de son petit auditoire, tout en se défiant de plus en plus de sa sincérité, jusqu'à être pitoyablement persuadée que leur couple était la cible de ses histoires les plus caustiques. Elle savait aussi que des bruits couraient sur leur mésentente au sujet de Westmore, et l'idée que la conduite d'Amherst prêtait à des commentaires malveillants provoquait chez elle une réaction de loyauté à son égard...

Dans la confusion de ces tiraillements perpétuels, seule son amitié avec Justine Brent demeurait sûre. Si cette dernière s'était aisément adaptée à l'existence de Lynbrook, Bessy savait cependant qu'elle lui restait extérieure, un peu à la façon d'Amherst. Elle n'était jamais, par exemple, influencée par ce que Maria Ansell, les Gaines ou les Telfer pouvaient penser. Elle agissait selon ses critères personnels, incompréhensibles pour Bessy, mais qui lui donnaient une indépendance d'esprit sur laquelle son amie s'appuyait avec un sentiment de sécurité aveugle. Alors, si même sa confiance en Justine se trouvait soudain empoisonnée par la jalousie, cela ne prouvait-il pas que les suites de son mariage contaminaient progressivement sa vie entière ? Bessy ne concevait l'attachement masculin que comme une soumission aux moindres désirs de l'idole : elle était donc persuadée que, si Amherst l'avait véritablement aimée, il n'aurait pas dérangé sa vie avec autant de légèreté. Ainsi ses pensées tourmentées, tournant indéfiniment sur elles-mêmes, en revenaient-elles une fois de plus à leur grief central : l'échec de son mariage. Si elle n'avait plus été amoureuse, cela aurait bien simplifié les choses ! Les exemples ne manquaient pas autour d'elle où un lien devenu fastidieux avait été rompu par consentement mutuel. Il y avait Blanche Carbury, par exemple, avec laquelle elle s'était dernièrement liée d'une étroite amitié — eh bien, il était parfaitement clair que Blanche Carbury se demandait combien de temps encore allait tenir son amie ! Mais le tourment de Bessy, c'était qu'elle se trouvait dans une situation contradictoire : elle aimait John Amherst, mais elle ne pouvait lui pardonner de l'avoir épousée.

Ce dont elle souffrait le plus, c'était sans doute de ce qu'il eût accepté trop promptement leur demi-séparation. Au bout de trois ans de mariage, elle avait encore à apprendre que telle était la manière d'Amherst : il luttait avec l'ange jusqu'à l'aube, puis s'en allait vers son autre tâche. Si l'esprit de Bessy était capable de tourner et retourner le même grief aussi inlassablement qu'un écureuil dans sa roue, l'habitude de son mari était en revanche de se libérer du fait une fois admis, ce qui semblait à la jeune femme un signe de manque de sensibilité. Si seulement il avait fait quelque effort pour la garder — si, même maintenant, il lui revenait et lui prouvait qu'elle comptait plus pour lui que cette maudite usine !

En reprenant le chemin de Lynbrook, le désir poignant de voir Amherst la submergea de nouveau, plus fort que tout. Il n'avait pas écrit depuis des semaines — elle avait été obligée de dire à Maria Ansell qu'elle ne savait rien de ses projets et elle était mortifiée à l'idée que tout le monde savait qu'elle était négligée ; pourtant, même maintenant, si en arrivant à la maison elle avait trouvé un télégramme lui annonçant son arrivée, le poids de la solitude aurait été levé, tout dans sa vie aurait semblé différent.

La jument nerveuse, flairant l'écurie et excitée par le jeu fantasmagorique des lumières et des ombres le long de la route, l'emporta fougueusement dans un galop sauvage qui dompta ses pensées enfiévrées. Arrivée chez elle, elle se laissa glisser à terre, les poignets douloureux et le cerveau engourdi.

Elle entra par une porte latérale pour éviter de rencontrer du monde et monta directement, sachant qu'elle avait peu de temps pour s'habiller avant le dîner. Lorsqu'elle ouvrit la porte de son boudoir, quelqu'un se leva de la chauffeuse au coin du feu et elle s'arrêta net en voyant son mari devant elle.

Ce moment tant attendu par chacun d'eux les trouva, une fois venu, muets et désemparés.

Bessy fut la première à parler :

« Quand es-tu arrivé ? Tu ne m'as jamais écrit que tu allais venir ! »

Amherst fit quelques pas vers elle en tendant les mains :

« Non, pardonne-moi. J'ai eu beaucoup de travail. »

Toujours la même excuse ! Quelle ostentation à lui montrer que Westmore passait odieusement avant elle et qu'elle devait se contenter des bribes restantes de son temps et de ses préoccupations !

« Tu es toujours trop occupé pour m'écrire », fit-elle froidement, et elle laissa retomber sa main qui pourtant s'était tendue en un élan vers celles de son mari.

Il était encore temps. Si seulement il avait dit franchement : « C'était trop compliqué, je n'ai pas su comment te l'expliquer », l'accent de vérité l'aurait atteinte et touchée. Mais il s'était efforcé de prendre le ton détaché qui avait cours à Lynbrook et, comme d'habitude, sa tentative était vouée à l'échec.

« Je regrette — je n'aime guère écrire », répliqua-t-il tandis que son mauvais génie le poussait à ajouter : « J'espère que ma venue n'est pas gênante ? »

Bessy rougit :

« Bien sûr que non !. Mais nos invités vont trouver plutôt étrange que je sois si peu au courant de tes projets. »

A ces mots, il poussa l'humilité encore plus loin :

« Je sais que je ne me soucie pas assez des apparences — j'essaierai de faire mieux la prochaine fois. »

Les apparences ! Il parlait comme si elle lui avait reproché un manquement à l'étiquette... Il ne lui était pas venu à l'esprit que ce cri venait du fond de son cœur blessé ! La vague chaude qui déferlait toujours en elle à la vue de son mari se retirait, cédant la place à un flux glacial qui montait subrepticement jusqu'à sa gorge, ses lèvres.

Parallèlement, un processus opposé s'accomplissait chez John

Amherst. Sa femme était toujours pour lui la plus belle femme du monde, ou plutôt, peut-être, la seule dont la beauté eût frappé ses regards. Cette beauté ne pénétrerait plus jamais jusque dans son cœur, mais elle touchait encore ses sens : non avec emportement, mais avec une bienveillance caressante, comparable à celle que l'on peut éprouver devant les mouvements harmonieux d'un chaton ou d'un oiseau. Elle semblait l'implorer de ne pas chercher à obtenir de Bessy plus qu'elle ne pouvait donner — de se contenter de cette grâce d'apparence sans lui supposer une signification profonde. Il se rapprocha d'elle et prit ses mains passives dans les siennes.

« Tu sembles fatiguée. Pourquoi montes-tu à cheval si tard ?

— Oh ! j'ai juste voulu faire un peu galoper Impulse. Je n'avais pas eu le temps de la sortir plus tôt et, si j'avais laissé les palefreniers le faire, ils auraient pu lui abîmer la bouche. »

Amherst fronça les sourcils.

« Tu ne devrais pas monter cette jument toute seule la nuit. Elle se cabre pour un rien, dans le noir.

— C'est le seul cheval que j'aime — les autres sont des canassons, murmura-t-elle en dégageant impatiemment ses mains.

— Bon, mais il faudra m'emmener avec toi la prochaine fois que tu la monteras. »

Elle s'adoucit un peu malgré elle. Faire du cheval était la seule distraction qu'il aimait partager avec elle, et la perspective d'une longue chevauchée à travers la plaine à ses côtés ramena la chaleur dans ses veines.

« Oui, allons-y demain. Combien de temps comptes-tu rester ? » demanda-t-elle avec une anxiété passionnée.

Il fut heureux de ce qu'elle voulût le savoir, et pourtant cette question l'embarrassait car il devait absolument rentrer à Westmore dans trois jours et ne pouvait éluder une demande si directe.

Bessy vit son hésitation et rougit de nouveau :

« Je te demande cela uniquement parce qu'il va y avoir un bal masqué au Club de la Chasse le vingt, et j'avais l'intention de donner un grand dîner ici, juste avant », expliqua-t-elle.

Amherst ne comprit pas qu'elle avait elle aussi, par moments, des difficultés à s'exprimer, et que l'allusion au bal masqué était une improvisation destinée à cacher une ardeur à laquelle il avait été trop long à répondre. Il pensa qu'elle ne s'était informée de ses projets que pour qu'il ne puisse pas de nouveau contrecarrer ses préparatifs. Si c'était tout ce dont elle se souciait, il lui devenait soudain aisé de lui dire qu'il ne pouvait rester. Il répondit avec insouciance :

« Les bals masqués ne sont pas mon affaire, mais de toute façon je dois être de retour à l'usine après-demain. »

Une déception amère se peignit aussitôt sur les traits de Bessy.

« Après-demain ? Ce n'était vraiment pas la peine de venir de si loin pour deux jours !

— Oh ! le voyage ne me dérange pas — et il y a une ou deux choses pour lesquelles je dois te consulter. »

Amherst aurait difficilement pu trouver une réponse plus malavisée, mais il ne s'en souciait plus maintenant. Puisqu'elle-même ne s'inquiétait de sa présence qu'en vue de la place qu'il occuperait à un dîner de têtes, il lui montrerait qu'il n'était venu que pour observer les formes en lui soumettant certaines mesures à prendre à Westmore.

Bessy commençait à se ressentir physiquement des efforts que lui avait fait fournir sa jument. La fatigue qui avait tout d'abord apaisé ses nerfs les rendait maintenant à une sensibilité exacerbée et une parole tendre de son mari l'eût jetée dans ses bras. Mais cette réponse sembla la vider de son sang.

« Je me demande bien pourquoi tu respectes encore les formes en me consultant à propos de Westmore, alors que tu y as toujours fait ce qui te plaisait, sans te préoccuper de moi ou de Cicely. »

Amherst ne répondit rien, réduit au silence par le découragement d'avoir à entendre une fois de plus le même sempiternel grief sortir de ses lèvres. Et Bessy sembla également frappée, après l'avoir proféré, par l'inutilité d'y avoir encore recours.

« Cela ne fait rien — bien entendu, je ferai tout ce que tu voudras, poursuivit-elle avec lassitude. Mais j'aurais pu envoyer ma signature, si c'est seulement pour cela que tu es venu.

— Merci, répondit froidement Amherst. Je m'en souviendrai la prochaine fois. »

Ils demeurèrent un moment silencieux, lui les yeux fixés sur elle, elle la tête tournée, tortillant sa cravache entre ses doigts ; puis elle dit soudain :

« Nous allons être en retard pour le dîner », et, passant dans sa garde-robe, elle en ferma la porte derrière elle.

Amherst sortit de son indifférence en la voyant disparaître.

« Bessy ! » s'écria-t-il en s'élançant après elle. Mais, en approchant de la porte, il entendit la voix de sa femme de chambre : il fit alors volte-face et gagna sa propre chambre.

Bessy arriva tard au dîner, les joues fraîches et arborant un air de satisfaction improvisé. La manière dont elle entra, combinée à l'arrivée imprévue de son mari, produisit sur ses hôtes à l'affût l'impression qu'il y avait de l'orage dans l'air. Mr. Langhope, bien qu'évidemment ignorant du retour de son gendre jusqu'à ce qu'il l'eût rencontré au salon, était un joueur trop expérimenté pour trahir sa surprise, et Mrs. Ansell se surpassa dans l'art subtil de considérer toute chose comme allant de soi. Mais ces précautions mêmes aiguisèrent la perception des autres invités, qu'une longue pratique avait rendus adroits dans l'interprétation de tels signes.

Justine Brent sentit tout cela, et elle savait de plus qu'à part elle-même tous les gens ici présents considéraient la brouille entre les Amherst comme relevant uniquement d'une question d'argent. Pour la plupart d'entre eux il n'existait en effet aucune autre source concevable de discorde conjugale dans la mesure où toute complication connue d'eux pouvait s'arranger par l'intervention du lubrifiant universel. C'était cette identité de vues qui soudait dans un nouveau féodalisme les membres de la société de Bessy Amherst, qui les fournissait en mots de passe et en critères conventionnels et qui les défendait jalousement contre toute percée insidieuse d'idées neuves.

Le génie de l'Histoire, tirant les fils de ses marionnettes au gré de son caprice, laisse parfois languir le drame dans une suite d'épisodes sans lien. Puis, accélérant tout à coup le rythme, il précipite la substance d'une douzaine de scènes dans une seule. La rencontre fortuite d'Amherst et de Justine, sans signification apparente pour tous deux, contenait en germe des prolongements que l'un et l'autre avaient commencé d'entrevoir avant la fin de la soirée. Pour la première fois ils avaient échangé des propos vraiment intimes, et cette brève conversation avait créé entre eux un sentiment de solidarité qui eut tout loisir de se développer dans l'atmosphère de ce dîner à Lynbrook.

Justine n'était jamais bien disposée à prendre part aux dîners des week-ends de Bessy, mais en descendant l'escalier ce soir-là elle ne regrettait pas d'avoir promis d'y assister. Elle voulait sincèrement revoir Amherst. Le ton, la conception de la vie de cet homme renforçaient ses propres convictions, restauraient sa foi dans la réalité et l'importance de tout ce que Lynbrook ignorait et excluait. Sa sensibilité extrême aux vibrations de pensées et de sensations autour d'elle lui apprit, tandis qu'elle le regardait entre les fleurs et les chandelles de la longue table, qu'Amherst ressentait obscurément un effet analogue. Elle fut traversée par la pensées qu'ils étaient inconsciemment attirés l'un par l'autre parce qu'ils étaient les deux seuls étrangers de la soirée.

Tous les autres avaient les mêmes opinions, parlaient le même langage, faisaient appel au même stock d'allusions, utilisaient les mêmes règles pour jauger les personnes et les actes. Entre la nonchalante acuité d'esprit de Mr. Langhope et les procédés rudimentaires des pimpantes petites Telfer, il y avait une différence de degré, non d'espèce. Si Mr. Langhope contemplait le spectacle avec plus d'objectivité, ce n'était pas qu'il n'y attachât plus aucune importance, mais plutôt que des années d'expérience l'avaient familiarisé avec les plus petits détails du monde où il vivait et que cela avait fait naître en lui un profond mépris pour tous les autres.

Les points d'affinité entre John Amherst et Justine Brent n'auraient pu être mieux mis en valeur que par leur exclusion tacite des opinions qui circulaient autour d'eux. Amherst, contraint et forcé, présidant d'un air morne entre Mrs. Ansell qui distribuait équitablement ses affabilités et Blanche Carbury qui lançait ses propos effrontés comme autant de pierres, parut à Justine aussi déplacé qu'elle-même parmi ces gens au contact desquels son mariage l'avait introduit. Elle ressentait si fortement leur isolement commun qu'elle ne fut pas surprise, lorsque les messieurs réapparurent au salon après le dîner, de voir son hôte, louvoyant entre les tables de bridge dépliées, mettre le cap sur le coin où elle s'était assise. Les manières d'Amherst au salon étaient toujours aussi directes qu'à l'usine. Il allait droit à la personne avec qui il désirait s'entretenir, sans se perdre en tactiques préliminaires. Justine, sans savoir ce qui s'était passé entre Bessy et lui, devinait à les voir que leur entretien avait donné à Amherst l'envie de pouvoir parler franchement du sujet qui lui tenait le plus au cœur.

Elle fit aussitôt allusion à Westmore, et le changement de son expression montra clairement que son travail restait pour lui un refuge contre tout ce qui lui rendait la vie irrespirable et incompréhensible. Ses convictions avaient peut-être été entravées et freinées, mais sa foi dans l'importance de sa tâche demeurait inébranlable et la fermeté avec laquelle il s'y cramponnait remplit Justine du sentiment de sa force. Cette impression ranima son désir de retourner au monde de l'action mais, par une réaction soudaine, elle anéantit l'inclination grandissante pour Stephen Wyant qu'avait entraînée sa révolte contre Lynbrook. Devant elle se tenait un homme qui se souciait aussi peu que Wyant des détails de forme, mais qui ne la choquait point par l'inadaptation qu'elle s'accusait de critiquer chez son soupirant. Elle commença à soupçonner que ce n'était pas une question de lacunes sociales qui la rebutait chez Wyant, et cela lui permit de percer les causes réelles de son aversion. Elles lui apparurent beaucoup plus profondes qu'un anodin manque de savoir-vivre. Elles tenaient en fait à quelque chose d'instable et de précaire en lui, quelque chose de faible et de violent à la fois, qui ressortait du contraste avec le calme résolu d'Amherst : celui-là, oui, était un homme que les coups du sort ne pourraient jamais faire dévier de son but ; alors que Wyant, qui pourtant aimait passionnément son métier, serait toujours à la merci de ses émotions passagères.

Cette distinction se faisant de plus en plus claire, Justine frémit à l'idée qu'elle avait été à deux doigts de s'engager, sans l'excuse de l'amour, envers un homme dont elle pouvait juger si lucidement les faiblesses... Mais avait-elle vraiment envisagé d'épouser Wyant ? Plus elle poursuivait sa conversation avec Amherst, plus cela lui semblait invraisemblable. Elle finit par reconnaître que ce n'était plus qu'un mauvais rêve. Mais la pensée qu'elle avait promis à Wyant de le voir le lendemain vint lui rappeler qu'elle avait frôlé le danger. Comment avait-elle pu jouer si légèrement avec son avenir — elle qui attendait tant de sa vie parce qu'elle y pressentait tant d'action et de ferveur en puissance ? Elle écoutait Amherst lui parler de son travail avec assez d'attention extérieure pour placer le commentaire juste et poser la bonne question, mais consciente seulement de la force tranquille que la présence de cet homme lui insufflait, de la façon dont ses paroles, sa voix, sa personne même raffermissaient progressivement sa volonté et la clarifiaient.

Au fumoir, quand les dames furent remontées, Amherst continua à s'acquitter mécaniquement de ses devoirs, dans le décor incongru des photographies sportives de son prédécesseur. Il était caractéristique de son rapport à Lynbrook que sa vie s'y écoulât parmi les fleurets et les gants de boxe, les armes à feu et les trophées de courses hippiques qui étaient l'expression des idéaux du défunt Dick Westmore. Peu sensible à son cadre matériel, et tout à fait inconscient de l'ironie de cette proximité, Amherst avait fini par accepter les invités de sa femme aussi aveuglément que leur environnement et avec la même impression qu'ils faisaient inéluctablement partie de sa nouvelle existence. Leur conversation ne lui était pas plus intelligible que les hiéroglyphes rouge et jaune sur les gravures de courses. Il fumait en silence pendant que Mr. Langhope parlait avec Westy Gaines de la dernière vente de porcelaines chinoises, où il avait eu la chance de dénicher une paire de Mings pour sa fille, et que Mason Winch exposait à quelques auditeurs prostrés d'ennui les conséquences cruciales de la prospérité de Wall Street sur le niveau de vie des ouvriers. Dans un coin retiré, Ned Bowfort divulguait des faits de nature plus intime à des fidèles choisis qui accueillaient avec un plaisir sournois la mention chuchotée des noms propres. Amherst était bien obligé de répondre de temps à autre à Fenton Carbury, qui lui avait été abandonné d'un commun accord : « Oui, je crois que le pneu-contact est préférable... » ou : « Il y aurait beaucoup à dire sur la magnéto à faible voltage. » Mais, pendant ce temps-là, il ne pensait qu'à sa conversation avec Justine Brent. Il avait quitté sa femme quelques heures auparavant dans un état de lassitude morale où les espoirs les plus intenses sont gagnés par la contagion de l'indifférence et de l'hostilité, et où l'effort de la conquête semble hors de proportion avec la fin proposée. Mais, en écoutant Justine, toute son énergie avait repris le dessus. Il avait enfin trouvé quelqu'un qui comprenait l'urgence de sa tâche. Chacun des mots et des regards de Justine confirmait ce qu'elle avait déclaré ce soir : « Westmore l'emportera sûrement un jour sur tout le reste. Je ne vois guère comment l'un et l'autre vous y échapperiez. »

Elle avait pour Westmore les mêmes yeux que lui : c'était le débouché inespéré qui lui permettait de matérialiser les idées qui lui semblaient les plus estimables au monde. L'assurance que quelqu'un d'autre reconnaissait cet impératif le confortait dans ses convictions. Oui, il continuerait, patiemment et obstinément, surmonterait les obstacles, endurerait les délais, subirait les critiques — et, bien pis, souffrirait l'indifférence et la méfiance grandissantes de sa femme. Justine avait dit : « Westmore l'emportera sûrement » et il prouverait qu'elle avait raison : en dépit des pouvoirs ligués contre lui, il finirait par convaincre Bessy.

Ceux des observateurs qu'avaient frappés la longueur et l'animation de l'entretien de Miss Brent avec son hôte — parmi lesquels Mrs. Ansell et Westy Gaines n'étaient pas les moins attentifs — auraient eu de la peine à croire combien peu avaient joué les charmes personnels de la jeune fille dans le processus de sa séduction. Amherst était encore envoûté par un tout autre genre de beauté — les tendres grâces qui personnifiaient le premier triomphe de la femme dans son cœur — et le type sombre et svelte de Justine ne pouvait d'emblée en dissiper la douce image. Il la regardait parler avec plaisir, mais son visage ne l'intéressait que comme véhicule de ses idées, comme l'apparence que devait avoir une jeune fille qui sentait et pensait comme elle le faisait. Il avait conscience que tout en elle était éveil, subtilité, souplesse, que les muscles du caractère étaient proches de la surface sensible. Pourtant l'interpénétration de l'esprit et de la chair qui faisait de son corps la projection radieuse de son esprit le laissait insensible, obnubilé qu'il était par leur identité de vues.

Ainsi ces deux êtres, dans leur heure de doute, versaient chacun dans le cœur de l'autre leur propre force, inconscients de ce qu'ils se donnaient et du pouvoir secret qu'avait cette force d'insuffler une nouvelle vie dans leurs desseins respectifs.

10

Si Mr. Langhope s'était jamais abaissé à des triomphes faciles du genre « je vous l'avais bien dit », c'est ce qu'il aurait fait savoir à Mrs. Ansell au cours de la conversation que tous deux eurent le lendemain après-midi, soigneusement à l'écart de toute intrusion des hôtes de Lynbrook.

Mrs. Ansell était de ces femmes qui trouvent le moyen de s'entourer de solitude dans une croisière de plaisance, ou de se créer une retraite dans le salon d'un hôtel. Cependant, s'isoler en présence des petites Telfer représentait, même pour son ingéniosité, une épreuve des plus délicates. Quand elle eut pourtant accompli cette prouesse, Mr. Langhope, voyant qu'il pouvait sans danger s'adonner aux joies d'une conversation confidentielle, s'enhardit jusqu'à déclarer :

« C'est aussi bien que j'aie sauvé ces Mings des ruines.

— Quelles ruines ? » s'écria-t-elle, son regard alarmé lui accordant le plein bénéfice de l'effet qu'il escomptait.

Il se mit délibérément à choisir une cigarette, puis à l'allumer.

« Truscomb est hors course — il a donné sa démission, sage précaution. Les réformes à Westmore vont coûter infiniment plus que ce qui était prévu par mon gendre si compétent. Tel est le bilan matinal de Westy — lui et Amherst se sont expliqués là-dessus hier soir. Je vais dire à ma pauvre fille qu'au moins elle pourra toujours mettre au clou les bibelots que j'ai achetés pour elle. »

En entendant cela, Mrs. Ansell perdit contenance.

« Qu'est devenue Bessy ? Je ne l'ai pas vue depuis le déjeuner.

— Elle est partie en voiture avec Blanche Carbury. Elles vont dîner à Islip avec les Ledger.

— Vous l'avez vue avant son départ ?

— Oui, un instant, mais elle ne m'a pas dit grand-chose. Westy raconte qu'Amherst parle de louer la maison de New York. On comprend aisément qu'elle soit restée sans voix. »

A ces mots, Mrs. Ansell se redressa sur son siège.

« La maison de New York ? » Mais elle n'alla pas plus loin et ajouta, apparemment sans rapport avec le sujet : « Si vous saviez comme je déteste Blanche Carbury ! »

Mr. Langhope montra d'un geste qu'il partageait à demi ce sentiment.

« Ce n'est pas l'amie que j'aurais choisie pour Bessy, mais nous savons que la Providence utilise parfois d'étranges instruments.

— La Providence et Blanche Carbury ? (Elle le dévisagea.) Ah ! vous êtes profondément corrompu !

— J'ai cette habitude indécente qu'ont les hommes de regarder les faits en face. Tandis que, comme une femme, vous préférez les utiliser secrètement et, en public, faire comme si vous ne les voyiez pas.

— De toute façon, Blanche n'est pas le genre de “ fait ” que j'utiliserais, en quelque circonstance que ce soit !

— Personne ne vous en demande autant. Regardez-la simplement comme une force de la nature — laissez-la agir, et ne plantez pas trop de paratonnerres. »

Elle scruta attentivement son visage :

« Vous voulez vraiment dire que vous aimeriez que Bessy divorce ?

— Votre style est elliptique, ma chère Maria... En tout cas, le divorce ne m'effraie guère. Il est devenu aussi indolore que la dentisterie moderne.

— C'est notre odieuse insensibilité qui le rend ainsi ! »

Mr. Langhope prit l'air accommodant de qui suspend son jugement.

« Avez-vous une meilleure idée à proposer pour que Bessy sauve ce qui reste de sa fortune ?

— Je préférerais la voir sauver ce qui reste de son bonheur. Bessy ne sera jamais heureuse, en employant les moyens modernes.

— Qu'appelez-vous les moyens modernes ?

— C'est lancer son bateau à la mer en écrasant un corps sur son passage — ou plusieurs, selon les cas !

— Vous ne voyez donc pas que, comme moyen de ramener ce fou à la raison...

— Je vous ai dit que vous ne le compreniez pas ! »

Mr. Langhope se tourna vers elle avec ce qui aurait pu être un mouvement d'humeur s'il n'avait été aussi feutré.

« Eh bien allez-y, expliquez-le-moi, pour l'amour du ciel !

— Je pourrais vous l'expliquer en disant qu'elle est toujours amoureuse de lui.

— Ah ! si vous êtes encore prisonnière des vieilles formules ! »

Mrs. Ansell le fixa d'un air grave.

« N'est-ce pas précisément ce qu'est Bessy ? N'est-elle pas l'une des victimes les plus poignantes de l'éducation de nos filles dans le double servage des convenances et de l'irréalisme ? On corrompt leur corps par le luxe et leur cerveau par la sentimentalité et on les laisse concilier les deux comme elles peuvent, ou perdre leur âme dans cette tentative. »

Mr. Langhope sourit :

« Je vous ferai observer que, comme je suis resté très tôt seul avec cette pauvre enfant, j'ai cru bien faire en lui procurant les conseils des plus admirables femmes que j'aie connues.

— Dont j'étais — et je n'étais pas le moins lamentable exemple du système ! Evidemment, la seule chose qui nous préserve de leur rancune, ajouta Mrs. Ansell, est que bien peu d'entre elles prennent le temps de penser...

— Et pourtant, si je comprends bien, c'est précisément ce que vous voudriez que Bessy fasse !

— C'est ce que ni vous ni moi ne pouvons l'empêcher de faire ! Vous lui avez donné juste assez de perspicacité pour poser les questions, sans assez de logique pour y répondre. Mais si elle doit périr dans la lutte — et je ne vois aucun espoir pour elle —, cria Mrs. Ansell, se mettant soudain dramatiquement debout, laissez-la au moins périr en défendant ses idéaux et non en les reniant — même si elle doit vendre la maison de New York, et tous vos vases de Chine par-dessus le marché ! »

Mr. Langhope, se dressant à son tour, eut un geste de réprobation.

« Si c'est cela que vous appelez me préserver de sa rancune — en fracassant la vaisselle à mes oreilles ! » Et, comme elle s'en allait sans même essayer de renchérir sur sa plaisanterie, il ajouta affectueusement, avec une lueur de malice dans les yeux : « Je suppose que vous allez au bal de la Chasse en Cassandre ? »

Amherst, ce matin-là, était allé voir sa femme, fermement résolu à effacer l'impression malheureuse de leur dernier entretien. Il se reprochait de s'être laissé trop vite rebuter par son attitude. Il était le plus fort des deux, soutenu en outre par sa foi dans l'objectif qu'il s'était fixé : comment n'avait-il pas compris qu'il devait être tolérant à l'égard de ses mouvements d'humeur et surtout des automatismes dictés par l'habitude ?

Sachant qu'elle n'était pas matinale, il attendit jusqu'à dix heures pour se présenter à la porte de son boudoir, mais la femme de chambre vint l'informer que Bessy n'était pas encore levée.

Il répondit qu'il attendrait. Cela ne modifia aucunement le rythme nonchalant de la toilette de sa femme, et il resta seul dans la pièce pendant plus d'une demi-heure. Il y avait bien des mois qu'il n'y avait passé un aussi long moment, et, bien qu'habituellement peu observateur, il trompait maintenant sa nervosité en notant machinalement les accessoires intimes de la vie de Bessy. Il prit d'abord simplement conscience d'une harmonie apaisante de lignes et de couleurs, allant des teintes estompées du petit tapis au jeu de lumière tamisée sur les tableaux anciens et les vases de porcelaine au galbe gracieux. Puis il se mit petit à petit à remarquer que chaque fauteuil, paravent, coussin, jusqu'à chaque ustensile insignifiant sur le secrétaire en marqueterie avait été choisi en fonction d'une recherche d'harmonie, avec toute l'exigence d'une oisiveté raffinée. Quelques mois auparavant, ce cadre délicat — en admettant qu'il l'eût remarqué — lui fût apparu comme l'expression naturelle du goût d'une jolie femme pour de jolis jouets ; mais maintenant c'était leur prix qui le frappait. Les factures de Bessy commençaient à lui apprendre qu'aucune denrée ne revient aussi cher que la beauté, et la beauté qui l'environnait l'emplit d'une soudaine répugnance comme si elle servait à masquer les influences néfastes qui séparaient la vie de sa femme de la sienne. Mais il chassa cette pensée à l'entrée de Bessy et s'efforça d'imaginer que rien ne venait troubler leur entente. Ses cheveux encore humides du bain s'échappaient du catogan, en anneaux et en spirales sombres filetés d'or, et de ses souples draperies flottantes s'exhalait un parfum de jeunesse et de fraîcheur matinale. Sa beauté l'émut, et il lui devint plus facile de faire amende honorable.

« J'ai été stupide et désagréable l'autre soir. Je n'arrive jamais à m'exprimer comme je le voudrais quand je dois compter les minutes. Je reviens maintenant pour que nous parlions tranquillement », commença-t-il.

Une ombre de défiance passa sur le visage de Bessy.

« D'affaires ? demanda-t-elle, s'arrêtant à quelques pas de lui.

— N'employons pas ce mot ! » Il vint à elle et prit ses mains dans les siennes. « Tu disais *notre œuvre* — ne veux-tu pas revenir à cette manière d'en parler ? »

Ses mains résistèrent à sa pression :

« J'ignorais alors qu'elle allait devenir la seule chose dont tu te soucierais... »

Ne fût-ce que pour son bien, il ne fallait pas la laisser poursuivre :

« Un jour tu comprendras qu'en m'en souciant c'est de toi que je me soucie. Mais en attendant, la pressa-t-il, veux-tu dominer ton aversion pour le sujet et le supporter patiemment comme étant mon œuvre, si tu n'as plus envie d'y penser comme à la tienne ? »

Bessy se dégagea et alla s'asseoir au bord du siège à dossier droit de son secrétaire, pour bien marquer la nature provisoire de l'entretien.

« Je sais que tu me crois stupide — mais on n'attend généralement pas des femmes qu'elles entrent dans tous les détails des affaires de leur mari. Je t'ai dit de faire tout ce que tu voulais à Westmore et je ne vois pas ce que tu veux de plus. »

Amherst la considéra avec surprise. Quelque chose dans l'accélération mécanique de son élocution lui donnait à penser que non seulement l'esprit mais la lettre du discours qu'elle tenait lui avaient été dictés : il lui semblait y déceler un écho de la voix de Blanche Carbury. L'intimité de Bessy avec cette personne avait beau être récente, des bribes de potins de fumoir dont il n'avait fait aucun cas lui revenaient maintenant, ranimant la vague antipathie qu'il avait ressentie pour elle la veille au soir.

« Je sais bien que dans ton milieu les femmes ne sont pas censées s'intéresser au travail de leur mari et, si la filature était à moi, j'essaierais de me conformer à cette coutume — bien que j'aie toujours trouvé dommage qu'un homme ne puisse parler avec sa femme de questions pour lui primordiales. Mais, comme je ne suis que ton représentant à Westmore, je ne vois pas comment nous pourrions éviter d'aborder le sujet entre nous. »

Bessy ne dit rien, non pas que l'argument l'eût convaincue, mais comme si le maigre stock des siens lui faisait momentanément défaut. Il poursuivit donc sur ce thème en évitant soigneusement les termes techniques et en faisant l'effort constant de lui montrer le côté humain et personnel de la question.

Elle écoutait sans mot dire, les yeux fixés sur un petit coupe-papier ouvragé qu'elle avait pris sur le secrétaire et qu'elle faisait tourner sans arrêt entre ses doigts tandis qu'il parlait.

Les réformes d'Amherst à Westmore avaient entraîné, comme il l'avait prévu, la démission de Truscomb et la résistance ouverte de Westy Gaines à la nouvelle politique, mais aussi un investissement de capitaux immédiat plus important que ne l'avaient laissé prévoir les premières estimations. Amherst, en soumettant le cas à Bessy, s'attendait donc à sa désapprobation — derrière laquelle se profilerait celle, bien connue, de ses conseillers. Mais, quand il eut terminé, elle fit simplement remarquer, en ne quittant pas des yeux le jouet qu'elle tenait :

« J'ai toujours su qu'il te faudrait beaucoup plus d'argent que tu ne le croyais. »

Cette réflexion le toucha à son point le plus vulnérable :

« Mais tu vois pourquoi ? Tu comprends que les travaux n'ont cessé de s'amplifier ? »

Sa femme releva la tête pour l'examiner un moment :

« Je ne suis pas sûre de comprendre, déclara-t-elle avec indifférence, mais, si d'autres crédits sont nécessaires, je signerai évidemment. »

Ces mots le prirent de court en soulevant avant qu'il n'y fût préparé l'autre aspect de la question. Il aurait voulu réveiller chez Bessy une certaine compréhension de l'urgence de son œuvre avant d'avoir à aborder le sujet de son prix. Mais son empressement glacial à aller au-devant de sa demande, comme s'il s'agissait d'une affaire désagréable dont il fallait se débarrasser au plus tôt pour ne plus avoir à y penser, doubla la difficulté de ce qu'il avait encore à lui dire ; et il lui apparut qu'elle avait sans doute prévu ce résultat et misé dessus.

Il plongea gravement son regard dans le sien.

« Un autre prêt est effectivement nécessaire, mais, si une provision convenable doit être constituée pour le rembourser, il faudra réduire de beaucoup tes dépenses dans les mois à venir. »

Le sang afflua au visage de Bessy.

« Mes dépenses ? Tu sembles oublier à quel point j'ai déjà eu à les réduire.

— Ce n'est pas ce que montrent les factures du train de maison. Elles augmentent de jour en jour. Et récemment encore il y a eu des frais accessoires très lourds.

— Qu'est-ce que tu entends par frais accessoires ?

— Eh bien, il y a ces deux cobs que tu as achetés le mois dernier... »

Résignée, elle se remit à contempler le coupe-papier :

« Avec une seule voiture, il est évident qu'il faut plusieurs chevaux.

— Les écuries me semblaient déjà bien remplies. Enfin, admettons, mais si tu avais besoin de chevaux, je ne vois pas pourquoi il était nécessaire d'acheter, juste au même moment, ces vases chinois pour deux mille cinq cents dollars. »

Bessy, à ces mots, releva la tête d'un air résolu qui le surprit. Sa rougeur avait disparu aussi vite qu'elle était venue et il remarqua qu'elle était blême jusqu'aux lèvres.

« Je sais que tu n'apprécies guère ce genre d'objets. Mais c'était une occasion exceptionnelle — ils valent certainement le double — et Dick avait toujours eu envie d'une paire de Mings pour la cheminée du salon. »

Par un accord tacite ils avaient toujours évité de prononcer entre eux le nom de Richard Westmore : la sensation désagréable de dépendre de la libéralité du défunt amplifiait encore chez Amherst le sentiment obscur de contrainte et de répugnance que toute allusion à l'existence du premier mari éveille généralement chez son successeur.

Il devint tout rouge et Bessy, tirant avantage d'un embarras qu'elle avait peut-être consciemment provoqué, poursuivit précipitamment et comme si elle récitait une leçon :

« Je t'ai laissé parfaitement libre d'agir à ta guise à la filature, mais cette perpétuelle contestation de mes dépenses personnelles est fort déplaisante pour moi, comme elle doit l'être pour toi je présume, et à l'avenir je pense qu'il serait beaucoup mieux que nous ayons des comptes séparés.

— Des comptes séparés ? fit en écho Amherst, sincèrement étonné.

— J'aimerais reprendre mon indépendance pour mes dépenses personnelles — je n'ai pas été habituée à compter pour chaque penny que je débourse. »

Les plis verticaux s'accentuèrent entre les sourcils d'Amherst.

« Tu es bien entendu libre de dépenser ton argent comme tu l'entends — et j'ai cru qu'il en était ainsi quand tu m'as autorisé, au printemps dernier, à entreprendre les travaux à Westmore. »

Les lèvres de Bessy se mirent à trembler :

« Tu me le reproches ? Je ne comprenais pas... Tu as tiré avantage...

— Oh ! » s'écria-t-il.

A cet accent d'indignation, le sang afflua de nouveau au visage de la jeune femme.

« Tout est de ma faute, bien sûr... Je voulais seulement te faire plaisir... »

Amherst resta sans voix, accablé par le sens de sa responsabilité. Ce qu'elle disait n'était que trop vrai — il avait su, au moment même où il extorquait ce sacrifice, qu'elle n'y consentait que pour lui faire plaisir, dans un regain d'amour, et non parce qu'elle se reconnaissait des devoirs impérieux. Frappé de cette évidence, il répondit avec douceur :

« Je veux bien accepter tous les blâmes que selon toi je mérite ; mais à quoi cela nous servira-t-il maintenant de revenir sur le passé ? N'est-il pas plus important de nous entendre sur l'avenir ? Si par " avoir des comptes séparés " tu veux dire que tu désires pouvoir disposer de tous tes revenus, alors tu dois comprendre qu'il faut immédiatement abandonner les travaux à la filature et laisser les choses retourner à leur état antérieur. »

Elle eut un geste d'impatience et se leva.

« Oh ! comme j'aimerais ne plus entendre jamais parler de la filature ! »

Il la regarda un moment en silence, puis :

« Dois-je prendre cela comme ta réponse ? » demanda-t-il.

Elle se dirigea vers sa porte sans lui rendre son regard.

« Tu finiras évidemment par faire ce qui te plaira », murmura-t-elle.

Cette réflexion le toucha car il y décela le cri de l'orgueil blessé. Il eut envie de pouvoir lui crier en retour que Westmore n'était rien pour lui, que son seul désir était de la voir heureuse... Mais ce n'était pas vrai, et sa virilité répugnait à la duperie. D'ailleurs, son effet n'aurait été que temporaire et n'aurait rien apporté d'autre que les vains efforts de Bessy pour simuler de l'intérêt à l'égard de l'œuvre de son mari. Les barrières insurmontables du caractère, de l'éducation, de l'habitude se dressaient à jamais entre eux. Dieu sait pourtant s'il n'était pas en lui de croire qu'aucune barrière fût insurmontable...

« Bessy ! s'écria-t-il en la suivant, ne nous quittons pas ainsi... »

Elle s'arrêta, une main sur la porte de son cabinet de toilette.

« C'est l'heure de m'habiller pour le culte, fit-elle observer en se retournant pour jeter un coup d'œil à la petite pendule dorée, sur la cheminée.

— Pour le culte ? » Amherst écarquilla les yeux. Il se demandait comment, dans un pareil moment, elle avait pu rester suffisamment détachée pour remarquer l'heure.

« Tu oublies, reprit-elle avec un air de doux reproche, qu'avant notre mariage j'avais l'habitude d'aller au temple tous les dimanches.

— Oui, c'est vrai. Tu n'aimerais pas que j'y aille avec toi ? » demanda-t-il gentiment, comme s'il s'éveillait à la conscience d'une omission supplémentaire dans la liste déjà longue de ses lacunes sociales.

Mais Bessy avait ouvert la porte de son cabinet de toilette.

« Je préfère de beaucoup que tu fasses ce qui te plaît », déclara-t-elle en quittant la pièce.

Amherst ne fit rien pour la retenir et la porte se referma sur elle, comme sur un chapitre de leur vie.

« C'est la fin ! » se dit-il, ramassant le coupe-papier avec lequel elle avait joué et le faisant distraitement tourner entre ses doigts. Mais rien dans la vie ne finit jamais et, le moment d'après, une nouvelle question se posait à lui : comment commencerait le chapitre suivant ?

III

1

Le mois d'octobre était assez avancé lorsque Amherst revint à Lynbrook.

Il avait entre-temps commencé à tirer de son expérience une leçon bien pénible à admettre pour son naturel direct et tranchant : à savoir que le compromis est la loi de la vie conjugale. L'après-midi de ce triste entretien avec sa femme, il l'avait cherchée, déterminé à tenter un dernier effort pour éclaircir la situation entre eux. Or, elle était partie en voiture immédiatement après le déjeuner, avec Mrs. Carbury et deux messieurs, en laissant au *butler* le soin de le prévenir qu'elle ne rentrerait probablement pas avant le soir. Dans son humiliation, Amherst avait dû se contenir pour ne pas sauter dans le premier train pour Hanaford ; mais il était encore sous l'emprise des propos de Justine Brent et il pressentait en outre, dans l'impasse où Bessy et lui se trouvaient, qu'une brouille entre eux serait définitive.

Il resta donc. Il endura du mieux qu'il put les coups d'œil de son entourage à l'affût et l'ironie bienséante des attentions de Mr. Langhope. Lorsqu'il quitta Lynbrook deux jours plus tard, Bessy et lui avaient conclu un arrangement provisoire.

Sa femme s'était montrée plus ferme qu'il ne l'avait prévu dans sa résolution de reprendre son autonomie financière, et ils s'étaient séparés sur des concessions réciproques : Bessy consentait à louer la maison de ville pendant l'hiver et à rester à Lynbrook, tandis qu'Amherst acceptait de borner ses réformes à Westmore aux travaux qui y étaient déjà entrepris, tout en en restreignant le plus possible les frais. C'était pratiquement la défaite de sa politique et il eut à subir le triomphe modeste des Gaines — ce qui n'était d'ailleurs pas grand-chose en comparaison de l'anéantissement de ses aspirations. Malgré l'opposition des administrateurs, il avait profité de la démission de Truscomb pour mettre Duplain à la tête de l'usine, mais la répugnance que manifestait le nouveau directeur à l'égard du changement d'orientation de la compagnie laissait prévoir qu'il ne resterait pas longtemps à Westmore ; et c'était un supplice pour Amherst, qui ne pouvait lui donner les raisons de sa défection, d'avoir à figurer dans le vocabulaire sans nuances de Duplain comme un « lâcheur ». La difficulté de trouver un nouveau directeur qui fût assez compétent pour satisfaire les administrateurs tout en sympathisant avec les théories sociales d'Amherst faisait redouter à ce dernier que le départ de Duplain n'ouvrît la voie au retour de Truscomb. Il soupçonnait d'ailleurs Halford Gaines d'avoir toujours compté sur cette issue, qui marquerait la fin irrévocable de son entreprise.

Cette conjoncture offrait du moins l'avantage d'accaparer son esprit. Si la séduction de son plan de réformes contrastait lugubrement avec la joyeuse activité des mois précédents, Amherst faisait preuve dans l'adversité d'un tel acharnement qu'il était bien trop occupé pour penser, ce qui l'aidait incontestablement à venir à bout de ses journées. Ainsi, la pression du travail le garda, tout d'abord, d'une rumination constante sur ses rapports avec Bessy. Il lui avait sacrifié ses plus chères aspirations, et sa renonciation avait pour l'instant creusé un abîme entre eux. Il lui apparut cependant peu à peu que, tout comme il rebâtissait sur les débris de ses projets, il pouvait de même s'appliquer à la réédification de sa vie conjugale.

Avant de quitter Lynbrook, il avait pu parler une dernière fois avec Miss Brent. Un même sentiment de réserve les tenait tous deux à l'écart d'un renouvellement de confidences, mais ils avaient eu un de ces échanges de paroles banales auxquels les circonstances se chargent de donner un sens particulier. Justine lui avait demandé si c'était vrai qu'il partait et, sur sa réponse affirmative, s'était écriée :

« Mais vous reviendrez bientôt ?

— Je reviendrai certainement », avait-il répondu, et, après un instant de réflexion, il avait ajouté : « Je vous trouverai ici ? Vous allez rester à Lynbrook ? »

Elle aussi avait marqué un temps d'hésitation avant de déclarer, souriante : « Oui, je vais rester. »

Le regard d'Amherst s'était illuminé :

« Et vous m'écrirez si quelque chose..., si Bessy ne va pas bien ?

— Je vous écrirai », avait-elle promis ; et, quelques semaines après son retour à Hanaford, il avait en effet reçu un mot d'elle. Son but officiel était de le rassurer sur la santé de Bessy, qui s'était améliorée à vue d'œil depuis que le docteur Wyant l'avait persuadée de suspendre ses week-ends agités et de s'accorder une période de repos. Pourtant, ajoutait l'auteur de la lettre, maintenant que Mr. Langhope et Mrs. Ansell étaient également partis, le repos était peut-être trop complet, et Bessy semblait s'en ressentir nerveusement.

Le message était clair et Amherst n'eut aucune difficulté à l'interpréter : « J'ai réussi à disperser les gens qui vous séparent constamment de votre femme ; une chance vous est offerte : venez la saisir. » Sa réponse fut immédiate : il télégraphia à Bessy pour lui annoncer son retour à Long Island.

Le pas était pourtant loin d'être facile à franchir, mais Amherst avait toujours plus de facilité à accomplir un acte décisif qu'à subir la période d'adaptation qui suivait. Si venir à Lynbrook lui avait coûté un grand effort de volonté, y rester faisait appel à des facultés d'une autre nature.

Amherst était habitué à faire les choses : il devait maintenant se résigner à endurer un état de choses. Les commodités matérielles de son environnement, les rouages de la grande maison vacante qui fonctionnaient à la manière d'un mécanisme complexe tournant à vide accrurent l'exaspération de ses nerfs. Le docteur Wyant — inspiré par Justine, pensait Amherst — avait suggéré à Bessy d'annuler ses engagements pour l'automne et de vivre au grand air et au calme avec son mari : cela paraissait une occasion idéale pour ces deux esprits égarés de se retrouver et de reprendre possession l'un de l'autre. Mais, tout en étant reconnaissant à Bessy de fermer sa porte aux visiteurs — essentiellement pour lui faire plaisir —, Amherst trouvait cette vie plus oppressante encore que lorsque la maison était pleine. S'il avait pu être seul avec elle dans un coin tranquille — le cottage méprisé de Westmore, même ! — il s'imaginait que l'espace restreint et les exigences du quotidien les auraient rapprochés. Les nécessités les plus simples de l'existence qui unissent chaque jour deux êtres destinés à ne jamais découvrir de terrain d'entente plus élevé avaient été soigneusement éliminées à Lynbrook. Les besoins matériels y étaient non seulement assurés, mais prévus par une machinerie secrète qui faisait que cette maison donnait perpétuellement une impression d'assistance invisible. Amherst savait bien que Bessy et lui ne se rencontreraient jamais sur les hauteurs où se brassent les problèmes essentiels, mais il pensait pouvoir regagner le chemin de son cœur et trouver un dérivatif à sa propre inactivité dans les petites attentions de la vie quotidienne. Cependant, l'instant d'après, il se prenait à sourire à l'évocation de Bessy plongée dans un milieu où les horloges ne se remontaient pas d'elles-mêmes et où les portes ne s'ouvraient pas à deux battants devant elle. Les petits soins multiples et les grosses besognes qui tendent souvent un bienfaisant rideau entre deux natures discordantes auraient été intolérables à Bessy autant que l'était à Amherst le projecteur aveuglant de l'oisiveté sous le feu duquel tous deux se trouvaient maintenant en tête à tête.

Il voyait que Bessy était dans l'état de zèle propitiatoire qui toujours, au cours de leur long duel, avait succédé à ses victoires. Il la sentait désireuse, après le sacrifice qu'elle avait exigé, de se réconcilier avec lui par tous les artifices qui étaient en son pouvoir, mais aussi de cacher à tout le monde le fait que, comme le disait sans prendre de gants Mr. Langhope, « il avait dû capituler ». Amherst, touché de ses efforts, était gêné de ne pouvoir y répondre. Son esprit, libéré de ses préoccupations ordinaires, était devenu un redoutable instrument d'analyse et de dissection, et des conditions qu'il aurait acceptées quelques mois plus tôt avec la saine tolérance de l'homme actif pesaient maintenant sur lui de manière insupportable. Il comprit que, pour la première fois depuis leur mariage, sa femme et lui se trouvaient véritablement face à face. Jusque-là il y avait toujours eu quelque élément pour s'interposer entre eux — d'abord la fascination opérée par sa grâce et sa beauté, et la joie passagère de la voir participer à son œuvre ; puis la douleur de la perte de leur enfant et, plus tard, l'ivresse de concrétiser à Westmore les idées qui lui étaient chères. Or voilà que le dernier de ces voiles venait d'être arraché, et ils se retrouvaient l'un devant l'autre comme deux étrangers.

L'habitude d'observer les horaires d'usine poussait Amherst hors de chez lui bien avant que la journée de sa femme ne commençât. C'est au cours de l'une de ces randonnées matinales qu'il rencontra Miss Brent et Cicely, en route vers un lointain marais où poussait, selon la rumeur locale, une orchidée rare. Le goût de Justine pour les bois avait contribué à développer chez l'enfant une passion pour ce genre de maraude. Cicely, qui s'était aperçue que son beau-père s'y connaissait presque aussi bien en oiseaux et en écureuils que Miss Brent en fleurs, n'eut de cesse qu'il n'eût grimpé dans la carriole, calant ses longues jambes entre la boîte d'herborisation et le panier de la collation et tenant en équilibre sur ses genoux le corps télescopique du fox-terrier.

La saison était si douce que seules une ou deux gelées légères avaient roussi le feuillage des chênes et des hêtres et doré les bas-côtés de la route d'un tapis moelleux de feuilles d'érable. La brume matinale s'élevait, comme la fumée d'un bûcher de sumac et d'érable à sucre ; un velours d'argent recouvrait les sillons. Tandis qu'ils avançaient dans le sous-bois, ils pouvaient voir parfois, au bout du chemin, un disque d'argent terni où se fondaient mer et ciel.

Puis ils s'engagèrent dans un sentier qui serpentait à travers un maquis de chênes et de fourrés luisants de lauriers et disparaissait au pied d'un tertre boisé qu'ils escaladèrent avec peine pour découvrir, du sommet, le marais. Il s'étendait là, dans une solitude magique, entouré par la masse fauve et drue des mélèzes et des érables, ses berges grillées aux nuances de brun-roux, de rouge braise et de gris cendré, son centre frémissant, d'un vert émeraude. Des chemins secrets et humides évoluaient entre les îlots envahis de canneberges, de fougères d'un brun caramélisé, d'églantiers et de lauriers. Le sol détrempé et les branches pourrissantes distillaient une étrange odeur douceâtre, essences aromatiques d'un été disparu ; et l'air chargé de cette senteur était si calme que le craquement d'une cosse d'hamamélis, la chute d'une noisette, le bond d'une grenouille effarouchée piquetaient le silence de leurs pointes sonores.

Le cheval attaché, le chien libéré, la boîte d'herborisation et le panier de la collation suspendus à l'épaule d'Amherst, les trois explorateurs partirent en expédition. L'homme, comme il se doit, prit les devants ; mais, après quelques distractions malheureuses qui les menèrent entre les îlots, dans l'épaisseur des joncs, il fut prié de renoncer à son commandement et de se mettre à l'arrière, où il pourrait rendre le service plus humble de soulever de temps à autre Cicely pour lui faire franchir les « gouffres insondables » de terre spongieuse.

Justine, ouvrant la voie, les guidait à travers ce monde perfide, aussi intrépide qu'un martin-pêcheur. Elle trouvait d'instinct chaque touffe d'herbe, chaque souche d'arbre immergée du chemin incertain. Çà et là elle s'arrêtait, les pieds serrés l'un contre l'autre sur leur étroit perchoir, son corps élancé oscillant quand elle se penchait en avant pour cueillir quelque pousse rare détectée parmi les roseaux et les herbes flétries, puis se redressant d'un élan aussi naturel que la détente d'une branche vers le ciel — libre et souple dans tous ses mouvements, semblable aux roseaux qui se balançaient et aux ronces qui s'accrochaient à elle sur son passage.

Les explorateurs atteignirent enfin le coin moussu où poussaient les orchidées, et Cicely, bien en équilibre sur un tronc d'arbre couché, eut la permission de creuser pour tirer du sol les racines convoitées. Celles-ci une fois empaquetées, le moment fut venu de célébrer ce temps fort par des libations de confiture et de lait. Sur une pente sèche, au milieu des menthes poivrées, la compagnie fit un sort au contenu du panier. C'était l'heure où la femme de chambre de Bessy apportait le plateau du petit déjeuner, avec son fragile service de vieil argent et de porcelaine, dans la chambre aux rideaux tirés de Lynbrook; mais de s'être levés tôt et d'avoir grimpé dur avait aiguisé l'appétit des naturalistes, et le repas d'enfant que Cicely étala devant eux leur sembla une récompense somptueuse.

« J'aime beaucoup mieux ce genre de pique-nique que ceux où maman emmène tous les valets de pied et où il faut que j'enlève la mayonnaise de dessus les choses à manger », déclara Cicely, sortant une bouche mousseuse de son gobelet de lait.

Amherst alluma sa pipe et s'étendit avec satisfaction parmi les menthes. Il baignait dans cette paix irraisonnée que la communion avec les arbres et le ciel déverse dans certains cœurs, content lui aussi d'échapper aux valets de pied et à la mayonnaise. La déclaration de sa belle-fille lui semblait résumer toutes les raisons d'un tel bien-être. Sa connaissance des bois, qui datait de son enfance et qu'il avait cultivée en l'encourageant chez les jeunes garçons de l'usine, se réveillait à ce retour imprévu à la nature. Il se racheta de sa maladresse durant la traversée du marais : découverte d'un nid de roitelets qui avait échappé à la vigilance de Justine; identification d'un oiseau brun olive au vol rapide, cardinal incognito attardé dans le ciel d'automne.

Cicely était assise, extasiée, pendant qu'il lui décrivait la migration hivernale de l'oiseau, les mers et les îles survolées jusqu'à ce que cette longue course vers le sud se terminât dans les clairières ténébreuses des forêts équatoriales.

« Oh ! quelle belle vie, s'exclama Justine. Comme j'aimerais être un oiseau migrateur et regarder d'en haut les cheminées des gens, deux fois par an ! » Elle eut un rire léger et renversa la tête en arrière pour saisir une dernière vision du cardinal.

Haut dans un ciel de brume bleue, le soleil dardait ses rayons sur leur refuge. Justine s'était débarrassée de son chapeau, découvrant les lourdes vagues de sa chevelure, bleu-noir dans les creux, avec de chauds reflets roux sur les crêtes, là où elle prenait la lumière. Cicely cueillit la tige volubile empanachée d'une clématite des haies pour en couronner Justine, dont la pâleur lumineuse irradiait des tons bruns de l'automne. La jeune fille semblait un esprit des bois qui eût absorbé les derniers sucs dorés de l'été.

Elle se laissa aller en riant contre un tronc d'arbre, bombardant Cicely de cosses d'hamamélis, faisant bondir de joie le fox-terrier pour des bribes de pain d'épice et s'arrêtant de temps en temps pour imiter, de son timbre clair et plein, le cri de quelque oiseau des marais ou celui d'un écureuil dans les petits chênes touffus.

« C'est cela que vous préféreriez de votre voyage — regarder d'en haut les cheminées ? demanda Amherst en souriant.

— Oh ! je ne sais pas — j'aimerais tout ! Imaginez un peu la joie d'effleurer la moitié de la terre — de la voir renaître de l'obscurité chaque matin ! Quelquefois, quand j'ai passé une nuit blanche avec un malade et que j'ai vu le monde me revenir comme cela, j'ai été folle de sa beauté ; et puis l'idée de n'en avoir vu qu'un petit bout me donnait l'impression d'être enchaînée. Si j'avais des ailes, je choisirais d'être une hirondelle fidèle ; et, mon plein de merveilles fait, je reviendrais à mon coin familier, à ma maison pleine de gens livrés à leurs occupations monotones ; je volerais très bas pour les avertir de la pluie, je tournoierais très haut pour leur indiquer le temps des fenaisons, je saurais ce qui se passe dans chaque pièce de la maison et dans chaque maison du village. Et pendant tout ce temps, je jouirais de mon grand secret merveilleux, fait de plaines enneigées, déserts brûlants, récifs coralliens, villes englouties, et je le chanterais tout entier sous les avancées des toits, bavardage que les gens de la maison ne prennent jamais le temps d'écouter. Et quand l'hiver viendrait, je suis sûre que je détesterais les quitter, même pour retourner à mes vastes forêts brésiliennes pleines d'orchidées et de singes !

— Mais, Justine, en hiver vous pourriez soigner les singes, suggéra Cicely la pratique.

— Oui — et cela me rappellerait la maison ! » s'écria Justine en se penchant pour pincer le menton de la petite fille.

Elle était débordante d'optimisme. L'arbre de vie l'enserrait de ses branches et la ballottait en tous sens, en proie à un grand vent, tel un oiseau de mer. Dans ces moments-là, toute la lumière et toute la musique du monde semblaient distillées dans ses veines et se précipitaient en bulles rieuses à ses lèvres, à ses yeux. Amherst ne l'avait jamais vue ainsi et il l'observait avec cette sensation de détente que le contact d'une gaieté limpide apporte à un esprit obscurci par l'échec et le manque de confiance en soi : le monde n'était pas un endroit si sombre après tout, puisque de tels élans de joie pouvaient jaillir dans un cœur aussi sensible que celui-là au fardeau de l'existence.

« N'est-il pas étrange, poursuivit Justine devenue soudain grave, que l'oiseau dont les ailes volent le plus loin et lui font découvrir les choses les plus merveilleuses soit celui qui revient toujours sous les avant-toits et qui est le plus heureux dans la vie de tous les jours ? »

Son regard croisa celui d'Amherst :

« Il me semble, suggéra-t-il, que vous êtes comme cela vous-même : vous aimez les longs vols et vous êtes pourtant très heureuse au cœur de la vie. »

Elle haussa ses sourcils sombres en riant :

« Je crois que c'est vrai — mais, voyez-vous, je n'ai jamais connu de longs vols ! »

Amherst sourit :

« Ah ! c'est cela — mais on ne le sait jamais quand *c'est le bon moment* ! Aussi bon soit-il, il semble toujours que derrière la porte s'en trouve un meilleur. Faust ne l'a jamais trouvé jusqu'à la fin, ce moment, et c'est quand il ne lui est plus resté de temps à vivre qu'il a commencé à penser que cela en valait la peine. Et alors, avec quelle force ce fut dit ! »

Elle réfléchit.

« Oui — mais *c'était* le meilleur après tout, ce moment où il ne lui restait rien...

— Oh ! interrompit brusquement Cicely, regardez l'écureuil là-haut ! Regardez, papa — il est parti ! Suivons-le ! »

Ramassée ainsi, la tête rejetée en arrière, ses lèvres et ses yeux étincelant, ses cheveux superbes — la nuance même de ceux de sa mère — faisant un halo lumineux autour de son visage, elle rappela à Amherst le soir d'hiver à Hopewood où Bessy et lui avaient poursuivi l'écureuil gris sous les arbres enneigés. Il y avait à peine trois ans de cela — et comme ce souvenir était devenu amer ! Un nuage glacé s'étendit sur son esprit, colorant une fois de plus toute chose de la teinte plombée de la réalité.

« Il est trop tard pour de nouvelles aventures — il faut rentrer », décréta-t-il.

2

Les excursions matinales d'Amherst avec sa belle-fille et Miss Brent se renouvelèrent plus d'une fois. Tout lui était prétexte pour échapper à ses ruminations stériles, et ces courses dans les bois, la joyeuse compétition qui s'était établie entre eux pour la découverte de quelque plante rare ou de quelque oiseau furtif, l'éblouissement de l'enfant ravie, l'éclat matinal de l'humeur de Justine lui procuraient les seuls moments où il s'oubliait entièrement.

Cependant, la première fois que Cicely rapporta à la maison un écho de leurs équipées, Amherst vit une ombre passer sur le visage de sa femme. Le ressentiment de Bessy à l'égard de Justine pour l'ascendant que celle-ci avait sur l'enfant s'était depuis longtemps dissipé et, en l'absence provisoire de l'institutrice, elle se réjouissait au contraire de ce que sa fille ne fût pas désœuvrée. Restait qu'elle n'appréciait guère, dans son entourage, les activités et les divertissements auxquels elle ne participait point. Sa jalousie ne se cristallisait pas sur Amherst et Miss Brent : son mari n'avait jamais montré d'attirance pour la compagnie d'autres femmes et, si la pensée d'une telle éventualité s'était présentée à elle, Bessy l'aurait écartée en décrétant que Justine n'était pas « son type » — tant une jolie femme mésestime l'inconstance des goûts masculins. Mais Amherst devina qu'elle se sentait exclue de distractions, dont le sens lui échappait d'ailleurs car elle n'avait aucune envie d'y participer : il cessa donc d'accompagner sa belle-fille.

Bessy, comme pour le remercier de ce sacrifice, se levait plus tôt afin de prolonger leurs promenades à cheval. Le docteur Wyant lui avait déconseillé de suivre les chiens courants, aussi détournait-elle régulièrement sa monture du tracé probable de la chasse. Pourtant, si les cris de la meute lui parvenaient ou si elle apercevait au loin un éclair roux sur une pente, le sang enflammait son visage et, rayonnante, elle s'élançait au galop. Quand cela ne se produisait pas, elle perdait tout entrain et ils chevauchaient placidement et sans joie le long des chemins aux couleurs d'automne. Les premiers jours de leur mariage, le bonheur de chevaucher côte à côte les avait immergés dans une communauté de sensations ineffables où toute parole eût été superflue. Mais désormais le charme n'agissait plus et ils étouffaient sous le poids d'un silence qu'aucun d'eux ne savait comment rompre.

Une seule fois, un différend vint animer leur morne promenade. Bessy avait soudain perdu le contrôle de sa jument rétive, Impulse, sous-entraînée et suralimentée. Elle eût été désarçonnée sans Amherst qui avait saisi l'animal par la bride.

« Tu ne peux pas monter ce cheval ! s'exclama-t-il, comme la jument échauffée, parcourue de frissons de défi, se soumettait de mauvais gré.

— C'est uniquement parce que je ne la monte pas assez, haleta Bessy. Le nouveau palefrenier lui abîme la bouche.

— Alors, il ne faut pas que tu la montes seule.

— Je ne laisserai pas cet homme la monter.

— Je te dis que tu ne dois pas la monter seule.

— C'est ridicule d'avoir un valet sur ses talons !

— Il faut que tu en passes par là si tu veux monter Impulse. » Il plongea ses yeux dans les siens. Elle frémit puis céda, comme avait cédé Impulse.

« Oh ! si tu le dis... »

Elle se rendait toujours à ses brefs éclats d'autorité.

« Je le dis, en effet. Tu me le promets ?

— Si tu y tiens... »

Amherst avait tenté de faire quelque chose pour le village de Lynbrook, désolé, sans caractère propre ni tradition de dignité, tel qu'il en pousse souvent aux abords des riches colonies estivales américaines. Mais Bessy ? Le village était vraiment le cadet de ses soucis et il comprit qu'il était inutile d'espérer l'intéresser à sa population hybride de journaliers et de patrons de bistrots, si tôt après son échec flagrant à Westmore. La vue qui s'offrait à lui dès qu'il avait passé les grilles de Lynbrook le navrait, mais, puisqu'il avait accepté le rôle de prince consort et n'avait pas voix au chapitre, force lui était d'ignorer du mieux qu'il pouvait les questions qui l'avaient jusque-là captivé et de se convertir en simple spectateur. Il parvenait même à concevoir que l'attitude passive comportait, dans certaines circonstances, bien des compensations. Mais ces circonstances n'étaient malheureusement pas de celles que présentait l'existence à Lynbrook.

L'interruption momentanée des week-ends de Bessy n'avait évidemment pas supprimé les visites occasionnelles et c'est ainsi qu'Amherst avait parfois des aperçus de la vie mondaine à Long Island en automne. Blanche Carbury s'était installée à Mapleside, colonie à la mode, à mi-chemin entre Lynbrook et Clifton, et Amherst lui-même, si peu habitué à remarquer les mouvements apparemment gratuits de ces oisifs, ne put s'empêcher de noter que les visites de cette femme à Bessy coïncidaient invariablement avec l'arrivée à cheval — non annoncée — de Ned Bowfort, venu du Club de la Chasse où il avait pris ses quartiers d'automne.

Il y avait quelque chose chez Bowfort de très agréable et de séduisant pour Amherst : c'était l'un des rares hôtes masculins de Bessy qui fût au courant de ce qui se passait dans le monde extérieur. A travers une existence que l'on devinait avoir été celle d'un homme entretenu et prodigue, il avait conservé des relations étendues et acquis de vagues connaissances auxquelles il appliquait sa seule faculté indépendante, celle d'une pensée claire. Il pouvait parler intelligemment et sans trop d'inexactitudes de vastes sujets ignorés à Lynbrook, et une joyeuse indifférence à l'égard de l'argent semblait à Amherst le couronnement de son charme, jusqu'à ce qu'il eût appris par hasard que l'on attribuait généralement cette attitude désintéressée à la libéralité de Mrs. Fenton Carbury. « Chacun sait qu'elle a épousé Fenton pour entretenir Ned », laissa tomber quelqu'un au cours d'une de ces conversations de fumoir sur lesquelles l'hôte de Lynbrook avait tant de mal à fixer son attention. Le ton naturel de la personne qui parlait, l'approbation de son auditoire comme si cela allait de soi choquèrent davantage Amherst que le fait rapporté lui-même. Dans sa répugnance, il classa tout d'abord le propos parmi les potins calomnieux qui empoisonnaient l'atmosphère des après-dîners ; mais il s'aperçut progressivement que, vrai ou non, il circulait suffisamment pour rendre équivoques les personnages concernés. Seule Bessy semblait sourde aux rumeurs sur son amie. Il y avait quelque chose de captivant pour elle dans l'argot de Mrs. Carbury et ses manières provocantes, dans son défi aux convenances et son mépris du qu'en-dira-t-on. « J'aime Blanche parce qu'elle n'a rien d'hypocrite », ainsi la justifiait vaguement Bessy, mais elle était en réalité sous l'emprise mystérieuse que de telles natures opèrent généralement sur l'imagination de femmes plus timorées.

Amherst essaya d'abord de maîtriser ses états d'âme dans une situation qui appartenait somme toute à la misérable spirale où il se trouvait pris. Cependant tout son passé s'inscrivait contre une telle tolérance et il fut révolté au reçu d'une coupure de journal qu'une main anonyme avait envoyée et qui s'étendait sur les rencontres clandestines d'un couple à la mode, facilitées par la complaisance d'une *châtelaine* de Long Island. Amherst, rendu furieux, sauta dans le premier train pour aller montrer l'article à son beau-père qui passait par hasard en ville, en se rendant de l'Hudson aux Hot Springs.

Mr. Langhope, bien calé dans l'atmosphère ouatée de la salle de lecture de l'Amsterdam Club où il avait invité son gendre, lut l'article de l'œil froid du collectionneur à qui est présentée une nouvelle curiosité.

« Je suppose, fit-il d'un air songeur, qu'au temps des pharaons le papyrus du matin servait déjà ce genre de potin... » Puis, comme la tension nerveuse de son interlocuteur se manifestait dans un mouvement brusque, il ajouta en lui rendant la coupure avec un sourire : « Que proposez-vous ? Tuer le rédacteur et interdire la maison à Blanche et à Bowfort ?

— J'ai l'intention de faire quelque chose, commença Amherst, soudain refroidi en s'avisant que sa colère n'avait pas encore pris la forme d'un plan d'action défini.

— Eh bien, ce doit être cela ou rien, remarqua Mr. Langhope en posant sa canne en travers de ses genoux d'un air méditatif. Bien entendu, si c'est cela, vous allez mettre Bessy dans un sacré pétrin. »

Sans laisser à son gendre le temps de protester, il évoqua brièvement mais avec précision l'inutilité et les désagréments des procès en diffamation, ainsi que les astuces légales qui permettent de les retourner contre ceux qui les ont intentés. Amherst l'écoutait, outré de l'incompatibilité entre les valeurs abstraites de l'honneur et leur application concrète.

« Que feriez-vous, alors ? » murmura-t-il lorsque Mr. Langhope eut terminé sur le léger haussement d'épaules qui lui était coutumier et un : « Voyez Tredegar si vous ne me croyez pas. » Son beau-père lui répondit avec un geste évasif :

« Je laisserais la responsabilité à qui de droit.

— A qui de droit ?

— A Fenton Carbury, évidemment. Fort heureusement, c'est son affaire à lui, et à nul autre. S'il se moque de ce qui se dit de sa femme, je ne vois pas comment vous pourriez prendre fait et cause pour elle sans jeter un nouveau doute sur sa réputation déjà pas mal entachée. »

Amherst resta interloqué :

« Sa femme ? Est-ce que je me soucie d'elle ? C'est à la mienne que je pense !

— Mais, si Carbury ne voit pas d'objection à ce que sa femme rencontre Bowfort, que pourriez-vous avoir à redire à ce qu'elle le rencontre chez vous ? Dans de telles affaires, comme vous savez, il est, Dieu merci, établi que l'attitude du mari détermine celle des autres. Faute de quoi, nous serions dépossédés du plaisir légitime de dire du mal de nos voisins. »

Mr. Langhope avait toujours soin de tempérer ses éclaircissements d'un « comme vous savez ». Il aurait trouvé grossier d'omettre cette parenthèse en expliquant le code social à son gendre.

« En somme, vous voulez dire que je ne puis rien faire ? » s'écria Amherst.

Mr. Langhope sourit.

« Ce qui s'applique à Carbury s'applique à vous — en ne faisant rien, vous établissez qu'il n'y a rien à faire ; tout comme vous créez la difficulté en la reconnaissant. » Et, comme Amherst restait assis sans rien dire, il ajouta : « Emmenez Bessy et ils iront se voir ailleurs. »

Amherst rentra à Lynbrook, le cerveau résonnant des échos de cette casuistique. Elle lui paraissait une infime partie de l'ingénieux système d'évasion qu'une société perpétuellement en quête d'amusement avait inventé pour se prémunir contre l'intrusion du fâcheux : politique que Mr. Langhope avait résumée en lui conseillant finalement d'emmener sa femme. Oui, telle était la réponse méprisante de la fortune aux exigences du sens des responsabilités. Devoir, chagrin, déshonneur étaient également fuis par un changement de résidence. Rien dans la vie n'avait besoin d'être affronté et combattu, tant qu'on pouvait s'offrir un voyage en Europe !

S'il avait été plus calme, Amherst aurait accueilli avec humour la suggestion de son beau-père. Mais elle était tombée comme une étincelle sur les préventions qui couvaient en lui. Il était suffisamment lucide pour reconnaître qu'une vengeance légale comportait des risques et, curieusement, cette idée le confortait dans sa décision de faire valoir ses droits chez lui. Sans s'attarder davantage sur les conséquences probables que cela aurait sur ses relations déjà tendues avec sa femme, il donna libre cours à son intransigeance.

Il fit à Bessy une scène aussi tranchante que brève, dont le dénouement le laissa interdit et perplexe vis-à-vis du comportement du sexe féminin. Sans préambule, il avait ouvert le feu par cet ultimatum : la maison devait être fermée à ce couple équivoque. Bessy avait immédiatement pris avec flamme la défense de son amie mais, à la grande surprise d'Amherst, elle n'avait fait aucune allusion à ses droits. Tous deux, profondément bouleversés, donnaient libre cours à leurs instincts. Cependant, tandis que la résistance d'Amherst se trouvait régénérée par ce conflit, Bessy fondit en larmes et se soumit brusquement. Elle ferait comme il voulait, bien sûr, cesserait de voir Blanche, écarterait Bowfort, bref se séparerait de ce couple imprudent — dans ce domaine, une femme avait besoin d'être guidée par un homme, une épouse se devait absolument de voir par les yeux de son mari ; et elle plongea les siens dans ceux d'Amherst, éperdue de repentir et d'admiration.

3

Une fois dissipée sa brève illusion sur Stephen Wyant, Justine accepta de bonne grâce la nécessité de prolonger son séjour à Lynbrook. Elle se sentait assez bien pour reprendre son travail régulier, mais Amherst lui avait fait sentir qu'elle serait plus utile pour le moment en restant avec Bessy. Elle n'était pas mécontente d'ailleurs de pouvoir encore réfléchir avant de se jeter dans la prochaine étape de sa vie. Telles furent du moins les raisons qu'elle se donna pour décider de ne pas partir. Si elles en cachaient d'autres, moins visibles, ces dernières échappaient au plus minutieux de ses examens de conscience.

Au début, elle fut gênée de devoir rencontrer le docteur Wyant, dont le comportement, depuis qu'elle l'avait éconduit, lui donnait un fort sentiment de culpabilité. Reniant sa promesse de le voir le lendemain de leur rendez-vous, elle lui avait écrit en des termes propres à rendre cette nouvelle rencontre inutile. Ses efforts pour adoucir la brusquerie de sa réponse ne purent dissimuler que ce n'était pas celle qu'elle lui avait laissé espérer, et elle eut le pressentiment qu'en restant à Lynbrook elle n'échapperait pas à une scène de récriminations.

Lorsque celle-ci eut lieu, le rôle qu'y tint Wyant justifia pleinement la décision de Justine. Cependant, ses critiques acerbes contenaient un fond de vérité suffisant pour atteindre l'orgueil de la jeune fille. Il était heureux pour son sens de la justice qu'il eût passé les bornes en lui attribuant une coquetterie dont elle se savait innocente et en la tenant à l'avance pour responsable de toutes les folies auxquelles ce refus allait peut-être le mener. Généralement, ce genre de menaces n'atteint guère une femme. Pourtant la pitié de Justine à l'égard de toutes les formes de faiblesse lui fit reconnaître, dans le moment même de son mépris pour Wyant, que les reproches de cet homme ne représentaient pas seulement le cri de la vanité blessée, mais bien l'appel au secours d'une nature consciente de sa faiblesse. Elle comprit qu'elle lui avait fait un mal irréparable, et ce sentiment l'aurait poussée à manifester trop clairement sa compassion si elle n'avait été retenue par la crainte salutaire des conséquences d'une telle attitude.

Les nerfs malades de Bessy nécessitaient de fréquentes visites de son médecin, mais Justine, dans ces occasions, se réfugiait derrière une réserve professionnelle qui décourageait Wyant d'exprimer ouvertement le moindre reproche. Un jour, pourtant, ils se trouvèrent seuls par hasard avant que Bessy revînt de sa promenade à cheval. Un domestique avait introduit Wyant dans la bibliothèque, où Justine faisait son courrier, et, quand elle eut répondu à ses questions sur sa patiente, ils eurent, face à face, un moment d'expectative embarrassant. Justine avait trop d'orgueil pour couper court en quittant la pièce, et Wyant répondait distraitement à ses banalités. Il allait et venait de la fenêtre à la cheminée et finit par s'arrêter devant la table où elle se tenait.

« Puis-je vous demander combien de temps vous avez l'intention de rester ici ? » fit-il à voix basse, les yeux assombris par la saillie menaçante des sourcils.

Comme elle le considérait avec stupeur, elle nota pour la première fois un étrange rétrécissement de ses pupilles, et cette découverte, que son expérience professionnelle lui avait rendue familière, l'empêcha de s'arrêter à la brutalité de la question et adoucit le ton qu'elle prit pour lui répondre :

« Je ne sais pas trop — aussi longtemps qu'on aura besoin de moi, je suppose. »

Wyant ricana :

« Qui ça, " on " ? John Amherst ? »

Un moment s'écoula avant que Justine eût saisi la pleine signification de la réplique ; alors, le sang lui monta au visage :

« Oui, je crois que Mr. et Mrs. Amherst ont tous deux besoin de moi », répondit-elle, gardant ses yeux sur les siens. Wyant ricana de nouveau :

« Vous n'étiez pas de cet avis jusqu'à ce qu'Amherst revienne d'Hanaford. Son retour semble avoir modifié vos plans à tous points de vue. »

Elle détourna les yeux car, même en cet instant, la vue de ses pupilles l'emplissait de pitié et de remords.

« Docteur, murmura-t-elle, vous n'avez pas l'air bien. Vous ne devriez pas attendre Mrs. Amherst. »

Il la fixa, puis baissa les yeux :

« Je vous suis très obligé — je me sens aussi bien que d'habitude », grommela-t-il en écartant les cheveux de son front d'une main tremblante.

Justine entendit alors la voix de Bessy, ce qui lui donna un prétexte pour s'esquiver.

Dans sa chambre, elle fut submergée par une vague de dégoût d'elle-même. Mais sa santé morale l'emporta et il ne lui resta bientôt que de la pitié pour le misérable dont elle avait surpris le secret. Jamais jusque-là elle n'avait suspecté Wyant de se droguer, et, même maintenant, elle ne pensait pas que ce fût une habitude chez lui. Pourtant, de l'avoir vu dans cet état, ne fût-ce que momentanément, confirmait l'intuition qu'elle avait eue de sa faiblesse. Elle se dit alors que ses propos, injurieux chez d'autres, n'étaient chez lui qu'un cri de détresse, et une fois de plus elle retourna le blâme contre elle-même et lui pardonna.

Mais elle avait bien trop d'autres préoccupations pour se complaire dans ce sentiment de culpabilité morbide. Elle était plus concernée par le sort de Bessy que par le sien. Sa pauvre amie semblait risquer tellement plus, ct apporter une telle inertie dans la défense de son bonheur ! Ce qui sauvait Justine de tout apitoiement sur elle-même, c'était la conscience qu'elle avait de son pouvoir de régénérescence, de renouvellement : de chaque aspiration émondée, un rejeton d'énergie surgissait. Cette perpétuelle renaissance, elle le savait, Bessy ne la possédait pas : chaque déception laissait une empreinte desséchante dans son âme.

Même sans les confidences de son amie, Justine n'aurait eu aucune difficulté à reconstituer les phases successives de l'histoire intérieure d'Amherst. Elle savait qu'il s'était pratiquement démis de son autorité à Westmore et que sa femme, en retour, essayait de se conformer au style de vie qu'elle pensait lui plaire le mieux. La futilité de leurs efforts respectifs était plus évidente pour Justine que pour chacun des deux intéressés. Il était pour elle flagrant que l'échec du mariage d'Amherst ne reposait pas sur un quelconque accident dû aux circonstances extérieures, mais bien sur l'absence de tout point commun entre ces deux êtres. Elle avait une expression pour cela : ils ne se rencontraient « ni sous les pieds ni au-dessus de la tête ». Ils n'étaient unis ni par des nécessités pratiques, ni par les joies de l'imagination.

Justine trouvait parfois Amherst dur envers Bessy, tout comme elle le soupçonnait de l'avoir été envers sa mère — à la façon dont le meneur d'hommes doit sans doute toujours l'être à l'égard du sexe faible. Elle rendait pourtant justice à ses efforts : il acceptait l'irrémédiable et tentait d'éveiller chez sa femme une curiosité pour ses intérêts mineurs, puisqu'elle n'en avait aucun à elle capable d'occuper ses journées.

Amherst avait toujours beaucoup lu ; ce n'était pas, comme Justine, un dévoreur passionné de livres, mais un lent assimilateur de leur contenu. Dans les premiers temps de son mariage, il avait imaginé qu'il serait aisé de faire partager ce goût à Bessy. Bien que sa mère ne fût pas une grande lectrice, il avait vécu avec elle dans une ambiance riche en allusions littéraires et hantée par la présence de héros de romans. Il avait toujours considéré le commerce de l'imagination comme l'une des conditions normales de l'existence. La découverte qu'il n'y eût pas de livres à Lynbrook, excepté un « assortiment » de quelques ouvrages reliés, emprisonnés derrière le treillis de cuivre de la bibliothèque, avait constitué l'une des nombreuses surprises de son nouvel état. Il est vrai que les premiers mois de sa vie avec Bessy ne laissaient guère de place aux livres et, s'il y pensait parfois, ce n'était qu'en une vision fugitive des soirées à venir, où elle et lui, apaisés, dans la sérénité de leur bonheur, se pencheraient ensemble sur leurs pages favorites. L'absence de réaction de Bessy à toute référence extérieure au petit cercle des faits quotidiens avait depuis longtemps dissipé cette vision. Mais maintenant qu'Amherst ressentait le besoin d'une nourriture intérieure, il commençait à se demander s'il avait fait assez pour stimuler son imagination. Le soir, au coin du feu, dans la bibliothèque, il essayait d'amener la conversation sur les livres, en glissant çà et là une parenthèse sur la page qu'il avait sous les yeux à ce moment-là. Bessy était sensible à cette attention, qu'elle accueillait avec empressement. Elle montrait en particulier un goût prometteur mais désordonné pour la poésie. La tête renversée, les yeux rêveurs et les lèvres délicieusement entrouvertes, elle l'écoutait lire les vers immortels. Elle se bornait toutefois à ces signes extérieurs de concentration : elle n'exprimait jamais une opinion personnelle et, plus tard, ne faisait aucune allusion dans ses conversations à ce qu'elle avait entendu. Il ne mit pas longtemps à s'apercevoir que Justine Brent était seule à l'écouter. C'était à elle qu'il adressait désormais, inconsciemment, les mots qu'il lisait. Les remarques de Justine le guidaient dans son choix, et les discussions qui s'ensuivaient le rendaient à quelque apparence d'activité intellectuelle.

Bessy, fidèle à son nouveau rôle de docilité, rayonnait silencieuse pendant ces échanges d'idées. Amherst la sentait vaguement admirative quand il parlait de sujets pour elle ésotériques. Cette approbation enfantine, combinée à cette soumission à sa volonté, lui faisait croire qu'il avait retrouvé son emprise sur elle. Il avait évidemment remarqué que la nouvelle phase de leurs relations avait coïncidé avec son premier acte autoritaire et il en avait hâtivement conclu que, une fois éloignées les influences qui tendaient à les séparer, sa femme reviendrait progressivement à sa sympathie première pour ses idées.

Accepter cette théorie, c'était l'appliquer. Car rien ne pouvait détourner longtemps Amherst de son objectif essentiel, et sa volonté contrariée était simplement en train de reconstituer des réserves fraîches d'énergie. Il n'avait jamais été un amoureux adroit, car jusqu'alors aucune femme n'avait suscité en lui les émotions qui aiguisent la perception de l'autre, et aucun instinct ne lui disait que la soumission soudaine de Bessy à ses vœux était aussi irraisonnée que son abandon à son premier baiser. Il imaginait que tous deux touchaient enfin à une apparence de cette harmonie spirituelle qui doit naître de l'accord physique et que, toute fragile et incomplète que fût cette entente, elle élèverait et fortifierait leurs rapports.

Il attendit que Lynbrook rentrât dans la solitude avec le début de l'hiver qui dispersa la colonie de chasseurs, envoya Mr. Langhope en Egypte et sur la Riviera, tandis que Mrs. Ansell entamait la tournée annuelle de ses visites, de Boston à Baltimore. Alors, il adressa un ultime appel à sa femme.

Une lettre de Duplain annonçant sa décision de quitter Westmore lui servit de prétexte. Un an plus tôt Amherst, profondément contrarié, aurait montré la lettre à sa femme dans l'espoir qu'elle produirait le même effet sur elle. Mais il connaissait désormais son instinct pour détecter « les affaires » sous le sérieux avec lequel il faisait parfois appel à son attention. Son seul espoir de la toucher était donc d'en faire, comme toujours, une question personnelle : il lui présenta la défection de Duplain comme la victoire flagrante de ses adversaires. Mais, il s'en rendit compte immédiatement, cela n'apportait rien de nouveau à la situation.

« Si je retourne là-bas, il restera — je peux le retenir, gagner du temps jusqu'à ce que les choses prennent une autre tournure, insista-t-il.

— Une autre tournure ? Je pensais que les choses étaient réglées une fois pour toutes, objecta-t-elle d'une voix mourante.

— Non, elles ne le sont pas, et ne peuvent l'être sur de telles bases ! » éclata Amherst avec une violence soudaine. Il arpentait la pièce et vint se planter devant elle avec détermination. « C'est une illusion, une duperie, s'écria-t-il, d'imaginer que je peux rester ici encore longtemps tout en assistant à la ruine de mon œuvre à Westmore ! Si j'ai pu te faire croire cela, je nous ai inconsciemment trompés tous les deux. Tant que tu es ma femme, nous n'avons qu'un seul honneur entre nous, et cet honneur, c'est à moi d'en prendre soin.

— Honneur ? Quelle étrange expression ! fit-elle avec un rire forcé, et le rouge lui monta légèrement aux joues. Tu parles comme si..., comme si j'avais fait parler de moi — alors que tu sais parfaitement que je n'ai jamais regardé une autre homme !

— Un autre homme ? » Amherst la considéra avec stupéfaction. « Mon Dieu ! Ne peux-tu concevoir un serment entre deux époux qui ne soit de fidélité charnelle ? Le ciel m'est témoin que je n'ai jamais regardé une autre femme — mais, selon la conception que j'ai de notre contrat, je manquerais à ma parole envers toi si je ne t'aidais à tenir la tienne, qui est de rendre les choses meilleures. Et tu me dois la même aide, la même chance de m'élever à travers toi, et non de sombrer par toi : sinon, nous nous sommes trompés l'un l'autre bien plus gravement que s'il s'agissait d'un adultère ! »

Elle recula, toute pâle. Elle s'était imperceptiblement rétractée au son de mots qu'elle associait, sauf quand elle les entendait à l'église, aux jurons, aux portes claquées et autres preuves de mauvaise éducation. Mais Amherst s'était laissé entraîner trop loin par le torrent de son indignation pour s'arrêter à de si faibles signes de réprobation.

« Tu me diras que ce que je te demande, c'est de me rendre la libre disposition de ton argent. Bon ! Et pourquoi pas ? Est-ce vraiment trop, pour une épouse, de donner ? Je sais que pour vous tous un homme qui épouse une femme riche perd le respect de lui-même s'il dépense un sou sans son accord. Mais c'est que l'argent est sacré pour vous ! A moi, il me semble la moins importante des choses qu'une femme confie à son mari. Et ses rêves, alors ? Et ses espoirs, sa foi en la justice, la bonté, la décence ? S'il les prend pour les détruire, ne vaudrait-il pas mieux qu'il aille se faire pendre ? Or, nul ne dit rien, jusqu'au moment où il touche aux revenus de sa femme — alors, il devient une brute, un calculateur qui l'a épousée pour sa fortune ! »

Il s'était rapproché et lui faisait face, les mains tendues, mi-impératives, mi-implorantes :

« Ne vois-tu pas que je ne peux pas continuer ainsi — que *je n'ai pas le droit* de te laisser m'écarter de Westmore ? »

Bessy le regardait avec une froide indifférence, sous ses paupières à demi baissées.

« Je ne comprends pas bien ce que tu veux dire — tu utilises des mots si particuliers —, mais je ne vois pas pourquoi tu attends de moi que j'abandonne toutes les idées dans lesquelles j'ai été élevée. Nos critères sont différents, c'est vrai — mais pourquoi les tiens seraient-ils toujours les bons ?

— Tu pensais qu'ils étaient justes quand tu m'as épousé : ont-ils changé depuis ?

— Non, mais... » Ses traits parurent se durcir, se crisper. Il n'eut plus devant lui qu'un petit masque sans expression, sur lequel il déchiffra seulement une opposition aveugle à sa volonté.

« Tu avais confiance en mon jugement, il n'y a pas si longtemps, poursuivit-il, quand je t'ai demandé de cesser de voir Mrs. Carbury. »

Elle rougit, mais de colère, non de remords :

« Raison de plus pour que tu ne me demandes pas d'autres sacrifices ! Quand j'ai renoncé à voir Blanche, j'ai cru que tu reconnaîtrais que je voulais te faire plaisir — et que tu ferais quelque chose pour moi en retour... »

Amherst l'interrompit d'un éclat de rire :

« Merci de me donner tes vraies raisons. J'ai été suffisamment naïf pour croire que tu agissais par conviction, non que tu étais simplement en train de conclure un marché. »

Il se tut et ils se regardèrent avec appréhension en entendant résonner entre eux ces paroles irréparables. Amherst sentait qu'il devait se taire tant qu'il aurait dans la poitrine l'horrible sensation de rage haineuse qui s'était emparée de lui et qui lui faisait craindre de poser ses yeux sur la blonde créature si faible, là, devant lui. Bessy aussi était sous l'emprise d'une colère muette qui déversait lentement un fluide paralysant sur son cœur. Les vagues de passion violente ne stimulaient pas sa vitalité : elle devenait inerte et froide sous leur choc. Seul un petit frémissement de compassion pour elle-même continuait à l'agiter et finit par s'exhaler dans ce cri vibrant :

« Ah ! je sais bien que ce n'est pas tellement à Westmore que tu t'intéresses, c'est simplement que tu veux t'en aller loin de moi ! »

Amherst la dévisagea comme si ses paroles l'avaient soudain éclairé sur les méandres obscurs de sa propre détresse.

« Oui, je veux m'en aller », dit-il ; et il sortit de la pièce.

Il descendit dans le fumoir et sonna pour donner l'ordre de seller son cheval. Le domestique qui se présenta apportait le courrier de l'après-midi et Amherst se laissa choir dans le canapé, où il se mit à attendre en ouvrant ses lettres.

Il en parcourut quelques-unes sans savoir ce qu'il lisait. Mais son attention fut attirée par l'écriture d'un homme qu'il avait bien connu au collège, et qui était dernièrement devenu propriétaire d'une grande filature de coton dans le Sud. Il écrivait à Amherst pour lui demander s'il pouvait lui recommander un bon directeur : « Non pas l'un de nos vieux conservateurs, mais un jeune type acquis aux idées nouvelles. Tout a été très mal ici, précisait-il, et maintenant que c'est moi le propriétaire, je veux faire tout ce qui est en mon pouvoir pour civiliser l'endroit. » Il demandait instamment à Amherst de venir en personne visiter l'usine pour le faire bénéficier de ses conseils et de son expérience : « Nous avons tous entendu parler des réformes remarquables que vous avez accomplies à Westmore. » Amherst repoussa la lettre en soupirant.

C'était évidemment pour Duplain une chance à saisir — telle fut sa première pensée. Il reprit la lettre et la relut. Il connaissait celui qui l'avait écrite. Ce n'était pas un sentimental en quête d'émotions philanthropiques, mais quelqu'un de sérieux qui s'intéressait aux théories sociales et qui avait brusquement l'occasion de mettre en pratique ses idées. Oui, c'était la chance de Duplain — si, en fait, ce n'était pas la sienne propre ! Amherst, illuminé, se redressa. Pourquoi Duplain, pourquoi pas lui-même ? Bessy venait de l'éclairer : ce qu'il voulait, c'était s'en aller, s'en aller à tout prix ! La fuite était devenue sa seule hantise : échapper à l'asservissement de Lynbrook, au souvenir amer de son échec à Westmore. Il tenait là la chance de s'évader pour renaître à la vie — à l'indépendance, l'activité, l'utilité ! Ses facultés atrophiées s'éveillaient soudain de leur torpeur et son cerveau vibrait presque douloureusement à ce réveil.

Le domestique vint le prévenir que son cheval était prêt et il se leva d'un bond, prit sa cravache au râtelier, resta un moment le regard fixe, absent, après que l'homme se fut retiré, puis se laissa de nouveau choir dans le canapé.

Qu'est-ce qui l'empêchait de prendre ce poste ? La tendresse de sa femme était morte (en admettant que son caprice sentimental pour lui eût jamais mérité ce nom) et il avait perdu toute emprise sur elle. Il eut un sourire amer à la pensée que, deux heures plus tôt seulement, il avait eu la fatuité d'imaginer qu'il pouvait encore reconquérir cet ascendant ! Maintenant, il se disait qu'elle était capable de renoncer à voir une amie pour lui faire plaisir, mais non de lui sacrifier la moindre parcelle de ses revenus. Cette constatation jetait une lueur sordide sur l'ensemble de leurs rapports. Il pouvait encore s'imaginer luttant pour l'arracher à un autre homme ou même la sauver de quelque folie où l'auraient entraînée un jugement erroné, un enthousiasme mal dirigé ; mais partir en croisade contre ce sinistre asservissement au luxe personnel : maisons, domesticité, toilettes, ah non ! Tant qu'il lui restait un peu de vitalité, il valait mieux la consacrer à une meilleure cause !

Par les fenêtres ouvertes, il pouvait entendre dans le calme ouaté de décembre les pas de son cheval allant et venant sur le gravier. Le cheval de sa femme, mené par le valet d'écurie de sa femme, à la porte de la maison de sa femme. Ce bruit de sabots symbolisait tout son avenir — la situation que lui avait offerte son mariage et à laquelle il devrait à jamais se soumettre —, à moins de briser sur-le-champ cet engrenage. Il essaya de regarder de l'avant, d'examiner une par une les conséquences d'une telle rupture. Qu'elle serait définitive, il n'en doutait point. Il y a des couples que les dissensions semblent rapprocher ; auxquels il faut, pour retrouver confiance et compréhension, l'étincelle du repentir généreux que la colère fait naître chez les deux êtres en présence. Mais Amherst savait que cela était impossible entre sa femme et lui. L'indignation qui le laissait les nerfs à vif, avec un besoin ardent de fuite immédiate dans l'action, cristallisait en revanche chez Bessy en une obstination où il sentait, après chaque nouvelle controverse, qu'elle s'absorbait toujours davantage. Non, la rupture entre eux serait définitive : s'il partait maintenant, il ne reviendrait jamais. Et il lui traversa l'esprit que cette fin avait peut-être été délibérément conçue et mise au point par ses conseillers. Son beau-père ne l'avait jamais apprécié : les remous importuns de l'activité d'Amherst avaient dérangé sa vie, si bien protégée jusqu'alors. Comme il avait dû les gêner ! Eh bien, il n'était pas trop tard pour les débarrasser de sa présence. Dans le milieu de Bessy, le divorce était considéré comme une opération chirurgicale, chère mais sans risque, personne n'en mourait.

Quand le domestique vint lui rappeler que son cheval l'attendait, Amherst avait pris sa décision.

« Ramenez-le à l'écurie, ordonna-t-il après avoir consulté sa montre, et commandez un cab pour que j'aie le prochain train. »

4

Amherst s'éveilla le lendemain matin, à l'hôtel où il était descendu, avec la sensation oppressante que le plus dur était encore à faire. Il lui avait été relativement facile de décider que le moment de la séparation était venu, dans la mesure où toute autre issue lui paraissait bouchée. Mais comment informer sa femme de sa décision ? Amherst, pour qui l'action était la nécessité première, devenait un faible velléitaire une fois acculé au devoir d'écrire au lieu de parler.

Pour justifier son brusque départ de Lynbrook, il avait laissé un message disant qu'il était appelé en ville pour affaires. Or, n'ayant pas l'intention de revenir, il fallait bien qu'il s'expliquât davantage et il était paralysé par la difficulté d'écrire. Il avait déjà télégraphié à son ami qu'il serait le lendemain à sa filature. Mais l'express du Sud ne partait pas avant l'après-midi, et il avait encore plusieurs heures devant lui pour penser à ce qu'il dirait à sa femme. Pour retarder encore la tâche redoutée, il trouva le prétexte de quelque affaire à expédier, prit le métro jusqu'à Wall Street et occupa sa matinée à des futilités. Cependant, depuis qu'il avait renoncé à son travail à Westmore, il n'avait plus de rapports actifs avec le monde de la finance et, à midi, il avait épuisé ses affaires imaginaires et regagnait le centre. Il descendit du métro à Union Square et prit la Quatrième Avenue, fermement décidé cette fois à rentrer à l'hôtel pour écrire sa lettre avant le déjeuner.

Il avançait à grands pas dans Madison Avenue, les yeux fixes, avec la hâte sans but de l'homme qui a des heures vides à combler, lorsqu'un cab s'arrêta devant lui. Justine Brent en descendit. Elle portait une toilette de voyage seyante et tenait une petite valise à la main. En le voyant elle eut un cri de joie.

« Oh ! comme je suis contente ! J'étais désolée de ne pouvoir vous dire au revoir.

— Au revoir ? » Amherst la considéra avec embarras. Comment avait-elle deviné qu'il n'avait pas l'intention de rentrer à Lynbrook ?

« Vous savez, lui rappela-t-elle, je pars pour dix jours chez des amis, près de Philadelphie. »

Maintenant, il se souvenait confusément : il y avait bien longtemps — hier matin probablement —, il l'avait entendue parler de ce projet d'escapade.

« Je n'avais pas idée, poursuivait-elle, que vous iriez en ville hier, sinon j'aurais essayé de vous voir avant. Je voulais vous demander de m'envoyer un mot si Bessy a besoin de moi, je reviendrais immédiatement le cas échéant. »

Amherst continuait à écouter sans entendre et semblait fournir un effort pénible pour retrouver quelque conscience de ce qu'elle lui disait. Elle ajouta :

« Elle paraissait si nerveuse et souffrante hier soir que j'étais ennuyée d'avoir décidé de partir. »

Son regard incisif fit comprendre à Amherst que les émotions des dernières vingt-quatre heures devaient encore se lire sur ses traits. A l'idée de ce qu'elle pourrait y déceler, il réussit à reprendre possession de lui-même.

« Il n'est pas question que vous interrompiez votre visite », commença-t-il précipitamment. Il voulait ajouter : « à cause de Bessy », mais il lui fut impossible de prononcer le nom de sa femme.

Justine le dévisageait encore.

« Oh ! je suis sûre que tout ira bien, fit-elle. Vous rentrez cet après-midi, je suppose ? Je vous ai laissé un petit mot avec mon adresse, et je voudrais que vous me promettiez... »

Amherst l'interrompit d'un geste. La sensation familière que seule la vérité devait avoir cours entre eux luttait en lui contre les inhibitions de l'habitude et du caractère. Et brusquement, avant même d'avoir pris conscience qu'il allait parler, il s'entendit affirmer :

« Je dois vous dire que je n'y retournerai pas.

— Vous n'y retournerez pas ? » Un éclair d'appréhension passa sur les traits de Justine. « Pas avant demain, vous voulez dire ? » ajouta-t-elle, se ressaisissant.

Amherst hésita, parcourant vaguement la rue des yeux. A cette heure, elle était déserte, et le cocher de Justine somnolait sur son perchoir. Ils pouvaient parler aussi librement que s'ils avaient été dans une allée de sous-bois à Lynbrook.

« Demain non plus », précisa Amherst d'une voix sourde. Au bout d'un moment, il reprit : « Pas avant longtemps sans doute. » Après une nouvelle hésitation, il acheva péniblement : « En fait, j'envisage de revenir à mon ancien travail... »

Elle l'interrompit par une exclamation de surprise et de sympathie.

« Votre ancien travail ? Vous voulez dire à... »

Voyant une expression de souffrance crisper son visage, elle n'acheva point sa phrase.

« Mais non ! Je veux dire que je songe à devenir directeur d'une filature en Géorgie. C'est la seule chose que je sache faire, et il faut que je fasse quelque chose. » Il eut un rire forcé. « L'habitude du travail est incurable ! »

Justine était devenue aussi grave que lui. Elle hésita un instant, examinant avec attention la rue jusqu'au coin de Madison Square que l'on apercevait de là.

« Marchons vers le Square, voulez-vous ? Nous pourrions nous y asseoir un moment. »

Elle se mit en route tout en parlant, et il l'accompagna en silence jusqu'au banc qu'elle choisit. Son cab les avait suivis et s'était arrêté au tournant.

Comme Amherst s'asseyait à côté d'elle, Justine tourna vers lui un visage résolu :

« Je voudrais vous demander une chose. Est-ce une décision soudaine ?

— Oui. J'ai décidé cela hier.

— Et Bessy... ? »

Il baissa les yeux pour la première fois, mais Justine insista :

« Bessy est d'accord ?

— Elle..., elle le sera, je pense, quand elle le saura.

— Quand elle le saura ? » Son émotion se lut sur ses traits. « Ce qui veut dire qu'elle ne le sait pas encore ?

— Non. L'offre m'est parvenue inopinément. Je dois partir tout de suite.

— Sans l'avoir vue ? » Elle l'interrompit impérieusement, d'un geste bref. « Vous ne pouvez faire cela — vous ne le ferez pas ! Vous ne partirez pas sans avoir vu Bessy ! »

Ses yeux cherchèrent ceux d'Amherst et les forcèrent à soutenir le plein éclat de leur réprobation.

« Je dois agir pour le mieux, étant donné les circonstances. » Il hésita. « Elle aura de mes nouvelles, bien sûr ; je vais lui écrire aujourd'hui — et plus tard...

— Pas " plus tard " ! *Aujourd'hui,* il faut que vous retourniez aujourd'hui même à Lynbrook ! Ces choses-là ne peuvent être dites par lettre ; s'il faut vraiment qu'elles le soient, ce doit être de vive voix. N'allez pas me dire que je n'y comprends rien, ou que je me mêle de ce qui ne me regarde pas. Cela m'est parfaitement égal. Je me suis toujours mêlée de ce qui ne me regardait pas et je suppose que je m'en mêlerai jusqu'à ma mort ! D'ailleurs, je comprends suffisamment pour savoir que Bessy est très malheureuse, et que vous êtes non seulement le plus fort mais le plus sage des deux. Je sais ce qu'il vous en a coûté de renoncer à vos projets (le regard de Justine s'était adouci) et je sais les efforts que vous avez faits : je vous ai observé. Mais Bessy aussi en a fait, et même si vous avez tous les deux échoué, si vous êtes à bout de ressources, c'est à vous de faire face à la situation — et de l'aider à y faire face —, non de vous y dérober ainsi, par la fuite ! »

Amherst restait assis sans rien dire, sous cet assaut d'éloquence. Il ne ressentait aucune rancœur, aucun ressentiment qu'elle se mêlât, selon son expression, de ce qui ne la regardait pas. Dans son découragement, il se sentait stimulé par le choc d'une ardeur semblable à la sienne. Justine n'avait pas craint de le traiter de lâche — et c'était salutaire pour lui de l'entendre parler ainsi ! Ses paroles replaçaient la vie dans sa vraie perspective, rendaient leur sens à des termes aussi dépassés que vérité, virilité, courage. Cela faisait si longtemps qu'il vivait dans l'équivoque qu'il avait oublié la manière de regarder les choses en face. Or, voilà qu'il se trouvait devant une femme ayant les mêmes valeurs que lui — et c'était à ces valeurs qu'il avait, selon elle, manqué.

Il ne pouvait certes oublier l'amertume des dernières heures écoulées, ni modifier son opinion quant à la futilité de ses efforts pour rester à Lynbrook. Il ressentait toujours aussi fortement le besoin de se libérer moralement et intellectuellement — de refaire sa vie selon ses propres exigences. Mais Justine Brent venait de lui montrer que son premier pas vers l'affranchissement avait été d'essayer lâchement d'échapper à ses conséquences.

« Vous êtes dans le vrai, je vais rester », déclara-t-il.

Elle le remercia d'un regard pénétrant, comme après leur premier échange de confidences sur la pelouse, ce soir d'automne, à Lynbrook. Cette fois encore, il fut frappé du changement que l'émotion produisait en elle. Les sentiments passaient sur son visage comme les trouées de soleil, effleurant un paisible paysage, font miroiter soudain les eaux cachées, chatoyer des teintes falotes endormies, apparaître toutes les finesses du relief qui sont perdues sous la luminosité d'un ciel limpide. Et c'était extraordinaire comme elle pouvait insuffler chaleur et passion dans un principe ! Si la conduite, pour la plupart des gens, semblait une simple affaire de prudence sociale ou de conformisme, elle représentait toujours pour elle un renouvellement de son rapport à la vie ; et contrairement à la plupart des femmes, qui ne voient les grands problèmes qu'à travers leurs besoins immédiats et leurs préjugés, elle semblait toujours considérer ses désirs personnels à la lumière d'intérêts plus vastes.

« Mais je ne pense pas, ajouta Amherst, qu'aucun argument puisse me faire revenir sur ma décision. Ces mois de désœuvrement m'ont montré que je suis l'un de ces membres d'une société qui représentent un danger pour elle si on ne les fait pas travailler sans relâche. »

Justine baissait pensivement les yeux, et il vit qu'elle subissait la réaction de gêne qui suivait toujours ses accès de franchise non préméditée.

« Ce n'est pas à moi d'en juger, répondit-elle au bout d'un moment. Mais si vous décidez de vous éloigner un certain temps, il faudrait à coup sûr le faire de manière que votre départ ne paraisse pas rejeter les torts sur Bessy et ne la livre pas aux critiques malveillantes. »

Amherst, rougissant légèrement, la considéra avec surprise :

« Je ne crois pas que cela soit à redouter, je serai le seul à être critiqué, fit-il sèchement remarquer.

— En êtes-vous sûr, étant donné la situation telle que vous venez de me la décrire ? Bien peu de gens comprennent l'amour du travail acharné, en soi. On dira que votre mésentente avec votre femme vous a contraint à gagner votre vie et cela sera cruel pour Bessy. »

Amherst haussa les épaules :

« Il est plus probable que l'on dira que j'ai échoué dans ma tentative de jouer au gentleman, et que je n'ai eu de cesse que je ne me sois retrouvé à ma véritable place dans l'existence, ce qui est assez vrai, ajouta-t-il avec un brin d'ironie.

— On dira aussi cela ; mais avant tout on fera souffrir Bessy, on l'humiliera et ce sera de votre faute. Si vous décidez de prendre pour un certain temps ce travail dans le Sud, ne pouvez-vous le faire sans accepter de salaire ? Oh ! vous voyez que rien ne m'échappe, poursuivit-elle en riant, et certaines choses que Bessy m'a dites me donnent à penser qu'elle souffrirait horriblement si.,., si vous lui faisiez cet affront. » Il ne répondit rien, et elle reprit avec insistance : « Du point de vue de Bessy, cela signifierait une véritable rupture, le reniement de tout votre passé commun. Et c'est un point sur lequel vous pouvez vous permettre d'être généreux, parce que je sais — je pense — que c'est moins important à vos yeux qu'aux siens. »

Amherst l'interrogea vivement :

« Cette forme particulière de dette, vous voulez dire ? »

Elle sourit :

« La plus facile à régler, et par conséquent la moins amère. N'est-ce pas là votre opinion ?

— Autrefois, oui. Mais... » Il allait ajouter : « personne ne pense ainsi à Lynbrook », pourtant le regard d'intelligence que lui jeta Justine le retint. Ce regard semblait dire : « Eh bien, justement ! Tout élément nouveau doit être pris en compte : vous voyez comme ils sont bornés, agissez en conséquence ! »

Elle n'essaya pas de formuler le message que transmettaient ses yeux, mais se leva en consultant sa montre :

« Et maintenant, il faut que je m'en aille si je ne veux pas rater mon train. » Elle lui tendit la main et Amherst, en la prenant dans la sienne, dit à voix basse, comme en réponse à sa prière tacite : « Je n'oublierai rien de tout ce que vous m'avez dit. »

C'était une expérience neuve pour Amherst que d'agir sous la pression d'une volonté extérieure. Pendant son voyage de retour à Lynbrook, cet après-midi-là, il éprouvait un pur soulagement à se rendre à cette pression, et cet abandon, loin de lui apporter une sensation de faiblesse, semblait lui rendre son énergie. Il n'était pas dans sa nature d'analyser les mobiles de ses actes ni de peser le pour et le contre avant d'agir. Bien que ces derniers mois de désœuvrement lui eussent appris à mettre en couveuse toute velléité d'action, cette tendance avait disparu immédiatement devant la perspective d'avoir quelque chose à faire. C'était comme si un ruisseau cristallin, prenant de la vitesse sur la colline, s'était soudain déversé dans les eaux stagnantes de sa volonté, et il voyait maintenant à quel point ces eaux étaient devenues visqueuses et troubles, gonflées de cette vie gluante dans laquelle s'abîmait tout élan de courage.

Il ne désirait qu'une chose maintenant : être généreux envers sa femme, supporter le poids de toutes les peines qu'apporterait leur séparation. Justine venait de lui dire que Bessy semblait nerveuse et malheureuse. Il était clair qu'elle aussi avait souffert des blessures qu'ils s'étaient infligées réciproquement, bien qu'elle eût sauvé la face jusqu'au bout. Pauvre petite ! Le masque d'insensibilité qu'elle arborait était sans doute la seule façon qu'elle connût d'exprimer sa vaillance ! Amherst était convaincu que l'air de Lynbrook étouffait dans l'œuf les plus beaux élans. En arrivant à destination, il se sentait tout attendri en pensant à sa femme : rien ne subsistait du ressentiment qui avait marqué leur séparation. Il avait téléphoné de la ville pour annoncer l'heure de son retour et, en sortant de la gare, il s'attendait presque à la trouver assise dans le coupé dont les lampes lui faisaient signe à travers l'obscurité précoce. Cette réaction sentimentale eût été bien dans la manière de Bessy, et aussi cette façon de l'exprimer, non par des mots, mais en reprenant leurs relations comme si rien ne s'était passé. Il avait pu condamner cette facilité comme un signe de superficialité, comme le résultat de cette fuite perpétuelle devant les questions sérieuses qui formait, chez Bessy et les siens, une fine croûte d'usages sur un vide de pensée. Mais il voyait maintenant que, si elle était le produit de son milieu, cela ne constituait qu'un titre supplémentaire à son indulgence et rendait d'autant plus précieux les multiples élans naturels du cœur qui avaient survécu au laminoir de sa vie. En s'approchant du coupé, il se dit : « Et si j'essayais une fois de plus ? »

Bessy n'était pas venue à sa rencontre. Il pensa qu'il la trouverait seule à la maison et décida de lui parler dès l'arrivée. Après être passée entre les hauts piliers illuminés, la voiture roulait au milieu des massifs dépouillés de l'allée. Il eut tout à coup le cœur serré et il éprouva la sensation fugitive qu'il était en train de reculer jusque dans le piège auquel il venait à peine de s'arracher. Il avait vu un jour un ouvrier négligent se faire happer puis entraîner par une courroie de transmission : n'allait-il pas de même être repris dans l'engrenage et ramené dans la confortable routine de Lynbrook ?

Mais cette sensation ne dura qu'un instant. Ses pensées revinrent à Bessy. C'était elle qu'il fallait préserver. Cette fois, il serait fort pour deux.

Le *butler* l'attendait sur le seuil, flanqué de l'habituelle rangée de domestiques. Quand Amherst vit sa valise passer cérémonieusement de main en main, il sentit une fois encore le piège se refermer sur lui.

« Mrs. Amherst est au salon, Knowles ? demanda-t-il.

— Non, sir, répondit Knowles, qui avait trop le sens des convenances pour fournir spontanément plus de renseignements qu'on ne lui en avait demandé.

— Elle est dans sa chambre, alors? insista Amherst en se dirigeant vers le vaste escalier.

— Non, sir, dit le *butler* avec componction. Madame est partie.

— Partie ? » Amherst s'arrêta net, jetant sur le masque officiel sans faille qu'il avait devant lui un regard dénué de toute expression.

« Cet après-midi, sir, pour Mapleside.

— Pour Mapleside ?

— Oui, sir, en automobile, chez Mrs. Carbury. »

Il y eut un moment de silence. Tout s'était passé si vite qu'Amherst, avec cette double-vue qui vous vient dans certaines circonstances, remarqua que le troisième valet — ou était-ce le quatrième ? — était juste en train de passer sa valise à un bras tendu dans l'entrebâillement de la porte donnant sur les communs.

Il se secoua soudain et regarda la haute horloge. Il était exactement six heures. Il avait téléphoné de la ville à deux heures.

« A quelle heure Mrs. Amherst est-elle partie ? »

Le *butler* réfléchit.

« A quatre heures précises, sir. La femme de chambre a pris le quinze heures quarante avec les bagages. »

Avec les bagages ! Il ne s'agissait donc pas d'une simple visite d'une nuit. Le sang lui monta au visage. Les domestiques avaient disparu, mais voilà qu'une porte se rouvrait et que l'un d'eux la passait pour apporter le thé sur un plateau minutieusement ordonné. Le train-train continuait comme si de rien n'était. Le *butler* regarda Amherst respectueusement (trop respectueusement) d'un air interrogatif, et il prit soudain conscience qu'il restait sans bouger au milieu du hall, une dernière et intolérable question lui brûlant les lèvres.

Eh bien, il fallait qu'elle fût posée !

« Mrs. Amherst a-t-elle reçu mon message téléphonique ?

— Oui, sir. Je le lui ai donné moi-même. »

Il apparut à Amherst qu'un homme bien élevé — selon les critères de Lynbrook — aurait alors feint tardivement d'être dans la confidence de sa femme et de n'avoir, à y mieux penser, aucune raison d'être surpris de son départ. C'était humiliant, supposait-il, d'étaler ainsi sa déception devant les domestiques — il voyait bien d'ailleurs que Knowles était affecté par l'inconvenance de la situation —, mais aucun prétexte ne se présenta à son esprit et, après un autre silence, il se dirigea pesamment vers le fumoir.

« Mon courrier est là, je suppose ? »

Sur la réponse affirmative du *butler,* il fit un dernier effort pour suspendre son jugement : « Elle a laissé un mot, il doit y avoir une explication. »

Mais il n'y avait rien : ni mot, ni télégramme. Il n'y avait que la riposte cinglante de son départ, jetée à la face de son retour à lui, sa fuite vers Blanche Carbury, ultime réponse à son ultime appel.

5

Justine rentrait à Lynbrook.

Il lui avait été finalement impossible d'en rester éloignée dix jours. Le sentiment d'être nécessaire, qui était si souvent à l'origine de ses actes, l'avait poussée à rentrer à Long Island en fin de semaine. Elle n'avait rien reçu d'Amherst ni de Bessy ; seulement une lettre de Cicely, qui lui racontait de sa grosse écriture ronde que sa maman était partie trois jours et qu'elle s'était trouvée bien seule ; que la chatte de la gouvernante avait eu trois petits et qu'elle allait en avoir un ; et est-ce que les petites chattes se baptisaient, ou alors comment faisait-on pour leur donner un nom ? parce qu'elle voulait appeler la sienne Justine ; et puis, elle avait trouvé dans son livre un oiseau comme celui que papa leur avait montré dans le marais ; et maintenant, elle n'était plus seule parce que les Telfer étaient là, et elle était allée faire du traîneau avec elles ; mais ce serait bien plus amusant quand Justine serait là.

Il était aussi difficile d'extraire une suite logique d'événements d'une lettre de Cicely que d'une chronique médiévale. Elle ne faisait aucune allusion au retour d'Amherst, ce qui était étrange étant donné qu'elle adorait son beau-père, mais non significatif dans la mesure où l'arrivée de celui-ci avait pu passer au second plan à cause de la naissance des chatons, ou de quelque autre incident revêtant la même importance à ses yeux enfantins. Comme elle ne donnait pas non plus la date du départ de sa mère, Justine ne pouvait deviner s'il était en rapport avec le retour d'Amherst. Ce qui l'intriguait le plus était le silence de Bessy, qui était cependant rassurant en un sens, puisque la jeune femme se tournait vers les autres surtout quand il lui était pénible de se pencher sur elle-même : si elle n'écrivait pas, c'était sans doute qu'elle n'avait actuellement pas besoin de la sympathie de son amie.

Justine ne s'attendait pas à trouver Amherst à Lynbrook : elle avait été convaincue, quand ils s'étaient dit au revoir, qu'il persisterait dans son projet de partir pour le Sud. Si les petites Telfer étaient dans la place, c'était sûrement qu'il était déjà parti. Etant donné les circonstances, Justine approuvait cette séparation, mais elle avait hâte de savoir si elle s'était faite à l'amiable, sans affront déclaré à Bessy.

Elle arriva un samedi après-midi et, quand elle entra dans la maison, les voix venues du salon, ainsi qu'une agitation fébrile dans laquelle son arrivée passa inaperçue, montraient que la vie de Lynbrook avait repris son cours normal. Les petites Telfer drainaient comme d'habitude une foule exubérante dans leur sillage ; et elle discerna, dans la gaieté bruyante qui régnait au salon autour de la table à thé, l'emphase bien particulière de Westy Gaines et le rire perçant de Blanche Carbury.

Ainsi, Blanche Carbury était de retour à Lynbrook ! A cette découverte, Justine se perdit de nouveau en conjectures. Quelles qu'aient été les concessions réciproques faites après qu'Amherst fut revenu à sa femme, il semblait bien improbable qu'elles eussent comporté la reprise des relations avec Mrs. Carbury. Il avait donc échoué dans sa mission. Les deux époux s'étaient-ils quittés fâchés ? La présence de Mrs. Carbury à Lynbrook était-elle la réponse de Bessy au désir d'indépendance de son mari ?

Dans la salle d'études, où elle fut accueillie par le récit empressé des moindres aventures de Cicely, Justine n'osa pas poser la question qui aurait dissipé son anxiété. Elle alla s'habiller pour le dîner sans savoir si Amherst était revenu à Lynbrook. Pourtant, dans son cœur, elle ne mettait pas un instant en doute qu'il l'eût fait. Toute son inquiétude portait sur ce qui s'était passé depuis.

Elle vit d'abord Bessy au salon, parmi ses invités, et leurs brèves embrassades ne lui apprirent rien, si ce n'est qu'elle n'avait jamais vu son amie plus brillante, plus triomphalement en possession de son entrain et de sa santé recouvrés.

Il devint évident qu'Amherst était absent lorsque Bessy pria Westy Gaines de conduire à la salle à manger Mrs. Ansell, qui était de la partie et la seule, remarqua alors Justine, à ne pas être au diapason de ces joyeux convives. Mrs. Ansell, habituellement si bien accordée à l'atmosphère ambiante, conservait en cette occasion une grise neutralité, qui était la seule faille dans l'allégresse générale. Son tact et son éducation lui interdisaient de manifester sa désapprobation. Mais, pour le charmant témoin, ce sentiment semblait évident sous une réserve qui faisait refluer les vagues de rires devant elle et régner un calme plat à son bout de table. Justine n'avait jamais été fort attirée par Mrs. Ansell. Sa propre faculté d'adaptation était trop éloignée de l'effacement étudié de la vieille dame et l'indépendance de jugement qu'elle conservait en dépit de sa perception de points de vue différents la rendait un peu méprisante à l'égard d'un excès de charité qui lui paraissait avoir été acquis aux dépens de toutes les convictions personnelles. Ce soir-là, pour la première fois, elle se sentait solidaire de Mrs. Ansell, dont elle devinait les craintes secrètes. Cette impression d'une complicité tacite fit qu'elle examina avec un intérêt nouveau le visage de cette alliée inattendue. Après tout, que savait-elle de la vie de Mrs. Ansell, des mécanismes obscurs qui avaient progressivement refréné ses passions, ses désirs et fait d'elle une sorte de toile de fond purement décorative, un lien entre les autres personnalités ? Qui sait si, pour une femme seule au monde, sans le pouvoir et les avantages que procure la fortune, il y avait une autre solution que de se durcir et se dessécher autour d'un petit noyau d'égoïsme ou de se répandre dans les interstices d'autres vies ? Et Justine se trouva soudain pétrifiée à l'idée qu'un avenir identique l'attendait sans doute si elle échappait au don libérateur du bonheur personnel.

Ni ce soir-là, ni le jour suivant, elle ne put échanger un mot en privé avec Bessy et il devint évident, avec la fuite des heures, que Mrs. Amherst avait volontairement retardé le moment où elles se trouveraient seules ensemble. Mais les invités devaient se disperser le lundi, et Bessy, qui détestait se lever tôt et s'acquitter des menues tâches qui incombent à une maîtresse de maison, frappa à la porte de Justine tard dans la soirée du dimanche pour lui demander de veiller au départ de ses amis.

Elle prit cette nécessité comme excuse pour son intrusion, et l'affectation enjouée de ses manières montrait son appréhension nerveuse à l'idée d'un renouvellement de confiance entre elles deux. Pourtant, comme elle s'adossait au chambranle de la porte et jouait avec sa rivière de diamants, laissant un pied chaussé de satin s'agiter fébrilement sous sa robe de dentelle, son visage perdit l'aura d'animation que la conversation et le rire y apportaient toujours et elle parut si pâle et lasse que Justine n'eut pas besoin d'autre prétexte pour l'attirer dans sa chambre.

Bessy ne savait pas résister à un contact apaisant lorsqu'elle était dans une période de nervosité. Elle se laissa tomber dans un fauteuil près du feu et appuya sa nuque au coussin que Justine glissa derrière elle.

Cette dernière s'assit sur la chauffeuse à côté d'elle et posa une main sur les siennes.

« Tu ne sembles pas aussi bien que quand je t'ai quittée, Bessy. Crois-tu que ce soit bien sage de recommencer si tôt à recevoir ? »

Bessy, toujours affolée quand on lui disait qu'elle avait l'air fatiguée, se redressa dans son fauteuil, son épiderme sensible soudain tout rose.

« Je vais très bien au contraire. Je mourais de neurasthénie dans cette grande maison vide, et j'ai même l'impression que je n'ai pas encore tout à fait éliminé l'ennui de mon système ! »

Justine reconnut l'écho des expressions de Mrs. Carbury.

« Tu t'ennuyais, répliqua-t-elle, mais tu allais mieux. Que pense le docteur Wyant de cette grave entorse à son régime ? »

Elle parla exprès de Wyant, sachant que Bessy avait pour le verdict médical ce respect qui est la dernière trace de soumission à l'autorité, chez la femme moderne. Mais Mrs. Amherst eut un petit rire malicieux :

« Oh ! je n'ai pas vu le docteur Wyant ces derniers temps. Son intérêt pour moi s'est évanoui... le jour de ton départ. »

Justine se força à rire pour masquer son irritation. Elle ne s'était pas encore remise de la répulsion que lui avait inspirée sa dernière scène avec Wyant.

« Ne dis pas de sottises, Bessy. S'il n'est pas venu, c'est que tu as dû lui dire de ne pas venir, parce que tu as peur qu'il ne constate que tu lui désobéis. »

Bessy se mit à rire aussi.

« Ma chère, je n'ai peur de rien du tout ! Pas même de tes gros yeux quand ils me fixent comme deux charbons ardents. Je suppose que tu as regardé de cette façon ce pauvre Wyant pour qu'il prenne ainsi la fuite ! Et pourtant, la dernière fois que nous avons parlé de lui, il paraissait te plaire assez, tu me laissais même entendre que, si Westy n'avait aucune chance, c'était à cause de lui. »

Justine poussa un cri d'impatience.

« S'il n'existait pas, les chances de l'autre n'en seraient pas le moins du monde accrues, et réciproquement. Leur seul mérite à tous deux est de rendre appréciable le charme d'être vieille fille. »

Le sourire de Bessy s'effaça, et elle se tourna gravement vers son amie :

« Ah ! c'est là le mérite de la plupart des hommes ! C'est très fort de ta part d'avoir découvert cela ! »

Ce fut au tour de Justine de sourire :

« Oh ! mais je n'ai pas dit cela en généralisant. J'ai bien l'intention de me marier dès que j'en aurai l'occasion !

— L'occasion ?

— De rencontrer l'homme de ma vie. Je suis assez joueuse pour croire encore en ma chance ! »

Mrs. Amherst eut un soupir apitoyé :

« L'homme “ de sa vie ” n'existe pas ! Comme dit Blanche, le mariage est aussi inconfortable qu'une chaussure de confection. Comment une seule et même institution pourrait-elle convenir à chaque cas particulier ? Et pourquoi nous mettrions-nous tous à boiter parce que le mariage a été un jour inventé pour satisfaire un cas imaginaire ? »

Justine haussa les épaules :

« Tu parles de marcher en boitant : mais en quoi marchons-nous différemment, tous autant que nous sommes ? Il me semble que c'est la vie qui est une botte étroite, et que le mariage est la béquille qui peut nous aider à avancer clopin-clopant. » Elle attira la main de Bessy dans les siennes, en une pression caressante. « Chaque fois que l'on se met à philosopher, c'est que l'on est fatigué, je le sais. Il n'existe personne, se sentant bien, pour se mettre à généraliser sur des symptômes. Si tu ne laisses pas ton docteur te donner ses prescriptions, c'est ton infirmière qui va te les transmettre : ce qu'il te faut, c'est du calme. Sois raisonnable et renvoie tout le monde avant le retour de ton mari ! »

Elle laissa tomber négligemment ces derniers mots, en regardant ailleurs ; mais le raidissement des doigts dans son étreinte fit frémir légèrement ses mains.

« Merci pour ton conseil. Il serait excellent sans un détail : mon mari ne reviendra pas ! »

La dérision dans l'accent de Bessy sembla passer sur ses traits, les durcissant et les contractant comme la gelée racornit une fleur. Le visage de Justine, au contraire, s'illumina soudain de compassion, comme si le scintillement glacial de la douleur de son amie s'était mis à jouer sur lui.

« Bessy ! Que veux-tu dire par " ne reviendra pas " ?

— Je veux dire qu'il a eu la délicatesse de s'apercevoir que nous serions mieux séparés, m'évitant ainsi la nécessité déplaisante d'avoir à le lui dire. »

Encore l'écho pitoyable des expressions de Blanche Carbury ! L'imitation laborieuse de ses idées !

Justine examina anxieusement son amie. Il lui paraissait hypocrite de ne pas parler de sa propre conversation avec Amherst. Pourtant, elle sentait qu'il était plus sage de feindre l'ignorance, car elle savait bien que Bessy interpréterait toujours de manière erronée un manquement aux convenances.

« Je t'en prie, raconte-moi ce qui s'est passé », demanda-t-elle enfin.

Bessy dégagea sa main avec un sourire.

« John est reparti vers la vie qu'il préfère et je considère cela comme une indication que je peux en faire autant de mon côté. »

Justine hésita encore, puis la pression de la vérité fit tomber les barrières des convenances.

« Bessy, je dois te dire que j'ai vu ton mari en ville le jour où je suis partie pour Philadelphie. Il parlait de s'en aller pour un certain temps ; il semblait malheureux ; mais il m'a dit qu'il rentrerait te voir auparavant. » Plongeant son regard limpide dans celui de son amie, elle vit tout de suite que Bessy était trop absorbée par elle-même pour être surprise de cet aveu et elle poursuivit :

« Il est sûrement revenu ?

— Oh ! oui, il est revenu ! » Bessy se laissa aller dans les coussins, regardant les reflets du feu sur la rivière de diamants qu'elle s'amusait inlassablement à laisser glisser entre ses doigts.

« Bon, et après ?

— Après, rien ! Je n'étais pas là quand il est venu.

— Tu n'étais pas là ? Que s'était-il passé ?

— J'étais partie chez Blanche Carbury pour un jour ou deux. Je m'y apprêtais quand j'ai appris qu'il revenait et je ne pouvais pas envoyer promener Blanche à la dernière minute. »

Justine essaya de capter le regard de Bessy qui papillonnait évasivement sous les longs cils.

« Tu savais qu'il venait et tu as choisi ce moment-là pour aller chez Mrs. Carbury ?

— Je n'ai pas choisi, ma chère. Cela s'est trouvé comme ça et c'était vraiment pour le mieux ! Je suppose qu'il a un préjugé ridicule contre Blanche et donc, le lendemain matin, il s'est précipité à sa filature. »

Il y eut une pause, et les diamants continuaient à s'écouler en fils de feu entre les doigts de Mrs. Amherst.

Justine finit par demander :

« Est-ce que ton mari savait que tu savais qu'il venait avant que tu partes chez Mrs. Carbury ? »

Bessy feignit de réfléchir à la question.

« Savait-il que je savais qu'il savait ? se moqua-t-elle. Oui, je pense qu'il a dû le savoir. » Elle étouffa un bâillement en se levant avec langueur.

« Ainsi, il a pris cela pour ta réponse ?

— Ma réponse ?

— A son retour.

— On dirait bien. Je t'ai dit qu'il a fait preuve d'un tact inhabituel. »

Bessy étira ses bras harmonieux au-dessus de sa tête, puis les laissa retomber à ses côtés dans un autre bâillement :

« Mais c'est presque le matin ! C'est inhumain de ma part de t'avoir tenue éveillée si tard alors que tu dois te lever pour t'occuper de tous ces gens ! »

Elle effleura d'un geste léger les épaules de Justine et déposa un baiser sec sur sa joue.

« Ne me fais pas ainsi les gros yeux, ils mangent la moitié de ta figure ! Et ne va pas t'imaginer que je regrette ce que j'ai fait, déclara-t-elle. Je n'ai pas le moindre atome de soupçon de regret ! »

6

Justine arpentait la bibliothèque de Lynbrook, composée d'auteurs classiques emprisonnés derrière leur grillage.

Elle se sentait aussi emprisonnée que ces livres. Comme eux, elle appartenait à un décor conventionnel totalement étranger à l'action qui s'y déroulait. Les deux semaines qui s'étaient écoulées depuis son retour de Philadelphie lui avaient appris qu'on n'avait plus besoin d'elle à Lynbrook : non pas malvenue, mais pas bienvenue non plus. La vie passait rapidement tandis qu'elle restait attachée au poteau de l'inaction, lot amer pour quelqu'un qui avait choisi de mesurer l'existence à l'aide de faits, non de jours. Bessy était ostensiblement occupée par une inépuisable succession de visites. Personne à la maison n'avait besoin d'elle, à part Cicely. Cette dernière, même, était souvent entraînée dans le tourbillon des plaisirs de sa mère, ravie dans des parties de traîneau et des randonnées en voiture, ou menée en ville pour son cours de danse ou une matinée à l'Opéra.

Mrs. Carbury n'avait pas quitté Lynbrook le lundi qui avait suivi le retour de Justine. Son époux, pressé de retourner à ses chères occupations de Wall Street, était parti le même jour que les autres supporters du week-end, après avoir passé son dimanche à étudier sans dire un mot les colonnes du *Financial Record*. Mais sa femme était restée, prenant agressivement possession des lieux : critiquant la disposition des meubles et les changeant de place, sonnant les domestiques, soumettant l'écurie à ses exigences subites, télégraphiant, téléphonant, ordonnant que l'on ranime les feux ou que l'on ouvre les fenêtres, et laissant partout dans son sillage une traînée de cendres de cigarettes et de verres à demi pleins.

Ned Bowfort ne figurait pas au nombre des hôtes du week-end, mais il arriva à cheval le jour même de leur dispersion, sans être annoncé, au moment du déjeuner. Il mit sa monture à l'écurie, se faufila familièrement au milieu des chiens assoupis dans le hall, salua Mrs. Ansell et Justine avec juste ce qu'il fallait de déférence, sortit de sa poche un puzzle pour Cicely et s'assit à côté de la mère de celle-ci avec la sobre urbanité de l'ami de la famille qui connaît ses privilèges mais qui est trop discret pour en abuser.

Là-dessus, il revint tous les jours — tantôt à cheval en rentrant tard à son club, tantôt accompagnant Bessy et Mrs. Carbury pour dîner en ville ou aller au théâtre ; mais toujours avec cet air de s'excuser d'être tombé là par hasard et d'espérer modestement que son intrusion n'était pas importune.

Le dimanche suivant amena son flot de visiteurs, et Bessy parut s'adonner avec un enthousiasme renouvelé aux devoirs de l'hospitalité. Elle avait évité Justine depuis leur entretien de minuit, s'arrangeant pour la voir en présence de Cicely ou prétendant être pressée lorsqu'elles se trouvaient seules. L'hiver était particulièrement doux, et elle passait de longues heures en selle quand son temps n'était pas pris par ses invités. Il y eut une période où elle emmena Cicely dans ses chevauchées quotidiennes, mais elle se lassa rapidement d'adapter le rythme de son hunter à celui du poney de la petite fille et, une fois de plus, Cicely fut confiée aux soins du cocher.

Vinrent la neige et une longue gelée. Bessy donnait des signes d'impatience dans sa retraite forcée et se plaignait qu'il n'y eût pas moyen de bien se porter sous un climat où l'hiver rendait tout exercice impossible.

« Pourquoi ne pas construire un court de squash ? » proposa Blanche Carbury. Et toutes deux se mirent sur-le-champ à faire des plans sous la sage autorité de Ned Bowfort et de Westy Gaines. Comme le projet prenait forme, certains conseillers suggérèrent que c'était dommage de ne pas y ajouter une piste de bowling, une piscine et un gymnase. On fit venir de la ville un architecte à la mode, on prit les mesures, on discuta des emplacements, on compara des projets, on consulta des ingénieurs pour des devis de puits artésiens et sur le meilleur système de chauffage pour la piscine.

Bessy désirait fiévreusement que l'ouvrage avançât au plus vite et qu'il fût de vastes proportions. Cependant, avant de signer les contrats, il fut décidé d'aller voir à New Jersey une construction de même type, pour laquelle un ami de Mrs. Carbury venait de dépenser une fortune.

C'était dans ce but que les deux dames, accompagnées de Westy Gaines et de Ned Bowfort, s'étaient absentées le jour où Justine arpentait la bibliothèque. Elle était seule à la maison avec Mrs. Ansell et ne fut pas surprise de voir cette dernière, après être restée un moment discrètement sur le pas de la porte, se décider à traverser la longue pièce pour venir à elle.

Depuis le soir de son retour, Justine avait la nette impression que Mrs. Ansell allait parler. Pourtant la vieille dame, tel un faucon, décrivait des cercles au-dessus de sa proie et la contemplait de haut avant de refermer ses ailes pour piquer.

Cet après-midi-là, en tout cas, elle avait sûrement décidé de frapper, et Justine en fut soulagée : depuis trop longtemps elle était isolée, anxieuse, incapable d'aider, et elle caressait le vague espoir que la connaissance du monde de Mrs. Ansell serait plus efficace que sa propre inexpérience.

« Si nous nous asseyions près du feu ? Je suis contente de vous trouver seule », commença Mrs. Ansell, dans le tour abrupt qui constituait un instrument subtil de son style allusif. Et, comme Justine acquiesçait, elle ajouta en confiant sa mince personne aux profondeurs d'un confortable fauteuil : « Une cousine infirme m'a priée de partir pour l'Europe avec elle la semaine prochaine, et je ne m'en irai pas l'esprit tranquille si je ne suis pas rassurée à propos de nos amis. »

Elle s'interrompit, mais Justine ne dit rien. En dépit de sa sympathie croissante pour Mrs. Ansell, elle ne put maîtriser une méfiance inhérente non à ses méthodes, mais au propos qu'elle visait. Ainsi, que voulait-elle dire par « être rassurée » à propos des Amherst ? Pour leur bien, Justine était convaincue que n'importe quel arrangement était préférable entre eux à l'harmonie de surface qui avait régné pendant le séjour d'Amherst à Lynbrook.

Une émanation subtile de sa méfiance devait ête parvenue à Mrs. Ansell, car celle-ci poursuivait à présent avec une certaine noblesse :

« Je suis d'autant plus concernée que je me sens en partie responsable du mariage de Bessy. » Et, comme Justine la regardait étonnée, elle ajouta : « Je pensais qu'elle ne serait pas heureuse tant que son amour ne serait pas comblé et, même maintenant, je le crois.

— Je le crois aussi, déclara Justine, surprise par la simplicité de ces mots.

— Bon, alors, puisque nos diagnostics concordent, poursuivit la vieille dame en souriant, quel remède suggérez-vous ? Ou plus exactement, comment pouvons-nous l'administrer ?

— Quel remède ? demanda Justine, hésitante.

— Oh ! je pense que nous serons d'accord là-dessus aussi. Il faut ramener Mr. Amherst, mais comment le ramener ? » Elle réfléchit puis ajouta, sous l'effet singulier d'un accès de franchise : « Je vous le demande parce que je crois que vous êtes la seule amie de Bessy qui ait, c'est le moins que l'on puisse dire, la confiance de son mari. »

L'embarras de Justine s'accrut. Ne serait-il pas déloyal envers Bessy et Amherst de reconnaître devant un tiers un fait que Bessy elle-même ignorait ? Cependant, trahir son embarras devant

Mrs. Ansell était risquer de lui donner une signification dangereuse.

« Bessy m'a parlé une fois ou deux, mais je connais mal le point de vue de Mr. Amherst... A part, ajouta Justine après avoir brièvement pesé le pour et le contre, qu'il souffre énormément d'être coupé de son travail à la filature.

— Oui, c'est ce que je pense aussi. Mais c'est une difficulté que le temps et les compromis peuvent régler. Tout ce que nous pouvons faire — nous, c'est-à-dire leurs amies —, c'est les réunir avant que le fossé entre eux se creuse irrémédiablement. »

Justine réfléchit. Peut-être était-elle plus ignorante de la situation que ne le supposait Mrs. Ansell, car, depuis sa conversation avec Bessy, cette dernière n'avait plus fait allusion à l'absence d'Amherst et Justine pouvait simplement supposer qu'il avait mené à bien le projet de prendre la direction de la filature dont il avait parlé. Ce qu'elle désirait le plus savoir, c'était s'il avait écouté sa prière et n'avait pris que provisoirement cette situation, sans se lier par l'acceptation d'un salaire, ou s'il s'était libéré de sa dépendance financière en s'engageant définitivement comme directeur.

« Je sais vraiment bien peu de chose de la situation présente, dit Justine en regardant Mrs. Ansell dans les yeux. Bessy m'a seulement dit que Mr. Amherst avait repris son ancienne situation dans une filature de coton du Sud. »

Comme leurs regards se croisaient, il lui sembla que son interlocutrice ne croyait pas ce qu'elle disait, et elle rentra immédiatement dans sa coquille. Pourtant, rien dans le ton de Mrs. Ansell ne vint confirmer le doute qu'avait trahi son regard.

« Ah ! j'espérais que vous en saviez davantage, fit-elle avec simplicité, car, comme vous, j'ai uniquement appris par Bessy que son mari était subitement parti aider un ami à réorganiser une filature en Géorgie. Bien entendu, étant donné les circonstances, une séparation de ce genre est assez naturelle — sans doute s'imposait-elle —, mais il ne doit pas rester trop longtemps absent. »

Justine ne dit mot. Le bref instant où Mrs. Ansell s'était trahie avait jugulé tout espoir d'une franche communication entre elles, et la dame clairvoyante avait vu trop tard son erreur pour y remédier.

Cependant le cœur de la jeune fille avait bondi d'allégresse. Il était clair, d'après ce que venait de dire Mrs. Ansell, qu'Amherst ne s'était pas lié définitivement, puisqu'il ne l'aurait pas fait sans en avertir sa femme. Frissonnante d'une joie secrète, Justine se remémora la promesse qu'il lui avait faite en parlant : « Je n'oublierai rien de tout ce que vous m'avez dit. »

Il avait été fidèle à sa promesse. Malgré le dernier assaut de Bessy contre son orgueil, il avait fait preuve de patience et différé le jour de la rupture définitive. Le sentiment qu'elle avait joué un rôle dans cette décision remplit Justine d'un élan d'espoir. Elle oublia les soupçons de Mrs. Ansell — Mrs. Ansell et ses semblables pouvaient penser ce qu'ils voulaient, tout ce qui comptait désormais était ce qu'elle-même allait entreprendre avec courage et circonspection pour tenter un ultime sauvetage de ses amis.

« Je ne suis pas sûre, poursuivit Mrs. Ansell, scrutant avec douceur sa compagne, de le désapprouver d'être parti ; mais, s'il reste trop longtemps, Bessy peut écouter de mauvais conseils, des conseils désastreux pour son bonheur. » Elle se tut et tourna pensivement les yeux vers le feu. « Pour autant que je sache, reprit-elle avec le même air de sincérité et de gravité, vous êtes la seule personne qui puisse lui dire cela.

— Moi ? » s'écria Justine, ses joues pâles devenues toutes roses.

Le regard de Mrs. Ansell continuait de l'éviter.

« Chère Miss Brent, Bessy m'a touché deux mots des sages conseils que vous lui avez donnés. Mr. Amherst est aussi votre ami. Je viens de vous le dire : vous êtes la seule personne qui puisse servir d'intermédiaire entre eux, vous n'allez pas refuser ce rôle ? »

Justine se contrôla :

« Mon seul rôle, comme vous dites, a été d'exhorter Bessy à..., à essayer d'admettre les idées de son mari...

— Et avez-vous donné le même conseil à Mr. Amherst ? »

Les deux femmes échangèrent un regard.

« Oui, admit Justine au bout d'un moment.

— Alors pourquoi refuser votre aide maintenant ? L'instant est crucial. »

Les pensées de Justine s'étaient envolées trop loin maintenant pour qu'elle s'offusquât de la douce obstination de Mrs. Ansell. Toutes ses facultés étaient absorbées dans la question de savoir comment utiliser efficacement l'influence qu'elle semblait posséder.

« Je vous parle comme une amie de longue date à une autre vieille amie : écrirez-vous à Mr. Amherst de revenir ? » la pressa Mrs. Ansell.

Justine avait dépassé le stade où elle eût remarqué l'étrangeté de cette requête, et ce qu'elle impliquait sur le genre de pouvoir qui lui était attribué. A travers les battements confus de son cœur, elle essayait seulement de trouver assez de lucidité pour être d'un bon conseil.

« Non, répondit-elle lentement. Je ne peux pas.

— Vous ne pouvez pas ? Même si le bonheur de votre amie en dépend ? » Mrs. Ansell réfléchit un moment avant d'ajouter : « A moins que vous ne pensiez que Bessy serait plus heureuse divorcée ?

— Divorcée ? Oh ! non ! frémit Justine.

— C'est pourtant ce qui va se passer.

— Non, non ! Avec le temps...

— Le temps est ce qui me fait le plus peur, quand c'est Blanche Carbury qui en dispose. »

Justine poussa un profond soupir.

« Vous écrirez ? murmura Mrs. Ansell en effleurant légèrement sa main.

— Je n'ai pas l'influence que vous me supposez.

— Quel mal y aurait-il à essayer ?

— Je pourrais... » Justine bredouilla, perdant le sens exact des mots qu'elle utilisait.

« Ah ! repartit l'autre avec vivacité, vous voyez bien que vous avez de l'influence ! Pourquoi ne voulez-vous pas l'utiliser ? »

Justine hésita, puis finit par prendre une résolution :

« Si j'ai quelque influence, je ne suis pas sûre que ce serait bien de l'utiliser comme vous le suggérez.

— Pour presser le retour de Mr. Amherst ?

— Non, pas maintenant. »

Elle saisit la même lueur fugitive d'incrédulité sous les paupières de Mrs. Ansell, la saisit mais n'en tint pas compte.

« C'est maintenant ou jamais, insista Mrs. Ansell.

— Je n'arrive pas à le croire, s'entêta Justine.

— Malgré tout, vous essaierez ?

— Non, non ! Cela pourrait être fatal.

— Pour qui ?

— Pour tous les deux. » Elle réfléchit. « S'il revenait maintenant, je sais qu'il ne resterait pas. »

Mrs. Ansell réagit immédiatement :

« Vous *savez* ? Vous parlez donc en pleine connaissance de cause ?

— Non, quelle connaissance ? Je parle comme je sens », balbutia Justine.

La vieille dame se leva :

« Ah ! alors vous endossez une lourde responsabilité ! » Elle se rapprocha de Justine et posa encore une fois sa main sur la sienne. « Vous n'allez pas lui écrire ?

— Non, non ! » s'écria vivement la jeune fille.

Des voix leur parvinrent du hall, annonçant le retour de Bessy et de ses amis. Mrs. Ansell fit un signe d'avertissement et se tourna d'un air pensif vers la cheminée.

Bessy revint, intarissable sur les merveilles qu'elle avait vues. Un solarium vitré, des sols de mosaïque, une fontaine de marbre pour alimenter la piscine de marbre et dehors une sorte de jardin d'eau, descendant par terrasses successives pour recueillir et utiliser — on pouvait voir comme c'était pratique ! — le trop-plein de la piscine. Si l'on faisait les choses, autant les faire décemment. Elle avait renoncé à sa nouvelle voiture, avait loué sa maison de ville, s'était privée et avait lésiné sur tout : si une femme avait droit à un petit plaisir en compensation, c'était bien elle !

Les journées étaient pleines à craquer : un architecte, des entrepreneurs, des ingénieurs, un jardinier paysagiste et une douzaine d'ouvriers secondaires allaient et venaient, déroulaient des plans, humectaient des crayons, dressaient des projets sommaires puis les mettaient en forme, argumentaient, persuadaient, bref, terrorisaient Bessy à l'idée que Blanche Carbury pût la croire sujette à quelque souci d'économie. Enfin quoi ! Une jeune femme comme elle, financièrement indépendante et toujours en train de trembler, d'épargner, de rendre intérieurement des comptes à la critique muette d'un juge invisible, du mari qui avait été le premier à s'émanciper de toute sujétion mutuelle ? Blanche, cette femme accomplie, n'avait même pas à formuler sa réprobation : il lui suffisait d'un haussement de ses sourcils peints, d'un sourire interrogatif et moqueur, d'un silence judicieusement placé ou d'un coup d'œil résigné à l'architecte. Ainsi les devis pleuvaient : Bessy les étudiait, les discutait et finissait par céder et signer. Vint l'heure de payer des avances, et Mr. Tredegar, à qui la gestion des affaires de Bessy avait été transférée, reçut un appel impérieux.

A la surprise de sa cliente, il répondit à cet appel en personne. Il n'était pas venu à Lynbrook depuis quelque temps, redoutant le froid et l'humidité de la campagne en hiver. Son arrivée inopinée ne présageait donc rien de bon.

Il vint seulement pour une soirée, au milieu de la semaine. Même Blanche Carbury était absente, et Bessy et Justine étaient seules à la maison. Mrs. Ansell s'était embarquée la semaine précédente avec sa cousine infirme. Elle n'avait plus eu d'échange avec Justine mais cette dernière se rendait compte que leur conversation, loin de les rapprocher, avait accru la distance entre elles. Justine aussi avait l'intention de partir bientôt. Son espoir de retrouver la confiance de Bessy avait été déçu et, se voyant définitivement supplantée, elle avait retrouvé toute son impatience d'être ainsi désœuvrée. Elle avait déjà écrit à un ou deux médecins de New York et à l'infirmière en chef de Sainte-Elisabeth. Elle s'était fait un nom en chirurgie, et une convocation ne tarderait sûrement pas à arriver.

Sur ces entrefaites, Mr. Tredegar arriva et ils dînèrent tous trois ensemble, les deux dames buvant humblement ses paroles, qui n'étaient jamais plus sibyllines et savantes que lorsqu'il s'adressait au seul sexe faible. L'absence d'Amherst surtout semblait stimuler le mince filet d'éloquence de Mr. Tredegar. Ce dernier n'était pas tout à fait à l'aise en présence d'un esprit indépendant, et Justine avait souvent pensé que, même s'ils n'avaient rien su l'un de l'autre, il y aurait eu entre eux une hostilité instinctive et irréductible. En se croisant dans la rue, ils se seraient déplu !

Pourtant, même délivré de la présence d'Amherst, Mr. Tredegar présentait un front lugubre, et Justine, en s'éclipsant aussitôt après le dîner, sentit qu'elle laissait Bessy à quelque chose de beaucoup plus sérieux que l'habituelle conférence d'affaires.

C'était effectivement sérieux, comme Justine n'allait pas tarder à l'apprendre. A l'aube, son amie en larmes fit irruption dans sa chambre. Bessy était ruinée — ruinée : c'était ce que Mr. Tredegar était venu lui dire ! Elle aurait dû comprendre qu'il n'eût pas fait le voyage à Lynbrook pour une bagatelle. Elle s'était attendue à ce qu'il la restreigne, l'avertisse de devoir « compter », mot affreux, mais cela... C'était incroyable ! Intolérable ! Il n'y avait pas d'argent pour construire le gymnase, pas un sou ! Et tout cela parce qu'il avait été englouti dans Westmore, parce que les réformes ridicules qui y avaient été accomplies, les changements dont personne ne voulait, que personne n'approuvait, auxquels Truscomb et tous les autres experts s'étaient opposés et dont ils avaient ri dès le début, ces modernisations, même amendées et suspendues, avaient déjà entraîné de telles dépenses sur ses revenus qu'il faudrait des années — oui, il a dit *des années* — avant qu'elle retrouve la libre disposition de sa fortune, de la fortune de Cicely, de l'argent dont ce pauvre Dick avait voulu que sa femme et sa fille profitent !

Justine écoutait avec angoisse ce déversement confus de griefs. L'incompétence innée de Bessy en matière de chiffres rendait certes possible que ces faits se fussent abattus sur elle comme une surprise, qu'elle eût totalement oublié la réduction temporaire de ses disponibilités et qu'elle se fût mise à s'imaginer que ce qu'elle avait épargné dans une direction était à elle, pour le dépenser dans une autre direction. Tout cela se concevait. Mais pourquoi Mr. Tredegar avait-il brossé un tableau si noir de l'avenir ? Ou était-ce seulement que, contrecarrée dans son désir immédiat, Bessy noircissait dans sa déception jusqu'à l'extrémité la plus éloignée de son horizon ? Justine, tout en connaissant bien son absence de tout sens des proportions, soupçonna pourtant qu'une main complice avait contribué à l'annulation du projet.

Cependant, était-il concevable que Mr. Tredegar fût de ceux qui désiraient un divorce ? Les influences auxquelles Mrs. Ansell avait fait allusion ne procédaient-elles donc pas seulement de Blanche Carbury et de sa bande ? Assaillie de pressentiments, Justine ne pouvait que refréner et apaiser, il était vain d'essayer de raisonner. Pour la première fois, elle mesurait le terrain qu'elle avait perdu avec Bessy.

« Quelle humiliation devant mes amis ! Oh ! on m'avait avertie — mon père, tout le monde, dans l'intérêt de Cicely on m'avait mise en garde —, mais je n'ai rien voulu écouter et *maintenant*... Depuis le début, c'est tout ce dont il s'est jamais soucié : en Europe même, il me traînait toujours dans les usines. *Moi ?* je n'étais que la propriétaire de Westmore ! Il voulait le pouvoir, le pouvoir, un point c'est tout : quand il l'a perdu, il m'a laissée. Oh ! je suis contente maintenant que mon bébé soit mort ! Contente qu'il n'y ait rien entre nous, rien, rien au monde pour nous forcer à rester plus longtemps ensemble ! »

La disproportion entre ce violent chagrin et sa cause dérisoire aurait semblé à Justine simplement grotesque si elle n'avait compris que l'incident du gymnase, qui venait s'ajouter à une série d'épisodes similaires, faisait à Bessy l'effet d'un bras vengeur tendu pour la frapper et lui rappelait sarcastiquement qu'elle était encore prisonnière des conséquences de son mariage malheureux.

Une telle sottise ne valait pas les larmes pour la déplorer ; la compassion de Justine se changea en un mépris glacé jusqu'à ce qu'elle se fût souvenue que les sources de notre douleur sont souvent plus nobles que leurs moyens d'expression, et qu'un amour inapaisé mais déçu était sans doute à la base de cette rancœur.

En tout cas, le moment était critique, et Justine eut un pincement de cœur en pensant que Mrs. Ansell avait prédit cette éventualité et l'avait implorée de prendre des mesures pour l'éviter. Elle avait refusé, guidée par la crainte sincère de précipiter une séparation définitive, mais avait-elle eu raison d'examiner la situation selon la logique ? Avec une créature aussi fragile et émotive, les influences contraires pouvaient avoir des conséquences incalculables : qui sait si, dans cette conjoncture, la venue d'Amherst ne provoquerait pas un retour à de meilleurs sentiments ?

Justine s'assit près du feu pour réfléchir à tout cela, après avoir laissé Bessy épuisée sur un oreiller trempé de larmes. Elle sentait qu'elle avait peut-être survolé la situation de trop haut, et que la question de savoir si ce couple tourmenté pourrait jamais trouver le bonheur regardait peut-être ceux qui voulaient son bien. La plupart des mariages n'étaient que patchworks de goûts discordants, d'ambitions mal assorties et si, çà et là, pendant un certain temps, deux couleurs allaient bien ensemble, deux textures étaient identiques, c'était tant mieux pour l'ensemble du motif ! Certes, Justine n'arrivait pas à concevoir que leur réunion pût jamais apporter le bonheur ni à l'un ni à l'autre ; mais elle voyait dans leur séparation une complète catastrophe pour Bessy.

Le feu s'éteignait. Elle se leva soudain et se dirigea vers son bureau. Elle écrirait à Amherst pour lui dire de venir. Une fois sa décision prise, l'espoir rentra à flots dans son cœur : la joie de l'action l'entraînait toujours aveuglément dans une confiance immédiate en ses résultats !

« Cher Mr. Amherst, écrivit-elle, la dernière fois que je vous ai vu, vous m'avez dit que vous n'oublieriez pas ce que je vous demandais. Alors, je viens vous prier de vous rappeler que je vous ai pressé de ne pas rester trop longtemps absent. Tout en sachant que Bessy ne vous le demandera pas, je crois que vous devriez rentrer maintenant. Je vous écris à son insu, mais avec la conviction qu'elle a besoin de vous, peut-être sans le savoir elle-même... »

Elle s'arrêta et posa sa plume. Pourquoi était-elle si heureuse de lui écrire ? Etait-ce simplement la sensation de son utilité retrouvée ou quelque chose de plus chaud, de plus personnel qui causait cette joie de tracer son nom, de lui rappeler leur dernière conversation intime ? Eh bien, peut-être était-ce cela aussi, après tout. Il y avait des moments fatidiques où elle se sentait si seule que tout contact de sympathie rayonnait jusque dans ses veines, qu'elle était reconnaissante de se réchauffer à n'importe quel feu.

7

Cinq jours après, Bessy, en jetant un coup d'œil languissant sur son courrier de midi, laissa échapper une légère exclamation et retira le bout de son doigt du rabat de l'enveloppe qu'elle avait commencé d'ouvrir.

C'était une journée sombre. Il tombait de la neige fondue, le vent d'est faisait ployer les arbres derrière les vitres ruisselantes, et les deux jeunes femmes s'étaient retirées dans la bibliothèque après le déjeuner. Justine expédiait le menu courrier de Bessy et celle-ci se reposait sur un fauteuil, dans l'état d'apathie rêveuse où elle sombrait toujours lorsqu'elle n'était pas stimulée par le divertissement ou l'exercice.

Elle s'était soudain redressée en voyant la lettre.

« Je te demande pardon ! Je croyais que c'était pour moi », fit-elle en la tendant à Justine.

Cette dernière rougit en regardant la suscription. Elle n'avait pas imaginé qu'Amherst pût répondre à son appel. Elle se l'était représenté sautant dans le premier train à destination du Nord, peut-être ne prenant même pas le temps d'annoncer son retour à sa femme. Recevoir sa lettre sous les yeux de Bessy était indéniablement embarrassant, puisque Justine avait jugé nécessaire de garder son intervention secrète.

Mais la lettre était bel et bien là, sous le regard inquisiteur de Bessy qui continuait à l'observer et où se lisait un sous-entendu malveillant.

« Comme je suis stupide ! Comment ai-je pu m'imaginer que mon mari m'avait écrit ? » poursuivit Bessy, se renversant en arrière en considérant négligemment ses autres lettres, mais en conservant toujours Justine dans son angle de vision.

Cette dernière hésita, puis finit par briser le cachet. Elle lut :

« Millfield, Géorgie.

« Chère Miss Brent,

« Votre lettre m'est parvenue hier et j'y ai mûrement réfléchi. Je suis sensible au sentiment qui l'a dictée mais je ne pense pas qu'aucun ami, si attentif et clairvoyant soit-il, puisse donner un avis décisif dans ce domaine. Vous me dites que ma femme ne me demandera pas de revenir, eh bien, dans les conditions présentes, cela me semble une raison suffisante pour rester éloigné.

« Toutefois, je vous assure que je me rappelle tout ce que vous m'avez dit ce jour-là. Je n'ai conclu aucun arrangement susceptible de me lier ici — rien qui engage mon avenir — et je n'ai fait cela que parce que vous me l'avez demandé. Cela vous dira mieux que des mots combien j'attache d'importance à votre conseil et combien sont puissantes les raisons qui m'empêchent de le suivre maintenant.

« Je suppose que les explorations sont terminées en cette saison. J'aimerais bien montrer à Cicely certains oiseaux d'ici.

« Respectueusement à vous,

« John Amherst.

« Je vous en prie, ne laissez pas ma femme monter Impulse. »

Justine était tout à la fois pénétrée de la signification subtile de cette lettre et sourdement consciente de ce qui était en train de se passer dans la tête de Bessy. Elle pouvait sentir ses déductions et ses conjectures percer la page comme quelque organe visuel hypersensible pour lequel la matière ne serait pas un obstacle. Ou plus exactement, déçues dans leur tentative, elles élucubraient, à partir de l'invisible, Dieu sait quelle fantasmagorique intrigue — gribouillant sur la page innocente les preuves flagrantes de la perfidie et de la complicité.

Une chose lui parut instantanément claire : elle devait montrer la lettre à Bessy. Elle la parcourut de nouveau, essayant d'évaluer quelles pourraient en être les conséquences. Il y avait cette allusion à leur conversation en ville — eh bien, elle en avait parlé à Bessy ! Mais la référence imprudente à leurs escapades dans les bois, qu'en ferait Bessy dans l'état où elle se trouvait ? Par-dessus tout, Justine était submergée de détresse à l'idée de voir son plan anéanti. Peut-être aurait-elle pu encore induire Amherst à rentrer, sans cet incident ; mais désormais cet espoir s'évanouissait.

Elle leva les yeux et rencontra ceux de Bessy.

« Veux-tu la lire ? » fit-elle en lui tendant la lettre.

Bessy la prit, les sourcils interrogateurs, avec un murmure de protestation, mais, tandis qu'elle la lisait, Justine vit le sang monter sous sa peau claire, envahir ses tempes, sa nuque, même ses petites oreilles semblables à des fleurs ; puis il se retira aussi soudainement, refluant des lèvres même, si bien que le sourire avec lequel elle leva son regard de sa lecture était aussi blanc que si elle avait été sous le choc d'une douleur physique.

« Ainsi, tu as écrit à mon mari de revenir ?

— Comme tu vois. »

Bessy la regarda droit dans les yeux :

« Je t'en suis très obligée, très obligée ! »

Justine soutint fermement ce regard.

« Ce qui signifie que tu m'en veux de mon ingérence.

— Oh ! je te laisse le soin de l'appeler ainsi ! ironisa Bessy, jetant la lettre sur la table à côté d'elle.

— Bessy ! Ne le prends pas ainsi ! Si j'ai fait une erreur, je l'ai faite dans l'espoir de t'aider. Comment puis-je rester là, après tous ces mois passés ensemble, à te regarder délibérément détruire ta vie, sans essayer de t'arrêter ? »

Le sourire s'évanouit sur les lèvres de Bessy.

« C'est très gentil de ta part ; je sais que tu n'es pas heureuse tant que tu n'as personne à aider mais, dans ce cas précis, je ne peux que répéter ce que dit mon mari. Il est rare que lui et moi voyions les choses sous le même jour, mais je suis tout à fait d'accord avec lui sur ce point : il vaut mieux laisser les personnes concernées se débrouiller avec leurs problèmes. »

Justine hésitait.

« Je pourrais répondre que, si tu le prends ainsi, c'était de l'inconséquence de ta part de me parler aussi ouvertement. Tu m'as assurément fait sentir que tu avais besoin d'aide : tu t'es tournée vers moi pour cette raison. Mais peut-être que cela ne justifie pas que j'aie écrit à ton mari sans que tu le saches. »

Bessy éclata de rire.

« Ma chère, tu savais que, si tu me le demandais, la lettre ne serait jamais partie.

— Sans doute le savais-je, admit Justine avec simplicité. J'ai essayé de t'aider contre ta volonté.

— Eh bien, tu vois le résultat. » Bessy envoya avec amertume une chiquenaude sur la lettre. « Comprends-tu maintenant qui est responsable si je suis seule ? »

Justine planta ses yeux dans les siens :

« Il n'y a rien dans cette lettre qui me fasse changer d'opinion. Je pense toujours que c'est à toi de le ramener. »

Bessy leva vers elle un visage dur, scintillant de dérision :

« Quelle modestie, ma chère ! Comme si j'avais une chance de réussir là où tu as échoué ! » Elle se leva d'un bond, chassant les boucles de ses tempes d'un geste exaspéré. « Ne fais pas attention si je suis d'une humeur massacrante, mais j'ai eu ma dose de sermons avec Maria Ansell. Je ne sais pas pourquoi mes amis me traitent toujours comme une marionnette, comme si je n'avais pas mes préférences personnelles, et me poussent vers un homme qui a fait de son mieux pour me prouver qu'il ne me veut pas. En fait, lui et moi sommes heureusement d'accord sur ce point également, et j'ai bien peur que tous les avis du monde ne parviennent pas à nous faire changer d'opinion ! »

Justine tint bon.

« Si je croyais cela de vous deux, je n'aurais pas écrit, je ne serais pas en train de plaider avec toi... Et ton mari ne croit pas cela non plus », ajouta-t-elle après une pause, consciente du risque qu'elle prenait, mais pensant que ces mots auraient peut-être le même effet qu'une gifle appliquée à une personne prostrée sous l'action d'un narcotique mortel.

Le sourire de Bessy se crispa en un ricanement :

« Je vois que vous avez parlé de moi en détail — et que j'aurais sans doute dû me garder de risquer une opinion sur sa façon de voir.

— Nous n'avons pas parlé de toi ! s'écria Justine. Ton mari n'aurait jamais parlé de toi de la manière que tu imagines. » Et, devant le rire saccadé de Bessy, elle prit sur elle d'ajouter : « Ce n'est pas de cette façon que je sais ce qu'il ressent.

— Ah ? Je serais curieuse d'apprendre comment, alors. »

Justine se tourna vers la lettre qui était encore entre elles :

« Relis la dernière phrase, veux-tu ? Le post-scriptum. »

Bessy considéra Justine avec étonnement et prit la lettre avec le murmure résigné d'une personne qui agit sous la contrainte plutôt que d'entamer une controverse pour une bagatelle.

« Le post-scriptum ? Voyons : " Ne laissez pas ma femme monter Impulse. " *Et puis*[1] ? murmura-t-elle, laissant retomber la page.

— Eh bien, cela ne te dit rien ? C'est une lettre froide, d'abord je l'ai cru, la lettre d'un homme qui s'estime profondément blessé, si profondément qu'il ne fera aucune avance, aucun signe de revenir sur sa décision. C'est ce que j'ai pensé en la lisant la première fois, mais le post-scriptum annule tout. »

Justine, tout en parlant, s'était rapprochée de Bessy. Elle posa une main sur son bras, penchant sur elle un visage rayonnant de charité et de tendre compassion. Elle possédait le don rare d'oublier dans de tels moments ses rapports personnels avec l'être au sort duquel elle s'intéressait, de se défaire de toute conscience

1. En français dans le texte. *N.d.T.*

critique et de toute méfiance à l'égard du cœur qu'elle cherchait à atteindre, comme les gens compatissants oublient leur crainte physique au moment de secourir un animal blessé.

Pendant un instant, Bessy parut ébranlée. Ses joues retrouvèrent fugitivement un peu de leurs couleurs, ses longs cils s'abaissèrent — elle avait les paupières les plus délicates ! — et tout son visage parut fondre sous la chaleur rayonnante de Justine. Mais la lettre était encore dans sa main ; ses yeux, en s'abaissant, tombèrent sur elle et elle lut d'une voix blanche la phrase fatale : *Je n'ai fait cela que parce que vous me l'avez demandé.*

« Après un tel tribut à ton influence, je ne m'étonne pas que tu te sentes qualifiée pour régler les problèmes de tout le monde ! Mais écoute bien ce que je te dis, ma chère : ne m'interdis surtout pas de monter Impulse ! »

La pitié se figea sur les lèvres de Justine : elle eut un mouvement de recul, blessée au vif. Pendant un moment, le silence s'établit entre les deux jeunes femmes, tout vibrant de ce jet de flèches outrageantes. Puis la colère de Bessy retomba. Elle émit un de ses demi-rires embarrassés et effleura le bras de son amie en un geste d'excuse.

« Je n'ai pas voulu dire cela, Justine, mais ne parlons pas maintenant, je ne peux pas ! »

Justine ne fit pas un mouvement : la réaction n'était pas aussi rapide chez elle. Mais elle dirigea sur Bessy un regard plein de pardon, de compassion muette. Bessy reçut ce regard en silence avant de gagner la porte et de s'en aller.

« Oh ! la pauvre, la pauvre petite ! » haleta Justine quand la porte se referma.

Elle avait déjà oublié son offense et se retrouvait seule avec la souffrance stérile de Bessy. Elle resta le regard dans le vague, puis ses yeux tombèrent sur la lettre d'Amherst qui avait voltigé et gisait par terre. Lettre fatale ! Si elle n'était pas arrivée à ce malencontreux moment, peut-être aurait-elle pu encore parvenir à ses fins. Elle la ramassa pour la relire. Oui, elle contenait des phrases qu'un cœur blessé soupçonneux pouvait mal interpréter. Cependant les derniers mots de Bessy l'avaient absoute. Pourquoi n'y avait-elle pas répondu ? Pourquoi était-elle restée muette ? Le coup porté à son orgueil avait été trop violent, trop soudain : pendant une seule misérable minute elle avait pensé d'abord à elle-même ! Ah ! ce moi importun, irrépressible, ce moi haïssable des chrétiens, si seulement on pouvait se l'arracher de la poitrine ! Une occasion s'était présentée et elle l'avait manquée. Bien pis, pendant cet instant, une foule d'influences hostiles, de mouvements furtifs dictés par la vanité, l'égoïsme, l'arrogance mondaine avaient emprisonné le cœur de Bessy dans un cercle glacé.

Justine se leva pour la rattraper, mais elle s'arrêta en pensant à ses derniers mots : « Ne parlons pas maintenant, je ne peux pas ! » Elle n'avait pas le droit de s'immiscer dans cette solitude meurtrie : si elle avait eu une chance, elle l'avait perdue. Elle tomba assise devant son bureau et enfouit son visage dans ses mains.

Lorsqu'elle entendit sonner la pendule, son tempérament actif reprit le dessus. Elle releva la tête, prit sa plume et poursuivit la correspondance qu'elle avait interrompue. Il lui fut difficile de retrouver d'emblée le fil de ses idées et même d'assembler les phrases conventionnelles, bien suffisantes pour ce genre de lettres. A la recherche d'un mot, elle laissa errer son regard sur le paysage cireux et glacé qui s'encadrait dans la fenêtre. La neige fondue avait cessé de tomber et des trous de bleu sans soleil apparaissaient au milieu des nuages poussés par le vent. Un ciel dur et une terre dure, gelée, craquante, sous les arbres rigides comme ces blocs de glace qu'on livre à domicile.

Tandis que Justine regardait dehors, frileuse, elle vit une silhouette féminine qui descendait l'allée à cheval en direction des grilles. La cavalière disparut derrière un massif de thuyas, réapparut beaucoup plus bas, à travers les branches d'un hêtre dénudé ; et, dans l'espace découvert suivant, il n'y eut plus aucun doute : il s'agissait de Bessy. Bessy en selle par une journée de gel, alors qu'un cheval ne pouvait qu'aller au pas sous peine de glisser et de tomber !

Justine s'approcha de la fenêtre et plissa les yeux pour voir si sa première impression ne la trompait pas. Oui, c'était bien Bessy ! Il n'y avait pas à hésiter sur la silhouette légère et souple qui se soulevait et retombait au rythme de la monture. Cependant, Justine savait que Bessy n'avait pas eu l'intention de monter — elle avait décommandé son cheval à cause du mauvais état du terrain. Eh bien, c'était une excellente cavalière et elle avait certainement choisi son cheval le plus sûr. Probablement le cob brun, Tony Lumpkin.

Mais les flancs de Tony auraient-ils brillé autant à travers les branches dépouillées ? Et aurait-il jamais entraîné sa cavalière avec un tel jeu allongé et libre des muscles de l'arrière-main ? Cheval et cavalière déboulèrent de nouveau à sa vue, épousant la courbe de l'allée près des grilles, et, dans un trou de lumière solaire, Justine vit le scintillement des flancs noisette et se souvint que, seule de l'écurie, Impulse était de couleur noisette.

Elle retourna s'asseoir et se remit à son courrier. Bessy avait laissé une énorme pile de factures et de lettres et, quand elle l'eut démantelée, il lui resta encore sa propre correspondance à mettre à jour. Elle avait reçu le matin même une lettre de l'infirmière en chef de Sainte-Elisabeth : on lui proposait un « cas » intéressant, mais elle devait arriver dans les deux jours. Elle avait hésité pendant les quelques heures précédentes car elle répugnait à quitter Lynbrook sans être davantage éclairée sur l'avenir de Bessy. A présent, la lettre d'Amherst s'était chargée de faire la lumière — ou plutôt d'épaissir l'obscurité — et elle n'avait aucune raison de prolonger son séjour là où son inutilité avait été si amplement démontrée.

Elle envoya sa lettre d'abord, ce qui entraîna un autre courrier destiné à réorganiser cette minuscule administration : la vie de Justine Brent. Elle eut un pauvre sourire à l'idée de la facilité avec laquelle on pouvait la déplacer, la transplanter et de la minceur de son bagage matériel et de ses attachements. Elle était aussi amovible, aussi légère qu'une feuille morte sur une brise d'automne. Pourtant, elle était dans la saison de la sève et de la floraison, la saison de la vie et des chants dans les arbres.

Mais elle ne s'appesantit pas davantage sur son sort car une angoisse indéfinissable parcourait ses pensées comme un fil noir. Cette anxiété se manifestait de temps à autre dans les longs regards qu'elle lançait par la fenêtre; dans sa façon de se lever pour consulter la pendule et en comparer l'heure à celle de sa montre ; dans le refrain qu'elle fredonnait nerveusement tout en arpentant la pièce une ou deux fois dans toute sa longueur avant de retourner à son bureau.

Pourquoi Bessy n'était-elle pas encore rentrée ? Le crépuscule commençait à tomber, marquant la fin précoce de ce jour glacial, couleur d'ardoise. Il est vrai qu'elle avait l'habitude de monter tard à cheval. Justine trouvait toujours une réponse rationnelle à ses hypothèses irrationnelles. Pourtant ces flancs noisette la tourmentaient car elle connaissait les difficultés que Bessy avait eues avec la jument. Mais elle n'était pas femme à se laisser aller à de vaines appréhensions : quand le plateau du thé arriva, et avec lui Cicely, radieuse de sa promenade dans le vent et rose corail sous son nuage de cheveux ébouriffés, elle se leva d'un bond et chassa ses obsessions.

Justine eut encore le cœur serré en voyant allumer les lampes et tirer les rideaux pour emprisonner la chaleur et la clarté dans la maison, bien à l'abri du crépuscule hostile où Bessy galopait seule dans le vent. Mais cette sombre pensée s'évanouit dès qu'elle se pencha sur le plateau pour mesurer gravement le lait de Cicely dans une petite cuiller « de grande personne », tout en écoutant les confidences détaillées de l'enfant sur sa journée et en les prolongeant par ses plaisanteries et ses récits imaginaires.

Elle ne regrettait certes pas de s'en aller : la maison était devenue pour elle une prison lugubre que parcouraient des fantômes, mais perdre Cicely serait amer. Elle en mesura la tristesse lorsque l'enfant se pressa contre elle à la lueur du feu, extasiée, ses petits coudes pointus s'enfonçant dans son genou : « Et alors, qu'est-ce qui est arrivé, Justine ? »

La porte s'ouvrit, et quelqu'un entra s'occuper du feu. A travers les dédales de son conte de fées, Justine eut obscurément conscience que c'était Knowles, l'orgueilleux Knowles qui ne ranimait jamais les feux lui-même. Comme il semblait hésiter à s'en aller et traversait la longue pièce à pas lents, elle se leva et le suivit jusqu'à la porte.

« Mrs. Amherst n'est pas rentrée ? s'enquit-elle, ne sachant trop pourquoi elle préférait l'interroger loin de l'enfant.

— Non, Miss, j'ai vérifié moi-même en pensant qu'elle avait pu rentrer par l'entrée latérale.

— Elle est peut-être dans son boudoir.

— Elle n'est pas là-haut. »

Ils restèrent un instant muets, puis Justine demanda :

« Quel cheval a-t-elle pris ?

— Impulse, Miss. » Le *butler* tira de son gousset un chronomètre impressionnant. « Il n'est pas tard, murmura-t-il, plus pour lui-même que pour elle.

— C'est vrai. A-t-elle monté Impulse récemment ?

— Non, Miss. Pas depuis le jour où la jument a failli la désarçonner. J'ai cru comprendre que Mr. Amherst ne le désirait pas. »

Justine revint à Cicely et à son conte de fées. Tout en reprenant le fil des aventures de la princesse, elle se demandait s'il y avait jamais eu quelque espoir d'aider Bessy. La destruction était dans l'âme de la pauvre créature. Même quand elle paraissait s'élever hors d'elle-même, s'émouvoir, ses envies de se dépasser étaient anéanties par sa méfiance et sa résistance, traits de caractère qui forment parfois le noyau dur des natures extérieurement douces. De même qu'elle avait répondu au précédent appel de son mari par sa fuite vers la femme qu'il détestait, de même elle répondait à celui-ci en montant le cheval qu'il redoutait. Les dernières illusions de Justine s'écroulaient. La distance entre ces deux êtres était incommensurable. Amherst avait bien fait de rester au loin et une immense vague de sympathie la ramena à ses côtés.

La gouvernante vint chercher Cicely. Un domestique mit une bûche dans le feu, puis le plateau du thé fut majestueusement desservi, selon le cérémonial qui avait si souvent exaspéré Amherst. Une fois de plus témoin de ce rite, Justine fut frappée par son immuabilité. Elle eut l'impression étrange et terrifiante que, quoi qu'il pût arriver, une machine aussi bien graissée continuerait à fonctionner inexorablement, comme une loi naturelle.

Elle écarta les rideaux et scruta en vain l'obscurité. En se retournant, elle vit sur le bureau ses lettres, que l'irruption de Cicely lui avait — chose inhabituelle — fait oublier. Un regard sur la pendule lui montra qu'il n'était pas trop tard pour le courrier et lui rappela en même temps qu'il n'y avait pas trois heures que Bessy était partie. Elle se rendit compte de l'inanité de ses craintes. Même en hiver, Bessy montait plus de trois heures, et maintenant les jours allaient d'ailleurs en s'allongeant.

Rassurée, Justine prit les lettres pour les mettre dans la boîte rouge, près de la porte d'entrée. En approchant du hall, elle sentit un courant d'air froid : n'était-il pas dû, pour une fois, à un relâchement de l'organisation irréprochable de la maison ? Un domestique n'avait-il pas laissé la porte d'entrée entrebâillée ? Effectivement, la porte du hall était même ouverte à deux battants sur la nuit, et un vent violent s'engouffrait à l'intérieur. Elle entendit les chiens flairer et gémir sur le seuil et traversa le hall en percevant des voix et des piétinements dans l'obscurité — puis elle vit briller une lanterne et Knowles fit soudain irruption, la lanterne éclairant son visage blafard.

Justine alluma la lumière extérieure. Le seuil, brusquement illuminé, révéla un groupe compact de gens qui avançaient péniblement tout en haletant, silhouettes sombres et tordues surgies de l'obscurité, faces étranges, grimaçantes dans l'éclairage électrique.

« Bessy ! » s'écria-t-elle, et elle s'élança dehors. Mais Wyant fut soudain devant elle. Il la retint par le bras et, comme le groupe cauchemardesque faisait son entrée dans le hall, lui lança un regard qui la glaça : « La colonne vertébrale », chuchota-t-il.

8

Pendant un moment, Justine resta dans un trou noir. Puis, comme des ouvriers frappés de terreur se remettent au travail, toutes ses facultés lui revinrent, recevant et transmettant des signaux, prenant des notes, devançant les ordres, livrant son cerveau bourdonnant à une activité contrôlée.

Si elle connaissait bien cette métamorphose miraculeuse de l'épouvante et de la pitié en lucidité de pensée et d'action, jamais elle ne l'avait tirée de telles profondeurs. Elle se fécilitait de sa compétence à présent, de cet esprit bien formé qui était capable de soumettre ses sens pour les utiliser à son service.

Wyant la seconda bien, après un pénible moment de panique qu'elle excusa, consciente de sa cause et admirative de la manière dont il se domina et reprit son sang-froid. Pendant plusieurs heures, ils travaillèrent côte à côte, s'oubliant pour ne voir que leurs deux volontés identiques tendues vers un même but. Ils n'avaient pas besoin de parler ou de se regarder pour coopérer efficacement. C'était ainsi qu'elle l'avait connu à l'hôpital, dans la chaleur de son zèle de néophyte. C'était celui des docteurs avec lequel elle aimait le mieux travailler : aucun autre ne tempérait comme lui l'ardeur par le jugement.

Le grand chirurgien arriva de la ville à minuit et confirma son diagnostic : la colonne était touchée. D'autres spécialistes furent appelés d'urgence et, à l'aube, le verdict était prononcé : une vertèbre fracturée et peut-être une lésion de la moelle épinière.

Justine trouva un moment pour s'isoler lorsque les chirurgiens revinrent du chevet de la blessée : il y avait maintenant d'autres infirmières, en voile et en blouse, et il était urgent qu'elle observât une pause, qu'elle fît à nouveau le vide dans son cerveau, qu'elle décidât rapidement ce qui devait être fait ensuite. Oh ! si seulement ces heures si longues pouvaient ramener Amherst ! C'était étrange qu'il n'y eût pas encore de télégramme. Non, pas étrange après tout puisqu'il était à peine six heures du matin et qu'elle n'avait pas envoyé le sien avant sept heures du soir, la veille. Dans ce petit village du Sud, le service télégraphique devait être fermé dès dix-huit heures.

Elle était dans le boudoir de Bessy, le front pressé contre la vitre, les yeux scrutant l'obscurité subtile de février où baignait, blanche, l'étoile du matin. Dès qu'elle eut cédé sa place aux autres infirmières, sa tension nerveuse se relâcha, et elle se retrouva penchée sur un abîme d'angoisse, faible et terrifiée. Dans un moment, elle serait bien forcée de se ressaisir : ses pensées s'éclairciraient, sa volonté s'affirmerait, chaque rouage de la machine complexe retrouverait sa fonction. Mais maintenant, elle était plongée dans l'horreur.

Elle savait si bien ce qui se passait dans la chambre voisine ! Le professeur Garford, le grand chirurgien, l'avait connue à Sainte-Elisabeth et s'attendait manifestement à ce qu'elle prît le commandement des infirmières qu'il avait amenées de la ville. Mais elles étaient suffisamment nombreuses sans elle et il y avait d'autres soins qu'elle seule pouvait, pour le moment, assurer : l'envoi de messages à la famille dispersée, les coups de téléphone et les télégrammes incessants, la direction générale de la maison laissée sans gouvernail sur la marée du désastre. Et surtout Cicely, sur laquelle il fallait veiller et qu'il fallait à tout prix préserver d'un choc. La petite gouvernante, en pleine crise de nerfs, avait été isolée dans une chambre à l'écart, et l'enfant, confiée à la garde de la vieille nurse, était encore endormie.

Mais elle ne tarderait pas à s'éveiller maintenant, et c'est avec un visage joyeux que Justine devrait monter la voir. Suivraient d'innombrables tâches, qui étaient déjà là d'ailleurs. Mais, en attendant, elle ne pouvait que suivre en imagination ce qui se passait dans l'autre pièce.

Elle avait souvent songé avec appréhension à une telle éventualité. Elle sympathisait toujours trop avec ses malades : c'était le défaut de sa cuirasse, elle le savait. Sa compassion gisait à fleur de peau, trop près de cette surface professionnelle qu'elle avait réussi à glacer d'un vernis d'insensibilité si vraisemblable que certains patients sentimentaux avaient pu l'appeler « la petite dure ». Mais comment réagirait cette surface si quelqu'un qu'elle aimait était grièvement blessé devant elle et s'il lui fallait accomplir ses devoirs d'infirmière ? Trouverait-elle fermeté, compétence, stoïcisme quand tout son être serait déchiré d'angoisse ?

Elle connaissait maintenant cette horreur. Et elle savait aussi qu'il était encore pire de rester hors de la chambre de la blessée comme elle venait de décider de le faire. Elle suivait avec le tic-tac de la pendule tout ce qui était dit et fait à l'intérieur. Elle voyait la grande chambre luxueuse, avec ses tentures pastel, ses coussins parfumés, avec la foule des petits accessoires jonchant la table de toilette drapée de dentelle et le délicat mobilier ancien ; elle voyait comment elle était dépouillée, débarrassée pour l'action comme un pont de bateau, sinistrement équipée de rangées d'instruments, de rouleaux de coton hydrophile, de taffetas gommé, de flacons, de bandes, de tout l'attirail nécessaire aux terribles rites de la souffrance. Elle pouvait évoquer avec une netteté torturante le pauvre visage blême sur les coussins hydrauliques, les yeux vagues, sans expression peut-être, comme elle venait juste de les voir, ou, pire encore, déjà enfiévrés par les premières douleurs de la reprise de conscience. Ces images se gravaient lentement dans son esprit et venaient s'ajouter à ce qu'elle savait du désastre moral sous-jacent, dont l'accident semblait le monstrueux symbole visible. Ah ! c'était pire que tout ce qu'elle avait jamais imaginé !

Elle savait que le verdict final n'interviendrait que lorsque l'opération qui allait avoir lieu révélerait l'étendue de la lésion à la colonne. Bessy devait être tombée sur la nuque et les épaules, et la vertèbre fracturée avait vraisemblablement causé un écrasement, sinon une lésion, de la moelle épinière. Dans ce cas, la paralysie était certaine, et une mort lente en était le dénouement à peu près inéluctable. Justine connaissait bien entendu des cas de « guérison » — ainsi disait-on — où la mort réelle était tenue en échec et un semblant de vie conservé pendant des années dans un pauvre corps pétrifié. Mais son esprit se refusait à envisager un tel sort pour Bessy. Il se pouvait encore que la lésion de la colonne ne fût pas trop grave : pourtant la fracture de la quatrième vertèbre était de sinistre augure. La porte s'ouvrit et Wyant sortit de la chambre, en quête d'une trousse de chirurgie. Justine se retourna et leurs regards se croisèrent.

« C'est pour maintenant ?

— Oui. Le professeur Garford demande s'il n'y a personne que vous puissiez prévenir.

— Personne, à part Mr. Tredegar et les Gaines. Ils seront là ce soir, je suppose. »

Ils échangèrent un regard découragé, sachant combien la présence d'Halford Gaines offrait peu d'intérêt.

« Il voudrait savoir s'il n'y a pas de télégramme d'Amherst.

— Non.

— Bon, ils vont commencer. »

Une bonne d'enfants apparut à la porte :

« Miss Cicely », fit-elle, et Justine bondit dans l'escalier.

Le travail de la journée avait commencé. De Cicely à la gouvernante, de la gouvernante à l'intendante, du téléphone au courrier, Justine s'affairait, efficace, silencieuse, maîtresse d'elle-même, calmant, conseillant, dominant son entourage bouleversé, pris de panique. Il lui semblait que la moitié de la journée avait passé quand ce fut enfin l'heure d'ouverture du service télégraphique de Lynbrook. Elle téléphona aussitôt pour savoir s'il n'y avait pas de télégramme. Il y en avait un, d'Halford Gaines : « Arriverai à vingt heures. » Amherst n'avait pas encore donné signe de vie. Fallait-il compter avec un décalage horaire ? Elle essaya de se rappeler, de calculer, mais trop de pensées occupaient son esprit. Abattue, elle abandonna le téléphone.

Dès qu'elle avait une minute pour réfléchir, elle était submergée par le poids de sa solitude. Mr. Langhope était en Egypte, et on ne pouvait le joindre que par l'entremise d'un banquier londonien ; Mrs. Ansell n'était jamais à la même adresse en Europe. Ses câbles mettraient donc des jours à les atteindre tous deux. Et, parmi les habitués de Lynbrook, elle ne savait vers qui se tourner. Lâcher la meute Telfer-Carbury sur cette demeure éprouvée, il n'en était pas question, et elle remercia le ciel de ce que février eût chassé vers les plages méridionales leur vol migratoire. Mais si seulement Amherst arrivait !

Cicely et sa gouvernante, enfin calmée, étaient parties en promenade avec les chiens, et Justine était en train de remonter quand elle croisa un domestique porteur d'un télégramme. Elle l'ouvrit précipitamment avec un grand frisson de soulagement. C'était son propre message à Amherst — *Adresse inconnue.*

Se serait-elle trompée d'adresse, dans le premier moment d'affolement ? Mais non. Il y avait le nom de la ville devant elle, Millfield, Géorgie, le même que dans la lettre d'Amherst. Elle ne s'était pas trompée, mais il était parti ! Parti, et sans laisser d'adresse ! Pendant un instant, son esprit fatigué refusa de fonctionner. Puis elle se reprit, redescendit l'escalier en courant et appela le service télégraphique. La seule chose à faire, bien entendu, était de télégraphier au propriétaire de la filature — dont elle ignorait jusqu'au nom ! — pour lui demander où était Amherst et le prier de transmettre le message. Des heures précieuses allaient être perdues entre-temps mais, après tout, ils n'attendaient personne là-haut.

Le verdict avait été prononcé : dislocation et fracture de la quatrième vertèbre, ayant entraîné une lésion de la moelle épinière. Le professeur Garford et Wyant sortirent seuls de la chambre pour le lui dire. Le chirurgien s'étendit sur les détails techniques et lui donna ses directives. Elle l'écouta attentivement et ne posa pas de questions sur l'avenir, qu'elle savait impossible à prévoir. Dans l'immédiat, en tout cas, rien ne laissait prévoir une issue fatale : la patiente avait bien repris le dessus et les conditions générales n'étaient pas défavorables.

« Vous avez eu des nouvelles de Mr. Amherst ? demanda pour terminer le professeur Garford.

— Pas encore..., il doit être en voyage », répondit Justine en hésitant, car elle ne voulait pas dire que son télégramme lui avait été retourné. Pendant qu'elle parlait, on apporta un télégramme téléphoné du village.

« Amherst parti Amérique Sud étudier possibilités plantation coton. Ai câblé notre correspondant Buenos Aires. »

Il n'était plus possible de dissimuler. Justine tendit le télégramme au chirurgien.

« Ah ! et il n'y aurait pas une chance de trouver son adresse dans les papiers de Mrs. Amherst ?

— Je ne crois pas, non.

— Bon, nous devons la garder vivante, Wyant.

— Oui, sir. »

Le soir tombait. Justine attendait Cicely dans la bibliothèque. Une accalmie était survenue dans la maison. Un ordre différent était sorti du chaos de la matinée. A pas silencieux, à voix basses, la vie continuait. Justine, prise dans un moment d'inaction qu'elle avait retardé depuis le matin, revivait pour la centième fois ses quelques minutes au chevet de Bessy.

Appelée dans le courant de l'après-midi, elle avait pénétré dans la chambre obscure et s'était penchée sur le lit tandis que les infirmières se retiraient sans bruit. Elle avait vu le visage blême qui s'était gravé en elle, le corps inerte, la tête bougeant constamment, comme pour libérer l'agitation des membres emprisonnés. Bessy avait tourné les yeux vers elle d'une manière bouleversante :

« Je vais mourir, Justine ?

— Non.

— La douleur est... si atroce...

— Cela va passer, tu vas dormir.

— Cicely...

— Elle est partie en promenade. Tu la verras tout à l'heure. »

Le regard à nouveau vide avait abandonné Justine. Celle-ci s'était esquivée et les infirmières étaient revenues.

Bessy avait parlé de Cicely, mais n'avait pas dit un mot de son mari ! Peut-être son pauvre esprit hébété le cherchait-il à tâtons, ou peut-être reculait-il devant son nom. Justine était soulagée de ce silence : pour le moment, son cœur était rempli d'amertume à l'égard d'Amherst. Pourquoi, si vite après avoir répondu à son appel, avait-il trahi l'esprit de leur accord ? Par ce départ non annoncé, inexpliqué, il s'était délié de sa promesse de ne pas rompre définitivement avec Lynbrook. Et pourquoi était-il parti en Amérique du Sud ? Elle plissa son front douloureux, essayant de se rappeler. Cela lui disait vaguement quelque chose. Oui, Amherst avait parlé une fois de l'aire mondiale de production cotonnière et avait fait allusion aux capacités potentielles de l'Amérique du Sud dans ce domaine. Mais quel motif avait pu le pousser à cette exploration ? Le simple désir de bouger, peut-être ? Le poids insupportable de sa vie inutile ? Les questions tournoyaient dans sa tête, épuisantes, vaines, mais incessantes.

Elle fut soulagée de voir arriver Cicely, de mesurer un peu de thé dans beaucoup d'eau chaude, de faire faire le beau au fox-terrier pour du pain d'épice, de reprendre le conte de fées interrompu, tout en étant bouleversée à l'idée qu'à peine vingt-quatre heures plus tôt l'enfant et elle étaient assises à la même place, tendant l'oreille vers le trot du cheval de Bessy.

Le jour s'achevait. Le repas fut servi, les rideaux furent tirés, les lampes allumées, les feux ranimés. Tous ces témoignages de la fuite du temps se déroulèrent sous ses yeux, tandis que sa conscience restait suspendue dans un vide incertain où rien ne se passait, rien ne se passerait jamais.

Cicely était au lit maintenant. Justine avait répondu au dernier appel « longue distance », elle avait donné ses derniers ordres à la cuisine et à l'écurie. Wyant était descendu sans faire de bruit, comme il le faisait toutes les heures pour lui faire son rapport — « pas de changement » —, et elle attendait les Gaines dans la bibliothèque.

Des roues de voiture sur le gravier : ils étaient enfin là. Justine se leva et passa dans le hall. La porte d'entrée s'ouvrit et la bourrasque nocturne s'engouffra dans la maison comme, la veille à la même heure, elle avait précédé la procession de cauchemar. Aujourd'hui, elle précédait la famille d'Hanaford : Mr. Gaines, les yeux rougis, sec, inquisiteur ; Westy, penaud, nerveux, embarrassé par son chagrin ; et Mrs. Gaines, sublime dans sa contenance funèbre de consolatrice. Elle s'abattit sur la poitrine de Justine avec, dans un souffle, cette question solennelle : « Avez-vous appelé le pasteur ? »

9

La maison était de nouveau vide. Une semaine s'était écoulée depuis l'accident de Bessy. Ses amis et ses parents étaient repartis. Ses habitants avait repris leurs habitudes, sous le joug de la maladie et du silence. Comme toujours, la machine parfaitement huilée fonctionnait implacablement, comme une loi naturelle.

Du moins Justine le ressentait-elle ainsi, les nerfs à vif, seule devant l'attente ou les pressentiments. Elle avait été soulagée par le départ des Gaines ; doublement soulagée quand un télégramme des Bermudes avait annoncé que Mrs. Carbury était « au désespoir de ne pouvoir voler au chevet de Bessy » ; en outre, les engagements professionnels de Mr.Tredegar ne lui permettaient pas de venir davantage que quelques heures tous les deux ou trois jours. Cependant, bien qu'elle préférât être seule « aux commandes », il y avait des moments où le poids des responsabilités et l'impossibilité de crier ses peurs et ses doutes à qui que ce fût lui semblaient insupportables.

Wyant était son principal confident. Il avait surmonté courageusement sa faiblesse et était redevenu le travailleur infatigable qu'elle avait connu. Elle se trouva injuste d'avoir pu attribuer à l'usage de stupéfiants l'œil vague et la main tremblante qui n'avaient sans doute été dus qu'à un accès passager de nervosité. De toute façon, il maîtrisait maintenant très bien ses nerfs, et il avait manifesté une telle compétence théorique et pratique que, dès le troisième jour, le professeur Garford avait pu retirer son assistant et le laisser seul responsable à Lynbrook.

Justine s'était mise à prendre des tours de garde auprès de Bessy, en remplacement d'une infirmière appelée d'urgence ailleurs. Elle l'avait fait d'autant plus volontiers que Bessy, qui était maintenant consciente la plupart du temps, l'avait demandée une fois ou deux et avait paru plus tranquille quand elle était dans la chambre. Mais elle ne faisait que relayer les autres infirmières lorsqu'elles prenaient leurs repas ou se reposaient, et se gardait en partie libre pour surveiller la marche de la maison et consacrer quelques heures par jour à Cicely.

Il lui semblait que ce système avait toujours existé. Elle se rappelait avec peine à quoi ressemblait la vie avant l'accident. Ces sept jours épouvantables avaient été d'une longueur infinie.

Chaque matin lui amenait le même rapport — « pas de changement » — et chaque jour passait sans apporter un mot d'Amherst. Des nouvelles secondaires étaient arrivées : le pauvre Mr. Langhope, que le message avait finalement atteint à Ouadi Halfa, rentrait aussi vite que le lui permettaient le bateau et le train ; Mrs. Ansell, ancrée à Alger avec sa cousine infirme, câblait des demandes de renseignements anxieuses ; mais toujours rien d'Amherst. Le correspondant à Buenos Aires avait simplement répondu : « Pas ici. Nous enquêtons. » Et depuis lors, silence.

Justine avait pris possession d'une petite pièce située au-delà de la chambre d'Amherst, assez proche de Bessy pour y être à portée de voix, tout en étant accessible au reste de la maison. Sur les murs étaient accrochées des estampes anciennes et deux ou trois photographies de primitifs italiens. Dans une bibliothèque basse, Amherst avait entreposé les livres qu'il avait rapportés d'Hanaford, poètes anglais, dramaturges grecs, manuels de biologie et autres sujets apparentés, et quelques vieux volumes dépareillés : les *European Morals* de Lecky, une traduction par Carlyle de *Wilhelm Meister,* Sénèque, Epictète, une grammaire allemande, un Bacon en édition de poche.

Elle ne ressemblait à aucune autre pièce de Lynbrook. Dans sa détresse, Justine trouvait du soulagement à s'y réfugier à l'écart du reste de la grande maison sans âme. Elle prenait parfois un livre et lisait une page ou deux, se laissant emporter par les vers qui berçaient ses pensées douloureuses ou cherchant l'apaisement dans les fortes paroles des stoïciens. Même lorsqu'elle n'avait pas le temps de recourir à ces fuites brèves de la réalité, la seule présence de ces grands esprits lui faisait retrouver son calme. Elle savait aussi que dans cette pièce, au milieu de ces livres, un autre être insatisfait, sans repos, avait cherché à fuir la déception de sa vie. Les heures qu'elle passait là effaçaient son amertume à l'égard d'Amherst, tout en lui montrant clairement, hélas, la différence incommensurable qui existait entre les deux natures qu'elle s'était efforcée de rapprocher. Ce qui était l'essence de la vie pour l'un était un non-sens obscur pour l'autre, et leurs imaginations respectives étaient incapables de jeter, pour se rejoindre, un pont au-dessus de l'abîme qui les séparait.

Elle était assise là, l'après-midi du septième jour, lorsque Wyant frappa à la porte et entra. Elle eut à peine le temps de remarquer qu'il était fort pâle : elle avait déjà été frappée par cet air d'épuisement soudain, qui lui passait aussi vite qu'il était venu ; puis elle vit qu'il apportait un télégramme et elle revint immédiatement à son angoisse essentielle. Elle pâlit à son tour en lisant le message.

« On l'a joint à Corrientes. Cela va lui prendre au moins un mois pour revenir.

— Un mois, mon Dieu !

— Et cela peut prendre encore plus longtemps à Mr. Langhope. » Leurs regards se croisèrent.

« C'est trop long ? demanda-t-elle.

— Je ne sais pas, je ne sais pas. » Il eut un frisson et se tourna vers la fenêtre.

Justine s'assit pour rédiger en hâte des télégrammes à Mr. Tredegar et aux Gaines. Il fallait faire connaître le plus tôt possible le retour d'Amherst. Quand elle leva les yeux, Wyant se tenait près d'elle. Il avait perdu son air de profonde lassitude et semblait calme, prêt à l'action.

« Vous voulez que je descende ce courrier ?

— Non, sonnez, je vous prie. Je veux vous poser quelques questions. »

Le domestique qui répondit à l'appel apportait un plateau de thé, et Justine se servit. La nourriture l'avait rebutée les premiers jours, mais, en reprenant les habitudes méthodiques de sa profession, elle retrouvait l'appétit. Chaque goutte d'énergie devait être ménagée désormais et seuls le sommeil et l'alimentation pouvaient remplir cette fonction.

Elle tendit une tasse à Wyant mais il recula avec un geste de dégoût.

« Merci, je n'ai pas faim.

— Vous devriez manger davantage.

— Non, non. Je vais très bien. »

Elle leva la tête, revigorée par le breuvage chaud. Son esprit revint d'un bond à la perspective du retour d'Amherst. Un mois entier s'écoulerait avant qu'il ne fût là ! Il donnait des instructions pour que les nouvelles lui parvinssent à ses différentes étapes. Mais tout un mois à attendre !

Elle regarda Wyant. Chacun d'eux lisait dans la pensée de l'autre.

« Ça va être long, fit-il.

— Oui.

— Mais Garford fait des merveilles et elle est très forte. »

Justine frémit. Un membre de l'Inquisition évaluant combien de temps la capacité d'endurance pouvait être artificiellement maintenue dans un corps brisé sur la roue n'eût pas mieux dit.

« Comment vous semble-t-elle aujourd'hui ?

— Les conditions générales sont à peu près les mêmes. Le cœur se maintient admirablement, mais il y a un peu plus d'oppression du diaphragme.

— Oui, elle respire plus difficilement. La nuit dernière, elle a souffert horriblement par moments.

— Oh ! elle souffrira, murmura Wyant. Evidemment, on peut forcer sur les piqûres.

— Qu'a dit exactement le professeur Garford ce matin ?

— Il est étonné de sa force.

— Mais il n'y a pas d'espoir ? Je ne sais pourquoi je demande cela !

— Espoir ? » Wyant la regarda. « Vous voulez dire de ce que l'on appelle guérison ? L'espoir de différer indéfiniment la mort ? » Elle acquiesça et il poursuivit : « Comment Garford, ou n'importe qui d'autre, pourrait-il le savoir ? Il est certain qu'il y a eu des cas où une lésion de la moelle semblable à celle-ci n'a pas entraîné la mort. C'est peut-être le cas. Mais le plus éminent des spécialistes ne pourrait se prononcer maintenant. »

Justine se cacha les yeux.

« Quel horrible sort !

— La guérison ? C'est vrai. Maintenir les gens en vie dans de tels cas est l'un des raffinements de cruauté qu'il revenait au christianisme d'inventer.

— Et pourtant...

— Et pourtant, c'est ainsi que cela doit être. La science elle-même le dit, non pour le patient, bien sûr, mais pour elle-même, ou pour les générations futures, plutôt. Etrange, n'est-ce pas ? Les deux principes se rejoignent. »

Justine murmura à travers ses mains jointes :

« Je voudrais qu'elle ne fût pas si forte...

— Oui. C'est inouï ce que ces constitutions fragiles, entourées de soins, peuvent supporter. La lutte va être dure. »

Elle se leva en frissonnant.

« Je dois aller voir Cicely... »

Le pasteur de Sainte-Anne était encore venu. Justine, conformément à la suggestion de Mrs. Gaines, l'avait fait venir de Clifton le lendemain de l'accident ; mais, en accord avec les chirurgiens et Wyant, elle avait refusé de l'introduire dans la chambre de la blessée. Les pratiques religieuses de Bessy avaient toujours été purement automatiques : sa foi n'avait jamais été associée aux moments décisifs de sa vie, et l'apparition d'un prêtre à son chevet, loin de la réconforter, lui eût semblé un présage funeste. Comme il était de la plus haute importance que sa force nerveuse fût soutenue et que la gravité de la situation lui fût cachée, Mrs. Gaines, rassérénée par le prompt consentement du pasteur, avait cédé aux instances des médecins. Avant son départ, elle avait toutefois obtenu de lui la promesse de venir fréquemment à Lynbrook pour être là au moment où l'occasion se présenterait de prononcer des paroles édifiantes.

Le révérend Ernest Lynde, qui était tout jeune et avait plus de zèle que d'expérience, se faisait un devoir d'obéir scrupuleusement à cette injonction ; cependant il avait dû jusque-là se contenter d'une conversation avec l'intendante ou d'un mot bref de Wyant sur le pas de la porte. Ce jour-là pourtant il avait insisté pour voir Miss Brent, et Justine, libre à ce moment-là, sentit qu'elle ne pouvait refuser de descendre. Elle ne l'avait vu qu'en chaire, lorsqu'elle avait emmené une ou deux fois Cicely au temple en l'absence de Bessy, et elle avait gardé le souvenir d'un jeune homme grave, doté d'une belle voix, mais sans assurance. Ses sermons, quoique sincères, étaient plats.

Quand il se leva à son entrée, il lui plut davantage qu'au temple. Son regard était limpide et honnête, et il y avait de la douceur dans ce sourire hésitant.

« Je vous prie d'excuser mon obstination, mais j'ai appris que vous aviez des nouvelles de Mr. Langhope, et j'étais anxieux d'avoir de plus amples détails », expliqua-t-il.

Justine répondit que Mr. Langhope avait reçu son message à Ouadi Halfa et qu'il espérait être à Alexandrie à temps pour le paquebot de Brindisi, à la fin de la semaine.

« Pas avant ? Donc, il faudra presque trois semaines...

— Si j'ai bien calculé, un mois. »

Le pasteur hésita :

« Et Mr. Amherst ?

— Il est également sur le chemin du retour.

— Ah ! vous avez des nouvelles ? Je m'en réjouis. Il sera là bientôt ?

— Non. Il est en Amérique du Sud — à Buenos Aires. Il n'y a pas de bateau avant plusieurs jours, et il n'arrivera sans doute qu'après Mr. Langhope. »

Mr. Lynde la regarda avec bienveillance. Son regard grave lui offrait de l'aide.

« C'est terrible pour vous, Miss Brent.

— Oui, répondit simplement Justine.
— Et l'état de santé de Mrs. Amherst... ?
— Il est stationnaire.
— Les médecins ont de l'espoir ?
— Ils ont perdu l'espoir.
— Elle semble conserver merveilleusement ses forces.
— Oui, merveilleusement. »

Mr. Lynde réfléchit, les yeux baissés, faisant gauchement tourner son chapeau mou dans ses grandes mains rassurantes.

« On pourrait presque y voir un décret, *nous* devrions y voir cela, Miss Brent.

— *Nous ?* »

Elle leva les yeux comme pour s'excuser, ne sachant trop si son esprit fatigué avait compris ce qu'il voulait dire.

« Nous, je veux dire, qui croyons... que pas un moineau ne tombe à terre... » Il rougit et poursuivit sur un ton plus mondain : « Je suis content que la perspective du retour de Mr. Langhope vienne soutenir votre courage. La science moderne — grâce à Dieu ! — peut faire de tels miracles pour prolonger la vie que, si mince soit la chance de guérison, la faible étincelle peut être alimentée jusqu'à... »

Il s'interrompit de nouveau en constatant que la jeune femme droite et svelte dans sa blouse bleu marine et sa coiffe d'infirmière l'examinait sous ses sourcils sombres avec une attention bien éloignée du regard absent qu'elle avait laissé tomber sur lui en entrant.

« Dans un cas comme celui-ci, dit-elle à voix basse, il n'y a pratiquement aucune chance de guérison.

— C'est ce que j'ai cru comprendre.

— Même s'il y en avait, ce serait pour un état plus proche de la mort que de la vie : une paralysie totale du bas du corps. »

Il frissonna :

« Quel effroyable sort ! Elle qui était si gaie, si active...

— C'est vrai, et la lutte contre la mort va sans doute se traduire, dans les semaines à venir, par une souffrance perpétuelle — une souffrance effroyable, sans doute vaine...

— Je redoutais cela, murmura-t-il, son visage compatissant devenu blême.

— Alors, pourquoi rendez-vous grâce au ciel de ce que la science moderne ait découvert des moyens si merveilleux de prolonger la vie ? »

Il leva la tête en tressaillant et leurs regards se croisèrent. Il vit que le visage de l'infirmière était pâle et calme, impassible comme celui d'un juge, et il recouvra son assurance.

« En tant que chrétien, répondit-il avec un sourire très doux, il m'est difficile de faire autrement. »

Justine le considérait pensivement.

« Les hommes de la génération précédente — les pasteurs je veux dire —, reprit-elle d'une voix contenue, auraient sûrement adopté ce point de vue : ils étaient forcés de l'adopter. Mais les conditions ont tellement changé, tant de moyens insoupçonnés de prolonger la vie, de prolonger les souffrances ont été découverts et mis en application ces dernières années que je m'étonnais... Dans ma profession, on s'étonne souvent...

— Je comprends, répliqua-t-il avec bonté, oubliant sa jeunesse et son inexpérience dans le simple désir d'apporter du réconfort à un esprit troublé. Je comprends votre sentiment, mais vous ne devez pas avoir de doute. La vie humaine est sacrée et le fait que, même dans cette époque matérialiste, le science lutte perpétuellement pour la préserver et la prolonger montre magnifiquement, je trouve, que tout concourt à accomplir la volonté divine.

— Alors vous croyez que la volonté divine se complaît dans la souffrance pure — la souffrance pure, dénuée de sens, d'un animal — pour sa propre béatitude ?

— Certainement pas. Mais pour la vie spirituelle qui peut mystérieusement en jaillir. »

Justine se pencha avidement vers lui :

« Je pourrais comprendre cette conception de la souffrance morale, ou à la rigueur de la peine physique suffisamment modérée pour laisser l'esprit clair et pour provoquer des qualités d'endurance et de renoncement. Mais quand le corps a été broyé et que l'esprit n'est plus qu'une machine à enregistrer les impressions sensorielles de l'angoisse physique, de quelle utilité peut être une telle souffrance à celui qui la subit ou à la volonté divine ? »

Le jeune pasteur la regarda tristement, presque sévèrement.

« Nous touchons là, Miss Brent, à un domaine impénétrable, et la raison humaine doit laisser la réponse à la foi. »

Justine médita ces paroles.

« Ce qui veut dire que le christianisme ne reconnaît aucune exception ?

— Aucune, aucune ! déclara catégoriquement le pasteur.

— Alors le christianisme et la science sont d'accord. »

Elle se leva et le jeune pasteur, avec un regret manifeste, en fit autant.

« Cela, encore, est d'une évidence frappante », commença-t-il ; puis, comme la nécessité de prendre congé s'imposait, il ajouta d'un ton pénétré : « Je comprends vos doutes, vos interrogations, et j'aurais voulu rendre plus claire ma conviction...

— Merci. Elle est tout à fait claire. Les raisons, bien entendu, sont différentes mais le résultat est absolument identique. »

Elle lui tendit la main avec un sourire triste et, brusquement replongé dans sa jeunesse et sa timidité, il balbutia gauchement : « Je suis de tout cœur avec vous. » L'homme en lui était touché par sa beauté, mais le pasteur n'osait offrir davantage son aide.

10

Ce soir-là, lorsque les deux infirmières furent descendues dîner et que Justine eut pris sa place au chevet de Bessy, celle-ci tourna faiblement la tête vers elle.

L'abat-jour rose jetait une apparence de vie sur son visage et les cernes sombres de la souffrance donnaient à ses yeux plus de profondeur et d'éclat. Justine fut presque abusée par cette vitalité illusoire, et un espoir, qui était pour moitié angoisse, s'éveilla en elle. Elle s'assit près du lit, pressant la main abandonnée sur le drap.

« Tu vas mieux ce soir ?

— Je respire... mieux... Les mots sortaient hachés, entrecoupés, mais sans les halètements déchirants de la nuit précédente.

« C'est bon signe. » Au bout d'un moment, Justine se pencha tout près pour ajouter : « Tu sais, chérie, ton mari va revenir. »

Les yeux de Bessy bougèrent lentement, insondables. Elle n'avait jamais réclamé Amherst.

« Bientôt ? fit-elle dans un souffle.

— Il était parti pour un long voyage dans des endroits perdus, étudier quelque chose sur la culture du coton. Mon télégramme vient juste de lui parvenir. »

Bessy ne bougea pas. Sa poitrine se soulevait avec difficulté. Elle resta si longtemps sans parler que Justine crut qu'elle retombait dans l'état de léthargie qui s'emparait d'elle entre ses moments de conscience complète. Mais elle finit par relever les paupières et ses lèvres remuèrent :

« Il va mettre... longtemps... à revenir ?

— Quelques jours.
— Combien ?
— On ne peut le savoir encore... »

A nouveau le silence. Une sorte de quiétude cireuse avait noyé ses traits — comme si son visage apparaissait loin sous la surface transparente de l'eau. Et tandis qu'elle gisait ainsi, sans bruit ni mouvement, deux larmes forcèrent leur chemin entre ses cils et roulèrent le long de ses joues.

Justine s'inclina sur elle et les essuya.

« Bessy... »

Les cils mouillés se soulevèrent, un regard angoissé plongea dans le sien.

« Je... je ne peux pas la supporter...
— Quoi donc, chérie ?
— Cette souffrance... Je ne vais pas mourir, avant ?
— Tu peux guérir, Bessy. »

Justine sentit sa main frémir :

« Marcher de nouveau... ?
— Peut-être pas...
— Alors, c'est inutile... » Sa tête retomba de côté, tournée vers le mur.

Cette nuit-là, Justine prit sa garde le cœur serré. La nouvelle du retour d'Amherst n'avait provoqué aucun signe de joie chez sa femme, quelques larmes lui avaient été arrachées simplement par l'horreur d'être maintenue en vie durant les longs jours de souffrance qui précéderaient son retour. Du point de vue médical, on pouvait également considérer que les crises répétées d'intense angoisse physique et la profonde lassitude qui leur succédait avaient recouvert les autres sentiments, ou du moins endormi leur manifestation au point qu'il était impossible de savoir dans quelle mesure la petite étincelle d'âme à demi étouffée avait réellement été touchée par la nouvelle. Mais Justine ne croyait pas en cet argument. Son expérience l'avait au contraire convaincue que les traits de chagrin ou de joie trouvent toujours une brèche dans l'armure la plus épaisse de douleur physique ; que la plus faible lueur d'espoir illumine les profondeurs de la conscience et trouve toujours le moyen d'envoyer un rayon à la surface. Bessy, il est vrai, n'avait jamais pu supporter la douleur, et ses sensations avaient toujours constitué le centre de son univers. Cependant, pour ces raisons mêmes, si la pensée de voir Amherst l'avait emplie de joie, elle aurait soustrait, ne fût-ce qu'un instant, son corps au poids de la mort.

Justine avait d'abord redouté l'effet contraire, c'est-à-dire que la dépression morale ne se manifestât par une diminution de la résistance physique. Mais le corps poursuivait sa lutte obstinée contre la mort en tirant sa force d'une vitalité insoupçonnable dans une enveloppe si fragile. Le rapport du chirurgien fut plus favorable le lendemain. Or, chaque jour gagné sur la mort laissait désormais prévoir une petite chance de guérison.

Telle était du moins l'opinion de Wyant. Le professeur Garford et les chirurgiens consultants ne s'étaient pas encore prononcés. Mais le jeune médecin, qui ne relâchait jamais sa vigilance auprès de sa patiente, était enclin à l'optimisme et cette conviction croissante lui fit accomplir de nouveaux efforts. A la demande du professeur Garford, il avait confié temporairement sa clientèle de Clifton à un jeune docteur de New York et s'était installé à Lynbrook où il consacrait ses jours et ses nuits au cas de Mrs. Amherst.

« Si quelqu'un peut la sauver, c'est bien Wyant », déclara le professeur Garford à Justine quand, le dixième jour après l'accident, les chirurgiens tinrent leur troisième consultation. Le professeur Garford, pour sa part, réserva son jugement. Il avait vu des cas — ils en avaient tous vu — mais dans ce cas précis, les signes pouvaient indiquer aussi bien l'une que l'autre voie. Dans un moment pareil, la confiance de Wyant était un atout inestimable pour les chances de rétablissement. La confiance du médecin était presque aussi nécessaire que celle du patient. Le seul contact d'une telle foi avait souvent accompli des miracles.

Justine écoutait en silence. Comme elle aurait voulu partager cet espoir ! Mais, quelle que fût l'issue entrevue, elle ne ressentait qu'un sombre désespoir. Elle ne croyait pas plus que le professeur Garford à cette chance de guérison, qui lui paraissait un mirage de l'imagination de Wyant, de son ambition juvénile d'accomplir l'impossible. Chaque symptôme encourageant ne présageait, dans son esprit, que le prolongement d'inutiles souffrances.

Les heures passées auprès de Bessy attisaient sa révolte à l'égard de l'énergie dépensée dans cette lutte contre la mort. Depuis que Bessy avait appris que son mari rentrait, jamais elle n'y avait, d'un signe ou d'un mot, fait la moindre allusion. De temps à autre, quand on lui amenait Cicely, une lueur de tendresse clignotait dans ses yeux. A part cela, elle semblait abîmée en elle-même, comme si la faible trace de conscience qui lui restait était entièrement concentrée sur sa souffrance. Sa raison n'avait pas sombré : elle n'était qu'absorbée dans le redoutable mystère de l'angoisse insensée que lui avait impartie le destin capricieux. Et si elle « guérissait » ? Si la marée de douleur refluait et la laissait échouée, épave sans recours sur les plages désertes de l'inaction ? Que serait la vie pour Bessy, privée d'exercice ? La pensée ne ferait jamais circuler son sang : le mouvement, chez elle, ne pouvait être que physique. Son amour pour Amherst était mort, et même s'il renaissait, vacillant, il ne pourrait que ranimer les dissensions et les ressentiments qui couvaient sous la cendre. Son seul sentiment non contaminé — son amour maternel — suffirait-il à la réconcilier avec le semblant de vie désolé qui était la limite de ce que pouvait offrir la médecine ?

Là aussi, l'expérience de Justine répondait non. Elle ne croyait pas dans les facultés de récupération morale de Bessy. Son corps semblait moins proche de la mort que son esprit. La vie lui avait été versée généreusement, et elle avait renversé le précieux breuvage — les quelques gouttes qui restaient dans la coupe ne renouvelleraient plus ses forces.

Cette conclusion engendra chez Justine non une condamnation, mais une pitié sans bornes. Sa sensibilité ne pouvait concevoir de plus triste exemple du gaspillage d'une vie que la lutte de cette petite âme inachevée avec un destin trop lourd pour elle. Si Bessy avait eu quelque espoir pour lequel lutter, toute cette douleur aurait valu la peine d'être endurée ; mais le spectacle de ces souffrances inutiles était intolérable.

Le commerce incessant avec ce genre de pensées donna à Justine, les jours passant, un besoin irrésistible de fuir la solitude, de côtoyer d'autre sphères de préoccupations. Tout lui était bon : la réapparition de Westy Gaines même, qui introduisit dans le lourd silence de la maison un chagrin banal, conventionnel, certes, mais qui représentait un répit dans les affres de ses interrogations. S'il était éprouvant de parler avec lui, de lui donner les nouvelles qu'il demandait, d'acquiescer à ses platitudes, il l'était un millier de fois davantage de se livrer à son monologue obsédant.

L'arrivée de Mr. Tredegar fut un véritable soulagement. Sa sécheresse agissait comme un cautère sur sa blessure. Mr. Tredegar avait incontestablement du chagrin pour Bessy ; mais ce chagrin le touchait intérieurement, ne perçait que de temps à autre par les fissures d'une dureté affectée, dans une touche de solennité excessive, dans la tournure plus ampoulée d'une période. Cependant, c'était généralement de sa façon de voir que Justine se sentait le plus proche. Si son acceptation stoïque de l'inévitable procédait de la résolution de s'épargner de l'affliction, cela du moins était une forme de force, un signe de caractère. Les facilités de la sentimentalité invertébrée ne lui avaient jamais beaucoup plu.

Le lendemain soir de sa conversation avec Bessy, ce fut plus que jamais pour elle un bienfait que d'échapper à ses pensées torturantes en respirant l'air raréfié de la présence de Mr. Tredegar. La journée avait été mauvaise pour Bessy et la détresse de Justine s'était encore accrue à la lecture d'un câble de Mr. Langhope : en raison du retard de son débarquement à Brindisi, il avait raté à Cherbourg le bateau prévu et il n'atteindrait Lynbrook que quatre ou cinq jours plus tard. Mr. Tredegar, alerté par Justine, avait annoncé son arrivée par un train du soir et se trouvait maintenant, après le dîner, en compagnie de Justine et du docteur Wyant, au fumoir, près du feu.

« Si je comprends bien, par conséquent (Mr. Tredegar s'adressait à Wyant), ses chances de survivre jusqu'au retour de son père sont très minces. »

Le jeune médecin se redressa avec impatience :

« Ce n'est pas mon avis. A moins de complications imprévisibles, je peux presque m'engager à la garder en vie encore un mois, peut-être six semaines !

— Hum ! Garford n'est pas de cet avis.

— Non. Le professeur Garford se fonde sur des précédents.

— Pas vous ? (Les lèvres fines de Mr. Tredegar ébauchèrent l'ombre d'un sourire.)

— Oh ! je ne me fonde sur rien, je me contente de suivre mon inspiration, répondit imperturbablement Wyant.

— Et pourtant vous n'hésitez pas à prédire...

— Non, je n'hésite pas, parce que ce cas, tel que je le vois, présente certaines indications précises. » Il se mit à les énumérer en évitant soigneusement l'emploi de termes techniques et en s'efforçant d'être clair dans ses exemples. Cet exposé véhément donna mal au cœur à Justine. Elle l'avait entendu tant de fois. Elle y croyait si peu.

Mr. Tredegar examina Wyant lorsqu'il eut terminé :

« Ainsi, même aujourd'hui, non seulement vous estimez qu'il est possible de prolonger sa vie, mais encore vous croyez en sa guérison finale ? »

Wyant hésita.

« Je n'appellerais pas cela guérison, aujourd'hui. Disons : sa vie prolongée indéfiniment.

— Et la paralysie ?

— Elle pourrait disparaître au bout de quelques mois ou de quelques années.

— Une telle issue serait inhabituelle ?

— Exceptionnelle. Mais les exceptions, cela existe. Et tous mes efforts y tendent !

— Et la souffrance, comme celle d'aujourd'hui par exemple, on ne peut l'éviter ?

— Malheureusement pas.

— Elle ne peut aller qu'en s'accentuant ?

— C'est-à-dire que..., les analgésiques perdant leur effet... »

On frappa à la porte et une infirmière vint faire son rapport à Wyant, qui sortit de la pièce avec elle, laissant Justine face à Mr. Tredegar. Celui-ci se tourna vers elle, songeur :

« Ce gaillard me paraît bien sûr de lui. Vous vous fiez à ses dires ? »

Justine hésita :

« Pas quand il parle de guérison, personne n'y croit.

— Mais vous estimez que l'on peut maintenir la pauvre enfant en vie jusqu'à ce que Langhope et Amherst soient de retour ? »

Elle réfléchit un instant avant de murmurer :

« C'est possible. Je trouve cela...

— Oui, c'est horrible », fit soudain Mr. Tredegar, achevant sa pensée.

Elle leva les yeux vers lui avec étonnement et vit que son regard restait attaché sur elle avec une brume de sympathie sur sa surface vitreuse. Elle entrouvrit les lèvres, prête à parler, mais détourna les yeux sans rien dire.

« Ces nouveaux trucs pour garder les gens en vie, poursuivit Mr. Tredegar, développent-ils la douleur, en même temps qu'ils la prolongent ?

— Oui, dans certains cas.

— Et dans ce cas ?

— J'en ai bien peur. »

L'homme d'affaires sortit son fin mouchoir de batiste et essuya furtivement la légère humidité de son front.

« Mon Dieu, si seulement elle avait été tuée sur le coup ! »

Justine releva la tête et s'écria en retour :

« Oh ! oui !

— C'est infernal, le temps que l'on peut faire durer cela !

— C'est inutile ! » éclata Justine.

— Inutile ? (Il la dévisagea d'un œil critique.) Mais c'est hors de question, puisque c'est inévitable. »

Elle hésita un instant, mais les mots de son interlocuteur avaient desserré l'étau autour de son cœur et elle ne put se reprendre assez vite :

« Pourquoi inévitable ? »

Mr. Tredegar la regarda avec surprise. Il semblait étonné de cette déclaration si contraire au code professionnel dans la bouche d'une personne qui manifestait d'ordinaire la maîtrise et la soumission absolues de l'infirmière disciplinée.

« La vie humaine est sacrée, fit-il sentencieusement observer.

— Ah ! celui qui a décrété cela n'avait sûrement pas souffert ! » s'exclama Justine.

Mr. Tredegar eut un sourire compatissant. Il pouvait évidemment faire la part des choses, la sachant épuisée par le spectacle des souffrances de son amie.

« C'est la société qui l'a décrété — non un individu, rectifia-t-il.

— Société, science, religion ! murmura-t-elle comme pour elle-même.

— Précisément. C'est le consensus universel, la somme de l'expérience du monde accumulée. Cruel dans ses exemples individuels, nécessaire au bien-être général. Votre formation vous a évidemment appris tout cela, mais je peux concevoir que dans les circonstances présentes...

— Oui », dit-elle en se levant avec lassitude à l'entrée de Wyant.

Le plus dur fut alors d'avoir à parler avec Wyant de l'état de Bessy. Pour le jeune médecin, celle-ci n'était plus un être souffrant, agonisant : elle était un cas, un cas magnifique ! Et, au fur et à mesure que de nouvelles complications apparaissaient, il considérait de plus en plus ce cas comme un défi lancé à ses facultés d'observation et de déduction. Justine voyait peu à peu la passion scientifique abstraite supplanter le sentiment de pitié personnel. Si Wyant usait d'une délicatesse toute professionnelle à l'égard de sa patiente, il ne semblait guère se souvenir qu'il s'agissait d'une femme qui l'avait reçu en ami et qu'il avait vue, si récemment encore, dans tout l'éclat de la santé et du plaisir. Cet état d'esprit était assez normal. Il était même, Justine le savait, tout à fait souhaitable pour un médecin à succès, chez qui la sympathie pour le patient en tant qu'individu fait souvent obstacle à la rapidité de décision et à la fermeté d'action. Mais ce qu'elle redoutait, c'était sa résolution de sauver la vie de Bessy, résolution fortifiée jusqu'à l'exaspération par le scepticisme des chirurgiens consultants, qui n'y voyaient que le désir légitime du jeune homme de se distinguer par l'accomplissement d'une prouesse que ses aînés estimaient impossible.

Les jours passaient, les souffrances de Bessy s'intensifiaient. Justine se prit à espérer du fond du cœur que le professeur Garford, ou l'un de ses collègues, protesterait. Elle avait vu à l'hôpital des agonies intolérables, miséricordieusement abrégées par le médecin : pourquoi ne pas intervenir ici ? La réponse était fort simple : en premier lieu, c'était le devoir des chirurgiens de maintenir leur patiente en vie jusqu'à l'arrivée du mari et du père ; ensuite, il y avait cet espoir illusoire de « guérison », en laquelle aucun d'entre eux ne croyait, mais qu'ils ne pouvaient ignorer dans leur traitement. Ce soir-là, Wyant expliqua en détail sa position à Justine. Bessy avait eu une mauvaise matinée : les symptômes bronchiques qui s'étaient manifestés un jour ou deux auparavant étaient devenus insupportables et elle avait eu à l'aube un moment de faiblesse, qui avait pu faire croire que quelque puissance compatissante se décidait à faire échouer les efforts impitoyables de la science. Mais Wyant avait écarté ce danger. Promptement, audacieusement, il avait utilisé les stimulants qu'il avait à sa portée et, ne comptant que sur lui-même, il avait fait preuve d'une autorité que Justine ne pouvait s'empêcher d'admirer tandis qu'elle le secondait mécaniquement. Il avait ranimé l'étincelle de vie et reconduit Bessy à de nouvelles souffrances.

« Oui, je dis que c'est possible : ce soir, je le dis plus que jamais ! s'écria Wyant, chassant les cheveux qui tombaient sur son front et se penchant vers Justine à travers la table où leur bref dîner avait été servi. Je dis que la façon dont le cœur a repris le dessus prouve qu'elle est plus forte que n'a voulu l'admettre n'importe lequel d'entre eux. La respiration aussi s'améliore. Nous pouvons venir à bout du processus de dégénérescence, bon sang, je suis sûr que nous le pouvons ! » Il planta ses yeux dans ceux de Justine. « Avec vous pour assistante, je suis sûr que je pourrais faire n'importe quoi. Vous épaulez un médecin, il faut voir comment ! Vous pensez avec vos mains, avec chacun de vos doigts ! »

Justine détourna les yeux : elle sentit un frisson de répulsion parcourir son corps las. Ce n'était pas qu'elle eût détecté quelque nuance d'admiration personnelle dans ces louanges : il avait fait son éloge comme un chirurgien peut faire celui d'un excellent instrument façonné à son usage. Mais qu'elle fût précisément l'instrument d'une telle besogne ! Que sa compétence, ses réflexes, sa faculté de devancer et d'interpréter les volontés de celui avec qui elle travaillait fussent au service de cet implacable délire médical ! Ah ! non — elle ne pouvait se taire plus longtemps.

Elle regarda Wyant droit dans les yeux :

« Pourquoi le faites-vous ? »

Il resta perplexe, pensant qu'elle faisait allusion à quelque point particulier de son traitement.

« Quoi donc ?

— C'est inutile, vous savez tous qu'elle va mourir.

— Je ne sais rien de ce genre, et même les autres n'en sont pas si sûrs aujourd'hui. »

Il se remit à tout lui expliquer, répétant ses arguments, développant de nouvelles théories, essayant d'inculquer à cet esprit récalcitrant sa propre foi dans ses chances de succès.

Justine était assise, le menton entre les mains, les yeux fixés droit devant elle sous ses sombres sourcils tourmentés. Lorsqu'il eut fini, elle resta muette.

« Eh bien, vous ne me croyez pas ? s'écria-t-il avec brusquerie.

— Je ne sais pas..., je ne peux pas dire...

— Mais tant qu'il y a une chance..., ce que j'appelle, moi, une chance — et je vous montrerai qu'il y en a une, si vous m'en donnez le temps...

— Combien de temps ? le coupa-t-elle dans un murmure, le regard toujours fixe.

— Ah ! cela dépend de nous : de vous et de moi principalement. C'est ce qu'admet Garford. Eux ne peuvent pas grand-chose maintenant. Ils doivent nous abandonner la partie. A nous de jouer. C'est une question de vigilance incessante. Il faut utiliser chaque heure, chaque minute. Du temps, c'est tout ce que je demande, et si quelqu'un peut m'en donner, c'est bien vous ! »

Le défi de son accent provoqua chez Justine une sourde angoisse. Elle se mit debout.

« Ah ! ne me demandez pas cela ! murmura-t-elle.

— Ne pas vous demander... ?

— Je ne peux pas — je ne peux pas. »

Wyant se leva aussi, la considérant d'un air stupéfait.

« Vous ne pouvez pas quoi... ? »

Leurs yeux se rencontrèrent, et elle crut lire dans les siens une intuition soudaine de ses pensées les plus secrètes. Cette découverte électrisa ses forces faiblissantes et éclaircit ses pensées. Elle aperçut l'abîme de défaillance qu'elle venait de frôler, et la proximité du danger lui donna le courage de dissimuler.

« Je ne peux pas... en parler... une seule minute de plus », bredouilla-t-elle à mots hachés, laissant couler ses larmes et lui montrant un visage de pure faiblesse féminine.

Wyant la regarda sans répondre. Se méfiait-il même de ces signes physiques évidents d'épuisement, ou était-il simplement déçu par elle, qu'il avait crue au-dessus des défaillances émotives propres à son sexe ?

« Vous êtes à bout, conclut-il froidement. Prenez cette nuit pour dormir. Miss Mace vous remplacera quelques heures et je peux avoir davantage besoin de vous demain. »

11

Quatre jours avaient passé. Bessy parlait rarement. Elle était au centre d'un nuage d'opiats qui allait s'épaississant : morphine le jour, bromure, sulphonal, hydrate de chloral la nuit. Quand le nuage crevait et qu'émergeait la conscience, celle-ci n'était fixée que sur le point où sévissait alors la douleur physique : crises fulgurantes de névralgie, oppression atroce de la respiration, souffrances diffuses à travers tout le corps. Tous ces phénomènes réduisaient leur victime à l'état d'un simple instrument sur lequel la douleur jouait sans trêve ses implacables variations. Par moments, il fallait la changer, l'installer mieux, ce qui entraînait un redoublement de souffrances. Une fois ou deux, elle avait à cette occasion posé sur Justine un regard éteint et murmuré dans un souffle : « Je veux mourir. » Hormis cela, elle ne donnait aucun signe de contact avec le monde extérieur. Elle avait même cessé de parler avec Cicely.

Mais, pour les médecins, « la patiente se maintenait ». Certains symptômes alarmants avaient diminué et, si d'autres persistaient, la force de les combattre persistait également : avec une telle force à l'appui, quels nouveaux supplices attendaient ce corps martyrisé lorsque les narcotiques auraient cessé de faire leur effet ?

Cette question harcelait Justine. Elle ne fit plus jamais part de ses angoisses à Wyant : elle exécutait ses ordres avec une ponctualité maladive, tremblant à l'idée que toute défaillance dans l'accomplissement de sa tâche ne ravivât ses soupçons. Mais quels soupçons? Elle ne savait pas bien. Elle avait seulement le sentiment confus qu'ils étaient ennemis, et qu'elle était la plus faible des deux.

Vint le temps où les anesthésiques commencèrent à perdre leur efficacité. C'était le seizième jour après l'accident et toute ressource était à peu près épuisée. Il n'était pas sûr, même maintenant, que Bessy allait mourir, mais elle allait certainement souffrir longtemps. Wyant semblait à peine conscient de cette escalade de la douleur : il se concentrait entièrement sur le pronostic. Peu importait cette souffrance, tant qu'il réussissait dans sa démonstration. Evidemment, il ne concevait pas les choses de manière aussi grossière : en fait, il faisait tout ce qui était en son pouvoir pour alléger la peine, se surpassant dans l'expérimentation de nouveaux stratagèmes. Mais la mort était là devant lui, réclamant son dû : tant d'heures dérobées, tel tribut à payer. Wyant, serrant les dents, dérobait les heures — et Bessy payait.

Justine avait remarqué qu'il lui devenait difficile de parler seul à seul avec le professeur Garford. Non à cause des autres infirmières, mais de Wyant qui trouvait toujours le moyen d'être là. Peut-être était-il excessif de sa part de voir en cette perpétuelle présence une intention spéciale. Il était assez naturel que les deux personnes responsables de ce cas conférassent ensemble avec leur supérieur. Mais cette persistance l'agaçait et elle fut bien contente lorsqu'un après-midi le chirurgien envoya Wyant téléphoner un message important.

Aussitôt que la porte se fut refermée, Justine entreprit le professeur Garford : « Elle commence à souffrir horriblement. » Il répondit par le large geste impersonnel de l'homme pour qui la souffrance physique est devenue un inconvénient général de la vie, désormais non divisible en cas particuliers.

« Nous faisons ce que nous pouvons.

— Oui. » Elle réfléchit puis leva les yeux vers son bon visage : « Y a-t-il quelque espoir? »

Il balaya la question du même geste fataliste de ses paumes levées :

« Les dix prochains jours vont nous le dire. La lutte est engagée, comme dit Wyant. Et si quelqu'un peut la mener, c'est bien ce jeune homme. Il a de l'étoffe — et une ambition infernale.

— Oui. Mais vous-même, croyez-vous qu'elle puisse vivre? »

Le professeur Garford sourit avec indulgence à cette insistance si peu professionnelle. Mais elle avait dépassé le stade où elle s'inquiétait de ce que les autres pouvaient penser d'elle.

« Chère Miss Brent, répondit-il, j'ai atteint l'âge où on laisse toujours une porte ouverte à l'imprévisible. »

Pendant qu'il parlait, Justine entendit un bruit léger dans la pièce et tourna la tête. Wyant était derrière elle. Il avait dû entrer pendant qu'elle posait sa question. Et il n'avait certainement pas eu le temps de descendre l'escalier, de traverser la maison dans toute sa longueur, d'appeler New York et de transmettre le message du professeur Garford. La même pensée sembla frapper le chirurgien.

« Alors, Wyant ? fit-il.

— La ligne est occupée », déclara sèchement Wyant.

C'était à peu près l'heure où Justine terminait sa garde de nuit. Elle n'avait plus le courage d'assister à la lutte de l'aube, lorsque la vie décline au plus bas, et, comme ses tâches s'étendaient bien au-delà de la chambre de Bessy, elle pouvait fort bien prétexter que la maison avait plus besoin d'elle, le jour. Mais Wyant protestait : il la voulait surtout à l'heure difficile.

« Vous savez que vous lui enlevez une chance, observa-t-il, presque durement.

— Oh ! non... »

Il l'examina d'un œil inquisiteur :

« Vous ne vous en sentez pas capable ?

— Non. »

Haussant les épaules, il retourna d'où il venait, mais elle savait qu'il lui en voulait de sa défection.

Les gardes de jour étaient assez pénibles. C'était le dix-neuvième jour ; Justine était dans la pièce d'Amherst, étendue sur le canapé. Elle s'efforçait de rassembler son courage pour convoquer l'infirmière. Une page arrachée au calendrier était posée devant elle. Elle venait de calculer une fois de plus combien de jours devaient s'écouler avant l'arrivée de Mr. Langhope. Dix jours — dix jours et dix nuits ! Et le temps des nuits comptait double ! Quant à Amherst, il était impossible d'établir la date de son retour. Son paquebot en provenance de Buenos Aires faisait de nombreuses escales, dont chacune dépendait de la cargaison à débarquer et des formalités auprès de l'administration sud-américaine, généralement fort lente. Elle jeta loin d'elle le calendrier et retomba en arrière, pressant ses mains sur ses tempes. Oh ! si seulement elle pouvait parler avec Amherst, lui seul pouvait comprendre ce qu'elle endurait ! L'arrivée de Mr. Langhope ne changerait rien — bien pis, elle ne ferait qu'accroître la difficulté de la situation. Justine savait d'instinct que, malgré sa douleur devant les souffrances de sa fille, il n'aurait qu'un cri : le « Gardez-la en vie » bien connu ! Sous son originalité de surface, sous ses audaces et son ironie verbales, Mr. Langhope était l'homme des idées reçues et de la soumission aux convenances. Il avait toujours évité de penser par lui-même aux problèmes essentiels de la vie.

Quelle différence avec Amherst ! Un contact étroit avec de nombreuses formes de l'extrême pauvreté l'avait libéré des préjugés. Il ne regardait la vie que par ses propres yeux et, ce qu'il voyait, il reconnaissait qu'il le voyait, sans essayer jamais de se dérober aux conséquences de ses découvertes.

La mémoire de Justine la ramena à leur première rencontre à Hanaford, lorsque sa confiance en lui-même et sa foi dans les autres étaient encore intactes. Et peu à peu elle se mit à revivre chaque détail de leur entretien au chevet de Dillon, sa première impression lorsqu'il avait pénétré dans le service, le son de sa voix, le sentiment de son autorité qui l'avait frappée et sa soumission presque involontaire à la volonté de cet homme. Puis elle se revit sur le chemin du retour de l'hôpital avec lui : elle se rappela sa description sobre mais impitoyable de la situation à Westmore et la lucidité dont il faisait preuve dès qu'il abordait la question du dénuement des ouvriers. Leur conversation à propos de Dillon lui revint mot pour mot, l'indignation d'Amherst, son émotion et sa révolte devant le sort pitoyable de ce père de famille.

« Dans votre travail, n'êtes-vous jamais tentée de libérer un de ces pauvres diables ? » Et encore, après qu'elle eut cru bon de protester : « De sauver... quoi ? Quand tout ce qu'il y a de bon dans la vie a disparu... »

Pour chasser ces idées, elle étendit la main vers la bibliothèque et s'empara du premier volume venu. C'était le petit exemplaire de Bacon. Se laissant aller en arrière, elle feuilleta les pages au hasard, mais, dans sa détresse, le sens des mots ne pouvait l'atteindre. Inutile d'essayer de lire : toute perception du monde extérieur se perdait dans le bourdonnement de l'activité qui faisait de son esprit une forge vibrante de chaleur et de bruit. Mais son regard tomba soudain sur quelques phrases crayonnées sur la page de garde. Elles étaient de la main d'Amherst, et ce fut comme si elle l'entendait parler.

La vraie morale se moque de la morale[1].

1. En français dans le texte. *N.d.T.*

Nous périssons parce que nous suivons l'exemple d'autres hommes.

Socrate avait coutume d'appeler les idées reçues du nom de lamiae, *épouvantails destinés aux enfants.*

L'oxygène pénétra tout à coup dans son esprit suffocant. Ces pensées, étaient-elles de lui ? Non — elle les associait confusément à des noms célèbres. Mais elles représentaient sûrement ses convictions puisqu'il les avait recopiées.

Elle se redit à voix basse une ou deux fois la dernière phrase : *les idées reçues..., épouvantails destinés aux enfants.* Oui, elle l'avait souvent entendu parler de cette façon à propos des préjugés. Elle n'avait jamais connu un esprit aussi libéré de l'emprise des *lamiae.*

On frappa à la porte. Elle mit de côté le livre et bondit sur ses pieds. Une servante entra lui remettre un mot de Wyant.

« Il y a eu un accident de voiture près de Clifton et on m'a appelé. Je pense pouvoir sans mal m'absenter deux ou trois heures, mais téléphonez-moi à Clifton si vous avez besoin de moi. Miss Mace a des instructions, et l'assistant de Garford passera à sept heures. »

Elle regarda la pendule : il était juste trois heures. C'était le moment pour elle de relayer Miss Mace. Elle lissa ses cheveux en arrière, ajusta sa coiffe, attacha le tablier qu'elle avait ôté.

Comme elle entrait dans le boudoir de Bessy, l'infirmière sortait de la chambre, ses notes à la main. Toutes deux se dirigèrent vers la fenêtre pour les examiner brièvement, et la lumière hivernale éclaira le visage de Miss Mace : il était livide.

« Vous êtes malade ! » s'exclama Justine.

L'infirmière secoua négativement la tête.

« Non, mais c'est effroyable, cet après-midi. » Son regard indiquait la chambre.

« Allez vous reposer, je resterai jusqu'au soir, fit Justine.

— Miss Safford est en bas ; elle a encore une migraine.

— Je sais. Cela ne fait rien. Je me sens fraîche et dispose.

— C'est vrai que vous paraissez reposée ! » s'écria l'autre en examinant envieusement le visage de Justine.

Elle s'esquiva et Justine entra dans la chambre. Elle se sentait réellement alerte. Une nouvelle source d'espoir était montée en elle. Elle maîtrisait ses nerfs, elle avait retrouvé sa vision solide de la vie.

Dans la chambre, comme l'avait dit l'infirmière, c'était effroyable. L'heure avait sonné où l'effet des anesthésiques devait être précautionneusement évalué, où de longs intervalles de douleur succéderaient aux moments de plus en plus courts de soulagement. Cependant, selon l'optique de Wyant, c'était une bonne journée : les choses avaient plutôt bonne tournure, aurait-il dit. Et chaque jour, désormais, était une nouvelle victoire.

Justine vaquait mécaniquement à sa tâche. L'élan de force et de fermeté persistait et lui permettait de supporter ce qui était venu à bout du courage professionnel de Miss Mace. Mais, lorsqu'elle prit place près du lit, les gémissements de Bessy l'accablèrent. Ce n'était plus l'expression d'une douleur humaine. C'était la plainte monocorde d'un animal, le genre de râle qu'une main compatissante interrompt instinctivement. Or sa main avait d'autres devoirs : elle devait surveiller le pouls et le cœur, renforcer leur activité par les stimulants exceptionnels qu'utilisait à présent Wyant. Ayant ravivé la sensibilité à la souffrance, elle devait ensuite tenter de l'apaiser à l'aide de narcotiques à dose infinitésimale.

C'était tout simple, mais si elle ne le faisait pas ? Si elle ne touchait pas aux stimulants ? Wyant était absent, l'une des infirmières était épuisée, l'autre terrassée par la migraine. Le champ était libre. Pendant trois heures au moins, personne ne passerait vraisemblablement cette porte. Ah ! si seulement ce temps avait suffi ! Mais il y avait trop de vie en Bessy, sa jeunesse luttait trop fort pour elle ! Il lui faudrait plus de trois heures pour sombrer hors de la vie, et Justine ne disposait que de trois heures.

Elle consulta le petit réveil sur la table de toilette et vit que les aiguilles marquaient quatre heures. Une heure avait déjà passé. Elle se leva pour administrer le fortifiant prescrit. Puis elle prit le pouls et écouta les battements du cœur — toujours fort, trop fort !

Comme elle relevait la tête, la plainte animale cessa et elle entendit son nom : « Justine... »

Elle se pencha avidement : « Oui ? »

Pas de réponse : la plainte avait recommencé. Mais cette seule parole lui avait montré que l'esprit vivait encore dans son enveloppe de torture, que le pauvre corps impuissant qui gisait devant elle n'était pas encore un simple paquet de réflexes, mais son amie Bessy Amherst en train de mourir, de se sentir agoniser.

Justine se rassit, et la surveillance reprit. La deuxième heure s'écoulait lentement. Ah non, voilà qu'elle passait à toute vitesse ! Justine fixait les aiguilles de la pendule qui lui semblaient liguées contre elle pour dévorer les précieuses minutes. Elle pouvait voir maintenant à certains spasmes que la prochaine crise de douleur approchait, de celles que Wyant semblait parfois chercher à provoquer et dont il paraissait presque se réjouir.

Les yeux de Bessy se tournèrent de nouveau vers elle :

« *Justine...* »

Elle savait ce que cela voulait dire : Bessy réclamait une piqûre. Le petit instrument se trouvait à portée de sa main, à côté d'un flacon de morphine non entamé. Mais elle devait attendre, elle devait laisser la douleur devenir intolérable. Pourtant elle ne pouvait détacher son regard des yeux de Bessy, ces yeux qui l'imploraient de nouveau — *Justine!* Il n'y avait plus de mots maintenant, les plaintes étaient ininterrompues. Mais Justine entendit une voix intérieure, dont le plaidoyer toucha son cœur. Elle se leva, remplit la seringue et, revenant avec elle, se pencha sur le lit...

Elle leva la tête et regarda la pendule. La troisième heure commençait. Au même moment, elle entendit un pas derrière la porte. Qui cela pouvait-il être? Sûrement pas l'assistant du professeur Garford, qui ne devait pas arriver avant sept heures. Elle écouta de nouveau. L'une des infirmières? Non, ce n'était pas un pas de femme...

La porte s'ouvrit et Wyant entra. Justine était près du lit, pétrifiée. Elle n'eut pas un mouvement vers lui. Il s'arrêta aussi, dans son étonnement de la voir là, sans réaction. Dans ce silence, elle crut un instant entendre le violent souffle d'agonie de Bessy. Elle tenta de parler pour étouffer le bruit, mais ses lèvres tremblaient trop et elle resta muette.

Wyant paraissait ne rien entendre. Il ne bougeait pas, et elle sentit qu'elle devait s'avancer vers lui. Elle le fit et prit au passage sur la table de chevet la feuille de soins qu'elle devait lui soumettre.

« Eh bien? demanda-t-il dans le chuchotement familier réservé aux chambres de malade.

— Elle est morte. »

Il recula d'un pas, la fixant, blême, incrédule.

« Morte? Quand?

— Il y a quelques minutes.

— Morte? Ce n'est pas possible! »

Il se précipita en avant, l'écartant d'un coup d'épaule, et alluma la lumière tout en se penchant sur le lit. Elle s'aperçut alors seulement que la chambre avait été jusque-là presque plongée dans l'obscurité. Elle retrouva sa présence d'esprit et s'approcha de lui. Il procédait rapidement à l'examen de routine, restant en suspens au-dessus du lit comme quelque animal affamé à qui on a ravi sa proie. Puis il se pencha tout près des yeux et souleva les paupières.

« Ne faites pas d'ombre devant la lampe ! » commanda-t-il.

Justine s'exécuta.

Il s'inclina de nouveau pour examiner les yeux et resta ainsi un long moment. Il se redressa enfin et lui fit face.

« Avait-elle beaucoup souffert ?

— Oui.

— Plus que d'habitude ?

— Oui.

— Qu'avez-vous fait ?

— Rien. Je n'ai pas eu le temps.

— Pas le temps ? » Surexcité, il balaya la chambre d'un regard incrédule. « Où sont les autres, hein ? Pourquoi étiez-vous seule ici ?

— C'est arrivé si vite. J'allais appeler... »

Leurs regards s'affrontèrent. Le visage de Justine était parfaitement calme. Elle sentait que ses lèvres ne tremblaient plus, et elle ne redoutait pas le moins du monde l'œil inquisiteur de Wyant.

Tandis qu'il continuait à la fouiller du regard, son expression passa de la fureur incrédule à quelque chose de plus doux, de plus humain, elle n'aurait su dire.

« Cela a été trop dur pour vous, allez chercher une des deux autres, c'est fini », fit-il.

IV

1

Par une journée de septembre, un an et demi environ après la mort de Bessy, Amherst déjeunait avec sa mère dans la salle à manger de Westmore House, à Hanaford.

La maison appartenait maintenant à John Amherst et, peu après la perte de sa femme, il s'y était installé avec sa mère. Par un testament fait six mois avant sa mort, Bessy avait réparti ses biens entre son mari et sa fille, plaçant la part de Cicely en fidéicommis et nommant pour tuteurs Mr. Langhope et Amherst. Comme ce dernier était aussi le fiduciaire, l'administration totale des biens lui incombait, tandis qu'il restait le seul maître des Filatures Westmore par le fait qu'il recevait un pourcentage d'actions légèrement plus élevé que celui de sa belle-fille.

Le testament avait été une véritable surprise, non seulement pour Amherst lui-même, mais pour la famille de sa femme, et encore plus pour son conseiller juridique. Mr. Tredegar n'avait en effet pris aucune part dans l'établissement de l'instrument, mais, comme celui-ci avait été dressé en bonne et due forme, et par un cabinet d'excellente réputation, il avait dû reconnaître, en dépit de ses sentiments personnels et des adjurations ouvertes de Mr. Langhope de « faire quelque chose », qu'il n'y avait aucune raison de mettre en doute la validité de cet acte juridique.

Pour Amherst, ce testament représentait davantage qu'une preuve de confiance de sa femme : il venait de par-delà la mort comme un message de réconciliation. Car la date montrait qu'il avait été établi à un moment où lui-même supposait avoir perdu toute emprise sur elle, le lendemain du jour où elle avait exigé qu'il abandonnât la direction financière des Filatures et avait confié l'administration de ses biens à Mr. Tredegar.

Tandis qu'elle le frappait d'une main, elle sollicitait son pardon de l'autre. La contradiction était si caractéristique de Bessy, elle expliquait et excusait d'une manière si touchante les inconséquences de son cœur impulsif et de son esprit malléable qu'Amherst se sentit rempli du délicat remords, du sentiment pénétrant de ses propres défauts que les natures généreuses éprouvent lorsqu'elles découvrent qu'elles ont méconnu la générosité des autres. Mais Amherst n'était pas porté à l'introspection. La première angoisse de culpabilité passée, son robuste sens moral l'assura qu'il avait fait tout ce qu'il avait pu pour sa femme et qu'il n'était en aucune façon à blâmer si Bessy l'avait reconnu trop tard. Le remords s'effaça. Chassant l'amertume du passé, un souvenir adouci le rendit à sa tâche avec le sentiment qu'il travaillait désormais avec Bessy, non contre elle.

Mais il était possible après tout que le travail lui-même eût cicatrisé les vieilles blessures et eût empêché Amherst de s'abandonner aux vains regrets. Il n'avait que trente-quatre ans, et il avait retrouvé alors qu'il débordait d'énergie cette occupation qui lui convenait pleinement. Pour une nature saine, portée à s'exprimer dans l'activité utile, rien ne simplifie les complexités de la vie, rien ne mène à l'acceptation de ses vicissitudes et de ses mystères comme le sentiment de fournir chaque jour son effort pour défricher sa part de jungle. Cette joie était enfin concédée à Amherst. La filature était pratiquement à lui, et le fait qu'il la dirigeait non seulement en son propre nom mais aussi en celui de Cicely le rendait doublement désireux de justifier la confiance que sa femme avait placée en lui.

Mrs. Amherst, levant les yeux d'un télégramme que venait de lui remettre une femme de chambre, sourit à son fils par-dessus la table :

« C'est de Maria Ansell, ils arrivent tous demain.

— Ah ! voilà qui est bien, répondit Amherst. J'aurais été navré que Cicely ne vienne pas.

— Mr. Langhope vient aussi, poursuivit sa mère. J'en suis heureuse, John.

— Oui », acquiesça de nouveau Amherst.

Le lendemain devait être un grand jour pour Westmore. L'hôpital des urgences, projeté dès les premiers mois de son mariage, puis abandonné dans la réduction générale des dépenses, avait cette fois été conçu de manière plus imposante que l'infirmerie initiale, un peu comme un monument à la mémoire de Bessy. Une stricte diminution de ses dépenses personnelles et la location de Lynbrook et de l'hôtel particulier avaient permis à Amherst de dégager en huit mois suffisamment de fonds pour réaliser ce plan, qu'il considérait comme le symbole de la générosité de sa femme à l'égard de Westmore. Amherst tenait en effet encore sa fortune pour un don fait par Bessy plus à la filature qu'à lui-même : il se regardait comme le simple agent de sa bienfaisance et désirait ardemment faire partager ce point de vue à Westmore et à Hanaford. C'est pourquoi le Westmore Memorial Hospital devait être inauguré avec un faste inhabituel.

« Je suis heureuse que Mr. Langhope vienne, répéta Mrs. Amherst, tandis qu'ils se levaient de table. Cela prouve, mon chéri, qu'il est vraiment satisfait, n'est-ce pas ? et qu'il est sensible à tes intentions. »

Elle regarda avec orgueil son grand fils dont la tête semblait la dominer plus que jamais. Son assurance retrouvée et l'habitude du commandement avaient en effet redressé la taille d'Amherst, tout comme elles avaient rendu la clarté à ses yeux. Le sillon entre les sourcils s'était effacé et son expression concentrée, comme voilée, avait cédé la place à un regard attentif à autrui, aussi peu spéculatif que celui de sa mère.

« Cela prouve, mais oui, vous avez raison », répondit-il avec un rire léger, en lui caressant l'épaule au passage.

Il ne se faisait aucune illusion sur l'attitude de son beau-père : il savait que Mr. Langhope aurait volontiers fait annuler le testament qui dépossédait sa petite-fille de la moitié de son héritage et que le témoignage d'amitié qu'il donnait en venant n'était que pure concession aux convenances. Pourtant, dans l'état d'esprit qui était à présent le sien, Amherst en était presque à imaginer que le temps et des relations plus étroites pourraient progressivement transformer ces sentiments en véritable sympathie. Il aimait beaucoup sa jeune belle-fille et avait une conscience aiguë de ses obligations envers elle. Mr. Langhope ne manquerait pas de l'admettre et qui sait si cet aval ne déboucherait pas sur une amélioration de leurs rapports ?

Sa mère le retint :

« Tu retournes déjà à l'usine ? Et moi qui voulais avoir ton avis pour les chambres ! Miss Brent ne serait pas mieux près de Cicely ?

— Je crois que si. Je vous verrai avant de partir. »

Sur un signe de tête affectueux il se dirigea, des papiers pleins les mains, vers le fumoir oriental qui servait désormais de bureau et de cabinet de travail.

Mrs. Amherst, en revenant sur ses pas, trouva la femme de chambre en train d'introduire Mrs. Harry Dressel, sur son trente et un et plus blonde que jamais.

« Quel plaisir d'apprendre que vous attendez Justine ! commença Mrs. Dressel, tandis que les deux dames passaient au salon.

— Ah ! vous l'avez appris ? s'étonna Mrs. Amherst, faisant

asseoir sa visiteuse dans l'un des monumentaux fauteuils de peluche que surplombait, menaçante, la *Baie de Naples.*

— A l'instant seulement. En fait, je venais prendre des nouvelles et il y avait sur le seuil un jeune homme dont l'aspect m'a frappée et qui s'informait d'elle : j'ai entendu la femme de chambre lui répondre qu'elle arrivait demain. »

Les apparitions frappantes du sexe mâle n'abondaient guère à Hanaford, et la curiosité de Mrs. Amherst à l'égard des menus événements de l'existence fut aussitôt en éveil :

« Un jeune homme ? Quelqu'un que vous ne connaissiez pas ?

— Oh ! non : je suis sûre que c'était un étranger. Extrêmement frêle et pâle, avec des yeux remarquables. Il était fort déçu car il paraissait certain de la trouver.

— Eh bien, il reviendra demain... Vous savez que nous attendons tout le monde ? » ajouta Mrs. Amherst, pour qui la communication de bonnes nouvelles était toujours une tentation irrésistible.

L'intérêt de Mrs. Dressel s'accrut sur-le-champ.

« Vraiment ? Mr. Langhope aussi ?

— Oui. C'est un grand plaisir pour mon fils.

— Je le crois aisément ! Je m'en réjouis beaucoup. Evidemment, ce sera sans doute assez triste pour lui, de retrouver tout, si peu changé. »

Mrs. Amherst se raidit légèrement :

« Je pense au contraire qu'il préférera cela, fit-elle en changeant imperceptiblement de ton.

— Oh ! je n'en suis pas sûre. Ils n'ont jamais beaucoup aimé cette maison. »

Il y avait un rien d'aplomb supplémentaire dans le ton de Mrs. Dressel : au cours des derniers mois, elle avait été en Europe et s'était offert une faiblesse nerveuse, et ces signes incontestables d'une prospérité croissante trouvaient toujours un biais pour se faire sentir dans sa voix et son comportement. Ils l'autorisaient en tout cas à penser que ses opinions sur la plupart des sujets touchant au domaine de l'expérience humaine étaient d'un apport inestimable pour la sagesse universelle. Nullement décontenancée par le silence qui avait accueilli son commentaire, elle poursuivit son inspection critique du salon.

« Chère Mrs. Amherst — vous savez que je ne puis m'empêcher de dire ce que je pense —, je me suis souvent demandé pourquoi vous ne faisiez pas refaire cette pièce. Avec ces hauts plafonds, vous pourriez faire quelque chose de si joli en Louis XVI ! »

Les joues de Mrs. Amherst se colorèrent légèrement.

« Je n'ai pas l'impression que mon fils désire faire le moindre changement, répondit-elle.

— Oh ! je comprends son sentiment. Mais lorsqu'il commencera à recevoir... Et vous savez combien la pauvre Bessy avait horreur de ce mobilier. »

Mrs. Amherst eut un petit sourire.

« Peut-être, s'il se remarie », fit-elle, saisissant au hasard un prétexte pour changer de sujet.

Mrs. Dressel laissa retomber les mains qu'elle occupait machinalement à s'assurer que son chapeau était bien ajusté sur ses cheveux.

« S'il se *remarie* ? Quoi, vous ne voulez pas dire... ? Y songerait-il ?

— Pas le moins du monde. Je disais ça comme ça, répliqua l'hôtesse dans un éclat de rire.

— Ah bon, je vois. Il *ne peut* vraiment *pas* se marier, n'est-ce pas ? Je veux dire, ce serait si injuste pour Cicely, étant donné les circonstances. »

Les sourcils noirs de Mrs. Amherst se rapprochèrent en un léger froncement. Elle n'avait pas été sans remarquer déjà une tendance du clan d'Hanaford à considérer Amherst comme prisonnier de sa responsabilité fiduciaire, et soumis à l'obligation de remettre intacte à Cicely la fortune que le caprice de sa femme lui avait attribuée, et cette expression sans fard de l'opinion de la famille lui parut singulièrement déplaisante.

« Je n'avais pas vu les choses sous ce jour, mais peu importe la façon dont l'on considère une chose qui ne va pas se produire, fit-elle négligemment.

— Naturellement. Je vois que vous plaisantiez. Il est très attaché à Cicely, n'est-ce pas ? » renchérit Mrs. Dressel avec sa lumineuse stupidité.

Un bruit de pas annonça l'approche d'Amherst.

« Je suis obligé de m'en aller, mère... », commença-t-il. Mais, en entrant, il eut à la vue de la visiteuse un mouvement de recul instinctif, bien masculin.

« Oh ! Mr. Amherst, comment allez-vous ? Vous devez être en pleins préparatifs pour le grand jour. Je voulais simplement savoir si Justine arrivait bien demain, expliqua Mrs. Dressel, que l'effort pour se rappeler ce qu'elle était en train de dire à son arrivée troublait un peu.

— Mais ma mère attend toute la compagnie, il me semble, répondit Amherst, avec la fausse *bonhomie*[1] de l'homme pris au piège.

— C'est merveilleux ! Et comme c'est agréable de voir que l'arrangement de Mr. Langhope avec Justine a si bien tenu ! s'empressa d'ajouter Mrs. Dressel, dans l'espoir fiévreux d'étouffer sous sa volubilité tout souvenir de ce qu'il avait éventuellement surpris.

— Mr. Langhope a eu bien de la chance de parvenir à persuader Miss Brent de rester pour s'occuper de Cicely, intervint posément Mrs. Amherst.

— C'est vrai — mais quelle chance aussi pour Justine ! Quand elle est rentrée d'Europe avec nous l'automne dernier, j'ai bien vu qu'elle avait en horreur l'idée de reprendre son métier. »

L'expression d'Amherst s'assombrit à cette allusion et sa mère se hâta de répliquer :

« Ah ! elle était bien fatiguée, la pauvre enfant ! Ce que je crains pourtant, c'est qu'après s'être reposée cet été elle n'ait envie d'une occupation plus prenante que celle de veiller sur une petite fille.

— Oh ! cela m'étonnerait, elle aime tellement Cicely ! Et puis, avoir une maison confortable, c'est quand même tout pour elle ! »

Mrs. Amherst sourit :

« A son âge, ce n'est pas toujours tout. »

Mrs. Dressel fit la moue :

« Mais Justine a vingt-sept ans, savez-vous, et il est peu vraisemblable qu'elle se marie, maintenant », déclara-t-elle du ton sans appel de celles qui se sont mariées tôt.

En disant ces mots, elle se leva pour prendre congé, tendant une main cordiale :

« Vous devez avoir encore mille choses à faire pour demain. Si seulement il pouvait ne pas pleuvoir ! Non, je vous en prie, Mr. Amherst ! Je suis à quelques pas, je vais marcher. »

Cet après-midi-là, en allant à Westmore inspecter les derniers préparatifs, Amherst s'aperçut que, parmi les pensées plaisantes qui l'accompagnaient, l'une des plus agréables était celle de revoir Justine Brent.

De tout le petit groupe qui serait chez lui le lendemain, elle serait la seule à comprendre ce que ce jour signifiait pour lui et à apprécier l'usage qu'il avait fait de la grande chance qui lui avait été offerte. Même à ce moment-là, alors que tous les obstacles avaient

1. En français dans le texte. *N.d.T.*

été levés, l'approbation générale continuait à lui être refusée. Seul Duplain — finalement réintégré et nommé directeur — comprenait ses objectifs et les partageait. Mais la sympathie de Justine Brent était différente. Si elle était moins rationnelle, elle était plus chaleureuse, plus pénétrante. C'était un fluide subtil, impondérable, qui parvenait toujours à filtrer sous les lourdeurs ordinaires du commerce humain. Amherst avait souvent pensé à cette qualité de Justine au cours des semaines qui avaient suivi son brusque départ pour la Géorgie et, en essayant de la définir, il s'était dit qu'elle sentait avec son cerveau.

Elle avait en plus une place à part dans ses pensées, du fait qu'il l'associait aux derniers moments de sa femme. A son retour du Sud, il avait recueilli de tous côtés des témoignages de son tendre dévouement pour Bessy. Mr. Tredegar lui-même, pourtant si peu prodigue en louanges, avait joint les siens aux éloges unanimes. Les chirurgiens lui avaient appris comment son inlassable savoir-faire les avait aidés. La pauvre petite Cicely s'accrochait dans son désarroi à l'amie de sa mère, avec une ténacité enfantine. Le jeune pasteur de Sainte-Anne, enfin, en s'acquittant timidement de sa visite de condoléances, s'était étendu principalement sur le réconfort apporté par la présence de Miss Brent au chevet de l'agonisante.

Le fait de savoir que Justine avait été avec sa femme jusqu'à la fin avait en effet contribué plus que tout à adoucir le chagrin d'Amherst. Il avait tenté d'exprimer un peu de cela lors de la première conversation qu'il avait eue avec elle à son retour. Justine lui avait fait un compte rendu clair et professionnel des terribles semaines, mais, à la première évocation d'Amherst à la part qu'elle y avait prise, elle avait sombré dans une détresse qui semblait le supplier de réprimer jusqu'à la plus douce allusion à ce qu'elle avait ressenti. Leur amitié avait ceci de particulier que le silence et l'absence l'avaient toujours mystérieusement entretenue, et il avait senti que sa réticence approfondissait leur compréhension mutuelle comme ne l'auraient pas fait les plus libres confidences.

Très peu de temps après, une faiblesse nerveuse avait envoyé Mrs. Dressel à l'étranger. Elle avait demandé à Justine de l'accompagner, et elles étaient restées six mois en Europe. A leur retour, Amherst avait appris avec plaisir que Mr. Langhope avait confié Cicely à Miss Brent.

Sur la douleur de Mr. Langhope était venue se greffer une colère futile provoquée par l'inexplicable testament, et le sentiment complexe ainsi engendré avait trouvé son expression dans un débordement jaloux d'affection pour Cicely. Il avait immédiatement pris possession de l'enfant et, dans les premiers moments de son affliction, elle lui avait réellement été d'un grand réconfort. Mais, le temps passant et les bonnes habitudes enracinées reprenant le dessus, cette présence devenait, à propos de détails insignifiants, la source d'une irritation toujours renouvelée : les heures de Cicely dérangeaient le train-train régulier de sa maison ; l'intendante qui était chargée depuis longtemps de sa bonne marche acceptait mal l'intervention de la nurse de Cicely ; la petite gouvernante, se trouvant mêlée à ces différends, s'était effondrée et avait dû être rapatriée en Allemagne par le premier bateau. La recherche d'une remplaçante fut longue et difficile. La vie privée de Mr. Langhope s'en trouva perturbée : les professeurs qui venaient à domicile le consultaient constamment à propos des cours de Cicely et l'importunaient de leurs doléances et de leurs questions aussi fastidieuses les unes que les autres. Le pauvre Mr. Langhope finit par se trouver dans la position du parent du défunt qui a entrepris, dans la première ferveur de son deuil, l'édification d'un monument funéraire imposant, sans en avoir évalué le prix. Il avait d'abord voulu que son dévouement pour Cicely fût un monument à sa douleur paternelle ; mais les fondations étaient à peine posées que les crédits de temps et de patience étaient presque épuisés.

L'orgueil lui interdisait de confier Cicely à son gendre, bien que Mrs. Amherst se fût certainement chargée de l'enfant avec plaisir. Les habitudes migratoires de Mrs. Ansell lui permettaient seulement quelques conseils intermittents lors de ses passages. Mais un nouvel espoir éclaira le ciel de Mr. Langhope quand il eut l'idée de faire appel à Miss Brent.

L'expérience s'était révélée concluante et, lorsque Amherst rencontra de nouveau Justine, cela faisait déjà plusieurs mois qu'elle s'occupait de la petite fille et cette activité si conforme à sa nature avait restauré sa gaieté d'esprit. Il n'y avait plus trace en elle de cette douleur muette qui avait hanté Amherst après l'avoir vue. Justine était redevenue la créature éclatante, l'être le plus vivant qu'il lui eût été donné de voir. La crise par laquelle elle était passée ne se manifestait que par une expression plus mûre, un regard plus profond, comme si l'épanouissement de l'expérience avait voilé, sans l'atténuer, le premier éclat de la jeunesse.

Comme il s'attardait sur l'image ainsi évoquée, il se rappela les mots de Mrs. Dressel : « Justine a vingt-sept ans, il est peu vraisemblable qu'elle se marie, maintenant. »

Assez étrangement, il ne l'avait jamais imaginée mariée mais, maintenant qu'il en entendait la possibilité mise en doute, son inéluctabilité lui apparaissait au contraire avec une certitude fort désagréable. L'opinion de Mrs. Dressel était évidemment absurde. Justine avait toujours eu du charme et de la féminité. Mais il avait autrefois senti en elle une sorte d'immaturité d'elfe, comme d'un Ariel au cœur et aux sens intacts. Ce n'était que dernièrement qu'elle s'était parée de cette qualité subtile qui attire les pensées d'amour. Ne pas se marier ? Alors que la douce flamme venait tout juste de s'allumer en elle ! Le fait qu'elle fût pauvre et sans attaches, qu'elle dût se frayer sa voie toute seule, loin de la vie de plaisirs et de raffinement qui met la beauté d'une femme en valeur, ce handicap était nul aux yeux d'Amherst par rapport à l'authenticité chaleureuse qui se dégageait d'elle partout où elle se trouvait. D'ailleurs, jamais elle ne serait attirée par le genre d'homme qui ne remarque le charme d'une femme que si elle vit dans le luxe et sait s'habiller. Elle était toujours soignée et élégante dans son apparence, et possédait l'art propre aux jolies femmes de porter ses quelques vêtements simples comme s'ils étaient nombreux et variés. Pourtant il était évident qu'elle n'attachait qu'une importance très relative aux ornements de la vie. Non, l'homme qui lui plairait serait d'un genre différent. Il aurait d'autres ressources à lui proposer. Et Amherst se trouva en train de se demander quelles pouvaient être exactement ces ressources.

Il lui revint tout à coup que sa mère avait dit quelque chose au moment où il s'en allait, quelque chose à propos d'un jeune homme d'allure distinguée qui serait venu s'enquérir de Miss Brent.

Mrs. Amherst, innocemment curieuse des moindres événements, avait suivi son fils dans le hall pour demander à la femme de chambre si ce monsieur avait laissé son nom, et la réponse avait été négative. Le jeune homme n'était évidemment pas d'ici : tous les groupes sociaux d'Hanaford étaient bien connus les uns des autres. Il s'agissait donc d'un étranger, que l'espoir de rencontrer Miss Brent avait vraisemblablement amené là. Mais, s'il était au courant de sa venue, c'est qu'il devait connaître de près ses déplacements : cette pensée vint à Amherst comme une déplaisante surprise. Elle lui montrait pour la première fois à quel point il était ignorant de la vie personnelle de Justine, des liens qu'elle avait pu nouer hors du cercle de Lynbrook. Après tout, il l'avait vue principalement non point parmi ses amis à elle, mais parmi ceux de sa femme. Etait-il raisonnable de supposer qu'une personnalité aussi affirmée se serait contentée d'une existence en marge de celles des autres ? Elle avait certainement quelque part un milieu à elle et se trouvait soumise à des influences dont il ignorait tout. Depuis qu'elle avait quitté Lynbrook, il en savait encore moins sur elle. Elle avait passé l'hiver précédent avec Mr. Langhope à New York, où Amherst ne l'avait vue que lors de ses rares visites à Cicely. Mr. Langhope, en partant à l'étranger pour l'été, avait loué pour sa petite-fille une villa à Bar Harbour où, à part deux visites éclair de Mrs. Ansell, Miss Brent avait régné seule jusqu'à son retour en septembre.

Les réflexions d'Amherst l'amenèrent à penser que le mystérieux visiteur était très vraisemblablement une connaissance de Bar Harbour, ou même plus qu'une connaissance, un ami. Etant donné que Mr. Langhope et son petit monde n'avaient quitté Mount Desert que trois jours avant, l'arrivée à Hanaford de l'inconnu prouvait une singulière impatience de rejoindre Miss Brent.

Amherst en était à ce point de ses conjectures lorsqu'il se trouva au coin de la rue où il avait l'habitude de prendre le tramway pour Westmore. Au moment où il sautait sur la plate-forme, un autre tram, en provenance de la filature, s'arrêta pour laisser descendre ses voyageurs. Parmi ceux-ci, Amherst remarqua un petit homme mince, pauvrement vêtu, dont la silhouette vue de dos, tandis qu'il traversait la rue pour faire signe à un tramway en direction de la gare, lui parut vaguement familière et liée à des souvenirs pénibles. Amherst se pencha pour le revoir : oui, ce dos ressemblait tout à fait à celui du docteur Wyant. Mais que pouvait faire Wyant à Hanaford, et dans un tramway de Westmore ?

Le premier mouvement d'Amherst fut de sauter à terre et de le rattraper. Il savait que le jeune homme s'était admirablement comporté à Lynbrook. Il se souvenait même du professeur Garford disant, avec son sourire gentiment sceptique : « Ce pauvre Wyant a cru jusqu'au dernier moment que nous pourrions la sauver », et il sentit encore son propre soulagement de ce que le cruel miracle ne se fût pas produit.

Il avait une grande dette envers Wyant, et il avait tenté d'exprimer qu'il le savait par des mots pleins de chaleur et des honoraires très généreux. Mais, n'étant jamais retourné à Lynbrook depuis la mort de Bessy, il avait perdu de vue le jeune médecin.

Il aurait dû essayer de le rattraper, lui sembla-t-il, afin de savoir ce qu'il faisait à Hanaford et lui proposer éventuellement l'hospitalité. Mais, à supposer que cet étranger fût bien Wyant, son choix du tramway menant à la gare montrait qu'il allait prendre l'express de New York, et, de toute manière, les engagements d'Amherst à Westmore rendaient impossible une poursuite immédiate.

Il se consola en se disant que, si le docteur ne quittait pas Hanaford, il passerait sûrement à la maison, et ses pensées revinrent à Justine Brent. Mais le plaisir d'envisager son arrivée était troublé par de nouvelles sensations. Un sentiment de contrainte et d'embarras l'avait brusquement saisi et entravait cette libre communion d'esprit qui — il s'en rendait compte maintenant — avait été inconsciemment à la base de leur amitié. C'était comme si une étrangère s'était substituée à la présence familière qui habitait ses pensées depuis si longtemps. Et il se mit à entrevoir que l'intelligence qui existait entre Justine et lui, loin d'être le résultat d'une véritable intimité, émanait du charme qu'elle avait su répandre sur chacun de leurs entretiens fortuits.

Il était sorti de chez lui l'esprit semblable à un ciel d'été d'un bleu radieux où batifolent de légers nuages ensoleillés ; mais petit à petit les nuages s'étaient assombris et accumulés jusqu'à barrer la lumière de leur écran opaque, et ils s'étiraient, menaçants, sur tout son horizon.

2

Les festivités à Westmore avaient pris fin. La fine fleur d'Hanaford, rassemblée pour l'événement, s'était déversée à travers l'hôpital, avait inspecté l'installation, complimenté Amherst, s'était rappelée au souvenir de Mr. Langhope et de Mrs. Ansell, puis s'était de nouveau déversée, dehors cette fois, pour regagner qui son attelage, qui son automobile.

Les principaux acteurs de la cérémonie prenaient également congé. On avait aidé Mr. Langhope, pâle et nerveux après l'épreuve, à monter dans le landau des Gaines, avec Mrs. Ansell et Cicely ; Mrs. Amherst avait accepté une place dans la victoria des Dressel ; et Westy Gaines, avec un *empressement*[1] subtilement mêlé de condescendance, était en train de mettre son phaéton électrique à la disposition de Miss Brent.

Sous le coquet porche blanc de l'hôpital, cette dernière contemplait, par-delà les carrés de gazon bordés de fleurs, la longue rue de Westmore. Dans la chaude lumière de septembre saupoudrée d'or, la cité ouvrière faisait encore tache sur la face de la nature ;

1. En français dans le texte. *N.d.T.*

pourtant, çà et là, de tous côtés, Justine pouvait voir les signes d'un changement, d'une humanisation. Les talus chaotiques qui parsemaient les bas-côtés de la rue avaient été nivelés et plantés de gazon; des rangées de jeunes érables formaient déjà un feston cuivré le long des façades miteuses, et les maisons même, auparavant vétustes et lugubres, offraient, avec leurs rideaux pimpants aux fenêtres et leurs cours fleuries à barrières blanches, une image beaucoup plus civilisée.

A l'extrémité de l'autre rue, on voyait toujours les bâtiments de la filature déchirer le ciel de leurs toits sévères et de leurs cheminées noircies. Mais, là aussi, il y avait des signes d'amélioration : l'un de ces bâtiments avait déjà été agrandi; un autre était entouré d'échafaudages, dans le même dessein; de jeunes arbres et une pelouse joliment clôturée remplaçaient le désert de terre battue qui les entouraient naguère.

Comme Amherst sortait de l'hôpital, il entendit Miss Brent décliner l'offre d'une place dans le phaéton de Westy :

« Merci infiniment, mais il y a quelqu'un ici que je veux voir d'abord — un ouvrier — et il me sera facile de prendre le tramway d'Hanaford. »

Elle tendit la main avec ce sourire qui diaprait soudain tout son visage et Westy, décontenancé par ce mépris inexplicable de ses privilèges de femme, monta seul dans son char.

Lorsque, vision funèbre, il se fut évanoui dans le lointain, Amherst se tourna vers Justine :

« Vous vouliez voir les Dillon? » demanda-t-il.

Ils se regardèrent dans les yeux, et elle eut de nouveau ce sourire. Il ne l'avait jamais vue si radieuse depuis le jour lointain de novembre où ils avaient pique-niqué avec Cicely près du marais. Il se demanda vaguement si elle était habillée de manière plus recherchée qu'à l'ordinaire, ou si l'impression d'allégresse qu'elle produisait reflétait simplement son humeur.

« Certes, je veux voir les Dillon. Comment avez-vous deviné? » répliqua-t-elle; et Amherst répondit aussitôt, sans y réfléchir :

« Pour la même raison que celle qui vous y a fait penser. »

Qu'elle se fût souvenue des Dillon le rendait absurdement heureux. Il retrouva d'emblée leur communion d'esprit, que ses pensées avaient troublée la veille.

« Je me sens presque gêné en ce qui concerne les Dillon, car ils constituent l'une de mes démonstrations, ils illustrent le texte », lui confia-t-il en riant, comme ils descendaient l'escalier.

Les ouvriers avaient eu droit à une demi-journée de congé pour l'inauguration de l'hôpital et, lorsque Justine et Amherst arrivèrent dans la rue, des groupes dispersés rentraient chez eux. Ils présentaient bien sûr encore un aspect morne, étriqué, vestige des restrictions d'air et de mouvement, mais il y avait peut-être plus d'animation dans les groupes, plus de lumière dans les visages pris un à un. Un certain nombre de jeunes gens rendirent à Amherst son bonjour avec un regard amical, et les femmes auxquelles il parla lui répondirent avec une volubilité qui montrait l'habitude de contacts fréquents.

« Vous avez vraiment fait beaucoup ! » s'exclama Justine, quand il l'eut rejointe après l'une de ces conversations. Mais à peine eut-elle parlé qu'une ombre d'embarras se peignit sur son visage, comme si elle craignait d'avoir suggéré des comparaisons qu'elle tenait à éviter.

Il répondit tout naturellement :

« Oui, je commence à savoir m'y prendre, maintenant. Et c'est assez fantastique de voir la façon dont ils réagissent... »

Ils poursuivirent leur chemin sans plus aucune trace d'embarras entre eux. Tout en marchant, il lui expliquait ce qu'il avait déjà fait, et ce qu'il comptait faire encore.

Les Dillon avaient obtenu la responsabilité d'une pension pour ouvriers célibataires, aménagée dans l'un des anciens bâtiments de l'usine. Sa façade sinistre, maintenant couverte de vigne vierge et entourée de plates-bandes fleuries, avait pris un air avenant. A l'intérieur, il y avait une cuisine ensoleillée, bien tenue, une grande salle à manger aux murs peints de couleurs gaies et une salle où les hommes pouvaient flâner et fumer autour d'une table couverte de revues.

La création de ces pensions modèles avait toujours été l'un des projets favoris d'Amherst, et les Dillon, rendus inaptes au travail d'usine, s'étaient montrés remarquablement adaptés à leur nouvelle tâche. Dans le petit salon douillet de Mrs. Dillon, parmi les coussins amidonnés du canapé et les coquillages roses, témoignages de la prospérité de la famille, Justine rayonnait de joie et de sympathie. Elle s'était toujours intéressée à la façon de vivre et de penser des ouvriers. Ce n'était pas l'intérêt constructif du sociologue mais celui d'un cœur sensible et imaginatif, attentif à tous les appels. Elle aimait les entendre parler de leurs luttes âpres et de leurs petites réussites touchantes : les maladies des enfants, la chance du père d'avoir eu ce travail, la petite somme qu'ils avaient pu mettre de côté, les plans qu'ils avaient formés pour l'avenir de Tommy et les notes de Sue à l'école, qui étaient toujours meilleures que celles de la fille des Hagan.

« Ce que j'aime, c'est bavarder avec eux, leur donner des conseils pour la toux du bébé ou sur la manière la plus économique de faire des achats, déclara-t-elle joyeusement lorsqu'elle se retrouva dans la rue avec Amherst. C'est le même genre d'intérêt que celui que je ressentais pour mes poupées et mes cochons d'Inde, celui d'une vieille fille qui dirige et se mêle de tout. J'ai l'impression que je ne me soucierais pas le moins du monde d'eux si je ne pouvais leur administrer des médicaments ou des " ordonnances ". »

Amherst rit à son tour. Il se rappelait l'époque où il avait rêvé d'une contribution des femmes à la bienfaisance universelle, sous forme d'une sympathie semblable à celle-ci : chaude et individualisée. Eh bien, ce rêve s'était fait réalité : il avait devant lui une femme dont les actes parlaient pour elle. Que ne feraient-ils pas ensemble à Westmore ! C'était d'une clarté aveuglante ! Le soleil qu'ils avaient en ce moment dans les yeux tout en se rendant à la filature n'était pas aussi aveuglant ! Mais cette évidence le laissa sans voix, confus, heureux d'avoir un prétexte pour tirer Duplain de son bureau, le présenter à Miss Brent et lui demander les clefs des bâtiments.

Là encore, c'était merveilleux de voir comme elle comprenait tout : l'homogénéité de son projet, sa tentative d'harmonisation entre travail et loisirs afin que l'ouvrier cesse d'être traité comme une créature mi-homme, mi-machine (la partie humaine automatiquement négligée au profit de la partie mécanique). Elle ne se satisfaisait pas de généralités plus ou moins utopiques, mais voulait savoir le pourquoi et le comment de chaque cas, entendre les conclusions qu'il tirait des résultats déjà obtenus et les nouvelles perspectives que lui ouvraient ses expériences.

En parlant travail, il oublia toute contrainte pour en revenir à la franche camaraderie d'esprit qui avait toujours marqué leurs rapports, et ce fut à contrecœur qu'il tourna la clef de la dernière porte. Sur le seuil, il marqua un temps d'arrêt.

« Quoi d'autre ? » demanda-t-il avec un petit rire destiné à masquer son désir de prolonger leur visite.

Justine regarda le soleil et vit qu'il était encore haut par-dessus les toits de l'usine.

« Tout ce que vous avez encore le temps de me montrer. Cicely n'a pas besoin de moi cet après-midi, et qui sait quand je reverrai Westmore... »

Ces mots tombèrent sur lui comme une douche glacée. Son

sourire s'éteignit et, pendant un moment, son regard se perdit dans le lointain.

« Mais j'espère que Cicely sera souvent ici, finit-il par dire.

— Oh ! je l'espère bien aussi ! » répliqua-t-elle, ignorant apparemment tout lien entre le vœu d'Amherst et ce qu'elle venait de dire.

Amherst hésita. Il avait eu l'intention de lui proposer une visite à l'ancien Eldorado, qui abritait enfin l'école du soir et la crèche si longtemps désirées. Mais, depuis qu'elle avait parlé, il ressentait une soudaine indifférence envers ce qu'il lui restait à montrer. A quoi cela servirait-il puisqu'elle avait l'intention de quitter Cicely et de dériver loin de lui ? Il pourrait certes poursuivre son œuvre, privé de sympathie et de compréhension, mais il venait de goûter à celles-ci pendant quelques heures et sa vie ordinaire lui semblait tout à coup insipide.

« Il doit y avoir encore quelque chose à voir ? » reprit-elle comme ils s'en revenaient vers le village ; et il répondit, absent :

« Oh ! oui, si vous voulez. »

Il perçut lui-même le changement de sa voix, et le rapide coup d'œil qu'elle lui lança de côté l'avertit qu'elle l'avait aussi remarqué.

« Je vous en prie, montrez-moi tout ce que je peux voir avant de prendre le tramway d'Hanaford vers six heures.

— Bon, alors, d'abord l'école du soir », dit-il en se forçant à la légèreté. Et, pour se débarrasser de ses pensées désagréables, il ajouta négligemment :

« A propos, cela semble improbable, mais, hier, j'ai eu l'impression de voir le docteur Wyant dans un tramway de Westmore. »

Elle répéta le nom, surprise.

« Le docteur Wyant ? Ça, par exemple ! En êtes-vous sûr ?

— Pas tout à fait, mais si ce n'était pas lui, c'était son fantôme. Avez-vous entendu dire qu'il était à Hanaford ?

— Non. Cela fait des siècles que je n'ai pas entendu parler de lui. »

Quelque chose dans son ton lui fit jeter à son tour un coup d'œil en biais dans sa direction, mais sa voix, en y pensant mieux, ne dénotait qu'indifférence, et son visage semblait également impassible. Il se souvint d'une vague rumeur à Lynbrook, selon laquelle le jeune médecin aurait été attiré par Miss Brent. Il était rare que des graines de bavardage portées par le vent s'implantassent dans son esprit, mais, dans ce cas précis, le fait acquérait une nouvelle signification et il se demandait comment il avait pu y accorder si peu d'intérêt à l'époque. Son air indifférent quelque peu forcé signifiait sans doute simplement que les attentions de Wyant l'avaient importunée et que leur rappel éveillait encore en elle une certaine gêne.

Soulagé de cette conclusion, Amherst murmura : « Oh ! ce ne devait pas être lui », et il lui fit prendre rapidement la route de l'Eldorado. Mais l'impression familière de symbiose s'était de nouveau brouillée. L'attention que portait Justine aux détails de l'école et de la crèche ne semblait plus à Amherst que relever de cette merveilleuse faculté qui était la sienne de s'absorber dans les affaires d'autrui. Quel sot il était d'en avoir été dupe, d'avoir pu croire qu'il s'agissait de quelque chose de plus intime que la grâce habituelle de ses manières !

Ils se trouvaient dans une salle de classe vide. Elle se tourna vers lui après avoir regardé le tableau noir et il se planta devant elle :

« Vous parliez de ne pas revoir Westmore. Vous songez à quitter Cicely ? » demanda-t-il brusquement.

Les mots étaient presque à l'opposé de ceux qu'il avait eu l'intention de prononcer. C'était comme si quelque irrésistible conviction intérieure défiait la méfiance qu'il avait d'elle en surface.

Elle resta immobile devant lui, et il vit une pensée traverser son visage.

« Pas dans l'immédiat, mais peut-être lorsque Mr. Langhope aura pu s'arranger autrement. »

A cause du demi-congé, ils se trouvaient isolés dans le bâtiment de l'école. Le fait d'être seul avec elle, sans crainte d'être interrompu, fit naître chez Amherst un désir fou de goûter pour une fois la joie de parler sans retenue.

« Pourquoi partez-vous ? » demanda-t-il, se rapprochant tout près de l'estrade où elle se trouvait.

La main posée sur le bureau du maître, elle hésitait. Son regard était plein de douceur, mais il trouva son ton froid.

« Cette vie facile n'est pas faite pour moi », dit-elle enfin, avec un sourire qui enveloppait ces mots d'imprécision.

Amherst l'examina avec attention ; elle lui semblait s'éloigner, devenir inaccessible.

« Vous voulez dire que vous n'avez pas envie de rester ? »

C'était si brutal qu'elle en rougit, ce qui était plutôt rare chez elle.

« Non, ce n'est pas cela. J'ai été très heureuse avec Cicely, mais il va falloir bientôt que je passe à quelque chose d'autre. »

Pourquoi rougissait-elle ? Et que signifiait sa dernière phrase, ce « quelque chose d'autre » ? Le sang bourdonnait à ses oreilles ; il se prit à espérer qu'elle ne lui répondrait pas trop vite.

Elle s'était laissée tomber sur la chaise du maître et avait calé ses coudes sur le bureau, son menton reposant sur ses mains entrelacées. Le petit bouquet de violettes qu'elle avait glissé dans un pli de sa robe se détacha et tomba par terre.

« Ce que je veux dire, reprit-elle d'une voix sourde en plongeant ses yeux dans ceux d'Amherst, c'est que j'ai eu récemment très envie de reprendre un véritable travail — mon travail à moi. J'ai été trop désœuvrée toute l'année dernière, je veux avoir à m'occuper d'un cas difficile. Je veux aider les malheureux. »

Elle parlait avec conviction, avec passion même, et, en l'écoutant, il sentit se dissiper la vague crainte qui l'avait saisi. Il ne l'avait jamais vue ainsi, les sourcils tourmentés, toute l'horreur des souffrances du monde dans son regard. Elle avait perdu tout éclat. C'était une créature grisâtre semblable à une grive, toute en demi-teintes. Pourtant elle paraissait bien plus proche que lorsqu'elle dardait sur lui les rayons de son sourire.

Il ne bougeait pas, les yeux rivés sur le bouquet de violettes qui gisait aux pieds de Justine. Tout à coup, il releva la tête :

« Et si c'était Wyant qui avait essayé de vous voir ? laissa-t-il échapper en rougissant comme un petit garçon.

— Le docteur Wyant, essayer de me voir ? » Elle posa ses deux mains à plat sur le bureau et resta assise tout en le regardant avec un étonnement manifeste.

Il comprit le manque d'à-propos de sa question et partit malgré lui d'un éclat de rire très juvénile.

« Je veux dire..., c'est seulement qu'un inconnu est venu hier à la maison et vous a demandée, en affirmant que vous deviez être arrivée. Il semblait si ennuyé de ne pas vous trouver que j'ai pensé — j'ai imaginé — que ce devait être quelqu'un qui vous connaissait très bien... et qui vous avait suivie ici... pour quelque raison spéciale... »

Le rouge lui monta de nouveau au visage, comme pour s'apparier au sien, mais ses yeux montraient qu'elle ne comprenait toujours pas.

« Quelque raison spéciale ?

— Et là, tout de suite, continua-t-il avec précipitation, quand vous avez dit que vous quitteriez bientôt Cicely, j'ai pensé à cette visite et je me suis demandé s'il y avait quelqu'un que vous aviez l'intention d'épouser... »

Le silence se fit entre eux. Justine se mit lentement debout, les yeux dissimulés sous la voilette qu'elle avait abaissée. Elle descendit de l'estrade en souriant à demi :

« Non, je n'ai pas l'intention de me marier. »

Revenue au niveau d'Amherst, sa petite tête ombragée juste à la hauteur de ses yeux, elle semblait plus proche, plus accessible et féminine.

Elle fit quelques pas vers la fenêtre et regarda la rue déserte.

« La nuit tombe, il faut que je rentre, murmura-t-elle.

— Oui », acquiesça-t-il machinalement en la rejoignant. Il n'avait aucune idée de ce qu'elle disait. Les voix intérieures qu'ils utilisaient d'habitude se mettaient à parler plus fort que les mots. Ou bien était-ce seulement la voix de son désir qu'il entendait, le cri de nouveaux espoirs, d'un appétit de vivre insoupçonné ? Un torrent déferlait dans son être. C'était le sommet de la vie que de sentir dans le tumulte de son esprit et de son cœur qu'elle était sa semblable, de baigner sa vue et son ouïe dans le bonheur de sa présence si proche, de laisser parler haut et clair en lui cette unique pensée : « C'est la femme de ma vie. »

Il demanda brusquement :

« Vous ne vous marieriez pas si cela vous donnait la chance de faire ce que vous dites ? Si cela vous offrait un travail dur et l'occasion d'améliorer le sort d'un grand nombre de gens, comme personne d'autre que vous ne saurait le faire ? »

C'était une étrange demande en mariage : il le sut avant d'avoir terminé. Mais il ne lui était pas venu à l'esprit de lui dire qu'elle était belle et désirable. Dans son humilité, il pensait que ce qu'il avait à donner plaiderait davantage en sa faveur que ce qu'il était.

L'effet produit sur elle par sa question fut aussi singulier qu'indéchiffrable : elle se raidit imperceptiblement mais ne fit pas un mouvement et garda les yeux fixés sur la rue. « *Vous !* » fit-elle seulement, dans un souffle, et il vit qu'elle se mettait à trembler.

Sa déclaration avait été brutale et maladroite. Il eut peur de l'avoir offensée et ce fut d'une main tremblante aussi qu'il chercha la sienne.

« Je pensais seulement... Je sais bien que ce travail ennuierait la plupart des femmes, mais je pensais... Je vous ai vue si souvent compatir à la souffrance..., j'ai vu comme vous avez besoin de la soulager. »

Elle se détourna de lui avec un violent soupir.

« Oh ! je hais la souffrance ! » s'écria-t-elle en cachant son visage dans ses mains.

Amherst fut effrayé. Comme il avait manqué de tact en rouvrant l'ancienne blessure ! Il aurait dû plaider pour lui-même, laisser l'homme en lui partir à sa conquête et accepter l'échec, au lieu de se dissimuler derrière le prétexte dérisoire de la philanthropie.

« J'ai seulement voulu dire — j'ai essayé de me faire valoir par mon travail », fit-il avec un pauvre rire, tandis qu'elle demeurait silencieuse, évitant toujours son regard.

Ce silence se prolongea un long moment — il s'étirait entre eux comme une interminable route au bout de laquelle, accablé, il la regardait petit à petit disparaître. Et puis, subitement, comme elle n'était plus qu'un point minuscule à l'horizon, la perspective se renversa mystérieusement et il la sentit se rapprocher, la sentit contre lui — sentit sa main dans la sienne.

« Je suis vraiment comme les autres femmes, vous savez : j'aimerai ce travail, parce que c'est le vôtre », déclara-t-elle.

3

Tout le monde s'accorda pour reconnaître que, dans l'ensemble, Mr. Langhope s'était fort bien comporté.

Il commençait tout juste à retrouver sa sérénité à l'égard du testament. Il percevait en effet qu'aux yeux du public un événement d'importance et de qualité était en train de s'accomplir à Westmore, qui, s'il réduisait les revenus de Cicely pendant sa minorité, agirait par la suite, aussi incroyable que cela pût paraître, dans le sens de leur accroissement. Tels étaient les propos que Mr. Langhope, toujours prêt à s'accommoder le plus confortablement possible de ce qu'il ne pouvait éviter, s'était mis à répandre dans ses commentaires confidentiels sur Amherst, lorsque son équilibre fraîchement reconquis fut cruellement ébranlé par la nouvelle du remariage de son gendre.

Il lui était impossible d'exprimer ouvertement sa colère, dans la mesure où, même en déployant à son propre endroit le maximum de circonstances atténuantes, il ne pouvait s'en prendre qu'à lui-même.

« Mais quoi, allez-y ! Traitez-moi de triple sot pour les avoir rapprochés ! » Ainsi défiait-il Mrs. Ansell, dans le petit salon intime new-yorkais de la vieille dame, où ils débattaient ensemble de la question.

Mrs. Ansell, tournant pensivement sa cuiller dans son thé, accueillit ce défi avec calme :

« Pour le moment, vous vous en chargez vous-même, lui fit-elle observer. Et puis, je ne suis pas tellement disposée à être de votre avis.

— Pas de mon avis ? Mais vous m'aviez dit de ne pas engager Miss Brent ! Me l'avez-vous dit, oui ou non ? »

Elle acquiesça sans enthousiasme et il poursuivit, sautant sur l'autre face de l'argument :

« D'ailleurs, sapristi, je me demande bien comment j'aurais pu faire autrement ! Aucun homme ne s'est jamais trouvé dans une situation pareille !

— C'est bien vrai, admit-elle, levant tout à coup les yeux vers lui. Je crois que, pour la première fois de votre vie, vous avez regretté de ne pas m'avoir épousée. »

Elle soutint son regard un instant, avec une tendre malice. Il se mit alors à rire et tira une cigarette de son étui.

« Hum ! dites-moi, vous avez interverti les rôles », répliqua-t-il en tendant le bras vers la boîte d'allumettes émaillée, à côté de lui. Elle laissa passer l'aimable propos avec un léger sourire et il poursuivit, revenant à son grief :

« Pourquoi ne vouliez-vous pas que j'engage Miss Brent ?

— Oh ! je ne sais pas — une sorte d'instinct.

— Vous ne voulez pas me le dire ?

— Même si j'essayais, je ne pourrais pas. Et maintenant, après tout...

— Après tout, quoi ? »

Elle réfléchit.

« Vous n'aurez plus à vous faire de souci pour Cicely, je veux dire.

— Je n'aurai plus à me faire de souci pour Cicely ? » Mr. Langhope commençait à trouver sa charmante amie moins réconfortante que d'habitude. La femme la plus magnanime a sa manière détournée de dire : *je vous l'avais bien dit.* « Comme si n'importe quelle bonne gouvernante n'aurait pas fait cela pour moi ! grommela-t-il.

— Ah ! pour ce qui concerne les soins dans l'immédiat. Mais je regardais de l'avant, répliqua-t-elle.

— Vers quoi donc, puis-je le savoir ?

— Vers les quelques années à venir — si Mrs. Amherst avait des enfants à elle.

— Des enfants à elle ? (Il sursauta, furieux de la suggestion.)

— Cela ne vous avait jamais traversé l'esprit ?
— Sûrement pas comme une source de consolation !
— Je pense qu'un esprit philosophique pourrait considérer ainsi les choses.
— J'aimerais bien savoir comment ! »
Mrs. Ansell posa affectueusement son regard tolérant sur son vieil ami :
« Mr. Amherst, en tant que père, adoptera une conception plus conservatrice de ses devoirs. Tout le monde s'accorde à penser qu'en dépit de ses théories il a le sens des affaires : tout ce qu'il fera à Westmore au profit de ses enfants sera naturellement aussi à celui de Cicely. »
Mr. Langhope lui retourna pensivement son regard.
« Il y a quelque chose dans ce que vous dites, admit-il au bout d'un moment. Mais cela ne change rien au fait que, si Amherst ne s'était pas marié, l'ensemble de la fortune de Westmore serait revenu à Cicely, à qui elle appartient !
— Peut-être bien. Mais il était à peu près certain qu'il se remarierait.
— Je ne vois pas pourquoi ! Un homme d'honneur se serait senti obligé de garder l'argent pour Cicely.
— Mais vous perdez de vue que, du point de vue de Mr. Amherst, l'argent appartient plus à Westmore qu'à Cicely.
— Il ne vaut pas mieux qu'un socialiste, alors !
— Eh bien soit, admettons. Dans ce cas, la naissance d'un fils, d'un héritier y remédiera. »
Mr. Langhope fit la grimace, mais elle insista avec douceur :
« C'est vraiment moins risqué pour Cicely, tel que c'est » ; et, avant que la conférence ne prît fin, il se vit contraint de reconnaître malgré lui :
« Bon, étant donné qu'il n'a pas eu la décence de rester célibataire, je lui suis reconnaissant de ne pas nous avoir infligé une étrangère ; et puis, je n'oublierai jamais ce que Miss Brent a fait pour ma pauvre Bessy... »
C'était l'opinion où elle avait voulu l'amener, et celle qu'en fin de compte il présenterait, avec son charme et sa souplesse habituels, aux regards inquisiteurs d'une société profondément remuée par le remariage d'Amherst.
« Evidemment, si Mr. Langhope approuve », murmurait-on à contrecœur. Et l'approbation de Mr. Langhope se manifesterait désormais dans les marques extérieures de considération qu'il multiplierait à l'égard des jeunes mariés.

Amherst et Justine s'étaient mariés en septembre et, après un voyage au Canada et dans les Adirondacks, ils revenaient à Hanaford pour l'hiver. Amherst avait proposé un bref séjour en Europe. Mais sa femme préférait se mettre tout de suite à ses nouvelles attributions.

Mrs. Dressel avait salué la nouvelle de son mariage par un commentaire qui, par la suite, devait lui revenir souvent en mémoire : « C'est magnifique pour toi, chérie, *en un sens*, avait murmuré son amie, prise entre dénigrement et envie ; c'est-à-dire : si tu peux supporter de passer le restant de tes jours à parler des Filatures Westmore.

— Oh ! mais je ne le pourrais pas, je détesterais cela ! » avait énergiquement riposté Justine ; et elle avait accueilli l'inquiétant « eh bien, alors ? » de Mrs. Dressel avec l'assurance joyeuse qu'elle avait bien l'intention de mener la conversation comme elle l'entendait.

Elle savait fort bien à quoi correspondait cet avertissement. Pour Amherst, si longtemps contrecarré dans le travail qu'il avait choisi, le sujet de Westmore était devenu une idée fixe, et il était naturel qu'Hanaford le classât comme l'homme d'un seul sujet de conversation. Mais Justine avait deviné l'autre face de sa personnalité — une face contrariée tout aussi longtemps, beaucoup moins articulée, et à laquelle elle avait la ferme intention de rendre vie. Elle l'avait pressentie en lui dès le début, bien que leurs entretiens eussent toujours si unilatéralement porté sur la question qui lassait Hanaford, et elle en avait eu la révélation au cours des heures silencieuses passées parmi ses livres, lorsqu'elle était entrée dans une communion si étroite avec son esprit.

Justine n'avait assurément pas l'intention de passer le reste de sa vie à parler des Filatures Westmore ; mais, dans la superbe de son bonheur, elle voulait commencer sa vie conjugale par l'organisation des tâches quotidiennes que celle-ci comportait et, alors seulement, elle remporterait sa victoire : elle ferait jaillir le secret caché d'Amherst lorsqu'il ne serait plus cet homme d'affaires préoccupé, enchaîné à ses fonctions. Des amoureux quelconques auraient sans doute eu besoin d'un cadre romantique pour susciter des sentiments romantiques, mais l'imagination étincelante de Justine s'empara de ce défi à sa mesure et sut extraire la poésie du prosaïque quotidien.

Et ce fut le triomphe que les premiers mois lui apportèrent. Pour le commun des mortels, Amherst et Justine semblaient vivre à

Hanaford; en réalité, ils voyageaient sur des mers d'aventures inconnues, émaillées d'îles heureuses : chaque nouvelle découverte qu'ils faisaient l'un sur l'autre, chaque nouvelle identité de vues ou de sentiments s'offrait à ces explorateurs intrépides comme une côte hospitalière où ils pouvaient aborder et faire le point. C'est par de telles métaphores que Justine décrivait parfois leur vie conjugale. Elle la voyait aussi comme un voyage à travers des villes peuplées, où chaque visage rencontré était celui d'Amherst ; ou bien au contraire comme une multiplication des terminaisons sensorielles, qui faisait d'eux une surface réceptive à chaque vibration du monde ; le vieux mythe de l'herbe qu'on entend pousser et de l'arc-en-ciel que l'on poursuit prenait ici tout son sens : il représentait l'exaltation de la personnalité parvenue à la communion suprême avec l'univers.

En fait, le travail de Westmore devint un sédatif presque nécessaire après ces vols dans le firmament. Elle sentait parfois qu'ils auraient été à bout de sensations si les heures laborieuses ne leur avaient fourni chaque jour un réservoir où emmagasiner de nouvelles capacités d'émotion. Et leurs tâches présentaient la qualité rare de constituer précisément le lien le plus profond, le plus délicat entre eux, l'élément clarifiant qui préservait leur bonheur de la stagnation et le maintenait au plus fort du courant des sentiments humains.

Or, dans les derniers jours de novembre, cette composante de leur amour fut subitement mise à l'épreuve. Depuis qu'il était rentré de son voyage annuel en Europe, Mr. Langhope présentait des signes d'affaiblissement. Il n'avait plus de « ressort ». Il avait dû abandonner ses soupers nocturnes, déserter son fauteuil d'orchestre à l'Opéra, se trouvait en somme contraint de prendre ses divertissements en société à dose « homéopathique », comme il s'en plaignait. Certains de ses amis disaient qu'il n'avait jamais été « tout à fait le même » depuis la mort de sa fille. D'autres voyaient la cause déterminante de ce changement dans le choc subi lors du remariage d'Amherst : mais Mr. Langhope mit rapidement un terme à cette insinuation en écrivant pour demander aux jeunes mariés de prendre sa solitude en pitié et de venir passer l'hiver avec lui en ville. La lettre était adressée à Justine, qui la tendit à son mari un après-midi à son retour de l'usine.

Elle s'assit devant la table à thé du salon de Westmore, transformé non pas en « quelque chose de joli en Louis XVI », selon la vision de Mrs. Dressel, mais en une sorte de bibliothèque chaude et sobre, parsemée de vases de fleurs, de fauteuils profonds et de lampes tamisées agréablement rapprochées les unes des autres.

Amherst lut la lettre, puis regarda sa femme : comme son visage rayonnant, expressif, allait bien à ce décor créé pour lui ! Toujours aussi indifférent aux détails extérieurs, Amherst commençait tout de même à ressentir un vague plaisir des yeux partout où elle avait passé.

« Bon, il faut le faire, dit-il simplement.

— Oh ! il faut ? » murmura-t-elle en lui tendant sa tasse.

Il sourit à ce ton découragé.

« Femme dénaturée ! New York contre Hanaford ! New York te déplaît donc tant ? »

Elle tenta d'introduire une note de contentement dans sa voix :

« Je serai très heureuse de retrouver Cicely... D'ailleurs, c'est évidemment, ajouta-t-elle après réflexion, la raison pour laquelle Mr. Langhope nous veut.

— Eh bien, si c'est cela, c'est une bonne raison.

— Oui. Mais combien de temps seras-tu avec nous ?

— Si tu le désires, je m'arrangerai pour m'absenter d'ici, un mois ou deux.

— Oh ! non, je ne veux pas cela ! s'écria-t-elle avec un sourire assez triomphant. Mais pourquoi Cicely ne viendrait-elle pas ici ?

— Mr. Langhope est déjà coupé de ses distractions habituelles et j'ai bien peur qu'il se retrouve alors encore plus seul.

— Oui, c'est vrai. »

Elle reposa sa tasse sans y avoir touché, posa ses coudes sur ses genoux et son menton sur ses mains entrelacées, selon l'attitude qu'elle adoptait pour réfléchir.

Amherst vint la rejoindre sur le canapé.

« Ma chérie, qu'y a-t-il ? demanda-t-il, prenant ses mains dans les siennes et la forçant ainsi à tourner son visage vers le sien.

— Rien — je ne sais pas — c'est de la superstition. J'ai été si heureuse ici !

— Notre bonheur est-il trop fragile pour être transplanté ? »

Elle sourit et répondit par une autre question :

« Cela ne t'ennuie pas d'y aller, alors ? »

Amherst hésita.

« Te dirai-je ? Je sens que c'est une sorte d'anneau de Polycrate. Il peut acheter le silence des dieux jaloux. »

Un recul imperceptible devant quelque idée importune la jeta contre lui.

« Tu sens donc qu'ils sont jaloux ? fit-elle dans un souffle, riant à demi.

— Ils feraient bien de l'être en tout cas !

— Oui, acquiesça-t-elle, entrant à son tour dans la plaisanterie. J'avais seulement imaginé qu'ils pouvaient oublier un endroit aussi terne qu'Hanaford. »

Amherst l'attira à lui :

« N'est-ce pas, au contraire, dans les poubelles que rôdent les chiffonniers ? »

Elle ne pouvait plus se le dissimuler : son bonheur commençait à l'effrayer. L'anneau évoqué par son mari exprimait fort bien sa crainte. Elle avait l'impression de porter sur son cœur un joyau étincelant qui la désignait à l'envie des hommes et à la vindicte des dieux. Il lui venait un désir absurde de s'habiller simplement, pauvrement même ; de baisser le ton, de contenir ses gestes ; d'essayer de glisser inaperçue dans l'existence. Mais en même temps elle savait que l'éclat de son joyau déjouerait tout déguisement. Et des profondeurs de ses instincts ataviques monta en elle l'espoir que John eût raison et que le sacrifice de leur précieuse solitude au confort de Mr. Langhope les préserverait à jamais de la jalousie des dieux.

Une fois engagée dans son nouveau rôle, Justine, comme d'habitude, l'assuma avec ardeur. Il lui fut agréable, parmi des joies plus profondes, de constater que son mari était de nouveau bien accueilli par Mr. Langhope, d'observer l'allégresse de Cicely à leur arrivée ou de surprendre un aparté confidentiel de Mr. Langhope avec son gendre : « C'est fantastique le *bien-être* [1] que votre femme répand autour d'elle ! »

Le *bien-être* était le seul élément où Mr. Langhope pouvait respirer, et il se montrait prodigue d'attentions délicates à l'égard de ceux qui l'y maintenaient. L'expérience était donc un succès complet. Même les semaines qu'Amherst devait passer à Hanaford avaient l'avantage de donner plus de saveur à ses brèves apparitions.

Justine remuait tout cela dans sa tête en descendant la Cinquième Avenue par un après-midi de janvier, pour aller chercher son mari à Grand Central Station. Elle avait fini par dompter son bonheur : il n'était plus empreint de crainte et nichait dans son

1. En français dans le texte. *N.d.T.*

cœur comme une créature sauvage soumise aux mœurs des humains. Et comme son esprit s'habituait peu à peu à sa félicité intérieure, le besoin d'aider et de soigner refaisait surface et l'absorbait davantage dans le travail de son époux.

Arrivée à la gare, elle renvoya la voiture et, quelques instants plus tard, ils émergèrent ensemble dans le froid crépuscule d'hiver et remontèrent Madison Avenue. Ces retours à pied de la gare à la maison leur donnaient un peu plus de temps à eux que s'ils étaient revenus en voiture. Il y avait toujours tant de choses à se dire de part et d'autre! Cette fois, les nouvelles étaient toutes bonnes : Westmore prospérait, la santé de Mr. Langhope s'améliorait et, détail bien agréable, ce dernier avait promis de leur donner Cicely pour l'été. Amherst et Justine étaient très désireux que l'enfant passe plus de temps à Hanaford, afin de la familiariser tôt avec Westmore, et Justine était ravie que l'idée en fût venue à Mr. Langhope lui-même, quand tous deux en étaient encore à faire des plans pour l'y amener.

Lorsqu'ils arrivèrent à la maison, ce triomphe les occupait encore et, sur le seuil, Amherst se tourna vers sa femme avec un sourire :

« Et bien entendu — le cher homme ! — il croit que l'idée vient entièrement de lui. Il n'y a rien que tu ne puisses faire croire aux gens, petite jésuite.

— Cela me semble parfaitement exact! » se vanta-t-elle en adoptant joyeusement le même ton. Alors, comme la porte s'ouvrait et qu'elle pénétrait dans le hall, ses yeux tombèrent sur une enveloppe tachée qui gisait parmi les autres lettres sur la table.

La femme de chambre la lui tendit : « Un monsieur l'a déposée pour vous, Madame. Il a demandé à vous voir et a dit qu'il viendrait prendre la réponse dans un jour ou deux.

— Encore une lettre de sollicitation, je suppose », laissa tomber Amherst en allant au salon où l'attendaient Mr. Langhope et Cicely. Justine fourra précipitamment l'enveloppe dans son manchon. « Oui, je suppose », murmura-t-elle en le suivant.

4

En prenant le thé, Justine oublia le mot qui se trouvait dans son manchon. Puis, lorsqu'elle monta s'habiller, il tomba par terre ; elle le ramassa et le posa sur sa table de toilette.

Elle avait déjà reconnu l'écriture de Wyant, car ce n'était pas la première lettre qu'elle recevait de lui.

Trois fois depuis son mariage il avait fait appel à elle pour de l'aide, en alléguant des difficultés financières et une mauvaise santé. Sa première lettre avait fait vaguement allusion à son propre mariage et à une maladie qui le contraignait à abandonner sa clientèle de Clifton. Après l'avoir reçue, elle s'était renseignée : Wyant avait effectivement épousé, peu après qu'elle eut quitté Lynbrook, une belle fille de Clifton, peu farouche, et qu'elle se souvenait avoir vue souvent en compagnie d'un jeune homme, dans un boghei. Il y avait évidemment quelque chose d'obscur dans ce mariage précipité, et de plutôt étrange étant donné l'ambition du médecin. Justine imagina que ce mariage avait dû être la cause de son départ de Clifton, ou peut-être avait-il déjà succombé à l'habitude fatale qu'elle avait pressentie en lui. Quoi qu'il en fût, il semblait de quelque mystérieuse façon être tombé d'une carrière prometteuse dans l'échec le plus bas. Elle avait peine à concevoir cependant que, avec son talent et le nom qu'il avait commencé à se faire, cette défaillance fût autre chose qu'une mauvaise passe temporaire. Elle avait souvent entendu le professeur Garford prophétiser un grand avenir pour lui. Mais ce dernier était mort subitement au cours de l'été précédent, et la perte de cet ami puissant était mentionnée par Wyant parmi ses infortunes.

Justine avait très envie de l'aider, mais son mariage avec un homme riche n'avait pas pour autant mis à sa disposition beaucoup d'argent. Amherst et elle, en choisissant de se considérer comme des salariés rétribués sur la fortune de Westmore, mettaient leur point d'honneur à limiter scrupuleusement leurs dépenses personnelles; et ses œuvres de bienfaisance à la filature grevaient lourdement la modeste rente qu'elle avait acceptée, sur l'insistance de son mari. En réponse au premier appel de Wyant, qui lui était parvenu peu de temps après son mariage, elle lui avait envoyé cent dollars. Mais le second était arrivé deux mois après, avec une nouvelle histoire de malchance et de maladie, et elle avait été incapable de rassembler plus de la moitié de cette somme. Enfin, une troisième lettre était arrivée peu de temps avant leur départ pour New York. Wyant invoquait toujours sa malchance persistante, mais cette fois, au lieu de formuler directement sa demande d'argent, il suggérait qu'elle l'aidât, par l'entremise de ses relations à l'hôpital, à se créer une clientèle new-yorkaise. Son ton était mi-comminatoire, mi-gémissant; son écriture, nette jadis, était devenue un griffonnage illisible. Ces diverses indications, combinées à ses soupçons précédents, la convainquirent qu'il était actuellement incapable de fournir un travail médical. En tout cas, elle ne pouvait assumer la responsabilité de le recommander. Elle lui avait conseillé dans sa réponse de s'adresser aux médecins avec qui il avait travaillé à Lynbrook et elle avait adouci son refus par l'envoi d'une petite somme d'argent. Cette lettre était demeurée sans réponse. Wyant avait sans doute trouvé la somme insuffisante et lui en avait voulu de son refus d'utiliser pour lui son influence. Le mot qu'elle avait devant elle contenait certainement un renouvellement de sa requête précédente.

Vaguement dégoûtée, elle entreprit de se déshabiller avant de l'ouvrir : elle ressentait un peu de fatigue, une indolence heureuse, et n'avait aucune envie qu'une impression discordante vînt interrompre la sensation de plénitude que l'arrivée de son mari lui procurait toujours. Son bonheur l'initiait à un sybaritisme craintif : elle commençait à reculer devant les plus minces contrariétés.

Mais lorsque enfin, en déshabillé, les cheveux dénoués sur les épaules, elle s'assit devant son miroir, la lettre de Wyant tomba de nouveau sous ses yeux. Il était absurde d'en remettre à plus tard la lecture; si c'était encore une demande d'argent, elle n'aurait qu'à tout raconter à son mari.

Elle ne lui avait jamais parlé de sa correspondance avec Wyant. Le simple fait que ce dernier se fût adressé à elle au lieu de faire appel à Amherst lui faisait soupçonner qu'il avait une faiblesse à cacher et comptait sur sa discrétion professionnelle. Mais ses sollicitations perpétuelles la dégageaient assurément de toute obligation de ce genre, et elle décida de se décharger de ce fardeau gênant sur les épaules de son mari.

Soulagée, elle ouvrit la lettre et lut :

« Je ne vous ai pas remerciée de votre dernière lettre parce que j'avais honte de vous dire que l'argent n'était pas suffisant pour m'être de quelque usage. Ma femme est tombée malade il y a trois semaines et son état s'est terriblement aggravé. Elle n'est pas en état de bouger et pourtant nous allons être chassés des deux pièces où nous logeons si je ne trouve pas immédiatement de l'argent ou du travail. Je vous ai dit que je veux reprendre du travail comme interne ou assistant d'un médecin, et un mot de vous m'aurait ouvert des portes à New York.

« Je ne vous ai jamais rappelé ce que vous me devez et je ne le ferais pas maintenant si ma vie n'était devenue un enfer depuis Lynbrook. Mais je suppose que vous préférez que je me rappelle à vous plutôt que de m'adresser à Mr. Amherst. Ne manquez pas de me dire quand je peux venir chercher ma réponse. »

Justine posa la lettre et releva la tête. Les yeux que lui renvoya la glace l'effrayèrent. Elle resta immobile, le cœur battant, la main crispée sur la lettre.

Je suppose que vous préférez que je me rappelle à vous plutôt que de m'adresser à Mr. Amherst.

Voilà donc ce que signifiait son insistance ! Elle avait payé un maître chanteur ! Dès le début, dans un repli obscur de sa conscience, elle avait senti bouger une peur inconnue, innommable, et maintenant voilà qu'elle se découvrait et la regardait. Eh bien, elle aussi la fixerait, et droit sans ses yeux malfaisants. Qu'était-elle d'autre, après tout, qu' « un épouvantail pour faire peur aux enfants », le fantôme des *lamiae,* ces idées reçues ? Dès l'origine, elle avait soupçonné Wyant de savoir qu'elle avait abrégé les souffrances de Bessy Amherst. Etant donné le moment où il était entré dans la chambre, il était quasiment impossible qu'il n'eût pas deviné ce qui venait de se passer, et son silence lui avait fait croire qu'il comprenait son mobile et l'approuvait ! Mais, en supposant qu'elle se fût trompée, elle n'avait encore rien à redouter puisqu'elle n'avait rien fait que pût condamner sa propre conscience. S'il fallait refaire ce geste, elle le referait — elle n'avait jamais connu un instant de remords !

Elle reconnut soudain le pas d'Amherst dans le couloir ; elle l'entendit rire et parler avec Cicely dans l'escalier qui menait à la nursery.

Si elle n'avait pas peur, pourquoi ne l'avait-elle jamais dit à Amherst ?

Mais c'était fort simple ! Elle ne le lui avait pas dit *parce qu'elle n'avait pas peur.* Même au début, elle avait conservé assez de détachement pour juger impartialement son acte, pour le trouver entièrement justifié par les circonstances et pour décider que, ces circonstances ne pouvant être connues de son mari que partiellement et indirectement, elle avait non seulement le droit de garder pour elle son cas de conscience, mais, plus encore, l'obligation de ne pas lui imposer la connaissance d'un fait irrémédiable, impossible à évaluer de l'extérieur. Ce raisonnement comportait-il quelque faille ? Ne révélait-il pas un examen approfondi de la situation, une parfaite rectitude d'intention ? Et, par-dessus tout, il y avait le consentement virtuel d'Amherst lui-même ! Elle connaissait si bien ses convictions sur ce sujet, son affranchissement des idées conventionnelles, son horreur d'infliger une souffrance inutile !

Elle était aussi sûre de son accord intellectuel que du sien propre. Elle était même certaine que, lorsqu'elle lui en parlerait, il approuverait ses raisons de ne pas l'avoir fait plus tôt.

Car maintenant il fallait évidemment qu'il sût tout, cette horrible lettre l'exigeait. Elle regrettait — bien que ce fût pour la meilleure des raisons — de ne pas lui avoir parlé de son propre mouvement car il serait intolérable qu'il pût attribuer son aveu à une pression étrangère. Mais non ! C'était impossible ! L'entente entre eux était si totale que nul concours de circonstances trompeur ne pouvait obscurcir aux yeux de son mari le véritable mobile de son acte. Elle laissa un moment errer sa pensée sur ce point précis.

A présent, elle l'entendait bouger dans la chambre voisine où il était revenu s'habiller pour dîner. Elle irait maintenant à lui, tout de suite, car elle ne pourrait supporter d'avoir ce poids sur son esprit toute la soirée. Elle recula son fauteuil et froissa la lettre dans sa main, mais ses yeux tombèrent à ce moment-là sur leur reflet dans le miroir. Elle ne pouvait aller trouver son mari avec une figure pareille ! Si elle n'avait pas peur, pourquoi était-elle dans cet état ?

Eh bien si : elle avait peur ! Il était plus simple de l'admettre. Elle avait peur — peur pour la première fois — peur pour son bonheur, ce bonheur si récent ! Elle ne l'avait connu que huit mois et la pensée de le perdre déjà était insoutenable. Le perdre ? Mais pourquoi le perdrait-elle ? Cette lettre avait dû affecter ses facultés mentales ! Toutes ses pensées étaient noyées dans une brume de peur. Peur de quoi ? De l'homme qui la comprenait comme personne ne la comprendrait jamais ? De l'homme en la sagesse et la bonté duquel elle avait foi comme le croyant a foi en Dieu ? Quel abominable cauchemar que celui où l'image d'Amherst même pouvait être déformée dans son esprit ! La seule façon d'éclaircir sa raison, de recouvrer le sens normal des choses, c'était d'aller à lui sans tarder, sur-le-champ, de sentir ses bras se refermer sur elle, de laisser son baiser dissiper ses craintes. Elle se leva avec un profond soupir de soulagement.

Elle était à mi-chemin de la porte quand elle l'entendit frapper.

« Puis-je entrer ? »

Elle était près de la cheminée et un feu vif flambait dans l'âtre.

« Entre ! » répondit-elle, et, en même temps, elle se retourna et jeta au feu la lettre de Wyant. Elle l'avait roulée en boule, et elle vit les flammes jaillir et l'avaler avant que son mari n'entrât.

Non qu'elle eût changé d'avis : elle avait toujours l'intention de tout lui dire. Mais cette lettre était dans sa main comme un serpent venimeux : elle voulait l'exterminer, oublier qu'elle avait jamais vu ce hideux gribouillage. Et elle ne pouvait supporter qu'Amherst la voie, qu'il sache qu'un homme avait osé lui écrire sur ce ton. Qui sait le sens ignoble qui pouvait se dégager de ces lignes ? Elle avait le droit de raconter l'histoire à sa façon, la vraie façon !

En voyant Amherst s'approcher, habillé pour le dîner, ses lourdes mèches lissées dégageant son front, une fleur — don de Cicely — à la boutonnière, elle le trouva plus beau, plus élégant que jamais.

« Pas encore prête ? Tu sais qu'il est huit heures moins dix ? » s'étonna-t-il, venant à elle en souriant.

Elle se secoua, porta ses mains à ses cheveux :

« Oui, je sais, j'ai oublié », murmura-t-elle, mourant d'envie qu'il la prît dans ses bras, mais restant chevillée au sol, incapable de faire un pas pour le rejoindre.

Ce fut lui qui vint tout contre elle et attira ses mains levées dans les siennes.

« Tu parais inquiète. Ce n'était pas quelque chose de pénible, j'espère, qui t'a fait oublier de t'habiller ? »

La divine douceur de sa voix, de ses yeux ! Oui, ce serait facile, très facile de lui parler.

« Non..., si, j'étais un peu troublée..., répondit-elle, rassurée par la chaude pression de ses mains.

— Ma chérie ! A propos de quoi ? »

Elle poussa un profond soupir. « La lettre... »

Il la regarda, intrigué. « Quelle lettre ?

— En bas, quand nous sommes rentrés, ce n'était pas une lettre de sollicitation ordinaire.

— Non ? Quoi d'autre alors ? » demanda-t-il, les traits soudain durcis.

Elle remarqua le changement et en fut effrayée. Etait-il en colère ? Ou allait-il l'être ? Mais c'était absurde ! Il était seulement peiné de sa peine...

« Quoi d'autre ? » répéta-t-il avec plus de douceur.

Elle leva les yeux et les plongea longuement dans les siens.

« C'était une horrible lettre », soupira-t-elle en pressant contre lui ses mains jointes, qu'il tenait dans les siennes.

Il s'empara fermement de ses poignets et son visage s'altéra de nouveau.

« Horrible ? Explique-toi ! »

Elle ne l'avait jamais vu en colère, mais elle sentit brusquement que celle-ci serait terrible pour le coupable. Il écraserait Wyant. Elle comprit qu'il lui fallait mesurer ses paroles.

« J'ai exagéré, seulement pénible.

— Où est cette lettre ? Montre-la-moi.

— Oh ! non, » s'exclama-t-elle, avec un mouvement de recul.

— Justine, que s'est-il passé ? Qu'est-ce qui te prend ? »

Dans son mouvement irréfléchi, elle était allée appuyer ses bras contre le manteau de la cheminée. Elle jeta un regard furtif sur les braises. Rien n'en subsistait, non, rien.

Et si c'était contre elle que sa colère se tournait ? Cette idée était ridicule et pourtant elle la faisait frémir. Il était clair qu'elle devait dire quelque chose tout de suite, qu'elle devait trouver un prétexte quelconque à son agitation. Mais dans l'état où elle se trouvait, sans pouvoir de contrôle sur son visage et sa voix, si elle racontait maintenant son histoire, elle la dirait sûrement mal. N'avait-elle pas le droit de gagner un répit, de choisir son heure ? Faiblesse, faiblesse encore ! Chaque délai ne ferait qu'accroître cette obscure terreur. Maintenant, *maintenant,* la tête posée sur la poitrine de son mari !

Elle se tourna vers lui et parla sans réfléchir :

« Je ne peux pas te montrer la lettre parce que ce n'est pas..., pas mon secret...

— Ah ? murmura-t-il, sensiblement soulagé.

— Elle est de quelqu'un... qui n'a pas de chance..., dont j'ai entendu parler.

— Et dont les ennuis te tracassent ? Mais ne pouvons-nous pas l'aider ? »

Elle lui glissa un regard rayonnant sous ses cils luisants :

« Quelqu'un de pauvre et de malade, qui a besoin d'argent, je veux dire... (Elle tenta d'arrêter ses larmes par un sourire.) Et je n'en ai pas ! C'est cela mon tracas !

— Petite folle ! Et c'est de m'en demander qui te gêne ? C'est pour cela que tu vas refroidir le potage de Mr. Langhope avec tes larmes ? »

Il l'avait prise dans ses bras maintenant et ses baisers séchaient ses joues. Alors elle tourna la tête pour lui tendre ses lèvres où il posa longuement et passionnément les siennes.

« Cent dollars feront l'affaire ? » demanda-t-il avec un sourire, en la libérant.

Cent dollars ! Non, elle était à peu près sûre que cela ne suffirait pas. Mais elle essaya de formuler un murmure de gratitude :

« Merci, merci ! J'avais horreur de demander...

— Je vais faire tout de suite ce chèque.

— Ce n'est pas urgent », protesta-t-elle faiblement.

Mais il retourna dans sa chambre et elle revint à sa table de toilette. Si son visage faisait encore peine à voir, une lumière perçait pourtant à travers sa peur. Elle sentait comme l'effet d'un narcotique dans ses veines. Cette chambre était calme, paisible, et il était doux de penser que sa vie s'y poursuivrait, protégée et sereine, sur ce même rythme familier.

Comme elle brossait sa chevelure, la peignant et la rejetant avec adresse sur son poignet relevé, elle entendit Amherst traverser la pièce derrière elle pour venir poser quelque chose sur son secrétaire.

« Merci », murmura-t-elle encore en baissant la tête jusqu'à ce que la porte se fût refermée sur lui. Elle enfonça la dernière épingle dans son chignon, vaporisa légèrement son cou d'eau de toilette. Puis elle alla prendre le chèque sur son secrétaire et vit qu'il était de trois cents dollars.

5

Une ou deux fois au cours des jours qui suivirent, Justine se surprit à penser que jamais jusque-là elle n'avait connu le bonheur. L'ancienne sérénité sans faille lui apparaissait maintenant comme un sommeil sans rêve ; mais cette félicité nouvelle, au sommet d'une haute cime entourée de feu, cette joie palpitante consciente, ravie à la peur jour par jour, heure par heure, cela, c'était vivre, pas dormir !

Wyant se répandit en remerciements serviles. Elle avait envoyé le chèque sans un mot d'accompagnement, se disant que la pitié pour sa situation rendait possible l'ignorance de sa bassesse. Les jours s'écoulaient comme à l'accoutumée. Elle ne discerna aucun changement, sauf dans la qualité élevée, presque artificielle de son bonheur, jusqu'à ce qu'un jour de mars Mr. Langhope annonçât qu'il allait pour deux ou trois semaines chez un ami qui possédait une chasse dans le Sud. L'anniversaire de la mort de Bessy approchait, et Justine savait qu'à cette époque il voulait s'absenter.

« Si Amherst et vous emmeniez Cicely jusqu'à mon retour ? Vous pourriez peut-être le persuader de lâcher son travail pour une fois ou, si c'est impossible, vous pourriez la prendre avec vous à

Hanaford. Elle semble pâlichonne, et le changement d'air lui ferait du bien. »

C'était une grande concession de la part de Mr. Langhope, et Justine lut le plaisir sur les traits de son époux. C'était la première fois que son beau-père suggérait d'envoyer Cicely à Hanaford.

« J'ai bien peur de ne pouvoir me dégager dans l'immédiat, dit Amherst, mais ce sera une joie pour Justine si vous nous donnez Cicely pendant votre absence.

— Prenez-la, je vous en prie, mon cher : je dors sur mes deux oreilles quand elle est avec votre femme. »

Cela faisait environ trois mois que Justine avait quitté Hanaford et voilà qu'elle allait y retourner avec son mari ! Il y aurait des heures, bien sûr, où la présence de l'enfant serait entre eux ; et d'autres où le travail le retiendrait à l'usine. Mais les soirées, lorsque Cicely serait au lit, quand lui et elle seraient assis ensemble dans le salon de Bessy ! Non, il lui fallait trouver quelque excuse pour rester à New York jusqu'à ce qu'elle s'habituât à l'idée d'être seule avec Amherst. Elle s'y accoutumerait progressivement mais cela prendrait du temps. Et surtout il lui faudrait la ferme assurance que Wyant se tairait enfin. Jusque-là, elle ne pouvait rentrer à Hanaford.

Elle invoqua le prétexte de sa fatigue : elle était sans ressort et retourner à Hanaford c'était reprendre le travail. Avec la meilleure volonté du monde, il n'était pas question d'y trouver le repos. Ne pourrait-elle pas, suggéra-t-elle, emmener Cicely à Tuxedo ou à Lakewood, afin d'être complètement déchargée des soins de la maison et des bonnes œuvres ? Le prétexte sonnait faux, il lui ressemblait si peu ! Elle vit les yeux d'Amherst se poser anxieusement sur elle, tandis que Mr. Langhope se rangeait instantanément à cette suggestion : c'était vrai, elle paraissait épuisée, il l'avait lui-même remarqué. N'avait-il pas surestimé ses forces et laissé trop entièrement le poids de la maisonnée retomber sur elle ? Oh ! non, c'était seulement l'air de New York : comme Cicely, elle avait besoin de grand air. Ainsi, lorsque Mr. Langhope partit pour le Sud, Justine et Cicely partirent le même jour pour Lakewood.

Elles n'y étaient pas depuis une semaine qu'un accès d'impatience ramena Justine en ville. Elle trouva une excuse dans la pluie ininterrompue : il était vraiment inutile, écrivit-elle à Mr. Langhope, de garder cette enfant emprisonnée dans un hôtel surchauffé sans pouvoir profiter du plein air. En fait, elle trouvait insupportables les longues heures de solitude. Elle mourait d'envie de revoir son mari et envisagea même de confier Cicely à Mrs. Ansell pour faire immédiatement un saut à Hanaford. Elle en fut pourtant retenue par la perspective des longues soirées à passer dans le salon de Westmore. Non, elle rentrerait simplement à New York, dînerait en ville de temps à autre, irait au concert une ou deux fois, s'en remettrait aux activités habituelles de la ville pour se distraire. Au bout d'une semaine, Mr. Langhope serait de retour et les journées reprendraient leur cours normal.

A peine arrivée, elle chercha fiévreusement parmi les lettres, sur la table du hall. Aucune de Wyant, cela dissipa ses craintes. Il était sans aucun doute rendu à son état normal et devait être honteux de la menace que le désespoir lui avait arrachée. Elle eut la quasi-certitude que l'humiliation l'empêcherait à jamais de tenter de la voir, ou même de lui écrire.

« Un monsieur est passé vous voir hier, Madame. Il n'a pas laissé son nom », vint annoncer la femme de chambre. Foudroyante, la peur maladive se réempara d'elle. Elle put à peine contrôler le tremblement de ses lèvres pour demander :

« A-t-il laissé un message ?

— Non, Madame : il voulait seulement savoir quand vous rentreriez. »

Elle eut envie de demander : « Le lui avez-vous dit ? » mais elle se retint et passa au salon. Après tout, la femme de chambre n'avait pas décrit le visiteur, pourquoi imaginer tout de suite qu'il s'agissait de Wyant ?

Trois jours passèrent et aucune lettre n'arriva, aucun signe. Elle luttait contre la tentation de décrire Wyant aux domestiques afin de lui interdire la porte. Mais c'étaient pour la plupart d'anciens domestiques et, à leurs yeux, elle était toujours l'intruse, la garde-malade parvenue, et elle ne pouvait se fier à eux. D'ailleurs, les jours passant, elle reprenait progressivement confiance et cherchait à se convaincre que le visiteur inconnu n'était pas Wyant.

Le quatrième jour, elle reçut une lettre de son mari. Il espérait être de retour le lendemain, mais, comme ses plans n'étaient pas encore arrêtés, il télégraphierait le matin et, en attendant, il lui souhaitait d'aller bien, de se reposer et de se distraire.

Se distraire ! Il se trouvait justement qu'elle devait aller le soir même au théâtre avec Mrs. Ansell. Bien qu'apparemment en excellents termes, cette dernière et Justine n'avaient guère fait de progrès en intimité. La vie affairée, décousue de la vieille dame semblait futile et dérisoire à Justine mais, par attachement pour Mr. Langhope, elle tenait à rester en bonnes relations avec son amie, et le même motif inspirait probablement Mrs. Ansell. En ce moment précis, en tout cas, Justine lui était reconnaissante de ses attentions et se réjouissait de sortir avec elle. N'importe quoi, n'importe quoi pour sortir de ses propres pensées ! Voilà où elle en était arrivée.

Une fois installée dans la loge, le public, les lumières, le mouvement, l'action de la pièce, tout l'aida à se distraire et à s'apaiser. A ce moment-là, elle eut honte de ses craintes. Pourquoi se tourmentait-elle ? Si quelque chose arrivait, elle n'aurait qu'à redemander de l'argent à son mari. Elle ne lui parlait jamais de ses bonnes œuvres et il n'y aurait rien de douteux à lui demander encore son aide pour l'ami dont elle avait promis de garder le secret. Mais rien ne se passerait. Au fur et à mesure que la pièce progressait et l'intéressait, elle se sentait parfaitement rassurée. Elle promena son regard sur les spectateurs et vit Wyant qui la fixait.

Il était assis tout au fond, dans l'une des rangées latérales, juste au-dessous du balcon, si bien que son visage était à moitié dans l'ombre. Mais, même ainsi, il l'épouvanta. Elle était préparée à un changement en lui, non pas à cette effroyable détérioration. Et il ne la quittait pas des yeux.

Elle eut tout à coup peur qu'il ne se mît à faire un esclandre, la montrât du doigt ou se mît debout sur son siège. Elle trouva qu'il avait l'air d'un fou, ou était-ce sa propre hallucination qui le lui montrait ainsi ? Elle était seule pour le moment dans la loge avec Mrs. Ansell et elle se leva.

« Qu'y a-t-il ? lui demanda Mrs. Ansell en se penchant en avant.

— Rien, la chaleur, je vais m'asseoir au fond un instant. »

Mais, en se retirant au fond de la loge, elle fut saisie d'une nouvelle crainte. S'il regardait encore, est-ce qu'il ne viendrait pas à la porte pour essayer de lui parler ? Son seul recours était de rester à la vue du public, et elle reprit sa place à côté de Mrs. Ansell. Leurs amis revinrent dans la loge, la sonnerie retentit, les lumières s'éteignirent, le rideau se leva. Elle tenta de s'absorber dans l'intrigue. Elle était figée et tournait obstinément la tête vers la scène, au point que les muscles de sa nuque commençaient à s'ankyloser. Et tout à coup, vers le milieu de l'acte, elle eut une sensation indéfinissable de soulagement. Elle n'aurait su dire quelle en était la cause, mais doucement, précautionneusement, tandis que tous les yeux convergeaient sur la scène, elle tourna la tête et regarda en direction de la place de Wyant. Elle était vide.

Sa première pensée fut qu'il était allé l'attendre dehors. Mais non, il y avait encore deux actes : pourquoi resterait-il à la porte la moitié de la soirée ?

L'acte prit fin, puis l'entracte ; la pièce reprit et la place restait toujours vide. Elle se persuada peu à peu qu'elle s'était trompée en pensant que l'ombre qui l'avait occupée était Wyant. Elle recouvra son assurance, se mit à penser et à parler avec naturel, à suivre le dialogue sur scène. Lorsque, la soirée achevée, Mrs. Ansell l'eut déposée à sa porte, elle avait presque oublié ses craintes.

Le lendemain matin, elle se sentait plus calme qu'elle ne l'avait été depuis longtemps. Elle était sûre maintenant que, si Wyant avait voulu lui parler, il l'aurait attendue à la sortie du théâtre. Au souvenir de son air misérable, l'appréhension céda la place à la pitié. Elle se dit qu'elle l'avait traité froidement, sans charité. Ils avaient été amis, aussi bien que compagnons de travail, et elle avait trahi jusqu'à cette camaraderie d'hôpital. Elle aurait dû aller le chercher, lui donner de la sympathie en même temps que de l'argent ; si elle lui avait témoigné quelque signe d'humanité, il n'aurait peut-être pas écrit la dernière lettre.

Dans le courant de la matinée, Amherst télégraphia qu'il espérait expédier son travail à temps pour attraper l'express de deux heures, mais que cela n'était pas encore certain. Justine et Cicely se mirent à table et, après le déjeuner, on emmena la petite fille à son cours de danse. Justine avait pour sa part l'intention de sortir quand le coupé serait de retour. Elle monta se préparer, projetant une promenade dans le parc et une visite à Mrs. Ansell avant d'aller chercher Cicely. Comme elle descendait l'escalier, elle vit qu'un domestique ouvrait la porte à un visiteur. Il était trop tard pour remonter. Elle descendit les dernières marches et se trouva face à face avec Wyant.

Ils se regardèrent un moment sans rien dire. Puis Justine balbutia un mot d'accueil et le conduisit au salon.

C'était un jour de neige et, dans la lumière crue du ciel plombé, il lui parut plus changé qu'au théâtre. Elle remarqua aussi que ses vêtements étaient râpés et négligés, ses mains nues sales et tremblantes. Aucun des signes dégradants de sa faiblesse ne manquait à l'appel. Elle vit d'emblée que si, au début, il avait probablement mélangé ses drogues pour que les symptômes conflictuels se neutralisent les uns les autres, il avait maintenant sombré dans la morphinomanie. Elle se sentit profondément peinée pour lui. Cependant, tout en le précédant au salon, la répulsion physique l'emporta cette fois encore sur le sentiment de pitié.

Mais tant qu'agir restait possible, elle se contrôlait toujours et elle se tourna calmement vers lui tandis qu'ils s'asseyaient.

« Je souhaitais vous voir. J'ai senti que j'aurais dû le faire plus tôt, vous dire combien je suis navrée de votre malchance. »

Il lui rendit son regard avec surprise : c'étaient évidemment les derniers mots auxquels il se fût attendu.

« Vous êtes très aimable », dit-il d'une voix basse et embarrassée. Il avait gardé son pardessus élimé et il faisait tourner son chapeau entre ses mains tout en parlant.

« J'ai pensé, poursuivit Justine, qu'une conversation avec vous pouvait être plus utile... »

Il redressa la tête et plissa ses yeux brillants pour la regarder.

« Je l'ai pensé également, c'est pourquoi je suis ici. Vous m'avez envoyé un cadeau généreux il y a quelques semaines, mais je ne veux pas continuer à vivre de charité.

— Je comprends cela, répondit-elle. Mais pourquoi avez-vous dû le faire ? Dites-moi exactement ce qui s'est passé, voulez-vous ? »

Ces mots ressemblaient à une plaisanterie, mais elle ne pouvait tout de même pas lui dire : « Un seul coup d'œil me suffit pour connaître votre histoire », et elle espéra que sa proposition lui arracherait son misérable secret et qu'elle pourrait alors lui parler franchement.

Il eut un rire nerveux :

« Ce qui s'est passé exactement ? C'est une longue histoire — et certains détails ne sont pas jolis-jolis. »

Il s'interrompit. Le chapeau tournait de plus en plus vite entre ses doigts tremblants.

« Cela ne fait rien : racontez-moi.

— Bon, après votre départ, j'ai eu tout bonnement une dépression nerveuse — le surmenage de Lynbrook sans doute. Vous vous souvenez de Bramble, l'épicier de Clifton ? Sa fille s'est occupée de moi — je pense que vous vous la rappelez aussi ? Quand j'ai été guéri, je l'ai épousée et, à partir de là, tout est allé de mal en pis. » Il s'arrêta, respirant rapidement et jetant autour de lui des regards furtifs et étranges. « Je n'étais qu'à demi rétabli, d'ailleurs. Je ne pouvais m'occuper correctement de mes clients et, au bout de quelques mois, nous avons décidé de quitter Clifton. J'ai acheté une clientèle à New Jersey, mais ma femme y est tombée malade et les choses ont encore mal tourné — oui, plutôt mal ! Vous avez sans doute deviné que mon mariage a été une erreur. Elle s'est imaginé que nous ferions mieux à New York : nous y voilà depuis plusieurs mois, et nous avons plutôt régressé. »

Justine écoutait, découragée. Elle voyait maintenant qu'il n'avait pas l'intention de reconnaître sa déchéance et, connaissant le penchant à la dissimulation du morphinomane, elle en conclut qu'il croyait naïvement pouvoir encore la tromper.

« Eh bien, reprit-il avec une désinvolture outrée, j'ai découvert que dans ma profession il est ardu de reprendre pied après une maladie ou..., ou n'importe quelle mauvaise passe. Voilà pourquoi je vous ai demandé de dire un mot pour moi. Ce n'est pas seulement une question d'argent — bien que j'en aie un furieux besoin : je veux retrouver le respect de moi-même. Avec mon passé, je ne devrais pas être où j'en suis, et vous êtes mieux placée que personne pour me recommander.

— Mieux que les médecins avec qui vous avez travaillé ? »

Justine posa la question à brûle-pourpoint, le regardant droit dans les yeux. Il baissa les paupières et ses joues creuses rougirent d'une manière déplaisante.

« Il se trouve que vous êtes dans une meilleure situation que n'importe qui d'autre pour m'aider à obtenir la chose particulière que je veux.

— La chose particulière ?

— Oui. J'ai compris que Mr. Langhope et Mrs. Ansell s'intéressent l'un et l'autre au service nouvellement créé à Saint-Christophe pour la clientèle payante. Je veux le poste d'interne là-bas, et je sais que vous pouvez me l'obtenir. »

Son ton changea progressivement, jusqu'à devenir âpre, presque menaçant.

Justine sentit qu'elle rougissait, et son cœur se mit à battre confusément. La minute de vérité était donc venue : sa compassion ne pouvait plus l'abuser. L'homme connaissait son pouvoir et avait l'intention de s'en servir. A cette pensée, le courage lui revint.

« Je suis navrée, mais c'est impossible, dit-elle.

— Impossible, et pourquoi ? »

Elle soutint fermement son regard :

« Vous venez vous-même de dire que vous désiriez retrouver le respect de vous-même. Eh bien, vous devez le retrouver avant d'avoir le droit de me demander — ou à n'importe qui d'autre — de vous recommander pour un poste de confiance. »

Furieux, Wyant se souleva à demi et bafouilla :

« Le respect de moi-même ? Qu'entendez-vous par là ? Je voulais dire que j'avais perdu courage, dans toute cette déveine.

— Oui. Et cette déveine, c'est vous-même qui en êtes responsable. Tant que vous ne vous soignez pas, vous n'êtes pas apte à soigner les autres. »

Il se laissa retomber dans son fauteuil, lui jetant un regard mauvais sous ses sourcils menaçants, puis son expression se modifia graduellement :

« Vous avez un certain cran ! » fit-il avec un ricanement admiratif.

Justine réprima un geste de dégoût.

« Je suis vraiment désolée pour vous, reprit-elle gravement. J'ai vu venir ce mal depuis longtemps et, s'il y a autre chose que je puisse faire pour vous aider...

— Merci, répondit-il, toujours ricanant. Votre sympathie est très précieuse : il fut un temps où j'aurais donné mon âme pour elle. Mais c'est du passé, et je suis ici pour parler affaires. Vous dites que vous avez vu venir mon mal, mais ne vous est-il jamais venu à l'esprit que vous en étiez la cause ? »

Justine le regarda avec un franc mépris.

« Non, car je ne l'étais pas, répondit-elle.

— C'est facile à dire. Mais vous m'avez tout pris — d'abord mon espoir de vous épouser, ensuite ma chance d'un grand succès dans ma carrière. J'étais désespéré, faible, si vous voulez, et j'ai essayé d'étouffer mes sentiments pour maintenir mon courage. »

Justine se leva d'un bond, dans un mouvement d'exaspération.

« Chacune de vos paroles est là pour prouver que vous êtes incapable d'assumer quelque responsabilité que ce soit. La seule chose que vous puissiez faire maintenant est d'essayer de recouvrer la santé. Et, à cela, oui, je peux vous aider, je persiste à vouloir le faire. »

Wyant se leva à son tour et fit un pas dans sa direction.

« Eh bien, obtenez-moi ce poste alors, je m'occuperai du reste : je me tiendrai bien.

— Non, c'est impossible.

— Vous ne le ferez pas ?

— Je ne le puis, répéta-t-elle avec fermeté.

— Et vous vous attendez à ce que je me contente de cette réponse ? »

Elle hésita.

« Oui, s'il n'y a pas d'autre forme d'aide que vous acceptiez. »

Il eut de nouveau ce ricanement répugnant.

« Oh ! je ne dis pas ça. J'aimerais gagner ma vie honnêtement — curieuse préférence — mais, si vous y faites opposition, j'estime qu'il est bien naturel que vous me fournissiez une compensation. Il faut que ma femme et mon enfant puissent vivre.

— Vous choisissez une étrange façon de les aider. Mais je ferai ce que je pourrai si vous entrez quelque temps dans un établissement... »

Il l'interrompit rageusement :

« Au diable votre établissement ! Vous ne pouvez m'envoyer promener de cette façon. Je vais très bien. Vous croyez que je suis plein de morphine ? Mais pas du tout, c'est la faim ! »

Justine sentit sa pitié renaître.

« Oh ! vous me faites de la peine, beaucoup de peine ! Pourquoi essayez-vous de me tromper ?

— Et vous, pourquoi me trompez-vous ? Vous savez ce que je veux et vous savez que vous n'y couperez pas. Si vous ne me donnez pas un mot pour l'une de vos relations à Saint-Christophe, vous aurez à me donner un autre chèque — voilà, c'est comme ça. »

Tandis qu'ils s'affrontaient en silence, la pitié de Justine fit place à une brusque haine pour le misérable qui tremblait et ricanait là, devant elle.

« Vous ne choisissez pas le ton qu'il faudrait — et je trouve que notre conversation a suffisamment duré », dit-elle, tendant la main vers la sonnette.

Wyant ne fit pas un mouvement :

« Ne sonnez pas — à moins que vous ne vouliez que j'écrive à votre mari », ajouta-t-il.

Une sensation nauséeuse d'impuissance la submergea ; mais elle se tourna vers lui avec détermination :

« Je vous ai pardonné une fois déjà pour cette menace !

— C'est vrai, et vous m'avez envoyé de l'argent dès le lendemain.

— Je m'étais suffisamment méprise pour imaginer que, dans votre détresse, vous n'aviez pas mesuré les mots que vous écriviez. Mais si c'est du chantage prémédité...

— Tout doux, tout doux ! Les injures ne me font pas peur. C'est la faim et les dettes que je redoute. »

Une dernière fois, Justine ressentit un frisson de pitié. Il était infâme, mais il était aussi pitoyable.

« Je vous aiderai réellement, je verrai votre femme et je ferai ce que je pourrai, mais je ne peux pas vous donner d'argent aujourd'hui.

— Pourquoi pas ?

— Parce que je n'en ai pas. Je ne suis pas aussi riche que vous vous l'imaginez. »

Il eut un sourire incrédule.

« Alors donnez-moi un mot pour Mr. Langhope.

— Non. »

Il se rassit, s'installant confortablement avec ostentation.

« Mr. Amherst sera peut-être d'un avis différent. »

Elle pâlit, mais répliqua fermement :

« Mr. Amherst n'est pas là.

— Fort bien, je peux lui écrire. »

Depuis cinq minutes, Justine avait vu venir la menace et elle s'était efforcée de s'imposer le calme nécessaire pour faire face à la situation qu'elle engendrerait. Après tout, pourquoi ne pas le laisser écrire à John ? La vilenie même du procédé éveillerait chez celui-ci une indignation qui serait tout en sa faveur et ne pourrait que le disposer à une compréhension immédiate du mobile de son acte, par contraste avec les insinuations ignobles de son diffamateur. Il lui semblait impossible que son mari la condamnât quand cette condamnation signifiait le succès des machinations de Wyant : une réaction de mépris l'amènerait immédiatement à prendre la défense de sa femme. C'était si clair que, si elle avait dû conseiller quelqu'un d'autre, sa confiance dans la marche à suivre aurait convaincu la plus faible volonté. Mais c'était entre John et elle que la question se posait et, en voyant ces mains sales posées sur son bonheur sans tache, elle sentit son jugement vaciller. Elle était incapable de prévoir, d'affronter l'espace obscur entre révélation et justification. Elle finit par conclure qu'elle devait en tout cas gagner du temps : renvoyer Wyant en l'achetant, jusqu'à ce qu'elle fût en mesure de raconter son histoire comme et quand elle le voudrait, et alors le mettre au défi d'exécuter sa menace lorsqu'il reviendrait à l'attaque. La certitude que quelque concession qu'elle pût faire serait provisoire l'aida à légitimer la faiblesse d'en faire une et lui permit de ne pas éprouver trop douloureusement la sensation de tomber au-dessous de ses critères moraux lorsqu'elle répondit d'une voix sourde :

« Si vous partez maintenant, je vous enverrai quelque chose la semaine prochaine. »

Mais Wyant n'eut pas la réaction qu'elle attendait. Sans modifier son attitude de sans-gêne impudent, il se borna à demander :

« Combien ? Parce que, si ce n'est pas un bon paquet, je préfère la lettre. »

Oh ! pourquoi ne pouvait-elle s'écrier : « Sortez immédiatement d'ici ! Vos lamentables menaces ne sont rien pour moi ! » Pourquoi ne pouvait-elle même pas se dire : *Je raconterai tout à mon mari dès ce soir* ?

« Vous avez peur, constata Wyant, comme en réponse à ses

pensées. Pourquoi avoir peur alors qu'il vous serait si facile d'être rassurée ? Vous m'avez traité de maître chanteur, eh bien, je n'en suis pas encore là. Je veux mille dollars et vous n'entendrez plus parler de moi, vous avez la parole de l'homme d'honneur que j'ai été naguère. »

Le cœur de Justine chavira. Elle était prête à faire encore appel à son mari pour en finir : mais sous quel prétexte lui demander une telle somme ?

D'une voix sans timbre, elle répondit :

« Il ne me sera pas possible de réunir plus de un ou deux cents dollars. »

Wyant l'examina longuement. Son désespoir devait sonner juste :

« Mais vous devez bien avoir quelque chose à vous ? reprit-il en effet. J'ai vu vos bijoux hier soir au théâtre. »

Ainsi, c'était bien lui ! Et il était resté là, à faire une estimation de ses possibilités comme un criminel !

« Des bijoux ? balbutia-t-elle.

— Vous portiez un saphir phénoménal, non ? Avec des brillants tout autour. »

C'était son seul bijou, cadeau de mariage de John. Elle aurait préféré un présent plus modeste, mais Mrs. Amherst avait fini par la convaincre d'accepter sous le prétexte qu'une jeune fille avait le devoir de se parer pour son fiancé.

« Je ne vous donnerai rien du tout... », était-elle sur le point de s'écrier ; mais soudain ses yeux s'arrêtèrent sur la pendule. Si John avait pu avoir l'express de deux heures, il serait là d'ici une heure au plus ; et la seule chose qui importait maintenant était qu'il ne tombât point sur Wyant. En supposant qu'elle trouvât encore le couragc de refuser, il n'y avait pas moyen de savoir combien de temps se prolongerait cette scène humiliante : elle devait à tout prix se débarrasser de cet individu. Après tout, elle portait rarement ce saphir ; des mois pourraient s'écouler avant que son mari, si peu attentif à ces choses, en remarque l'absence et, si Wyant le mettait au mont-de-piété, elle pourrait d'une manière ou d'une autre économiser pour le récupérer avant qu'il disparaisse. Ayant fiévreusement passé en revue les éléments de sa décision, elle s'adressa à Wyant :

« Vous ne reviendrez jamais plus ?

— Je jure que non », répondit-il.

Il se tourna vers la fenêtre, comme pour l'épargner ; alors, elle fit demi-tour et quitta lentement la pièce.

Elle ne devait jamais oublier les moments qui suivirent. Une fois passée la porte, elle éprouva une telle hâte qu'elle trébucha dans l'escalier et dut s'arrêter sur le palier pour reprendre souffle. Dans sa chambre, elle trouva une domestique au travail et ne put imaginer tout d'abord de prétexte pour la renvoyer. Puis elle lui ordonna de descendre congédier le coupé et dire au cocher d'aller chercher Miss Cicely à six heures.

Restée seule, elle verrouilla la porte, ouvrit comme une voleuse son armoire, son coffret à bijoux et sortit l'écrin de maroquin. Elle remit le coffret à sa place, la clef à son anneau, puis elle ouvrit l'écrin. En regardant le saphir, elle sentit un léger frisson parcourir son cou et sa gorge. Elle ferma les yeux pour revivre le baiser de son mari et la caresse de ses mains quand il l'avait passé autour de son cou.

Elle déverrouilla la porte, tendit l'oreille avec une vive attention vers le palier, puis descendit lentement l'escalier. Aucun domestique n'était en vue, et pourtant, en arrivant au rez-de-chaussée, elle eut l'impression que l'air s'était subitement rafraîchi, comme si l'on venait d'ouvrir la porte d'entrée. Elle s'arrêta et tendit de nouveau l'oreille. On parlait au salon. Etait-il possible qu'un visiteur eût été introduit pendant son absence? Cette éventualité l'effraya, puis elle l'accueillit comme un moyen inattendu de se débarrasser de son bourreau.

Elle ouvrit la porte du salon et vit son mari en train de parler avec Wyant.

6

Amherst tournait le dos à la porte. Assis au secrétaire, il était en train d'écrire. Wyant se tenait à quelques mètres de lui, les yeux baissés sur le feu.

Aucun des deux n'avait entendu la porte s'ouvrir, et Justine eut le temps de se dire qu'elle devait être restée là-haut cinq minutes au moins et que, dans cet intervalle de temps, bien des choses avaient pu se passer entre eux.

Pendant un instant, le pouvoir de coordonner ses pensées l'abandonna; puis son cœur bondit de soulagement : Wyant avait sans doute fait allusion à sa situation et son mari, seulement conscient d'une grande dette de gratitude, s'était aussitôt assis pour remplir un chèque. L'idée était si rassurante qu'elle lui rendit sa clarté d'esprit.

Wyant fut le premier à la voir et il eut un mouvement brusque, tandis qu'Amherst se levait et lui mettait une enveloppe dans la main.

« Voilà, mon cher ami. »

En se retournant, il aperçut sa femme.

« J'ai pu avoir le train de midi, en fin de compte. As-tu eu mon deuxième télégramme ? demanda-t-il.

— Non, bredouilla-t-elle, pressant la main qui tenait le petit écrin dans les plis de sa robe.

— C'est ce que je craignais. Il y avait un orage à Hanaford et on m'a prévenu que ce serait long. »

Au même moment elle vit Wyant s'avancer la main tendue et comprit qu'il avait caché le fait de l'avoir déjà vue. Elle accepta le signal et lui serra la main en murmurant : « Comment allez-vous ? »

Amherst la regarda, sans doute frappé par son comportement.

« Tu n'as pas vu le docteur Wyant depuis Lynbrook ?

— Non, répondit-elle, sautant sur le prétexte ainsi offert à son émotion.

— Je lui ai dit qu'il n'aurait pas dû nous laisser si longtemps sans nouvelles, d'autant plus qu'il a été malade et que les choses ont fort mal tourné pour lui. Mais j'espère que nous allons pouvoir y remédier dès maintenant. Il a entendu dire que l'on demande un interne à Saint-Christophe pour l'aile payante et, comme Mr. Langhope est absent, je lui ai donné un mot pour Mrs. Ansell.

« C'est vraiment très aimable à vous », murmura Wyant en passant sa main sur son front.

Justine ne disait rien. Elle s'étonnait que son mari n'eût pas remarqué cette main sale et tremblante. Mais il était toujours aveugle aux signes extérieurs et il n'avait pas d'expérience médicale pour aiguiser ses perceptions.

Elle se sentit tout à coup obligée de parler :

« Je suis navrée que le docteur Wyant ait été... malchanceux. Evidemment, tu veux tout faire pour l'aider. Mais ne serait-il pas mieux d'attendre le retour de Mr. Langhope ?

— Wyant pense que ce délai pourrait lui faire perdre le poste. Il paraît que la commission se réunit demain. D'ailleurs Mrs. Ansell connaît beaucoup mieux la question. N'est-elle pas secrétaire du comité féminin ?

— Je n'en suis pas sûre, mais ce qui est certain, c'est qu'il faut consulter Mr. Langhope. »

Elle vit Wyant changer de figure : il fixait sur elle un regard menaçant.

Amherst la considéra également, avec étonnement.

« Je pense pouvoir répondre pour mon beau-père. Il ressent autant que moi tout ce que nous devons au docteur Wyant. »

Il parlait rarement de Mr. Langhope comme de son beau-père, et cette désignation fortuite sembla marquer un lien plus étroit entre eux tout en excluant Justine de ce qui était après tout une affaire de famille. Elle fut passagèrement tentée d'accepter la suggestion et de laisser la responsabilité retomber où bon lui semblerait. Mais ce serait sur Amherst qu'elle retomberait, et cela, c'était intolérable.

« Je crois que tu devrais attendre », insista-t-elle.

Un silence embarrassé suivit cette déclaration.

Wyant le brisa en s'avançant vers Amherst.

« Je n'oublierai jamais votre bonté, dit-il, et j'espère prouver à Mrs. Amherst qu'elle a été bien placée. »

Les mots étaient bien choisis, et bien dits. Justine vit qu'ils faisaient bon effet. Amherst saisit chaleureusement la main du médecin :

« Mon cher ami, j'aimerais pouvoir faire davantage. N'hésitez pas à faire appel à moi si vous en avez besoin.

— Oh ! vous me remettez en selle », répondit Wyant avec reconnaissance.

Il s'inclina légèrement devant Justine et tourna les talons. Mais il n'était pas arrivé à la porte qu'elle l'avait rattrapé.

« Docteur Wyant, vous devez rendre cette lettre. »

Il s'arrêta net, blêmissant.

De nouveau les yeux d'Amherst interrogeaient Justine.

« Le docteur Wyant comprend mes raisons », reprit-elle désespérément.

Son mari se tourna brusquement vers Wyant.

« Les comprenez-vous ? » demanda-t-il au bout d'un moment.

Le regard de Wyant allait de l'un à l'autre. Son front se couvrait de sueur et il passa de nouveau sa main dessus.

« Oui, fit-il d'une voix sarcastique. Mrs. Amherst préférerait me savoir loin d'ici, loin de New York.

— Loin de New York ? Que voulez-vous dire ? »

Justine s'interposa en hâte :

« Le docteur Wyant n'est pas en état d'occuper un tel poste en ce moment.

— Mais il m'assure qu'il va très bien. »

Il y eut un autre silence et, cette fois encore, Wyant le brisa avec un petit rire :

« Je peux expliquer ce que veut dire Mrs. Amherst : elle a l'intention de m'accuser de me droguer à la morphine. Et je peux même expliquer pourquoi : elle veut se débarrasser de moi. »

Amherst fit face à Wyant. Comme Justine l'avait prévu, son regard était terrible.

« Vous ne m'avez pas encore expliqué cela...

— Mais je vais le faire... (Wyant attendit un moment.) J'en sais trop sur elle », déclara-t-il.

Justine laissa échapper une sourde exclamation et Amherst fondit sur le misérable.

« Espèce de canaille ! cria-t-il.

— Eh là, doucement ! marmonna Wyant en reculant devant le bras tendu.

— Ma femme le veut, cela me suffit : rendez-moi cette lettre ! »

Wyant se redressa.

« Non, bon Dieu ! Sûrement pas ! répliqua-t-il comme un forcené. Je ne vous l'ai demandée que parce que vous-même m'avez offert de m'aider. Mais je ne me la laisserai pas reprendre comme ça, sans piper, comme un voleur de parapluie que vous auriez pris sur le fait. Si votre femme ne vous l'explique pas, moi, je vais m'en charger. Elle a peur que je ne vous raconte ce qui s'est passé à Lynbrook.

— A Lynbrook ? »

Amherst ne tint pas compte du son inarticulé qui le suppliait dans son dos.

« Oui. C'est elle qui l'utilisait, la morphine, mais pas pour elle. C'est aux autres qu'elle la donne. Elle a administré une overdose à Mrs. Amherst. »

Amherst le regarda, égaré :

« Une overdose ?

— Oui... à dessein, je veux dire. Et je suis entré dans la chambre au mauvais moment. Je peux prouver que Mrs. Amherst est morte d'un empoisonnement à la morphine.

— John ! » fit Justine dans un souffle.

Amherst repoussa sans violence la main qui l'avait saisi par le bras.

« Attends une minute . cela ne peut en rester là. Tu ne peux pas vouloir que cela en reste là, lui dit-il à mi-voix.

— Pourquoi t'occupes-tu... de ce qu'il dit, alors que moi je m'en désintéresse ? murmura-t-elle, les lèvres tremblantes.

— Vous pouvez constater par vous-même que ma présence ici n'est guère désirée », ricana Wyant.

Amherst demeura silencieux pendant un bref instant. Puis il porta les yeux sur sa femme.

Justine leva son visage : il paraissait réduit, éteint, comme une chandelle consumée.

« C'est vrai, articula-t-elle.

— Vrai ?

— J'ai bien donné une overdose intentionnellement, quand j'ai su qu'il n'y avait pas d'espoir, quand les chirurgiens ont dit qu'elle allait continuer à souffrir. Elle était très résistante et je n'ai pas pu le supporter, tu ne l'aurais pas non plus supporté. »

Il y eut un autre silence. Elle reprit d'une voix plus forte, en regardant son mari droit dans les yeux :

« Et maintenant, ne renverras-tu pas cet homme ? »

Amherst fixa Wyant, sans faire un geste :

« Sortez », fit-il d'un ton tranchant.

Wyant, au contraire, se rapprocha.

« Une minute, s'il vous plaît. Ce serait normal d'écouter *mon* son de cloche. Votre femme dit qu'il n'y avait pas d'espoir. Je dis, moi, que la veille du jour où elle a donné la dose, le professeur Garford a dit en ma présence que Mrs. Amherst pouvait vivre. »

De nouveau les yeux d'Amherst fouillèrent ceux de Justine, et elle s'obligea à formuler une réponse :

« Le professeur Garford a dit qu'on ne pouvait jamais savoir, mais je sais qu'il ne croyait pas en une chance de guérison, personne n'y croyait.

— Le professeur Garford est mort », s'acharna Wyant.

Amherst fonça sur lui.

« Canaille, sortez d'ici ! » hurla-t-il. Mais Wyant ne bougea pas, toujours ricanant.

« Pas jusqu'à ce que j'en aie terminé. Je ne puis admettre qu'on me jette dehors à coups de pied comme un chien qui gêne sur le chemin. Tous les médecins savent que dans le cas d'une lésion spinale, la guérison est de plus en plus fréquente. Si le patient tient le coup trois semaines, il y a toute raison d'espérer. Tels sont les faits. Ils sont clairs pour n'importe quel chirurgien. S'ils sont faux, pourquoi Mrs. Amherst a-t-elle peur de les voir exposer ? Pourquoi m'a-t-elle payé pendant près d'un an pour que je ne les divulgue pas ?

— Oh ! » gémit Justine.

— Il ne m'est pas venue à l'idée d'en parler jusqu'à ce que la chance se retourne contre moi. Alors, je lui ai demandé de l'aide... et lui ai rappelé certaines choses. A partir de quoi elle m'a approvisionné assez régulièrement. » Il fourra sa main tremblante dans sa poche intérieure :

« Voilà ses enveloppes : Québec, Montréal, Saranac. Je sais exactement où vous êtes allés en voyage de noces. Il lui fallait écrire souvent parce que les sommes étaient maigres. Pourquoi le faisait-elle, si elle n'avait pas peur ? Et pourquoi est-elle montée tout à l'heure me chercher quelque chose ? Si vous ne me croyez pas, demandez-lui ce qu'elle a dans la main. »

Amherst ne tint pas compte de cette injonction. Il était comme assommé et il s'agrippait au dossier de sa chaise, comme si son prochain geste allait être de la soulever pour la lancer à la tête de son interlocuteur.

« Demandez-le-lui », répéta Wyant.

Amherst tourna lentement la tête, et son regard las se posa sur sa femme. Son visage semblait avoir pris des années. Ses lèvres et ses yeux bougeaient aussi pesamment que ceux d'un vieillard.

Comme il la regardait, Justine s'avança sans mot dire et déposa le petit écrin de maroquin dans sa main. Il le garda là un moment, comme s'il avait peine à comprendre ce qu'elle venait de faire, puis il le jeta sur la table à côté de lui et marcha sur Wyant.

« Crapule, fit-il sourdement, hors d'ici, tout de suite ! »

7

Lorsque Wyant eut quitté la pièce et que la porte de la maison se fut refermée sur lui, Amherst s'adressa à sa femme :

« Monte. »

Justine le suivit, à peine consciente, mais se déplaçant déjà d'un pas moins pesant. Sa détresse avait en partie été allégée par le départ de Wyant. La peur de ce que son mari pouvait penser l'avait moins fait souffrir que la honte de faire son aveu en présence de son diffamateur, et elle reprenait foi dans la bienveillance d'Amherst. Il avait congédié Wyant avec mépris et horreur : cela ne montrait-il pas qu'il était de son côté ? Et elle avait encore bien d'autres arguments à invoquer ! Sa tête en bourdonnait tandis qu'elle montait derrière lui.

Dans la chambre de sa femme, il ferma la porte et resta accablé, sans mouvement, avec la même expression figée. Effrayée, elle s'approcha de lui :

« John ! »

Il porta la main à sa tête :

« Attends un moment », répliqua-t-il. Et elle attendit, perdant à nouveau peu à peu tout courage.

Le moment passé, il parut recouvrer la capacité de se mouvoir. Il traversa la pièce et se jeta dans un fauteuil, près de la cheminée.

« Maintenant, dis-moi tout. »

Il était renversé en arrière, les yeux fixés sur le feu, les lignes verticales entre ses sourcils creusant une cicatrice profonde dans son visage blême.

Justine se rapprocha et effleura son bras d'un geste suppliant :

« Tu ne veux pas me regarder ? »

Il tourna lentement la tête, avec effort, et ses yeux rencontrèrent à contrecœur les siens.

« Oh ! pas comme cela ! » s'exclama-t-elle.

Il sembla prendre sur lui pour se maîtriser :

« Ne t'occupe pas de moi, s'il te plaît, dis-moi plutôt ce qu'il y a à dire », prononça-t-il d'un ton calme en fixant le feu.

Elle était debout devant lui, les bras pendants, crispant et décrispant les doigts sans arrêt.

« Je ne crois pas qu'il y ait grand-chose à dire, à part ce que je viens de raconter. »

La gorge d'Amherst produisit un bruit léger, comme l'ombre d'un rire de dérision. Au bout d'un autre silence, il reprit :

« Je veux apprendre ce qui s'est passé exactement. »

Elle s'assit au bord d'une chaise, tout près de lui, se pencha en avant, ses mains croisées enserrant ses genoux, tendue entièrement vers lui, comme si tout son corps svelte était une flèche dont son plaidoyer constituait l'empenne. Elle était soulagée d'avoir enfin à parler, même face à l'image de pierre qui était assise à la place de son mari, et elle raconta son histoire, détail par détail, n'omettant rien, n'exagérant rien, en parlant lentement, clairement, avec précision, consciente de ce que les faits nus étaient son argument le plus convaincant.

En l'écoutant, Amherst changea une fois de position : il leva la main pour abriter son visage et demeura dans cette attitude après qu'elle eut terminé.

En attendant qu'il parlât, Justine prit conscience que son cœur fourmillait de timides espoirs : tout au long de son récit, elle avait attendu un murmure de compréhension, une exclamation de pitié; elle avait eu la certitude d'émouvoir l'image de pierre. Mais Amherst ne proféra pas un son.

Enfin il parla, toujours sans tourner la tête :

« Tu ne m'as pas dit pourquoi tu m'as caché cela. »

Justine sentit un sanglot lui nouer la gorge et elle dut prendre le temps d'affermir sa voix.

« Non, et ce fut mon tort, ma faiblesse. Quand je l'ai fait, je n'ai pas un instant imaginé que j'aurais peur de te le dire : j'en avais parlé avec toi en moi-même, si souvent — avant...

— Eh bien?

— Et puis, quand tu es revenu, c'était plus dur, même si j'ai toujours été sûre que tu m'approuverais.

— Pourquoi, plus dur?

— Parce qu'au début, à Lynbrook, je ne *pouvais pas* le raconter en entier, en détail, comme je viens de le faire, c'était au-delà des forces humaines; et, sans le faire ainsi, je ne pouvais te rendre les choses claires, et cela n'aurait fait qu'ajouter à ta peine. Si tu avais été là, tu aurais fait ce que j'ai fait, j'en ai été sûre dès le début. Mais, en arrivant après, tu ne pouvais pas juger, il fallait être présent pour pouvoir juger! Et je voulais t'épargner...

— Et ensuite? »

Elle avait redouté à l'avance cette question, et elle ne put y répondre sur-le-champ. Pour gagner du temps, elle la répéta :

« Ensuite?

— Ne t'est-il jamais venu à l'esprit, quand nous nous sommes retrouvés plus tard, la première fois que tu es retournée chez Mr. Langhope...?

— De te le dire alors? Non, parce qu'à ce moment-là j'en étais venue à voir que je ne pourrais jamais être sûre de te le faire comprendre. Personne n'ayant pas assisté à ces moments-là ne peut savoir ce que c'était que de la voir souffrir.

— Tu as pensé que c'était terminé, alors tu as décidé définitivement de ne pas m'en parler?

— Je n'ai pas eu à penser longtemps. J'ai senti que j'avais bien agi — je le sens toujours — et j'étais sûre que tu l'aurais senti aussi, si tu t'étais trouvé dans les mêmes circonstances. »

Il y eut encore un long silence. Puis Amherst voulut savoir :

« Et en septembre dernier, à Hanaford? »

C'était la question qu'elle avait attendue, la question de ses peurs les plus profondes. Elle sentit le sang lui monter au visage.

« Tu n'as vu aucune différence, aucune raison spéciale de me le dire, alors ?

— Si..., balbutia-t-elle.

— Pourtant, tu n'as rien dit.

— Non. »

De nouveau le silence. Les yeux de Justine s'égarèrent sur la pendule, et quelque vague association d'idées l'avertit que Cicely ne tarderait pas à rentrer.

« Pourquoi n'as-tu rien dit ? »

Il ôta la main de son visage et se tourna vers elle en prononçant ces mots. Elle leva les yeux et soutint son regard.

« Parce que je considérais que la qucstion était close. J'avais pris cette décision en mon âme et conscience, des mois auparavant, et je ne l'avais jamais regretté. J'aurais trouvé morbide — contre nature — d'examiner de nouveau les faits, de les laisser affecter une situation qui s'était produite si longtemps après, et d'une manière si imprévue.

— Tu n'as jamais senti que, plus tard, si je venais à savoir — si les autres venaient à savoir —, ce pouvait être difficile ?

— Non, car les autres m'étaient indifférents et je croyais que, en dépit de ce que tu éprouverais, tu saurais que j'avais fait ce que je pensais juste. »

Elle prononça ces paroles avec orgueil, avec force, et pour la première fois l'expression sévère d'Amherst se relâcha et un léger tremblement parcourut son visage.

« Si tu croyais cela, pourquoi avoir laissé ce gredin te faire chanter ?

— Parce que, quand il a commencé, j'ai vu pour la première fois que ce que j'avais fait pouvait être retourné contre moi par..., par ceux qui n'appréciaient pas notre mariage. Et j'ai eu peur pour mon bonheur. C'est là qu'a été ma faiblesse, c'est pour cela que je suis maintenant en train de souffrir.

— *Souffrir !* » répéta-t-il ironiquement, comme si elle s'était permis d'appliquer à elle-même un mot dont il avait le triste monopole. Il se leva, fit quelques pas sans but, puis s'arrêta devant elle.

« Ce fameux jour, le mois dernier, quand tu m'as demandé de l'argent, était-ce... ?

— Oui », répondit-elle, accablée.

Il rit :

« Tu ne pouvais pas m'en parler — mais tu pouvais utiliser mon argent pour acheter le silence de ce type !

— Je n'en avais pas à moi.

— Non, ni moi non plus ! Tu as utilisé *son* argent — mon Dieu ! » gémit-il en se détournant, les poings serrés.

Justine s'était levée aussi et elle restait figée, ses mains jointes contre sa poitrine, dans l'attitude contractée, recroquevillée d'une fugitive surprise par une tempête aveuglante. Il revint vers elle en un mouvement pathétique.

« Et tu n'as pas vu..., il ne t'est pas apparu... que d'avoir fait... ce que tu as fait... était un obstacle, un insurmontable obstacle pour que nous soyons jamais... ? »

Elle lui coupa la parole par un cri d'indignation :

« Non ! Non ! Car ce n'en était pas un ! Comment cela pouvait-il avoir quelque chose à voir avec ce qui est venu après, avec toi ou moi ? Je ne l'ai fait que pour Bessy, cela ne concernait que Bessy !

— Ah ! ne prononce pas son nom ! » trancha-t-il durement, et elle recula, blessée jusqu'au fond du cœur.

Un autre silence s'installa, durant lequel il sembla tomber dans une sorte d'hébétude, la tête sur la poitrine, comme inconscient de sa présence. Puis il se secoua, passa devant elle et se dirigea vers la porte. Elle bondit à sa suite :

« John, John ! C'est tout ce que tu as à dire ?

— Que pourrais-je ajouter de plus ?

— Quoi de plus ? Tout ! De quel droit me traites-tu comme si j'étais une criminelle ? Je n'ai rien fait que ta propre raison, tes propres arguments n'aient justifié une centaine de fois ! J'ai commis une faute en ne te prévenant pas tout de suite, mais une faute n'est pas un crime. Ce ne peut être ton sentiment véritable qui te détourne de moi, ce doit être la peur de ce que les autres pourraient penser ! Mais depuis quand t'es-tu jamais occupé de ce que pensent les autres ? Depuis quand tes actions ont-elles jamais été dictées par l'opinion d'autrui ? »

Il continua d'avancer sans répondre et elle l'attrapa par le bras.

« Non ! tu ne partiras pas, pas comme cela ! Attends ! »

Elle le lâcha et traversa la pièce. Sur le rayon du bas de la petite table près de son lit se trouvaient quelques livres : elle se baissa, en sortit un précipitamment et l'ouvrit à la page de garde en revenant près d'Amherst.

« Là, lis ça. Ce livre était à Lynbrook, dans ton cabinet, et je suis tombée dessus par hasard le jour même où... »

C'était le petit volume de Bacon qu'elle lui mettait brusquement sous les yeux : il le prit avec un regard désorienté, comme s'il avait peine à suivre ce qu'elle disait.

« Lis ça, lis ça ! » ordonna-t-elle. Et il lut mécaniquement à voix haute les mots qu'il avait tracés :

« *La vraie morale se moque de la morale*[1]. *Nous périssons parce que nous suivons l'exemple d'autres hommes. Socrate avait coutume d'appeler les idées reçues du nom de* lamiae, *épouvantails destinés aux enfants.* Mon Dieu ! » s'écria-t-il en lançant le livre loin de lui dans un geste d'horreur.

Justine le dévisagea, haletante, les genoux tremblants.

« Mais tu l'as écrit, tu l'as écrit ! J'ai cru que tu le pensais ! » cria-t-elle, tandis que le livre glissait en tournoyant sur la table pour aller tomber par terre.

Il la considéra froidement, presque avec appréhension, comme si elle était subitement devenue dangereuse, étrangère. Puis il se détourna et quitta la pièce.

La sonnerie de la pendule la tira de sa torpeur. Elle se leva, sonna la bonne et lui dit à travers la porte qu'elle avait mal à la tête et ne pouvait voir Miss Cicely. Puis elle revint dans la chambre, et l'obscurité se referma sur elle. Elle n'était pas de celles qui prennent leur chagrin passivement ; frémissante d'angoisse, elle arpentait sa chambre à grands pas. Elle fit des allées et venues jusqu'à ce que ses jambes se dérobassent sous elle. Alors elle se laissa tomber, hébétée, dans le fauteuil qu'avait occupé son mari.

Son univers s'était écroulé. C'était comme si quelque loi de la pesanteur mentale avait été mystérieusement suspendue et que chaque conviction intime, chaque processus de raisonnement acquis tournoyait, déconnecté, dans l'espace. John ne l'avait pas comprise. Bien pis, il l'avait jugée comme le reste du monde aurait pu la juger ! L'épicentre de sa détresse se tenait là. Avec une netteté impitoyable, elle vit le soupçon qui avait traversé l'esprit de son mari : il l'avait soupçonnée d'avoir gardé le silence au début parce qu'elle l'aimait et avait craint de le perdre en parlant.

Et même si c'était vrai ? Même si sa culpabilité inconsciente était antérieure à tout ce que John avait osé imaginer ? Pouvait-elle se rappeler, à présent, un seul moment où elle ne l'eût pas aimé ? Chacune de ses rencontres fortuites avec lui, depuis leur première brève conversation à Hanaford, se détachait en relief flamboyant sur la masse confuse des autres souvenirs. Etait-il possible qu'elle l'eût aimé du temps de la vie de Bessy, qu'elle eût même, dans son

1. En français dans le texte. *N.d.T.*

subconscient, en aveugle, été poussée par son amour pour lui à commettre cet acte ?

Elle se secoua, chassa loin d'elle ces pensées morbides : son tempérament sain reprenait toujours le dessus et son esprit repoussait instinctivement toute forme de poison moral. Non ! Son mobile n'avait pas été anormal. Il était droit et justifiable, parfaitement justifiable. Sa faute était d'avoir osé s'élever au-dessus des interdits. Et son erreur d'avoir cru que son mari pouvait s'y élever avec elle. Si ces réflexions la calmèrent, elles ne lui apportèrent aucun réconfort : toute sa vie était centrée sur John et elle prenait conscience qu'il serait incapable de s'affranchir de l'opinion traditionnelle pour juger son acte. Rétrospectivement, à la lumière révélatrice de ces dernières heures, elle corrigea son analyse du caractère d'Amherst et comprit que, comme beaucoup d'hommes émancipés par ailleurs, il restait soumis aux anciennes conventions de sentiment. Et comme il n'avait probablement jamais accordé beaucoup d'attention aux femmes jusqu'à ce qu'il l'eût rencontrée, il s'était toujours contenté de traiter avec elles dans la monnaie sentimentale en cours. Après tout, c'était celle qu'elles préféraient et pour laquelle elles offraient leurs plus jolies marchandises !

Mais qu'en était-il de leur accord intellectuel ? Elle ne s'était pas trompée en cela ! Ils étaient mariés par l'esprit comme par le cœur. Mais jamais, jusque-là, ils n'avaient été confrontés à l'un de ces problèmes subtils qui mettent en jeu des émotions enracinées bien au-delà de la raison et du jugement, dans les profondeurs ténébreuses de la morale séculaire. Il est facile de trancher intellectuellement de questions générales à la lumière du savoir acquis ; mais trop souvent il faut se frayer une voie à travers une difficulté personnelle à la faible lueur d'une chandelle transmise par les mains mortes des générations passées.

N'y avait-il donc aucun espoir de hisser sa vie personnelle à un niveau de conduite lucide ? Fallait-il se contenter de penser pour l'espèce et de sentir pour soi-même (et encore, sentir aveuglément, de manière incohérente !) ? Et n'était-ce pas de natures comme celles d'Amherst — de natures qui réunissaient en elles l'indépendance de jugement et une ardente solidarité humaine —, n'était-ce pas d'elles qu'aurait dû venir l'élan libérateur ?

Son esprit se lassa de tourner en vain dans ce cercle. Ce qui était évident, dans leur cas, c'était que John n'avait pas dépassé le niveau du préjugé et de l'émotion. Bien que son acte eût été de ceux auxquels il donnait sa sanction intellectuelle, il s'était détourné d'elle avec répulsion, il l'avait déshonorée par les soupçons les plus blessants. Le lien qui les attachait l'un à l'autre était à jamais souillé, dévalorisé.

La longue discipline de l'hôpital avait appris à Justine à ne jamais perdre conscience de l'écoulement du temps, ni à laisser sa douleur sombrer dans la prostration. Il fallait qu'elle pense et qu'elle bouge. Elle se releva, alluma la lumière et se mit à s'apprêter pour le dîner. Il serait affreux d'avoir à affronter son mari, d'abord à table et ensuite au salon, parmi les bibelots et les meubles anciens qui composaient un ensemble si harmonieux. Mais elle préférait cela, malgré tout, à l'idée de rester ainsi immobile dans l'obscurité. Un instinct profond lui dictait encore de bouger.

Tout en s'habillant, elle tendait anxieusement l'oreille vers la chambre voisine, mais il n'en provenait aucun bruit et, quand elle arriva en bas, le salon était vide. La bonne, après un délai décent, vint demander s'il fallait retarder le dîner.

Elle répondit que non, trouvant quelque vague prétexte à l'absence de son mari, et s'assit seule devant les plats peu nombreux mais soigneusement étudiés. Lorsque cette épreuve fut terminée, elle retourna au salon et prit un livre. Il se trouva que c'était un nouveau volume sur les problèmes du travail, qu'Amherst avait dû rapporter de Westmore. Il n'en fallait pas plus pour transporter instantanément ses pensées à la filature. Ce coup fatal allait-il empoisonner leur travail là-bas comme leurs rapports personnels ? Penserait-il qu'elle contaminerait jusqu'à l'œuvre que leur amour avait illuminée ?

Les heures passèrent sans le ramener, et elle se mit à imaginer qu'il avait dû prendre le train de nuit pour Hanaford. Son cœur se serra à cette pensée : elle se souvint — révulsée à l'idée même de cette comparaison — de la brusque fuite de John devant une précédente crise de sa vie privée, et elle sentit confusément que s'il lui échappait maintenant elle ne retrouverait jamais son pouvoir sur lui. Mais pouvait-il être aussi cruel, pouvait-il souhaiter que quelqu'un souffrît autant qu'elle souffrait ?

A dix heures, ne pouvant supporter de rester plus longtemps au salon, elle regagna sa chambre. Elle se déshabilla le plus lentement possible pour retarder le silence et l'immobilité qui s'empareraient d'elle une fois couchée. Mais l'instant redouté finit par arriver : il n'y avait plus rien entre elle et la nuit. Elle éteignit et se glissa entre les draps froids : un tremblement la saisit aussitôt et, au bout d'un moment, elle passa sa robe de chambre et avança à tâtons jusqu'à la chaise longue, près de la cheminée. Elle la rapprocha du feu et s'étendit, tremblant toujours malgré la couverture chaude qu'elle avait remontée jusqu'à son menton. Elle resta là un long moment, les yeux clos, dans une obscurité mentale déchirée par de brefs éclairs de mémoire. Dans l'un de ces éclairs, une phrase d'Amherst se détacha, paroles prononcées à Westmore le jour de l'inauguration de l'hôpital, à propos d'un jeune homme qui était passé la voir. Elle se rappela la flambée juvénile de jalousie de John, et son soulagement immédiat à la pensée que le visiteur avait pu être Wyant. Il n'y avait pas de doute, *c'était* Wyant : il était venu à Hanaford la menacer et, déçu de son absence ou pour toute autre raison, était reparti sans mettre à exécution son projet.

Elle pensa avec horreur que sa première gorgée de bonheur avait échappé de justesse à cette goutte de poison. Mais son cri intérieur fut pour son mari : « Si c'était arrivé alors, mon bien-aimé n'aurait pas eu à souffrir ! » La douleur d'Amherst la touchait déjà plus que la sienne : elle comprenait qu'elle était plus dure à supporter parce qu'elle s'inscrivait contre tout le côté spéculatif de sa personnalité.

Elle gisait là, son visage enfoui dans les coussins, quand elle entendit s'ouvrir et se refermer la porte d'entrée. Elle se raidit et tendit l'oreille. Oui, maintenant il y avait un pas dans l'escalier, le pas de son mari ! Elle l'entendit se diriger vers sa propre chambre. Les battements de son cœur l'assourdissaient, elle distinguait confusément qu'il se déplaçait dans sa chambre, si près que c'était comme s'il la frôlait. Puis la porte s'ouvrit et il entra.

Il trébucha légèrement dans l'obscurité, puis, comme il se penchait sur la lampe pour l'allumer, elle vit que son visage était rouge et que ses yeux contenaient une lueur d'excitation qui, chez quelqu'un de moins sobre, eût pu passer pour l'effet de l'alcool.

« Tu es réveillée ? » demanda-t-il.

Elle émergea des coussins, sa chevelure noire ruisselante autour de son petit visage fantomatique.

« Oui. »

Il s'approcha de la chaise longue et s'assit sur un pouf, à côté d'elle.

« Je viens d'administrer à cette canaille une correction qu'il n'oubliera pas de sitôt ! » s'écria-t-il, le souffle court, le visage en feu.

Elle se tourna vers lui, tremblante de joie :

« John, oh ! John ! Tu ne l'as pas suivi ? Oh ! que s'est-il passé ? Qu'as-tu fait ?

— Non. Je ne l'ai pas suivi. Mais il y a certaines choses que les puissances célestes elles-mêmes ne peuvent tolérer. Elles se sont donc arrangées pour me faire tomber sur lui par le plus pur des hasards, et je lui ai donné de quoi s'en souvenir. »

Il parlait d'une voix claire et forte qui possédait le même éclat que celui de ses yeux. Elle en sentit la chaleur couler dans ses veines, et la femme primitive en elle s'embrasa au contact de l'homme primitif. Mais une pensée la traversa qui la refroidit aussitôt :

« Mais pourquoi, pourquoi ? Oh ! comment as-tu pu ? Où cela s'est-il passé ? Pas dans la rue ? »

Tout en le questionnant, il lui vint la vision terrifiante d'un rassemblement de badauds, la police, les journaux, une publicité hideuse. Il fallait qu'il fût fou pour avoir fait cela et pourtant, s'il l'avait fait, c'est qu'il devait l'aimer !

« Non, non. N'aie crainte. Les puissances avaient aussi pensé à cela. Il n'y avait personne alentour et je n'ai pas l'impression qu'il ira s'en vanter. »

Elle tremblait, de peur mais d'adoration surtout. Rien ne ressemblait moins à l'homme qu'elle croyait connaître que cet acte de colère irrationnelle qui avait magiquement dissipé les ténèbres de son esprit. Pourtant, par un effet tout aussi magique, cette fureur le lui rendait et elle fondit en larmes.

Elle pleurait douloureusement, avec la résistance des natures fortes qui n'ont pas l'habitude de se laisser aller. Puis, à travers le tumulte de ses sanglots, elle perçut le contact rassurant de son mari.

« Justine... » Il avait retrouvé sa voix normale.

Elle ôta les mains de son visage et ils se regardèrent.

« Justine, cet après-midi, j'ai dit des choses que je ne voulais pas dire. »

Elle écarta les lèvres mais sa gorge était encore soulevée de sanglots. Elle ne put que le regarder, le visage mouillé de larmes.

« Je crois que je comprends, maintenant », poursuivit-il du même ton calme.

Elle dégagea sa main de celle d'Amherst et se remit à trembler.

« John, si tu ne fais que *croire* — si tu n'es pas sûr, ne fais pas semblant de l'être ! »

Il s'assit à côté d'elle et l'attira dans ses bras.

« J'en suis sûr, fit-il tout bas, la serrant contre lui et pressant ses lèvres sur son visage, ses cheveux.

— Oh ! mon mari, mon mari ! Tu m'es donc revenu ? »

Il lui répondit en murmurant à travers les baisers dont il la couvrait : « Pauvre petite, pauvre petite, ma Justine... », tout en la serrant encore plus fort dans ses bras.

Son visage contre lui, elle céda au luxe enfantin d'avouer dans un balbutiement ses craintes injustifiées :

« J'avais peur que tu ne sois retourné à Hanaford.
— Ce soir ? A Hanaford ?
— Pour le dire à ta mère. »
Elle sentit une contraction dans le bras qui l'étreignait, comme si une vague de souffrance l'avait envahi.
« Je ne le dirai jamais à personne », répondit-il brusquement. Mais, en la sentant se raidir, il l'attira plus près encore, murmurant dans ses cheveux qui tombaient sur sa joue : « Ne parle pas, chérie, n'en parlons plus jamais... » Et, dans les bras qui se refermaient sur elle, sa terreur et son angoisse s'effacèrent pour céder la place non à la paix profonde d'un esprit apaisé, mais à un vague bien-être qui berça ses pensées et les endormit.

8

Mais la pensée ne pouvait jamais rester longtemps silencieuse entre eux. Le triomphe de Justine ne dura qu'un jour.
Quand il prit fin, elle vit de quoi il avait été fait : de l'ascendant de la jeunesse et du désir sur le jugement subjugué de son mari. Son premier mouvement fut de le prolonger, de le fixer. Pourquoi ne pas utiliser les arts défensifs que lui inspirait l'amour ? Elle qui vivait si intensément par son intelligence pouvait vivre aussi ardemment par ses sentiments. Sa vive imagination guidait ses regards et ses mots, composait les formules magiques qui jadis charmèrent Samson. Et, pendant quelques jours, tous deux se perdirent dans ce brouillard de passion qu'eux-mêmes suscitaient, s'accrochant désespérément au visible, au palpable de leur couple, comme déjà conscients que son essence la plus subtile s'en était échappée.
Amherst ne faisait aucune allusion à ce qui s'était passé, ne demandait aucun détail, ne promettait plus rien. Il se conduisait comme si l'épisode avait entièrement disparu de son esprit. Wyant ne se manifesta pas : il semblait être sorti de leur vie comme de leur conversation.
Vers la fin de la semaine, Amherst annonça à Justine qu'il devait rentrer à Hanaford, et Justine lui fit aussitôt part de son intention de partir avec lui.
Il parut surpris, presque déconcerté. Pour la première fois, l'ombre de ce qui s'était passé se profila visiblement entre eux.

« Peux-tu laisser Cicely avant le retour de Mr. Langhope ? demanda-t-il.

— Il sera là dans deux jours.

— Mais il s'attend à te trouver là.

— C'est bientôt le premier avril. Nous allons avoir Cicely tout l'été. Il n'y a aucune raison pour que je ne reprenne pas mes occupations à Westmore. »

Il n'y avait effectivement aucune raison valable à invoquer et, le lendemain, ils partirent ensemble pour Hanaford.

La sensibilité exacerbée de Justine lui fit percevoir un changement chez son mari dès qu'ils eurent pénétré dans la maison de Bessy. Il était toujours scrupuleusement tendre et prévenant, presque trop, avec une nuance de lassitude, comme un homme qui essaie de « tenir le coup » sous l'avance foudroyante de la maladie. Et elle se mit à prendre en horreur le pouvoir par lequel elle le possédait. Ce n'était pas ainsi qu'ils avaient marché ensemble autrefois, libres en esprit, bien qu'étroitement liés en habitudes et en sentiments. Leur amour, loin d'être un narcotique étouffant, était alors un élément vivifiant et créateur. Par moments, elle sentait qu'un détachement déclaré serait plus supportable, parce que plus proche de la vérité. Elle éprouvait alors une envie folle de parler, de lui demander de libérer son esprit et de descendre avec elle une fois pour toutes dans les profondeurs du sujet qu'ils continuaient à éviter. Mais, à la dernière minute, elle n'en avait pas le courage. Elle ne pouvait affronter l'idée de le perdre, de l'entendre prononcer les mots de la désunion.

Cela faisait environ dix jours qu'ils étaient à Hanaford lorsqu'un matin, au petit déjeuner, Amherst poussa un cri à la lecture d'une lettre.

« Qu'est-ce que c'est ? » demanda-t-elle, pleine d'appréhension.

Il était devenu pâle et il écartait les cheveux de son front du geste qui lui était habituel lorsqu'il était contrarié.

« Qu'est-ce que c'est ? répéta Justine, dont l'inquiétude allait grandissant.

— Rien », répondit-il en glissant la lettre sous la pile d'enveloppes ; mais Justine continua à l'examiner anxieusement jusqu'à ce que ses yeux eussent attiré les siens.

« Mr. Langhope écrit qu'ils ont nommé Wyant à Saint-Christophe, reprit-il presque brutalement.

— Oh ! la lettre, nous avons oublié la lettre ! cria-t-elle.

— Oui, nous avons oublié la lettre.

— Comment a-t-il osé ? »

Amherst resta muet, mais le silence qui s'ensuivit en disait long sur ce qu'il pensait. Elle finit par demander d'une voix à peine audible :

« Que vas-tu faire ?

— Ecrire tout de suite à Mr. Langhope qu'il ne convient pas pour le poste.

— Bien sûr », murmura-t-elle.

Il continua à ouvrir ses lettres et à les parcourir. Elle se laissa aller contre le dossier de sa chaise, sa tasse de café intacte, tandis qu'il lisait son courrier.

Bientôt il se leva et elle le suivit tout en remarquant qu'il n'avait pas touché non plus à son petit déjeuner. Il prit ses lettres et se dirigea vers le fumoir où, après avoir hésité un instant, elle le rejoignit. « John... »

Il était en train de s'installer à son bureau et il se tourna vers elle avec un effort manifeste pour avoir l'air aimable, ce qui lui donna une expression figée.

Elle ferma la porte et vint à lui :

« Si tu écris cela à Mr. Langhope, le docteur Wyant le lui dira, murmura-t-elle.

— C'est certain. Nous devons nous y attendre. »

Elle garda le silence et Amherst se laissa tomber dans l'ottomane de cuir, contre le mur. Elle resta debout devant lui, ouvrant et refermant les mains dans une détresse muette.

« Que voudrais-tu que je fasse ? finit-il par demander, presque avec humeur.

— Je pensais — puisqu'il m'a dit qu'il resterait dans le droit chemin — que nous pourrions lui donner une chance », balbutia-t-elle.

Amherst leva lentement la tête et la regarda.

« Tu veux dire que je ne dois rien faire ? C'est cela ? »

Elle vint tout près de lui, les yeux implorants :

« Je ne peux pas le supporter, je ne peux pas supporter que les autres se mettent entre toi et moi ! » s'écria-t-elle avec passion.

Il ne répondit rien et Justine vit son visage se contracter sous l'effet de la souffrance. Elle vint s'asseoir près de lui et posa sa main sur la sienne :

« John, oh ! John, épargne-moi », supplia-t-elle d'une voix sourde.

Pendant un moment, il laissa sa main inerte sous celle de Justine, puis il la retira et la referma sur ses doigts tremblants.

« Bon, je vais lui laisser sa chance, je ne bougerai pas », déclara-t-il en l'entourant de son bras libre.

Cette réaction la prit à la gorge et lui arracha un ou deux sanglots, sans larmes. Comme elle enfouissait son visage contre lui, il le lui releva et l'embrassa doucement.

Lorsque leurs lèvres se rencontrèrent, elle sentit qu'ils étaient en train de sceller le pacte du déshonneur. Que le baiser de son mari en fût venu à signifier cela pour elle ! Pire que toute douleur personnelle, la pensée qu'elle l'entraînait dans le mensonge à cause de sa propre faiblesse était intolérable.

Elle se dégagea et se leva d'un bond, repoussant la main qui la retenait.

« Non, non ! Qu'est-ce que je raconte là ? C'est impossible ! Tu dois dire la vérité. » Tout en parlant, elle retrouvait sa voix normale. « Oh ! oublie ce que je t'ai dit : je ne voulais pas dire cela ! »

Mais il paraissait de nouveau plongé dans l'inertie, comme un homme sournoisement atteint de léthargie.

« John, John, oublie cela ! » répéta-t-elle instamment.

Il leva la tête vers elle :

« Tu sais ce que cela veut dire ?

— Oui, je sais, mais c'est inéluctable — et cela ne fera pas de différence entre nous deux, n'est-ce pas ?

— Bien sûr que non. Pourquoi cela en ferait-il ? répondit-il, l'air absent.

— Alors, écris. Dis à Mr. Langhope de ne pas lui donner le poste. Je veux qu'on en finisse. »

Il se mit lentement debout, sans plus la regarder, et marcha droit vers son bureau. Elle se recroquevilla dans l'ottomane et le couva d'un regard brûlant tandis qu'il prenait une feuille de papier et se mettait à écrire.

Après avoir tracé quelques mots, il reposa sa plume et fit pivoter sa chaise pour lui faire face.

« Je ne peux pas le faire de cette façon ! s'exclama-t-il.

— Comment, alors ? Que veux-tu dire ? » demanda-t-elle en sursautant.

Il l'examina :

« Tu préfères que l'histoire lui vienne de Wyant ?

— Oh ! (Elle le dévisagea, comprenant subitement.) Tu as l'intention de le dire de vive voix à Mr. Langhope.

— Oui. Je vais prendre le prochain train pour aller le lui dire. »

Justine se mit à trembler tellement qu'elle dut s'agripper au bord de l'ottomane.

« Et si..., si après tout Wyant ne parlait pas ?
— Eh bien quoi, s'il ne parlait pas ? Pourrais-tu supporter de lui devoir notre sécurité ?
— Sécurité !
— Cela revient à cela, non, si *nous* avons peur de parler ? »
Elle demeura silencieuse, laissant l'amère vérité faire son chemin en elle.
« Oui, cela revient à cela, admit-elle courageusement.
— Alors, tu en tires la même conclusion que moi ?
— Que tu dois y aller ?
— Que c'est intolérable ! »
Ces mots firent tomber sa dernière illusion. Elle se leva et vint à lui :
« Oui, vas-y. »
Il se leva à son tour et la prit par les deux mains. Son geste n'était pas caressant, mais grave, presque sévère.
« Ecoute-moi, Justine. Tu dois comprendre exactement ce que cela signifie, ou peut signifier. Je voudrais continuer comme maintenant aussi longtemps que nous le pourrons, parce que je t'aime, parce que je ferais n'importe quoi pour t'épargner une souffrance. Mais si je parle, je dois tout dire, je dois aller jusqu'au fin fond des choses, jusqu'aux dernières conséquences. C'est ce que je veux que tu voies clairement. »
Elle entrevit un nouveau danger et le découragement s'empara d'elle.
« Quelles conséquences ?
— Ne peux-tu les voir par toi-même, en regardant autour de toi, cette maison ?
— Cette maison ? »
Il lui lâcha les mains et se mit à arpenter fiévreusement la chambre.
« Je lui dois tout, éclata-t-il, tout ce que je suis, tout ce que j'ai, tout ce que j'ai pu te donner et je dois aller dire à son père que tu...
— Arrête, arrête ! cria-t-elle, levant les mains comme pour se protéger d'un coup.
— Non, laisse-moi continuer. Regardons la vérité en face, reprit-il obstinément.
— Mais ce..., ce n'est pas la vérité ! Tu en parles comme si..., presque comme si...
— Oui, n'achève pas. Ne t'est-il pas venu à l'esprit que *lui* peut penser cela ? » demanda Amherst avec un rire atroce.

Mais, à cela, elle retrouva son courage, comme toujours dès que la situation l'exigeait.

« Non, je ne le crois pas du tout ! S'il *pense* cela, ce sera parce tu le penses toi-même. » Sa voix chavira, et elle se prit la tête à deux mains. « Et si tu le penses, rien n'a plus d'importance — dans un sens comme dans l'autre... » Après un silence, elle reprit d'une voix ferme : « Ce que je dois regarder en face avant que tu y ailles, c'est ce que *toi* tu crois de moi. Tu ne me l'as jamais dit. »

Ainsi défié, Amherst resta muet, tandis que le rouge lui montait lentement au visage.

« Ne te l'ai-je pas dit en faisant ce que j'ai fait ? demanda-t-il doucement.

— Non. Ce que tu as fait a dissimulé ce que tu pensais. Et je t'ai aidé à le dissimuler. Je suis tout autant à blâmer ! Mais ce n'était pas pour cela que nous avons été unis pendant cette demi-année ensemble, pas pour sombrer dans la complicité et la dérobade ! Je ne veux pas une heure de plus de cette comédie du bonheur. Je veux de toi la vérité, quelle qu'elle soit. »

Il restait planté là, contemplant le tapis d'un air morne.

« Ne vois-tu pas que, pour mon malheur, je ne le sais pas moi-même ?

— Tu ne sais pas... ce que tu penses de moi ?

— Bon sang, Justine, pourquoi essaies-tu de mettre ainsi la vie à nu ? J'ignore ce qui s'est passé en moi ces dernières semaines.

— Tu dois bien savoir ce que tu penses de mon mobile pour avoir fait ce que j'ai fait. »

Elle lut sur ses traits combien il reculait devant la moindre allusion à l'acte qui les torturait sournoisement. Il se força cependant à redresser la tête pour la regarder :

« Jamais, pas un seul instant, je n'ai mis en doute ton mobile, ni contesté son bien-fondé étant donné les circonstances...

— Oh ! John, John ! » éclata-t-elle, folle de joie. Aussitôt, pourtant, elle perçut la réserve inconsciente qui se cachait derrière cette absolution. « Mais tu es au supplice car, là où ton esprit m'innocente, ton cœur me condamne », acheva-t-elle.

Il la regarda désemparé, comme s'il attendait d'elle la lumière.

« Sur mon âme, je l'ignore — je ne puis dire — c'est le noir en moi. Je sais que tu as fait ce que tu as cru le mieux et, si j'avais été là, je crois que je t'aurais demandé de le faire, mais plût au ciel que... »

Elle l'interrompit en sanglotant :

« Oh ! je n'aurais jamais dû te laisser m'aimer ! J'aurais dû voir que j'étais à jamais coupée de toi. Je t'ai apporté le malheur alors que j'aurais donné ma vie pour toi ! Je suis impardonnable. »

Cette explosion soudaine sembla lui rendre son sang-froid. Il vint à elle et prit sa main en un geste d'apaisement.

« Ce n'est pas une question de pardon, Justine. Ne nous torturons pas réciproquement par de vaines plaintes. Nous devons affronter le fait et nous nous sentirons mieux après nous en être ouverts. Je me sentirai mieux, pour ma part, quand j'aurai parlé à Mr. Langhope. Mais, avant d'y aller, je veux être sûr que tu comprends bien ce qu'il pensera probablement... et l'effet que cela aura sur notre avenir.

— Notre avenir ? interrogea-t-elle avec un frisson. Non, je ne comprends pas. »

Amherst hésita un moment, essayant de choisir les mots les moins susceptibles de la peiner.

« Mr. Langhope n'ignore pas que mon mariage était malheureux ; par ma faute, pour lui ça ne fait aucun doute. Et s'il choisit de penser que..., que toi et moi nous nous plaisions avant — et que c'est *parce qu'*il y avait une chance de guérison que tu...

— Oh !...

— Nous devons l'envisager, maintint-il, inflexible. Et tu dois comprendre que, si je sens en lui le moindre soupçon de ce genre, j'abandonnerai tout ici, dès que cela pourra être réglé légalement. Dieu sait si Tregedar s'en fera une joie !... Et toi et moi devrons tout laisser et recommencer notre vie quelque part ailleurs. »

Pendant un instant, un fol espoir crût en elle : le rêve de fuir avec lui dans un nouveau cadre, une nouvelle existence, loin de la trappe aux souvenirs où ils se débattaient. Cependant la sagesse en elle réagit aussitôt. Elle le vit arraché au travail qu'il avait choisi, sa carrière détruite, sa tâche inachevée, les ouvriers cotonniers rejetés dans l'abîme d'où il les avait tirés et, par-dessus tout, son honneur entaché — ah ! là serait surtout leur déchirure ! Et tout cela par sa faute, tout cela parce que, dans son imprévoyance, elle se serait cramponnée au bonheur ! A cette idée, elle se mit à réfléchir frénétiquement. Il fallait tout risquer, tout oser, avant de l'entraîner à sa perte. Ses pensées se firent plus nettes, sa gorge se dénoua.

« Je comprends, fit-elle à voix basse, levant ses yeux vers les siens.

— Et tu es prête à en accepter les conséquences ? Penses-y encore avant qu'il soit trop tard. »

Elle hésita.

« Justement, c'est ce que je voulais te demander : du temps pour réfléchir. »

Elle vit une ombre passer sur son visage, comme s'il ne s'était pas attendu à ce manque de courage de sa part. Pourtant, c'est avec calme qu'il demanda :

« Tu ne veux pas que j'y aille aujourd'hui ?

— Pas aujourd'hui. Donne-moi un jour de plus.

— Très bien. »

Elle posa timidement une main sur son bras :

« Va à Westmore comme d'habitude, je t'en prie, comme si rien ne s'était passé. Et ce soir, quand tu rentreras, j'aurai pris ma décision.

— Très bien, fit-il de nouveau.

— Tu seras parti toute la journée ? »

Il jeta un regard sur sa montre :

« Oui, j'en avais l'intention. A moins...

— Non. Je préfère être seule. Au revoir. »

Elle laissa sa main glisser doucement le long de sa manche.

9

Dans la soirée, au moment où Amherst rentrait de l'usine, à Hanaford, Mrs. Ansell, à New York, était introduite dans la bibliothèque de Mr. Langhope.

Dès qu'elle entra, son ami quitta son fauteuil près du feu et vint à elle, le visage si défait qu'elle s'arrêta net en poussant un cri d'inquiétude.

« Henry, que s'est-il passé ? Pourquoi m'avoir envoyée chercher ?

— Parce qu'il m'a été impossible de venir moi-même chez vous, de m'aventurer dans les rues, en plein jour.

— Mais pourquoi ? Qu'est-ce que c'est ? Cicely ? »

D'un large geste de ses deux mains il enveloppa tout l'espace :

« Cicely, tout le monde, la terre entière ! » Son poing fermé vint s'abattre sur la table contre laquelle il s'appuyait. « Maria ! ma fille aurait pu être sauvée ! »

Mrs. Ansell le considéra, désemparée :

« Sauvée ? Bessy ? Mais comment ? Par qui ?

— On aurait pu lui permettre de vivre, je veux dire, de guérir. Elle a été tuée, Maria. Cette femme l'a tuée ! »

Mrs. Ansell, sidérée, se laissa choir sur le siège le plus proche en criant :

« Pour l'amour du ciel, Henry, quelle femme ? »

Il s'assit en face d'elle, cramponné à sa canne et s'y appuyant de tout son poids. Livide, dans sa tenue désordonnée, il avait l'air d'un vieillard.

« Je m'étonne que vous le demandiez. Est-ce pour m'épargner ? »

Elle l'interrogea anxieusement du regard et tenta de reprendre raisonnablement les choses :

« Je le demande pour comprendre ce que vous êtes en train de dire.

— Eh bien, alors, si vous vous obstinez à sauver les apparences : ma belle-fille a assassiné ma fille. Maintenant, vous saisissez ? »

Il rit silencieusement, une larme sous ses paupières rougies. Mrs. Ansell poussa un gémissement :

« Henry, vous délirez, je comprends de moins en moins.

— Je ne vois guère comment vous le dire plus clairement. Elle me l'a dit elle-même, dans cette pièce, il n'y a pas une heure.

— Elle vous l'a dit. Mais qui, *elle* ?

— La femme de John Amherst. Elle m'a dit qu'elle avait tué mon enfant. C'est un jeu d'enfant quand on sait utiliser une piqûre de morphine. »

Mrs. Ansell sembla enfin comprendre.

« Oh ! mon pauvre Henry, vous voulez dire qu'elle lui en a trop donné ? Qu'il y a eu un horrible accident ?

— Ce n'était pas un accident. Elle a tué mon enfant, elle l'a tuée volontairement. Ne me regardez pas comme si j'étais fou. Elle était assise dans ce fauteuil, là où vous êtes en ce moment, et elle me l'a dit.

— Justine ? Elle est venue aujourd'hui ? (Mrs. Ansell fit un effort pénible pour rassembler ses idées.) Mais *pourquoi* vous l'a-t-elle dit ?

— C'est fort simple. Pour empêcher Wyant de le faire.

— Oh ! » fit son interlocutrice, en un long soupir de peur et d'intelligence. Mr. Langhope, pitoyablement triomphant, lui sourit :

« Vous le saviez, vous l'avez toujours soupçonné ? Mais maintenant, vous devez parler franchement ! » s'exclama-t-il sur un ton de commandement inattendu.

Elle ne broncha pas, essayant de se concentrer.

« Je ne sais rien du tout. Je me demandais simplement : pourquoi cela est-il resté secret jusqu'à présent ? »

La réponse ne se fit pas attendre :

« Vous pensez que c'est parce qu'ils étaient complices ? Et qu'une rupture a eu lieu récemment entre eux ? Qu'il voulait une trop grosse part du butin ? Oh ! que tout cela est abominablement vil ! »

Il se couvrit la face d'une main tremblante et Mrs. Ansell resta muette, plongée dans les hypothèses les plus douloureuses. Puis elle recouvra une partie de sa maîtrise habituelle et, se penchant vers lui, plongeant son regard dans le sien, elle dit fermement :

« Si vous voulez que je vous aide, essayez de me dire exactement ce qui s'est passé. »

Il eut un geste d'impatience.

« Ne vous l'ai-je pas dit ? Elle a découvert que son complice avait l'intention de parler et elle s'est ruée en ville pour le devancer. »

Mrs. Ansell réfléchit.

« Mais pourquoi, avec son poste à Saint-Christophe assuré, Wyant a-t-il choisi ce moment pour la menacer si, comme vous l'imaginez, il est son complice ?

— Parce que c'est un drogué et qu'elle ne voulait pas qu'il eût le poste.

— Elle ne voulait pas ? Cela ne ressemble guère à de la peur. Elle n'aurait eu qu'à tenir sa langue ! »

Mr. Langhope eut un rire sardonique :

« Ce n'est pas aussi simple. Amherst allait venir en ville pour me le dire.

— Ah ! *lui* aussi est au courant ?

— Oui, et elle a préféré que j'aie d'abord sa version à elle.

— Et quelle est-elle, sa version ? »

Le visage de Mr. Langhope présentait l'image de la souffrance.

« Maria, ne m'en demandez pas trop ! Je ne peux revenir là-dessus. Elle dit qu'elle a voulu épargner mon enfant. Elle dit que les docteurs la gardaient en vie en la torturant inutilement, comme une..., une sorte de cobaye. Elle ne m'a fait grâce d'aucun détail hideux. »

Mrs. Ansell laissa passer un moment avant de demander :

« Eh bien ! Pourquoi ne serait-ce pas vrai ?

— La version de Wyant est différente. Lui, il affirme que Bessy aurait guéri, il dit que Garford le pensait aussi.

— Et que répond-elle ? Elle le nie ?

— Non. Elle admet que Garford était dans le doute. Mais elle affirme qu'il y avait une chance infinitésimale de guérison et que la douleur était atroce. C'est tout ce qu'elle trouve à dire, naturellement ! »

Mrs. Ansell, songeuse, s'abandonnait au dossier de son fauteuil, les avant-bras posés sur les accoudoirs. Elle était plongée dans l'examen des données fragmentaires qui avaient été émiettées devant elle. La longue habitude de prodiguer ses soins à ses amis dans leurs moments de perplexité ou de détresse avait aiguisé son sens critique : c'est avec impartialité qu'elle démêlait et coordonnait des faits présentés de manière incohérente, saisissant le fil qui les reliait pour remonter jusqu'à leur cause première. Cependant, jamais elle n'avait été confrontée à une situation aussi poignante et touchant d'aussi près à ses sentiments personnels. Il lui fallut un certain temps pour libérer ses pensées d'un déferlement d'émotion.

Elle leva enfin la tête et demanda :

« Pourquoi Mr. Amherst l'a-t-il laissée venir vous voir, au lieu de venir lui-même ?

— Il ne sait pas qu'elle est venue. Elle l'a persuadé d'attendre un jour et, dès qu'il a été parti à l'usine ce matin, elle a pris le premier train.

— Ah ! murmura pensivement Mrs. Ansell, et Mr. Langhope ajouta d'un ton catégorique :

— Peut-on réunir plus de preuves de panique coupable ?

— Oh ! coupable (son amie faisait tournoyer autour d'une main tombante son énorme manchon), il y a encore tant de choses à éclaircir !

— Votre cerveau ne fonctionne pas au ralenti, d'ordinaire ! fit-il observer avec quelque âpreté, mais elle ne s'en formalisa pas.

— Amherst, par exemple, depuis combien de temps le sait-il ? poursuivit-elle.

— Une semaine ou deux seulement, elle l'a clairement avoué.

— Et quelle est son attitude ?

— Ah ! cela, je suppose, est justement ce qu'elle a l'intention de nous empêcher de savoir !

— Vous voulez dire qu'elle a peur ? »

Mr. Langhope fronça les sourcils.

« Elle a peur, c'est évident, mortellement — je n'ai jamais vu une femme avoir aussi peur. Je me demande même comment elle a trouvé le courage de m'affronter.

— C'est bien là le hic ! Pourquoi vous a-t-elle affronté ? Pour minimiser son acte, pour vous donner sa version parce qu'elle craignait que la sienne ne fût pire ? C'était cela son motif, à votre avis ? »

Ce fut au tour de Mr. Langhope d'hésiter. Il labourait l'épais tapis de Turquie avec le bout de sa canne d'ébène et s'arrêta une ou deux fois pour la faire tourner comme une vrille dans un creux de la haute laine.

« Pas son motif avoué, naturellement.

— Eh bien, au moins, dites-moi celui-là.

— Quoi, son motif avoué ? Oh ! elle en avait préparé un, bien sûr ! Vous pouvez être sûre qu'elle était prête à en fournir une douzaine ! Mais elle a simplement invoqué le désir de protéger son mari.

— Son mari ? Lui aussi a besoin de protection ?

— Mon Dieu, s'il prend sa défense ! En tout cas, elle semblait craindre que ce qu'elle a fait ne le ruine et ne le mette, du seul fait d'être son mari, dans une situation impossible à l'égard de sa belle-fille, Cicely, et de moi-même, son beau-père — ce qui d'ailleurs ne serait que justice. Elle est venue l'innocenter, semble-t-il, et tâcher de découvrir en quels termes je serais disposé à poursuivre mes relations avec lui, comme si j'ignorais tout de cette chose hideuse. »

Mrs. Ansell leva rapidement la tête.

« Alors, quels ont été vos termes ? »

Il hésita.

« Elle m'a épargné la peine d'en proposer aucun. Je n'ai eu qu'à accepter les siens.

— Les siens ?

— Qu'elle disparaisse complètement de ma vue, et de celle de l'enfant, naturellement. Bon sang, ce que j'aimerais inclure Amherst là-dedans ! Mais j'ai pieds et poings liés, comme vous le savez, par les intérêts de Cicely. Et je suis forcé d'admettre qu'elle l'a entièrement disculpé — entièrement ! »

Mrs. Ansell retomba dans le silence, mais son visage penché était traversé de pensées fugitives.

« Si vous devez rester en bons termes avec son mari, comment peut-elle disparaître de votre vie sans disparaître également de la sienne ? »

Mr. Langhope émit une sorte de ricanement :

« Je lui laisse le soin de résoudre ce problème.

— Et vous croyez qu'Amherst acceptera ces conditions ?

— Il doit tout en ignorer. »

Cette réponse inattendue laissa Mrs. Ansell sans voix pour articuler la question qui se lisait dans ses yeux, et Mr. Langhope expliqua : « Au début, en tout cas. Elle avait tout prévu, tout envisagé et elle m'a extorqué — je ne sais encore comment — la promesse de lui montrer de manière ostensible non seulement que je l'innocente totalement de toute complicité éventuelle (ou de quelque autre nom que vous voudrez lui donner), mais encore que je n'associe nullement dans mes pensées sa personne à l'affaire. Bref, mon comportement doit lui faire sentir que lui et moi devons continuer sur le même pied qu'avant. J'ai accepté, à condition qu'elle s'efface d'une manière ou d'une autre — sous quelque autre prétexte, bien sûr.

— Quelque autre prétexte ? Mais quel prétexte concevable ? Mon pauvre ami, il l'adore ! »

Mr. Langhope releva légèrement les sourcils.

« Nous ne l'avons pas vu depuis qu'il a eu connaissance des faits. *Elle,* si — et elle a laissé échapper qu'il était frappé d'horreur. »

Mrs. Ansell leva les yeux au ciel, avec une brève exclamation.

« Laissé échapper ? Je serais plutôt tentée de croire qu'elle a tout fait pour vous en persuader, qu'elle a insisté là-dessus jusqu'à l'extrême limite de la vraisemblance. » Elle laissa retomber les bras sur les accoudoirs de son fauteuil et s'écria, en le regardant droit dans les yeux : « Vous dites qu'elle avait peur. Ce qui me frappe, moi, c'est son incroyable courage ! »

Mr. Langhope demeura le regard fixe un moment. Puis il admit avec un haussement d'épaules ironique :

« Alors, elle espérait sans doute que cela me frapperait aussi. »

Mrs. Ansell poussa un soupir frémissant.

« Oh ! je comprends ce que vous ressentez — je suis moi-même profondément horrifiée. Mais je ne peux m'empêcher de voir que cette femme aurait pu se sauver et qu'au lieu de cela elle a choisi de sauver son mari. Ce que je ne vois pas, d'après ce que je sais de lui, poursuivit-elle rêveusement, c'est comment, quel que soit le prétexte invoqué, elle pourra l'induire à accepter ce sacrifice. »

Mr. Langhope eut un mouvement de rancune.

« Si c'est seulement à cela que votre esprit s'arrête ! »

Mrs. Ansell leva les yeux.

« Il ne s'arrête à rien jusqu'à présent, mon pauvre Henry — excepté..., murmura-t-elle, se levant pour aller près de lui et poser doucement la main sur son épaule affaissée, excepté à votre détresse et votre chagrin. Sur la chose elle-même, je ne peux pas encore me prononcer, je ne peux même pas vous questionner... »

Il laissa sa main là un moment, puis, se tournant, il la prit entre ses doigts tremblants et la pressa en silence, avec un désespoir qui arracha des larmes à son amie.

Justine Brent, dans sa première adolescence, avait traversé l'une de ces expériences qui sont les maladies infantiles du cœur. Elle s'était crue aimée d'un garçon de son âge, lui avait secrètement rendu son attachement, jusqu'à ce qu'une autre le lui eût ravi. Un tel incident, aussi inévitable que la rougeole, laisse parfois comme cette maladie bénigne des traces sans commune mesure avec sa véritable importance. Le coup avait atteint Justine avec une soudaineté tragique, et elle en avait été ébranlée au point de penser à la mort et d'abandonner tout espoir de bonheur futur. Ayant la plume facile, elle aimait à livrer ses impressions au papier et trouvait un dérivatif à son désespoir en écrivant l'histoire d'une jeune fille pareillement abusée. Dans son récit, l'héroïne se tuait ; mais l'auteur, sauvée du suicide par procuration, vivait et parfois même souriait en écrivant.

Il y avait bien des années que Justine n'avait pensé à ce drame de jeunesse, mais la mémoire lui en revint en sortant de chez Mr. Langhope. Pendant un moment, la mort lui sembla la fuite la plus simple devant ce qui l'attendait ; mais elle comprit presque aussitôt que, s'il n'était plus question pour elle d'exorciser son désespoir par la fiction, il lui fallait d'une façon ou d'une autre le transposer en action : toujours elle devrait fuir la vie dans plus de vie, non dans sa négation.

Elle avait été voir Mr. Langhope poussée par cette ardeur expiatoire qui brûle toujours très haut et vient du fond du cœur chez les femmes passionnées. Elle n'avait jamais douté de la justesse de son acte : pourtant, sa raison chancelait devant les conséquences qui lui apparaissaient soudain. Elle les évaluait pour la première fois ce matin-là dans leur fatale étendue insoupçonnée. Justine venait de comprendre comment une pierre inconsidérément soustraite à l'édifice laborieusement construit de la société humaine peut provoquer à distance des fissures dans cette bâtisse fragile.

Ayant pris le risque d'ôter la pierre, elle aurait dû se tenir à l'écart des attachements humains, comme quelque prêtresse bannie du monde pour le service du temple. Et au contraire elle s'était saisie du bonheur à pleines mains, l'avait reçu comme un présent du destin qu'elle avait elle-même précipité ! Elle se rappela un ancien dicton grec, selon lequel les dieux ne peuvent pardonner au mortel qui se permet d'aimer et de souffrir à l'instar d'un dieu. Elle avait osé faire les deux, et voilà que les dieux s'employaient à la ruine de ce moi profond qui avait vécu de la vie de ses proches.

En entendant John déclarer son intention de ne rien celer à Mr. Langhope, ses yeux s'étaient dessillés. Ces quelques mots hachés avaient éclairé le versant caché de leur vie. Elle avait vu que la vénération posthume dont il entourait la mémoire de sa femme (qui était aux antipodes de la violente passion spirituelle et charnelle qui l'attachait à elle-même) était à jamais entachée par la découverte que tout ce qu'il avait reçu d'elle avait été conquis par l'acte délibéré de l'autre. Ce point-là, aucun raisonnement ne pourrait jamais l'éliminer du fond de sa pensée. Seule la renonciation à tout ce qui lui était venu de Bessy pourrait l'apaiser. Or, cette renonciation — bien différente du simple sacrifice de son confort matériel — impliquait la ruine de la cause qui avait inspiré toute sa vie, et Justine ressentit la terreur désespérée du mortel qui s'est risqué à manier les foudres célestes.

Pour la dévier, elle n'avait trouvé que la voie qu'elle s'était tracée : elle devait voir Mr. Langhope la première pour laver Amherst de tout soupçon de complicité, tant en action qu'en pensée. Et, pour parvenir à cela, elle devait exagérer non son propre remords — il n'était pas question de s'écarter de l'exacte vérité en rapportant ses sentiments et ses convictions —, mais le premier mouvement d'horreur de son mari, la répulsion que son aveu avait réellement éveillée en lui. C'était là la partie la plus pénible de sa mission, et l'imagination exacerbée de Justine la revêtait en conséquence d'une valeur expiatoire particulière. Si elle pouvait acheter la sérénité de John, la sécurité de son avenir, en confessant et même en amplifiant leur désunion momentanée, elle retirerait une joie amère du prix ainsi payé !

L'heure qu'elle avait passée avec Mr. Langhope venait de lui donner raison. Elle ne pouvait sauver son mari qu'en s'effaçant de sa vie : l'entourage d'Amherst ne serait que trop prêt à la laisser porter tout le poids de l'opprobre. Elle avait pu constater que, pour de multiples raisons, Mr. Langhope, même dans le premier choc de sa consternation, recherchait inconsciemment un motif pour disculper John, pour maintenir intacts des rapports sur lesquels une grande part de son confort reposait. Elle avait trouvé le courage de combler ce désir du vieux monsieur, en isolant le point de vue de son mari du sien. L'heure achevée, elle avait eu la consolation de se dire qu'Amherst était désormais à l'abri de toute séquelle de l'acte qu'elle avait commis.

Jusque-là, l'élan du sacrifice l'avait portée. Mais, comme cela devait arriver, il l'abandonnait à présent. Elle allait évidemment retourner à Hanaford, expliquer à son mari qu'elle s'était sentie obligée de raconter elle-même son histoire à Mr. Langhope, puis reprendre sa vie normale jusqu'à ce qu'un prétexte se présente pour lui permettre de tenir sa promesse. Mais quel prétexte ? Aucun cor ne sonnerait l'heure de l'exécution. Elle devrait être son propre bourreau et entendre l'appel venu des profondeurs de sa conscience.

10

Amherst rentra de Westmore dans la soirée et lut le mot que Justine avait laissé. Pendant un moment, il lui fut impossible de mettre de l'ordre dans ses idées.

Son esprit avait été déjà suffisamment perturbé. Toute la journée, en marge du travail qu'il expédiait mécaniquement, il n'avait cessé de se débattre avec les difficultés qui l'assaillaient, et son trouble était encore accru du fait que sa situation rappelait — ironie du sort ! — celle qu'il avait dû affronter, pour une cause bien différente, lors de l'autre crise de sa vie. Comme par le passé, la menace d'avoir à quitter Westmore était suspendue au-dessus de sa tête mais, cette fois, au moment même où sa détermination commençait à remporter des succès palpables. Hier il n'avait fait qu'abandonner un rêve. Aujourd'hui, c'était à sa réalisation qu'il allait devoir renoncer. Il était fermement résolu à se retirer de Westmore si Mr. Langhope manifestait la moindre réserve offensante sur la déclaration qu'il s'apprêtait à lui faire. Amherst avait toujours reculé devant toute forme de compromis moral et, comme la plupart des hommes absorbés par de vastes tâches complexes, il avait un besoin essentiel de transparence et de paix dans son ménage. Parmi les joies profondes que son second mariage lui avait apportées, il y avait cette sensation enveloppante de vivre dans un milieu tout de clarté, où aucun subterfuge, aucune équivoque n'était concevable. Il avait découvert qu'il pourrait désormais reverser dans son travail toute l'énergie combative, les capacités d'endurance, de résistance, de renaissance qu'il avait autrefois dissipées en de vains efforts pour rendre harmonieuse sa vie avec Bessy. Entre Justine et lui existait, à côté de leur amour réciproque, une passion plus large pour le genre humain, qui leur renvoyait à son tour un reflet approfondi de leur sentiment personnel. Dans une telle atmosphère, semblait-il, aucun égoïsme mesquin n'entraverait leur épanouissement, aucune mésintelligence ne traversait leur amour.

Pourtant, pendant tout ce temps, ce bonheur si pur avait fleuri sur un arrière-plan de fausseté et d'intrigue qui soulevait tout son être de dégoût.

Justine voyait juste en supposant qu'Amherst ne s'était jamais beaucoup intéressé aux femmes. Il les avait confusément regardées comme des objets destinés à peupler un vague domaine affectif où l'homme occupé trouve à se distraire de ses préoccupations. Son second mariage l'avait mené à la découverte merveilleuse que les femmes peuvent penser aussi bien que sentir ; que, chez certaines même, la tête et le cœur ont bénéficié l'un de l'autre au point que leurs émotions sont aussi claires que leurs pensées, leurs pensées aussi chaudes que leurs émotions. Cette découverte avait eu pour effet de le débarrasser, comme d'un illogisme pesant, de cette conception sommaire du sexe féminin : d'un seul coup il faisait accéder la femme à la pleine égalité d'esprit avec son seigneur. Le résultat de cet affranchissement fut qu'en jugeant Justine il ne pouvait plus tenir compte de ce qu'il y avait de purement féminin dans sa conduite. Il lui était impossible d'admettre qu'elle, qui avait mis la vérité plus haut que tout, eût pu respirer et trouver le bonheur dans une atmosphère de fausseté et de dissimulation. Abstraitement, il pouvait admettre le bien-fondé de son acte. Mais il était incapable de comprendre qu'elle le lui eût caché. Même, il pénétrait suffisamment sa sensibilité pour souffrir qu'elle eût gardé le silence lorsqu'il était rentré à Lynbrook la première fois : elle était encore sous le choc d'une terrible épreuve. Mais qu'elle eût continué à se taire après la découverte et la déclaration de leur amour mutuel, cela jetait un doute intolérable sur toute sa démarche.

Il était resté longtemps à la filature, trouvant mille prétextes pour retarder son retour à Hanaford et essayant, tout en travaillant automatiquement, d'assembler quelques idées claires sur son avenir. Mais il n'y parvenait pas, obnubilé qu'il était par le sentiment qu'entre sa femme et lui toute communion de pensée était devenue impossible. En fait, elle n'avait jamais existé puisqu'il y avait toujours eu dans l'esprit de Justine une chambre condamnée, et qu'il ignorait même si d'autres secrets n'y étaient pas verrouillés.

Le fait de ne pas la trouver en rentrant donna un autre tour à ses pensées. Elle n'avait pas fait mystère de l'endroit où elle s'était rendue : elle avait averti les domestiques qu'elle allait en ville voir Mr. Langhope, et Amherst trouva un mot d'elle sur la table de son bureau.

« Je sens, écrivait-elle, qu'il faut que je voie moi-même Mr. Langhope et que je sois la première à lui dire ce qui doit être dit. C'était bien de toi, chéri, de vouloir me l'épargner, mais cela m'aurait rendue plus malheureuse, et Mr. Langhope pourrait souhaiter entendre les faits de ma bouche. Je reviendrai demain, et ensuite ce sera à toi de décider ce qui doit être fait. »

La brièveté et la simplicité du message étaient en soi caractéristiques. Dans les moments graves, Justine était toujours calme et directe ; elle ne faisait aucun appel détourné à sa compassion et ne cherchait pas à le prendre au piège de mots caressants ou d'allusions plaintives. Le ton posé qu'elle adoptait pour exposer sa décision était égal à la fermeté et au courage de l'acte et, pendant un instant, Amherst subit un revirement de sentiment. Le cœur de Justine était à la hauteur du sien après tout — si elle avait fait le mal, elle voulait en porter le poids toute seule. C'était si exactement ce que lui-même aurait senti et fait dans une circonstance analogue que sa foi en elle revint à flots par tous les canaux desséchés de son cœur. Mais, dès la minute suivante, le courant s'était inversé. Les années malheureuses de son premier mariage lui avaient laissé un reste de défiance, une tendance à dissocier chaque action de son mobile apparent. Il avait trop été la dupe de son enthousiasme pour ne pas garder un penchant au scepticisme, qui le poussait en ce moment à se demander si le départ subit de Justine avait bien été dicté par le mobile qu'elle donnait. S'il ne s'agissait que de cela, pourquoi ne pas le lui avoir dit, ne pas lui avoir demandé son avis ? Pourquoi l'avoir laissé quitter la maison sans une allusion à son projet et avoir filé par le premier train dès qu'il avait été à Westmore, neutralisé ? N'avait-elle pas certaines raisons spéciales de vouloir que Mr. Langhope *entendît d'abord sa version à elle* ? N'y avait-il pas des questions qu'elle préférait parer elle-même ? Des explications qu'elle seule était en mesure de préparer avant de les fournir ? Cette pensée plongea Amherst dans une tristesse profonde. Il ne savait comment se défendre contre ces soupçons destructeurs, mais il voyait bien qu'une fois rompu l'accord entre deux esprits il est moins facile à rétablir que la passion entre deux cœurs. Cette soirée pénible et solitaire s'étirait à n'en pas finir et il attendait avec appréhension, et pourtant impatience, un message annonçant le retour de sa femme.

Il aurait été plus aisé, et de loin, en sortant de chez Mr. Langhope, de se perdre résolument dans les ténèbres et de les laisser pour de bon se refermer sur elle.

Justine faillit céder à cette tentation tandis qu'elle longeait le trottoir éclairé, à peine consciente de la direction qu'empruntaient ses pas. La porte de la maison qui avait été quelques semaines auparavant pratiquement la sienne s'était refermée sur elle sans une question : on avait souffert qu'elle s'en allât dans l'obscurité sans même lui demander où elle allait, sous quel toit elle passerait la nuit. Le contraste entre son passé et son présent faisait retentir dans le tumulte de ses pensées comme le rire malveillant de la tentation. La maison d'Hanaford, où elle retournait, lui réserverait la même façade étrangère ; nulle part sur terre, en ce moment, n'existait une porte qu'elle pût pousser pour rentrer *chez elle.*

Absorbée dans sa cruelle méditation, elle tourna le coin et descendit une rue tranquille menant à Madison Avenue. Elle éprouvait un soulagement physique à marcher rapidement et elle poursuivit sa route au hasard. Rentrerait-elle à Hanaford ? Elle avait encore plusieurs heures devant elle pour en décider avant le train de minuit. Et, si elle n'y retournait pas, les heures et les dates n'existeraient plus pour elle.

Ne pas rentrer aurait simplifié les choses. Il serait de toute façon douloureux de continuer à vivre avec Amherst, mais, après sa promesse à Mr. Langhope, cela lui semblait au-delà des forces humaines. En arrivant au Square, elle en était presque venue à la conclusion qu'elle n'avait pas le courage de reprendre ainsi provisoirement leur vie commune, et que son devoir ne l'exigeait pas. Elle ne se préoccupait guère de savoir ce qu'elle ferait. Elle continuerait simplement à vivre, et le travail ou les épreuves matérielles l'empêcheraient de penser. Il ne serait pas difficile à quelqu'un d'aussi effacé de revenir se glisser dans la foule anonyme.

Elle s'arrêta un moment devant le Square, cherchant vaguement où porter ses pas sans interrompre le cours de ses pensées. Elle aperçut alors, près du coin de la Trente-Sixième Rue, le banc où elle s'était assise avec John le jour de son « évasion » de Lynbrook. Lui aussi avait rêvé de fuir une situation inextricable dans l'air salubre du labeur et des tâches simples, et elle se rappela les mots par lesquels elle l'avait fait rentrer. Le cas était évidemment différent puisque lui se dérobait, furieux et blessé, à une situation où il n'était nullement à blâmer. Pourtant si, dans un tel moment, elle l'avait exhorté à la charité et à la tolérance, pouvait-elle aujourd'hui montrer pour elle-même moins d'abnégation que celle qu'elle avait exigée de lui ?

« Si vous décidez de vous éloigner un certain temps, il faudrait à coup sûr le faire de manière à ce que votre départ ne paraisse pas rejeter les torts sur Bessy et ne la livre pas aux critiques malveillantes. » Tel était le discours qu'elle lui avait tenu. Tel devait être celui qu'à présent, pour des raisons tout aussi convaincantes, elle se tiendrait à elle-même, en changeant simplement un nom. Elle rentrerait et reprendrait la vie commune. C'était autant son devoir maintenant que ce le serait plus tard d'en sortir lorsque, ce faisant, elle ne courrait plus le risque de l'entraîner dans la peine à purger.

Elle resta longuement à contempler le banc sur lequel ils s'étaient assis, émue de ce que cette force passée eût ranimé en cet instant son courage faiblissant : c'est de telles mosaïques que sont faits nos meilleurs efforts, tant il est vrai que chaque petit élan en direction du sommet tend loyalement une main secourable au suivant.

Amherst ne fut pas pleinement satisfait de l'explication que lui donna Justine de sa visite à Mr. Langhope. Celle-ci ne lui cacha pas que la scène avait été pénible, mais elle lui donna brièvement à entendre que, passé un premier mouvement de douleur incontrôlée, Mr. Langhope avait semblé capable de prendre en considération la pression sous laquelle elle avait agi. En tout cas, il n'avait pas donné l'impression de penser que sa confession dût entraîner un changement de rapports entre les deux maisonnées. Si elle ne trouvait pas les mots exacts pour dire cela — et Amherst devait se le rappeler par la suite —, elle s'arrangeait pour l'exprimer à sa façon dans ses allusions et, par-dessus tout, dans son assurance retrouvée. Elle avait le comportement de quelqu'un qui est passé par une épreuve sévère, mais en est sorti parfaitement maître de la situation. Il y avait quelque chose d'assez anormal dans ce prompt dénouement d'une affaire si complexe, et Amherst en vint à se demander quel avait pu être le fond de sa communication à Mr. Langhope. Si ce dernier s'était montré un tant soit peu cruel ou injuste, Amherst se serait d'emblée posé en défenseur de sa femme. Mais, comme il semblait bien que tel ne serait pas le cas, il eut tout loisir de se livrer à un certain nombre de réflexions. Or, plus il méditait sur l'attitude de son beau-père, plus celle-ci lui semblait inexplicable.

Quelques jours après le retour de Justine, Amherst, devant se rendre à New York pour affaires, dit à sa femme qu'il tâcherait de profiter de l'occasion pour avoir une conversation avec Mr. Langhope.

Elle prit cela avec le calme et la douceur dont elle ne s'était pas départie depuis son retour de la ville, et il ajouta à titre d'expérience, pour la forcer à exprimer plus clairement ses sentiments :

« Je ne serai pas satisfait tant que je n'aurai pas vu par moi-même ce qu'il ressent exactement et à quel point, au fond, cela l'a affecté. Mes relations futures avec lui dépendent entièrement, comme je te l'ai dit, de sa façon de te traiter. »

Ces mots n'éveillèrent en elle aucun signe de trouble.

« Il m'a traitée très aimablement, fit-elle. Mais ne serait-il pas plus gentil de ta part, ajouta-t-elle en hésitant, de ne pas aborder si tôt ce sujet ? »

Le pli s'accentua entre les sourcils d'Amherst :

« L'aborder ? Je n'aurai pas de repos avant d'avoir été au fond de la question ! Jusque-là, tu dois le comprendre, je ne me sens qu'en sursis à Westmore.

— Oui, je le comprends », admit-elle. Et, comme il se penchait sur elle pour l'embrasser avant de partir, une fine cloison impénétrable sembla se glisser entre leurs lèvres.

C'était au tour de Justine d'attendre anxieusement le retour de son mari. Quand il réapparut le troisième jour, la bonne contenance qu'elle s'était péniblement imposée fit place à une impatience fiévreuse. Après tout, c'était un tournant de leurs vies : tout dépendait de la façon dont Mr. Langhope aurait « tenu son rôle », aurait respecté leur pacte.

Amherst semblait bouleversé. Lorsque l'émotion s'emparait de lui, il ne parvenait pas à la maîtriser, et Justine comprit que le moment passé auprès de Mr. Langhope avait frappé aux racines mêmes de la vie. Cependant, il ne semblait pas abattu et elle conclut d'un seul regard que son « partenaire » ne l'avait pas trahie. Elle tira un tragique réconfort du succès de sa propre démarche et se jeta dans les bras de son mari avec une ardeur passionnée à laquelle, elle le sentit immédiatement, il répondit avec quelque réticence.

Il y avait donc encore quelque chose « entre » eux : quelque part, le mécanisme de son plan n'avait pas fonctionné, ou bien son action n'avait pas produit le résultat qu'elle avait escompté.

Dès qu'ils furent seuls dans le bureau, elle demanda aussi calmement qu'elle put :

« Tu as vu ton beau-père ? Tu as parlé avec lui ?

— Oui, j'ai passé l'après-midi avec lui. Cicely m'a chargé de t'embrasser pour elle. »

Elle rougit à la mention du nom de l'enfant et murmura :

« Et Mr. Langhope ?
— Il est parfaitement calme maintenant, parfaitement impartial ! Cette affaire me donne à penser, ajouta brusquement Amherst, que je n'ai jamais été juste à son égard. Je ne l'aurais jamais imaginé magnanime.
— Il s'est montré tel », murmura Justine, la tête penchée très bas sur son ouvrage ; et Amherst renchérit énergiquement :
« Plus que cela : il s'est montré généreux ! »
Elle lui offrit son sourire :
« Je suis si heureuse, chéri, si heureuse qu'il n'y ait plus la moindre ombre entre toi...
— Non. » Amherst laissa retomber imperceptiblement la voix. Il y eut un silence, puis il poursuivit avec un renouveau d'emphase :
« Bien entendu, je lui ai dit clairement ce que j'avais à lui dire.
— Ce que tu avais à lui dire ?
— Que, selon l'opinion qu'il a de toi, je reste ou disparais. »
Oh ! si seulement il avait dit cela avec tendresse ! Mais il prononça ces mots avec la ferme résolution d'un homme luttant pour un principe de justice abstrait, non pour une passion venue du fond de l'être !
« Tu es généreux, toi aussi », balbutia-t-elle, la voix tremblante.
Amherst fronça les sourcils, et elle sentit que toute allusion de sa part au moindre changement dans leurs relations lui faisait encore l'effet d'un coup sur une blessure douloureuse.
« Il n'est pas besoin de tels mots entre nous, fit-il avec impatience, et l'attitude de Mr. Langhope, ajouta-t-il sur un ton plus léger, a rendu heureusement inutile que nous revenions jamais sur le sujet. »
Tout en parlant il avait regagné son bureau, et il se plongea dans la lecture des lettres qui s'étaient accumulees pendant son absence.

Il y eut un excès temporaire de travail à Westmore et, durant les jours qui suivirent, il se jeta dedans avec un zèle qui montrait à Justine combien il recherchait avidement tout prétexte pour éviter les moments d'intimité. Cette impression était assez pénible ; moins cependant qu'une autre découverte qu'elle allait faire. Elle aussi avait ses tâches à Westmore : la supervision de l'hôpital, la crèche de jour, le cercle des mères et diverses autres organisations par lesquelles Amherst et elle essayaient d'implanter une sorte d'unité sociale dans la vie des ouvriers. Le lendemain du retour de John de New York, elle se présenta comme d'habitude au bureau de Westmore, où elle tenait toujours une brève consultation avec lui avant de partir faire ses tournées. Or, elle ne fut pas longue à remarquer une nouvelle nuance de contrainte dans l'attitude de son mari. Il paraissait choqué de la voir à Westmore — plus choqué que de vivre avec elle à Hanaford, sous le toit de Bessy : c'était là, à la filature, que sa véritable vie se déroulait, la vie à laquelle Justine était le plus identifiée, celle que leur avait rendue possible la magnanimité de cette autre femme dont la présence se dresserait à jamais entre eux.

Justine n'eut aucune réaction. Elle se remit au travail comme si elle n'avait pas conscience de ce changement mais, alors que par le passé tout prétexte leur était bon pour communiquer, examiner l'ordre du jour ou simplement se réchauffer mutuellement le cœur d'un ou deux petits mots de complicité, désormais ils travaillèrent chacun de leur côté, ne se rencontrant parfois qu'au moment de rentrer, à la nuit tombante.

Et, les semaines passant, elle se mit à comprendre que ses rapports avec John allaient, par une étrange inversion des probabilités, lui fournir le moyen de remplir son contrat (et il était sans doute plus proche de la vérité de dire que ces rapports avaient rendu superflu ce dernier). John avait fait de son mieux pour reprendre leur vie commune comme si rien n'était venu la briser, mais, peu à peu, l'évidence s'imposa à elle : en restant à ses côtés, elle le soumettait à une intolérable souffrance et devenait même pour lui la personnification des pensées qu'il s'acharnait à fuir. Heureusement, elle lui avait, par sa promptitude d'action, conservé Westmore — et c'était à Westmore, elle en était sûre, qu'il trouverait avec le temps une échappatoire à la mémoire même de ce qu'il était en train d'endurer. Mais, en attendant, sa seule présence entretenait le souvenir, et cela suffisait à lui donner la force d'exécuter son projet, sans compter l'autre bon motif qu'elle avait de le faire. Le destin ironique lui fournissait une raison irrécusable de quitter John. L'impossibilité de prolonger la situation qui régnait à présent entre eux était trop évidente pour qu'elle refusât de l'admettre. D'ailleurs, l'été approchant, elle savait que les circonstances extérieures la sommeraient à leur tour d'agir. La prochaine visite de Cicely à Westmore sonnerait inéluctablement l'heure de son départ. L'anniversaire de l'enfant tombait au début de juin. Amherst avait demandé, quelques mois auparavant, qu'on le fêtât à Hanaford pour que cette date coïncidât avec celle de l'inauguration des premiers cottages modèles d'Hopewood.

L'idée était de Justine : chaque anniversaire de Cicely serait associé à quelque événement marquant pour la colonie de la filature. Ravi de la suggestion, Amherst s'était aussitôt employé à presser les travaux d'Hopewood. Cette façon de lier Cicely au développement de Westmore avait beaucoup joué dans le ralliement de Mr. Langhope au second mariage de son gendre. Amherst et Justine avaient fait comprendre qu'ils ne se considéraient que comme les administrateurs des revenus de Westmore, et que le nom de Cicely serait le plus tôt possible rattaché à chacune des mesures prises pour le bien-être des ouvriers. Mais maintenant, Justine ne le savait que trop, la situation avait changé : Cicely ne viendrait pas à Hanaford tant qu'elle-même n'en serait pas partie. Les multiples antennes qu'elle déployait toujours en présence d'Amherst lui apprirent, sans parole ni signe de sa part, que lui aussi attendait l'anniversaire de Cicely comme une date déterminante pour eux. Il en parlait avec naturel, comme si cela allait de soi, mais Justine saisissait parfaitement l'accent de défi qui perçait dans sa voix, comme s'il pensait que la sincérité de Mr. Langhope n'avait pas encore été mise à l'épreuve.

Au fur et à mesure que la date approchait, elle éprouvait de plus en plus de difficulté à déterminer la façon dont elle allait franchir le pas. Non qu'elle fût le moins du monde préoccupée par son avenir matériel car, si elle avait bien l'intention de refuser le moindre penny de la part de son mari lorsqu'elle l'aurait quitté, elle savait bien qu'elle retrouverait aisément du travail dans sa profession (ses relations d'hôpital lui permettraient en outre d'obtenir un poste suffisamment éloigné pour la faire sortir complètement de sa vie). Mais elle n'avait pas encore été capable d'inventer une raison à son départ, suffisamment convaincante pour qu'il ne soupçonnât pas la vérité. En tournant et retournant la question dans sa tête, elle se souvint tout à coup des mots prononcés par son mari lorsqu'ils étaient arrivés chez Mr. Langhope en revenant de la gare, le jour fatal où elle avait trouvé la lettre de Wyant qui l'attendait : « Il n'y a rien que tu ne puisses faire croire aux gens, petite jésuite ! »

Cette louange l'avait remplie de joie et elle avait éclaté de rire. Chaque plaisanterie de lui était alors une caresse. Mais, à présent, ces mots prenaient un sinistre sens. Elle savait combien ils étaient vrais en ce qui concernait Amherst : dans le maniement de la casuistique et l'emploi de l'équivoque, un enfant l'eût battu, et il lui suffirait de le vouloir pour le duper aussi profondément qu'elle le désirerait. Eh bien, si cette tâche était odieuse, elle était du moins nécessaire. La part la plus amère de son expiation était d'avoir à le tromper encore une fois pour le sauver des conséquences de sa première supercherie. Une fois sa décision prise, elle mit tout son être à l'affût de l'occasion propice. Il fallait en finir une fois pour toutes. Quand il leur arrivait d'être seuls, elle était dans un état de tension extrême, son esprit entièrement concentré sur le saut final à accomplir.

Le signal décisif vint un soir de la fin de mai, sous forme d'une allusion d'Amherst au fait que l'arrivée de Cicely approchait. Les deux époux étaient assis au salon après le dîner, lui avec un livre, elle penchée comme d'habitude sur l'ouvrage qui lui servait à la fois de prétexte pour garder les yeux baissés et de moyen pour masquer son idée fixe.

« As-tu des projets ? demanda-t-il en posant son livre. Il me semble que ce serait plutôt une bonne idée de commencer par une fête d'enfants, à la crèche de jour. Tu pourrais y amener Cicely assez tôt, et moi je ferais sortir Mr. Langhope après le déjeuner. La séance complète serait sans doute trop fatigante pour lui.

— Oui, cela me paraît un bon plan.

— Tu t'occuperas des détails, alors ? Il n'y a plus qu'une semaine d'ici là, tu sais.

— Oui, je sais. » Elle hésitait. Puis elle plongea : « Il faut que je te dise, John, je..., je pense que je ne serai peut-être pas là... »

Il releva brusquement la tête et elle vit le sang lui monter au visage.

« Pas là ? » s'écria-t-il.

Elle soutint son regard aussi fermement qu'elle le put.

« Je pense m'en aller un certain temps.

— T'en aller ? Où ? Qu'est-ce qu'il y a ? Tu ne vas pas bien ? »

Elle tenait son prétexte, il l'avait trouvé pour elle ! Pourquoi ne pas mettre simplement son départ sur le compte d'une faiblesse passagère ? Par la suite, elle trouverait bien le moyen d'élaborer les détails et de les rendre plausibles. Mais au moment de parler lui vint la certitude qui avait toujours régné dans leurs rapports — jusqu'à ce moment fatal de leur vie — la certitude qu'il devait y avoir entre eux la vérité, la vérité absolue. Absolue, pourtant, elle ne le serait plus jamais puisqu'il devait toujours ignorer la condition exigée par Mr. Langhope (à ce moment-là, d'ailleurs, cette condition semblait presque secondaire par rapport aux influences plus profondes qui les séparaient inexorablement). Mais elle n'inventerait aucune excuse dérisoire au pas qu'elle s'apprêtait à franchir. Il y aurait de la vérité, à défaut de toute la vérité, dans ces derniers instants décisifs.

« Si, je vais très bien, tout au moins physiquement, répondit-elle calmement. Mais je suis lasse, sans doute. Mon esprit a tourné trop longtemps dans le même cercle. » Elle s'interrompit un moment puis, levant la tête et le regardant droit dans les yeux : « N'en est-il pas de même pour toi ? » demanda-t-elle.

La question ébranla Amherst. Il se leva et fit quelques pas vers la cheminée, où un maigre feu s'écroulait en braises. Il présenta son dos au foyer, posant l'avant-bras sur le rebord de la cheminée, puis dit d'un ton mal assuré :

« Je croyais que nous nous étions mis d'accord pour ne plus parler de tout cela. »

Justine secoua la tête avec un demi-sourire fugitif :

« Je n'ai pris aucun accord de ce genre. Et d'ailleurs, à quoi cela servirait-il puisque chacun de nous peut entendre parler les pensées de l'autre, et qu'elles ne parlent de rien d'autre ? »

Amherst devint sombre :

« Il n'en est pas ainsi des miennes..., commença-t-il, mais elle lui imposa silence d'un geste de la main.

— Je sais que tu as fait de ton mieux pour qu'il n'en soit pas ainsi, et il est possible que tu y sois parvenu mieux que moi. Mais je suis lasse, terriblement lasse, je veux échapper à tout cela ! »

Elle lut la douleur sur son visage. Appuyé à la cheminée, la tête légèrement baissée, il fixait au loin sans le voir un motif du tapis. Enfin, il déclara d'une voix sourde :

« Je ne puis que te répéter ce que je t'ai déjà dit : que je comprends pourquoi tu as fait ce que tu as fait.

— Merci », répondit-elle sur le même ton.

Il y eut un autre silence car elle se méfiait d'elle-même, si elle continuait à parler. Ce fut lui qui demanda, avec un soupçon d'amertume :

« Cela ne te satisfait pas ? »

Elle hésita :

« Cela me satisfait autant que cela te satisfait, toi, pas davantage », répliqua-t-elle enfin.

Il leva vivement les yeux :

« Que veux-tu dire ?

— Simplement ce que je dis. Ni toi ni moi ne pouvons continuer à vivre sur cet arrangement. (Tout en parlant, elle s'était levée pour s'approcher de la cheminée.) Je veux reprendre ma profession, partir comme infirmière pour le Michigan, dans une ville où j'ai passé quelques mois avant de venir pour la première fois à Hanaford. J'y ai des amis, et je peux y trouver facilement du travail. Tu n'auras qu'à dire aux gens que j'étais malade et que j'avais besoin de changement. »

Cela avait été plus facile à dire qu'elle ne l'avait imaginé, et sa voix resta bien timbrée jusqu'au bout. Mais, quand elle eut terminé, toute la pièce se mit à résonner de ses paroles et, à travers leur écho fracassant dans sa tête, elle eut brusquement le désir insensé d'entendre un cri de protestation, de résistance. Oh ! s'il refusait de la laisser partir, s'il la ramenait à lui et défiait le monde de les séparer ! — qu'adviendrait-il alors de sa promesse à Mr. Langhope, qu'adviendrait-il de sa résolution de payer seule le prix de son acte ?

Mais, le temps d'un battement de cœur, elle sut que ce danger — ce danger tant souhaité ! — était passé. Son mari n'avait pas dit un mot, il n'était pas venu à elle, il ne l'avait pas regardée, et elle sentit dans chacun de ses nerfs relâchés qu'en fin de compte il la laisserait partir.

11

Mr. Langhope jeta impérieusement un mot sur la table du salon de Mrs. Ansell.

« Lisez cela ! » ordonna-t-il.

Elle repoussa sa tasse de thé et leva les yeux, non vers la lettre, mais vers son visage que traversait une de ces vagues frémissantes de chaleur qu'elle commençait à redouter pour lui. Mr. Langhope avait énormément changé au cours des trois derniers mois et, dans la lumière transparente de cet après-midi de juin, elle prit conscience qu'il avait fini par subir l'effondrement soudain qui vient toujours pénaliser une jeunesse préservée au-delà du normal.

« Qu'est-ce que c'est ? demanda-t-elle, la main tendue vers la lettre, tout en l'examinant encore.

— Amherst m'écrit pour me rappeler ma promesse d'amener Cicely à Hanaford la semaine prochaine, pour son anniversaire.

— Eh bien, c'était une promesse, n'est-ce pas ? répliqua-t-elle, parcourant la page des yeux.

— Une promesse, c'est vrai ; mais faite *avant*. Lisez son mot : vous verrez qu'il n'y fait aucune allusion à sa femme. Telle que je la connais, elle sera là pour nous recevoir.

— Mais cela aussi c'était une promesse.

— De rester à jamais hors de notre vue, à Cicely et à moi-même ? Certes. Mais pourquoi la respecterait-elle ? J'ai été stupide ce jour-là. Elle m'a berné comme elle nous a tous bernés ! Vous, vous l'aviez deviné depuis le début, vous m'aviez bien dit une fois qu'elle ne le quitterait jamais. »

Mrs. Ansell réfléchit.

« J'ai dit cela avant de connaître toutes les circonstances. Maintenant je pense différemment.

— Vous pensez qu'elle a toujours l'intention de partir ? »

Elle lui rendit sa lettre :

« Je pense que c'est ce qu'il vous dit là-dedans.

— Là-dedans ? » Il chercha ses lunettes, puis parcourut de nouveau la lettre d'un air méfiant.

« Oui. Et qui plus est, si vous refusez d'y aller, elle aura tous les droits de rompre le pacte. »

Mr. Langhope se laissa tomber dans un fauteuil tout en se retenant à sa canne pour ne pas glisser :

« Sapristi, j'ai souvent pensé que vous étiez de son côté ! s'écria-t-il.

— Non, mais je suis bonne joueuse, répliqua-t-elle, mesurant soigneusement le thé dans sa petite théière de porcelaine favorite.

— Bonne joueuse ?

— Elle vous prévient qu'elle jouera son rôle. A vous de jouer le vôtre maintenant : amenez Cicely à Hanaford.

— Si je la trouve là, je ne remettrai plus jamais les pieds chez Amherst ! »

Mrs. Ansell ne répondit pas. Elle se leva et posa une tasse près de lui, sur un guéridon aux pieds gracieux ; puis, avant d'aller se rasseoir, elle prit un coffret émaillé contenant les allumettes et le plaça près de la tasse. Mr. Langhope avait maintenant une certaine difficulté à se mouvoir dans le petit salon encombré de Mrs. Ansell, et il avait toujours aimé qu'on prenne soin de lui.

Mrs. Ansell avait vu juste. Quand Mr. Langhope et Cicely arrivèrent à Hanaford, ils trouvèrent Amherst seul pour les accueillir. Celui-ci expliqua brièvement que sa femme, souffrante, était allée se reposer dans l'Ouest, chez une vieille amie à elle. Mr. Langhope exprima juste ce qu'il fallait de regrets, et le sujet fut abandonné comme d'un commun accord. Mais il fut moins facile d'empêcher Cicely de l'aborder. Les sautes de tendresse de Bessy avaient toujours produit plus de confusion que de plaisir chez cette enfant sérieuse ; mais les sentiments et les intuitions de la petite fille s'étaient développés rapidement dans l'atmosphère égale de l'affection de sa belle-mère. Cicely avait atteint l'âge où les enfants posent leurs questions avec autant d'ingénuité que d'obstination, et Mr. Langhope et Amherst auraient bien voulu que Mrs. Ansell fût là pour les aider à éluder ses demandes perpétuelles sur la cause et la durée de l'absence de Justine et sur ce qu'elle avait dit avant de partir. Mais Mrs. Ansell n'était pas venue à Hanaford. Bien que ce fût devenu une question d'habitude de l'inclure dans les pèlerinages familiaux à la filature, elle avait fermement allégué quelque engagement plus urgent et n'avait pas cédé. Les deux messieurs, avec Cicely pour unique compagnie, passèrent donc ces longues journées, et ces soirées interminables, dans une intimité absolue, bien inhabituelle.

Avant de partir, Mr. Langhope jugea convenable de revenir timidement sur sa promesse de donner Cicely à Amherst pour l'été. Mais, à sa surprise, ce dernier répondit après un moment d'hésitation qu'il irait probablement en Europe pour deux ou trois mois.

« En Europe ? Tout seul ? » laissa échapper Mr. Langhope, sans prendre le temps de peser ses mots.

Amherst fronça légèrement les sourcils :

« On m'a nommé délégué à la conférence de Berne sur les logements ouvriers, expliqua-t-il enfin, sans répondre directement à la question. Et s'il n'y a rien qui me retienne à Westmore, je partirai sans doute en juillet. » Il attendit un moment, puis ajouta : « Ma femme a décidé de passer l'été dans le Michigan. »

Mr. Langhope émit un vague murmure d'assentiment, et Amherst se mit à parler d'autre chose.

Mr. Langhope revint en ville avec des idées nettes sur la situation à Hanaford.

« Pauvre diable, il fait pitié, c'est à peine s'il peut parler d'elle, déclara-t-il tout de go à Mrs. Ansell, dès leur premier entretien.

— Parce qu'il est trop concerné, trop malheureux ?

— Parce qu'il l'abhorre ! » lança-t-il avec emphase. Et, comme Mrs. Ansell poussait un profond soupir, il ajouta avec rancœur :

« J'ai vraiment l'impression que vous en êtes navrée !

— Navrée ? (Elle releva les sourcils avec un pauvre sourire.) N'est-on pas toujours navré d'apprendre qu'il y a dans le monde un peu moins d'amour et un peu plus de haine ?

— Vous n'allez pas me demander, à moi, de ne pas la haïr ! »

Elle le regardait toujours en souriant :

« Ce sont ceux qui haïssent qui me navrent, non ceux qui sont haïs », finit-elle par dire ; et il lui jeta impatiemment en retour :

« Oh ! ne parlons plus d'elle. J'ai parfois l'impression qu'elle prend plus de place dans nos vies que lorsqu'elle était avec nous ! »

Amherst partit pour la conférence de Berne en juillet et passa ensuite six mois à visiter diverses villes industrielles et des cités ouvrières modèles. Lors de ses précédents voyages en Europe, son intérêt ne s'était pas limité aux questions sociologiques : le charme d'une vieille civilisation, en le touchant à travers ses multiples formes de traditions et de beauté, avait éveillé cette part de son imagination que sa vie professionnelle dans son pays avait laissée intacte. Mais les sortilèges de l'art et de l'histoire demeurèrent sans effet sur lui, dans l'état de prostration morale où il se trouvait alors. Les fondements de sa vie s'étaient écroulés, et la beauté du monde extérieur lui parut aussi vide qu'un faciès d'aliéné. Il ne trouva de refuge que dans la sphère spécialisée de son travail et se barricada contre toute manifestation artistique ou poétique comme contre autant de souvenirs poignants d'une phase de son existence qu'il essayait vainement de chasser et d'oublier.

Même son travail, délogé de son piédestal pour retomber parmi les banalités de la vie, lui était devenu amer. Il avait dû se faire violence pour s'accrocher à son objectif et pour se convaincre que son devoir n'était pas de renoncer à Westmore, mais de continuer à se consacrer à son œuvre comme si rien n'était venu l'en détacher. Le simple fait qu'un tel renoncement eût été un suicide moral délibéré, une coupure définitive de toute vie active, l'enferma au début dans une sorte d'obligation, de devoir supérieur envers la conception abstraite de ce qu'il se devait à lui-même. Cependant Justine ne s'était pas trompée dans ses prévisions. Lorsqu'elle fut sortie de sa vie, il revint à une vue objective de sa situation. Il vit que son véritable et premier devoir était de poursuivre sa tâche et non de la sacrifier à quelque idéal de désintéressement personnel. Cette adaptation progressive le sauva du scepticisme destructeur qui s'empare de l'homme actif lorsque les sources de son activité sont viciées. Ayant accepté son sort, ayant consenti à ne se considérer que comme l'agent nécessaire à la réalisation d'un bienfait humanitaire, il ne put échapper aux ruminations stériles qu'en se claustrant dans les exigences pratiques de son travail, en fermant ses yeux et ses pensées à tout ce qui avait auparavant rattaché ce dernier à un monde plus vaste, avait conféré sens et beauté à la vie sous toutes ses faces.

Son retour d'Europe et la reprise de la routine à Hanaford furent parmi les phases les plus pénibles de ce processus.

Le départ de Justine lui avait d'abord apporté un certain soulagement. Il avait été trop sincère avec lui-même pour s'opposer au désir de sa femme de quitter Hanaford quelque temps : une séparation temporaire lui semblait, pour elle comme pour lui, moins douloureuse que la poursuite de rapports faussés. Mais comme les semaines passaient, puis les mois, il constata qu'il ne voyait pas plus clair en lui-même. L'avenir était encore sombre et énigmatique. Le désir de Justine de le quitter avait ravivé sa méfiance informulée à son égard. Que pouvait signifier ce désir sinon que certaines pensées en elle ne trouvaient pas de repos en sa présence ? Il lui avait donné toutes les preuves de sa volonté d'oublier le passé, et Mr. Langhope s'était comporté avec une magnanimité sans égale. Pourtant Justine était de toute évidence malheureuse. Elle n'avait pu cacher son envie d'échapper à la situation que son acte avait créée. Etait-ce parce qu'elle reconnaissait en réalité à celui-ci des mobiles différents de celui qu'elle avait admis ? Elle avait insisté, aussi impitoyablement que cela pût paraître, sur la justesse abstraite de ce qu'elle avait fait, et sur ce que, dans l'idéal, son acte restait aussi juste après les conséquences accidentelles spéciales qui en étaient résultées. Ces conséquences l'ayant prise aux rets d'une fatalité tragique, elle n'avait pas eu la faiblesse coupable de douter de son mobile initial. Alors pourquoi, puisque telle était sa véritable, son orgueilleuse attitude envers le passé — et puisque les gens de son entourage croyaient en sa sincérité et jugeaient sa défense valable selon ses critères, sinon selon les leurs —, pourquoi n'avait-elle pas été capable de s'en tenir à cette attitude et de continuer à vivre selon les termes qu'elle avait exigés des autres ?

Une circonstance particulière contribuait à cette impression de méfiance : Justine lui avait écrit une semaine après son départ d'Hanaford qu'elle ne pouvait, jusqu'à son retour, accepter d'argent. Fidèle à elle-même, elle exposait ses raisons clairement et sobrement, sans faux-fuyant ni ambiguïté.

« Puisque toi et moi, écrivait-elle, avons toujours considéré l'argent de Westmore comme une sorte de salaire pour nos services à la filature, je ne puis accepter de percevoir ce salaire tant que je suis dans l'incapacité de fournir un travail en retour. Je suis sûre que tu partages mon avis là-dessus. N'aie aucune crainte pour le côté pratique de la question car j'avais mis de côté de l'argent quand j'étais à l'hôpital : Harry Dressel l'a investi pour moi il y a deux ans et il commence à rapporter un peu. Par conséquent, je sens que je puis me permettre de me conformer à mon interprétation des termes du contrat entre Westmore et moi. »

En lisant cela, Amherst s'était une fois de plus engagé dans l'étrange processus double qui imprégnait désormais chacun de ses jugements sur sa femme. Il s'était tout d'abord figuré qu'il la comprenait, et que lui-même aurait agi ainsi. Puis vint la réaction habituelle de méfiance, et il se mit à se demander pourquoi elle, dont l'attitude à l'égard de l'argent était si peu conventionnelle, manifestait maintenant cette susceptibilité inattendue. Ainsi, la vieille question bien connue se présenta sous une autre forme : si elle n'avait rien à se reprocher, pourquoi lui était-il intolérable de vivre de l'argent de Bessy ? Le fait de n'accomplir aucune tâche à Westmore n'était certainement pour rien dans ses scrupules — elle eût été la dernière à penser qu'il fallait supprimer ses gages à un domestique malade. Sa répugnance ne pouvait provenir que de ce remords caché qui l'avait incitée à partir et qui, cette fois, la poussait à rompre jusqu'à ses liens purement matériels avec son passé.

Lors de son retour à Hanaford, Amherst avait voulu trouver dans ces considérations la raison du trouble profond qui l'habitait : c'était l'attitude de sa femme qui jetait encore un doute torturant sur l'acte qu'il s'était contraint à accepter et à tenter d'oublier ; et cette perpétuelle conscience dévorante de son absence était due au soupçon insupportable des noirs secrets qu'elle cachait. Mais en fait, chaque fibre de son être était en manque d'elle, il la désirait à tout instant. Elle avait été à la fois sa partenaire dans son travail et le *pays bleu*[1] où il s'en évadait ; la pensée vivifiante qui donnait sens à la vie qu'il avait choisie, tout en ne lui laissant jamais oublier qu'il y avait à l'extérieur une vie encore plus riche à laquelle il appartenait par des éléments plus profonds, plus spécifiques que l'abstraction d'un idéal altruiste. Son amour pour Justine avait sauvé son identité, l'avait empêché de sombrer dans le pur anonymat uniforme auquel l'idéaliste court le danger de s'accoutumer si la passion humanitaire en lui n'est pas contrebalancée, et même légèrement surpassée, par une passion humaine. Et voilà que cet équilibre était perdu pour toujours. Son regret le plus vif était de se rendre compte qu'il ne le retrouverait plus, même s'il abandonnait Westmore et choisissait l'existence individualiste plus étroite mais plus riche que l'amour de Justine aurait pu naguère lui offrir. Sa vie était véritablement un seul organisme indivisible et non deux moitiés artificiellement unies. Son moi et celui de Justine étaient enracinés l'un dans l'autre. Quelle que fût la portion à

1. En français dans le texte. *N.d.T.*

laquelle le sort le contraindrait, ce ne pourrait être qu'un fragment mutilé, une moitié de vie.

Le hasard fit, heureusement pour lui, coïncider cette crise de sa vie avec une grève à Westmore. Peu après son retour à Hanaford, il se trouva confronté au problème le plus difficile de sa carrière industrielle. Dans les trois mois qui suivirent, il fut emporté sur cette marée de promptes décisions qui précipite l'esprit naufragé sur tant d'écueils immergés sous la peur et le désespoir. La conviction intime qu'il était le plus désigné pour traiter la question, parmi tous ceux qui auraient pu éventuellement le remplacer — conviction qui avait été confirmée par la liquidation pacifique de la grève —, l'aidait à compenser par le sentiment de son utilité immédiate le scepticisme négatif avec lequel il considérait l'utilité finale de ses efforts. Il se fixa ainsi dans une sorte d'altruisme mécanique où les réflexes de l'habitude prirent la place de l'enthousiasme et de la foi qu'il puisait autrefois chaque jour aux sources de sa joie.

L'automne vint et, après lui, l'hiver. Quand Mr. Langhope se fut réinstallé en ville, Amherst reprit ses visites régulières à sa belle-fille.

Son affection naturelle pour la petite fille s'était encore développée après la manière brutale dont son sort lui avait été confié. Le souvenir de Bessy, adouci en remords par la découverte que son amour avait persisté sous leur désunion apparemment irrémédiable, ce sentiment, intensifié jusqu'à frôler le morbide par les circonstances de sa mort, cherchait maintenant à s'exprimer dans un dévouement passionné pour son enfant. L'accident avait en somme créé entre Bessy et lui une entente rétrospective qu'une reprise de vie commune eût dissipée en une semaine, une de ces émanations du passé qui sapent la vitalité de ceux qui s'attardent trop près du tombeau des expériences mortes.

Depuis le départ de Justine, Amherst s'était senti encore davantage attiré par Cicely, mais ses rapports avec l'enfant étaient faussés par le fait qu'elle ne pouvait comprendre l'absence de sa belle-mère. Chaque fois qu'Amherst venait en ville, sa première question était pour Justine. Son souvenir avait la constance précoce qui se développe parfois chez les enfants trop tôt privés de leur atmosphère affective naturelle. Cicely avait toujours été gâtée et adulée, par à-coups et par diverses personnes. Cependant une sorte d'instinct semblait lui souffler que, de toute la tendresse qui lui avait été impartie, c'était celle de Justine qui ressemblait le plus à l'élément maternel omniprésent dans lequel le cœur de l'enfant s'épanouit tout naturellement, sans en être jamais conscient.

S'il avait été embarrassant d'éluder les questions de Cicely en juin, cela le devint doublement dans les mois qui suivirent, et le prétexte de la mauvaise santé de Justine apparut de moins en moins plausible. Au mois de mars, Amherst fut appelé d'urgence auprès de la petite fille qui, elle, était vraiment tombée malade. Une scarlatine suivie de complications mit pendant deux semaines les jours de l'enfant en danger. Puis elle commença à aller mieux et, dans la joie de voir la vie lui revenir, Mr. Langhope et Amherst sentirent qu'ils devaient non seulement satisfaire les souhaits qu'elle exprimait, mais essayer de devancer ceux qui flottaient dans le regard vague de ses yeux bleus.

Il était évident pour Mrs. Ansell, sinon pour les autres, que l'un de ces souhaits inexprimés était le désir de voir sa belle-mère. Cicely ne demandait plus Justine, mais quelque chose dans son silence, ou dans le geste avec lequel elle repoussait doucement les autres offres de distraction et de visite qui lui étaient proposées, sembla soudain à Mrs. Ansell plus poignant que des mots.

« Que veut cette enfant ? » demanda-t-elle à la gouvernante au cours d'une de leurs consultations à voix basse. Celle-ci répondit, après un moment d'hésitation :

« Je crois qu'elle a dit quelque chose à propos d'une lettre qu'elle avait écrite à Mrs. Amherst juste avant de tomber malade et à laquelle elle n'a pas reçu de réponse.

— Ah ! donc elle écrit à Mrs. Amherst ? »

La gouvernante, se rendant compte qu'elle posait le pied sur un terrain délicat, essaya aussitôt de se défendre, ainsi que Cicely.

« Cela a été de ma faute, sans doute. Je lui ai suggéré une fois d'écrire ses petites compositions sous forme de lettres — cela intéresse davantage un enfant habituellement — et elle m'a demandé si elles pouvaient être écrites à Mrs. Amherst.

— Votre faute ? Pourquoi cette enfant n'écrirait-elle pas à sa belle-mère ? » répliqua Mrs. Ansell avec une surprise élaborée. Et, comme l'autre murmurait : « Bien entendu, bien entendu », elle ajouta avec hauteur : « Vous êtes sûre que les lettres étaient envoyées ? »

La gouvernante bredouilla :

« Je ne saurais dire, mais peut-être la nurse... »

Ce soir-là Cicely était moins bien. Elle avait un léger retour de fièvre, et le docteur appelé d'urgence fit allusion à un excès de mouvement dans la chambre de la malade.

« Il n'y a eu aucun mouvement, protesta Mr. Langhope, affolé par cette nouvelle poussée de fièvre.

— Non ? L'enfant m'a semblé nerveuse, mal à l'aise. C'est difficile de dire pourquoi car elle est étonnamment réservée pour son âge. »

Le médecin prit congé, et Mr. Langhope resta seul avec Mrs. Ansell, dans le désarroi d'un appel aux armes en pleine paix.

« Je vais la perdre, je vais la perdre ! » éclata le grand-père, tombant dans son fauteuil avec un gémissement.

Mrs. Ansell, qui s'enveloppait dans sa fourrure avant de partir, se tourna brusquement vers lui depuis le pas de la porte.

« C'est stupide, ce que vous faites, stupide ! » s'écria-t-elle avec une véhémence inaccoutumée.

Il leva la tête, ahuri :

« Que voulez-vous dire ? Qu'est-ce que je fais ?

— La petite a besoin de Justine. Vous devez la faire revenir. »

Les mains de Mr. Langhope retombèrent sur les accoudoirs du fauteuil et il se redressa, blême d'indignation :

« Vous êtes passée par de ces moments dernièrement !

— C'est vrai, et vous aussi — quand l'enfant nous est revenue, nous sommes restés là à nous demander comment nous pourrions la garder, l'attacher solidement, et dans ces moments j'ai vu — vu ce qu'elle voulait — et vous aussi ! »

Mr. Langhope détourna la tête.

« Vous êtes une sentimentale ! lui lança-t-il avec mépris.

— Oh ! vous pouvez me donner tous les vilains mots que vous voudrez !

— Je ne ferai pas venir cette femme !

— Non. » Elle ferma son manteau de fourrure avec les gestes délicats étudiés qu'aucune émotion ne pourrait jamais hâter ou déranger.

« Pourquoi dites-vous *non* ? la défia-t-il.

— Peut-être pour que vous me contredisiez, risqua-t-elle après lui avoir jeté un nouveau regard.

— Ah ! » Il changea de position, s'accoudant pour appuyer sa tête penchée dans sa main, les yeux fixés sur le sol. Puis il lança : « Est-ce qu'on ne pourrait pas lui demander de venir… voir l'enfant — et de repartir pour de bon ?

— C'est-à-dire rompre le pacte selon votre bon plaisir, puis le reprendre à votre convenance ?

— Non, non, je vois. » Il hésita, puis leva les yeux vers elle tout à coup : « Mais que faire si Amherst ne veut pas qu'elle revienne ?

— Voulez-vous que je le lui demande ?

— Je vous dis qu'il ne peut même pas supporter d'entendre son nom !

— Mais il ne sait pas pourquoi elle l'a quitté. »

Mr. Langhope fronça les sourcils :

« Mais quoi ! Que diable, quelle différence cela fait-il ? »

Mrs. Ansell, toujours sur le pas de la porte, le considéra avec pitié :

« Ah ! si vous ne le voyez pas ! » murmura-t-elle.

Il retomba dans son fauteuil en gémissant :

« Bonté divine, Maria, pourquoi me torturez-vous ? Je vois bien assez ce qu'il en est, je ne vois que trop clair dans cette maudite affaire ! »

Elle réfléchit encore puis, se rapprochant doucement d'un pas ou deux, elle vint poser la main sur son épaule :

« Il y a une chose que vous n'avez pas encore vue, Henry : ce que Bessy elle-même ferait maintenant, pour l'enfant — si elle pouvait. »

Il ne bougea pas sous la légère caresse, plongeant ses yeux dans les siens jusqu'à ce que leurs plus secrètes pensées se cherchent et se trouvent, comme cela le leur arrivait encore parfois, à travers la brume des ans, de l'égoïsme et des habitudes mondaines. Puis il enfouit son visage dans ses mains, pour le lui dérober avec le recul instinctif d'un chagrin de vieillard.

12

Une fois assurée la convalescence de Cicely, Amherst s'était vu contraint de rentrer à Hanaford. Mais une dizaine de jours après une lettre de Mrs. Ansell lui apprenait que les progrès de la petite fille étaient moins rapides que prévu, et il revint le dimanche chez son beau-père.

Après sa conversation avec Mr. Langhope, Mrs. Ansell lui avait en effet écrit. Elle avait promis à Mr. Langhope de ne pas aller au-delà de la simple description du fait et elle avait tenu parole, laissant les circonstances parler pour elle.

Pendant la maladie de Cicely, Mrs. Ansell avait pris l'habitude de passer chez Mr. Langhope à l'heure du thé au lieu de l'attendre chez elle. Le dimanche, elle le trouva seul. Malgré son plaisir de la voir, qui s'était accru avec sa dépendance à son égard, il semblait ce jour-là assez perturbé et Mrs. Ansell le sentit immédiatement. Elle commença par demander des nouvelles de Cicely et il répondit par un geste de découragement :

« Pas de grand changement. Amherst la trouve moins bien que la dernière fois qu'il l'a vue.

— Il est en haut avec elle ?

— Oui, c'est elle qui le demande. »

Mrs. Ansell s'installa sans mot dire derrière le plateau à thé, dont elle était devenue la prêtresse officiante incontestée. Elle ôta ses longs gants et se mit machinalement à aligner les belles tasses anciennes. Mr. Langhope fit un effort pour ajouter :

« Je lui ai parlé, je lui ai rapporté vos paroles. »

Elle releva vivement les yeux.

« Sur le souhait de la petite, je veux dire, reprit-il. Sur les lettres qu'elle a écrites à sa femme. Il semble que les dernières soient restées sans réponse. »

Il s'interrompit, et Mrs. Ansell se mit en devoir de mesurer le thé avec calme et précision dans la théière cannelée de Géorgie. Elle pouvait être aussi réticente en approbation qu'en blâme, et pour tout l'or du monde elle n'aurait pas voulu revendiquer sa part dans le tour que les événements semblaient prendre. Elle préféra même le risque de laisser son vieil ami ajouter avec un léger reproche dans la voix :

« J'ai dit à Amherst ce que vous et la nurse pensiez.

— Oui ?

— Que Cicely s'étiole à cause de l'absence de sa femme. Je le lui ai dit sans ambages. »

Il prononça ces mots en exhalant ostensiblement un profond soupir et Mrs. Ansell balbutia : « Eh bien ?

— Eh bien, il ne sait pas où elle est.

— Il ne le *sait* pas ?

— Ils sont séparés — complètement séparés ; c'est comme je vous l'ai dit : il pouvait à peine prononcer son nom. »

Mrs. Ansell avait inconsciemment interrompu son office. Elle avait laissé retomber ses mains sur ses genoux et couvait d'une muette interrogation le visage de son compagnon.

« Je me demande quelle raison elle peut bien lui avoir donnée, finit-elle par murmurer.

— Pour partir ? Mais puisque je vous dis qu'il la déteste !

— Bon, mais *comment a-t-elle fait pour qu'il la déteste ?* »

Il frappa d'un coup sec le bras de son fauteuil :

« Que diable, l'auriez-vous oublié ?

— Non. (Elle secoua la tête avec un demi-sourire.) Je me rappelle simplement plus de choses que vous.

— Quoi par exemple ? commença-t-il avec une nuance de colère, mais elle l'apaisa d'un geste de la main.

— Quelle importance cela peut-il avoir si, maintenant que nous avons besoin d'elle, nous ne pouvons la trouver ? »

Il ne répondit rien et elle se remit à servir le thé ; mais, tandis qu'elle se levait pour mettre la tasse dans sa main, il demanda d'un ton plaintif :

« Vous pensez que cela va être très mauvais pour la petite, alors ? »

Mrs. Ansell sourit du bout des lèvres.

« On peut difficilement la faire rechercher par la police !

— Bien sûr. Nous sommes impuissants », gémit-il en se rendant à l'évidence.

Tout en lui tendant son thé elle lui jeta brièvement un regard interrogateur, mais il demeura inerte, fixant lugubrement le vide devant lui, et elle revint vers le canapé sans mot dire.

Dans l'escalier, elle croisa Amherst qui venait de la chambre de Cicely.

Dès le début de son premier mariage, Amherst avait ressenti une obscure hostilité à l'encontre de Mrs. Ansell. Elle était pour lui l'incarnation de l'esprit mondain qu'il redoutait et détestait : sa sérénité, sa tolérance, sa faculté d'adaptation lui semblaient la négation méprisante de l'enthousiasme et des convictions qu'il avait tenté d'implanter dans les sables mouvants de sa vie conjugale. Et maintenant que la mort de Bessy avait rendu à celle-ci les attributs dont son imagination l'avait initialement gratifiée, il en était venu à considérer Mrs. Ansell comme la personnification des mauvaises influences qui s'étaient interposées entre sa femme et lui.

Mrs. Ansell n'était probablement pas aveugle sur les sentiments successifs qui avaient mené à cette opinion peu flatteuse, mais toute sa vie s'était déroulée au sein de menues rivalités et d'animosités mesquines, et elle avait acquis la patience et l'adresse de l'espion dans le camp ennemi.

Amherst et elle échangèrent quelques mots sur Cicely, puis elle s'écria en jetant un coup d'œil à travers les vitres du hall :

« Mais il faut que je me sauve : je suis à pied et j'ai peur de traverser, après la tombée de la nuit. »

Il ne pouvait faire moins que de lui proposer de la guider à travers les embûches de la Cinquième Avenue ; et, tout en parlant de Cicely, elle lui fit descendre l'artère animée jusqu'au tournant de sa rue, puis jusqu'à sa porte. Arrivée là, elle lui dit, comme si elle venait d'y penser :

« Vous ne voulez pas monter un instant ? Il y a une chose encore dont je voudrais vous parler. »

Une ombre d'embarras passa sur les traits d'Amherst et, lorsque la lumière du vestibule les éclaira, son visage parut dur et las, comme s'il l'avait maintenu avec acharnement contre un grand vent d'hiver. Cependant, il eut un murmure d'assentiment et la suivit dans la cabine d'acier rutilante de l'ascenseur.

Dans son petit salon, parmi les abat-jour et les coupes de fleurs printanières, elle lui avança un fauteuil, s'installa elle-même dans son coin habituel de canapé et déclara, avec une absence d'ambiguïté qui semblait faire écho à la franchise d'Amherst :

« Si je vous ai demandé de monter, c'est que je veux vous parler de Mr. Langhope. »

Amherst la regarda avec étonnement. Bien que la santé de son beau-père eût été plus ou moins satisfaisante au cours de l'année précédente, tout leur souci avait porté ces derniers temps sur Cicely.

« Vous pensez qu'il va moins bien ? » s'enquit-il.

Elle prit le temps d'ôter et de défroisser ses longs gants en utilisant l'un de ces gestes étudiés qui lui servaient à nuancer ou à compléter ses paroles :

« Je le crois infiniment malheureux. »

Amherst, mal à l'aise, remua dans son fauteuil. Il ne savait pas jusqu'où elle avait l'intention de les emmener avec cette conversation, mais il devinait que ce serait sur des lieux douloureux et il ne voyait aucune raison pour être forcé de la suivre.

« Vous voulez dire qu'il se fait encore du souci pour Cicely ?

— En partie cela, oui. (Elle réfléchit.) L'enfant se remettra, c'est certain, mais elle est très seule. Elle a besoin de jeunesse, de chaleur, de lumière. Mr. Langhope ne peut les lui donner — pas même en apparence — et, pour ma part, c'est un art dont j'ai perdu le secret », ajouta-t-elle en souriant piteusement.

Le front d'Amherst s'empourpra.

« Je suis conscient de tout ce qu'elle a perdu... »

Mrs. Ansell lui lança un coup d'œil rapide :

« Elle est deux fois orpheline », fit-elle observer.

Le sang envahit son cou et ses tempes, et il crispa la main sur le bras de son fauteuil. Mais cela faisait partie de l'adresse de Mrs. Ansell que de savoir reconnaître quand il faut tenir compte de tels signaux d'alerte et quand on peut les ignorer, et elle poursuivit tranquillement :

« C'est l'avenir qui tourmente Mr. Langhope. Après une maladie pareille, les prochains mois ne devraient apporter que des joies à Cicely. Or l'argent n'achète pas le genre de bonheur dont elle a besoin : on ne peut choisir le compagnon qu'il faut à une telle enfant comme on assortit un ruban. Ce qu'elle veut, c'est une affection spontanée, non pas un article de confection, fût-il de la meilleure qualité. Elle veut la sorte d'amour que lui prodiguait Justine. »

C'était la première fois depuis des mois qu'Amherst entendait prononcer le nom de sa femme hors de chez lui. Personne ne mentionnait plus Justine devant lui à part sa mère, et même celle-ci avait abandonné dernièrement ses demandes de nouvelles et ses allusions et se ralliait à la consigne de silence que le sien avait créée autour de lui. Ce nom prononcé de nouveau devant lui — ces deux petites syllabes qui avaient représenté pour lui la clef de la vie et qui maintenant l'ébranlaient comme le tour d'une clef dans une serrure rouillée ébranle une porte longtemps fermée —, ce nom prononcé familièrement, avec affection, comme en parlant de quelqu'un qui peut entrer dans la pièce d'un moment à l'autre, lui donna un choc, fait de chagrin mais aussi d'une joie furtive. Les hommes dont les pensées conscientes sont principalement tournées vers l'extérieur, sur le monde actif, peuvent être plus émus d'une allusion à leurs sentiments que ceux qui sont perpétuellement à l'écoute de leurs cordes affectives. Amherst avait pressenti dès le début que Mrs. Ansell avait l'intention de lui parler de sa femme. Pourtant, bien qu'il eût décidé, si elle le faisait, de couper court à leur entretien, il se sentait maintenant tout disposé à l'entendre jusqu'au bout.

Mrs. Ansell, ayant décoché sa flèche, suivit son parcours à travers ses cils abaissés et vit qu'elle avait touché un point vulnérable. Cependant elle était loin de penser que la partie était gagnée.

« Je crois, poursuivit-elle, que Mr. Langhope vous a déjà touché un mot de ce sujet, et ma seule excuse pour en parler à mon tour est que j'ai compris que son appel est resté sans suite. »

Personne d'autre que Mrs. Ansell — et sans doute le savait-elle —, n'aurait pu s'aventurer si loin au-delà des limites conventionnelles de la discrétion tout en semblant ne pas les dépasser d'un cheveu. Elle avait souvent dit, comme on lui demandait le secret de son art, que celui-ci consistait simplement à connaître le mot de passe : ce mot une fois prononcé, aurait-elle pu ajouter, l'autre secret consistait à ne pas donner à l'ennemi le temps de résister. C'est pourquoi, bien qu'elle eût vu réapparaître le froncement de sourcils, elle alla de l'avant sans en tenir compte :

« Je vous conjure de laisser Cicely voir votre femme. »

Il rougit de nouveau et recula son fauteuil comme pour se lever.

« Non, ne partez pas comme cela ! Laissez-moi ajouter un mot. Je connais votre réponse à Mr. Langhope : que vous et Justine êtes séparés. Mais j'ai pensé que vous étiez homme à mettre de côté vos rapports personnels dans des moments comme celui-ci.

— Les mettre de côté ? » répéta-t-il faiblement ; et elle ajouta :

« Après tout, quelle différence cela fait-il ?

— Quelle différence ? » Il écarquilla les yeux avec une stupeur manifeste, puis répondit avec une touche d'ironie : « Aucune si j'acceptais de lui demander une faveur, mais je m'y refuse. »

A ces mots, Mrs. Ansell releva la tête et soutint son regard :

« Parce qu'elle vous en a déjà fait une si grande ? »

Il écarquilla encore les yeux et se renversa dans son fauteuil :

« Je ne vous comprends pas.

— Non. (Elle sourit légèrement, comme pour se donner du temps.) Mais j'ai bien l'intention de me faire comprendre. Si j'étais un homme, je suppose que je ne le pourrais pas, car le code d'honneur masculin est coulé en fonte lourde. Mais celui d'une femme, heureusement, elle peut si elle est adroite le tailler à son gré pour l'adapter à chaque circonstance. Et dans le cas qui m'occupe, je serais prête à réduire le mien en lambeaux si c'était nécessaire. »

Amherst était de plus en plus désorienté :

« Eh bien, qu'est-ce que je ne comprends pas ? finit-il par demander d'une voix sourde.

— Eh bien, tout d'abord, pourquoi Mr. Langhope avait le droit de vous demander de faire venir votre femme.

— Le droit ?

— Vous ne lui reconnaissez pas un tel droit ?

— Non, pourquoi le devrais-je ?

— Supposez qu'elle vous ait quitté pour lui obéir ?

— Lui obéir ? A lui ? »

Il était debout maintenant et il la regardait sans la voir tandis que le monde solide rapetissait tout autour de lui et finissait par se fondre dans un brouillard alors qu'elle poursuivait :

« Mon pauvre Amherst, pour quelle autre raison au monde vous aurait-elle quitté ? »

Elle articula cela nettement, de sa petite voix bien timbrée. En parvenant jusqu'à lui, le son de ces paroles sembla prendre de la vitesse puis résonner dans sa tête comme si tous les événements incompréhensibles du passé avaient brutalement mis en gros plan cette question toute simple. Pour quelle autre raison, effectivement, l'aurait-elle quitté ? Il ne bougea plus pendant un moment. Puis il s'approcha de Mrs. Ansell et dit : « Racontez-moi. »

Elle lui fit place sur le canapé et signe de s'asseoir à côté d'elle, comme pour ramener le regard avide d'Amherst à un niveau où le sien pourrait le dominer. Mais, ne voyant même pas son geste, il resta où il était et répéta simplement : « Racontez-moi. »

Elle pensa qu'une femme n'aurait pas eu besoin qu'on lui en dît davantage, mais elle lui répondit en penchant sa tête vers la sienne :

« Pour vous épargner de la souffrance à vous et à lui, pour conserver toutes choses entre lui et vous dans l'état où elles étaient avant que vous l'épousiez. »

A ces mots, il se laissa tomber à côté d'elle et sa main se crispa sur le canapé comme si elle cherchait à serrer fort, à étrangler. Les veines saillaient sur ses tempes et, comme il rejetait ses cheveux en arrière, elle remarqua pour la première fois qu'ils grisonnaient par en dessous.

« Et il a exigé cela de ma femme, il a accepté cela ?

— Ne l'avez-vous pas accepté vous-même ?

— Moi ? Comment pouvais-je deviner ses raisons — comment pouvais-je imaginer... ? »

En entendant cela, Mrs. Ansell releva imperceptiblement les sourcils :

« Je l'ignore. Mais en réalité il ne l'a pas exigé : c'est elle qui l'a proposé, qui l'y a même contraint !

— Qui l'a contraint, à ce qu'elle parte, elle ?

— En un sens, oui. En laissant entendre que vous partagiez son sentiment à propos..., à propos de la mort de cette pauvre Bessy, que la pensée de ce qui s'était passé vous était aussi odieuse qu'à lui — qu'*elle-même* vous était aussi odieuse... Elle savait certainement que, si elle laissait planer le moindre doute sur ce point, il n'était pas besoin qu'elle vous quitte, étant donné que les rapports entre Mr. Langhope et vous-même seraient faussés, détériorés.

— Oui. J'avais songé à cette éventualité et je l'en avais mise en garde. Mais comment a-t-elle pu lui faire penser que... ?

— Comment le saurais-je ? D'ailleurs, en fait, je ne connais pas votre sentiment véritable. Pour tout ce que j'en sais, elle disait la vérité, et Mr. Langhope pensait évidemment qu'elle disait la vérité.

— Qu'elle m'était odieuse ? Oh ! cria-t-il en bondissant sur ses pieds.

— Alors pourquoi ?

— Pourquoi l'ai-je laissée partir ? (Il arpentait la pièce dans une agitation extrême et revint vers elle pour répondre.) Parce que *je ne savais pas,* je ne savais rien ! Et parce que son insistance à s'en aller comme cela, sans aucune explication, m'a fait penser, imaginer qu'il y avait... quelque chose qu'elle ne *voulait* pas que je sache — quelque chose qu'elle avait peur de ne plus pouvoir me cacher si nous restions ensemble plus longtemps.

— Eh bien, il y avait en effet quelque chose : l'immensité de son amour pour vous. »

Mrs. Ansell, les mains jointes sur les genoux, son regard soutenant le sien avec une fixité de visionnaire, reconstituait l'histoire d'Amherst bribe par bribe, avec les mots qu'elle lui arrachait.

« Je vois, je vois tout maintenant, poursuivait-elle avec une ferveur contenue qu'il ne lui eût jamais soupçonnée. C'était la seule solution, pour elle aussi bien que pour vous et Mr. Langhope. Plus elle aurait montré son amour, plus cela aurait jeté un doute sur son mobile et plus se serait creusé l'abîme entre elle et vous. Elle vous l'a donc montré, son amour, de la seule façon qui fût inoffensive pour vous deux, en s'éloignant et en le cachant dans son cœur. Avant de partir, elle a assuré la paix de votre esprit et votre avenir. Si elle est à l'origine de la ruine, elle l'est aussi de la restauration. Oh ! elle a payé de sa personne, elle a payé au maximum ! »

Justine avait payé, oui — payé à l'extrême limite de la dette qu'elle avait contractée envers la société en transgressant ses lois. Et sa résolution avait été prise en un éclair, dès qu'elle avait constaté qu'un individu ne peut commettre aucun acte seul, que ce soit pour le bien ou pour le mal. Elle avait compris clairement que le sort d'Amherst était entièrement impliqué dans le sien dès qu'il lui avait adressé son premier mot de réconfort, de foi en son mobile. Instantanément, elle avait alors conçu un plan pour le dégager et l'avait stoïquement exécuté le jour même. Tandis qu'il s'obligeait maintenant à descendre dans le passé brusquement éclairé, jusqu'aux semaines qui s'étaient écoulées entre la visite de

Justine à Mr. Langhope et son départ d'Hanaford, il fut frappé non tant par sa promptitude de résolution que par sa fermeté d'exécution : dans une illumination aveuglante, il sut alors que c'était en son amour qu'elle avait puisé sa force.

Lorsqu'il était en proie à une forte tension de l'esprit, Amherst perdait toute notion du temps et de l'espace. Il resta cette fois si longtemps muet, les mains croisées dans le dos, les yeux fixes, que Mrs. Ansell finit par se lever pour venir toucher son bras :

« Ce n'est pas vrai, dites, que vous ne savez pas où elle est ? »

Il lui montra un visage révulsé.

« En ce moment, je ne sais pas. Ces derniers temps, elle avait décidé de ne plus écrire.

— Mais vous devez savoir comment la trouver ? »

Il rejeta ses cheveux en arrière d'un mouvement énergique :

« Je ne sais pas comment mais je la retrouverai ! »

Silencieux, ils échangèrent un regard intense, par lequel chacun pénétra dans l'esprit de l'autre aussi loin qu'aucun des deux ne l'eût jamais cru possible. Puis Amherst tendit brusquement la main :

« Au revoir et merci », murmura-t-il.

Elle le retint un instant :

« Nous vous reverrons bientôt, tous les deux ? »

Ses traits se durcirent :

« Ce n'est pas pour obliger Mr. Langhope que je vais chercher ma femme.

— Ah ! voilà que vous êtes injuste envers lui ! s'écria-t-elle.

— Ne parlons pas de lui ! l'interrompit-il.

— Pourquoi pas ? Si c'est de lui que vient la requête, la prière que tout ce qui appartient au passé soit oublié ?

— Oui, quand cela lui convient !

— Même en le jugeant ainsi, imaginez-vous que cela ne lui a pas coûté un effort ?

— Je ne peux penser qu'à ce que cela lui a coûté, à elle ! »

Mrs. Ansell exhala un soupir plaintif :

« Ah ! mais ne voyez-vous pas qu'elle a eu gain de cause, et que rien d'autre ne compte pour elle ?

— Elle a eu gain de cause ? Non, pas si vous entendez par là que les choses, ici, puissent revenir à leur ancien état, qu'elle et moi puissions rester à Westmore après cela ! »

Mrs. Ansell baissa les yeux un moment, puis elle leva vers le sien son doux visage impénétrable :

« Savez-vous ce que vous aurez à faire, tous les deux, lui et vous ? Exactement ce qu'elle décidera », affirma-t-elle.

13

La réponse de Justine à la lettre de son mari portait une adresse new-yorkaise. Il fut si surpris de découvrir qu'elle était dans la même ville que lui, à une demi-heure de marche de la pièce où il se trouvait, qu'il eut soudain besoin d'extérioriser ce qu'il ressentait dans une activité physique lénifiante.

Il fourra la lettre dans sa poche, prit son chapeau et, dans le soleil printanier matinal, s'en fut arpenter à grandes enjambées la Cinquième Avenue en direction du Park.

La nouvelle avait mis cinq jours à lui parvenir car il avait été obligé d'écrire dans le Michigan en priant de faire suivre sa lettre. Il n'avait jamais supposé que Justine serait difficile à trouver, ou qu'elle avait délibérément enveloppé ses déplacements de mystère. Quand elle avait cessé de lui écrire, il avait simplement conclu qu'elle ressentait comme lui la vanité d'essayer de conserver ce genre de relation distante semi-fraternelle, ponctuée par l'échange intermittent de lettres inexpressives. Le mélange intime de pensées et de sensations qui formait la trame serrée de leur union ne pourrait jamais être remplacé, vu leurs tempéraments directs et passionnés, par une apparence d'amitié tiède. Sentant lui-même ainsi les choses, et attribuant d'instinct le même sentiment à sa femme, Amherst avait respecté son silence, son souhait de rompre définitivement avec leur vie passée. Elle lui avait écrit en automne qu'elle avait l'intention de quitter le Michigan pour quelques mois, mais que toute lettre adressée en cas d'urgence chez son amie l'atteindrait. Il en avait conclu qu'à moins d'une urgence elle préférait mettre un terme à leur correspondance, et il lui avait été d'autant plus facile de se conformer à ce désir qu'il s'accordait avec le sien. Il lui semblait, lorsqu'il regardait en arrière, que l'amour que Justine et lui avaient ressenti l'un pour l'autre était comme quelque organisme rare qui ne pourrait se maintenir en vie que dans son propre élément ; et cet élément n'était ni la passion ni le sentiment, mais la vérité. Ils ne pouvaient respirer que sur les cimes.

Certains, à sa place, même en acceptant le caractère inéluctable de leur rupture, se seraient sentis concernés par le côté matériel de la question. Mais ce qui caractérisait Amherst, c'est que cela ne le troublait pas. Il considérait comme allant de soi que sa femme reprît son métier d'infirmière. Dès le début, il avait eu la certitude qu'il lui serait intolérable d'accepter une aide de lui et qu'elle préférerait subvenir à ses besoins en exerçant sa profession. En outre, s'étant toujours tourné vers le travail avec acharnement comme vers le plus sûr refuge contre l'angoisse, il trouvait naturel qu'elle recherchât le même moyen d'évasion.

C'est pourquoi il n'avait pas été surpris, en ouvrant sa lettre ce matin-là, d'apprendre qu'elle avait repris son travail à l'hôpital. Dans la stupéfaction de la découvrir si proche, il ne parvenait cependant pas à en saisir l'explication. Elle parlait d'un patient de Buffalo à qui on avait ordonné un traitement spécial à New York, et qui refusait d'y aller avec toute autre infirmière qu'elle — mais ces détails glissaient sur son esprit, où il n'y avait place que pour le fait que le hasard avait ramené sa femme au moment même où tout son être la réclamait avec une telle ardeur.

Elle écrivait qu'étant donné son horaire elle ne pourrait le voir avant trois heures de l'après-midi ; et il avait encore six heures à passer avant leur rencontre. Mais en esprit ils s'étaient déjà retrouvés, ils ne faisaient qu'un dans une intensité de communion qui, tandis qu'il remontait à grands pas la brillante artère pleine de monde, semblait faire tenir l'univers entier dans un seul point lancinant, vibrant de vie.

Il eut l'envie juvénile de garder le secret de son bonheur, de ne pas faire connaître à Mr. Langhope ou à Mrs. Ansell sa rencontre avec Justine avant qu'elle ait eu lieu et, après avoir arpenté le Park deux fois en longueur, il entra dans l'un des petits restaurants en bois qui commençaient à ouvrir en prévision d'une clientèle printanière. Si seulement il avait pu l'amener là ! Ils se seraient assis l'un en face de l'autre dans la salle déserte, avec le remue-ménage des moineaux pépiant dans les lilas, contre la fenêtre ouverte ! La salle était banale, mais comme Justine aurait été charmée par le vert délicat des pentes environnantes et la brume violacée des bois, tout au fond ! Elle prenait un plaisir enfantin à de semblables petites aventures, et elle avait le chic pour donner un tour magique à leurs détails les plus insignifiants. Amherst, en achevant sa viande froide et ses œufs quelconques, projetait comme un petit garçon de la ramener là le lendemain.

En prenant le café, il relut sa lettre.

L'adresse qu'elle donnait était celle d'un petit hôpital privé et elle expliquait qu'elle devrait le recevoir au parloir, qui était ouvert à cette heure-là aux visiteurs. L'heure approchant, la pensée qu'ils ne seraient pas seuls quand ils se retrouveraient devint intolérable et il décida, s'il trouvait quelqu'un au parloir, d'attendre dans l'entrée, pour l'apercevoir dès qu'elle descendrait l'escalier.

Amherst continua à élaborer son plan tout en traversant lentement le Park. Il avait mesuré son temps afin d'arriver à l'hôpital un peu avant trois heures ; mais, bien qu'il fût de cinq minutes en avance quand il entra dans le parloir, deux femmes étaient déjà assises dans un box vitré.

Elles le regardèrent entrer, de toute évidence aussi ennuyées de son apparition qu'il l'avait été de les trouver là. La plus âgée dissimulait un teint cireux sous un crêpe de deuil informe ; l'autre était une créature maigrichonne et criarde, aux traits mous, qui portait d'innombrables chaînes et bracelets qu'elle tripotait constamment en parlant.

Elles lancèrent à Amherst un regard rancunier, puis se détournèrent et poursuivirent leur conversation à voix basse, tandis qu'il s'asseyait devant la table jonchée de vieux magazines. De temps en temps, la voix de la plus jeune montait en un staccato perçant, et une phrase ou deux lui parvenaient. « Elle s'est simplement surmenée à mort — l'infirmière me l'a dit ; elle pense rentrer chez elle la semaine prochaine, sans même s'occuper de savoir si elle pourra supporter la fatigue » ; puis, après une réponse inaudible :

« C'est entièrement de sa faute à lui et, à sa place, je ne retournerais pas avec lui pour tout l'or du monde !

— Oh ! Cora, il regrette vraiment maintenant », protesta tout bas la plus âgée ; mais l'autre répliqua en agitant ses plumes de manière menaçante : « Vous savez bien que s'ils reprennent la vie commune, ce ne sera plus jamais pareil entre eux ! »

Amherst commençait à perdre patience, mais les trois coups se mirent à sonner et il sortit dans l'entrée. Elle était pavée de marbre noir et blanc ; les murs étaient peints d'une triste teinte jaunâtre, et l'odeur flottante des antiseptiques se mêlait à des relents de cuisine. Au fond se trouvait un escalier étroit, tapissé de caoutchouc maintenu par des tringles de cuivre, comme l'escalier des cabines d'un bateau. C'est par cet escalier qu'elle descendrait dans un instant, il crut même entendre son pas.

Mais c'était celui d'une femme d'un certain âge, vêtue de noir, en coiffe ; l'infirmière en chef probablement.

Elle jeta un coup d'œil surpris à Amherst et demanda :

« Vous attendez quelqu'un ? »

Il fit un geste d'assentiment et elle ouvrit la porte du parloir en disant :

« Entrez, je vous en prie.

— Je ne peux pas attendre ici ? » demanda-t-il instamment.

Elle le regarda plus attentivement :

« Pourquoi ? Non, je ne pense pas. Vous trouverez des journaux et des magazines au parloir. »

Doucement mais fermement, elle le conduisit devant elle et, après avoir refermé la porte, s'avança vers les deux femmes. Amherst reprit espoir : peut-être était-elle venue pour emmener les visiteuses à l'étage ? Il tendit l'oreille pour saisir ce qui se disait et, tandis qu'il était ainsi absorbé, la porte s'ouvrit. En se tournant vers le bruit, il se trouva face à face avec sa femme.

Il n'avait pas imaginé que Justine serait habillée en infirmière, et l'apparition de l'uniforme bleu marine et de la petite coiffe blanche, avec lesquels il ne l'avait pas vue depuis leur première rencontre à l'hôpital Hope, chassa tous les souvenirs amers et malheureux et lui donna l'illusion de se retrouver dans l'air limpide de leur première amitié. Puis il la regarda et se souvint.

Il remarqua qu'elle était plus mince que jamais, ou plutôt que sa minceur, qui avait naguère été celle d'un robuste roseau, suggérait maintenant la fatigue et la langueur. Et son visage ! Il était épuisé, éteint, les yeux, même, étaient sans vie. Toute sa vitalité semblait s'être retirée dans l'auréole de la chevelure noire, si dense, qui entourait toujours son front comme le métal noble de quelque buste antique.

Bouleversé, empli d'un remords cuisant, il voulait simplement la prendre dans ses bras et chercher son pardon sur ses lèvres. Mais les trois femmes s'étaient arrêtées de parler et elles tournaient la tête vers eux. Paralysé, il tendit la main et Justine l'effleura un instant ; puis il dit à voix basse : « Il n'y a pas un autre endroit où je puisse te voir ? »

Elle eut un geste de dénégation : « Pas aujourd'hui. »

Ah ! cette voix grave et douce, comme son oreille en avait oublié le son !

Elle regarda d'un air indécis autour d'elle et désigna une banquette à l'autre bout de la salle.

« Si nous allions nous asseoir là-bas ? » proposa-t-elle.

Il la suivit sans rien dire et ils s'assirent l'un à côté de l'autre. L'infirmière en chef avait repris son entretien à voix basse avec les deux femmes. Entre les deux groupes s'étendait la longueur de la pièce.

L'impossibilité de donner libre cours à son émotion développa chez Amherst une intensité de perception inaccoutumée, comme si un sixième sens venait soudain remplacer ceux qu'il ne pouvait utiliser. Grâce à cette nouvelle faculté, il sembla absorber en lui-même, comme jamais il ne l'avait fait dans leurs moments les plus intimes, chaque détail de la personne de sa femme, de son visage, de ses mains, de ses gestes. Il remarqua que ses paupières ivoire présentaient vers le haut une légère coloration bleuâtre et qu'un fin réseau de petites veines bleues courait sous ses tempes jusqu'à la racine des cheveux. Son visage émacié et l'ombre des joues creusées sous les pommettes rendaient sa bouche plus pleine et plus rouge mais une petite ride de part et d'autre, là où elle touchait la joue, lui donnait un pli tragique. Et ses mains ! Quand ses doigts rencontrèrent les siens, il se souvint d'avoir une fois ramassé dans les bois, en hiver, le petit squelette, léger comme une plume, d'un oiseau gelé.

C'était lui qui l'avait rendue ainsi par sa cruauté, son étroitesse d'esprit, son empressement abject à croire qu'elle avait tort ! Il ne voulait pas sombrer dans la culpabilité, c'eût été une façon trop facile de s'en tirer. Il voulait seulement la serrer contre lui, lui demander de lui donner encore une chance, et alors il lui montrerait !

Mais il y avait toujours ces femmes !

« Nous ne pouvons pas sortir ? Il faut que je te parle, répéta-t-il nerveusement.

— Pas cet après-midi, le docteur va venir. Demain.

— Je ne peux attendre jusqu'à demain ! »

Elle esquissa un faible, un imperceptible geste qu'il interpréta comme : « Tu as attendu tout un an. »

« Oui, je sais, répliqua-t-il, toujours paralysé par la nécessité de parler à voix basse, de mesurer sans cesse la distance qui les séparait du box. Je sais ce que tu pourrais dire. Sache bien que je me le suis dit un million de fois ! Mais je ne savais pas, je ne pouvais imaginer... »

Elle l'interrompit vivement :

« Que sais-tu maintenant ?

— Que tu as promis à Langhope... »

Elle eut l'air saisi et il put voir le sang courir comme une flamme sous sa peau.

« Mais il avait promis de se taire ! cria-t-elle.

— Il n'a rien dit, pas à moi ! Mais ces choses finissent par se savoir. Aurais-tu été contente de continuer ainsi pour toujours ? »

Elle plongea son regard dans le sien :

« Si toi tu l'étais, répondit-elle simplement.

— Justine ! »

Mais, d'un geste, elle lui imposa silence.

« Je t'en prie, dis-moi seulement ce qui s'est passé.

— Pas maintenant, j'ai trop d'autres choses à te dire. Et rien ne compte puisque je suis avec toi.

— Mais Mr. Langhope...

— Il te demande de venir. Tu verras Cicely demain. »

Sa lèvre inférieure eut un léger tremblement et une larme resta suspendue à ses cils.

« Mais plus rien de tout cela ne compte à présent. Nous sommes ensemble après cette horrible année », insista-t-il.

Elle posa sur lui un regard anxieux :

« Mais qu'y a-t-il réellement de changé ?

— Tout, tout ! Non, pas changé, je veux dire tout simplement effacé.

— Jusque... là où nous étions... *avant* ? » souffla-t-elle ; et il chuchota en retour : « Jusque là où nous étions *avant.* »

Il y eut un bruit de chaises, et Amherst vit avec soulagement que le colloque était terminé.

Les deux visiteuses, s'enveloppant dans leurs manteaux, se dirigèrent lentement vers la porte en continuant à parler avec animation à l'infirmière en chef et le staccato de la plus jeune éclata de nouveau :

« Je vous dis que si elle retourne avec lui, ce ne sera plus jamais pareil entre eux !

— Oh ! Cora, je ne le pense pas », gémit vainement l'autre, et, l'instant d'après, la porte se refermait sur elles.

Amherst se tourna vers sa femme, les bras tendus.

« Dis que tu me pardonnes, Justine ! »

Elle résista un peu à ses mains implorantes, non avec reproche, mais comme par un dernier scrupule à son égard.

« Il ne reste rien... de l'horreur ? demanda-t-elle plus bas qu'un souffle.

— D'être sans toi, c'est cela l'horreur !

— Tu es *sûr...* ?

— Sûr !

— C'est exactement la même chose, pour toi ? Absolument comme avant ?

— Exactement pareil, Justine !

— Je ne demande pas cela pour moi, mais pour toi.

— Alors, n'en parlons plus jamais ! implora-t-il.

— Parce que pour toi ce *n'est pas* la même chose, alors ? laissa-t-elle échapper.

— Parce que c'est balayé, parce que cela n'a jamais existé !
— Jamais ?
— Jamais ! »

A ces mots, il sentit ses résistances faiblir et ses yeux, ses lèvres couvrirent son visage. Mais, tandis qu'ils s'embrassaient, ils entendirent la poignée de la porte et ils se séparèrent vivement, la main de Justine s'attardant dans la sienne sous le pli de sa robe.

Une infirmière revêtue de l'uniforme blanc et de la coiffe en pointe de l'hôpital passa la tête par la porte et Amherst crut la voir sourire quand elle les aperçut.

« Miss Brent, le docteur veut que vous montiez immédiatement donner la morphine. »

La porte se referma et Justine se leva. Amherst resta assis. Il n'avait pas fait un mouvement pour retenir sa main lorsque celle-ci avait glissé de la sienne.

« Je viens ! » cria-t-elle ; puis elle se tourna lentement et vit le visage de son mari. « Je dois y aller », fit-elle d'une voix sourde.

Leurs regards se croisèrent, mais il détourna le sien en se levant pour prendre son chapeau.

« A demain, alors, dit-il sans chercher à la retenir.
— Demain ?
— Il faut que tu t'en ailles d'ici, il faut que tu reviennes à la maison », répéta-t-il mécaniquement.

Elle ne répondit pas et il tendit la main pour prendre la sienne. « A demain », dit-il de nouveau, l'attirant contre lui ; et leurs lèvres se joignirent encore, mais ce n'était plus le même baiser.

14

De nouveau, juin à Hanaford et l'anniversaire de Cicely.

Celui-ci devait coïncider cette année avec l'inauguration de la vieille demeure d'Hopewood convertie en maison de loisirs, avec gymnase, salle de concert et musée, pour les ouvriers de Westmore.

L'idée en était d'abord venue à Amherst l'après-midi d'hiver où Bessy Westmore lui avait avoué son amour sous les arbres couverts de neige d'Hopewood. Dès cet instant, le sentiment que son bonheur personnel était élargi et garanti par cette promesse de bonheur pour les autres lui avait fait souhaiter que le cadre associé à la naissance de sa nouvelle vie devînt celui où se commémorerait un changement correspondant dans le bien-être de Westmore. Mais, lorsque la direction de la filature était passée dans ses mains, des réformes plus urgentes s'étaient imposées à lui et la situation financière de la compagnie n'avait permis que dernièrement l'exécution de son plan.

A son retour à Hanaford, Justine avait trouvé les travaux commencés, et son mari lui avait dit qu'il était en train d'exécuter un plan projeté par Bessy. Elle en avait éprouvé une certaine surprise, mais en avait conclu que le plan en question remontait au début de son premier mariage, à l'époque où l'attachement d'Amherst pour la filature conférait encore à celle-ci un certain intérêt aux yeux de sa femme.

Depuis le retour de Justine, toute allusion au passé avait été tacitement évitée et, la Maison des Loisirs d'Hopewood étant en quelque sorte — elle le comprenait ainsi — une offrande expiatoire à l'ombre plaintive de Bessy, elle s'était volontairement abstenue de questionner Amherst sur l'avancement des travaux et se contentait d'approuver les plans qu'il lui soumettait.

Quatorze mois avaient passé et maintenant, assise à côté de son mari dans l'attelage qui les emmenait à Hopewood, elle se disait que sa vie avait fini par tomber dans ce qui promettait d'être sa forme finale : telles étaient actuellement les choses, telles elles seraient probablement jusqu'à la fin. Et, extérieurement du moins, elles étaient ce qu'Amherst et elle avaient toujours rêvé qu'elles fussent. Westmore prospérait. Les graines de vie qu'ils y avaient semées sortaient de terre dans une poussée luxuriante de santé, d'activité et, par-dessus tout, dans une conscience sociale naissante. Les ouvriers cotonniers commençaient à comprendre le rôle de leur travail, non seulement dans leur existence quotidienne mais aussi dans la vie économique du pays. La nouvelle croissance apparaissait aussi dans l'aspect humanisé des lieux. Les jeunes érables d'Amherst étaient déjà assez hauts pour ombrager les rues bordées de plates-bandes, et le gazon bien entretenu, les jardins riants des cottages, le nouveau groupe central comprenant la bibliothèque, l'hôpital et le cercle donnaient au village de la filature l'air prometteur d'un faubourg résidentiel en ascension.

Dans la lumière radieuse de juin, derrière leur frais manteau vert d'arbres et de plantes grimpantes, les bâtiments de l'usine eux-mêmes paraissaient moins sévères et ne ressemblaient plus à des prisons. Non loin de là, des plantations de gazon et de fleurs sur les bords de la rivière avaient transformé ce terrain vague boueux et nauséabond, servant jadis de dépôt d'ordures, en un petit jardin public où les ouvriers venaient prendre le frais à midi.

Oui, Westmore vivait enfin : la ville morte, comme l'avait naguère appelée Justine, était sortie de sa tombe, et son visage vide avait pris une signification. Justine regarda son mari et vit que la même pensée lui était venue à l'esprit. Quel qu'eût été le prix de douleur et d'erreurs de sa réalisation, l'œuvre de renaissance et de libération de Westmore était accomplie et se justifiait d'elle-même.

Elle porta son regard sur Cicely, assise en face d'eux, rose d'excitation dans sa petite robe de deuil — Mr. Langhope était mort deux mois auparavant — et aussi attentive que ses beaux-parents au spectacle qui se déroulait devant elle. Cicely était désormais assez grande pour ne plus considérer son rôle à Westmore uniquement comme un jeu d'enfant. Elle commençait à apprendre beaucoup de choses au sujet de la filature et à comprendre, par des voies simples et bienveillantes, en quoi consistaient ses liens avec elle. Le travail et les jeux des enfants, les distractions et les loisirs de leurs aînés lui avaient été peu à peu expliqués par Justine, et elle savait que son joyeux dixième anniversaire allait rayonner aussi loin que s'étendaient les volutes de fumée de l'usine.

Tandis qu'ils montaient la côte vers Hopewood, la vaste demeure blanche, entourée de sa colonnade, avec ses larges terrasses et ses courts de tennis, miroitait à travers les arbres comme une belle résidence de campagne parée pour l'arrivée de son maître : c'est ainsi qu'Amherst et sa femme auraient pu arriver dans la maison bâtie pour abriter leur bonheur conjugal. Cette pensée traversa Justine tandis que l'attelage grimpait la colline. Elle était aussi absorbée qu'Amherst dans le bien-être de Westmore ; celui-ci était devenu de plus en plus, pour tous les deux, un refuge où leurs vies se rencontraient encore et se mêlaient ; mais, tandis qu'ils s'arrêtaient devant le porche abondamment fleuri, puis qu'il se tournait pour l'aider à descendre de voiture, elle se demanda tout à coup ce qu'elle aurait ressenti s'il avait été en train de l'amener chez eux — dans leur maison bien à eux — au lieu de l'accompagner à une inauguration philanthropique de plus. Mais quel besoin avaient-ils d'un foyer réel, puisqu'ils n'avaient désormais aucune vie à eux ? Rien n'était resté de cette entente secrète intime qui avait tellement enrichi et embelli leur vie extérieure. Depuis le retour de Justine à Hanaford, ils étaient tacitement entrés, presque inconsciemment, dans de nouveaux rapports, où leurs personnalités s'identifiaient toujours davantage à l'œuvre commune. En fait, pour ainsi dire, ils ne se rencontraient plus qu'en s'évitant l'un l'autre.

Dès le début, Justine avait accepté cela comme inévitable ; de même qu'elle avait compris, lorsque Amherst était venu la chercher à New York, que, s'il n'avait pu rester à Westmore que parce qu'elle l'avait quitté, il n'y restait au contraire à présent que parce qu'elle avait bien voulu venir reprendre leur ancienne vie.

Elle acceptait la dernière condition comme elle avait accepté l'autre, vouée qu'elle était à l'expiation perpétuelle d'un acte dont elle refusait toujours, dans l'abstrait, de se considérer comme coupable. Cependant, la vie n'est pas affaire de principes abstraits : c'est une succession de compromis mesquins avec le destin, de concessions à la vieille tradition, aux anciennes croyances, aux charités et aux faiblesses de jadis. Son acte du moins lui avait appris cela, c'était le message des dieux aux mortels qui s'étaient fourvoyés chez eux. Et elle s'était faite humble pour accepter la leçon. Elle voyait enfin les relations humaines comme un enchevêtrement de proliférations profondément enracinées, comme une forêt obscure dans laquelle l'idéaliste ne peut frayer son droit chemin sans entendre, à chaque coup de machette, le cri de la branche coupée : *Ô toi, pourquoi m'as-tu blessée ?*

Les pelouses qui montaient vers la maison étaient déjà remplies de monde, et l'allée résonnait du roulement des attelages et de la vibration des moteurs automobiles. Justine et Cicely se tenaient dans le vaste hall pour recevoir la foule, où se mêlaient indistinctement la société d'Hanaford et les ouvriers endimanchés.

Tandis que sa femme accueillait les nouveaux arrivants, Amherst, secondé par une poignée de jeunes cousins Westmore, les guidait vers la salle de concert, où il devait prononcer quelques mots sur les différentes destinations de la grande maison, avant de la déclarer ouverte à la visite. Et voilà que Justine et Cicely, demandées par Westy Gaines, se frayaient un chemin à travers les rangées de sièges jusqu'à un coin près de l'estrade. Amherst était déjà là, avec Halford Gaines et un groupe de notables d'Hanaford, et juste au-dessous d'eux étaient assis Mrs. Gaines et ses filles, Mr. et Mrs. Harry Dressel, et la mère d'Amherst, radieuse.

Tout en passant au milieu d'eux, Justine se demandait ce qu'ils savaient des événements qui avaient provoqué un changement si profond et si permanent dans sa vie. Elle n'avait jamais su comment Hanaford s'était expliqué son absence, ni les commentaires qu'avait éveillés son retour. Mais elle comprenait aujourd'hui plus que jamais qu'Amherst était devenu un personnage puissant parmi ses concitoyens et que, s'ils étaient encore imperméables à la signification profonde de son œuvre, ses résultats pratiques commençaient à les impressionner fortement. Les principes d'Hanaford étaient en majeure partie fondés sur des considérations commerciales, et Amherst avait gagné l'estime de ces gens en défiant leurs credos économiques et en obtenant un succès éclatant à partir de ce défi même, ce qui était une singulière prouesse.

Et maintenant, il s'était avancé d'un ou deux pas en avant de l'assemblée « représentative » groupée sur l'estrade et il commençait son discours.

Justine n'entendit pas ses premiers mots. Elle regardait en haut vers lui, essayant de le voir avec les yeux de la foule. Elle se demanda quelle sorte d'homme il lui aurait paru si elle n'avait connu de son histoire intérieure que ce qu'en savaient tous ces gens.

Il se tenait droit, ses lourdes mèches rejetées en arrière, une main reposant sur la table à côté de lui, l'autre serrant le rouleau du projet que l'architecte de l'édifice venait juste de lui remettre en public. En le voyant ainsi, Justine se rappela la première fois qu'elle l'avait vu à l'hôpital Hope, cinq ans auparavant : n'y avait-il que cinq ans ? Comme ces années l'avaient marqué ! Elles lui avaient porté des coups profonds, creusant les orbites, accentuant le modelé viril du nez et du menton, fixant les plis entre les sourcils ; mais chacune de ces retouches avait une signification : elles n'étaient pas l'œuvre de la main languissante du temps mais celle d'un burin effilé, celui de la pensée et de l'action.

Elle s'éveilla soudain à la conscience de ce qu'il disait :

« Car l'idée de cet édifice — d'un édifice consacré aux loisirs — n'est pas neuve. Cependant, tandis qu'elle demeurait dans mon esprit comme une simple idée, elle avait déjà, sans que j'en fusse conscient, pris forme dans les pensées de la propriétaire de Westmore. »

Il y eut une légère chute dans sa voix tandis qu'il évoquait le nom de Bessy, et il laissa passer un moment avant de poursuivre : « Ce n'est qu'après la mort de ma première femme que j'ai pris connaissance de son intention, quand j'ai trouvé par hasard parmi ses papiers ce plan soigneusement étudié d'une “ Maison des Loisirs ” à Hopewood. »

Il s'arrêta de nouveau pour dérouler le projet et le brandir devant l'assistance.

« Vous ne pouvez voir, à cette distance, poursuivit-il, tous les détails admirables de son plan ; voir la beauté de leur conception, le soin et l'ingelligence de leur élaboration. Celle qui l'a conçu voulait créer partout la beauté. Et le plus cher de ses désirs était de l'offrir à ses employés, ici. Son imagination ardente outrepassait les limites des possibilités pratiques. Nous ne pouvons vous offrir, dans son entier, la belle chose qu'elle avait imaginée : les grandes terrasses, les porches de marbre, les fontaines, les piscines de nénuphars et les cloîtres. Mais vous constaterez que, chaque fois que cela a été possible — bien qu'en matériaux plus humbles, et sur une plus petite échelle —, nous avons fidèlement suivi son projet. Et quand, tout à l'heure, vous allez parcourir l'édifice, quand, par la suite, vous y trouverez santé, repos et divertissement, je vous demande de vous rappeler la beauté qu'elle avait rêvé de vous donner et de la laisser embellir la mémoire de Bessy Westmore dans vos cœurs. »

Justine avait écouté avec une stupéfaction croissante. Elle était assise si près de son mari qu'elle avait reconnu le projet dès qu'il l'avait déroulé. Il n'y avait aucune erreur possible sur son origine : c'était, purement et simplement, le plan du gymnase que Bessy avait eu l'intention de construire à Lynbrook et qu'elle avait été obligée d'abandonner à cause de l'accroissement des dépenses de son mari pour la filature. Mais comment était-il possible qu'Amherst ne sût rien de l'objectif initial de ce plan ? Et par quel tour ironique des événements ce projet, établi comme un défi délibéré à ses vœux et destiné à manifester le mépris ouvert de sa femme à leur égard, avait-il été transformé en une vision utopique dédiée au bien-être des ouvriers de Westmore ?

Une vague de colère souleva Justine à ce dernier coup du sort. Il était grotesque et pitoyable qu'un homme comme John créât, à partir de ses regrets, un être qui n'avait jamais existé, et qu'il lui attribuât en outre des sentiments et des actions dont la femme réelle s'était montrée à tant de reprises incapable !

Ah ! non, Justine avait bien souffert — mais voir cette Bessy imaginaire appelée de sa tombe, revêtue d'une apparence de dévouement et d'idéalisme, voir ses instincts vindicatifs mesquins déguisés en élans pleins de noblesse, c'était comme si son petit esprit malveillant avait ourdi cette façon de punir la femme qui avait pris sa place !

Justine avait souffert — souffert volontairement et sans réserve ; elle avait payé le prix fort pour son erreur et n'avait pas cherché à échapper à la moindre de ses conséquences. Mais aucun jugement sain ne pouvait lui demander d'assister sans broncher à ce dernier phénomène hallucinant. Quoi ! cette femme irréelle, ce fantôme que l'imagination troublée de John avait évoqué allait s'installer entre lui et elle, et la supplanter d'abord en tant qu'épouse, ensuite en tant que partenaire dans le travail ? Pourquoi ne lui crierait-elle pas la vérité, ne se défendrait-elle pas contre la morte qui revenait lui dérober ce qu'elle possédait de paix conjugale ? Il lui suffisait de raconter la véritable histoire de ce projet, et le fantôme de la pauvre Bessy serait à jamais exorcisé.

Le bouleversement confus qui l'habitait fut étouffé sous un long tonnerre d'applaudissements. Puis elle vit de nouveau Westy Gaines à côté d'elle et comprit qu'il était venu pour emmener Cicely sur l'estrade. Un instant elle retint, jalousement serrée, la main de l'enfant, se rendant à peine compte de ce qu'elle faisait, voyant seulement qu'elle était poussée de plus en plus loin à l'arrière-plan de la vie qu'elle avait contribué à tirer du chaos. Puis un élan opposé la saisit. Elle libéra doucement la main de Cicely et, un moment après, en s'asseyant la tête basse et la poitrine frémissante, elle entendit la voix enfantine de Cicely :

« Au nom de ma mère, je donne cette maison à Westmore. »

De nouveau des applaudissements, puis Justine se trouva enveloppée dans un murmure général de compliments et de congratulations. Mr. Amherst avait parlé admirablement — un « magnifique hommage » — ah ! il avait rendu justice à cette pauvre Bessy ! Et dire que jusque-là Hanaford n'avait jamais su pleinement combien le bien-être de ses ouvriers lui avait tenu au cœur, et combien c'était vraiment son œuvre à *elle* qu'il était en train d'exécuter ! Eh bien, il avait rendu cela parfaitement clair — et Cicely apprenait à suivre les traces de sa mère : chacun avait remarqué combien son beau-père l'associait au progrès de la filature. Le bref discours d'Amherst consacrait, pour ainsi dire, les rapports de l'enfant à cette œuvre, et les lui faisait apparaître comme la continuité d'une belle et louable tradition...

Et maintenant, c'était terminé. La maison avait été inspectée, les ouvriers s'étaient dispersés, la société d'Hanaford avait redescendu l'avenue en voiture — Cicely avec elle, fatiguée et heureuse dans la victoria de Mrs. Dressel. Amherst et sa femme étaient seuls.

Amherst, après avoir dit au revoir à ses derniers invités, était retourné dans la salle de concert désertée pour reprendre le plan qui gisait sur l'estrade. Il revint avec lui, entre les rangées irrégulières de chaises vides, et rejoignit Justine qui attendait dans le hall. Son visage était légèrement échauffé et ses yeux avaient l'éclat qui les illuminait dans les moments heureux.

Il posa une main sur l'épaule de sa femme et, l'attirant vers une table, déploya le projet devant elle.

« Tu n'as pas vu cela, n'est-ce pas ? » demanda-t-il.

Elle se pencha sur le plan sans répondre, lisant dans le coin gauche l'inscription conventionnelle de l'architecte : « Piscine et gymnase dessinés pour Mrs. John Amherst. »

Amherst leva les yeux, sans doute frappé de son silence.

« Mais peut-être *l'as-tu vu* à Lynbrook ? Il a dû être fait quand tu y étais. »

Le rythme accéléré de son sang envahit son cerveau comme un signal : « Parle, parle maintenant ! »

Justine continuait à regarder fixement le plan.

« Oui, je l'ai vu, dit-elle à la fin.

— A Lynbrook ?

— A Lynbrook.

— Elle te l'avait montré, je suppose, pendant que j'étais au loin ? »

Justine hésita de nouveau :

« Oui, pendant que tu étais au loin.

— Et t'a-t-elle dit quelque chose à ce propos ? Est-elle entrée dans des détails sur ses souhaits, ses intentions ? »

Maintenant, c'était le moment — maintenant ! Comme ses lèvres s'ouvraient, ses yeux se posèrent sur son mari. Son visage était encore illuminé — et c'était le visage qu'elle aimait. Il attendait impatiemment ses prochains mots.

« Non. Elle ne m'a pas donné de détails. J'ai simplement vu le plan traîner là-bas. »

Elle vit son regard désappointé :

« Elle ne t'en a jamais parlé ?

— Non, elle ne m'en a jamais parlé. »

C'était bien ainsi, après tout. Elle comprenait cela maintenant. Maintenant, elle payait vraiment.

Amherst enroula le plan avec un soupir et le poussa dans le tiroir de la table. Elle fut frappée de lui voir le regard de quelqu'un qui vient d'exorciser un fantôme. Il se tourna vers elle et passa la main sous son bras.

« Tu es lasse, ma chérie. Tu aurais dû rentrer avec les autres, dit-il.

— Non, je préférais rester avec toi.

— Tu veux vider cette bonne journée jusqu'à la dernière goutte, comme moi ?

— Oui, murmura-t-elle en dégageant sa main.

— *C'est* une bonne journée, hein ? poursuivit-il, regardant autour de lui les murs lambrissés de blanc, la perspective des vastes pièces claires vues à travers les portes en enfilade. J'ai l'impression que nous avons atteint un sommet — un sommet où l'on peut faire une pause, reprendre son souffle avant l'escalade suivante. Tu n'as pas aussi cette impression, Justine ?

— Si, c'est vrai.

— Te souviens-tu d'une fois, il y a longtemps — un jour où toi, moi et Cicely étions partis en pique-nique, à la chasse aux orchidées sauvages ? Nous en étions venus à parler du *seul* moment heureux d'une vie — le moment où l'on voudrait arrêter l'horloge... »

Elle rougit en l'entendant parler ainsi. Cela faisait longtemps qu'il n'avait pas fait allusion aux premiers temps de leur amitié — les jours *d'avant*...

« Oui, je m'en souviens, répondit-elle.

— Et te souviens-tu que nous avions dit que c'était pour la plupart d'entre nous comme pour Faust ? Que le moment qu'on voulait retenir n'était généralement pas celui du bonheur personnel le plus vif, mais l'autre sorte — un bonheur qui aurait pu sembler d'abord gris et terne : le moment où le sens de la vie commence à sortir de la brume — quand on peut enfin contempler le marais que l'on a drainé ? »

Justine fut saisie d'un tremblement.

« C'est toi qui l'avais dit, précisa-t-elle, souriant faiblement.

— Mais ne sentais-tu pas cela comme moi ? Tu ne le sens pas, maintenant ?

— Oui — maintenant, oui », murmura-t-elle. Il revint près d'elle et, prenant ses mains dans les siennes, les embrassa l'une après l'autre.

« Chérie, la pressa-t-il, sortons et allons voir le marais que nous avons drainé. »

Il la conduisit, par la porte ouverte, sur la terrasse, au-dessus de la rivière. Le soleil se couchait derrière les pentes boisées d'Hopewood, et les arbres autour de la maison étendaient de longues ombres bleues sur la pelouse. Derrière eux montait la fumée de Westmore.

Si vous désirez être régulièrement tenu au courant de nos publications, merci de bien vouloir remplir ce questionnaire et nous le retourner :

Éditions 10/18
c/o 10 Mailing
35, rue du Sergent Bauchat
75012 Paris

NOM : ---------------------------

PRENOM : ------------------------

ADRESSE : -----------------------

CODE POSTAL : -------------------

VILLE : -------------------------

PAYS : --------------------------

AGE : ---------------------------

PROFESSION : --------------------

TITRE de l'ouvrage dans lequel est insérée cette page.

Le fruit de l'arbre, n° 3380

Imprimé en France sur Presse Offset par

BRODARD & TAUPIN

GROUPE CPI

La Flèche (Sarthe), 11079
N° d'édition : 3333
Dépôt légal : février 2002